OUTLANDER

–9–

L'ADIEU AUX ABEILLES

PARTIE 1

De la même auteure

Le Chardon et le Tartan, Libre Expression, 1997, réédition 2014
Le Talisman, Libre Expression, 1997, réédition 2015
Le Voyage, Libre Expression, 1998, réédition 2015
Les Tambours de l'automne, Libre Expression, 1998, réédition 2015
La Croix de feu, parties 1 et 2, Libre Expression, 2002, réédition 2015
Un tourbillon de neige et de cendres, parties 1 et 2, Libre Expression, 2006, réédition 2015
Lord John – Une affaire privée, Libre Expression, 2008 ; réimprimé sous le titre *Lord John et une affaire privée*, 2012
Lord John – La Confrérie de l'épée, Libre Expression, 2008 ; réimprimé sous le titre *Lord John et la Confrérie de l'épée*, 2012
L'Écho des cœurs lointains, partie 1 : *Le prix de l'indépendance*, Libre Expression, 2010, réédition 2015
L'Écho des cœurs lointains, partie 2 : *Les fils de la liberté*, Libre Expression, 2011, réédition 2015
Lord John et la Marque des démons, Libre Expression, 2012
Lord John et le Prisonnier écossais, Libre Expression, 2015
Écrit avec le sang de mon cœur, partie 1, Libre Expression, 2015
Écrit avec le sang de mon cœur, partie 2, Libre Expression, 2016
Le Cercle des sept pierres, Libre Expression, 2018

Diana Gabaldon

OUTLANDER

–9–

L'ADIEU AUX ABEILLES

PARTIE 1

Traduit de l'anglais (États-Unis)
par Philippe Safavi

Libre Expression

Catalogage avant publication de Bibliothèque et Archives nationales du Québec et Bibliothèque et Archives Canada

Titre : L'adieu aux abeilles / Diana Gabaldon.
Autres titres : Go tell the bees that I am gone. Français
Noms : Gabaldon, Diana, auteur.
Collections : Gabaldon, Diana. Outlander ; 9.
Description : Mention de collection : Outlander ; tome 9 | Traduction de : Go tell the bees that I am gone.
Identifiants : Canadiana 20220012806 | ISBN 9782764815342 (vol. 1)
Classification : LCC PS3557.A22 G614 2022 | CDD 813/.54—dc23

Titre original : *Go Tell the Bees That I Am Gone*
Traduction : Philippe Safavi
Édition : Miléna Stojanac
Coordination éditoriale : Pascale Jeanpierre
Révision et correction : Sabine Cerboni et Odile Dallaserra
Adaptation de la couverture et mise en pages : Chantal Boyer
Illustration : Robert Hunt
Photo de l'auteure : Doug Watkins

Bien qu'il s'inspire en partie d'événements historiques, cet ouvrage est une œuvre de fiction ; toute ressemblance avec des personnes ou des faits réels n'est que pure coïncidence.

Les Éditions Libre Expression
Groupe Librex inc.
Une société de Québecor
4545, rue Frontenac, 3e étage
Montréal (Québec) H2H 2R7
Tél. : 514 849-5259
editions-libreexpression.com

Dépôt légal – Bibliothèque et Archives nationales du Québec et Bibliothèque et Archives Canada, 2022

ISBN : 978-2-7648-1534-2

Distribution au Canada
Messageries ADP inc.
2315, rue de la Province
Longueuil (Québec) J4G 1G4
Tél. : 450 640-1234
Sans frais : 1 800 771-3022
messageries-adp.com

Celui-ci est pour toi, Doug,
mon vrai Nord.

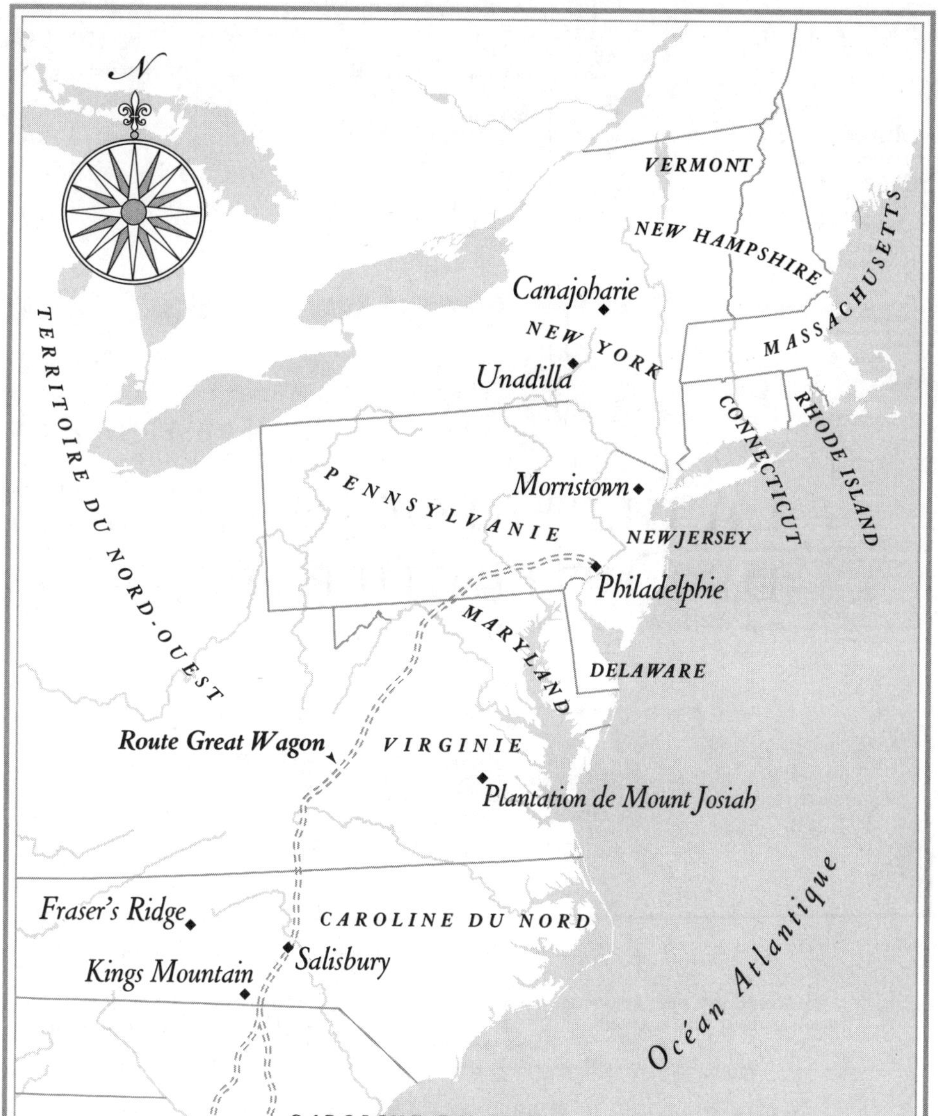
N
VERMONT
NEW HAMPSHIRE
MASSACHUSETTS
Canajoharie
NEW YORK
Unadilla
CONNECTICUT
RHODE ISLAND
TERRITOIRE DU NORD-OUEST
PENNSYLVANIE
Morristown
NEWJERSEY
Philadelphie
MARYLAND
DELAWARE
Route Great Wagon
VIRGINIE
Plantation de Mount Josiah
Océan Atlantique
Fraser's Ridge
CAROLINE DU NORD
Salisbury
Kings Mountain
CAROLINE DU SUD
Charles Town
GÉORGIE
Savannah
0 Milles
300
0 Kilomètres
300
© 2021 Jeffrey L. Ward

La généalogie de Outlander

Les Fraser de Lovat

Les MacKenzie de Leoch

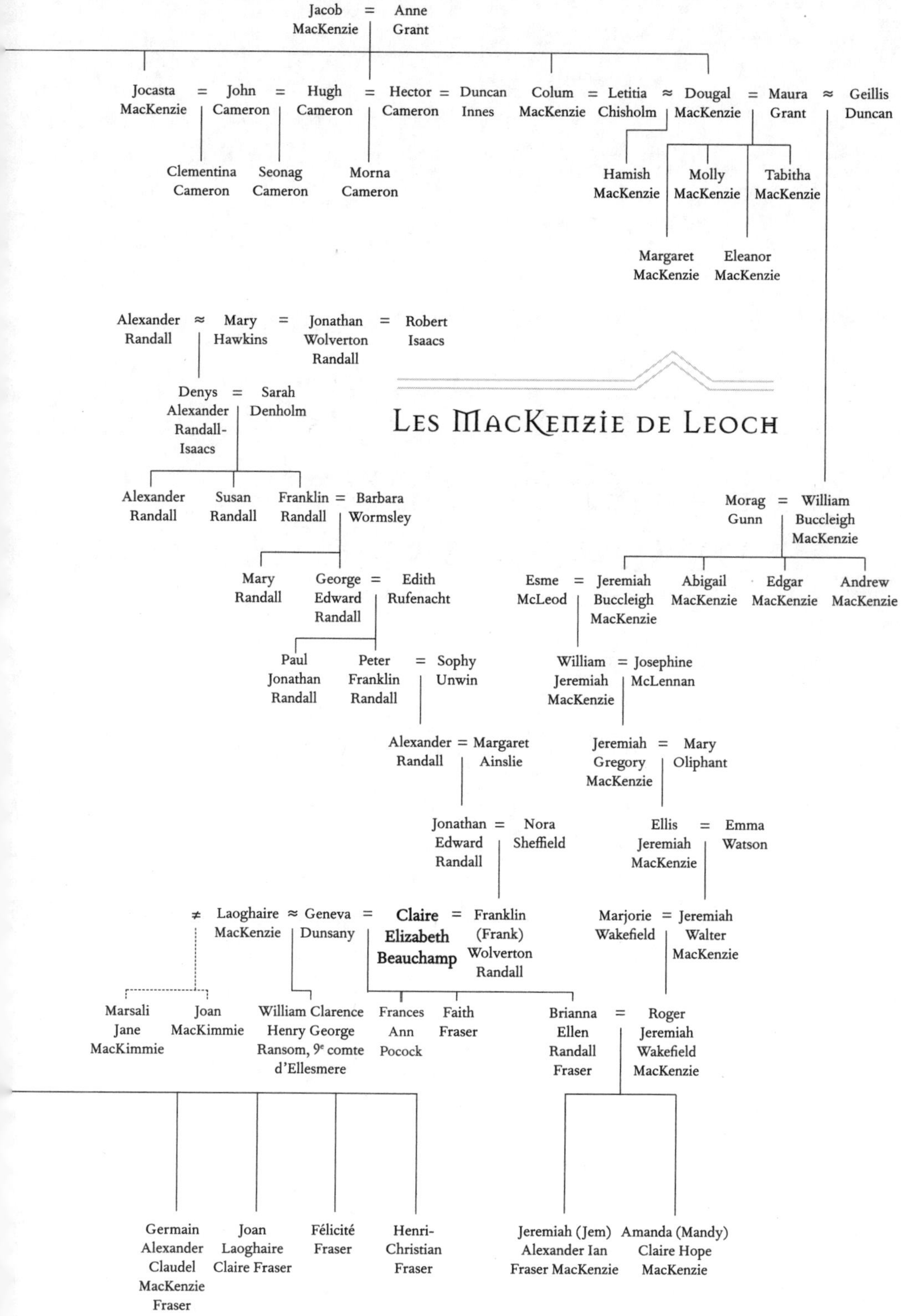

Prologue

Quelque chose approche, vous le savez. Quelque chose de précis, de grave, de terrible se produira. Cela vous trotte dans la tête, vous l'en chassez. Cela revient, lentement, inexorablement, dans votre esprit.

Vous vous y préparez de votre mieux. Du moins, c'est ce que vous croyez. Au fond de vous-même, vous le savez : il n'existe aucun moyen d'éviter, de contenir, d'amortir l'impact. Il se produira et vous n'y pourrez rien.

Vous savez tout cela.

Pourtant, vous ne vous dites jamais que c'est pour aujourd'hui.

PREMIÈRE PARTIE

Un essaim d'abeilles dans la carcasse d'un lion

1

Les MacKenzie sont là

Fraser's Ridge, colonie de Caroline du Nord, 17 juin 1779

JE SENTAIS UN CAILLOU SOUS MA FESSE DROITE, mais je n'avais pas envie de me déplacer. Le minuscule battement de cœur sous mes doigts était doux et obstiné, le fragile sursaut de la vie. L'espace entre deux battements était une infinité, mon lien avec le ciel noir et les flammes qui s'élevaient vers lui.

— Bouge un peu ton derrière, *Sassenach*, dit une voix près de mon oreille. Mon nez me démange et tu es assise sur ma main.

Jamie remua ses doigts sous moi. Je soulevai une fesse en me tournant légèrement vers lui avant de me rasseoir sans desserrer mon étreinte autour de Mandy, âgée de trois ans, profondément endormie dans mes bras.

Jamie me sourit par-dessus la tête ébouriffée de Jem et se gratta le nez. Il devait être minuit passé. La lueur du feu encore vif se reflétait sur le chaume de sa barbe et la chevelure rousse de son petit-fils. Elle faisait briller ses yeux et les plis du plaid élimé qu'il avait drapé autour d'eux.

De l'autre côté du feu, Brianna rit doucement, comme on rit au milieu de la nuit à proximité d'enfants endormis.

Les yeux mi-clos, elle posa la tête sur l'épaule de Roger. Ses cheveux étaient sales et emmêlés ; le reflet des flammes creusait des ombres profondes sous ses yeux. Elle semblait épuisée… et heureuse.

— De quoi ris-tu, *a nighean* ? lui demanda Jamie.

Il modifia légèrement la position de Jem afin qu'il soit mieux installé. L'enfant luttait de toutes ses forces pour rester éveillé. Un combat perdu d'avance. Il bâilla à s'en décrocher la mâchoire, puis secoua la tête en clignant des yeux telle une chouette étourdie.

— Qu'est-ce qu'il y a de drôle ? demanda-t-il à son tour.

Sa mère pouffa à nouveau de rire comme une jeune fille, émettant un son délicieux qui fit sourire Jamie.

— Je viens de demander à ton père s'il se souvenait d'un *gathering* auquel nous avons assisté il y a des années. Tous les clans étaient convoqués devant un grand feu de joie. Je lui ai tendu une branche enflammée et lui ai demandé de s'approcher des flammes pour annoncer que les MacKenzie étaient là.

— Oh.

Jem battit des paupières une fois, deux fois, puis plissa légèrement le front en contemplant le feu devant lui.

— Et où sommes-nous maintenant ?

— Chez nous, répondit fermement Roger.

Il croisa mon regard, puis celui de Jamie, avant d'ajouter :

— Pour de bon, cette fois.

Jamie relâcha le souffle que, comme moi, il retenait depuis l'après-midi, quand les quatre silhouettes étaient apparues dans la clairière en contrebas et que nous nous étions précipités à leur rencontre. Dans une explosion de joie sans paroles, nous nous étions tombés dans les bras. Attirée par le bruit, Amy Adams était sortie de sa cabane, suivie par Bobby, par Aidan (qui avait poussé un cri en voyant Jem et s'était jeté sur lui en le faisant tomber à la renverse), puis par Orrie et le petit Rob.

En entendant le raffut, Joe Beardsley, qui se trouvait non loin dans les bois, était venu voir ce qu'il se passait, et bientôt la clairière grouillait de monde. La nouvelle était déjà parvenue dans six foyers avant la tombée du soir. Tous les autres seraient sans doute au courant dès demain.

L'épanchement instantané d'hospitalité des Highlands avait été merveilleux. Les femmes et les jeunes filles s'étaient précipitées chez elles pour prendre ce qu'elles étaient en train de préparer ou de faire cuire, pendant que les hommes ramassaient du bois. À la demande de Jamie, ils l'avaient empilé sur la crête où se dresserait la Nouvelle Maison, puis nous avions accueilli notre famille avec faste, entourés de nos amis.

Les voyageurs avaient été mitraillés de questions : d'où revenaient-ils ? Comment s'était déroulé leur voyage ? Qu'avaient-ils vu ? Personne ne leur avait demandé s'ils étaient heureux d'être de retour. La réponse coulait de source.

Ni Jamie ni moi ne les avions interrogés. Cela viendrait plus tard. En outre, Roger venait de répondre à la seule question qui comptât vraiment.

En revanche, le *pourquoi* de cette réponse m'intriguait et hérissait les poils de ma nuque.

— À chaque jour suffit sa peine, murmurai-je dans les boucles noires de Mandy.

Je déposai un baiser sur sa petite oreille. Une fois de plus, mes doigts glissèrent sous ses vêtements, crasseux mais d'excellente confection, et trouvèrent la cicatrice minuscule sous ses côtes, le murmure du scalpel du chirurgien qui lui avait sauvé la vie deux ans plus tôt, dans un ailleurs si loin de moi.

Il battait paisiblement sous mes doigts, ce brave cœur. Je refoulai des larmes ; ce n'était pas la première fois aujourd'hui et certainement pas la dernière.

— J'avais donc raison, hein ? me demanda Jamie.

Je me rendis compte qu'il me posait la question pour la seconde fois.

— À quel sujet ? demandai-je.

— Il nous faut plus de place.

Il se tourna vers le rectangle invisible des fondations en pierre, la seule trace de la Nouvelle Maison pour le moment. L'empreinte de notre ancienne

Grande Maison formait toujours une tache sombre sous l'herbe dans la clairière en contrebas. Le temps que la Nouvelle Maison soit construite, l'ancienne ne serait peut-être plus qu'un souvenir.

Brianna bâilla comme une lionne puis rejeta en arrière sa chevelure emmêlée.

— Nous dormirons probablement dans le cellier cet hiver, dit-elle avant de pouffer de rire.

— Ô femme de peu de foi, répondit Jamie, imperturbable. Le bois est scié, fendu et poncé. Nous aurons des murs, des planchers et des fenêtres avant les premières neiges. Peut-être pas encore de vitres. Celles-ci pourront attendre le printemps.

Brianna battit des paupières, secoua la tête et se redressa pour regarder en direction du site.

— As-tu déjà trouvé un âtre ?

— Oui, une belle dalle en serpentine. Tu sais, la pierre verte ?

— Je m'en souviens. As-tu un objet en fer à enterrer dessous ?

— Non, pas encore, répondit Jamie, surpris. J'en trouverai un lorsque viendra le moment de bénir l'âtre.

— Dans ce cas...

Elle se leva, fouilla dans les plis de sa cape et sortit un grand sac en toile qui paraissait lourd, rempli de bric-à-brac. Elle chercha à l'intérieur quelques instants et en extirpa un objet noir qui luisait à la lueur du feu.

— Tu pourrais utiliser ça, pa, dit-elle en le tendant à Jamie.

Il l'observa un moment puis sourit.

— En effet, il fera parfaitement l'affaire, opina-t-il en me le donnant. Tu l'as apporté pour notre cheminée ?

C'était un burin en métal noir poli de six pouces de long, lourd dans ma paume. Le mot *artisan* était gravé sur sa tête.

— Enfin... pour un âtre, répondit-elle en posant une main sur la cuisse de Roger. Au début, j'avais pensé que nous construirions notre propre maison, mais...

Elle regarda au-delà de la masse noire du Ridge et vers la voûte du ciel froid et pur où brillait la Grande Ourse.

— ... je doute que nous y parvenions avant l'hiver, poursuivit-elle. Puisque nous allons devoir abuser de votre hospitalité...

— Ne sois pas stupide, s'esclaffa son père. Tu sais bien que notre maison est la vôtre. Plus nous aurons de mains pour nous aider, plus vite elle serait finie. Veux-tu voir le plan ?

Sans attendre sa réponse, il écarta le plaid et déposa doucement Jem sur le sol à mes côtés. Il se leva, saisit une branche enflammée dans le feu et invita d'un signe de tête sa fille à le suivre vers le chantier.

En dépit de sa fatigue, Brianna était partante. Elle m'adressa un sourire, redressa sa cape sur ses épaules et demanda à Roger :

— Tu viens ?

Il agita une main devant lui.

— Je ne tiens plus debout, mon amour. J'irai voir demain matin.

Elle effleura son épaule des doigts puis suivit la lumière de la torche de Jamie. Quelques pieds plus loin, nous l'entendîmes marmonner un juron quand elle trébucha contre une pierre cachée dans les herbes.

Je drapai un pan de ma cape autour de Jem, qui n'avait pas bronché.

Roger et moi restâmes silencieux, écoutant les voix qui s'éloignaient dans l'obscurité, le crépitement des flammes, le bruit de la nuit, chacun perdu dans ses pensées.

Ils avaient risqué les dangers de la traversée, sans parler de ceux de ce lieu et de ce temps… Qu'avait-il bien pu leur arriver dans leur propre temps ?

Il croisa mon regard, lut dans mes pensées et soupira.

— Oui, c'était dur, très dur, dit-il doucement. Même ainsi, nous aurions pu y retourner et affronter la situation. J'en avais envie. Cependant, nous craignions qu'il n'y ait personne là-bas pour qui Mandy ait des sentiments suffisamment forts.

— Mandy ? répétai-je en baissant les yeux vers le petit corps solide dans mes bras. Des sentiments pour qui ? Et que veux-tu dire par « y retourner » ? Non… (j'agitai une main pour m'excuser). N'essaie pas de m'expliquer à présent, tu es épuisé. Nous avons tout le temps.

Je m'éclaircis la gorge avant d'achever :

— L'essentiel est que vous soyez là.

Cette fois, son sourire était bien réel, même s'il était chargé du poids de la distance, des années et de tout ce qu'elles recelaient.

— Oui, dit-il.

Le silence retomba entre nous et, bientôt, la tête de Roger s'affaissa. Le croyant presque endormi, je repliai mes jambes sous moi afin de me lever et de mettre tout le monde au lit quand il se redressa à nouveau.

— Il y a autre chose…

— Oui ?

— Avez-vous déjà rencontré un homme appelé William Buccleigh MacKenzie ? Ou peut-être Buck MacKenzie ?

— Ce nom me dit quelque chose, répondis-je. Mais…

Roger se passa une main sur le visage, toucha la cicatrice blanche laissée par la corde sur son cou.

— En fait… il est à l'origine de ma pendaison. C'est également mon quatrième aïeul. Ni lui ni moi ne le savions quand il m'a fait pendre.

Il avait ajouté cette dernière phrase comme s'il excusait son ancêtre.

— Putain de bord… Oh, pardon. Es-tu encore pasteur ?

Cela le fit sourire, creusant un peu plus les marques de fatigue sur ses traits.

— Je ne crois pas qu'on cesse de l'être. Cependant, si vous étiez sur le point de dire « putain de bordel de merde », cela ne me dérange pas. Je dirais même que cela convient à la situation.

En quelques mots, il me raconta comment Buck MacKenzie avait atterri en Écosse en 1980, avant de repartir dans le passé avec Roger afin de trouver Jem.

— Je vous la fais courte, m'assura-t-il. Tout cela pour vous dire que nous l'avons laissé en Écosse en 1739. Avec… euh… sa mère.

— Avec *Geillis* ?

J'avais, malgré moi, parlé trop fort. Mandy se mit à gigoter en émettant de petits bruits irrités. Je lui tapotai le dos et la changeai de position.

— Tu l'as rencontrée ? demandai-je.

— Oui. C'est une femme… comment dire… intéressante.

Une chope à moitié remplie de bière était posée sur le sol devant lui. Je sentais la levure et l'arôme amer du houblon. Roger la saisit et sembla se demander s'il devait la boire ou se la verser sur la tête. Finalement, il avala une gorgée et la reposa.

— Je… nous… voulions qu'il vienne avec nous. Naturellement, cela présentait un risque. Toutefois, nous avions amassé suffisamment de gemmes et je pensais que nous y parviendrions, tous ensemble. En outre, son épouse est ici (il fit un geste vague vers la forêt au loin). Je veux dire en Amérique. Aujourd'hui.

— Oui, je m'en souviens vaguement. Elle figurait sur ton arbre généalogique.

Toutefois, l'expérience m'avait appris à ne pas prendre pour argent comptant tout ce qui était couché sur le papier.

Roger hocha la tête, but à nouveau et se racla la gorge. La fatigue rendait sa voix éraillée et craquelée.

— J'en déduis que tu lui as pardonné pour…

J'indiquai d'un geste ma propre gorge. Je pouvais voir sur la sienne la ligne blanche de la corde et l'ombre de la petite cicatrice que j'avais laissée en pratiquant une trachéotomie d'urgence avec un stylo et le bec d'ambre d'une pipe.

— Je l'aimais, répondit-il simplement avec un léger sourire. Ce n'est pas tous les jours qu'on a l'occasion d'aimer quelqu'un qui vous a donné son sang, sa vie, sans même savoir qui vous seriez, ni même si vous existeriez un jour.

— On prend forcément des risques quand on a des enfants, répondis-je.

— C'est vrai, convint-il.

Je posai une main sur la tête de Jem. Elle était chaude ; ses cheveux sales étaient soyeux sous mes doigts. Mandy et lui dégageaient une odeur de chiots, une émanation animale douce et puissante, riche d'innocence.

Un bruissement d'herbes et des voix nous annoncèrent le retour des architectes. Ils discutaient plomberie.

— Peut-être, disait Jamie, dubitatif. J'ignore si nous pourrons trouver tout le matériel nécessaire avant les grands froids. Je viens juste de commencer à creuser de nouvelles latrines. Cela nous suffira pour le moment. Au printemps…

Je n'entendis pas la réponse de Brianna. L'instant suivant, ils pénétrèrent dans le halo de lumière diffusé par le feu, si semblables avec le reflet des flammes sur leur long nez et leur chevelure cuivrée. Roger se releva et je l'imitai lentement. Dans mes bras, Mandy était aussi molle qu'Esmeralda, sa poupée de chiffon.

— C'est magnifique, maman, dit Brianna en m'enlaçant.

Son corps droit, souple et puissant m'englobait, Mandy coincée entre nous. Elle me tint contre elle un moment, puis baissa la tête et déposa un baiser sur mon front.

— Je t'aime, dit-elle doucement, d'une voix émue.

— Moi aussi, je t'aime, ma chérie, répondis-je.

Un nœud dans la gorge, je touchai son visage, si épuisé et rayonnant à la fois.

Elle recula, me prit Mandy et la cala contre son épaule avec une aisance issue de l'expérience. Elle poussa légèrement Jem du bout de sa botte.

— Viens, mon grand. Il est temps d'aller se coucher.

Il émit un petit son interrogateur, releva légèrement la tête, puis la laissa retomber, profondément endormi.

— Je m'en occupe, dit Roger.

Il s'accroupit, fit rouler son fils dans ses bras et se redressa avec un grognement d'effort.

— Vous descendez, vous aussi ? demanda-t-il à Jamie. Je peux revenir étouffer le feu après avoir couché Jem.

Jamie fit non de la tête et glissa un bras autour de ma taille.

— Merci, ce ne sera pas la peine. Nous allons rester ici encore un peu jusqu'à ce que le feu s'éteigne.

Ils descendirent lentement le versant en traînant les pieds, accompagnés par le cliquetis du sac de Brianna. On distinguait une faible lueur dans la cabane des Higgins, où ils passeraient la nuit. Amy avait dû allumer une lampe et écarter la peau de bête qui protégeait la fenêtre.

Le regard rivé sur le dos de sa fille qui s'éloignait, Jamie porta le burin à ses lèvres et l'embrassa, comme il avait autrefois embrassé devant moi le manche de son poignard. Je compris qu'il venait de faire une promesse sacrée.

Il rangea l'outil dans son *sporran* et m'enlaça par-derrière afin que nous puissions tous deux les regarder disparaître. Il posa son menton sur le sommet de mon crâne.

— À quoi penses-tu, *Sassenach* ? demanda-t-il doucement. J'ai vu tes yeux, ils contiennent des nuages.

Je me nichai contre lui, sa chaleur formant un rempart dans mon dos.

— Je pensais aux enfants…, hésitai-je. C'est… c'est merveilleux de les retrouver alors que nous croyions ne jamais les revoir…

Je m'interrompis, submergée à nouveau par une joie étourdissante à l'idée de reformer d'une manière aussi soudaine et inattendue cette chose remarquable : une famille.

— De savoir que nous verrons Jem et Mandy grandir, repris-je. D'avoir Bree et Roger à nos côtés…

— Oui, mais ? demanda-t-il avec un sourire dans la voix.

Il me fallut un moment pour rassembler mes pensées et trouver les mots pour les exprimer.

— Roger m'a dit qu'ils avaient eu des ennuis dans leur temps. Ce devait être grave.

— Oui, dit-il. Brianna m'en a dit autant. Mais, *a nighean*, ils ont déjà vécu ici. Ils savent ce que c'est, ce que ce sera.

Il parlait de la guerre. Je pressai ses mains posées sur mon ventre et contemplai la vallée à nos pieds. Bree, Roger et les petits avaient disparu.

— Je ne crois pas, murmurai-je. Personne ne sait vraiment ce qu'est la guerre à moins de l'avoir vécue.

— C'est vrai, convint-il.

Il se tut, sa main se pressant sur mon flanc, par-dessus la cicatrice de ma blessure, là où j'avais reçu une balle de mousquet à Monmouth.

— Oui, répéta-t-il après un long moment. Je comprends ce que tu veux dire, *Sassenach*. Quand j'ai vu Brianna et les enfants, que j'ai compris que je ne rêvais pas, j'ai cru que mon cœur allait éclater... Néanmoins, malgré ma joie... même s'ils me manquaient cruellement, de penser qu'ils étaient à l'abri du danger me réconfortait. À présent...

Il n'acheva pas sa phrase. Je sentais son cœur battre contre mon dos, lent et régulier. Il inspira profondément. Le feu crépita soudain. Une poche de résine explosa, libérant une volute d'étincelles qui s'éleva dans la nuit. Un petit rappel de la guerre qui montait lentement autour de nous.

— Quand je les regarde, mon cœur s'emplit soudain de..., commença-t-il.

— Terreur, murmurai-je en m'accrochant à lui. De pure terreur.

— Oui, c'est cela.

Nous restâmes un moment debout, contemplant le paysage sombre à nos pieds, laissant la joie nous envahir à nouveau. Il y avait encore de la lumière à la fenêtre de la cabane des Higgins, à l'autre bout de la clairière en contrebas.

— Ils sont neuf dans cette cabane, observai-je.

J'inspirai profondément l'air frais de la nuit qui fleurait bon l'épicéa, imaginant le remugle chaud et humide de neuf corps endormis occupant toutes les surfaces horizontales tandis que, dans la cheminée, une marmite et une bouilloire libéraient leur vapeur.

Une autre fenêtre s'alluma.

— Quatre d'entre eux sont à nous, déclara Jamie avec un petit rire.

— J'espère que la cabane ne brûlera pas.

Quelqu'un venait d'ajouter du bois dans le feu ; des étincelles dansaient au-dessus du conduit de cheminée.

— Elle ne brûlera pas, m'assura-t-il.

Il me fit tourner vers lui.

— J'ai envie de toi, *a nighean*, dit-il doucement. Veux-tu bien t'allonger près de moi ? C'est peut-être la dernière fois avant longtemps que nous avons un peu d'intimité.

Au moment où j'ouvrais la bouche pour répondre « bien sûr », je fus prise d'un énorme bâillement.

Je plaquai aussitôt une main sur mes lèvres.

— Oh pardon ! Ce n'est pas du tout ce que je voulais dire.

Il rit doucement puis étendit à nouveau le plaid froissé sur lequel j'avais été assise, s'agenouilla dessus et me tendit la main.

— Viens t'étendre près de moi, *Sassenach*. Nous regarderons les étoiles. Si, dans cinq minutes, tu es encore éveillée, je t'ôterai tes vêtements et te prendrai nue au clair de lune.

— Et si je m'endors ? demandai-je en me débarrassant de mes souliers et en saisissant sa main.

— Dans ce cas, je te prendrai tout habillée.

Bien que les flammes eussent baissé, le feu ronronnait toujours. Je sentais son souffle chaud caresser mon visage et soulever mes cheveux près de mes tempes. Le tapis d'étoiles était dense. Elles brillaient tels des diamants éparpillés lors d'un cambriolage céleste. Je partageai cette image avec Jamie, qui émit un son de dérision très écossais avant de s'allonger à mes côtés. La vue lui arracha un soupir de plaisir.

— C'est vrai que c'est beau. Tu vois Cassiopée, là ?

Je regardai dans la direction qu'il indiquait du menton.

— Je ne m'y connais pas en constellations. Je reconnais la Grande Ourse et, généralement, j'arrive à identifier la ceinture d'Orion, mais je ne la vois pas ce soir. Et les Pléiades sont quelque part là-haut, n'est-ce pas ?

— Elles font partie du Taureau, juste là, près du Chasseur.

Il pointa le doigt vers le ciel.

— Et là, tu as Camelopardalis.

— Tu te moques de moi. Il n'y a pas de constellation de la Girafe, j'en aurais entendu parler.

— Elle n'est pas dans le ciel en ce moment. Pourtant, elle existe vraiment. Quand tu y penses, est-ce plus difficile d'y croire qu'à la surprise d'aujourd'hui ?

— Non, convins-je.

Il glissa un bras autour de moi et je roulai sur le côté pour poser ma joue sur son torse. Nous contemplâmes les étoiles en silence, écoutant le vent dans les arbres et le rythme lent de nos cœurs.

Au bout d'un long moment, Jamie s'étira et soupira :

— Je crois bien que je n'avais pas vu un aussi beau ciel étoilé depuis la nuit où nous avons conçu Faith.

Surprise, je redressai la tête. Même si nous connaissions nos sentiments réciproques à son égard, nous parlions rarement de Faith, mort-née mais toujours dans notre cœur.

— Tu sais quand elle a été conçue ? m'étonnai-je. Je ne m'en souviens pas.

Il glissa la main le long de mon dos, ses doigts s'arrêtant pour décrire des cercles dans le creux de mes reins. Aurais-je été un chat que j'aurais agité ma queue doucement sous son nez.

— Je peux me tromper, répondit-il. J'ai toujours pensé que c'était la nuit où j'ai rejoint ton lit dans l'abbaye. Il y avait une haute fenêtre au fond du couloir et je voyais les étoiles en m'approchant de toi. Je l'ai interprété comme un signe, comme si elles me montraient la voie.

Je fouillai dans mes souvenirs. Je me remémorais rarement notre séjour à l'abbaye de Sainte-Anne, lorsqu'il avait été à un cheveu de se laisser mourir. Ç'avait été une époque terrifiante. Mes jours étaient remplis de peur et de confusion ; mes nuits, de désespoir et de désolation. Pourtant, en y repensant, des images nettes me revenaient à l'esprit, telles les enluminures sur la page d'un vieux manuscrit en latin.

Le visage du père Anselme, pâle dans le halo des chandelles ; la compassion dans ses yeux, puis la lueur croissante de perplexité à mesure qu'il entendait ma confession. Les mains de l'abbé touchant le front, les paupières, les lèvres et les paumes de Jamie, aussi délicates que des ailes d'oiseau-mouche, oignant son neveu agonisant du saint chrême de l'extrême-onction. Le silence de la chapelle sombre où je priais pour sa vie et où ma prière avait été entendue.

Parmi ces moments se trouvait la nuit où je m'étais réveillée et l'avais trouvé debout au pied de mon lit tel un spectre, pâle, nu et grelottant, si faible qu'il pouvait à peine marcher et néanmoins à nouveau rempli de vie et de cette détermination opiniâtre qui ne le quitterait jamais.

— Tu te souviens donc de Faith ? demandai-je.

Je posai une main légère sur mon estomac, les souvenirs affluant. Il ne l'avait jamais vue et ne l'avait sentie qu'au travers de coups de pied et de pressions à la surface de mon ventre.

Il déposa un baiser sur mon front et me dévisagea.

— Tu sais bien que oui, n'est-ce pas ?

— Oui, je voulais juste que tu m'en parles encore.

— C'est bien mon intention.

Se soutenant sur un coude, il m'attira à lui pour m'envelopper dans son plaid.

— Tu te souviens de ça aussi ? demandai-je en tirant sur le pan de laine qu'il avait rabattu sur moi. Quand nous avons partagé ton plaid la nuit de notre rencontre ?

— Pour t'éviter de mourir de froid ? dit-il en embrassant ma nuque. Oui. À l'abbaye, c'était moi qui étais transi. Je m'étais épuisé en me forçant à marcher et, comme tu ne me laissais rien manger, je mourais de faim et...

— Oh, ce n'est pas vrai ! Tu...

— Te mentirais-je, *Sassenach* ?

— Bien sûr ! Tu mens continuellement. Mais passons. Donc, tu étais transi et affamé, et, au lieu de demander au frère Paul une couverture ou un bol de nourriture chaude, tu as titubé le long d'un couloir sombre pour venir te glisser dans mon lit.

— Les nourritures terrestres ne sont pas tout, *Sassenach*, répliqua-t-il en mettant une main ferme sur ma fesse. Savoir si je pouvais encore te faire l'amour était bien plus important. Si j'en avais été incapable, je crois que je serais sorti sous la neige et ne serais jamais revenu.

— Naturellement, il ne t'est pas venu à l'esprit de patienter quelques semaines afin de recouvrer tes forces.

— J'étais pratiquement sûr de pouvoir parcourir cette distance en me soutenant au mur. Le reste, je pouvais le faire allongé, alors pourquoi attendre ? Tu t'en souviens ?

Sa main caressait lentement ma fesse, à présent.

— C'était comme faire l'amour à un bloc de glace, dis-je.

Cela avait également fait fondre mon cœur de tendresse et m'avait emplie d'un espoir que je croyais perdu à jamais.

— Cela dit, tu as fini par dégeler, ajoutai-je.

Lentement, au début. Je l'avais simplement bercé contre moi en m'efforçant de lui transmettre toute ma chaleur corporelle. J'avais ôté ma chemise afin que nos peaux se touchent. Je me souvenais de l'épine dure de l'os saillant de sa hanche, des nœuds de sa colonne vertébrale, des zébrures encore fraîches qui recouvraient son dos.

— Tu n'avais plus que la peau sur les os.

Je me tournai face à lui et l'attirai à moi, cherchant à me rassurer par sa présence, à m'imprégner de sa chaleur pour chasser la froideur des souvenirs. Il était chaud et vivant. Très vivant.

— Tu avais enroulé ta jambe autour de moi pour m'empêcher de tomber du lit, se souvint-il.

Il caressa lentement ma cuisse. Je ne pouvais distinguer ses traits à contre-jour, mais j'entendais son sourire dans sa voix. Le feu derrière lui faisait briller les contours de sa chevelure.

— C'était un tout petit lit, lui rappelai-je.

Une couche monacale à peine assez grande pour une personne de taille normale. Or, même famélique, il occupait beaucoup d'espace.

— Je voulais te rouler sur le dos, *Sassenach*, mais j'avais peur de nous faire tomber tous les deux et… je n'étais pas sûr que mes bras aient la force de me soutenir.

Il avait tremblé de froid et de fatigue, ainsi que, je m'en rendais compte à présent, de peur. Je pris la main posée sur ma cuisse et la portai à mes lèvres pour l'embrasser. Ses doigts frais se refermèrent autour des miens.

— Tu as réussi, dis-je doucement.

Je l'attirai sur moi.

— Tout juste, murmura-t-il.

Il se fraya un chemin à travers les couches de plaid, de laine et de chemises, puis poussa un long soupir d'aise. Moi aussi.

— Oh, *Sassenach* !

Il remua, juste un peu.

— Je me souviens de cette sensation, murmura-t-il. J'avais cru ne plus jamais pouvoir te toucher, puis…

Il y était parvenu. Tout juste.

— Je pensais… que je devais te faire l'amour, quitte à en mourir…

— Ce fut presque le cas, chuchotai-je en retour en agrippant ses fesses rondes et fermes. L'espace d'un moment, je t'ai cru mort, jusqu'à ce que tu te mettes à bouger.

— Je l'ai bien cru aussi, dit-il avec un petit rire. Oh, Seigneur, Claire…

Il s'interrompit et s'abaissa jusqu'à poser son front contre le mien. Il l'avait fait aussi cette fameuse nuit, la peau froide et les traits tendus par la férocité de son désespoir. J'avais alors eu l'impression d'insuffler ma propre vie dans sa bouche si douce et ouverte. Son haleine sentait vaguement la bière et l'œuf, la seule nourriture qu'il pouvait avaler.

— Je voulais…, chuchota-t-il. Je te voulais. Il fallait que je te prenne. Puis j'ai voulu…

Il soupira profondément et s'enfonça en moi.

— J'ai cru mourir. Je le voulais. Je voulais partir pendant que j'étais en toi.

Sa voix avait changé, toujours douce mais plus lointaine, détachée. Il avait quitté le moment présent pour retourner dans la cellule froide et sombre, dans la panique, la peur et le besoin irrésistible.

— Je voulais me déverser en toi puis sombrer dans l'oubli. Mais quand j'ai commencé à remuer, j'ai compris qu'il n'en serait rien, que je survivrais et resterais en toi pour toujours. Que je te donnerais un enfant.

Il était revenu dans l'ici et maintenant. Je le serrai contre moi, grand, solide et fort dans mes bras, puis tremblant et fragile lorsqu'il s'abandonna. Je sentais mes propres larmes chaudes glisser le long de mes tempes, refroidir et disparaître dans ma chevelure.

Au bout d'un moment, il remua à nouveau et glissa sur le côté. Sa grande main était posée sur mon ventre.

— J'y suis arrivé, n'est-ce pas ?

Il esquissa un sourire, la lueur du feu caressant son visage.

— Oui, répondis-je en tirant le plaid sur nous.

Je restai allongée contre lui, heureuse dans la lumière des dernières flammes et des étoiles éternelles.

2

Jours tranquilles à Fraser's Ridge

Épuisé, Roger dormit comme une souche, bien que le lit consistât en deux courtepointes élimées qu'Amy Higgins avait sorties en hâte de son panier à ouvrage et étendues sur une semaine de linge sale des Higgins. Leurs manteaux, le sien et celui de Brianna et des petits, leur servaient de couvertures. Même ainsi, c'était une couche douillette, avec, d'un côté, le feu couvant dans la cheminée et, de l'autre, la chaleur corporelle de deux enfants et d'une femme blottie contre lui. Il était tombé dans le sommeil comme dans un puits, prenant à peine le temps de murmurer une prière de gratitude, brève mais sincère.

Nous avons réussi. Merci.

Il se réveilla dans l'obscurité, sentant une odeur de bois brûlé, de pot de chambre et un vide froid derrière lui. Il s'était couché le dos à la cheminée et s'était retourné dans son sommeil, si bien qu'il voyait à présent le rougeoiement étouffé des dernières braises à quelques pouces de son visage, veines écarlates sur un lit de cendres grises et de fragments de bûches carbonisées. Il tapota l'espace derrière lui : Brianna n'était plus là. La forme vague de l'autre côté de la courtepointe devait être Jem et Mandy. Le reste de la cabane somnolait toujours. L'air était chargé de respirations profondes.

— Bree ? chuchota-t-il en se redressant sur un coude.

Elle se trouvait tout proche, adossée au mur près de la cheminée et se tenant sur une jambe pour enfiler son bas. Elle reposa le pied, s'accroupit près de lui et effleura son visage du bout des doigts.

— Je pars chasser avec pa, chuchota-t-elle. Si tu as des choses à faire aujourd'hui, maman s'occupera des petits.

Il glissa une main sur sa hanche.

— Où as-tu déniché… ?

Elle portait une épaisse chemise de chasse et un pantalon lâche rapiécé de partout. Il sentait les coutures rêches sous sa paume.

— Ce sont des vêtements de pa, répondit-elle avant de l'embrasser. Rendors-toi, il ne fera pas jour avant une heure au moins.

Il la regarda se glisser entre les corps étendus sur le sol, ses bottes à la main. Un courant d'air froid s'infiltra dans la pièce lorsqu'elle ouvrit la porte et la referma en silence. Bobby Higgins marmonna quelque chose dans son sommeil. L'un des garçonnets se redressa en position assise, dit « Quoi ? » d'une voix surprise et claire, puis retomba sur sa couche et se rendormit aussitôt.

L'air frais se dissipa dans l'atmosphère enfumée et le sommeil s'empara à nouveau de la cabane. Sauf de Roger. Allongé sur le dos, il ressentait à parts égales quiétude, soulagement, excitation et anxiété.

Ils étaient réellement arrivés à bon port.

Tous. Il ne cessait de recompter compulsivement sa famille. Ils étaient tous les quatre sains et saufs.

Des souvenirs fragmentés et des sensations défilaient dans sa tête. Il les laissa couler, ne cherchant pas à les retenir ni à s'arrêter sur plus d'une image de-ci de-là : le poids d'un petit lingot d'or dans sa main moite ; l'élan de panique lorsqu'il l'avait laissé tomber et l'avait vu glisser sur le pont incliné du navire ; la vapeur chaude d'une bouillie d'avoine arrosée de whisky, un fortifiant pour affronter le matin écossais glacial ; Brianna descendant prudemment un escalier à cloche-pied, tenant son autre cheville bandée en l'air tandis qu'un virelangue lui venait inconsciemment à l'esprit : « La duchesse mit ses chaussettes à sécher sur une souche sèche. »

L'odeur âcre des cheveux sales de Buck tandis qu'ils s'étreignaient, faisant leurs adieux sur un quai ; les jours et les nuits sans fin dans la cale froide du *Constance* en route vers Charles Town, tous les quatre blottis dans un recoin derrière les marchandises, assourdis par le battement des vagues contre la coque, trop nauséeux pour avoir faim, trop épuisés pour avoir peur, hypnotisés par le niveau croissant de l'eau dans la sentine, l'observant grimper peu à peu, les éclaboussant à chaque roulis écœurant, s'efforçant de transmettre ce qui leur restait de chaleur corporelle aux enfants pour les maintenir en vie…

Il relâcha le souffle qu'il avait retenu sans s'en rendre compte, posa les mains à plat de chaque côté de lui sur le plancher solide, ferma les yeux et laissa sa tête se vider.

Plus de regard en arrière. Ils avaient fait leur choix et étaient arrivés là où ils voulaient. Dans un sanctuaire.

Et maintenant ?

Il avait déjà vécu dans cette cabane autrefois. Durant une longue période. Il devrait sans doute en construire une nouvelle. La veille, Jamie lui avait dit que la terre que lui avait octroyée le gouverneur Tryon était toujours enregistrée à son nom.

Un frisson d'anticipation le parcourut. Il avait toute une journée devant lui, le début d'une nouvelle vie. Par où commencer ?

— Papa ! chuchota bruyamment dans son oreille une voix dans une pluie de postillons. J'ai pipi !

Il se redressa en souriant et écarta les manteaux et les chemises. Mandy sautillait d'un pied sur l'autre tel un oisillon noir se détachant sur les ombres.

Il prit sa main chaude et poisseuse.

— Oui, ma puce. Je vais te conduire aux latrines. Essaie de ne piétiner personne.

Ayant déjà connu plusieurs latrines, Mandy ne fut pas rebutée par celles-ci. Cependant, lorsque Roger ouvrit la porte, une énorme araignée se laissa tomber du linteau et se balança tel un fil à plomb à quelques pouces de son nez. Mandy et lui poussèrent un cri… ou plutôt, Mandy cria. Roger émit à peine un croassement. Au moins, ce fut un croassement viril.

Il ne faisait pas encore jour. L'araignée formait une tache noire autour de laquelle on devinait des pattes. Effrayée par leurs cris, elle remonta aussitôt le long de son fil et alla se cacher dans son repaire invisible.

— J'y vais pas ! déclara Mandy en reculant contre ses jambes.

Roger partageait sa réticence. Néanmoins, s'il l'entraînait hors du sentier et dans les broussailles, dans le noir, ils risquaient de tomber sur d'autres araignées (peut-être plus grandes encore), des serpents, des chauves-souris, voire d'autres créatures chassant dans l'aube. Comme de grands félins. La veille au soir, Aidan MacCallum les avait fait rire en leur racontant comment il avait croisé un puma en chemin vers les latrines… ces mêmes latrines devant lesquelles ils se tenaient à présent.

— Ce n'est rien, mon petit cœur, la rassura-t-il en la soulevant dans ses bras. Elle est partie.

— J'ai peur !

— Je sais. Ne t'inquiète pas. Elle aussi elle a eu peur, elle ne reviendra pas. Le cas échéant, je la tuerai.

— Avec un fusil ? demanda-t-elle, fébrile.

— Oui, répondit-il fermement.

La serrant contre son torse, il baissa la tête pour passer sous le linteau et se souvint un peu tard que Claire lui avait raconté avoir trouvé un énorme crotale enroulé sur la chaise percée…

Il ne leur arriva rien de fâcheux, à part qu'il faillit laisser tomber Mandy dans le trou lorsqu'elle le lâcha pour tenter de se torcher avec des feuilles de maïs séchées.

Transpirant légèrement en dépit de l'air froid, il retourna dans la cabane pour découvrir qu'en leur absence les Higgins, ainsi que Jem et Germain, s'étaient tous levés comme un seul homme.

Amy Higgins haussa des sourcils perplexes lorsqu'il lui expliqua que Brianna était partie chasser, puis, lorsqu'il ajouta qu'elle était avec son père, son air surpris s'effaça et elle hocha la tête. Roger sourit en lui-même. Il était heureux de constater que, même après une longue absence, « sa Seigneurie » n'avait rien perdu de son aura sur le Ridge. Claire lui avait dit la veille qu'ils n'étaient rentrés de leur exil qu'un mois plus tôt.

— Beaucoup de nouveaux colons se sont installés sur le Ridge depuis notre départ ? demanda-t-il en s'asseyant près de son hôte, un bol de porridge à la main.

— Toute une flopée, l'assura Bobby. Vingt familles, au moins. Un peu de lait et de miel, pasteur ?

Il poussa le pot de miel vers lui. En sa qualité d'Anglais, Bobby se permettait de telles frivolités pour son petit-déjeuner, au lieu de l'austère pincée de sel écossaise.

— Oh, pardon, se reprit-il. J'aurais dû vous le demander d'abord : vous êtes toujours pasteur ?

Bien que Claire lui eût posé la même question la veille au soir, Roger ne s'y attendait pas.

— Oui, répondit-il en saisissant la cruche de lait.

La question comme sa réponse faisaient accélérer son pouls.

Il était pasteur, même s'il n'était pas certain de l'officialité de sa fonction. Certes, il avait baptisé, marié, enterré les gens du Ridge pendant plus d'un an. Il y avait prêché et assuré les divers services d'un prêtre. Tous l'avaient considéré comme tel et, probablement, le considéraient encore. Cependant, il n'avait jamais été formellement ordonné pasteur presbytérien. Pas complètement.

— Je passerai sans doute voir les nouveaux, déclara-t-il nonchalamment. Savez-vous s'il y a des catholiques ou d'autres cultes parmi eux ?

Une question purement rhétorique. Sur le Ridge, les convictions religieuses de chacun étaient connues de tous et l'on en discutait communément, quoique pas toujours ouvertement devant les principaux intéressés.

Amy déposa une tasse de chicorée près du bol de Roger et s'assit devant son propre porridge salé avec un soupir de soulagement.

— Il y a quinze familles catholiques, répondit-elle. Douze presbytériennes et trois lumières bleues… des méthodistes. Si j'étais vous, je me méfierais de ces derniers, pasteur. Oh, et il y a peut-être aussi deux anglicans… Orrie !

Elle bondit juste à temps pour arrêter son fils de six ans qui avait soulevé discrètement (non sans mal) un pot de chambre plein avec la claire intention de le renverser sur la tête de Jem, qui, assis en tailleur devant la cheminée, contemplait d'un air endormi une chaussure dans sa main.

Surpris par le cri de sa mère, Orrie lâcha le pot, manquant Jem de peu et renversant son contenu fétide dans le feu qui venait d'être ravivé. Il courut vers la porte, pourchassé par sa mère qui prit néanmoins le temps d'attraper un balai au passage. Les imprécations enragées en gaélique et les glapissements de terreur s'éloignèrent peu à peu.

Jem, qui avait le matin en horreur, observa les braises qui grésillaient dans la cheminée, fronça le nez et se leva. Il oscilla quelques instants, traîna les pieds jusqu'à la table et se laissa tomber à côté de son père en bâillant.

Le silence retomba dans la cabane. Une bûche se brisa soudain dans l'âtre en projetant un jet d'étincelles, comme un dernier commentaire sur l'état des choses.

Roger se racla la gorge.

— « Car l'homme naît pour souffrir, comme l'étincelle pour voler », cita-t-il.

Bobby s'arracha à sa contemplation de l'âtre et se tourna lentement vers lui. La fumée faisait rougir ses yeux. L'ancien « M » marqué au fer rouge sur sa joue paraissait blême dans la pénombre de la cabane.

— Voilà qui est bien dit, pasteur, approuva-t-il. Content que vous soyez de retour.

C'était ce que sa mère appelait un jour limpide, où l'air et le ciel ne faisaient plus qu'un et où chaque inspiration enivrait. Les feuilles de noyer et de chêne craquaient sous les semelles en dégageant un parfum aussi puissant que les aiguilles de pin un peu plus haut. Ils grimpaient sur la montagne, fusil à la main, et Brianna Fraser MacKenzie se sentait en harmonie avec son environnement.

Son père retint une branche de pruche jusqu'à ce qu'elle le rejoigne et lui indiqua d'un geste le vaste pré qui s'ouvrait devant eux.

— *Feur-milis*, déclara-t-il. Te souviens-tu un peu de ton *gàidhling*, ma fille ?

Elle fouilla rapidement dans les tiroirs de sa mémoire.

— Le premier mot a quelque chose à voir avec l'herbe. Je ne connais pas le sens du second.

— Le « foin d'odeur », c'est ce qui pousse ici. C'est un excellent pâturage pour les bêtes, mais la pente est trop escarpée pour les faire grimper jusqu'ici. En outre, on ne peut les y laisser seules pendant plusieurs jours à cause des pumas et des ours.

Le pré tout entier ondoyait. Les têtes vert argent de millions d'herbes agitées par le vent réfractaient la lumière du soleil matinal. Ici et là voletaient des papillons blancs et jaunes. À l'autre bout du pré, un grand ongulé s'enfuit avec fracas, s'enfonçant dans le sous-bois en faisant trembler les branches dans son sillage.

— Elles auraient également de la concurrence, observa-t-elle en indiquant d'un signe de tête l'endroit où l'animal avait disparu.

Elle arqua un sourcil, étonnée que son père ne tente pas de le suivre. Il devait avoir une bonne raison, car il n'avait pas bougé.

Au lieu de cela, il tourna sur sa droite et longea la lisière d'arbres qui bordaient le pré.

— En effet, dit-il. Sauf que les cerfs ne se nourrissent pas de la même façon que les vaches et les moutons, du moins quand le pâturage est bon. Celui-ci était un vieux mâle. On ne les tue pas en été, quand il y a une abondance de viande bien meilleure.

Elle le suivit sans commentaire. Il tourna la tête vers elle et lui sourit.

— À cette époque de l'année, là où il y en a un, il y en a d'autres. Les biches et les faons commencent à se rassembler en petits troupeaux. Même si nous sommes loin de la saison du rut, les mâles ne pensent qu'à ça. Celui-ci saura très bien nous guider jusqu'à eux.

En se souvenant de certaines des opinions de sa mère sur les hommes et les effets de la testostérone, elle réprima un sourire. Il s'en aperçut et lui adressa un regard mi-contrit, mi-amusé. Elle fut émue qu'il sache lire dans ses pensées aussi facilement.

— Ta mère a raison au sujet des hommes, déclara-t-il avec un haussement d'épaules. Ne l'oublie pas, *a nighean*.

Il se tourna et leva son visage vers la brise.

— Ils se trouvent près d'ici, mais sous le vent. Nous ne pourrons les approcher à moins de grimper plus haut et de redescendre de l'autre côté de la crête.

Il pointa le menton vers l'ouest.

— Avant ça, j'ai pensé que nous pourrions passer voir ton cousin Ian. Ça t'ennuie ?

Les traits de Brianna s'illuminèrent.

— Si cela m'ennuie ? Au contraire ! Hier, autour du feu, quelqu'un a dit qu'il s'était remarié. Avec qui ?

La nouvelle femme de Ian l'intriguait. Une dizaine d'années plus tôt, il lui avait demandé de l'épouser et, bien qu'il ne l'eût fait qu'en désespoir de cause (pour l'extirper d'une situation désespérée), elle savait que coucher avec elle ne lui aurait pas déplu. Plus tard, alors qu'ils étaient tous deux adultes, elle, mariée, lui, divorcé de son épouse autochtone, ils avaient tacitement reconnu l'existence d'une attirance physique entre eux et aussi tacitement l'avaient étouffée.

L'affection entre eux n'en était pas moins sincère, et elle espérait qu'elle aimerait la nouvelle épouse de Ian.

Son père se mit à rire.

— Elle te plaira. Elle s'appelle Rachel Hunter. C'est une quaker.

Elle eut une vision d'une petite femme terne au regard toujours baissé. En voyant son air dubitatif, son père secoua la tête.

— Elle n'est pas ce que tu crois. Elle n'a pas peur de dire ce qu'elle pense. Ian est fou d'elle et inversement.

— Ah, tant mieux !

Son père la regarda d'un air amusé sans rien dire. Tournant les talons, il s'enfonça dans les ondulations des hautes herbes odorantes.

La cabane de Ian était charmante, non pas qu'elle fût très différente de toutes les autres cabanes de montagne que Brianna avait vues. Elle avait l'avantage d'être nichée au milieu d'un bosquet de trembles. Le feuillage palpitant décomposait la lumière du soleil en un tremblement d'ombres et d'éclats, conférant à la demeure une allure magique, comme si elle pouvait disparaître dans les arbres dès qu'on tournerait le dos.

Quatre chèvres et deux chevreaux passèrent la tête au-dessus de la clôture de leur enclos et leur souhaitèrent la bienvenue dans un joyeux raffut. Pourtant, personne ne sortit voir qui étaient les visiteurs.

— Ils ne sont pas là, en déduisit Jamie. Y a-t-il un message sur la porte ?

En effet. Un morceau de papier était accroché avec une longue épine. Dessus était griffonnée une phrase incompréhensible que Brianna finit par identifier comme étant du gaélique.

— La femme de Ian est écossaise ? s'étonna-t-elle en fronçant les sourcils.

Les seuls mots qu'elle reconnaissait étaient « MacCree » et « chèvre ».

Son père essuya ses lunettes et parcourut le message.

— Non, c'est de Jenny. Elle dit que Rachel et elle sont chez les MacCree pour confectionner des couvertures matelassées et demande à Ian, s'il rentre avant elles, de traire les chèvres et de mettre de côté la moitié du lait pour le fromage.

Comme si elles savaient qu'on parlait d'elles, un chœur de bêlements sonores s'éleva de l'enclos.

— De toute évidence, Ian n'est pas encore rentré, observa Brianna. Tu crois qu'on devrait les traire maintenant ? Je me souviens probablement comment faire.

— Non, Jenny l'a sûrement fait quelques heures avant de partir. Elles peuvent attendre ce soir.

Jusque-là, Brianna avait supposé que « Jenny » était une fille de ferme. Le ton sur lequel Jamie prononçait ce prénom lui mit la puce à l'oreille.

— Jenny ? Ta sœur Jenny ? s'exclama-t-elle, incrédule. Elle est ici ?

Il parut légèrement perplexe.

— Oui. Je suis désolé, je n'ai pas pensé que tu l'ignorais. Elle…

Il s'interrompit et la dévisagea intensément.

— Les lettres. Nous avons écrit… Enfin, c'est surtout Claire qui les rédigeait, mais…

— Nous les avons reçues.

Elle avait le souffle court, comme lorsque Roger avait rapporté le coffret en bois avec le nom entier de Jemmy gravé sur le couvercle et qu'ils l'avaient ouvert pour découvrir les lettres. En dépliant la première et en lisant : *« Nous sommes vivants… »*, elle avait été envahie d'un immense soulagement, ainsi que d'un mélange de joie et de chagrin.

Ces mêmes émotions l'assaillaient à présent et ses larmes la prirent par surprise. Sa vue se brouilla, le paysage autour d'elle vacilla comme si la cabane, son père et elle-même allaient disparaître d'un instant à l'autre, se dissolvant dans le scintillement des trembles. Elle émit un petit son étranglé et le bras de son père s'enroula autour de sa taille, l'attirant vers lui.

— Nous ne pensions pas vous revoir un jour, chuchota-t-il dans sa chevelure d'une voix éraillée. Jamais, *a leannan*. J'avais peur… tellement peur que tu ne sois pas arrivée à bon port, que… vous soyez tous morts, perdus dans le… néant. Et que nous ne l'apprenions jamais.

Elle s'essuya le nez sur le revers de la main.

— Nous ne pouvions pas vous prévenir, dit-elle. Mais vous, si. Ces lettres… Savoir que vous étiez en vie. Je veux dire…

Elle s'interrompit brusquement et, refoulant ses larmes, vit Jamie détourner les yeux, eux-mêmes humides.

— Mais nous ne l'étions plus, dit-il doucement. Nous étions morts quand tu as lu ces lettres.

— Non, dit-elle fermement en saisissant sa main. J'ai refusé de lire toutes les lettres à la suite. J'espaçais mes lectures, car tant qu'il en restait encore à lire, vous étiez toujours en vie.

— Tout cela n'a plus d'importance, ma fille, dit-il doucement.

Il porta ses doigts à ses lèvres et les baisa, son souffle chaud et léger sur sa peau.

— Tu es ici. Nous aussi. Rien d'autre n'a d'importance.

Brianna portait la carabine familiale et son père, son bon fusil. De toute manière, elle ne pouvait tirer sur des oiseaux ou du petit gibier au risque d'alerter les cerfs non loin. La pente était rude et elle se mit bientôt à souffler, la sueur perlant derrière ses oreilles. Jamie, lui, grimpait comme une chèvre sans le moindre effort apparent. En constatant qu'elle peinait (à la plus grande honte de Brianna), il s'arrêta sur une petite corniche.

— Nous ne sommes pas pressés, *a nighean*, dit-il avec un sourire.

Il tendit une main hésitante et toucha sa joue rouge, avant de laisser rapidement retomber son bras.

— Désolé, je ne me suis pas encore fait à l'idée que tu es réelle.

— Je pourrais en dire autant.

Elle toucha son visage, chaud et sans barbe, scrutant au fond de ses yeux en amande d'un bleu profond qui ressemblaient tant aux siens.

Il la prit à nouveau doucement dans ses bras. Ils restèrent ainsi un moment sans parler, écoutant les croassements de corbeaux qui volaient en cercles au-dessus d'eux et le gargouillis de l'eau coulant sur la roche.

— *Trobhad agus òl, a nighean*. Viens boire.

Il l'entraîna vers un petit ruisseau qui se déversait dans une crevasse entre deux rochers. L'eau glacée avait un goût de granit et la vague saveur piquante de la résine de pin.

Elle avait étanché sa soif et s'aspergeait le visage pour rafraîchir ses joues lorsque son père fit un mouvement brusque. Elle se figea et lui lança un regard. Immobile, il leva imperceptiblement les yeux et le menton pour lui indiquer le versant au-dessus d'eux.

Elle vit – et entendit – un léger éboulis et de petits cailloux atterrir près de son pied. Il s'ensuivit un silence perturbé uniquement par les cris des corbeaux. Ces derniers s'étaient faits plus stridents, comme si les oiseaux se rapprochaient. *Ils voient quelque chose*, pensa-t-elle.

Effectivement, ils s'approchaient. L'un d'eux fit soudain un piqué, passant juste au-dessus de sa tête, tandis qu'un autre croassait plus haut.

Un craquement violent provenant d'une saillie rocheuse en amont manqua de lui faire perdre pied et elle se retint par réflexe à une poignée de jeunes pousses. Il y eut un bruit sourd suivi d'un glissement et, presque aussitôt, une énorme avalanche de terre et de gravillons passa devant elle, rebondit sur le bord de la corniche dans une explosion de souffle et de sang puis atterrit avec fracas dans des buissons en contrebas.

— Par saint Michel ! jura Jamie en gaélique et en se signant.

Il lança un regard vers le bas et les buissons agités d'intenses soubresauts (la « chose », quelle qu'elle soit, était encore vivante), puis vers le haut.

— *Weh !* lança une voix masculine au-dessus de leurs têtes.

Bien qu'elle ne comprît pas le mot, elle reconnut la voix.

— Ian ? appela-t-elle.

Un profond silence suivit, perturbé uniquement par les corbeaux, qui semblaient plus irrités que jamais.

— Saint Michel, protège-nous ! s'exclama soudain une voix en gaélique.

L'instant suivant, son cousin Ian se laissa tomber sur leur étroite corniche, où il se tint en équilibre sans la moindre difficulté.

— C'est bien toi ! s'écria-t-elle. Oh, Ian !

— *A charaid !* s'exclama-t-il en riant de joie.

Il l'attrapa par la taille et la serra contre lui. Puis il s'écarta un instant pour s'assurer qu'il ne rêvait pas, rit de plus belle et l'embrassa avant de l'étreindre à nouveau. Il dégageait une odeur de peau de daim, de porridge et de poudre. Elle sentait son cœur battre contre sa poitrine.

Elle perçut vaguement un bruit d'éboulis derrière elle. Lorsque son cousin et elle se lâchèrent, elle constata que son père avait quitté la corniche et se laissait glisser le long de la pente en direction des broussailles dans lequel le cerf – ce ne pouvait être qu'un cerf – était tombé.

Il s'arrêta un instant. Le feuillage s'agitait toujours, mais les mouvements de l'animal blessé devenaient moins violents. Il dégaina son poignard et, marmonnant une imprécation en gaélique, s'enfonça précautionneusement dans la végétation touffue.

— C'est plein de ronces là-dedans, observa Ian en regardant par-dessus l'épaule de Brianna. Je crois néanmoins qu'il arrivera à temps pour l'égorger. *A Dhia*, j'ai mal visé et j'ai eu peur de… Mais, au fait, que fais-tu ici ?

Il recula légèrement. Ses yeux la balayèrent de la tête aux pieds, un petit sourire au coin des lèvres en remarquant son pantalon et ses chaussures de marche en cuir, puis remonta sur son visage, inquiet cette fois.

— Ton homme n'est pas avec toi ? Et les petits ?

— Si, nous sommes tous ici, l'assura-t-elle. Roger doit être en train de marteler quelque chose, avec Jem comme assistant et Mandy dans ses pattes. Quant à ce que nous faisons ici…

La joie des retrouvailles lui avait fait momentanément oublier son passé récent. Devoir s'expliquer fit remonter à la surface l'aberration de leur situation.

En voyant sa mine défaite, Ian s'empressa de la rassurer :

— Peu importe, cousine. Ça peut attendre. Te souviens-tu comment tuer une dinde ? Il y en a toute une troupe à quelques centaines de pieds d'ici, elles se dandinent comme des Écossais qui dansent la gigue dans un *ceilidh*.

La carabine qu'elle avait adossée à la paroi rocheuse pour boire était tombée au moment de la chute du cerf. Elle la redressa et remit en place la pierre à fusil déplacée de guingois. En contrebas, les mouvements dans les broussailles avaient cessé et elle entendait, par bribes par-dessus le vent, son père réciter la prière du *gralloch* avant d'éviscérer l'animal.

— Ne devrions-nous pas plutôt aider pa ? demanda-t-elle.

— Penses-tu, ce n'est qu'un jeune daguet. Il aura terminé en un clin d'œil.

Il se pencha au-dessus du vide et lança :

— J'emmène Brianna chasser des dindes, *a bràthair mo mhàthair* !

Il y eut un silence, puis un bruit de feuillage et la tête échevelée de Jamie émergea au-dessus des ronces. Sa queue de cheval s'était dénouée. Son visage était rouge et couvert d'écorchures, tout comme ses mains et ses bras. Il paraissait de mauvais poil.

— Ian, articula-t-il lentement, assez fort pour être entendu par-dessus les bruits de la forêt. Mac Ian… mac Ian… !

— Nous reviendrons pour t'aider à porter la carcasse ! répliqua Ian.

Il agita joyeusement la main puis, saisissant la carabine, croisa le regard de Brianna et pointa le menton vers le haut de la paroi. Elle lança un regard vers le bas. Son père avait à nouveau disparu et les buissons remuaient.

Elle devait avoir perdu son sens de l'observation de la nature, car la paroi lui paraissait infranchissable. Ian l'escalada avec l'aisance d'un babouin et, après un instant d'hésitation, elle le suivit, beaucoup plus lentement, glissant de temps à autre en déclenchant de petites avalanches de pierres tandis qu'elle cherchait les prises précédemment utilisées par son cousin.

Une fois au sommet, elle s'arrêta pour vider la terre de ses souliers. Son cœur battait un peu trop vite à son goût.

— Ian mac Ian mac Ian ? demanda-t-elle. Est-ce comme quand Jem m'énerve et que je l'appelle Jeremiah Alexander Ian Fraser MacKenzie ?

— Un peu, répondit Ian avec un haussement d'épaules. Ian, fils de Ian, fils de Ian… L'idée est de te faire savoir que tu fais honte à tes ancêtres.

Il portait une chemise en calicot loqueteuse et sale dont les manches avaient été arrachées. Il avait une grande cicatrice blanche en forme d'étoile à quatre branches sur l'arrondi de son épaule hâlée.

— Comment t'es-tu fait ça ? demanda-t-elle en l'indiquant d'un signe de tête.

Il tordit le cou vers sa cicatrice.

— Ah, ça ? répondit-il en l'entraînant vers la crête. Ce n'est rien. Un bâtard d'Abenaki m'a décoché une flèche à Monmouth. Denny me l'a extraite quelques jours plus tard.

En voyant son air perplexe, il précisa :

— Denzell Hunter. Le frère de Rachel. Il est médecin, comme ta mère.

— Rachel ? Ta femme ?

Un large sourire illumina le visage de Ian.

— Elle-même. *Taing do Dhia*.

Il lui lança un regard pour vérifier si elle l'avait compris.

— Je me souviens de « Grâce à Dieu », le rassura-t-elle en enjambant un ruisselet. Et de bien d'autres choses. Roger a passé le plus clair de notre voyage depuis l'Écosse à rafraîchir notre *gàidhlig*. Pa m'a dit que Rachel était quaker ?

— En effet.

Ian gardait le regard fixé sur le sol devant lui et il sembla à Brianna qu'il avait répondu avec un peu moins de joie et de fierté qu'un instant plus tôt. Elle n'insista pas. S'il y avait un conflit (comment n'y en aurait-il pas eu, connaissant son cousin et ce qu'elle croyait savoir sur les quakers ?), ce n'était pas le moment de poser des questions.

Ian n'eut pas ce genre de considération.

— Vous êtes parti d'Écosse ? demanda-t-il en lui lançant un regard par-dessus son épaule. Quand ?

Son expression changea brusquement. Il venait de se rendre compte de l'ambiguïté d'un terme tel que « quand » et fit un geste d'excuse, effaçant sa question. Elle opta pour la réponse la plus simple.

— Nous avons quitté Édimbourg en mars, dit-elle. Je te raconterai le reste plus tard.

Il hocha la tête et ils marchèrent un moment en silence, tantôt côte à côte, tantôt Ian ouvrant la voie tout en cherchant des traces de cerf. Brianna était contente de le suivre, car elle pouvait l'observer sans l'embarrasser.

Il avait changé, ce qui n'avait rien d'étonnant. Il avait mûri. S'il était toujours aussi grand et mince, son corps avait durci, les longs muscles de ses bras bien dessinés sous sa peau. Ses cheveux châtains avaient foncé. Tressés et retenus par un lacet en cuir, ils étaient ornés de plumes de dinde. Pour lui porter chance ? Il avait repris l'arc et les flèches qu'il avait laissés au sommet de la falaise, et son carquois se balançait doucement dans son dos.

Amusée, elle récita en elle-même : « Mais l'expression d'un homme bien fait n'apparaît pas seulement dans son visage. Elle est également dans ses membres et ses attaches ; elle est curieusement dans les attaches de ses hanches et poignets. Elle est dans sa marche, le port de sa tête, la flexion de sa taille et ses genoux ; les habits ne le cachent pas[1]. » Pour elle, ce poème avait toujours évoqué Roger ; à présent, il décrivait également Ian et son père, aussi différents les trois hommes fussent-ils.

À mesure qu'ils grimpaient, les arbres s'espaçaient ; la brise s'intensifiait et refroidissait. Ian s'arrêta et lui fit signe d'un petit mouvement des doigts.

— Les entends-tu ? chuchota-t-il dans son oreille.

Un agréable frisson lui parcourut l'échine. Elle percevait de petits glapissements, presque un aboiement de chien. Plus loin, une sorte de ronronnement intermittent, comme émis par quelque chose entre un grand félin et un petit moteur.

— Enlève tes bas et frotte tes jambes avec de la terre, chuchota Ian. Tes mains et ton visage aussi.

Brianna acquiesça, posa son arme contre un arbre et ramassa des feuilles mortes suffisamment humides. Ian, avec sa peau presque aussi foncée que ses culottes en daim, n'avait pas besoin d'un tel camouflage. Il s'éloigna en silence pendant qu'elle se frottait le visage et les mains avec les feuilles terreuses. Lorsqu'elle releva la tête, il n'était plus là.

Il y eut une série de sons rappelant une porte rouillée se balançant sur ses gonds, et soudain elle l'aperçut à une centaine de pieds, immobile telle une statue derrière un liquidambar.

Les grattements et le bruissement de feuilles cessèrent et, pendant un instant, il y eut un silence de mort. Puis, en entendant un glouglou courroucé, elle tourna très lentement le cou dans cette direction. Un dindon avait levé sa tête bleu pâle au-dessus des herbes et lançait de brusques regards d'un côté et de l'autre en faisant se balancer ses caroncules rouge vif. Il cherchait son rival.

---

1. Extrait du célèbre poème de Walt Whitman, « Je chante le corps électrique », tiré du recueil *Feuilles d'herbe* (1855). Trad. Léon Bazalgette (N.d.T.).

Les mains en coupe devant sa bouche, Ian ne fit pas un geste et n'émit aucun son. Brianna retint son souffle et observa à nouveau le dindon. Celui-ci émit un autre gloussement sonore, auquel répondit un autre au loin. Le dindon tourna la tête vers le bruit, gonfla le torse, glapit, écouta un moment, puis disparut dans les herbes. Elle lança un regard à Ian. Il lui fit discrètement signe de ne pas bouger.

Ils attendirent le temps de seize respirations lentes (elle les compta), puis Ian glouglouta à nouveau. Le dindon réapparut et avança d'un pas résolu vers un espace ouvert tapissé de feuilles, les yeux injectés de sang, les plumes du poitrail hérissées, la queue déployée et vibrante. Il s'arrêta un moment pour laisser la forêt admirer sa magnificence et se mit à se dandiner d'avant en arrière en poussant des cris stridents et agressifs.

Brianna regardait alternativement l'animal qui se pavanait et Ian. Synchronisant ses mouvements avec ceux du dindon, ce dernier fit glisser l'arc de son épaule, s'immobilisa, saisit une flèche, s'immobilisa à nouveau, l'encocha lorsque la volaille décrivit un dernier cercle sur elle-même.

Ou ce qui aurait dû être son dernier. Ian banda son arc et, à l'instant même où il décochait sa flèche, un grand objet sombre tomba de l'arbre au-dessus de lui. Poussant un cri de surprise très humain, il fit un bond de côté en évitant de justesse de le recevoir sur la tête. *C'est une dinde*, constata Brianna. Ses plumes hérissées par la peur, elle se précipita le cou tendu en avant vers le dindon, qui, frappé de stupeur, s'était dégonflé.

Par réflexe, Brianna saisit sa carabine, mit en joue et tira. Elle rata sa cible et les deux volailles disparurent dans les fougères en émettant un bruit qui ressemblait à celui de marteaux frappant un bloc de bois.

Les échos s'éloignèrent, le feuillage des arbres reprit son murmure tranquille. Brianna lança un regard vers son cousin. Celui-ci contempla son arc ainsi que l'espace dégagé où, comme un détail absurde, sa flèche était plantée entre deux pierres. Il se tourna vers Brianna et ils éclatèrent de rire.

— Tant pis, dit-il, philosophe. Ça nous apprendra à laisser tout le sale travail à oncle Jamie.

Brianna écouvillonna le canon de son arme, puis enfonça un tampon de bourre par-dessus une nouvelle charge de chevrotine. Elle agissait avec des gestes secs afin de contrôler le tremblement de ses mains.

— Désolée d'avoir raté mon coup, s'excusa-t-elle.

— Pourquoi ? s'étonna Ian. À la chasse, on peut s'estimer heureux quand on touche sa cible une fois sur dix. D'ailleurs, moi aussi j'ai raté.

— Uniquement parce qu'une dinde t'est tombée sur la tête, répliqua-t-elle, en riant. Ta flèche est-elle fichue ?

— Oui.

Il lui montra la hampe brisée qu'il avait récupérée entre les pierres.

— La pointe peut encore servir, opina-t-il.

Il la détacha, la glissa dans son *sporran* puis jeta la hampe avant de se relever.

— Nous pouvons faire une croix sur ce groupe de volailles, mais… Qu'y a-t-il, cousine ?

Elle essayait d'enfoncer sa baguette dans la gueule du canon. Celle-ci se plia et lui échappa des mains.

— Comment dit-on quand on est trop excité pour viser un gibier... la tremblote du chasseur ?

— En effet, répondit-il avec un sourire, le regard fixé sur ses mains. Cela faisait combien de temps que tu n'avais pas tiré avec une arme à feu ?

Elle ne s'était pas attendue à ce que le sujet revienne sur le tapis aussi rapidement.

— Pas si longtemps, dit-elle en se raidissant légèrement. Peut-être six, sept mois.

— Que chassais-tu ?

Elle lui lança un regard, arrêta sa décision, et enfonça sa baguette correctement cette fois avant de se tourner vers lui.

— Une bande d'hommes qui se cachaient dans ma maison, me guettant pour me tuer et enlever mes enfants.

Sa déclaration, bien que juste, paraissait ridicule et mélodramatique.

Ian haussa ses sourcils broussailleux.

— Tu les as eus ?

Il paraissait tellement intéressé qu'elle se mit à rire malgré elle. Il aurait autant pu lui demander si elle avait pêché un gros poisson.

— Non, hélas. J'ai tiré dans le pneu de leur camionnette et dans l'une des fenêtres de ma propre maison. Je les ai ratés. D'un autre côté, ils ne m'ont pas eue non plus, ni les enfants.

Il hocha la tête, acceptant sa réponse avec une nonchalance qui, chez un autre homme, l'aurait stupéfiée.

— C'est la raison de votre retour, n'est-ce pas ?

Il lança inconsciemment un regard à la ronde comme s'il cherchait d'éventuels ennemis. Elle se demanda soudain ce que ce serait de vivre avec lui... sans jamais savoir si on s'adressait à l'Écossais ou au Mohawk. Elle était de plus en plus curieuse de connaître Rachel.

— En grande partie, oui, répondit-elle.

Il releva brusquement les yeux vers elle en hochant à nouveau la tête.

— Tu y retourneras pour les tuer ? demanda-t-il.

Il avait parlé sérieusement et elle s'efforça de refouler la rage qui montait en elle chaque fois qu'elle repensait à Rob Cameron et à ses maudits complices. Ce n'étaient pas la peur ni le retour en arrière qui faisaient trembler ses mains à présent ; c'était le souvenir de l'irrésistible envie de tuer qui l'avait envahie lorsqu'elle avait posé son doigt sur la détente.

— J'aimerais bien, répondit-elle. Nous ne pouvons pas. C'est physiquement impossible.

Elle agita une main en l'air pour écarter le sujet.

— Je te raconterai plus tard. Nous n'en avons même pas encore parlé à pa et à maman. Nous ne sommes arrivés qu'hier soir.

Comme si cela lui rappelait le long et pénible chemin à travers les cols de montagne, elle bâilla soudain. Ian se mit à rire tandis qu'elle secouait la tête en clignant des yeux.

— Pa m'a dit que tu avais un enfant ? demanda-t-elle.

— Oui, répondit-il avec un air radieux. Un petit garçon. En attendant de lui trouver un vrai prénom, on l'appelle Oggy. Pour Oglethorpe.

En la voyant sourire, il expliqua :

— Nous étions à Savannah quand Rachel s'est rendu compte qu'elle était enceinte. J'ai hâte de te le présenter.

— Moi aussi, répondit-elle, bien qu'elle ne comprît pas le lien entre Savannah et Oglethorpe. Ne devrions-nous pas…

Un son distant l'interrompit. Ian bondit aussitôt sur ses pieds.

— C'est pa ? demanda-t-elle.

— Je crois, oui.

Il lui tendit la main, la releva et attrapa son arc dans le même mouvement.

— Viens !

Elle ramassa sa carabine chargée et courut, indifférente aux ronces, aux pierres, aux branches, aux ruisseaux et à tout le reste. Ian se faufilait dans la forêt à la vitesse d'un serpent. Elle courait derrière lui, brisant des branches et passant sa manche sur son visage pour essuyer la sueur qui lui coulait dans les yeux.

À deux reprises, Ian s'arrêta et lui agrippa le bras avant qu'elle le percute. Ensemble, ils tendirent l'oreille. Ils s'efforçaient de calmer le martèlement de leur cœur et leurs halètements afin d'entendre les bruits de la forêt.

Au premier arrêt, après quelques minutes insoutenables, ils perçurent un cri aigu par-dessus le vent, suivi de grognements.

— Un cochon ? demanda-t-elle.

Les sangliers pouvaient être énormes et très dangereux.

Ian fit non de la tête.

— Un ours.

Inspirant profondément, il la prit par la main et se remit à courir.

Lorsqu'ils s'arrêtèrent une deuxième fois pour s'orienter, ils n'entendirent rien.

— Oncle Jamie ! hurla Ian lorsqu'il eut retrouvé son souffle.

Aucune réponse.

Brianna s'époumona à son tour :

— Pa !

Son cri paraissait pitoyable et futile dans le silence de la montagne. Ils attendirent, appelèrent à nouveau, attendirent encore… puis ils se remirent à courir. Ian les conduisait vers le taillis de ronces où était tombé le cerf.

Ils s'arrêtèrent en trébuchant sur la crête qu'ils avaient escaladée plus tôt. Hors d'haleine, Brianna se retint à l'épaule de Ian.

— Je vois quelque chose, là, en bas.

Les broussailles remuaient. Ce n'étaient plus les secousses d'agonie du cerf mais un puissant tremblement. Le feuillage était agité par une créature clairement plus grande que Jamie Fraser. De là où elle se tenait, Brianna entendait distinctement des grondements, le son humide de tendons arrachés, des craquements d'os… et des bruits de mastication.

— Ô Seigneur ! murmura Ian.

Brianna sentit la panique l'étourdir et assombrir sa vue. S'efforçant de se maîtriser, elle inspira profondément et hurla à pleins poumons :

— Paaaaaa !

— C'est maintenant que vous vous décidez à revenir ? grommela une voix irascible quelque part en contrebas. J'espère que vous rapportez une dinde, car nous n'aurons pas de viande noire au dîner ce soir.

Brianna se jeta à plat ventre dans l'herbe, la tête au-dessus du vide, et manqua de défaillir de soulagement en voyant son père dix pieds plus bas, debout sur l'étroite corniche où ils s'étaient tenus plus tôt.

Lorsqu'il la vit à son tour, ses traits agacés se détendirent.

— Tout va bien, ma fille ?

— Oui, mais nous revenons bredouilles. Que t'est-il arrivé ?

Il était hirsute, couvert d'égratignures et de traînées de sang séché sur les bras et le visage. Une de ses manches était déchirée. Son pied droit était nu et sa cheville, ensanglantée. Il baissa les yeux vers les broussailles d'un air renfrogné.

— *Dia gam chuideachadh*, déclara-t-il en indiquant le remue-ménage en contrebas. Je venais juste de finir de dépecer le daguet de Ian quand ce gros diable poilu a surgi de nulle part et me l'a volé.

— *Cachd*, jura Ian, écœuré.

Accroupi près de Brianna, il observait les ronces mouvantes. Elle arracha son regard de son père un instant et vit une énorme masse noire sous le feuillage. L'ours était concentré sur sa tâche, déchiquetant méthodiquement le cerf. Elle distingua un cuissot prolongé d'un sabot, raide et tremblant sous les feuilles.

La vue de l'ours, si brève fût-elle, déclencha en elle une décharge d'adrénaline si viscérale que tout son corps se tendit et que sa tête se mit à tourner. Elle inspira profondément, sentant la sueur lui couler dans le dos et ses mains moites autour de la crosse de sa carabine.

Elle se ressaisit juste à temps pour entendre Ian demander à Jamie ce qui était arrivé à sa jambe.

— Je lui ai donné un coup de pied dans le museau, répondit Jamie avec un regard de ressentiment vers les broussailles. Il l'a mal pris et a voulu m'arracher le pied. Il n'a réussi qu'à attraper ma chaussure.

Elle sentit Ian trembler à ses côtés. Il eut la sagesse de ne pas rire.

— Tu as besoin d'aide pour sortir de là, mon oncle ? demanda-t-il.

— Non, répondit sèchement Jamie. J'attends que le *mac na galladh* s'en aille. Il a mon fusil.

— Ah, fit Ian.

Ce détail était d'importance. Le fusil de Jamie était une excellente arme, un long rifle qu'il avait acheté en Pennsylvanie, lui avait-il dit. Il était donc prêt à attendre le temps nécessaire et était probablement encore plus têtu que l'ours.

— Vous feriez mieux de partir, déclara Jamie en levant le nez vers eux. Cela risque de durer.

— Je pourrais lui tirer dessus d'ici, proposa Brianna en évaluant la distance. Je ne le tuerai pas, mais peut-être que cela le fera partir.

Son père émit un bruit écossais accompagné d'un geste sec.

— N'essaie pas. Tu ne feras que l'énerver et, si j'ai pu descendre cette pente, cet animal peut certainement la grimper. Allez, filez. Je commence à avoir un torticolis à vous parler comme ça.

Brianna lança un regard à Ian, qui hocha légèrement la tête. Il partageait sa réticence à abandonner Jamie sans chaussure sur une petite corniche à moins de vingt pieds d'un ours affamé.

— Nous te tiendrons compagnie un moment, annonça-t-il.

Avant que Jamie ait eu le temps de protester, il agrippa une jeune pousse de sapin et descendit agilement la paroi rocheuse, atterrissant sur la corniche avec ses mocassins souples.

Suivant son exemple, Brianna laissa tomber sa carabine dans les mains de son père et descendit à son tour, nettement plus lentement.

— Je m'étonne que tu ne l'aies pas attaqué avec ton poignard, mon oncle, déclara Ian. « Tueur d'ours », n'est-ce pas ainsi que t'ont baptisé les Tuscarora ?

Jamie, qui avait retrouvé son flegme, adressa un regard indulgent à son neveu.

— As-tu déjà entendu l'expression « Avec l'âge vient la sagesse » ?

— Oui, répondit Ian, perplexe.

Jamie posa la carabine contre la paroi rocheuse en poursuivant :

— Eh bien, si on ne s'assagit pas, on n'a pas la chance de vieillir. Je suis assez vieux aujourd'hui pour savoir qu'on ne se bat pas contre un ours avec un poignard pour une carcasse de cerf. Tu n'aurais pas quelque chose à manger, ma fille ?

Brianna avait oublié le petit sac qu'elle portait dans son dos. Elle le détacha et en sortit un petit paquet de banique[2] et de fromage préparé par Amy Higgins.

— Assieds-toi, demanda-t-elle à son père. Je vais examiner ton pied.

— Ce n'est rien, dit-il.

Il s'assit néanmoins et étendit sa jambe devant lui, soit parce qu'il était trop affamé pour discuter, soit parce qu'il était habitué à se soumettre aux soins médicaux de son épouse, qu'il le veuille ou non.

Comme il l'avait dit, sa blessure n'était pas si grave, en dépit d'une profonde plaie perforante dans le mollet bordé de deux longues entailles, sans doute, pensa-t-elle avec un certain malaise, provoquées lorsqu'il avait retiré précipitamment son pied de la gueule de l'ours. Elle n'avait rien d'utile sous la main, hormis un grand mouchoir. Elle le trempa dans le ruisselet glacé et nettoya la blessure de son mieux.

Pouvait-on attraper le tétanos à la suite d'une morsure d'ours ? Avant leur départ, elle s'était assurée que tous les vaccins des enfants étaient à jour. Toutefois, l'immunisation contre le tétanos ne durait que… combien, dix ans ?

Un peu de sang suintait encore de la plaie, sans être inquiétant. Elle essora le linge et confectionna un bandage qu'elle noua fermement sans trop le serrer autour de son mollet.

— *Tapadh leat, a gràidh*, la remercia Jamie avec un sourire. Ta mère n'aurait pas fait mieux. Tiens.

---

2. D'origine autochtone, pain plat à base de farine sans levain, eau, sel et saindoux. Également surnommé « le pain des voyageurs » (N.d.T.).

Il avait gardé deux petits pains et un morceau de fromage pour elle. Elle s'adossa à la paroi entre lui et Ian, surprise de constater qu'elle avait très faim et plus surprise encore de ne pas s'inquiéter du fait qu'ils discutaient tranquillement à proximité d'un gros carnivore sauvage qui aurait aisément pu les tuer tous les trois.

— Les ours sont paresseux, expliqua Ian en suivant son regard. C'est bien un mâle, n'est-ce pas, mon oncle ? Pourquoi se donnerait-il la peine de grimper jusqu'ici pour un petit en-cas maigrichon alors qu'il a un beau morceau de viande fraîche là en bas ? À propos (il se pencha en avant pour regarder Jamie), a-t-il mangé ta chaussure ?

— Je ne me suis pas attardé assez longtemps pour le savoir, répondit Jamie, à qui la nourriture avait rendu sa bonne humeur. J'espère que non. Après tout, attablé devant une belle pile d'entrailles fumantes de cerf, pourquoi mangerait-il un vieux morceau de cuir ? Les ours ne sont pas des idiots.

Ian hocha la tête, s'appuya à nouveau à la paroi et massa ses épaules contre la roche chauffée par le soleil.

— Alors, cousine ? dit-il à Brianna. Tu m'as dit que tu me raconterais pourquoi tu es revenue. Puisque nous avons du temps devant nous…

Il indiqua d'un signe de tête les bruits rythmiques de mastication en contrebas.

Brianna sentit son ventre se nouer. En voyant son expression, son père lui tapota le genou.

— Ne t'en fais pas, *a leannan*. Cela peut attendre. Peut-être préfères-tu que nous soyons tous réunis et que Roger Mac soit avec toi.

Elle hésita un instant. Elle s'était imaginée de nombreuses fois racontant leurs mésaventures à ses parents en compagnie de Roger, tous deux se relayant pour reconstruire leur récit. Toutefois, en croisant le regard attentif de son père, elle se rendit compte qu'elle ne pourrait être entièrement sincère devant son mari. Lorsqu'elle l'avait retrouvé, elle s'était retenue de tout lui dire en voyant sa réaction furieuse aux détails qu'elle avait partagés avec lui.

— Non, répondit-elle lentement. Je peux vous le raconter à présent. Du moins, ma part.

Elle avala les dernières miettes de banique, but dans sa main en coupe et se lança.

Oui, sa mère connaissait bien les hommes, pensa-t-elle en voyant Ian serrer les poings sur ses genoux et son père émettre malgré lui des grognements lorsqu'elle leur raconta comment Rob Cameron l'avait coincée dans le bureau de Lallybroch. Elle omit de leur rapporter ce qu'il avait dit, ses menaces crues, ses ordres… ainsi que ce qu'elle avait fait, ôtant son jean comme il le lui ordonnait, puis le giflant avec l'épaisse toile en denim avant de le plaquer au sol. En revanche, lorsqu'elle expliqua comment elle avait fracassé le coffret de lettres sur le crâne de Cameron, ils émirent tous deux des « hmm » de satisfaction.

Elle interrompit son récit pour demander à son père :

— Au fait, d'où venait ce coffret en bois ? Roger l'a trouvé dans le garage de son père adoptif… C'est un endroit où l'on gare sa voiture… (elle vit l'air déconcerté de son père) euh… disons que c'est comme un petit hangar. Nous nous sommes toujours demandé comment elle était arrivée là.

— Ah ça ? répondit Jamie. Roger Mac m'avait dit que son père était prêtre et avait longtemps vécu dans un presbytère à Inverness. Nous avons préparé trois boîtes. Recopier toutes les lettres en trois exemplaires nous a pris du temps… Je les ai ensuite scellées et les ai envoyées dans trois banques différentes à Édimbourg, avec des instructions stipulant que, à une date donnée, elles soient envoyées au révérend Wakefield résidant dans le presbytère d'Inverness. Nous espérions qu'une au moins arriverait à destination. J'avais mis dessus le nom entier de Jem en pensant que cela te parlerait, rien d'autre. Alors, continue… Tu as fracassé le coffret sur le crâne de ce Cameron, et ensuite ?

— Il n'était pas totalement assommé, mais j'ai pu le contourner, j'ai couru vers le portemanteau de l'entrée. Ce n'est plus le même que celui de tes parents, Ian.

Elle se souvint soudain du contenu de l'une des dernières lettres et agrippa le bras de son cousin.

— Oh mon Dieu ! Ton père, Ian… Je suis désolée.

Il baissa les yeux, posa une main sur la sienne et la serra légèrement.

— Ce n'est rien, *a nighean*. Je le sens à mes côtés de temps en temps. Puis oncle Jamie a amené ma mère d'Écosse et… Seigneur, elle ne sait pas encore que tu es là !

— Elle l'apprendra bien assez tôt, grommela Jamie. Alors, Bree, vas-tu me dire ce qu'il est arrivé à ce scélérat de Cameron ?

— Pas encore assez de mal, répondit-elle sombrement.

Elle acheva son récit, leur parlant des complices de Cameron et leur racontant la fusillade à O.K. Corral.

— J'ai donc pris Jem et Mandy et les ai emmenés en Californie, c'est de l'autre côté du continent américain. J'avais besoin de réfléchir au calme. J'ai finalement conclu que nous n'avions pas le choix : nous devions tenter de retrouver Roger. Il m'avait laissé une lettre m'expliquant qu'il était en Écosse et en quelle année. Nous y sommes donc allés et… (elle fit un geste vers le paysage sauvage autour d'eux) nous voilà.

Jamie inspira bruyamment et ne dit rien. Ian se contenta de hocher la tête comme s'il se parlait à lui-même. Brianna se sentait réconfortée par la proximité de ses parents, apaisée de leur avoir confié son histoire et ses angoisses. Cela faisait longtemps qu'elle ne s'était pas sentie ainsi protégée.

— Il s'en va, annonça soudain Ian.

Elle suivit son regard et vit les buissons d'aubépine s'agiter violemment, puis la masse sombre de l'ours s'éloigner lentement d'un pas dandinant. Ian se leva et lui tendit la main pour la relever.

Elle s'étira de tout son long et se balança d'un pied sur l'autre pour détendre ses membres. Elle se sentait tellement apaisée qu'elle entendit à peine son père derrière elle.

— Pardon ? demanda-t-elle.

— Ce n'est pas tout, n'est-ce pas ?

— Quoi ? dit-elle avec un sourire. Cela ne te suffit pas ?

Il émit un son guttural écossais, à mi-chemin entre une excuse et une mise en garde.

— Ce Robert Cameron, il a lu nos lettres, as-tu dit?

— Oui.

Une goutte de sueur froide coula le long de la colonne vertébrale de Brianna. Son sentiment de paix et de protection s'était soudain dissipé.

— Dans ce cas, il sait que nous cachons l'or jacobite avec le whisky et où nous trouver, conclut Jamie. S'il le sait, ses amis aussi. S'il ne peut peut-être pas voyager à travers les pierres, d'autres le pourront. Tôt ou tard, quelqu'un viendra le chercher.

3

Rustique, rural et terriblement romantique

Bien que le jour fût à peine levé, Jamie était parti depuis longtemps. Je m'étais brièvement réveillée lorsqu'il avait déposé un baiser sur mon front et chuchoté qu'il allait chasser avec Brianna. Puis il m'avait embrassée sur les lèvres et avait disparu dans la nuit glacée. Je me réveillai à nouveau deux heures plus tard dans notre nid douillet confectionné avec de vieilles couvertures (offertes par les Crombie et les Lindsay), me redressai et restai assise en tailleur pendant un moment, peignant mes cheveux avec mes doigts pour faire tomber les feuilles et les brins d'herbe, savourant le plaisir rare de me réveiller lentement plutôt qu'avec l'impression d'avoir été propulsée par un canon.

Avec un agréable petit frisson, je me dis qu'une fois notre nouvelle maison habitable et peuplée des MacKenzie, de Germain, le fils de Fergus et de Marsali, ainsi que de Fanny, une orpheline que nous avions recueillie après la mort tragique de sa sœur aînée, nos matins ressembleraient sans doute à l'exode de chauves-souris jaillissant de la grotte de Carlsbad, que j'avais vu un jour dans un documentaire animalier de Disney. Pour le moment, le monde était lumineux et paisible.

Une coccinelle rouge vif tomba de ma chevelure sur le devant de ma chemise, mettant un terme à mes méditations. Je bondis sur mes pieds, secouai ma chemise pour faire tomber l'insecte dans les hautes herbes, m'enfonçai dans le sous-bois faire mes besoins et revins avec un bouquet de menthe fraîche. Il restait juste assez d'eau dans le seau pour me faire une tasse de thé. Je déposai la menthe sur la surface plate que Jamie avait taillée à l'herminette à une extrémité du Big Log, un énorme tronc de peuplier couché qui nous servait de plan de travail et de table de cuisine. Je ranimai le feu et posai la bouilloire au centre du cercle de pierres noircies.

Plus bas, à l'autre bout de la clairière, une mince volute de fumée s'échappait de la cheminée des Higgins tel un serpent hors du panier d'un charmeur. Chez eux aussi, quelqu'un avait attisé le feu.

Qui serait mon premier visiteur ce matin ? Peut-être Germain. Il avait dormi dans la cabane des Higgins avec Jem. Toutefois, il n'était guère plus matinal que moi. Fanny se trouvait loin, chez la veuve Donaldson et son immense marmaille. Elle viendrait plus tard.

Ce serait Roger, conclus-je, le cœur léger. *Roger et les enfants.*

Les flammes léchaient la bouilloire en étain. Je soulevai le couvercle et, après avoir secoué les tiges pour déloger d'éventuels passagers clandestins, laissai tomber une poignée de feuilles de menthe. J'attachai les autres avec du fil et les suspendis près des autres herbes aux poutres de mon infirmerie improvisée. Celle-ci était composée de quatre poteaux couronnés d'un treillis recouvert de branches de pruche pour offrir de l'ombre et un abri. Je possédais deux tabourets, un pour moi et l'autre pour mon patient, ainsi qu'une petite table rudimentaire sur laquelle poser les ustensiles que je devais garder à portée de main.

Jamie avait installé un appentis en toile près de mon abri, afin d'assurer un peu d'intimité lorsque la consultation l'exigeait et d'entreposer la nourriture et les remèdes dans des fûts, des bocaux et des boîtes à l'abri des ratons laveurs.

C'était rural, rustique et terriblement romantique. Certes, en faisant abstraction des insectes, de la boue jusqu'aux chevilles, de l'exposition aux éléments, de la chair de poule que provoquait la sensation occasionnelle d'être observée par une créature qui envisageait de vous dévorer toute crue.

Je lançai un regard attendri vers les nouvelles fondations.

La maison compterait deux belles cheminées en pierre des champs. L'une d'elles était déjà à moitié construite et se dressait tel un robuste monolithe parmi les poutres de ce qui serait, bientôt espérais-je, la charpente de notre cuisine et salle à manger. Jamie m'avait assuré qu'il érigerait les murs de la grande pièce et installerait un toit provisoire en toile au cours des prochaines semaines afin que nous puissions à nouveau dormir et cuisiner à l'intérieur. Quant au reste de la maison…

Tout dépendrait des projets grandioses que Brianna et son père avaient conçus au cours de leur conversation la veille au soir. Il m'avait semblé entendre des observations délirantes au sujet de ciment et de plomberie que je souhaitais, en vérité, ne pas voir se concrétiser, du moins pas avant que nous ayons un toit au-dessus de nos têtes et un plancher sous nos pieds. Cependant…

Plus bas sur le sentier, des voix m'annoncèrent l'approche de mes visiteurs. Je souris. Cependant, nous avions deux nouvelles paires de mains compétentes et expérimentées pour nous aider à la construction.

La tête rousse hirsute de Jem apparut. En m'apercevant, son visage se fendit d'un large sourire.

— Grand-mère ! lança-t-il en brandissant un pain de maïs légèrement entamé. Nous t'apportons le petit-déjeuner !

Le petit-déjeuner en question était fastueux, compte tenu des circonstances : deux pains de maïs tout frais, de petits pâtés de saucisse grillés et enveloppés dans des feuilles de bardane, un œuf bouilli encore chaud et un demi-doigt de la confiture d'airelles noires d'Amy de l'année précédente au fond de son pot.

— Mme Higgins a dit qu'on lui rapporte son pot quand tu auras fini, m'informa Jem en me le tendant.

Il gardait un œil dessus, l'autre fixé sur le Big Log, qui avait été dissimulé par l'obscurité la nuit précédente.

— Ouah ! C'est quel genre d'arbre ?

— Un peuplier, répondis-je, les yeux mi-clos en savourant, extatique, une première bouchée de pâté.

Le tronc couché mesurait environ soixante pieds de long.

— Selon ton grand-père, il faisait plus de cent pieds de hauteur avant sa chute, ajoutai-je.

Mandy essayait d'escalader le tronc. Jem lui poussa les fesses pour l'aider puis se pencha en inclinant la tête afin de l'observer sur toute sa longueur. Il était en grande partie lisse et pâle, sauf à quelques endroits où subsistaient des vestiges d'écorces et d'étranges petites forêts de champignons et de mousse.

— C'est une tempête qui l'a fait tomber ? me demanda-t-il.

— Oui. La partie supérieure avait été frappée par la foudre. J'ignore si c'est au cours du même orage qu'il est tombé. Il est peut-être mort à cause de la foudre, puis est tombé lors de la tempête suivante. Nous l'avons trouvé ainsi quand nous sommes revenus sur le Ridge. Mandy, fais attention !

Elle s'était levée et marchait sur le tronc les bras en croix comme une équilibriste, posant un pied devant l'autre. Le tronc mesurait bien cinq pieds de diamètre. S'il y avait largement assez de place pour déambuler dessus, elle risquait de se blesser en trébuchant.

Roger, qui était parti examiner le site de la maison, revint vers nous et cueillit sa fille dans ses bras.

— Viens, ma chérie. Pourquoi Jem et toi n'allez-vous pas ramasser du bois pour grand-mère ? Vous vous souvenez quel genre de bois il faut choisir pour un bon feu ?

— Bien sûr ! répliqua Jem, hautain. Je lui apprendrai.

— Je sais comment faire ! protesta Mandy, furieuse.

— Attention aux serpents, l'informa-t-il.

Elle se redressa aussitôt, sa colère oubliée.

— Je veux voir un serpent ! décida-t-elle.

— Jem…, commença Roger.

Son fils leva les yeux au ciel.

— Je sais, papa. Si j'en trouve un petit, je la laisserai le toucher. S'il a des sonnettes ou si c'est un mocassin d'eau, je l'écarterai.

— Doux Jésus ! marmonna Roger en les regardant s'éloigner.

J'engloutis le dernier morceau de pain de maïs, léchai la confiture à la commissure de mes lèvres et lui adressai un regard compatissant.

— Personne n'est mort lorsque vous viviez ici autrefois, lui rappelai-je.

Il ouvrit la bouche pour répondre, puis la referma. Je me souvins, un peu tard, qu'en réalité Mandy avait failli mourir. Par conséquent, ils devaient avoir de sérieuses raisons d'être revenus à présent…

Il dut voir mon inquiétude sur mes traits, car il dit fermement :

— Tout va bien.

Il sourit légèrement, me prit par le coude et m'entraîna dans l'ombre de mon infirmerie.

— Tout va bien, répéta-t-il avant de se racler la gorge. Nous allons bien. Nous sommes tous ici sains et saufs. Rien d'autre n'importe pour le moment.

— D'accord, dis-je sans être vraiment rassurée. Je ne poserai pas de questions.

Il se mit à rire. La lumière tachetée rajeunissait ses traits.

— Nous vous dirons tout, m'assura-t-il. Mais c'est surtout l'histoire de Bree, c'est à elle de vous la raconter. Je me demande ce qu'ils chassent, Jamie et elle.

— Ils se chassent probablement l'un l'autre, répondis-je en souriant. Assieds-toi.

Je le tournai vers le haut tabouret.

— L'un l'autre ? répéta-t-il en s'installant confortablement sur le siège, les pieds repliés sous lui.

— Parfois, lorsqu'on retrouve une personne que l'on n'a pas vue depuis longtemps, on ne sait pas quoi dire, comment se parler, surtout s'il s'agit d'une personne importante à nos yeux. Il faut du temps pour se sentir à nouveau à son aise. C'est plus facile lorsqu'on a un travail à faire. Laisse-moi examiner ta gorge.

— Vous n'êtes pas à l'aise pour me parler ? demanda-t-il sur un ton léger.

— Oh si. Les médecins n'ont aucune difficulté à parler aux gens. On commence par leur demander de se déshabiller, ce qui brise la glace. Le temps qu'on ait fini de les tripoter partout et de regarder dans leurs orifices, la conversation coule généralement à flots, même si elle n'est pas nécessairement détendue.

Il rit tout en portant inconsciemment une main au col de sa chemise pour le resserrer.

— Pour ne rien vous cacher, nous ne sommes revenus que pour le baby-sitting gratuit, plaisanta-t-il. Au cours des quatre derniers mois, nous n'avons jamais été à plus de trois pieds des enfants.

Il rit à nouveau, s'étrangla et fut pris d'une quinte de toux.

Je posai une main sur la sienne. Il me sourit en retour, bien qu'avec moins d'assurance. Puis il déboutonna sa chemise et dénoua le foulard qui lui ceignait le cou. Il se racla à nouveau la gorge, fort cette fois.

— Ne t'inquiète pas, lui dis-je. Ta voix est bien meilleure que la dernière fois que je t'ai vu.

C'était vrai et j'en étais surprise. Bien que sa voix fût toujours cassée et rauque, il parlait avec moins d'efforts, et ces efforts ne semblaient plus aussi douloureux qu'autrefois.

Il leva le menton et je glissai mes doigts sur sa gorge, les remontant jusque sous sa mâchoire. Il venait de se raser. Sa peau était fraîche et légèrement humide. Je sentis un effluve du savon à raser que je préparais pour Jamie, parfumé aux baies de genièvre. Jamie avait dû le lui déposer tôt ce matin. L'aspect cérémonial de ce petit geste m'émut, et plus encore l'espoir dans le regard de Roger. Un espoir qu'il s'efforçait de contrôler.

— J'ai rencontré un médecin, dit-il. En Écosse. Il s'appelait Hector McEwan. C'était… l'un des nôtres.

Mes doigts s'arrêtèrent, comme mon cœur.

— Tu veux dire… un voyageur ?

Il acquiesça.

— Il faut que je vous parle de lui, de ce qu'il a fait. Toutefois, cela peut attendre.

— De ce qu'il a fait…, répétai-je. À toi ?

— Oui, mais surtout à Buck.

Je m'apprêtai à lui demander ce qu'il était arrivé à Buck quand il me fixa soudain dans les yeux, l'air intense.

— Avez-vous déjà vu une lumière bleue ? demanda-t-il. Quand vous auscultez quelqu'un ? Quand vous soignez ?

La chair de poule envahit mes bras et ma nuque. J'ôtai mes doigts de son cou, car ils s'étaient mis à trembler.

— Je ne l'ai jamais provoquée moi-même, répondis-je prudemment. Mais, oui, je l'ai vue. Une seule fois.

Je la voyais à nouveau, aussi clairement quand dans l'ombre de mon lit à l'hôpital des Anges, après ma fausse couche, quand je mourais de la fièvre puerpérale. Lorsque maître Raymond avait posé les mains sur moi, j'avais vu les os de mon bras luire d'une lueur bleue sous ma peau.

Je chassai aussitôt cette vision et me rendis compte que Roger agrippait ma main.

— Je ne voulais pas vous faire peur.

— Je n'ai pas peur, répondis-je. Je suis juste sous le choc. Cela faisait des années que je n'y avais pas pensé.

— Pour ma part, ça m'a flanqué une sacrée frousse, avoua-t-il en me lâchant. Après ce qu'il a fait à Buck, j'avais peur de lui parler, même si je savais qu'il le fallait. Un jour, je l'ai suivi sur un sentier. Quand je l'ai touché pour l'arrêter, il s'est figé. Puis il s'est tourné vers moi et a posé sa main sur ma poitrine (il leva inconsciemment sa propre main et toucha son torse). Il m'a répété ce que je l'avais entendu dire à Buck : « *Cognosco te.* » Cela signifie « Je te connais » en latin.

— Il a su ce que tu étais rien qu'en te touchant ?

Une étrange sensation courait sur ma peau, du haut de mes épaules jusqu'au bout de mes bras. Ce n'était pas vraiment de la peur… Plutôt du respect mêlé d'angoisse.

Il acquiesça.

— Je n'étais pas sûr à son sujet, reprit-il précipitamment. Sur le moment, je n'ai rien ressenti d'étrange. Puis je l'ai observé attentivement quand il a posé sa main sur le torse de Buck… Buck a eu une sorte de crise cardiaque quand nous avons traversé les pierres…

— Il est venu avec Brianna, les enfants et toi… ?

— Non, c'était… avant. Quoi qu'il en soit, Buck était très mal en point. Les gens qui l'avaient recueilli ont envoyé chercher un médecin, cet Hector McEwan. Il a posé ses mains sur le torse de Buck, l'a manipulé ici et là et j'ai vu – je l'ai vraiment *vue*, Claire – une pâle lumière bleue remonter entre ses doigts et se répandre sur sa main.

— Putain de bordel de merde !

Il se mit à rire.

— Oui, comme vous dites. Cependant, personne d'autre ne pouvait la voir. Uniquement moi.

Je frottai lentement mes paumes l'une contre l'autre, imaginant la scène.

— Buck a survécu, je suppose ? demandai-je. Puisque tu as demandé si nous l'avions vu.

— En effet. Mais ensuite… nous nous sommes séparés… quand j'ai retrouvé Bree et les enfants.

— C'est une longue histoire, devinai-je. Peut-être devrions-nous attendre que Jamie et Bree rentrent de leur chasse. Pour en revenir à ce Dr McEwan, t'a-t-il parlé de cette… cette lumière bleue ?

Les mots paraissaient étranges à prononcer. Pourtant, je pouvais la visualiser dans ma tête. Mes paumes me démangèrent à cette pensée. Je baissai les yeux malgré moi. Elles étaient toujours roses.

— Non, il n'a pas dit pas grand-chose, répondit Roger. Pas avec des paroles. Mais… (il effleura des doigts la cicatrice dentelée sur son cou laissée par la corde du bourreau) il a posé sa main sur ma gorge et… il s'est passé quelque chose.

4

Les femmes piqueront une crise

— Cela te dirait de faire un détour par notre cabane, cousine ? demanda timidement Ian, ce qui ne lui ressemblait guère. Au cas où Rachel serait rentrée. J'aimerais… j'aimerais que tu la connaisses.

— J'adorerais la rencontrer, répondit Brianna avec un sourire.

Elle interrogea son père du regard et il hocha la tête.

— Je ne serais pas fâché de déposer ce fardeau un moment, déclara-t-il en s'essuyant le front sur sa manche. Et si tu as trait les chèvres comme ta mère te l'a demandé ce matin, j'accepterai volontiers un verre de lait.

Ian et lui transportaient ce qu'il restait de mangeable du daguet, emballé dans la peau en grande partie intacte, mais lourde, et suspendu à une perche qu'ils avaient calée sur leurs épaules. Il faisait chaud.

Il y avait quelqu'un dans la cabane au cœur du taillis de trembles. La porte était ouverte. Un petit rouet était posé sur le porche, balayé par les ombres dansantes du feuillage. Près de lui se trouvaient une chaise ainsi qu'un panier rempli de houppes grises et marron que Brianna supposa être de la laine propre et cardée. La fileuse, elle, était absente. À l'intérieur de la maison, des femmes chantaient en gaélique, s'interrompant pour pouffer de rire toutes les quelques mesures. Puis une voix claire reprenait la phrase, une autre la répétait, trébuchait sur un mot particulier et éclatait de rire à nouveau.

Jamie sourit et expliqua inutilement :

— Jenny apprend le *gàidhlig* à la petite Rachel.

Il indiqua un lieu ombragé au pied d'un tronc couché.

— Posons ça ici, Ian. Les femmes piqueront une crise si nous faisons entrer des mouches dans la maison.

Quelqu'un à l'intérieur les entendit. Le chant s'interrompit et une tête s'avança dans l'ouverture de la porte.

— Ian !

Une grande et très jolie fille brune apparut, sauta du porche, se précipita vers Ian et l'enlaça dans une étreinte exubérante à laquelle il répondit aussitôt.

— Tes cousins sont là ! Tu le savais ?

— Oui, répondit-il avant de l'embrasser. Viens dire bonjour à ma cousine Brianna, *mo ghràidh*. Oh, et à oncle Jamie.

Émue par la passion évidente qui unissait le couple Murray, Brianna sourit et lança un regard à son père. Celui-ci souriait également. Son sourire s'élargit encore lorsqu'il se tourna vers la porte et vit apparaître une petite femme portant dans ses bras un bébé vêtu uniquement d'un lange.

— Qui… ? commença-t-elle.

Elle aperçut Brianna et resta la bouche ouverte. Ses yeux bleus en amande qui ressemblaient tant à ceux de son frère s'illuminèrent d'une lumière chaude.

— Ô sainte Brigitte, protège-nous, murmura-t-elle. Les géants sont arrivés. Et on m'a dit que ton mari était encore plus grand que toi. Tu as aussi des enfants, m'a-t-on dit, qui poussent comme des mauvaises herbes, sans doute ?

— Plutôt comme des champignons, répondit Brianna en riant.

Elle se pencha pour serrer dans ses bras sa tante menue. Jenny sentait la chèvre, la laine fraîche, le porridge et le pain au levain grillé. Elle portait dans ses cheveux et ses vêtements une autre odeur vague que Brianna avait oubliée mais qu'elle reconnut aussitôt : le savon que Jenny confectionnait à Lallybroch, avec du miel, de la lavande et une herbe qui n'existait que dans les Highlands.

— Je suis tellement heureuse de vous voir.

Des larmes lui piquaient les yeux, car cette odeur lui avait rappelé Lallybroch comme elle l'avait vu la première fois. Cette image en appela une autre, plus forte : le fantôme de son propre Lallybroch.

Elle se redressa en battant des cils pour chasser ses larmes. Puis elle se souvint soudain.

— Oh, ma tante ! Je suis désolée. Je veux dire, au sujet d'oncle Ian.

Hormis pour les quelques années où elle l'avait connu, Ian Murray l'aîné n'avait été qu'un ancêtre lointain presque toute sa vie. Pourtant, sa mort lui paraissait soudain récente et choquante.

Jenny baissa les yeux et tapota le dos du bébé. Avec son crâne couvert d'un duvet châtain blond, il ressemblait à un pintadeau.

— *Ach*, dit-elle doucement. Mon Ian est toujours avec moi. Je vois son visage dans celui de ce petit aussi clairement que s'il était là.

Elle cala habilement l'enfant contre sa hanche et celui-ci releva ses grands yeux ronds vers Brianna. Ils étaient marron clair, comme ceux de son père Ian et de son grand-père Ian l'aîné.

Charmée, Brianna tendit la main vers lui et lui présenta un doigt.

— Et tu t'appelles… Oggy ?

Jenny et Rachel se mirent à rire, la première franchement, la seconde un peu gênée.

— Nous ne lui avons pas encore trouvé un vrai prénom, s'excusa Rachel en posant doucement la main sur l'épaule de son fils.

Oggy se tourna vers la voix de sa mère et se pencha encore et encore hors des bras de Jenny tel un paresseux irrésistiblement attiré par un fruit mûr.

Rachel le prit dans ses bras et caressa sa joue. Il tourna la tête, toujours aussi lentement, et commença à sucer le doigt de sa mère.

— Selon Ian, les enfants mohawks trouvent leur propre nom quand ils grandissent. En attendant, ils portent un nom provisoire.

Jenny haussa les sourcils.

— Tu veux dire qu'il va rester Oggy jusqu'à… quand ?

— Oh non, l'assura Rachel. Je lui trouverai certainement un bon prénom avant cela.

Elle sourit à sa belle-mère, qui leva les yeux au ciel et se tourna vers Brianna.

— Je suis contente que tu n'aies pas eu ce problème avec tes propres petits, *a nighean*. Dans ses lettres, Jamie m'a dit qu'ils s'appelaient Jeremiah et Amanda, c'est bien ça ?

Brianna toussota dans son poing et évita de croiser le regard de Rachel.

— Hum… Jeremiah Alexander Ian Fraser MacKenzie et Amanda Hope Claire MacKenzie, répondit-elle.

Jenny approuva d'un hochement de tête. Brianna n'aurait su dire si c'était la qualité ou la quantité des prénoms qui la satisfaisait.

— Jenny !

Jamie réapparut sur le porche, en sueur, échevelé, sa chemise déchirée et tachée de sang.

— Je ne trouve pas la bière.

— Nous l'avons bue, répliqua Jenny sans se retourner.

— Ah.

Il entra dans la maison, sans doute en quête d'une autre boisson, laissant des empreintes humides et légèrement sanglantes sur le porche.

— Que lui est-il arrivé ? demanda Jenny en lançant un regard vers ces dernières.

— Un ours.

— Ah.

Elle réfléchit un instant, puis secoua la tête.

— Dans ce cas, je devrais sans doute lui laisser boire sa bière.

Elle suivit les hommes à l'intérieur, laissant Rachel et Brianna en tête à tête.

Après quelques instants de gêne, Brianna déclara :

— Je ne crois pas avoir déjà rencontré une quaker. On peut dire « quaker », au fait ? Je ne voudrais pas…

— On dit « Ami », répondit Rachel avec un sourire. Cela dit, « quaker » n'est pas une insulte. Je suis sûre que tu en connais au moins un. Tu ne t'en es peut-être pas rendu compte si la personne en question n'utilisait pas le tutoiement. La plupart d'entre nous n'ont pas de rayures, de taches ou d'autres marques physiques qui nous distinguent des autres.

— La plupart ?

— Naturellement, je ne peux pas voir mon propre dos, mais je suis sûre que Ian me l'aurait dit s'il avait quelque chose de remarquable.

Brianna se mit à rire. Le mélange de faim, de soulagement et la simple joie de se retrouver en famille l'étourdissaient légèrement. Une famille qui, de toute évidence, s'élargissait pour le mieux.

— Je suis vraiment heureuse de faire ta connaissance, dit-elle à Rachel. Je n'arrivais pas à m'imaginer quel genre de femme épouserait Ian… Pardon, ce n'est pas ce que je voulais dire…

— Non, non, tu as raison, l'assura Rachel. Moi-même, je n'aurais jamais imaginé épouser un homme tel que lui. Pourtant, il est là dans mon lit à mon réveil tous les matins. On dit que les voies du Seigneur sont impénétrables. (Elle changea Oggy de hanche.) Entre donc dans la maison. Je sais où est caché le vin.

5

Méditation sur un hyoïde

— « Tout commence *in medias res* et, si vous avez de la chance, se termine de la même manière. »

Roger s'interrompit pour déglutir et je sentis son larynx sursauter sous mes doigts. La peau de sa gorge était fraîche et lisse. Toutefois, je percevais le léger frottement d'un chaume de barbe contre mes phalanges juste sous sa mâchoire.

— C'est ce qu'a dit le Dr McEwan ? demandai-je, intriguée. Qu'entendait-il par là ?

Roger avait les yeux fermés, comme la plupart des gens lorsque je les auscultais, comme s'ils avaient besoin de protéger le peu d'intimité qu'il leur restait. Lorsqu'il rouvrit les paupières, le soleil matinal fit briller le vert profond de ses iris d'une manière saisissante.

— Lorsque je le lui ai demandé, il m'a répondu que, pour autant qu'il puisse en juger, rien ne commençait ni ne cessait vraiment. Que les gens croient que la vie commence à la naissance, alors que ce n'est clairement pas le cas ; qu'on peut voir l'enfant remuer dans le ventre ; qu'un enfant qui naît trop vite vit souvent peu de temps et qu'on peut constater alors que tous ses sens fonctionnent même s'il n'est pas viable.

Je fermai les yeux à son tour, non pas parce que le regard de Roger m'impressionnait, mais pour me concentrer sur les vibrations provoquées par ses paroles. Je descendis légèrement les doigts sur sa gorge.

— Il a raison sur ce point, dis-je tout en visualisant l'anatomie interne de la gorge. Les bébés courent déjà en naissant, si l'on peut dire. Tous leurs processus fonctionnent, à l'exception de la respiration, bien avant la naissance. Néanmoins, sa réponse reste obscure.

— En effet.

Il déglutit à nouveau et je sentis son souffle chaud sur mon bras nu.

— Je l'ai aiguillonné, reprit-il. De toute évidence, il considérait sa phrase comme une explication ou, du moins, la seule explication qu'il pouvait me donner. Pourriez-vous décrire ce que vous faites réellement lorsque vous guérissez quelqu'un ?

Je souris sans ouvrir les yeux.

— Je pourrais essayer, répondis-je. Toutefois, il y a une erreur à la base : je ne guéris pas les gens ; ils se guérissent eux-mêmes. Je ne fais que… les guider.

Un son qui n'était pas tout à fait un rire fit faire un double sursaut à son larynx. Il me sembla sentir une légère concavité sous mon pouce, là où le cartilage avait été partiellement écrasé par la corde. Je posai mon autre main sur ma propre gorge pour faire la comparaison.

— C'est aussi ce qu'a dit Hector McEwan. Néanmoins, il *guérissait* les gens. Je l'ai vu faire.

Je lâchai nos gorges et ouvris les yeux.

Il me décrivit brièvement ses relations avec William Buccleigh, depuis son rôle dans sa pendaison et sa réapparition à Inverness en 1980 jusqu'à sa participation à la recherche de Jem après qu'il eut été enlevé par Rob Cameron, l'ancien collègue de Brianna.

— C'est à ce moment qu'il est devenu… plus qu'un ami, confia Roger. Il est venu chercher Jem avec moi. Nous ne l'avons pas trouvé, naturellement, mais nous sommes tombés sur un autre Jeremiah. Mon père.

Sa voix se brisa sur ce mot et, par réflexe, je cherchai sa main. Il m'écarta et s'éclaircit à nouveau la gorge.

— Ce n'est rien. Je… je vous le raconterai plus tard.

Il déglutit puis se redressa et me regarda en face.

— Buck… C'est ainsi que nous l'appelions… Quand nous avons traversé les pierres en quête de Jem, nous avons tous deux été… sérieusement secoués par le voyage. Vous m'avez dit un jour que plus on traversait, plus les effets empiraient, n'est-ce pas ?

— Je les trouve déjà suffisamment puissants lorsqu'on traverse la première fois.

Je ressentis un petit frisson au souvenir de ce vide, un chaos dans lequel n'existait qu'un vacarme, où ne subsistait qu'un soupçon de pensée qui vous permettait de rester vous-même entre une respiration et la suivante.

— Mais, oui, confirmai-je. Cela empire. Que vous est-il arrivé ?

— Moi, pas grand-chose. J'ai perdu connaissance un moment. Je me suis réveillé avec la sensation d'étouffer, en nage, désorienté. J'avais perdu le sens de l'équilibre et ne tenais plus debout. Quant à Buck…

Il plissa le front et je vis son regard changer tandis qu'il se revoyait sur la colline verdoyante de Craigh na Dun, se réveillant le visage battu par la pluie. J'avais fait la traversée trois fois. Je sentis les poils de ma nuque se hérisser lentement.

— C'était son cœur. Il avait une douleur dans la poitrine et dans le bras gauche. Il avait du mal à respirer et disait qu'il avait la sensation d'un poids sur le torse. Il ne parvenait pas à se lever. Je lui ai apporté de l'eau et, au bout d'un moment, il a semblé aller mieux. Au moins, il pouvait marcher. Il refusait que l'on s'arrête pour qu'il se repose.

Puis ils s'étaient séparés. Buck avait pris la route d'Inverness tandis que Roger se rendait à Lallybroch et…

— Lallybroch ! m'exclamai-je en lui agrippant les bras. Tu y es allé ?

— Oui, répondit-il en souriant et en posant sa main sur la mienne. J'ai rencontré Brian Fraser.

— Tu… *Brian* ?

Je secouai la tête pour remettre mes idées en place. Cette histoire ne tenait pas debout.

— Je sais, cela n'avait aucun sens, dit-il en lisant mes pensées. Nous ne sommes pas arrivés là… où nous pensions. Nous avons atterri en 1739.

Je le dévisageai un instant sans réagir et il haussa les épaules.

— Plus tard, dis-je fermement.

Je touchai à nouveau sa gorge en pensant : In medias res. *Que diable McEwan voulait-il dire ?*

J'entendais des éclats de voix d'enfants au loin près du ruisseau, ainsi que le cri strident et éraillé d'un faucon dans le haut tronc brisé à l'autre extrémité de notre clairière. Je pouvais le voir du coin de l'œil : une silhouette sombre comme une torpille sur une branche morte. Je commençais également à entendre, du moins me semblait-il, le ronronnement du sang dans le cou de Roger, un son vague, différent de celui de son pouls. Le fait de le sentir du bout de mes doigts paraissait étonnamment normal.

— Parle-moi encore, lui demandai-je. De n'importe quoi.

C'était autant pour éviter d'entendre ce que je croyais entendre que pour détendre son larynx.

Il fredonna un moment, puis cela le fit tousser et j'écartai la main afin qu'il puisse tourner la tête.

— Désolé, s'excusa-t-il. Bobby Higgins m'a dit que la population du Ridge continue de s'agrandir. Les nouvelles familles sont nombreuses ?

— Elles abondent, répondis-je en replaçant ma main. Pendant que nous étions à Savannah, où les vents de la guerre nous avaient brièvement poussés, une vingtaine de familles se sont établies ici. Depuis notre retour, il y en a eu trois autres.

Le front plissé, il me lança un regard de biais.

— Il n'y aurait pas un pasteur parmi les nouveaux colons, par hasard ?

— Non. Est-ce que tu comptes… Je veux dire, tu le veux toujours ?

— Oui, répondit-il un peu timidement. Mon ordination n'est pas totalement achevée. Il faudrait que je m'en occupe. Quand nous avons décidé de revenir, Bree et moi avons discuté de ce que nous voulions faire, une fois ici. Et… c'est ce que j'aimerais faire.

— Tu as déjà été prêtre ici, dis-je en observant attentivement ses traits. Faut-il vraiment que tu sois formellement ordonné pour l'être à nouveau ?

Il y avait déjà longuement réfléchi et sa réponse vint d'elle-même :

— Oui. Je n'ai pas… d'état d'âme à avoir enterré, marié ou baptisé les gens d'ici. Il fallait que quelqu'un s'en charge et j'étais le seul à disposition. Toutefois, je tiens à faire les choses correctement. C'est un peu comme la différence entre le *handfasting*[3] et le mariage chrétien, entre une promesse et un serment. Même si vous ne brisez jamais votre promesse, vous voulez… (il chercha ses mots) vous voulez la force et le poids du serment. Pour qu'il vous soutienne.

Des serments, j'en avais prêté quelques-uns. Roger avait raison : tous, même ceux que j'avais brisés, avaient eu un sens, un poids. Et quelques-uns m'avaient soutenue et me soutenaient encore.

— Oui, je vois bien la différence, répondis-je.

— Vous aviez raison, dit-il avec un air surpris. Il est facile de parler à son médecin, surtout quand il vous prend à la gorge pour ainsi dire. Que diriez-vous d'essayer la méthode de McEwan ?

Je redressai le dos et étirai mes doigts malgré moi.

— Ça ne peut pas faire de mal, dis-je en espérant avoir raison. Tu sais que…

Je sentis la pomme d'Adam de Roger faire un bond sous mes doigts.

— Oui, je sais, grommela-t-il. Je n'attends rien. S'il se passe quelque chose, tant mieux. Sinon, ce ne sera pas pire.

Je le palpai délicatement, mes doigts l'examinant. La trachéotomie que j'avais réalisée pour lui sauver la vie avait laissé une petite cicatrice dans le creux de son cou, une légère dépression d'environ un pouce de long. Je passai mon pouce dessus, sentant les anneaux de cartilage sains au-dessus et en dessous. L'effleurement de mes doigts le fit frissonner et je vis la chair de poule hérisser la peau de sa nuque. Il émit un petit rire.

— C'est une oie qui marche sur ma tombe.

Cette référence à un vieux dicton anglais me fit sourire.

— Je dirais plutôt qu'elle saute à pieds joints sur ta gorge. Raconte-moi encore ce qu'a dit le Dr McEwan. Tout ce dont tu te souviens.

Je n'avais pas ôté ma main et sentis le bond de sa pomme d'Adam lorsqu'il se racla la gorge.

— Il m'a palpé le cou, comme vous le faites à présent, et m'a demandé si je savais ce qu'était l'os hyoïde. Il m'a appris que le mien était quelques pouces plus haut que la normale et que, s'il avait été à la bonne place, je serais mort.

— Vraiment ? demandai-je, intéressée.

Je posai un doigt juste sous sa mâchoire et ordonnai :

— Avale ta salive, s'il te plaît.

Il s'exécuta. Sans le lâcher, je touchai mon propre cou et déglutis.

— Fichtre ! m'étonnai-je. Notre échantillonnage est certes limité et, naturellement, il peut y avoir des différences selon les sexes, mais… je crois bien qu'il avait raison. Peut-être es-tu un Néandertalien.

---

3. Le *handfasting*, ou « l'union des mains », était un rite ancien célébré dans les îles britanniques et équivalent à une promesse de mariage : le couple pouvait vivre ensemble pendant un an et un jour, puis se séparer par consentement mutuel s'il ne parvenait pas à avoir un enfant (N.d.T.).

— Un quoi ?

— Je plaisante, le rassurai-je. Néanmoins, l'une des différences entre l'homme de Néandertal et l'homme moderne est son os hyoïde. La plupart des scientifiques pensent qu'il n'en avait pas et, donc, ne pouvait pas parler. Mon oncle Lamb, lui, soutenait qu'il était indispensable à l'élocution puisqu'il soutient la langue. Il refusait de croire que les Néandertaliens étaient muets et en a donc déduit que leur os hyoïde était situé à un endroit différent.

— C'est fascinant, dit poliment Roger.

Je m'éclaircis la gorge à mon tour et posai à nouveau les deux mains sur son cou.

— Après avoir parlé de ton os hyoïde, qu'a fait McEwan ? Comment t'a-t-il touché, exactement ?

Il inclina légèrement la tête en arrière et corrigea la position de mes doigts, les écartant et les faisant descendre un peu.

— Comme ça.

Mes mains recouvraient, ou du moins touchaient, à présent toutes les structures importantes de sa gorge, du larynx à l'hyoïde.

— Puis ? demandai-je.

J'écoutais attentivement, non pas sa voix mais sa chair. J'avais palpé son cou des douzaines de fois, surtout lors de la rééducation après sa pendaison. Cependant, je ne l'avais pas touché depuis plusieurs années. Je sentais les muscles solides de son cou, fermes sous la peau, ainsi que son pouls, fort et régulier, quoiqu'un peu rapide. Je me rendis compte soudain à quel point cet examen était important pour lui. Je fus prise de scrupules. J'ignorais ce qu'Hector McEwan lui avait fait (ou ce que Roger croyait qu'il avait fait), et je n'avais aucune idée de comment procéder.

La réponse de McEwan aux questions de Roger avait été : « Je sais à quoi ressemble un larynx sain, et je sais ce que je sens lorsque je touche le vôtre. Je pose donc mes doigts et visualise ce que je devrais ressentir normalement. » Savais-je seulement à quoi ressemblait à la palpation un larynx normal ?

— Il y avait une sensation de chaleur, ajouta Roger en fermant les yeux.

Le renflement lisse de son larynx se trouvait sous le talon de ma main, remontant légèrement quand il déglutissait.

— Ce n'était rien de spectaculaire. Un peu comme la sensation qu'on a en entrant dans une pièce où brûle un feu de cheminée.

— Est-ce que mes doigts te transmettent de la chaleur à présent ? demandai-je.

Cela aurait été normal. Sa peau était froide.

— Oui, dit-il sans rouvrir les yeux. Mais elle est extérieure. Quand McEwan a fait… ce qu'il a fait, elle venait de l'intérieur. (Il fronça les sourcils, se concentrant.) Je l'ai sentie… là.

Il guida mon pouce pour le placer juste à la droite du centre de son larynx, directement sous l'hyoïde.

— Et… *là*.

Il rouvrit les yeux avec un air surpris et pressa deux doigts au-dessus de sa clavicule, quelques pouces à gauche de sa fossette suprasternale.

— C'est étrange. Je l'avais oublié.

— Il t'a touché là aussi ? m'étonnai-je.

Je descendis mes doigts, tous mes sens en éveil comme cela m'arrivait lorsque j'étais entièrement concentrée sur le corps d'un patient. Roger le sentit lui aussi et releva des yeux surpris.

— Que… ?

Avant qu'il ait pu finir, un hurlement aigu s'éleva de la clairière en contrebas. Il fut aussitôt suivi par une cacophonie de jeunes voix, d'autres cris, puis d'une voix immédiatement reconnaissable comme étant celle de Mandy vociférant :

— Vous êtes méchants ! Méchants ! Méchants ! Je vous hais et vous irez en ENFER !

Roger bondit sur ses pieds.

— Amanda ! cria-t-il. Viens ici tout de suite !

Par-dessus son épaule, j'aperçus Mandy, les traits tordus par la fureur, essayant d'attraper sa poupée Esmeralda que Germain tenait par un bras, l'agitant juste hors de portée de la fillette, dansant d'une jambe sur l'autre pour éviter ses coups de pied.

Surpris, Germain redressa la tête et Mandy en profita pour lui assener un coup dans le tibia. Elle portait de robustes bottines et l'impact fut audible même à distance, suivi presque aussitôt du cri de douleur de Germain. L'air horrifié, Jem attrapa Esmeralda, la fourra dans les bras de Mandy puis, avec un regard coupable par-dessus son épaule, fila vers la forêt. Germain le suivit en boitillant.

— Jeremiah ! rugit Roger. Arrête-toi tout de suite !

Jem se figea aussitôt, comme frappé par un rayon de la mort. Germain, lui, poursuivit sa course et disparut dans le sous-bois avec un fracas de branchages.

Occupée à observer les garçons, j'entendis un léger bruit d'étranglement qui me fit me tourner vers Roger. Pâle, il se tenait la gorge des deux mains. Je lui pris le bras.

— Ça ne va pas ?

— Je… je ne sais pas, répondit-il dans un râle. Je crois que… je me suis foulé quelque chose.

— Papa ? demanda une petite voix près de moi.

Amanda renifla bruyamment puis, du revers de la main, étala ses larmes et sa morve sur son visage.

— Tu es fâché contre moi ?

— Non, ma chérie, répondit-il doucement d'une voix relativement normale. (Je me détendis.) Je ne suis pas fâché, mais tu ne dois pas dire aux gens d'aller en enfer. Viens, nous allons te débarbouiller.

Il la prit dans ses bras et se tourna vers ma table de travail, sur laquelle se trouvaient une bassine et une aiguière.

— Je m'en occupe, dis-je en tendant les bras vers l'enfant. Peut-être devrais-tu… euh… aller parler à Jem ?

— Mmm…, fit-il en me confiant la fillette.

D'un naturel câlin, Mandy s'accrocha affectueusement à mon cou et enroula les jambes autour de ma taille.

— On peut débarbouiller aussi ma poupée ? demanda-t-elle. Les méchants garçons l'ont toute salie.

J'écoutais d'une oreille distraite les mots tendres de Mandy pour sa poupée et ses dénonciations de son frère et de Germain. J'étais surtout concentrée sur ce qu'il se passait dans la clairière.

J'entendais la voix de Jem, haut perchée et belliqueuse, et celle de Roger, ferme et beaucoup plus basse. Je ne distinguais pas leurs paroles, mais Roger *parlait* et je ne l'entendais pas s'étrangler ni tousser.

De l'avoir entendu crier était encore plus encourageant. Cela lui était déjà arrivé (les enfants et la vie en plein air étant ce qu'ils étaient), mais je ne l'avais jamais entendu le faire sans que cela s'achève par une quinte de toux ou d'affreux raclements de gorge. McEwan avait dit noter une légère amélioration et que la guérison prendrait du temps.

L'avais-je vraiment aidé ?

Je contemplai ma paume d'un œil critique. Elle n'avait rien d'inhabituel : une petite entaille en voie de cicatrisation sur le majeur, des taches dues aux mûres que j'avais cueillies ce matin et une ampoule éclatée sur mon pouce après avoir saisi, sans prendre le temps de me protéger d'une manique, une poêle remplie de bacon qui avait pris feu dans la cheminée. Aucune trace de lumière bleue.

Mandy se pencha sur la table pour regarder ma paume ouverte.

— C'est quoi, ça, grand-mère ?

— Quoi, cette tache noire ? Ce doit être de l'encre. J'ai écrit dans mon cahier médical, hier.

J'y avais consigné mes observations sur l'éruption cutanée de Kirsty Wilson. J'avais d'abord cru à une réaction au sumac à vernis. Cependant, elle perdurait en prenant une tournure inquiétante… La patiente n'avait pas de fièvre. De l'urticaire ? Ou peut-être un psoriasis atypique ?

— Non, ça ! insista Mandy en pointant son doigt potelé et humide sur le gras de mon pouce. C'est une lettre.

Elle tordit le cou pour mieux voir, ses boucles brunes chatouillant mon bras.

— C'est un « J » ! annonça-t-elle, triomphante, avant de se rembrunir. « J » comme Jemmy. Je le déteste.

— Euh…, fis-je, déconcertée.

C'était effectivement un « J ». L'ancienne cicatrice ne formait plus qu'une fine ligne pâle qui était encore visible sous une bonne lumière. C'était Jamie qui me l'avait faite avant mon départ de Culloden. Avant que je le laisse mourir, me précipitant à travers les pierres pour sauver son enfant à naître. Notre enfant. Et si je n'étais pas partie ?

Je regardai Mandy, petite perfection brune aux yeux ambrés, aussi jolie qu'une minuscule pomme de printemps. J'entendis Jem au loin. Il riait à présent avec son père. Cela nous avait coûté vingt ans de séparation. Vingt ans de chagrin, de douleur et de danger. Qui en avaient valu la peine.

— C'est « J » pour Jamie, ton grand-père, répondis-je.

Mandy hocha la tête comme si cela coulait de source et serra Esmeralda trempée contre son torse. Je touchai sa joue rose et imaginai un instant que mes doigts se teintaient de bleu. Ce qui n'était pas le cas.

— Mandy, de quelle couleur sont mes cheveux ? demandai-je soudain.

Des années plus tôt, une vieille sage tuscarora nommée Nayawenne m'avait dit, parmi de nombreuses autres déclarations troublantes : « Quand tes cheveux seront blancs, tu sentiras toute l'étendue de ton pouvoir. »

Mandy m'observa attentivement, puis répondit sur un ton définitif :

— Bringé.

— Quoi ? Où diable as-tu appris un tel mot ?

— C'est l'oncle Joe. Il dit que c'est la couleur de Badger.

— Et qui est Badger ?

— Le chien de tante Gail.

— Hmm, fis-je. Le moment n'est donc pas encore venu. Viens, ma chérie, allons suspendre Esmeralda à la corde à linge.

6

De retour est le chasseur, de retour de la montagne

Jamie et Brianna revinrent en fin d'après-midi avec quatre écureuils, quatorze colombes et une grande toile sale et déchirée qui, une fois ouverte, révéla ce qui ressemblait aux vestiges d'un meurtre particulièrement atroce.

— Notre dîner ? demandai-je.

Je touchai délicatement un os brisé sortant d'une masse de chair et de fourrure. La dépouille dégageait une odeur ferreuse de boucherie, avec une note fétide qui me paraissait familière. Toutefois, la décomposition n'avait pas encore commencé.

Jamie s'approcha et contempla le tas sanglant en fronçant les sourcils.

— Oui. Vois si tu peux en tirer quelque chose, *Sassenach*. Je te la nettoierai, mais avant j'ai besoin d'un petit verre de whisky.

Sa chemise et son pantalon étaient tachés de sang. Je remarquai soudain le linge souillé autour de son mollet. En outre, il boitait. Haussant un sourcil, j'allai chercher le grand panier rempli de nourriture, de petits outils et de fournitures médicales que je déposais sur le site du chantier chaque matin.

— D'après ce qu'il en reste, je présume qu'il s'agit… ou s'agissait d'un cerf. L'as-tu mis dans cet état à mains nues ?

— Non, c'est l'ours, répondit Brianna nonchalamment.

Elle échangea un regard complice avec son père, qui affectait un air dégagé.

— Je vois, soupirai-je. (J'indiquai sa chemise d'un geste.) Combien de ce sang est le tien ?

— Pas beaucoup, répondit-il en s'asseyant sur Big Log. Whisky ?

Je lançai un regard vers Brianna. Elle semblait entière. Elle était crasseuse, avec des fientes gris-vert sur sa chemise, mais indemne. Elle rayonnait de soleil et de bonheur. Je lui indiquai le grand épicéa de l'autre côté de la clairière.

— Il y a du whisky dans la gourde en métal accrochée là-bas. Tu veux bien aller la chercher pendant que j'examine ce qu'il reste de la jambe de ton père ?

— Bien sûr. Où sont Mandy et Jem ?

— La dernière fois que je les ai vus, ils jouaient près du ruisseau avec Aiden et ses frères.

En la voyant pincer les lèvres, j'ajoutai aussitôt :

— Ne t'inquiète pas. Fanny m'a dit qu'elle surveillerait Mandy pendant qu'elle ramassait des sangsues. Fanny est *très* fiable.

— Mmm…

Elle ne paraissait guère convaincue. Je la voyais lutter contre l'impulsion maternelle d'aller sortir Mandy du ruisseau sur-le-champ.

— Je l'ai rencontrée hier soir, mais je ne me souvenais pas d'elle, dit-elle. Où vit-elle ?

— Avec nous, répondit Jamie. Ouille !

— Cesse de bouger, ordonnai-je.

J'écartai les lèvres de sa plaie entre deux doigts pour y verser une solution saline.

— Tu ne veux pas mourir du tétanos, n'est-ce pas ?

— Et si je te répondais oui, *Sassenach* ?

— Cela n'y changerait rien. Peu m'importe que tu le veuilles ou non, je te soignerai.

— Dans ce cas, il ne fallait pas me demander mon avis, répliqua-t-il.

Il se pencha en arrière, se soutenant sur ses paumes, les jambes étirées devant lui, et expliqua à Brianna :

— Fanny est une petite orpheline. Ton frère l'a prise sous sa protection.

Les traits de Brianna se vidèrent de toute expression, lui donnant un aspect comique.

— Mon frère… Willie ?

— À moins que ta mère m'ait caché quelque chose, tu n'as qu'un frère, l'assura Jamie. William. Aïe, bon sang, *Sassenach*, tu es pire que l'ours !

Il ferma les yeux, soit pour ne pas voir ce que je lui faisais – je débridais et élargissais la plaie avec un scalpel. La blessure n'était pas grave en soi, même si la morsure dans son mollet était profonde et le risque de tétanos bien réel –, soit pour donner à Brianna le temps de reprendre contenance.

Elle inclina la tête sur le côté.

— Donc…, dit-elle lentement. J'en déduis qu'il sait que tu es son père ?

Jamie grimaça sans rouvrir les yeux.

— En effet.

— Et cela ne l'enchante pas ?

En dépit de son sourire ironique, son regard et sa voix étaient remplis de compassion.

— Probablement pas, répondit-il.

— Pour le moment, ajoutai-je en nettoyant le sang sur son tibia.

Jamie émit un grognement dubitatif, auquel Brianna répondit par une version plus féminine du même son avant d'aller chercher la gourde. Jamie l'entendit partir et rouvrit les yeux.

— Tu n'as pas encore terminé, *Sassenach* ?

Je vis ses poignets vibrer et me rendis compte qu'il prenait appui sur ses paumes pour cacher le fait qu'il tremblait de fatigue.

— J'ai fini de te faire mal, l'assurai-je.

Je posai ma main près de la sienne pour me relever et touchai légèrement ses doigts.

— Je vais te mettre un bandage, puis tu devras t'allonger un moment avec le pied surélevé.

— Ne t'endors pas, pa.

L'ombre de Brianna s'avança sur lui tandis qu'elle lui donnait la gourde.

— Ian a dit qu'il amenait sa mère et Rachel dîner avec nous.

Elle se pencha encore et l'embrassa sur le front.

— Ne t'inquiète pas pour Willie, ajouta-t-elle. Il finira par comprendre.

— Oui, j'espère seulement que ce sera avant ma mort.

Il lui adressa un sourire en coin pour indiquer qu'il plaisantait et leva la gourde à sa santé.

Je traînai de force Jamie à l'ombre sous mon abri chirurgical et le fis s'allonger, mon tablier plié sous sa nuque.

— As-tu avalé quelque chose depuis le petit-déjeuner ? demandai-je en soulevant sa jambe sur un morceau de bois récupéré dans le tas de bûches.

— Oui, répondit-il patiemment. Amy Higgins avait donné des baniques et du fromage à Brianna et nous les avons mangés en attendant que l'ours se décide à partir. Tu ne crois pas que je te l'aurais déjà dit si j'avais eu faim ?

— Euh… oui, sans doute, répondis-je, me sentant un peu sotte. C'est juste que…

J'écartai les cheveux qui lui retombaient sur le front.

— Je voudrais que tu te sentes mieux et la seule idée qui me soit venue est de te nourrir.

Cela le fit rire. Il s'étira en cambrant les reins puis s'installa sur l'herbe foulée dans une position plus confortable.

— C'est gentil, *Sassenach*. Je connais d'autres moyens pour me faire sentir mieux… après une petite sieste.

Il tourna la tête vers le sommet lointain. Le soleil descendait lentement entre une traînée de petits nuages dodus, peignant leur ventre d'une douce lueur dorée.

Le spectacle nous fit soupirer en chœur, puis il se tourna à nouveau vers moi et me prit la main.

— Ce que j'aimerais, *Sassenach*, c'est que tu restes assise un moment avec moi et que tu me dises que je ne rêve pas. Est-elle vraiment ici ? Elle, les enfants et Roger Mac ?

J'exerçai une pression sur sa main, ressentant la même joie effervescente que celle que je voyais sur ses traits.

— C'est bien réel. Ils sont là. Juste là, en fait.

Je me mis à rire, car je pouvais voir Brianna se dirigeant vers les arbres qui bordaient le ruisseau. Sa longue chevelure dénouée se soulevait dans la brise du soir tandis qu'elle appelait les enfants.

— Cela dit, je te comprends, repris-je. Ce matin, j'ai examiné la gorge de Roger. Je me sentais comme Thomas le sceptique. Il me semblait tellement étrange de le voir en face de moi, de le toucher, et, en même temps, cela me paraissait parfaitement normal.

Je caressai doucement du pouce le dos de sa main, sentant les nœuds de ses articulations et la texture rugueuse de la cicatrice là où s'était trouvé son annulaire.

— C'est ce que je ressens tout le temps, dit-il d'une voix un peu rauque en refermant ses doigts autour des miens. Quand je me réveille tôt le matin et que je te vois près de moi, je me demande si tu es réelle. Jusqu'à ce que je te touche… ou que tu lâches un vent.

Je retirai ma main d'un geste sec et il se redressa, posant ses coudes sur ses genoux. Ne prêtant pas attention à mon regard noir, il demanda :

— Comment as-tu trouvé Roger Mac ? Tu penses que sa voix lui reviendra ?

— Sincèrement, je n'en sais rien. Il faut que je te raconte ce qu'il m'a dit au sujet d'un homme nommé Hector McEwan.

Il m'écouta avec une grande attention, ne remuant que pour chasser un nuage de moucherons devant son visage.

Lorsque j'eus terminé, il demanda :

— L'as-tu déjà vue toi-même, cette lumière bleue, *a nighean* ?

Le petit frisson qui me parcourut n'avait rien à voir avec le rafraîchissement du fond de l'air. Je détournai le regard, me replongeant dans un passé enfoui. Ou, plutôt, que je m'étais efforcée d'enterrer.

— Je… euh… oui, répondis-je. Sur le moment, j'ai cru à une hallucination et il est fort possible que ç'ait été le cas. J'étais sur le point de mourir et la mort imminente peut altérer les perceptions.

— C'est vrai, convint-il. Cela ne signifie pas que ce que tu vois ne soit pas réel.

Il me dévisagea attentivement, réfléchissant.

— Tu n'as pas besoin de me le raconter, dit-il doucement en me touchant l'épaule. Il est inutile de revivre ces moments douloureux s'ils ne viennent pas d'eux-mêmes.

— Non, répondis-je un peu trop précipitamment. Je n'ai pas l'intention de les revivre. Je souffrais d'une grave infection et… et maître Raymond (Jamie releva brusquement la tête en entendant son nom) m'a guérie. J'ignore ce qu'il a fait, j'étais incapable d'une pensée consciente. Mais j'ai vu…

Je frottai lentement mon avant-bras, revoyant la scène.

— L'os à l'intérieur de mon bras était bleu. Ce n'était pas un bleu vif comme celui-ci (je fis un geste vers la montagne, où le ciel au-dessus des nuages avait pris la couleur des pieds-d'alouette). C'était un bleu très doux, très pâle. Néanmoins, il… « luisait », ce n'est pas le mot, vraiment. Il était… vivant.

J'avais senti le bleu se diffuser dans mes os et me traverser. J'avais senti éclater les microbes dans mon organisme, mourant telles des étoiles. Ce souvenir hérissa les poils sur mes bras et ma nuque et me remplit d'un étrange bien-être, comme un écoulement de miel chaud.

Un cri sauvage dans la forêt brisa le charme. Jamie se retourna en souriant.

— C'est le petit Oggy qui approche, annonça-t-il. Il feule comme un puma qui chasse.

Je me levai et secouai mes jupes.

— C'est l'enfant le plus bruyant que je connaisse, observai-je.

Comme si le cri avait servi de signal, j'entendis des hululements et une bande d'enfants jaillit entre les arbres près du ruisseau, suivie par Bree et Roger, marchant lentement, leurs têtes penchées l'une vers l'autre, plongés dans une conversation, l'air épanoui.

— Je vais avoir besoin d'une maison plus grande, déclara Jamie, songeur.

Avant qu'il ait pu développer cette idée intéressante, les Murray apparurent à leur tour sur le sentier qui descendait du flanc est du Ridge. Rachel portait Oggy, qui braillait par-dessus son épaule, Ian marchant derrière avec un grand panier recouvert d'un linge.

— Les enfants ? demanda Rachel à Jamie.

Elle tendit Oggy à son père tandis que Jamie se levait en souriant et indiquait du menton la clairière en contrebas.

— Vois par toi-même, *a nighean.*

Jem, Mandy et Germain, séparés de leurs compagnons de jeu, traînaient les pieds derrière Bree et Roger en se poussant amicalement les uns les autres.

Les yeux noisette de Rachel fondirent.

— Oh, Jamie ! Ta fille te ressemble tellement… et son fils est ton portrait craché.

— Je te l'avais bien dit, déclara Ian.

Elle posa une main sur son bras et le pressa.

— Ta mère…

Elle secoua la tête, ne trouvant aucun terme à même de décrire l'émotion que ressentirait Jenny.

— Je doute qu'elle s'évanouisse en les voyant, dit Jamie. Elle a déjà rencontré Bree, mais pas encore les enfants. Au fait, où est-elle ?

Il lança un regard vers le sentier comme s'il s'attendait à voir apparaître sa sœur.

— Elle passe la nuit chez les MacNeill, expliqua Rachel. Elle s'est liée d'amitié avec Cairistina MacNeill pendant que nous cousions ensemble. Le mari de Cairistina est parti à Salisbury et elle nous a avoué qu'elle avait peur seule la nuit. Leur maison est très isolée. Le premier voisin est très loin.

Je pouvais la comprendre. Cairistina était très jeune et mariée depuis peu (elle était la troisième épouse de MacNeill). Elle venait de Campbelton, près de Cross Creek. En montagne, la nuit était très noire et remplie de mystères.

— C'est très gentil de la part de Jenny, observai-je.

Ian émit un petit rire.

— Je ne dis pas que ma mère n'est pas gentille, mais je crois qu'elle agit autant dans son propre intérêt que dans celui de Mme MacNeill. (Il indiqua Oggy, qu'il avait déposé dans l'herbe et qui geignait, un long filet de bave pendant de sa lèvre inférieure.) Le petit a la colique depuis trois jours et notre cabane est petite. Je vous parie qu'en ce moment même elle est couchée sur le lit de Mme MacNeill et dort comme un loir.

— Elle a passé la moitié de la nuit à tenter de le calmer, me dit Rachel comme pour l'excuser. Quand je lui ai dit que je pouvais m'en occuper, elle n'a rien voulu entendre. Elle m'a dit : « Pfff, à quoi servent les grands-mères, alors ? »

Elle s'accroupit et reprit Oggy dans ses bras avant qu'il ne nous refasse son imitation d'une sirène antiaérienne.

— Que penses-tu de Marmaduke, Claire ?

— De Ma… oh, tu veux dire comme prénom ?

Je me hâtai de retrouver une expression neutre. Trop tard. Rachel se mit à rire tout en ôtant l'extrémité de sa natte noire des mains de son fils.

— Jenny a eu la même réaction, me dit-elle. Toutefois, Marmaduke Stephenson fut l'un des martyrs de Boston, c'est un Ami important. Cela serait un bon prénom.

— C'est sûr que, si vous l'appelez Marmaduke, il y a peu de risques qu'on le confonde avec un autre, déclara Jamie en s'efforçant d'être diplomate. En outre, il apprendra tôt à se défendre. Mais si vous voulez faire de lui un quaker…

— C'est vrai, dit Ian à Rachel. Et pas question de l'appeler Crains-le-Seigneur non plus. Pourquoi pas Fortitude ? C'est un bon prénom viril.

— Hmm, fit-elle en examinant son fils. Que penses-tu de Sagesse ? Sagesse Murray ? Sagesse Ian Murray ?

— C'est ça, rit Ian. Et si le petit s'avère être un idiot ? Ce ne serait pas lui attirer des ennuis ?

Jamie inclina la tête sur le côté et observa un moment Oggy d'un air méditatif. Puis il lança un regard à Rachel et à Ian.

— Compte tenu de ses parents, j'en doute. Cependant… N'aimerais-tu pas honorer ton père, Rachel ? Comment s'appelait-il ?

— Mordecai, répondit-elle. Peut-être pas comme premier prénom…

Je me tournai vers le foyer où les braises dégageaient un voile rougeâtre transparent.

— Ian, tu veux bien faire repartir le feu ? Je vais cuire les colombes dans la cendre puis… euh…

Je lançai un regard vers la clairière et comptai les têtes à mesure qu'elles montaient vers nous. Les enfants Higgins étaient rentrés dans leur propre cabane pour dîner, ce qui laissait… (je comptai rapidement sur mes doigts) sept adultes et quatre enfants. En milieu de journée, j'avais mis à mijoter une marmite de lentilles aux herbes et un jambon à l'os. Bree avait déjà dépecé les écureuils qu'elle avait rapportés. Peut-être ferais-je mieux de les couper en morceaux et de les ajouter. Ensuite…

— Nous avons apporté un petit supplément à ton dîner, Claire, m'indiqua Rachel en montrant son panier. Non, Oggy, tu ne dois pas tirer les cheveux de ta mère. Je pourrais être surprise et te laisser tomber dans le feu. Ce serait regrettable, n'est-ce pas ?

Cette menace très quaker me fit rire. Elle fonctionna, car Oggy lâcha la natte de sa mère, fourra son poing dans sa bouche et me dévisagea d'un air songeur.

— Viens, dis-je en tendant les bras vers lui. Je vais te présenter à tes cousins, jeune Oglethorpe.

La jambe de Jamie ne lui faisait pas trop mal. Elle était néanmoins contusionnée et sensible. Aussi se contenta-t-il de rester assis sur une souche près de l'infirmerie de Claire pour reposer ses vieux os et regarder sa famille s'affairer aux préparatifs du dîner.

Portant toujours les habits de chasse qu'il lui avait prêtés, Brianna s'occupait des restes du cerf. Il l'observa fièrement. Elle maniait le couteau avec adresse et assurance, utilisant toute la force de ses épaules. Tenait-elle ce savoir-faire de lui… ou de sa mère ? Il n'y avait pas que ses mains, ni le fait de savoir comment s'y prendre… C'était la rigueur de son esprit, conclut-il avec approbation. Elle avait un travail à faire et le faisait sans se poser de questions.

Il lança un regard à Roger. Torse nu et en nage, il fendait du bois. Ce garçon se posait des questions et s'en poserait probablement toujours. Jamie percevait une nouvelle détermination en lui. Tant mieux, il en aurait besoin.

Claire lui avait dit qu'il voulait continuer à être pasteur. C'était une bonne chose. Les gens du Ridge avaient besoin qu'on s'occupe de leurs âmes et Roger avait besoin d'une fonction digne de lui. Selon Claire, il y avait longuement réfléchi et avait arrêté sa décision.

Quant à Brianna… À quoi ressemblerait sa vie, à présent ? Autrefois, elle avait enseigné dans leur petite école du Ridge. Il n'avait pas eu l'impression que ce métier l'avait enchantée outre mesure et il ne lui manquerait pas. Alors qu'il l'observait, elle s'étira, tendant les bras vers le ciel. *Bigre, quelle belle fille…*

Peut-être aura-t-elle d'autres enfants. Cette pensée lui faisait presque peur. Il ne voulait pas risquer de la perdre. En outre, Jem et Mandy avaient besoin d'elle. *Néanmoins…* L'idée était un petit espoir vert dans sa poitrine. Il sourit en voyant les enfants apporter du bois pour le feu, le laisser tomber en vrac sur le sol, puis partir en courant pour reprendre leur jeu, quel qu'il soit… peut-être cache-cache ? Il y avait aussi la petite Frances qui approchait avec un fagot de brindilles et une poignée de fleurs.

Elle avait perdu son bonnet et ses cheveux noirs retombaient de côté sur une épaule. L'effort avait rosi son teint et Jamie constata avec plaisir qu'elle souriait.

Un chatouillis sur sa jambe interrompit ses pensées. Une bestiole verte qui ressemblait à une petite pelle était assise sur son genou.

Il approcha délicatement une main. La créature n'avait pas peur de lui. Elle ne partit pas ni ne se vengea en tentant de lui voler dans les oreilles ou les narines comme le faisaient les mouches. Elle le laissa toucher son postérieur, se contentant d'agiter ses antennes d'un air vaguement agacé. Toutefois, lorsqu'il voulut lui caresser le dos, elle bondit telle une sauterelle de son genou et atterrit sur un coin du coffret de médecine de Claire, où elle fit une pause comme pour examiner la situation.

— Ne reste pas là, lui conseilla-t-il en gaélique. Tu finiras en tonique ou en poudre.

Il n'aurait su dire si l'insecte le regardait. Il sembla réfléchir puis, dans un élan tout aussi fulgurant, bondit à nouveau et se volatilisa.

Fanny avait apporté une plante à Claire. Celle-ci l'examinait avec un grand intérêt, retournant ses feuilles et expliquant ses vertus. Fanny rayonnait, le sourire aux lèvres à l'idée d'être utile.

Cette scène réchauffa le cœur de Jamie. La petite avait été terrifiée lorsque Willie l'avait amenée. Cela pouvait se comprendre. Il y avait un autre endroit plus froid dans son cœur où vivait sa sœur, Jane.

Il récita une prière pour le repos de l'âme de Jane et, après un moment d'hésitation, une autre pour Willie. Chaque fois qu'il pensait à Jane, il la revoyait seule et abandonnée dans la nuit noire, le visage livide à la lumière de son unique chandelle. Parce qu'elle s'était donné la mort, l'Église la considérait comme damnée. Peu lui importait, il continuait de prier pour elle. Personne ne pourrait l'en empêcher.

Ne t'inquiète pas, a leannan, lui dit-il tendrement en pensée. *Je veillerai sur Frances pour toi et, peut-être, nous nous reverrons un jour au paradis. N'aie pas peur.*

Il espérait que quelqu'un veillerait sur William pour lui. Aussi terrible que fût le souvenir de cette nuit funeste, il le conservait et l'invoquait délibérément. William lui avait demandé son aide : rien ne pouvait être plus précieux. Ensemble, ils avaient poursuivi une cause perdue au cœur d'une nuit pluvieuse, dangereuse, se tenant côte à côte dans la désolation à la lumière de cette unique chandelle ; trop tard. Bien que ce souvenir fût douloureux, il ne voulait pas le perdre.

Mammaidh, dit-il en lui-même en pensant soudain à sa mère. *Veille sur mon brave garçon, tu veux bien ?*

7

Mort ou vif

William, neuvième comte d'Ellesmere, vicomte d'Ashness, baron Derwent, s'adossa au tronc d'un chêne et fit l'inventaire de ses ressources. Pour le moment, ces dernières étaient constituées d'un assez bon cheval (un beau bai brun avec le museau blanc qui, selon son propriétaire précédent, répondait au nom de Bartholomew), d'un sac en toile contenant une maigre pitance à peine suffisante pour la moitié d'un homme comme lui, d'une demi-bouteille de bière rance, d'un couteau d'une qualité acceptable et d'un mousquet qui, à la rigueur, pouvait servir à assommer quelqu'un car, s'il tentait de tirer avec, il lui exploserait sûrement dans les mains, au visage, ou les deux.

Il avait également trois livres, sept shillings, deux pence et une poignée de monnaie et de fragments de métal qui avaient été, peut-être, autrefois des pièces, effet bénéfique de sa rencontre avec une milice américaine dans une taverne au bord de la route. Les hommes lui avaient dit avoir servi dans les troupes continentales à Monmouth et avoir côtoyé le général Washington six mois plus tôt dans le camp de Middlebrook, dernier lieu où son cousin Benjamin avait été vu en vie.

Rien ne disait que Benjamin fût toujours de ce monde. Toutefois, tant qu'il n'avait pas la preuve du contraire, William était déterminé à continuer de le chercher.

Sa rencontre avec les miliciens du New Jersey ne lui avait fourni aucune information à cet égard. En revanche, la milice comptait un certain nombre d'amateurs de cartes dont les mises n'avaient cessé d'augmenter à mesure que la nuit avançait et que les bouteilles se vidaient.

Avec l'argent qu'il avait gagné au jeu, William avait espéré s'offrir un repas et un lit. Pour le moment, ses gains risquaient surtout de lui coûter sa peau. Il avait appris que l'aube était souvent le temps des regrets et, apparemment, les Américains partageaient ce sentiment. Ils s'étaient réveillés belliqueux plutôt qu'avec la gueule de bois et avaient aussitôt accusé William d'avoir triché, provoquant son départ précipité.

Il lança un regard prudent entre les branches tombantes d'un chêne blanc. La route se situait à environ deux cents verges de sa cachette. Bien qu'elle fût déserte en ce moment, elle était très empruntée et sa terre boueuse était retournée par le passage récent de chevaux.

Dieu merci, il les avait entendus venir et avait quitté la route pour conduire Bart à l'abri derrière un enchevêtrement de jeunes pousses et de plantes grimpantes. Il était ensuite revenu sur ses pas juste à temps pour voir plusieurs des hommes avec qui il avait joué la veille, à présent à moitié réveillés de leur sommeil aviné et déterminés à récupérer leur argent, à en croire leurs grognements incohérents.

Il leva les yeux vers la lumière verte qui filtrait dans le feuillage. Ce n'était que le milieu de la matinée. Dommage. Il n'était pas judicieux de retourner à la taverne, où d'autres miliciens étaient sans nul doute en train de se réveiller, et il ignorait à quelle distance se trouvait le prochain hameau. Il soupira. Il ne tenait pas à attendre sous un arbre – qui, remarqua-t-il, avait la taille et la forme idéales pour y prendre un homme – que ces hommes se lassent de le chercher et rebroussent chemin. Ou que la nuit tombe.

Il y eut à nouveau des bruits de sabots, moins nombreux cette fois. Trois hommes, chevauchant lentement.

Cloaca obscaena. S'il ne le dit pas à voix haute, les mots résonnèrent clairement dans ses oreilles. L'un des cavaliers était l'homme qui lui avait vendu Bart ; les deux autres étaient des membres de la milice.

Il eut une vision de l'antérieur droit de Bart et de son fer qui avait perdu un grand morceau triangulaire.

Il n'attendit pas de savoir si l'ancien propriétaire pouvait reconnaître les empreintes de Bart dans le bourbier de la route. Il contourna le chêne et se fraya à toute allure un chemin dans le sous-bois ; tant pis pour le bruit.

Bart, qu'il avait laissé paître dans les hautes herbes, se tenait la tête levée, les oreilles pointées, ses naseaux se dilatant avec intérêt.

— Non ! chuchota William frénétiquement. Surtout ne henn...

Le cheval hennit bruyamment.

William le détacha d'un geste sec et bondit en selle, tenant les rênes d'une main et son mousquet de l'autre. Il éperonna sa monture et ils bondirent à travers l'écran de verdure avant de déraper sur la route dans une projection de feuilles et de boue.

Les trois cavaliers s'étaient arrêtés un peu plus loin. L'un d'eux était accroupi, inspectant les nombreuses traces qui se superposaient. Tous trois se tournèrent vers William, qui hurla des paroles incohérentes et brandit son arme avant de tourner brusquement sur sa gauche et de filer droit en direction de la taverne, penché sur l'encolure du cheval.

Il entendit les jurons derrière lui. Il avait néanmoins une longueur d'avance, il pouvait les semer.

Quant à ce qui lui arriverait s'il n'y parvenait pas... Peu importait. Il ne pouvait rien faire d'autre. Se retrouver coincé entre deux groupes de cavaliers hostiles n'était pas sa tasse de thé.

Bart trébucha, glissa dans la boue et tomba, envoyant William voler pardessus sa tête. Il atterrit sur le dos avec un impact qui lui coupa le souffle et lui arracha son mousquet de la main.

Ils furent sur lui avant qu'il ait pu respirer. Sa tête tournait et il ne voyait que des formes floues et mouvantes. Deux des hommes le relevèrent et il resta suspendu entre eux, le sang rugissant dans ses oreilles, tremblant de rage et de peur, ouvrant et fermant la bouche tel un poisson rouge.

Ils ne perdirent pas de temps à le menacer. L'ancien propriétaire de Bart lui envoya son poing dans la figure et les deux autres le lâchèrent, le laissant retomber dans la boue. Des mains fouillèrent ses poches, lui arrachèrent son couteau placé sous sa ceinture. Il entendit Bart renâcler non loin et piétiner tandis que l'un des hommes tirait sur sa selle.

— Hé toi, laisse ça tranquille ! brailla l'ancien propriétaire de Bart. C'est mon cheval et ma selle !

— Cause toujours, répondit une voix déterminée. Tu n'aurais jamais attrapé ce scélérat sans nous. La selle est pour moi.

— Laisse tomber, Lowell ! Laisse-lui son cheval, nous nous partagerons l'argent.

Le troisième homme dut frapper Lowell pour mieux se faire comprendre, car il y eut un bruit de coup et un cri outragé. William se souvint soudain comment respirer et la brume noire dans son champ de vision se dissipa. Pantelant, il roula sur le côté et tenta de se relever.

L'un des hommes lui lança un bref regard et dut en déduire qu'il ne représentait pas une menace. *Je n'en suis probablement pas une*, pensa-t-il vaguement. Cependant, il n'avait pas l'habitude de perdre un combat et il n'était pas question de filer la queue entre les jambes tel un chien battu.

Son mousquet était tombé dans les hautes herbes au bord de la route. Il essuya le sang qui lui coulait dans un œil, se leva, ramassa son arme et frappa d'un coup de crosse l'ancien propriétaire à l'arrière de la tête. Ce dernier s'apprêtait à monter en selle, un pied dans l'étrier. Le cheval fit une embardée et recula avec un hennissement de protestation aigu. Les deux autres, occupés à se partager les biens de William, sursautèrent et se retournèrent.

L'un bondit en arrière, l'autre en avant, attrapant le mousquet de William par le canon. Il y eut quelques secondes de confusion et de grognements d'effort, interrompus par des cris et des bruits de galop.

Distrait, William lança un regard de côté et vit le premier groupe de joueurs de la veille qui fonçait sur eux. Il lâcha le mousquet et plongea vers le sous-bois.

L'idée eût été bonne si Bart, effrayé par la ruée et le poids mort qui pendait toujours à son étrier, n'avait eu exactement la même, s'élançant au même moment et dans la même direction. Huit cent cinquante livres de chair paniquée projetèrent William plus loin sur la route où, cette fois, il atterrit à plat ventre. Le sol trembla sous lui et il eut juste le réflexe de protéger sa tête et de prier.

Il y eut une cacophonie de piétinements, de cris et de coups. La bagarre se déroulait autour et au-dessus de William, qui reçut au passage un coup de pied dans les côtes, puis quelqu'un sauta à pieds joints sur sa fesse gauche. *Pourquoi se battent-ils entre eux ?* se demanda-t-il, perplexe.

Alors vinrent les coups de feu.

Ne pouvant rien faire pour améliorer sa position, il resta étendu sur la route, les bras sur le crâne, pendant que les hommes criaient et juraient. D'autres chevaux approchèrent au galop et un feu de salve retentit au-dessus de sa tête.

Un feu de salve ? pensa-t-il soudain. Car il s'agissait bien de décharges de mousquet simultanées et ordonnées. Il roula sur le côté, se redressa et vit, médusé, une compagnie d'infanterie britannique. Certains soldats arrêtaient ceux qui tentaient de s'enfuir, d'autres rechargeaient leurs mousquets, pendant que deux officiers à cheval observaient la scène avec un vif intérêt.

William chassa la boue de devant ses yeux et examina attentivement ces derniers. Relativement sûr de ne pas les connaître, il se détendit légèrement. S'il n'était pas blessé, la collision avec Bart l'avait pourtant sonné et contusionné. Il resta donc assis au milieu de la route, respirant calmement et laissant son cerveau rétablir ses connexions avec son corps.

La bagarre était apparemment terminée. Les soldats avaient encerclé la plupart des hommes avec lesquels il avait joué la veille et les poussaient du bout de leurs baïonnettes en un petit groupe. Un jeune cornette efficace leur liait les mains dans le dos.

Une botte poussa brutalement le dos de William.

— Toi ! dit une voix derrière lui. Debout.

En tournant la tête, il constata que celui qui lui parlait était un simple soldat, un homme d'âge mûr qui paraissait très sûr de lui. Il lui vint soudain à l'esprit que les fantassins le prenaient pour l'un des participants de la mêlée récente plutôt que sa victime. Il se releva péniblement et baissa les yeux vers le soldat beaucoup plus petit, qui recula d'un pas, son teint virant au rouge vif.

— Tes mains dans le dos ! ordonna-t-il.

— Non, répondit William.

Se retournant, il fit un pas vers les officiers. Vexé, le soldat bondit en avant et lui attrapa le bras.

— Ne me touchez pas, le prévint William.

Comme l'autre faisait la sourde oreille à sa requête pourtant courtoise, il le repoussa, l'envoyant chanceler en arrière.

— Ne bouge plus, bon de là ! Ne bouge plus ou je tire.

William se tourna à nouveau, cette fois vers un autre soldat, le visage rouge et en sueur, qui pointait un mousquet vers lui. En se rendant compte qu'il s'agissait du sien, amorcé et chargé, William pâlit.

— Ne… ne tirez pas, parvint-il à dire. Ce mousquet… n'est pas…

Le premier soldat s'approcha derrière lui et lui donna un grand coup de poing dans les reins. Les entrailles de William se retournèrent comme s'il avait été poignardé dans le ventre et il vit tout blanc. Ses genoux cédèrent sans qu'il tombe totalement. Il se recroquevilla plutôt sur lui-même comme une feuille morte.

Une voix anglaise à l'élocution éduquée perça la brume blanche.

— Celui-ci, dit-elle. Et celui-ci, celui-ci et… celui-là, le grand. Redressez-le.

Des mains saisirent les épaules de William et les tirèrent en arrière. Il pouvait à peine respirer et émit un son étranglé. À travers un voile de larmes et de boue, il distingua l'un des officiers, toujours en selle, qui l'observait d'un œil critique.

— Oui, dit ce dernier. Pendez-le avec les autres.

William examina son mouchoir d'un œil critique. Il était en piteux état. Les soldats s'en étaient servi pour lui ligoter les mains et il s'en était débarrassé en le déchirant en lambeaux. Il en restait néanmoins assez pour se moucher… très délicatement. Il saignait encore un peu et se tamponna très doucement les narines. Des pas montaient l'escalier de la taverne et se dirigeaient vers la chambre dans laquelle il était gardé par deux hommes méfiants.

— Il dit qu'il est *qui* ? demanda une voix agacée dans le couloir.

La réponse fut étouffée par le raclement de la porte sur le sol irrégulier. William se leva lentement et se redressa de toute sa hauteur face à l'officier (un major des dragons) qui venait d'entrer. Le major s'arrêta abruptement, forçant les deux hommes qui le suivaient à s'immobiliser également.

— Il dit qu'il est le neuvième comte d'Ellesmere, bon sang ! déclara William d'une voix rauque et menaçante.

Il fixait le major du seul œil qu'il pouvait encore ouvrir.

— Il dit vrai, dit une voix amusée et familière derrière l'officier.

William écarquilla les yeux en voyant s'avancer un homme brun et mince portant un uniforme de capitaine d'infanterie.

— Le *capitaine* lord Ellesmere, ajouta ce dernier. Salut, William.

— J'ai renoncé à ma commission, rétorqua William. Salut, Denys.

— Mais pas à ton titre.

Denys Randall le regarda de haut en bas en se gardant de commenter son allure.

Le major, un jeune officier trapu boudiné dans son pantalon, lui lança un regard mauvais.

— Vous avez renoncé à votre commission ? répéta-t-il. Pour retourner votre veste et rejoindre les rebelles, sans doute ?

William inspira profondément deux fois pour se retenir de dire une bêtise.

— Non, grogna-t-il.

— Bien sûr que non, insista Denys en réprimandant doucement le major.

Il se tourna à nouveau vers William.

— Et tu voyageais avec un groupe de miliciens parce que… ?

— Je ne voyageais pas avec eux, répliqua William en se retenant d'ajouter « espèce de crétin ». J'ai rencontré ces messieurs hier soir dans une taverne et, ayant joué aux cartes avec eux, j'ai gagné une somme substantielle. J'ai repris ma route tôt ce matin, et ils m'ont suivi avec l'intention manifeste de me reprendre l'argent de force.

— L'intention manifeste ? répéta le major, sceptique. Comment pouviez-vous connaître leur intention ?

— Je suppose qu'être poursuivi et roué de coups laisse planer peu de doute, déclara Denys. Assieds-toi, Ellesmere, tu dégoulines sur le plancher. Ont-ils repris leur argent ?

Il sortit un grand mouchoir d'un blanc immaculé de sa manche et le lui tendit.

— Oui, répondit William en tamponnant sa lèvre fendue. Ainsi que tout ce qui se trouvait dans mes poches.

En dépit de son nez enflé, il sentait le parfum de Randall sur le mouchoir, la véritable eau de Cologne qui fleurait l'Italie et le bois de santal. Lord John en mettait parfois et l'odeur le réconforta légèrement.

— Vous prétendez donc ne rien savoir sur les hommes avec qui nous vous avons trouvé ? demanda l'autre officier.

C'était un lieutenant qui avait à peu près l'âge de William et était aussi teigneux qu'un terrier. Le major lui adressa un regard de dédain, lui faisant savoir qu'il n'avait pas besoin d'aide pour interroger William. Le lieutenant n'en tint pas compte.

— Si vous avez joué aux cartes avec eux, vous avez sûrement glané quelques informations.

— Je connais le nom de quelques-uns d'entre eux, répondit William, soudain très las. Rien de plus.

Ce n'était pas tout à fait vrai. Il ne tenait simplement pas à partager avec eux ce qu'il avait appris : qu'Abbot était ferronnier et avait un chien intelligent qui l'aidait à la forge, lui apportant de petits outils et des fagots pour le feu quand il le lui demandait ; que Justin Martineau avait une nouvelle épouse dont il avait hâte de retrouver le lit ; que la femme de Geoffrey Gardener brassait la meilleure bière de son village et que celle de sa fille était presque aussi bonne, bien qu'elle n'eût que douze ans. Gardener était l'un des hommes que le major avait choisi de pendre. William avait la gorge nouée, encrassée par la poussière et les non-dits.

Il avait échappé à la corde grâce à son aptitude à jurer en latin, ce qui avait déconcerté le major suffisamment longtemps pour lui permettre de se présenter, d'indiquer son ancien régiment et de citer une liste d'officiers importants qui se porteraient garants pour lui, à commencer par le général Clinton. *Fichtre, où est Clinton à présent ?*

Denys Randall chuchotait à l'oreille du major, qui avait toujours l'air hargneux, mais dont l'humeur était passée d'une fureur bouillonnante à un mécontentement bougon. L'air suspicieux, le lieutenant ne quittait pas William des yeux, s'attendant vraisemblablement à ce qu'il bondisse de son banc d'un instant à l'autre et tente de s'enfuir. Inconsciemment, il ne cessait de toucher sa cartouchière et la crosse de son pistolet, rêvant sans doute d'abattre William lorsqu'il se précipiterait vers la porte. William bâilla soudain et battit des paupières, l'épuisement le submergeant telle une marée.

Pour le moment, ce qu'il se passerait lui importait peu. Ses doigts sanglants avaient laissé des traînées sur le bois usé de la table. Il se plongea dans leur contemplation, ne prêtant pas attention à la conversation… jusqu'à ce qu'il entende malgré lui le mot « argus ».

Il ferma les yeux. *Non. Non, n'écoute pas…* Trop tard, il tendit l'oreille.

Les voix s'élevèrent, se chevauchèrent, s'interrompirent. Maintenant qu'il était concentré, William comprit que Denys tentait de convaincre le major que lui, William, était un espion soutirant des informations aux miliciens américains dans le cadre d'un plan pour… enlever George Washington ?

Le major paraissait aussi surpris que William. Il lui tourna le dos, se pencha vers Denys et le pressa de questions dans ses chuchotements sifflants. Ce maudit Denys, lui, ne sourcilla pas, quoiqu'il baissât respectueusement la voix. Où diable se trouvait George Washington ? Il ne pouvait être dans un rayon de moins de deux cents milles, non ? La dernière fois que William avait entendu parler des mouvements de Washington, à part la bataille de Monmouth, ce dernier faisait les quatre cents coups dans les montagnes du New Jersey. C'était également le dernier lieu où son cousin Benjamin avait été vu.

On entendait des bruits hors de la taverne. En vérité, il y en avait toujours eu : des ordres, des mouvements, des piétinements, des protestations. À présent, les bruits avaient revêtu une nature plus organisée et il reconnut les prémices d'un départ. Une voix autoritaire supplantait les autres, faisant rompre les rangs. Des hommes s'éloignaient en nombre, mais ce n'étaient pas des soldats. Il n'y avait rien de régimentaire dans les pas traînants et les marmonnements qu'il entendait sous la conversation, plus proche, de Denys et du major Trucmuche. Il était impossible de deviner ce qu'il se passait, si ce n'était que cela ne semblait pas être une pendaison officielle. Il avait déjà assisté à ce genre d'événements des années plus tôt, lorsqu'un capitaine américain nommé Hale avait été exécuté pour… espionnage. William n'avait rien avalé depuis la veille et ce mot fit remonter une bile acide dans sa gorge.

Merci, Denys Randall…, pensa-t-il en déglutissant. Il avait autrefois pris Denys pour un ami, une illusion qu'il avait perdue trois ans plus tôt, dans la province de Québec, lorsque Denys lui avait brusquement faussé compagnie. Cependant, il n'aurait jamais cru qu'il se servirait de lui d'une manière aussi flagrante. Dans quel dessein ?

Denys semblait avoir gagné la partie. Le major se tourna vers William, l'examina en plissant les yeux, puis tourna les talons et sortit, suivi à contrecœur par son lieutenant.

Denys resta un moment immobile, écoutant leurs pas descendre l'escalier, puis il prit une profonde inspiration, redressa sa veste et vint s'asseoir face à William.

Avant qu'il ait pu ouvrir la bouche, William demanda :

— Nous sommes bien dans une taverne, n'est-ce pas ?

— En effet, répondit Denys, surpris.

— Alors, trouve-moi de quoi boire avant de m'expliquer dans quel pétrin tu m'as fichu.

La bière était bonne. William ressentit une pointe de scrupule en songeant à Gardener, même s'il ne pouvait rien faire pour lui. Il but goulûment, indifférent à la piqûre de l'alcool sur sa lèvre fendue, et commença à se sentir davantage lui-même. Denys avalait sa bière avec la même soif et, pour la première fois, William remarqua l'épaisse couche de poussière sur ses larges manchettes ainsi que la crasse de son linge. Il avait chevauché des jours durant. Il se demanda soudain si son apparition providentielle avait été réellement fortuite. Dans le cas contraire, pourquoi ? Comment ?

Denys vida sa chope et la reposa, les yeux fermés et la bouche ouverte d'un air béat. Puis il se redressa avec un soupir, rouvrit les yeux et se secoua.

— Ezekiel Richardson, dit-il. Quand l'as-tu vu pour la dernière fois ?

Ce n'était pas ce à quoi William s'était attendu. Il s'essuya délicatement les lèvres sur sa manche, arqua un sourcil et leva sa chope en direction de la serveuse qui attendait dans un coin. Elle prit les deux chopes avant de disparaître dans l'escalier.

— Une semaine ou deux avant Monmouth… Cela doit faire un an. Je ne lui ai pas parlé. Pourquoi ?

Sa question l'irritait. Richardson l'avait délibérément envoyé dans le Great Dismal Swamp, ou grand marais lugubre, dans l'espoir qu'il soit enlevé ou tué par des rebelles à Dismal Town, selon Denys, se rappela-t-il. Il avait bien failli y laisser sa peau, et toute allusion à cet individu le rendait nerveux.

— Il a retourné sa veste, répondit Denys. Je le soupçonnais d'être un agent américain depuis un certain temps, mais ce n'est que lorsqu'il t'a envoyé dans le marais que j'en ai eu le cœur net. Toutefois, je n'avais pas de preuve et, sans preuve, accuser un officier d'espionnage est dangereux.

— Et tu l'as ta preuve, à présent ?

Denys lui lança un regard acéré.

— Il a quitté l'armée. Sans avoir la courtoisie de démissionner, ajouterais-je. Puis, cet hiver, il est réapparu à Savannah en affirmant être un major de l'armée continentale. Cela ne suffit pas comme preuve ?

— Quand bien même, en quoi cela me concerne-t-il ? Ils servent à manger dans cette taverne ? Je n'ai pas pris de petit-déjeuner.

Denys le dévisagea attentivement, puis se leva sans commentaire et descendit, sans doute en quête de nourriture. De fait, si William se sentait effectivement étourdi par la faim, il avait surtout besoin de quelques minutes pour absorber cette révélation.

Son père connaissait vaguement Richardson ; c'était d'ailleurs ainsi que William avait accepté une petite mission de renseignements pour ce dernier. Comme la plupart des militaires, l'oncle Hal considérait l'espionnage comme indigne d'un gentleman. Papa n'avait pas ces scrupules. C'était également papa qui l'avait présenté à Denys Randall, qui, à l'époque, se faisait appeler Randall-Isaacs. Il avait passé quelques mois avec lui dans la province de Québec, cherchant des informations sans grand effet, jusqu'à ce que Denys parte brusquement pour une autre mission obscure, laissant William avec un guide indien. Denys était forcément… Pour la première fois, la conviction que Denys était un espion et la possibilité que papa en soit également un lui flottèrent dans la tête. Par réflexe, il se frappa la tempe avec le talon de sa main pour chasser ces idées. En vain.

Savannah. En hiver. L'armée britannique avait repris la ville à la fin décembre. Il s'y était trouvé peu après et avait de bonnes raisons de s'en souvenir. Sa gorge se noua. *Jane.*

Il entendit des voix au rez-de-chaussée, puis les pas de Denys dans l'escalier. William toucha son nez. Il était sensible et semblait avoir doublé de volume. En revanche, il ne saignait plus. Denys entra avec un sourire qui se voulait rassurant.

— La nourriture arrive ! annonça-t-il. Ainsi que plus de bière… à moins que tu aies besoin de quelque chose de plus fort ?

Il observa attentivement William, arrêta sa décision et tourna les talons.

— Je vais te chercher du cognac.

— Cela peut attendre, le retint William. Quel est le lien entre Ezekiel Richardson et mon père ?

Denys se figea quelques instants. Il revint vers la table et s'assit lentement en fixant William d'un air calculateur. Alors que celui-ci pouvait littéralement voir les pensées défiler dans la tête de son compagnon, il ne parvenait pas à les déchiffrer.

Denys inspira profondément et posa les mains à plat sur la table comme pour se donner du courage.

— Qu'est-ce qui te fait croire qu'il existe un lien avec lord John ?

— Mon père, je veux dire lord John, le connaît. Richardson l'a abordé en lui demandant si je pouvais être… à l'affût d'informations intéressantes.

— Je vois, dit Denys d'un air pincé. Eh bien, s'ils étaient amis, je crois pouvoir dire que ce n'est plus le cas. Richardson aurait proféré certaines menaces à l'encontre de ton père, bien qu'il ne les ait apparemment pas mises à exécution.

Il marqua une pause avant d'ajouter :

— Pas encore.

William redressa brusquement le dos, le sang lui montant au visage.

— Quel genre de menaces ?

— Je suis sûr qu'elles ne reposent sur rien…, commença Denys.

William se leva à moitié de sa chaise.

— Tu vas me le dire ou je t'arrache le nez, gronda-t-il en avançant deux doigts en crochets en guise d'illustration.

Denys recula précipitamment son siège et se leva d'un bond.

— Je mettrai ça sur le compte de ton état, Ellesmere. Mais…

Il dévisageait William d'un regard ferme comme lorsque l'on s'adresse à un chien qui gronde.

William émit un grognement sourd du fond de sa gorge et, malgré lui, Denys recula d'un pas.

— Soit ! lâcha-t-il. Richardson menace de révéler publiquement que lord John est un sodomite.

William s'immobilisa et battit des paupières. Il ne comprit pas tout de suite le mot.

Puis le déclic se fit. Il fut empêché de répondre par l'arrivée de la servante, une jeune fille rondelette à l'air exténué portant un immense plateau chargé de nourriture et de boissons. L'odeur de viande rôtie, de légumes sautés dans le beurre et de pain frais irrita ses narines meurtries, alors que son ventre se contractait avec une soudaine urgence. Une urgence qui, néanmoins, pouvait attendre l'explication de Randall. William se leva, s'inclina devant la fille, lui prit son plateau qu'il déposa sur la table et referma la porte derrière elle avant de se tourner à nouveau vers Denys.

— Un *quoi* ? C'est… (Il fit un grand geste indiquant la profonde absurdité de cette accusation.) Il était marié, pour l'amour de Dieu !

— C'est ce que l'on m'a dit. À la… hum… veuve joyeuse d'un général rebelle écossais. C'est assez récent, n'est-ce pas ?

La commissure de ses lèvres se retroussa légèrement, révélant un amusement qui acheva d'horripiler William.

— Je ne te parle pas de ça ! rétorqua-t-il. En outre, il n'était pas… Je veux dire, le maudit Écossais n'est pas mort, c'était une erreur. Mon père a été marié pendant des années à ma mère, en fait à ma belle-mère, une dame du Lake District.

Furieux, il inspira une grande goulée d'air et se rassit en concluant :

— Richardson ne peut nous faire du mal avec ce genre de ragot mensonger.

Denys pinça les lèvres et expira lentement.

— William, les rumeurs tuent probablement plus d'hommes que les balles de mousquet.

— Foutaises.

Denys sourit en admettant d'un haussement d'épaules qu'il exagérait peut-être un peu.

— Réfléchis quand même. Tu connais la valeur de la parole d'un homme, de sa réputation. Si le major Allbright n'avait pas pris ma parole pour argent comptant, tu serais mort à présent.

Il pointa un long doigt manucuré vers William en poursuivant :

— Imagine que quelqu'un lui ait dit plus tôt que je gagnais ma vie en trichant aux cartes, ou que j'étais le principal financier d'un lupanar notoire ? Crois-tu que le major aurait cru aussi facilement à mon témoignage quant à ta probité ?

William fit une moue sceptique, tout en reconnaissant en lui-même qu'il n'avait pas complètement tort.

— « Qui dérobe ma bourse dérobe une bagatelle », ce genre de chose ?

Denys sourit et cita à son tour :

— « ... mais celui qui me vole ma bonne renommée me vole un bien dont la perte m'appauvrit réellement, sans l'enrichir lui-même. » Oui, ce genre de chose. Songe à tout le mal que ferait à ta famille le genre de rumeur que Zeke Richardson menace de faire courir. Et, en attendant, cesse de me fusiller du regard et avale un morceau.

William avait un goût métallique de sang dans le fond de la gorge. Il se l'éclaircit et cracha, le plus courtoisement possible, dans les vestiges de son mouchoir, gardant celui de Denys pour s'essuyer les lèvres.

— Soit, je comprends ce que tu veux dire, maugréa-t-il.

— Il y a quelques années, un ami de ton père, le major Bates, a été condamné pour sodomie et pendu, reprit Denys. Ton père s'est suspendu à ses jambes pour hâter sa mort et abréger ses souffrances. Il ne t'a peut-être pas mentionné cet incident ?

William fit non de la tête, trop choqué pour parler.

— Comme tu le sais, la mort du corps est une chose, la mort de l'âme en est une autre. Même s'il n'est pas arrêté, jugé, condamné... un homme sur qui de tels bruits courent peut voir sa vie totalement détruite.

Denys avait parlé sur un ton détaché, presque nonchalant. Il se redressa, saisit une cuillère et plaça devant William une assiette en étain remplie de tranches de porc rôti, de courge frite et de grands morceaux de pain de maïs. Il versa ensuite une généreuse dose d'eau-de-vie dans son gobelet.

— Mange, ordonna-t-il. Ensuite... (il lança un regard vers l'allure dépenaillée de William) tu me raconteras ce que tu as manigancé. D'abord, pourquoi as-tu démissionné de l'armée ?

— Cela ne te regarde pas, rétorqua sèchement William. Quant à mes manigances...

Il était tenté de lui répondre qu'elles ne le regardaient pas non plus. Toutefois, Denys pouvait être une source d'information. Après tout, le travail d'un espion n'était-il pas de dénicher des renseignements ?

— Si tu dois absolument le savoir, je cherche la trace de mon cousin, Benjamin Grey. Le capitaine Benjamin Grey, du trente-quatrième régiment d'infanterie. Tu ne le connaîtrais pas, par hasard ?

Denys marqua un temps d'arrêt et son visage se vida de toute expression. William ressentit une petite décharge électrique dans le creux du ventre, comme lorsqu'un poisson mordillait son hameçon.

— Je l'ai rencontré, répondit prudemment Denys. Une trace, dis-tu ? Il est... perdu ?

— On peut le dire. Il a été capturé lors de la bataille de Brandywine et retenu prisonnier dans un lieu appelé le camp de Middlebrook, dans les monts Watchung. Mon oncle a reçu une lettre officielle du secrétaire de sir Henry Clinton, lui transmettant un message laconique des Américains regrettant le décès du capitaine Benjamin Grey, emporté par la fièvre.

— Oh, fit Denys en se détendant légèrement. Mes condoléances. Tu cherches donc à savoir où il est enterré ? Pour... euh... ramener sa dépouille en Angleterre afin qu'il repose dans le caveau familial ?

— C'est ce que j'avais en tête, répondit William. Sauf que j'ai trouvé sa tombe et il n'était pas dedans.

Il se revit soudain la nuit dans les Watchung, et les poils de ses bras se hérissèrent. La boue argileuse s'accrochant à ses pieds, la pluie glacée s'infiltrant à travers ses vêtements, les ampoules sur ses mains, l'odeur de la mort lorsque, soudain, sa pelle avait rencontré un os… Il détourna la tête.

— On a mis quelqu'un d'autre à sa place, acheva-t-il.

— Juste ciel !

Denys prit son gobelet et, le trouvant vide, secoua la tête pour chasser la vision macabre, puis saisit la bouteille.

— En es-tu sûr ? Depuis combien de temps…

— Un certain temps, admit William.

Il but une gorgée d'eau-de-vie pour chasser le souvenir de l'odeur.

— Mais pas assez longtemps pour cacher le fait que l'homme dans cette tombe n'avait plus d'oreilles, ajouta-t-il.

En voyant l'air perplexe de Denys, il poursuivit :

— Exactement. Un voleur. Et non, il ne s'agissait pas d'une erreur d'identification du corps. La stèle portait le nom « Grey » et le nom entier de Benjamin était inscrit dans le registre des sépultures de prisonniers du camp.

Denys, qui avait douze ans de plus que William, paraissait soudain plus âgé que ses trente-trois ans. Ses traits fins étaient aiguisés par la concentration.

— Tu penses donc que c'était un acte délibéré. Oui, forcément. Mais par qui et à quelle fin ?

Il n'attendit pas la réponse.

— Si quelqu'un avait assassiné ton cousin et voulu cacher sa mort, pourquoi ne l'aurait-il pas enterré simplement comme une victime de la fièvre ? Il n'avait pas besoin d'un corps de remplacement. Tu crois donc que ton cousin est toujours en vie ? Ce n'est pas impossible.

— Je le crois en effet, confirma William avec un certain soulagement. Ce qui ne nous laisse que deux possibilités : soit Ben a simulé sa mort et est parvenu à cacher un autre corps dans son cercueil afin de pouvoir s'enfuir sans être recherché ; soit quelqu'un l'a fait pour lui sans son consentement et l'a enlevé. Je peux comprendre la première option ; je ne vois aucune raison qui justifierait la seconde. Toutefois, ce n'est pas l'essentiel. Si Ben est en vie, je le trouverai. Sa famille a besoin de savoir la vérité, quelle qu'elle soit.

Il le pensait sincèrement même s'il était suffisamment honnête avec lui-même pour reconnaître que la disparition de Ben lui avait offert un but, un moyen de se sortir du bourbier de remords et de chagrin dans lequel l'avait laissé la mort de Jane.

Denys se passa une main sur le visage. La journée était bien avancée et sa barbe commençait à râper. Elle formait une ombre sombre sur sa mâchoire.

— Les mots « aiguille » et « meule de foin » me viennent à l'esprit, dit-il. Cependant, théoriquement, oui. S'il est en vie, tu dois pouvoir le retrouver.

— Absolument, répondit William avec assurance. J'ai une liste des hommes appartenant aux deux compagnies de miliciens chargés de creuser les tombes dans le camp de Middlebrook lors de l'épidémie de fièvre.

Il toucha sa poche de poitrine pour s'assurer qu'elle était toujours là et sentit la forme rassurante de la liasse de papiers.

— Ah, c'est donc ça que tu faisais avec les…

— Oui. Malheureusement, les Américains ne s'enrôlent dans les milices que pour une brève période, ils retournent ensuite travailler dans leurs fermes. L'une des compagnies venait de Caroline du Nord, l'autre de Virginie, mais les hommes d'hier soir ne sont…

Il s'interrompit brusquement et se redressa.

— Ces hommes d'hier soir… Le major Allbright a-t-il réellement l'intention de les pendre ?

Denys haussa les épaules.

— Je ne le connais pas assez pour répondre. Peut-être ne l'a-t-il dit que pour impressionner les hommes, leur faire peur et les faire déguerpir. Toutefois, il a emmené trois d'entre eux dans son camp. S'il se calme avant d'y arriver, il les fera probablement fouetter avant de les relâcher. Il a beaucoup de soldats sous son commandement et pendre trois civils sur un coup de tête serait de notoriété publique. S'il a un peu de jugeote, ce n'est pas vraiment ce que souhaite un officier qui veut grimper dans les rangs. Non pas qu'Allbright m'ait donné l'impression d'en avoir.

— Je vois. En parlant de jugeote, c'était quoi, ces âneries au sujet de mon plan pour enlever George Washington ?

Randall se mit à rire et William sentit ses oreilles chauffer.

— Pas toi personnellement, le rassura Denys. C'était juste une *ruse de guerre*[4]. Cela a fonctionné, n'est-ce pas ? Il fallait que je justifie ta présence dépenaillée. L'espionnage est la seule explication plus ou moins plausible qui me soit venue à l'esprit.

William grommela dans sa barbe et tenta prudemment une bouchée de *succotash*, un mélange de dés de courge frits, de haricots rouges et d'épis de maïs coupés en rondelles. Constatant qu'elle passait bien, il attaqua le reste de son repas avec un enthousiasme croissant en dépit de sa mastication douloureuse. Denys l'observait avec un léger sourire et mangea en le laissant tranquille.

Lorsque les assiettes furent vides, un silence contemplatif s'installa entre eux. Sans être amical, il n'était pas hostile non plus.

Denys saisit la bouteille, la secoua et, entendant un ballottement liquide satisfaisant, versa le reste d'eau-de-vie dans leurs gobelets. Il leva le sien en direction de William.

— Je te propose un marché, dit-il. Si tu apprends quoi que ce soit au sujet d'Ezekiel Richardson, préviens-moi. Si j'entends quoi que ce soit concernant ton cousin Benjamin, je te le ferai savoir.

William hésita un instant, puis entrechoqua son gobelet avec celui de Denys.

— Marché conclu.

Denys but, puis reposa son gobelet.

— Tu pourras me contacter en m'écrivant aux bons soins du capitaine Blakely. Il se trouve avec les troupes de Clinton à New York. Et si j'apprends quelque chose… ?

---

4. En français dans le texte (N.d.T.).

William fit la grimace. Il n'avait guère le choix.

— Aux bons soins de mon père. Mon oncle et lui se trouvent avec Prévost dans la garnison de Savannah.

Denys acquiesça, repoussa son siège et se leva.

— Ton cheval t'attend dehors, avec ton poignard et ton mousquet. Puis-je te demander où tu vas ?

— En Virginie.

Jusque-là, William n'en avait pas été sûr. Le dire à voix haute acheva de le convaincre. La Virginie. Mount Josiah.

Denys fouilla dans sa poche et déposa sur la table deux guinées et une poignée de menue monnaie.

— La route est longue jusqu'en Virginie. Considère ça comme un prêt.

8

LES VISITES

Fraser's Ridge

VERS LE MILIEU DE L'APRÈS-MIDI, j'avais considérablement avancé dans la préparation de mes remèdes, traité trois cas de réaction allergique à l'herbe à puce, un orteil brisé (dans un élan de colère, son propriétaire avait donné un coup de pied à une mule) et une morsure de raton laveur (non rabique ; le chasseur l'avait fait tomber de son arbre, l'avait cru mort et, voulant le ramasser, avait découvert qu'il ne l'était pas. Le raton laveur était agressif, mais pas infectieux).

Jamie, lui, avait fait beaucoup mieux. Des gens étaient venus voir le chantier tout le long de la journée, dans un esprit de bon voisinage ou par simple curiosité. Les femmes étaient restées papoter avec moi pendant que les hommes se rendaient sur le site avec Jamie et partaient en promettant de revenir pour lui donner un coup de main durant une journée de temps en temps.

— Si Roger Mac et Ian m'aident à déplacer le bois demain, les Sinclair viendront après-demain pour m'aider avec les solives du plancher. Nous installerons l'âtre et le bénirons mercredi. Sam McHugh et deux de ses petits gars poseront le plancher avec moi vendredi, et nous commencerons à lever la charpente le lendemain. Tom MacLeod peut m'accorder une demi-journée de travail ; Joe, le fils d'Hiram Crombie, et son demi-frère m'aideront aussi.

Il m'adressa un sourire et conclut :

— Si notre réserve de whisky est suffisante, tu auras un toit sur ta tête dans deux semaines, *Sassenach*.

Mon regard dubitatif alla des fondations en pierre au ciel parsemé de nuages.

— Un toit ?

— Bon, en toile, probablement, admit-il. Mais c'est déjà bien.

Il s'étira en grimaçant légèrement.

— Pourquoi ne t'assieds-tu pas un instant ? proposai-je en baissant les yeux vers sa jambe.

Il boitait toujours et sa jambe était un patchwork de taches rouges et violettes délimitées par les lignes noires de mes sutures.

— Amy nous a laissé une cruche de bière, ajoutai-je.

— Peut-être un peu plus tard, répondit-il. Qu'es-tu en train de fabriquer, *Sassenach* ?

— Je prépare un onguent à base de houx glabre pour Lizzie Beardsley ainsi que de l'eau de rogne pour son petit. Sais-tu s'ils lui ont déjà trouvé un prénom ?

— Hubertus.

— Pardon ?

— Hubertus, répéta-t-il en souriant. Du moins c'est ce que m'a dit Kezzie avant-hier. C'est en hommage au frère de Monika, qui est décédé.

— Oh.

Le père de Lizzie, Joseph Wemyss, avait épousé en secondes noces une charmante dame allemande d'un certain âge. N'ayant pas d'enfant, Monika était devenue une efficace grand-mère pour la couvée croissante des Beardsley.

— Peut-être l'abrégeront-ils en Bertie, espérai-je.

Il indiqua du menton mon coffret de médecine ouvert.

— Es-tu à court d'herbe des jésuites, *Sassenach* ? Ne t'en sers-tu pas pour le tonique de Lizzie ?

— En effet, dis-je, surprise qu'il l'ait remarqué. J'ai épuisé ma réserve depuis trois semaines et je ne connais personne qui aille bientôt à Wilmington ou New Bern pour m'en rapporter.

— En as-tu parlé à Roger Mac ?

— Non, pourquoi ?

Jamie s'adossa à la pierre angulaire avec cette expression stoïque que l'on prend face à un interlocuteur un peu borné. Je lui lançai une baie de houx. Il l'attrapa au vol et l'examina.

— C'est comestible ? demanda-t-il.

— D'après Amy, les abeilles en raffolent, répondis-je en versant une poignée des fruits rouge sombre dans mon mortier. C'est également un puissant vomitif.

— Ah.

Il me la relança et j'esquivai.

— Ne m'as-tu pas dit toi-même, *Sassenach*, que Roger Mac avait l'intention de reprendre son sacerdoce ? Par conséquent…

Il attendit patiemment puis, ne voyant aucune lueur de compréhension sur mon visage, demanda :

— Que ferais-tu si telle était ton intention ?

J'ajoutai une grande cuillerée de graisse d'ours jaune pâle dans le mortier, une partie de mon cerveau se demandant s'il convenait d'ajouter une décoction d'écorce de saule, tandis que l'autre réfléchissait à la question de Jamie.

— Ah ! fis-je en pointant mon pilon vers lui. Je rendrais visite à tous ceux qui faisaient partie de ma congrégation, si on peut l'appeler ainsi, pour leur faire savoir que Mackie-le-Surineur est de retour.

Il me lança un regard perplexe, puisque, naturellement, il ne pouvait connaître *L'Opéra de quat'sous*, puis agita la tête pour chasser l'image que je venais d'invoquer.

— En effet, confirma-t-il. Et tu te présenterais sans doute à tous ceux arrivés sur le Ridge après ton départ.

— Et, en quelques jours, tout le monde à Fraser's Ridge, ainsi probablement que la moitié du chœur paroissial de Salem, serait au courant.

Il hocha la tête d'un air satisfait.

— Et ils sauraient tous que tu manques d'herbe des jésuites et quelqu'un t'en apporterait avant la fin du mois.

— Tu as besoin d'herbe des jésuites, *grand-mère*[5] ?

Germain venait de sortir de la forêt derrière moi, un seau d'eau dans une main, un fagot dans l'autre et ce qui ressemblait à un serpent mort autour du cou.

— Oui, répondis-je. Est-ce… ?

Il m'avait déjà oublié, son attention étant fixée sur la jambe bariolée de son grand-père.

— *Formidable !* Je peux regarder, *grand-père* ?

Jamie l'invita d'un geste vers sa jambe et Germain se pencha sur elle en écarquillant les yeux.

— Quand Mandy m'a dit qu'un ours t'avait arraché un morceau de jambe, je ne l'ai pas crue, dit-il en avançant un doigt hésitant vers la ligne de sutures. Ça fait mal ?

— Oh, presque pas, répondit Jamie avec nonchalance. Quel genre de serpent as-tu là ?

Germain ôta le reptile inerte d'autour de son cou et le lui tendit. Jamie, qui ne s'y était pas attendu, le prit néanmoins délicatement par la queue entre deux doigts. Il avait peur des serpents, ce que sa virilité lui interdisait de montrer. Je souris et baissai le nez vers mon mortier. C'était un gros serpent des blés de près de trois pieds de long parsemé de taches orange et jaune vif.

Je fronçai les sourcils et interrompis mon broyage.

— C'est toi qui l'as tué, Germain ? demandai-je.

J'avais expliqué à maintes reprises aux enfants qu'ils ne devaient pas tuer les serpents non venimeux, car ils nous rendaient service en mangeant les souris et les rats. Cependant, dans la mesure où la plupart des adultes sur le Ridge considéraient qu'un bon serpent était un serpent mort, mon combat était loin d'être gagné.

— Oh non, *grand-mère*, m'assura-t-il. Fanny l'a vu dans notre jardin et lui a couru après avec une houe. Je l'ai arrêtée, mais le pauvre a voulu grimper sur la barrière, a sauté et s'est brisé le… (il contempla le serpent en plissant le front). Je ne sais pas s'il faut dire le dos ou la nuque, mais en tout cas il est bien mort. Je pensais le dépiauter pour Fanny.

Il lança un regard vers le jardin par-dessus son épaule et ajouta :

— Pour en faire une ceinture, peut-être.

---

5. En français dans le texte, comme tous les mots en italique dans le discours de Germain (N.d.T.).

— Quelle charmante idée, dis-je en me demandant ce qu'en penserait Fanny.

— Tu crois que je pourrais acheter une boucle au camelot ? demanda-t-il à Jamie en reprenant le serpent et en l'enroulant à nouveau autour de son cou. Pour faire la ceinture. J'ai deux pence et quelques pierres violettes à troquer.

— Quel camelot ? demandai-je.

— Joe Beardsley m'a dit qu'il en avait rencontré un à Salem il y a deux jours et que, selon lui, il passerait par ici dans la semaine. Il dit aussi qu'il avait tout un sac de simples, alors si t'as besoin de quelque chose, *grand-mère*...

Je lançai un bref regard avide à mon coffre de médecine, appauvri par une saison de semailles riche en blessures à la hache et à la binette, en morsures d'insectes et d'animaux, en intoxications alimentaires, auxquelles s'était ajoutée une étrange affection respiratoire qui s'était répandue chez les MacNeill, caractérisée par une légère fièvre, une toux et des taches bleutées sur le torse.

— Hmmm...

Je fouillai mes poches en me demandant ce que je pourrais bien troquer.

— Il reste deux bouteilles de vin de sureau, déclara Jamie en se redressant et en posant les deux pieds sur le sol. Tu peux les échanger, *Sassenach*. J'ai aussi une bonne peau de daim et la moitié d'un petit tonneau de térébenthine.

— Non, pas la térébenthine, j'en ai besoin, dis-je, l'esprit ailleurs. Pour les ankylostomes.

Jamie et Germain échangèrent un regard cynique.

— Pour les ankylostomes, naturellement, répéta Jamie tandis que Germain secouait la tête.

Avant que j'aie pu les éclairer sur la nature des ankylostomes, un appel s'éleva depuis le ruisseau. Duncan Leslie et ses deux fils apparurent, l'un d'eux portant un gros jambon sous le bras.

Jamie se leva pour les accueillir. Ils me saluèrent poliment d'un signe de tête sans s'attendre à ce que j'interrompe mon travail pour faire la causette avec eux.

— La semaine dernière, j'ai abattu un gros cochon, expliqua Duncan en faisant signe d'avancer au fils qui portait le jambon. Il nous en reste et j'ai pensé que, avec vos enfants qui sont de retour, ça vous serait utile.

— C'est très gentil de ta part, Duncan, répondit Jamie. Si ça ne vous ennuie pas de manger en plein air, pourquoi ne venez-vous pas le partager avec nous... demain ?

Il me lança un regard interrogateur.

— Après-demain, répondis-je. Demain, je vais chez les Beardsley et je ne serai pas de retour à temps pour préparer autre chose que des sandwichs.

Encore fallait-il qu'Amy ait fait assez de pain pour m'en donner.

— Très bien, déclara Duncan. Mon épouse sera ravie de vous voir, madame Claire. (Il inclina la tête vers les fondations.) Dis, Jamie, je vois que tu as une belle maison en préparation. Deux cheminées, hein ? Où mettras-tu la cuisine ?

Jamie conduisit les Leslie vers le chantier en boitillant et me lança pardessus son épaule un regard qui signifiait « Tu as vu ? ».

Germain déposa le serpent sur ma table en disant :

— Tu veux bien veiller sur lui, grand-mère ?

Puis il courut derrière les hommes.

Brianna s'arrêta au sommet du sentier et épongea la sueur sur son front et sa nuque. La cabane devant eux était bien entretenue et proprette… très proprette. Des pierres blanchies à la chaux bordaient le chemin qui menait à la porte. Les vitres des fenêtres (*du verre !*) étaient tellement propres qu'elle pouvait y voir son reflet ainsi que celui de Roger, deux petites silhouettes colorées sur le reflet vert de la forêt derrière eux.

— Qui blanchit des cailloux à la chaux ? demanda-t-elle en baissant instinctivement la voix comme si la cabane pouvait les entendre.

— Ce ne peut être quelqu'un qui a trop de temps sur les bras, répondit-il sur le même ton. Je penche donc soit pour un paysagiste frustré, soit pour une personnalité au besoin névrotique de contrôler son environnement.

— Après tout, pourquoi n'y aurait-il pas des maniaques à toutes les époques ? Il n'y a qu'à voir ceux qui ont conçu les labyrinthes végétaux de l'époque élisabéthaine. Qu'a dit Amy au sujet de ces colons ? Ils s'appellent Cunningham, c'est bien ça ?

— Oui, ce sont des méthodistes de la lumière bleue. Elle m'a dit texto : « Prenez garde à ces gens-là. »

Là-dessus, Roger redressa les épaules et s'engagea sur le chemin délimité par les pierres blanches.

— De la lumière bleue ? répéta Brianna en le suivant.

Elle rajusta rapidement son grand chapeau de paille porté par-dessus un bonnet. Il ne fallait pas, Dieu nous en préserve, que la femme du révérend scandalise les fidèles…

La porte s'ouvrit avant que Roger ait posé un pied sur la première marche du perron. Un petit homme aux cheveux raides et aux sourcils gris broussailleux les contempla d'un air peu amène. Il portait un pantalon et un gilet beiges en homespun. Sa chemise en lin, légèrement jaunie par l'usage, était fraîchement repassée.

— Bonjour, monsieur, déclara Roger en s'inclinant. Je m'appelle Roger MacKenzie et voici mon épouse, Brianna. Nous sommes arrivés récemment sur le Ridge et…

— Je sais, l'interrompit l'homme.

Il les observa encore un instant en plissant des yeux, puis dut les juger acceptables car il s'effaça pour les laisser passer.

— Je suis le capitaine Charles Cunningham, anciennement de la marine de Sa Majesté. Entrez.

Brianna adressa un grand sourire au capitaine, qui tiqua et lança aussitôt un regard vers Roger pour voir s'il approuvait une telle familiarité.

— Merci, capitaine, dit-elle sur son ton le plus charmant.

Elle passa devant Roger et franchit le seuil en remarquant :

— Quelle maison remarquable vous avez ! Si jolie !

— Je… C'est que…, commença le capitaine, pris de court.

Avant qu'il ait pu se ressaisir, une ombre se dressa devant la cheminée. Ce fut au tour de Brianna d'être troublée.

— La femme du prédicateur, hein ? dit la silhouette sombre sur un ton acerbe.

C'était une femme, presque aussi grande que Brianna et tout de noir vêtue hormis une coiffe blanche austère avec des rabats sur les oreilles. Âgée sans que l'on puisse deviner à quel point, elle avait un visage anguleux et des yeux perçants. Brianna pensa aussitôt à la louve qui avait allaité Romulus et Rémus.

— Je suis pasteur, répondit Roger en s'inclinant profondément. À votre service, madame.

— Mmm… À quelle secte appartenez-vous ? demanda-t-elle.

— Je suis presbytérien, madame, mais…

— Et vous ? demanda la femme en fixant Brianna d'un regard bleu acéré. Vous partagez les croyances de votre mari ?

— Je suis catholique, madame, répondit Brianna sur le ton le plus neutre possible.

Ce n'était pas la première ni la dernière fois qu'on leur posait ces questions et ils avaient décidé tôt comment y répondre.

— Comme mon père, Jamie Fraser, ajouta-t-elle.

D'ordinaire, cette précision désarçonnait l'interlocuteur suffisamment de temps pour que Roger puisse prendre le contrôle de la conversation. Le respect des métayers non catholiques pour Jamie, qu'il se fondît sur une estime personnelle ou sur le simple fait qu'il soit leur propriétaire, leur assurait un accueil poli, indépendamment de leur opinion sur les catholiques en général.

La femme (Mme Cunningham ?) émit un son de dédain et regarda Brianna de haut en bas d'une manière qui indiquait qu'elle avait vu son lot de femmes peu recommandables dans sa vie et que Brianna était la pire de toutes.

— Pfft ! fit-elle. Des papistes ! Nous ne tolérons pas ce genre d'hérésie dans cette maison.

— Mère, dit le capitaine. Je crois que…

— Madame, intervint Roger en se plaçant devant Brianna pour intercepter le regard de Gorgone dirigé sur elle. Je vous assure que nous ne sommes pas venus faire du prosélytisme ni vous convertir. Je…

— Presbytérien, vous dites ? Pasteur, de surcroît ? Et vous êtes incapable de remettre votre propre femme sur le droit chemin ? Quel genre de prêtre êtes-vous si vous la laissez adorer un pape et errer dans la nature en semant et en arrosant les graines du mal et du désordre parmi vos voisins ?

— Mère ! s'exclama le capitaine Cunningham.

Elle ne sourcilla pas.

— C'est vrai et tu le sais ! rétorqua-t-elle. Cette fille dit que Jamie Fraser est son père. Cela veut dire (elle se tourna à nouveau vers Brianna) que votre mère est Claire Fraser, n'est-ce pas ?

Brianna inspira profondément. La cabane était impeccablement tenue, mais petite, et l'approvisionnement en oxygène semblait se réduire de seconde en seconde.

— En effet, répondit-elle calmement. Elle m'a demandé de vous transmettre ses salutations et de vous dire que, si l'un de vous tombait malade ou se blessait, elle se déplacera pour vous soigner. Elle est guérisseuse et…

— Pfff, fit encore Mme Cunningham. Elle n'est pas près de mettre un pied chez moi, je vous l'assure, ma fille. Dès que j'ai entendu parler de cette femme, j'ai planté de la camomille et du houx autour de la porte. Aucune sorcière ne pénétrera dans ma maison, c'est moi qui vous le dis.

Brianna sentit la main de Roger se poser sur son bras et lui lança un regard de biais. Cette harpie ne lui ferait pas perdre son sang-froid. Il esquissa un sourire et la lâcha. Plutôt que de se tourner à nouveau vers Mme Cunningham, il s'adressa au capitaine.

— Comme je le disais, je ne suis pas venu faire du prosélytisme. Je respecte toutes les croyances sincères. Néanmoins, je suis intrigué : faisant référence à votre famille, un de mes voisins a mentionné l'expression « lumière bleue ». Je me demandais si vous pouviez me l'expliquer.

— Ah, fit le capitaine, visiblement ravi d'aborder un thème sur lequel sa mère n'aurait rien à redire. Puisque vous me le demandez, ce terme désigne les capitaines qui promeuvent la théologie de l'évangélisation sur leurs navires. On nous appelle les « lumières bleues ».

Bien qu'il eût parlé modestement, il avait fièrement relevé le menton. Ses yeux, plus pâles que ceux de sa mère, étaient méfiants, se demandant comment Roger allait le juger.

— Vous êtes donc une sorte de théologien vous-même, capitaine ?

Cunningham bomba légèrement le torse.

— Oh, je n'irais pas jusque-là. Il m'est arrivé d'écrire quelques articles, couchant simplement mes pensées sur le papier, voyez-vous…

— En avez-vous publié ? J'aimerais beaucoup les lire.

— Eh bien… Deux ou trois… De tout petits textes, rien de bien méritant, ont été publiés par Bell et Coxham, à Édimbourg. Je crains de ne pas avoir d'exemplaire ici.

Il lança un regard vers une table dans un coin sur laquelle étaient posés une pile de papier, un encrier, un sablier et un pot rempli de plumes d'oie, et ajouta :

— Je travaille cependant sur un projet un peu plus ambitieux.

— Un livre ?

Roger paraissait sincère et probablement l'était-il. Mme Cunningham s'impatientait de tant d'amabilités et cherchait à intervenir pour tuer cette conversation dans l'œuf avant que Roger fût parvenu à séduire le capitaine, l'incitant au blasphème, ou pire.

— Il n'en reste pas moins, Charles, que tout le monde sait que la belle-mère de ce monsieur est une sorcière, et sa fille en est probablement une aussi. Fais-les partir. Leurs motivations ne nous intéressent pas.

Roger fit volte-face et se dressa sur toute sa hauteur, ce qui signifiait que sa tête touchait presque le plafond.

— Madame Cunningham, dit-il sur un ton toujours courtois, mais ferme. Je me permets de vous rappeler que je suis un serviteur de Dieu. La foi de mon épouse et de ses parents est aussi vertueuse et morale que celle de tout bon chrétien. Je suis prêt à le jurer sur votre bible si vous le désirez.

Il indiqua du menton une étagère au-dessus du bureau sur laquelle trônait une bible au milieu d'une rangée de livres plus petits.

— Mmm, fit le capitaine en lançant un regard noir à sa mère. Je m'apprêtais justement à aller chercher mes deux gars qui travaillent dans le champ. Ce sont des lieutenants de mon dernier vaisseau qui ont choisi de me suivre lorsque j'ai abandonné la mer. Je vous raccompagne jusqu'au bout du sentier, votre dame et vous, si ma compagnie ne vous ennuie pas.

Brianna sauta sur l'occasion de faire entendre sa voix et s'inclina devant le capitaine.

— Merci, capitaine.

Elle en fit de même devant sa mère en s'efforçant de conserver un visage neutre.

— N'oubliez pas que, s'il vous arrive... quoi que ce soit, ma mère viendra aussitôt.

Mme Cunningham sembla se dilater dans toutes les directions.

— Vous me menacez ?

— Quoi ? Mais non !

Mme Cunningham se tourna vers son fils.

— Tu as vu ce que tu as laissé entrer chez nous, Charles ? Cette fille nous veut du mal.

— Nous avons encore quelques visites à faire, intervint rapidement Roger. M'autoriserez-vous à bénir votre demeure avant notre départ, capitaine ?

— C'est que...

Le capitaine lança un regard à sa mère, puis se redressa, le menton haut.

— Oui, monsieur. Nous vous en serions reconnaissants.

Brianna vit Mme Cunningham froncer les lèvres. Roger la prit de vitesse, levant légèrement les mains et baissant la tête pour prononcer sa bénédiction.

« Que Dieu bénisse cette demeure
Chaque pierre, chaque poutre, chaque portant
Toute sa nourriture, sa boisson, ses vêtements
Que ses occupants soient toujours en bonne santé. »

— Au revoir, monsieur, madame, ajouta-t-il.

Il s'inclina et saisit la main de Brianna. Elle n'eut pas le temps d'ouvrir la bouche (ce qui était aussi bien, pensa-t-elle). Elle se contenta de sourire et de saluer la Gorgone d'un signe de tête tandis qu'ils reculaient vers la porte.

Une fois au bout de l'allée, elle lança un bref regard derrière elle.

— Nous savons désormais ce que signifie la « lumière bleue ». Comme dirait maman... putain de bordel de merde !

— Très juste, dit-il en riant.

— Était-ce une prière de Hogmanay ? demanda-t-elle. Elle me rappelle quelque chose.

— En effet, c'est une bénédiction pour la maison. Tu as entendu ton père la réciter plusieurs fois, sauf qu'il le fait en gaélique. À en juger à leur accent, les Cunningham sont originaires des Lowlands. Si j'avais récité la version gaélique, Mme Cunningham aurait sans doute cru que je leur jetais un sort.

— Ce n'était pas le cas ?

Il lui lança un regard surpris.

— Eh bien… D'une certaine manière, sans doute, répondit-il lentement. Dans les Highlands, les prières et les sortilèges se ressemblent souvent. Toutefois, je crois que, lorsque l'on s'adresse directement à Dieu, c'est une prière plutôt que de la sorcellerie.

Elle lança à nouveau un regard derrière elle avec la sensation que les yeux de Mme Cunningham perçaient un trou dans la porte de la cabane, observant leur retraite.

— Les presbytériens pratiquent-ils des exorcismes ? demanda-t-elle.

— Non, répondit-il en regardant derrière eux à son tour. Mon père… c'est-à-dire le révérend… m'a appris qu'on ne devrait jamais quitter la maison de gens auxquels on a rendu visite sans offrir une bénédiction sous une forme ou une autre.

Il souleva la branche basse d'un chêne afin qu'elle puisse passer dessous en poursuivant :

— Il m'a également dit un jour que cela empêchait les mauvaises ondes de te suivre chez toi, mais je *crois* qu'il plaisantait.

Je longeais la rive du ruisseau, ramassant des sangsues, du cresson et tout ce qui me paraissait comestible ou utile, lorsque j'entendis au loin grincer les roues d'une carriole.

Pensant qu'il s'agissait du colporteur dont Joe Beardsley avait parlé à Germain, je secouai mes jupes, remis mes sandales et hâtai le pas vers la piste carrossable où le grincement des roues avait brusquement cédé le pas à une litanie de jurons.

Ils émanaient d'un homme très grand et corpulent qui vilipendait ses mules, sa carriole et la jante en fer de sa roue qui s'était brisée sur une pierre. Si ses imprécations étaient moins créatives que celles de Jamie, il le compensait en volume.

Je profitai de ce qu'il reprenait son souffle pour demander :

— Puis-je vous aider, monsieur ?

Il sursauta et se retourna vers moi avec un air stupéfait.

— D'où diable sortez-vous ?

Je lui montrai les arbres derrière moi et répétai :

— Avez-vous besoin d'aide ?

De toute évidence, il n'était pas camelot. Sa carriole, tirée par deux très grandes mules, ne contenait ni poêles en fonte ni rubans pour les cheveux. L'arrière était chargé d'une douzaine de mousquets ainsi que d'un assortiment d'épées, de faux et de masses. Il y avait bien quelques petits tonneaux qui *pouvaient* contenir du poisson ou du porc salé. En revanche, l'un d'eux contenait très certainement de la poudre à canon, comme l'indiquaient ses symboles et la vague odeur de charbon mêlée à des relents de soufre et d'urine.

— Nous sommes bien à Fraser's Ridge ? demanda-t-il en regardant autour de lui.

Nous nous trouvions en contrebas de la clairière des Higgins et il n'y avait aucun signe de présence humaine hormis la piste envahie par les herbes.

Je ne voyais aucune raison de mentir.

— En effet, répondis-je. Vous avez à faire ici ?

Il se tourna vers moi comme s'il me remarquait pour la première fois.

— Mes affaires ne concernent que moi, répondit-il sans hostilité. Je cherche Jamie Fraser.

— Je suis Mme Fraser, dis-je en croisant les bras. Ses affaires me concernent.

Il rougit et me toisa comme s'il me soupçonnait de lui jouer un mauvais tour. Je le fixai droit dans les yeux et, au bout d'un moment, il émit un rire qui ressemblait à un aboiement et se détendit.

— Voulez-vous bien aller chercher votre mari ou dois-je aller le chercher moi-même ?

Je ne bougeai pas.

— Qui dois-je annoncer ?

— Benjamin Cleveland, répondit-il en gonflant fièrement le torse. Il connaît mon nom.

Jamie posa la dernière brique de la rangée et lissa le mortier avec une certaine satisfaction… qui se teinta d'une légère consternation lorsqu'il se rendit compte qu'il devrait travailler sur une échelle le lendemain pour continuer le conduit de cheminée. Il était parvenu au maximum de sa hauteur. Ses épaules protestaient et ses genoux ne tarderaient pas à les imiter. Il étira son dos avec un grand soupir.

Bah, ma jolie fille me trouvera une solution. La nuit de son retour, Brianna l'avait suivi sur le chantier, tous deux trébuchant contre des pierres et se prenant les pieds dans les cordes comme deux soûlards, se cognant les épaules et se retenant par les coudes pour éviter de tomber.

« Je peux fabriquer une structure mobile équipée de poulies, avait-elle dit en posant une main sur la cheminée à moitié construite. Nous pourrons hisser des seaux remplis de briques que tu n'auras plus qu'à saisir depuis l'échelle. »

— « Nous », répéta-t-il doucement avec un sourire.

Il lança un regard par-dessus son épaule pour s'assurer que les hommes portant les pièces de bois ne l'avaient pas entendu. Il fut rassuré : ils avaient posé la dernière et s'étaient arrêtés pour se rafraîchir. Amy Higgins et Fanny avaient apporté de la bière. Il laissa tomber sa truelle dans un seau d'eau et s'apprêta à les rejoindre. Au moment où il enjambait le bord des fondations, un mouvement attira son attention vers la piste carrossable. L'instant suivant, Claire apparut, paraissant minuscule à côté de l'homme qui marchait à ses côtés.

— *A Naoimh Micheal Àirdaingeal, dìon sinn anns an àm a' chatha*, marmonna-t-il.

Bien qu'il ne reconnût pas l'homme, quelque chose en lui le mettait mal à l'aise et ce n'était pas uniquement sa taille de géant.

Il lança un regard vers ses aides du jour ; ils étaient sept : Bobby Higgins, trois de ses hommes d'Ardsmuir et trois autres métayers qu'il ne connaissait pas encore bien. Plus Fanny, qui leur avait apporté le déjeuner.

Aucun n'avait remarqué l'homme qui approchait, sauf la fillette. Elle fronça les sourcils et interrogea Jamie du regard. Il hocha la tête pour la rassurer et ses traits se détendirent, bien qu'elle continuât à lancer des regards vers le versant tout en répondant à l'un des hommes qui l'interrogeaient.

Jamie avait la sensation qu'il aurait mieux valu rencontrer le nouveau venu alors qu'il se tenait dans sa propre maison avec ses hommes derrière lui. Plus encore, il ressentait le besoin de se placer entre l'inconnu et Claire.

Bien qu'elle sourît poliment pendant que l'homme parlait, elle semblait sur ses gardes. Lorsqu'elle releva la tête et le vit approcher, le soulagement illumina ses traits et déclencha une vibration analogue dans sa poitrine. Il s'efforça de paraître aimable sans pour autant sourire.

— Général Fraser ? demanda l'homme en l'observant de haut en bas.

Jamie comprit la méfiance de Claire.

— Plus maintenant, répondit-il en tendant la main. Jamie Fraser, à votre service, monsieur.

— Moi de même, monsieur. Benjamin Cleveland.

La paluche qu'il serra était considérablement plus grosse que la sienne et exerça une pression qui laissait deviner que son propriétaire ne doutait de pouvoir la broyer s'il le voulait.

Jamie la lâcha sans réciproquer et sourit. *Essaie un peu pour voir.*

— Je connais votre nom, dit-il. Je l'ai entendu mentionner ici et là.

Du coin des yeux, il vit Claire hausser les sourcils.

— M. Cleveland s'est rendu célèbre en combattant les Indiens, *a nighean*, lui expliqua-t-il sans quitter le nouveau venu des yeux. Il a rapporté avoir tué bon nombre de Cris et de Cherokees.

— Des Mohawks de Caughnawaga aussi, je ne les compte plus, précisa Cleveland.

Il émit un petit rire comme s'il se souvenait avec plaisir de chaque homme qu'il avait tué.

— Je suppose que vos rapports avec les Indiens sont un peu plus cordiaux ? demanda-t-il.

— J'ai des amis dans les villages cherokees, répondit Jamie.

Tous ses amis dans ces villages n'étaient pas indiens, notamment Scotchee Cameron, mais cela ne regardait pas Cleveland.

— Parfait ! s'exclama ce dernier. J'espérais que ce serait le cas.

Jamie inclina la tête sur le côté en émettant un son évasif.

Claire avait dû déjà comprendre sa pensée, car elle s'éclaircit la gorge et s'approcha de lui en lui touchant le bras.

— La carriole de M. Cleveland a perdu une jante sur la piste à un peu moins d'un mille d'ici. Cela t'ennuierait-il d'aller y jeter un œil ?

Il lui sourit. Elle était aussi transparente qu'une bouteille de gin.

— Bien sûr que non, dit-il en se tournant vers Cleveland. J'espère que votre cargaison ne s'est pas renversée. Vous transportez des articles fragiles ?

— Oh, non, répondit Cleveland nonchalamment. Juste quelques fusils et un peu de poudre. Il n'y a pas eu de casse.

Il sourit à Jamie, révélant une rangée de bonnes dents saines et solides. Une miette de tabac brun était coincée entre deux d'entre elles.

— À propos de fusils, je comptais justement vous en parler, poursuivit-il. Faisons donc comme a dit votre bonne dame.

Il s'inclina devant Claire, puis prit le bras de Jamie pour l'entraîner vers la piste.

Jamie se libéra sans un mot et se tourna vers Claire :

— Tu veux bien envoyer Bobby et Aaron nous rejoindre avec quelques outils, *Sassenach* ? Et un peu de bière, s'il en reste.

Cleveland l'attendit un instant, puis redescendit vers la piste en le laissant venir à sa guise. Jamie le suivit, le regard fixé sur son dos large et ses jambes épaisses comme des poteaux. Il portait une ceinture en cuir très usée qui conservait les traces d'une cartouchière et d'une corne à poudre. Elle accueillait à présent un large couteau dans une gaine aussi élimée et décorée d'un motif indien en épines de porc-épic teintes.

Il avait une vingtaine d'années de moins que lui et au moins cent dix livres de plus, bien qu'il mesurât quelques pouces de moins. *Il est probablement habitué à être le plus grand de l'assistance et se fiche donc qu'on l'aime ou pas.*

La carriole se trouvait dans un creux ombragé vert sombre, là où la piste s'enfonçait entre deux petites collines densément tapissées de sapins baumiers, de pruches et de pins. Jamie sentit la fraîcheur caresser son visage et se remplit les poumons du parfum frais de la résine et des baies de cyprès.

Heureusement, la roue elle-même n'était pas endommagée. La jante en fer s'était défaite, mais le bois était intact. Il lança un bref regard au contenu du véhicule. Avec un peu de chance, il pourrait remettre cet homme et ses armes sur la route avant que les lois de l'hospitalité obligent les Fraser à lui offrir un dîner et un lit.

— Vous me cherchiez, déclara-t-il abruptement après avoir inspecté la roue.

En chemin, ils n'avaient échangé que quelques banalités. Maintenant que les fusils étaient clairement visibles, il était temps d'en venir au fait.

Cleveland acquiesça, ôta son chapeau et l'observa en le jaugeant ouvertement. Son ventre étirait l'étoffe de sa chemise de chasse. Toutefois, cela semblait être de la graisse dure, du genre à cuirasser les organes vitaux d'un homme.

— En effet, on m'a beaucoup parlé de vous ces deux dernières années, ici et là.

— Ceux qui écoutent les commérages n'entendront rien de bien sur eux-mêmes, déclara Jamie en *gàidhlig*.

— Pardon ? fit Cleveland, surpris. C'était quoi, ça ? Pas du français en tout cas.

— C'est du gaélique, expliqua Jamie avant de lui traduire sa phrase.

— Vous avez sans doute raison, dit Cleveland avec un sourire.

Il saisit la lourde bande de métal comme si elle ne pesait pas plus qu'une aigrette de pissenlit et la tourna entre ses mains d'un air songeur.

— À l'étranger, on parle beaucoup de la manière dont vous avez perdu votre commission.

Jamie sentit une onde de chaleur lui monter dans la nuque.

— J'ai démissionné après la bataille de Monmouth, monsieur Cleveland. J'avais été provisoirement nommé général pour prendre le commandement de plusieurs milices indépendantes. Après la bataille, celles-ci se sont dissoutes. Mes services n'étaient plus nécessaires.

— On m'a dit que vous étiez parti sans prévenir pour soigner votre épouse souffrante, laissant la moitié de vos hommes sur le champ de bataille. Cela dit, après avoir rencontré Mme Fraser, je vous comprends.

Jamie le regarda par-dessus le plateau chargé d'armes.

— Je n'ai pas à me justifier devant vous, monsieur. Si vous avez quelque chose à dire, dites-le et qu'on en finisse. J'ai des latrines à creuser.

Cleveland leva une main en montrant sa paume dans un geste conciliatoire.

— Je ne voulais pas vous offenser, monsieur Fraser. Je veux simplement savoir si vous comptez rejoindre l'armée et avec quel rang.

— Non. Pourquoi ?

— Parce que, dans le cas contraire, vous serez peut-être intéressé d'apprendre que bon nombre de vos voisins aux inclinations whigs de l'autre côté des montagnes (il pointa vaguement le menton en direction du comté du Tennessee), des propriétaires, c'est-à-dire des hommes qui ont quelque chose à perdre, mobilisent des milices privées pour protéger leurs familles et leurs propriétés. J'ai pensé que vous envisageriez de faire de même.

Jamie sentit malgré lui la curiosité prendre le pas sur son animosité envers cet homme.

— Et si c'était le cas ?

— Il serait alors bon de se mettre en relation avec les autres groupes, répondit Cleveland avec un haussement d'épaules. On ignore où vont apparaître les Britanniques, mais, pour ma part, quand ils apparaîtront... Croyez-moi, monsieur Fraser, *quand* ils apparaîtront, j'aimerais être prévenu à temps afin d'être prêt.

Jamie baissa les yeux vers la cargaison de la carriole : des mousquets, vieux pour la plupart, avec des crosses craquelées et des canons éraflés, ainsi que quelques Brown Bess de l'armée britannique en meilleur état. Achetés, troqués, volés ?

— Prêt, répéta-t-il prudemment. Et ces hommes dont vous parlez, qui sont-ils ?

— Oh, ils existent. John Sevier. Isaac Shelby. William Campbell et Frederick Hambright. Beaucoup d'autres songent à les imiter, croyez-moi.

Jamie acquiesça sans répondre.

Cleveland saisit un mousquet et vérifia sa platine à silex tout en disant :

— On m'a dit autre chose sur vous, monsieur Fraser. Que vous étiez un agent indien. C'est vrai ?

— Je l'ai été.

— Et un bon agent, avec ça, d'après ce qu'on raconte.

Cleveland afficha un sourire goguenard avant d'ajouter :

— Le ouï-dire, c'est qu'il y a un certain nombre d'enfants rouquins dans les villages cherokees, hein ?

Il aurait pu tout autant frapper Jamie au visage avec son mousquet. Était-ce vraiment ce qu'on racontait sur lui ou s'agissait-il d'une tentative de Cleveland pour l'attirer dans une embrouille ?

— Bonne journée, monsieur, dit Jamie sur un ton raide. Mes hommes viendront avec leurs outils pour réparer votre roue.

Il tourna les talons et remonta la piste. En dépit de sa corpulence, Cleveland était rapide. Il fut à ses côtés en un clin d'œil.

— Si vous montez une milice, il vous faudra des fusils, dit-il. C'est logique, non ?

Constatant que Jamie ne répondait pas, il essaya un autre angle.

— Les Indiens ont des fusils. Le gouvernement britannique distribue chaque année aux Cherokees une bonne quantité de munitions et de poudre pour la chasse. C'était déjà le cas quand vous étiez agent ?

— Bonne journée, monsieur Cleveland, répéta Jamie.

Il accéléra le pas en dépit de l'élancement dans sa jambe. Cleveland lui prit le bras et le força à s'arrêter.

— Soit, nous reparlerons des fusils plus tard, dit-il. Il y a un autre sujet que je voudrais aborder avec vous.

— Ôtez votre main.

Au ton de sa voix, Cleveland le lâcha. Il ne recula pas pour autant.

— Un certain Cunningham, dit-il en fixant Jamie de ses petits yeux marron. Un ancien capitaine de la marine. Un tory. Un loyaliste.

Jamie se tendit. Le capitaine Cunningham était effectivement un loyaliste, comme une douzaine de ses métayers.

— Je hais les torys, déclara Cleveland, l'air songeur. J'en ai pendu quelques-uns, chez moi. Ça a fait fuir les autres.

Il se racla la gorge et cracha une glaire jaunâtre qui atterrit près du pied de Jamie.

— Cunningham écrit, reprit-il. Il publie des textes dans les journaux. Quelqu'un qui aurait à cœur le bien-être du capitaine devrait peut-être lui en toucher deux mots, vous ne croyez pas ?

Lorsque Jamie revint sur le site de la maison, le feu avait été ravivé et une odeur appétissante s'élevait de la marmite. Roger et Ian discutaient avec Claire tandis que les cris joyeux des enfants résonnaient derrière les arbres. Fichtre ! Cleveland l'avait tellement agacé qu'il avait oublié que Jenny venait dîner avec eux ce soir.

« Quelqu'un qui aurait à cœur le bien-être du capitaine devrait peut-être lui en toucher deux mots, vous ne croyez pas ? »

En réalité, c'était un bon conseil, ce qui n'améliorait pas son humeur. Il ne supportait pas d'être menacé ni d'être traité avec condescendance. En outre, il n'aimait pas qu'un homme plus imposant que lui le domine. Surtout, il n'aimait pas la nouvelle que Cleveland lui avait transmise, même s'il ne pouvait lui en vouloir pour cela.

La paisible ambiance familiale l'attirait, apaisante et chaleureuse. Il était tenté de rejoindre les siens, de boire de la bière fraîche que Fanny avait hissée hors du puits, de s'asseoir et de soulager sa jambe endolorie. Toutefois, sa conversation avec Cleveland le turlupinait et il ne voulait parler à personne avant de l'avoir décortiquée.

Il fit un signe de la main à Claire et poursuivit son chemin jusqu'à sa pelle qui l'attendait près de la fosse inachevée des latrines. L'effort de creuser le calmerait et lui éclaircirait les idées. Du moins, il l'espérait.

En voyant Jamie disparaître derrière le conduit de cheminée à moitié construit, Roger supposa qu'il allait soulager sa vessie. Lorsqu'il ne réapparut pas au bout de quelques minutes, il s'éclipsa de la conversation – qui tournait autour des infinies possibilités de prénom pour Oglethorpe – et suivit son beau-père dans le soleil couchant.

Il le trouva se tenant au bord d'un grand trou rectangulaire, apparemment perdu dans la contemplation de ses profondeurs.

— Les nouvelles latrines ? demanda-t-il.

Jamie releva la tête et, le voyant, son visage se fendit d'un sourire qui alla droit au cœur de Roger. Les derniers feux du soleil doraient sa chevelure et sa peau.

— Oui, répondit-il en indiquant la fosse d'un geste. Au début, je comptais en construire comme d'habitude, avec un seul siège percé. Mais vu que nous sommes quatre de plus… et peut-être davantage avec le temps ? Je veux dire, puisque vous avez décidé de rester.

Il lança un regard de biais à Roger et sourit à nouveau.

— Puis il y a ceux qui viennent voir Claire, poursuivit-il. La semaine dernière, un des fils Crombie est venu la trouver avec un sérieux cas de diarrhée explosive. Il a passé tellement de temps à grogner et gémir dans les latrines de Bobby Higgins que toute la famille a dû aller faire ses besoins dans la forêt. Après son départ, Amy n'était pas ravie de l'état dans lequel il avait laissé les lieux.

— Vous comptez donc les faire plus grandes, ou en faire deux ?

Jamie parut ravi qu'il ait compris aussi rapidement le cœur du problème.

— Là est la question, répondit-il. La plupart des familles ont des latrines pouvant accueillir deux personnes à la fois. Les McHugh en ont même une à trois sièges percés et c'est une vraie beauté. Sean McHugh est doué avec ses mains, ce qui est une excellente chose vu qu'il a sept enfants. Toutefois…

Il plissa le front et lança un regard vers la lueur du feu que l'on devinait derrière la masse sombre du conduit de cheminée.

— Il faut penser aux femmes, vois-tu ?

— Claire et Brianna ? En effet, elles tiennent à leur intimité. Peut-être qu'un petit verrou qui se ferme de l'intérieur… ?

— Oui, j'y ai pensé, répondit Jamie. Le problème est plutôt leur opinion sur les… microbes.

Il avait articulé le mot avec une grande prudence et lança un bref regard vers Roger comme pour s'assurer qu'il l'avait bien prononcé, ou comme s'il n'était pas certain que le mot existât vraiment.

— Oh, fit Roger. Je n'y avais pas pensé. Vous voulez parler des gens malades qui viennent voir Claire et pourraient laisser…

Il agita à son tour une main vers la fosse.

— Exactement, confirma Jamie. Tu aurais vu le branle-bas de combat lorsque Claire a insisté pour verser de l'eau bouillante dans les latrines d'Amy, puis pour les lessiver et y verser de la térébenthine après le départ de Crombie ! Si elle fait ça chaque fois qu'un malade utilise les nôtres, c'est nous qui irons tous faire nos besoins dans la forêt.

Les deux hommes se mirent à rire.

— Il vous en faut donc deux, conclut Roger. Des latrines à deux places pour la famille, et des latrines pour les visiteurs… ou plutôt pour l'infirmerie. Vous direz que c'est pour une question pratique. Il ne faudrait pas qu'on vous accuse d'être prétentieux parce que vous ne laissez pas les gens utiliser vos latrines.

— Non, effectivement.

Jamie rit doucement en lui-même puis s'immobilisa, contemplant la fosse avec un demi-sourire. Les odeurs de terre récemment remuée et de bois fraîchement scié s'élevaient autour d'eux, se mêlant à celles du feu. Roger pouvait presque imaginer la maison se matérialiser dans la fumée.

Jamie s'extirpa de ses pensées et tourna la tête vers lui.

— Tu m'as manqué, Roger Mac, dit-il.

Roger ouvrit la bouche pour répondre. Sa gorge s'était refermée comme s'il avait avalé un caillou et il ne parvint qu'à émettre un grognement étouffé.

Jamie effleura son bras en souriant et lui fit signe de le suivre vers une grande pierre qui, Roger le supposa, indiquait le devant de la maison. De là, les fondations de pierre partaient dans des angles de quatre-vingt-dix degrés. Ce serait une grande demeure, peut-être même plus grande que la Grande Maison originale.

— Viens faire le tour du propriétaire avec moi, veux-tu ?

Roger acquiesça et suivit son beau-père vers la grande pierre. Il fut surpris de voir le mot « FRASER » ciselé dessus et, dessous, la date « 1779 ».

— C'est ma pierre angulaire, expliqua Jamie. J'ai pensé que, si cette maison brûlait à son tour, les gens sauraient au moins qui a vécu ici.

— Ah… mmm.

Roger s'éclaircit la gorge, toussa et trouva enfin assez d'air pour articuler quelques mots.

— Lallybroch… Votre père… (il pointa un doigt en l'air comme s'il désignait le futur linteau). Il avait… gravé… la date.

Les traits de Jamie s'illuminèrent.

— Le manoir existe toujours ?

— La dernière fois que… je l'ai vu. Quoique…

Il s'interrompit, se souvenant soudain de la dernière fois qu'il avait vu Lallybroch.

Jamie longeait à présent ce qui serait le mur de côté. Une odeur de viande rôtie leur parvenait depuis le feu.

— Brianna m'a parlé des hommes qui sont venus, dit-il en lui lançant un bref regard par-dessus son épaule. Tu n'étais pas là, naturellement. Tu cherchais Jem.

— Oui.

Bree avait été contrainte de fuir la maison, *leur* maison, abandonnée aux mains de voleurs et de kidnappeurs. Le caillou dans sa gorge semblait être tombé dans le creux de son ventre. Il était inutile d'y penser à présent. Il repoussa la vision des hommes tirant sur sa femme et ses enfants… pour le moment et rattrapa Jamie.

— En réalité, la dernière fois que j'ai vu Lally, c'était… bien avant ça.

Jamie s'arrêta, un sourcil arqué. Roger s'éclaircit la gorge. C'était ce qu'il était venu lui dire. Il n'y aurait pas de meilleur moment pour le faire.

— Lorsque je suis parti à la recherche de Jem, c'est à Lallybroch que je me suis rendu d'abord. J'ai pensé que, si Jem avait échappé à Cameron, ce serait là qu'il irait. Il connaissait le manoir, c'était sa maison.

Jamie le dévisagea un moment, puis hocha la tête.

— Brianna m'a dit… 1739 ?

— Vous aviez dix-huit ans et étudiiez à Paris. Votre famille était très fière de vous.

Jamie détourna la tête et resta immobile. Roger pouvait entendre sa respiration s'accélérer.

— Jenny, dit-il. Tu l'as rencontrée. À l'époque.

— Oui, elle avait environ vingt ans. À l'époque.

« À l'époque », pour lui, c'était un an plus tôt. À présent, Jenny devait avoir… combien, soixante ans ?

— J'ai pensé… j'ai pensé que je devais vous en parler avant de la revoir.

— Au cas où le choc serait trop fort pour elle ?

— Plus ou moins, oui.

Jamie s'était tourné vers lui. Son expression oscillait entre le sourire et l'émotion. Roger connaissait bien cette sensation d'incrédulité, de désorientation, de perte de repères. Son beau-père secoua la tête tel un taureau chassant une mouche.

— C'est… très prévenant de ta part, dit-il.

Il déglutit puis regarda vers le ciel.

— Tu as vu ma famille, dis-tu. Mon père…

Il n'acheva pas sa phrase.

— Il était là, dit Roger.

Le remue-ménage autour du feu s'était fondu en un bourdonnement familier de femmes au travail : des cliquetis de vaisselle, des bruits d'eau et de frottement, des voix indistinctes ponctuées de rires, le rappel à l'ordre occasionnel d'un enfant qui s'éloignait trop. Roger toucha le bras de Jamie et inclina la tête vers le sentier qui menait au potager et à la source.

— Peut-être devrions-nous nous asseoir à l'écart afin que je vous raconte l'histoire avant l'arrivée de votre sœur.

Et que vous l'absorbiez sans témoins.

Jamie soupira, pinça brièvement les lèvres puis acquiesça et fit demi-tour, repassant devant la grande pierre angulaire. Il vint soudain à l'esprit de Roger qu'elle ressemblait aux pierres de clan qu'il avait vues sur le champ de bataille de Culloden, de hautes pierres grises qui projetaient de longues ombres dans la lumière crépusculaire, chacune gravée d'un nom : McGillivray, Cameron, MacDonald… Fraser.

Roger se tenait aux côtés de Jamie sur la rive mousseuse du ruisseau, admirant consciencieusement la petite structure qui abritait la source.

— Ce n'est pas grand-chose, mais c'est tout ce que j'ai eu le temps de bâtir jusqu'à présent, expliqua modestement Jamie. Il nous en faudra une plus grande, peut-être d'ici au printemps. Les pluies d'été emporteront celle-ci.

Pour le moment, l'abri de la source, qui servait de laiterie, n'était formé que de deux murets grossiers en pierre grimpant jusqu'à une avancée rocheuse faisant office de toit. Des ouvertures au pied des murs laissaient passer l'eau claire du ruisseau. Des lattes horizontales posées entre les deux murs soutenaient trois seaux de lait, chacun recouvert d'un linge lesté afin que les mouches ou les grenouilles n'y tombent pas, ainsi qu'une demi-meule de fromage morave ciré qui avait la taille de la tête de Roger.

— Jenny est une bonne fromagère, mais elle n'a pas encore trouvé une bonne présure, commenta Jamie. C'est pourquoi j'ai rapporté tout cela de Salem.

Sous les lattes, plusieurs pots en grès étaient à demi immergés dans le ruisseau. Ils contenaient, expliqua Jamie, du beurre, de la crème, de la crème fermentée et du babeurre. L'endroit était frais et paisible, bercé par le gargouillis de l'eau. Légèrement en amont, des saules laissaient leurs longues branches traîner dans le ruisseau.

— On dirait de jeunes femmes se lavant les cheveux, n'est-ce pas ? observa Roger.

Jamie sourit légèrement, mais de toute évidence il n'avait pas l'esprit à la poésie.

Il tourna le dos au ruisseau et, écartant les branches d'un jeune chêne rouge, grimpa une petite pente jusqu'à un promontoire rocheux où deux ou trois autres jeunes pousses entreprenantes s'étaient frayé un passage dans les crevasses. Il y avait assez de place pour s'asseoir confortablement sur le rebord. De là, Roger découvrit que l'on voyait la rive opposée du ruisseau avec son petit abri ainsi qu'une bonne partie du sentier venant du site de la maison.

Jamie s'assit en tailleur, adossé à l'un des jeunes arbres.

— Si quelqu'un vient, on le verra, dit-il. Alors, tu as des choses à me dire ?

Roger s'assit à l'ombre, ôta ses souliers et ses bas, puis laissa ses jambes pendre dans le vide en espérant que l'air frais sur ses pieds nus ralentirait les battements de son cœur. Ne sachant par où commencer, il se lança :

— Comme je vous le disais, je suis allé à Lallybroch en quête de Jem. Naturellement, il n'y était pas, mais Brian… votre père…

— Je sais comment il s'appelle, dit Jamie.

— L'avez-vous jamais appelé ainsi ? demanda Roger.

— Non, répondit Jamie, surpris. Pourquoi, à ton époque les enfants appellent leur père par leur nom de baptême ?

— Non. Je n'aurais pas dû dire ça. Cela fait partie de mon histoire, pas de la vôtre.

Jamie leva les yeux vers le ciel.

— Il nous reste un bon moment à attendre avant le dîner. Nous avons probablement assez de temps pour les deux.

— Ce sera une histoire pour une autre fois, répondit Roger en haussant une épaule. Pour faire court, lorsque je suis allé à la recherche de Jem, j'ai trouvé à sa place… mon propre père. Il s'appelait Jeremiah, lui aussi. Les gens l'appelaient Jerry.

Jamie marmonna quelque chose en gaélique et se signa.

— Oui, je sais, dit Roger. Comme je l'ai dit, c'est une autre histoire. Toujours est-il que, lorsque je l'ai trouvé, il avait vingt-deux ans, et moi, l'âge que j'ai aujourd'hui. J'aurais presque pu être son père. C'est pour cela que je l'ai appelé Jerry et me suis efforcé de penser à lui sous ce prénom. Parallèlement, je savais qu'il était mon… Enfin. Je n'ai pas pu lui dire qui j'étais. Je n'en ai pas eu le temps.

Il sentit sa gorge se serrer à nouveau et la racla péniblement.

— Pour en revenir à ma première histoire, c'est avant ça que j'ai rencontré votre père à Lallybroch. J'ai manqué tomber à la renverse lorsqu'il m'a ouvert la porte et m'a dit son nom. (Il esquissa un petit sourire contrit en se souvenant.) Il avait à peu près mon âge, peut-être quelques années de plus. Nous nous sommes rencontrés… comme des hommes. M. MacKenzie. M. Fraser.

Jamie hocha la tête, n'en perdant pas une miette.

— Puis votre sœur est arrivée, poursuivit Roger. Ils m'ont accueilli, m'ont nourri. J'ai expliqué à votre père – pas tout, naturellement – que je cherchais mon petit garçon qui avait été enlevé.

Brian avait offert un lit à Roger puis, le lendemain matin, l'avait accompagné chez tous les métayers des environs pour leur demander s'ils avaient vu Jem ou Rob Cameron. En vain. Le jour suivant, il lui avait proposé de se rendre à Fort William pour interroger la garnison.

Roger gardait les yeux fixés sur un petit tas de mousse près de son genou. Elle poussait en touffes vertes et rondes sur les rochers, ressemblant à des têtes de jeunes brocolis. Il sentait l'attention de Jamie à ses côtés. Lorsqu'il mentionna Fort William, il se tendit. *À moins que ce ne soit moi…* Il enfonça les doigts dans les végétaux frais et humides comme pour s'y ancrer.

— Le commandant était un officier nommé Buncombe. Votre père me l'avait décrit comme « un type correct pour un *sassenach* ». Il avait apporté deux bonnes bouteilles de whisky (il vit Jamie esquisser un sourire). Nous avons bu avec Buncombe et il a promis d'envoyer ses soldats enquêter. Cela m'a rendu espoir. J'ai vraiment pensé que je parviendrais à retrouver Jem.

Il hésita un instant, cherchant comment dire ce qu'il voulait dire. Cependant, Jamie connaissait son père.

— Ce n'était pas tant le fait de la courtoisie de Buncombe, c'était grâce à Brian Dhu, dit-il en se tournant vers Jamie. Il était… bon, très bon, mais c'était plus que cela.

Il revoyait clairement Brian chevauchant devant lui au sommet d'une colline, la pluie battant son bonnet et ses larges épaules, le dos droit, sûr de lui.

— On avait l'impression – *j'avais* l'impression – qu'avec un homme comme lui à mes côtés, tout irait bien.

— Tout le monde ressentait cela avec lui, dit doucement Jamie.

Jamie fixait ses genoux. Du coin de l'œil, Roger le vit incliner la tête légèrement sur le côté, comme s'il recevait une caresse sur la joue. Un frisson le parcourut et hérissa les poils de sa nuque.

Le voilà, pensa-t-il, surpris sans l'être. Il avait déjà constaté ce phénomène, ou plutôt l'avait ressenti, même s'il avait fallu que la scène se répète plusieurs fois avant qu'il comprenne de quoi il s'agissait : l'invocation des morts lorsque ceux qui les avaient aimés parlaient d'eux. Il sentait la présence de Brian Dhu, ici, près de ce ruisseau de montagne, aussi nettement que lors de ce jour pluvieux dans les Highlands.

Il salua le fantôme d'un petit signe de tête et lui dit mentalement « *Pardonne-moi* » avant de poursuivre son récit.

Il parla de William Buccleigh MacKenzie, qui avait autrefois failli causer sa mort et se rachetait à présent en l'aidant à retrouver Jem. Il raconta comment ils avaient rencontré Dougal MacKenzie, qui collectait ses fermages avec ses hommes.

— Bon sang ! marmonna Jamie.

Roger remarqua néanmoins que, cette fois, il ne se signait pas.

— Dougal savait-il que ce Buck était son fils ? demanda-t-il.

— Non, répondit Roger. Buck n'était pas encore né. En revanche, Buck savait que Dougal était son père, ce qui était très troublant pour lui.

Pas que pour lui.

— Je peux l'imaginer, murmura Jamie.

Il paraissait légèrement amusé et Roger s'émerveilla (ce n'était pas la première fois) de cette capacité des Highlanders d'aller et venir entre ce monde et le suivant. Jamie avait été contraint de tuer son oncle, puis il avait fait la paix avec lui post-mortem. Roger l'avait entendu invoquer l'aide de Dougal avant une bataille… et l'avait vu l'obtenir.

Buck et lui aussi avaient obtenu son aide. Dougal leur avait prêté des chevaux pour qu'ils puissent poursuivre leurs recherches.

Toutefois, comme il l'avait dit, Roger n'était pas là pour narrer l'histoire de sa quête d'un fils et d'un père, mais pour dire ce qu'il devait à un autre père et à un autre fils. À l'ombre de Brian Dhu… et à Jamie.

— Je vous raconterai le reste une autre fois. Pour en revenir à Lallybroch, nous y sommes retournés, car Brian m'avait envoyé un message disant qu'il avait trouvé un objet qui était peut-être lié à mon fils. C'était une sorte de pendentif que le commandant de la garnison de Fort William lui avait envoyé. Il lui paraissait étrange et le nom « MacKenzie » était inscrit dessus.

Son cœur se serra en revoyant en pensée les deux petites plaques en carton compressé, l'une rouge, l'autre verte, toutes deux portant le nom

« J. W. MacKenzie » et une série de chiffres incompréhensibles. Les plaques d'identité militaire d'un pilote de la RAF et la preuve irréfutable qu'ils couraient après deux Jeremiah différents.

— Nous devions découvrir d'où venaient ces plaques et nous sommes donc retournés à Fort William. (Il dut s'interrompre et inspirer profondément pour la suite.) Le capitaine Buncombe était parti et avait été remplacé par un nouveau commandant de garnison : le capitaine Randall.

Toute trace d'amusement disparut du visage de Jamie.

Roger toussota dans son poing.

— Oui, je sais, dit-il. Lui-même.

Le nouveau commandant s'était montré cordial et compréhensif.

— Et serviable, ajouta Roger. C'était… (il chercha le mot juste et ne le trouva pas) étrange. Je veux dire… je savais ce qu'il…

— Ce qu'il m'a fait ?

Jamie le dévisageait, le regard insondable.

— Oui, Claire me l'avait raconté… Elle *nous* l'avait raconté. Elle vous croyait mort, autrement, je suis sûr qu'elle n'aurait jamais…

— Elle vous a tout dit, donc.

L'expression de Jamie n'avait pas changé, mais ses traits avaient pâli.

Oh merde.

— Enfin, juste les… les lignes essentie…

Il s'interrompit. Buck lui avait dit : « Tu ne seras jamais un bon pasteur si tu n'es pas honnête. » Il avait raison.

— Oui, tout, reprit-il simplement.

Sans un mot, Jamie se leva, s'enfonça de quelques pas dans les buissons, s'arrêta et vomit.

Oh, juste ciel ! Oh mon Dieu ! Qu'ai-je fait ?

Roger avait l'impression de retenir son souffle depuis une heure. Il inspira une petite bouffée d'air, puis une autre. Il n'avait pas pensé assez loin… à ce qu'il devrait dire à Jamie, à ce qu'il devrait lui expliquer afin de s'excuser et d'obtenir son pardon. Si Bree et lui devaient vivre ici, il le fallait. Mais il n'avait pas pensé que Jamie ignorait peut-être que Roger et, surtout, Bree connaissaient les détails intimes de son calvaire. Et ce, depuis des années.

Merde, merde, merde.

Les poings serrés, il écouta Jamie inspirer fortement, cracher et panteler. Il contempla une coccinelle qui venait d'atterrir sur son genou. Elle allait et venait sur son pantalon en bure, ses antennes curieuses inspectant l'étoffe grise. Il y eut un bruissement de feuillage derrière lui et Jamie réapparut. Il se rassit, le dos contre le tronc d'arbre. Quand Roger ouvrit la bouche, il l'arrêta d'un geste.

— Ne dis rien.

Sa chemise était imprégnée de sueur et collait à ses clavicules. Les insectes du soir étaient de sortie et des nuages de moucherons voletaient au-dessus de leurs têtes. Les criquets commençaient à striduler. Un moustique passa en sifflant près de l'oreille de Roger, mais il ne fit aucun effort pour le chasser.

Jamie soupira et se tourna vers Roger.

— Vas-y. Raconte-moi la suite.

Roger acquiesça et le regarda dans les yeux.

— Je savais qui était Randall et ce qu'il était. Ce qui allait arriver. Pas seulement à vous… À votre sœur et à votre père.

Cette fois, Jamie se signa lentement et murmura quelque chose en gaélique que Roger ne comprit pas. Il ne lui demanda pas de répéter.

— J'ai informé Buck… au sujet de la flagellation… Pas de…

Les doigts de la main mutilée de Jamie remuèrent, comme s'il s'apprêtait à l'arrêter de nouveau d'un geste.

— Je lui ai dit ce qu'il arriverait à votre père, poursuivit Roger.

Il ressentait encore l'horreur de cette conversation. S'il ne faisait rien pour arrêter Jack Randall, Brian Dhu Fraser mourrait dans l'année, succombant à une apoplexie en voyant son fils fouetté à mort (croyait-il) par le capitaine Randall. Jamie deviendrait un hors-la-loi, meurtri dans son corps et son âme, portant en lui le poids du décès de son père, d'avoir abandonné sa maison en laissant à sa sœur dévastée la responsabilité de ses terres et de ses métayers. Et Jenny, cette ravissante jeune femme, se retrouverait seule, sans aucune protection.

Jamie écoutait sans broncher, mais Roger sentait les mots le transpercer telles des fléchettes. *Jenny, mon Dieu comment pourrais-je la regarder en face ?*

Il inspira profondément. Ils y étaient presque.

— Buck était prêt à tuer Randall. Sur-le-champ, sans hésiter.

Jamie émit un petit rire.

— C'est bien le fils de Dougal.

— Sans le moindre doute, l'assura Roger. Vous auriez dû les voir côte à côte.

— J'aurais bien aimé !

Roger se passa une main sur le visage et secoua la tête.

— Toujours est-il que nous aurions pu l'arrêter. Je veux dire, l'éliminer. Nous étions armés. Randall me connaissait, il ne m'aurait pas craint. J'aurais pu entrer dans son bureau avec Buck et le tuer. Ou le suivre dans ses quartiers et le tuer là-bas. Nous aurions pu ensuite nous enfuir sans trop de difficultés.

Jamie était parfaitement immobile. Seuls ses yeux paraissaient vivants.

— J'ai retenu Buck, dit Roger. Je savais tout ce qu'il arriverait et je l'ai laissé arriver. À votre famille. À vous.

Jamie regardait le sol sans répondre. Roger sentit l'air frais du ruisseau remonter jusqu'à eux. L'ombre des arbres caressait son visage brûlant.

Enfin, Jamie se redressa. Il hocha la tête une fois, puis deux, comme s'il arrêtait une décision.

— Si tu l'avais tué ? demanda-t-il doucement en arquant un sourcil. Si je n'avais pas été hors-la-loi. Si, ce fameux jour, je ne m'étais pas trouvé dans les environs de Craigh na Dun, blessé et ayant besoin d'une guérisseuse…

Roger se tut. Il ne trouvait pas les mots.

— Brianna ? demanda encore Jamie. Serait-elle ici aujourd'hui ? Et les enfants ? Et toi ?

— Peut-être… aurions-nous quand même existé, répondit Roger. D'une autre manière. Mais oui, vous avez raison. J'ai eu peur que tout disparaisse. Toutefois, je ne suis pas…

Il s'interrompit. Jamie savait qu'il ne se cherchait pas de prétextes.

Son beau-père se leva, dispersant un nuage de moucherons comme une pluie de poussière d'or dans le soleil couchant.

— Ne t'en fais pas, dit-il. Je ne laisserai pas Jenny te tuer. Viens, notre dîner va brûler.

Roger était décontenancé. Il n'aurait su dire à quoi il s'était attendu. Ce n'était pas à ce fatalisme.

— Vous… ne…, commença-t-il.

— Non.

Jamie lui tendit la main et le releva. Ils se retrouvèrent face à face, enveloppés dans le bruissement des arbres qu'agitait la brise du soir.

— Tu sais, j'ai eu le temps d'y réfléchir, déclara Jamie. Après Culloden, lorsque j'étais hors-la-loi, dormant à la belle étoile, écoutant les voix portées par le vent. Je pensais à ce que j'avais fait, ou pas fait, et je me demandais ce qu'il se serait passé si j'avais fait d'autres choix. Si nous n'avions pas tenté d'arrêter Charles-Édouard Stuart… nos vies auraient été bien différentes, même si cela n'aurait rien changé pour l'Écosse. J'aurais peut-être pu garder Claire auprès de moi. Si je ne m'étais pas battu contre Jack Randall dans le bois de Boulogne, aurais-je deux filles aujourd'hui ?

Il s'interrompit un instant, les yeux remplis d'ombres.

— On n'est jamais entièrement maître de son destin, reprit-il. Une partie de toi se trouve toujours entre les mains d'un autre. Tu ne peux qu'espérer que cet autre soit Dieu.

Il posa une main sur l'épaule de Roger et indiqua le sentier d'un signe de tête.

— Nous devons y retourner.

Roger le suivit, l'esprit apaisé. Toutefois, il ne pouvait voir l'épaisse chemise crasseuse qui recouvrait le dos de Jamie sans penser aux cicatrices en dessous.

Une fois sur le sentier, Jamie se retourna vers lui.

— Cela dit, tu ne devrais peut-être pas raconter à Jenny ce que tu viens de me dire. Pas tout de suite. Laisse-la d'abord s'habituer à toi.

Jamie prit le petit bois que lui avaient rapporté Fanny et Mandy, et leur montra comment le placer pour raviver un feu. Ce dernier avait couvé toute la journée, ne servant qu'à faire bouillir de l'eau et cuire lentement le ragoût que Claire avait préparé : des morceaux d'opossum rôti avec des pommes de terre nouvelles, des carottes, des petits pois, des champignons sauvages et des oignons. Il lança un regard par-dessus son épaule pour s'assurer qu'elle était occupée ailleurs, puis, l'air conspirateur, fit signe aux fillettes d'approcher.

— Voyons voir si ça sent bon, chuchota-t-il.

Elles se pressèrent contre lui en pouffant de rire. Il saisit un torchon et souleva lentement le couvercle de la marmite, libérant un nuage de vapeur parfumée à la viande, au vin et aux oignons. Les fillettes inspirèrent de toutes leurs forces, tandis qu'il humait en faisant pénétrer la vapeur jusqu'au fond de sa gorge. L'odeur délicieuse fit grogner son ventre et les fillettes furent prises d'un fou rire tout en lançant des regards coupables autour d'elles.

— Que fais-tu, pa ?

En se retournant, il vit sa fille l'observer avec un air interrogateur.

— Mandy, fais attention ! lança-t-elle. Tu laisses pendre Esmeralda au-dessus des flammes.

— Je donnais juste une leçon de gastronomie aux petites, répondit-il sur un ton désinvolte.

Il lui tendit le torchon, s'inclina et s'éloigna, le rire des enfants résonnant comme une musique dans ses oreilles.

La nuit tombait et le dîner serait bientôt prêt. Avant cela, il voulait trouver Jenny, l'entraîner à l'écart et la préparer un peu avant qu'elle rencontre Roger Mac.

La préparer comment ? se demanda-t-il. « *Tu te souviens d'un homme qui s'est présenté à Lallybroch il y a quarante ans, cherchant son fils ? Non ? Eh bien justement, le voici. Mais…* »

Peut-être s'en souviendrait-elle. Elle était une jeune fille et Roger Mac était plutôt beau gars. En outre, d'après ce qu'il lui avait dit, leur père avait passé du temps avec lui, l'aidant dans ses recherches. Alors, peut-être…

Se rendre compte qu'il venait de penser à son père comme si de rien n'était, comme s'il était toujours vivant, l'ébranla, comme s'il avait raté la dernière marche d'un escalier et atterri en trébuchant.

— Alors ?

Il s'aperçut que Claire lui avait posé une question et attendait la réponse.

— Pardon, *Sassenach*, je réfléchissais. Que disais-tu ?

Elle arqua un sourcil, puis sourit et lui tendit une bouteille.

— Je te demandais si tu voulais bien ouvrir ça.

C'était une bouteille de muscat de l'année précédente que Jimmy Robertson lui avait apportée pour la remercier d'avoir réduit la fracture du bras de son fils benjamin.

— Tu crois qu'il est encore buvable ? demanda-t-il en examinant la bouteille d'un air dubitatif.

Profondément enfoncé, le bouchon était sec et friable. Lorsque Claire avait tenté de l'extraire, une bonne partie lui était restée dans la main.

— Non, répondit-elle. Mais depuis quand cela a-t-il empêché un Écossais de boire ?

— Cela n'a jamais arrêté un Anglais non plus. Un Français serait peut-être plus difficile.

Il tint la bouteille en verre marron à la lumière pour vérifier la quantité de vin qu'elle contenait, puis dégaina son poignard et frappa le goulot d'un geste sec, le tranchant net et de biais.

— Au moins, il n'est pas bouchonné, observa-t-il.

— Tant mieux. Je vais… Est-ce Oggy qu'on entend ? Ou un puma ?

— On dirait un puma atteint d'hémorroïdes, ce doit donc être Oggy.

Cela fit rire Claire et il ressentit un moment de bonheur. Il but une petite gorgée de vin, fit la grimace et lui rendit la bouteille.

— À qui comptes-tu le servir ?

— À personne, répondit-elle en humant prudemment le goulot brisé. J'ai un morceau d'élan très dur que je vais laisser macérer dedans toute une nuit, puis je le ferai bouillir avec des haricots et du riz. De quel nom baptiseront-ils cet enfant et *quand* ?

— Rien ne presse. Personne ne le confondra avec un autre enfant du Ridge.

En effet, le petit homme de Rachel avait les poumons les plus puissants que Jamie eût jamais entendus et s'en servait sans cesse. Pour le moment, il ne paraissait pas souffrir. Il braillait pour le plaisir.

— Je vais à leur rencontre, annonça-t-il. Je voudrais parler à Jenny avant qu'elle voie Roger Mac.

Claire le dévisagea un instant sans comprendre, puis elle tourna la tête vers la lisière de la forêt devant laquelle Brianna et Roger discutaient. *Est-il en train de lui rapporter ce qu'il m'a dit ?* se demanda Jamie avec, une fois de plus, la sensation d'avoir raté une marche.

Le regard de Claire exprimait un intérêt intense comme lorsqu'elle avait examiné les verrues anales du rétameur qui ressemblaient à un gros chou-fleur sortant de son derrière.

— Mince, dit-elle. Je n'y avais pas pensé.

— Je ne crois pas qu'elle tournera de l'œil, cela ne lui arrive jamais, opina Jamie. Toutefois, tu devrais lui préparer un petit remontant bien corsé, au cas où.

Sa sœur ne se trouvait pas avec Ian et Rachel. Cette dernière expliqua à Jamie que Jenny était passée par chez Morag MacAuley pour lui demander un peu de mère de vinaigre et qu'elle les rejoindrait ensuite. Cela tombait bien. Jamie la remercia, frotta le crâne d'Oggy avec sa paume, ce qui le faisait généralement rire, et cette fois ne fit pas exception, puis il s'engagea sur le sentier le cœur plus léger.

Il trouva Jenny assise sur une souche au bord du chemin, secouant sa chaussure pour en faire tomber un caillou. En l'entendant approcher, elle releva la tête, bondit sur ses pieds et se jeta dans ses bras, oubliant son soulier.

— Jamie, *a chuisle* ! Ta fille est de retour ! Je suis tellement heureuse pour toi.

Elle s'écarta pour le dévisager, les yeux brillants. Lui-même sentit ses yeux piquer et il ne put s'empêcher de rire, la joie de sa sœur reflétant la sienne.

Il s'essuya les yeux sur sa manche et redressa le bonnet de Jenny.

— Quand as-tu connu Brianna ? demanda-t-il. Elle m'a dit qu'elle était allée à Lallybroch pour nous chercher, sa mère et moi, qu'elle t'avait rencontrée, ainsi que Ian et les autres… et Laoghaire.

Jenny se signa en entendant ce dernier prénom puis se mit à rire.

— Sainte Marie mère de Dieu, tu aurais vu la tête de Laoghaire quand elle a fait la connaissance de ta fille ! Puis quand elle a prétendu que les perles de maman lui revenaient de droit et que Brianna lui a cloué le bec !

— Elle a fait ça ?

Jamie regrettait d'avoir raté cette scène, puis il se souvint de la raison pour laquelle il avait voulu parler à Jenny en privé.

— L'homme de Brianna, dit-il tandis qu'elle rechaussait son soulier. Roger MacKenzie.

— Oui, quel genre d'homme est-il ? Dans tes lettres, tu disais qu'il te plaisait bien.

— C'est toujours le cas, assura-t-il. C'est juste que… Tu te souviens de la fois où Claire et moi sommes rentrés en Écosse pour enterrer le général Simon à Balnain ?

— Je ne suis pas près de l'oublier, répondit-elle en se rembrunissant.

C'était durant la longue agonie de Ian, une période sombre pour eux tous, et plus terrible encore pour elle. Jamie détestait devoir lui rappeler ces souvenirs, ne serait-ce qu'un instant. Toutefois, il ne voyait pas par quel autre bout commencer son explication.

— Tu te souviens donc de ce que t'a dit Claire au sujet de… d'où elle venait ?

Elle le fixa un instant d'un air absent, l'esprit encore assailli par les souvenirs, puis plissa le front.

— Oui…, répondit-elle prudemment. Je ne sais quelle calembredaine où il était question de fées et de cercles de pierre.

— Oui, c'est cela. À présent, peux-tu remonter un peu plus loin dans le temps… à l'époque où j'étudiais à Paris, juste avant la mort de père ?

— Je pourrais, dit-elle d'un air tendu. Mais je n'en ai pas envie. Pourquoi m'embêtes-tu avec ces choses-là ?

Il agita une main devant lui, l'implorant de l'écouter.

— Un homme est venu à Lallybroch à la recherche de son fils qui avait été enlevé. Un homme brun, nommé Roger MacKenzie, venant de Lochalsh. Tu te rappelles ?

Il restait suffisamment de lumière pour qu'il la vît pâlir. Elle déglutit puis hocha lentement la tête.

— Son garçon s'appelait Jeremiah, dit-elle. Je m'en souviens parce que le commandant de la garnison avait envoyé pour lui une breloque à père… (Elle pinça les lèvres et Jamie comprit qu'elle pensait à Jack Randall.) Quand l'homme brun est revenu, père la lui a donnée et j'ai entendu plus tard M. MacKenzie dire à son ami qu'elle avait appartenu à son propre père, qui s'appelait Jeremiah comme… Jemmy. Son propre fils s'appelait aussi Jeremiah et ils le surnommaient Jemmy.

Elle s'interrompit brusquement et le dévisagea avec des yeux ronds comme des pièces de trois pence.

— Tu es en train de me dire que ton petit-fils est *ce* Jemmy et que le brun est…

— Oui.

Elle se rassit, très lentement, sur la souche.

Il lui laissa le temps de digérer la nouvelle, ne se souvenant que trop bien du mélange d'incrédulité, d'étourdissement et de peur qu'il avait ressenti lorsque Claire, rouée de coups et au bord de la crise de nerfs après qu'il l'eut sauvée de son procès pour sorcellerie à Cranesmuir, lui avait enfin avoué ce qu'elle était.

Il se souvenait également très bien de lui avoir dit : « Cela aurait été plus facile si tu avais simplement été une sorcière. » Cela le fit sourire et il s'accroupit devant sa sœur.

— Oui, je sais, dit-il. Mais, au fond, c'est un peu comme s'ils venaient de… d'Espagne. Ou de Tombouctou.

Elle lui lança un regard noir. Toutefois, ses mains, qu'elle tenait crispées sur ses genoux, se détendirent légèrement.

— Roger Mac et Brianna sont tous deux allés à Lallybroch, résuma-t-il. Tu as rencontré Brianna quand elle est venue nous chercher. Sans le savoir, tu avais rencontré Roger Mac des années plus tôt, lorsqu'il cherchait son petit garçon. Brianna est revenue plus tard avec les enfants, à la recherche de Roger. Tu ne l'as pas vue alors, mais elle a vu père.

Il marqua une pause, attendant. L'expression de Jenny changea brusquement et elle se redressa.

— Elle a connu père ? Mais il était déjà mort…

Elle s'interrompit, essayant de remettre de l'ordre dans sa tête.

Jamie s'efforça de ravaler le nœud dans sa gorge et lui prit la main.

— Elle l'a connu, tout comme Roger Mac, qui a passé du temps avec lui. Pour eux, c'est comme s'ils l'avaient vu l'année dernière. Quand… quand Roger Mac m'a parlé de lui, j'ai eu l'impression que notre père était à côté de moi.

Jenny laissa échapper un petit sanglot et serra sa main entre les siennes. Ses yeux larmoyaient à nouveau. Toutefois, elle n'avait pas peur. Elle chassa ses larmes et renifla.

— C'est peut-être plus facile si tu le considères comme un miracle, suggéra-t-il. Après tout, ça l'est, non ?

Elle lui lança un regard torve, sortit un mouchoir et se moucha.

— *Fag mi*, rétorqua-t-elle.

« Ne me prends pas pour une idiote. »

— Viens, dit-il en se redressant et en la relevant. Tu dois faire la connaissance d'un nouveau neveu. Ou plutôt, refaire sa connaissance.

Roger vit d'abord Jamie, émergeant des ombres derrière la cheminée, noir contre noir, puis, derrière lui, une autre silhouette, si frêle que, un instant, il ne fut pas sûr d'avoir bien vu. Il se leva et se dirigea vers eux jusqu'à la lisière du feu. Le reflet des flammes faisait briller les yeux de la ravissante jeune femme qu'il avait connue autrefois.

Il prit sa main entre les siennes. Elle était aussi légère et ferme qu'une patte d'oiseau.

— Mademoiselle Fraser, mes hommages.

Elle émit un petit rire qui creusa les sillons autour de ses yeux.

— La dernière fois que nous nous sommes vus, j'aurais bien aimé que vous baisiez ma main. Ce que vous n'avez pas fait.

Il pouvait voir son pouls rapide sur le côté de son cou. Toutefois, sa main ne tremblait pas. Il la porta à ses lèvres et la baisa avec une tendresse sincère.

— Je craignais que votre père s'en offusque, s'excusa-t-il en souriant.

Elle sursauta légèrement et ses doigts se resserrèrent autour des siens.

— C'est donc vrai, murmura-t-elle. Vous avez vu père, lui avez parlé… il n'y a que quelques mois ? Votre voix… vous parlez de lui comme s'il était toujours vivant.

Elle paraissait émerveillée.

Jamie émit un léger bruit guttural, sortit de l'ombre et toucha le bras de sa sœur.

— Brianna aussi, dit-il doucement.

Il inclina la tête vers l'autre côté du feu. Brianna tenait Oggy dans ses bras et parlait aux autres enfants, ses longs cheveux roux soulevés par le souffle chaud du feu. Elle agitait la petite main potelée du bébé en lui faisant faire des gestes régaliens tout en parlant d'une voix grave comique, provoquant le rire des petits.

— Elle aussi a vu père même si elle ne lui a pas parlé, poursuivit Jamie. Il se tenait dans notre cimetière de Lallybroch. Elle l'a vu s'agenouiller devant la stèle de *Mammeigh*. Il avait apporté un bouquet fait de branches de houx et d'if, attaché avec un fil rouge.

— *Mammeigh*…

La voix de Jenny s'étrangla dans un petit déclic et Roger vit ses yeux se remplir de larmes. Il lâcha sa main. Jamie passa un bras autour de la taille de sa sœur et l'attira contre lui. Ils restèrent ainsi enlacés, face contre face, unis par l'amour.

Roger les regardait toujours lorsqu'il sentit la présence de Claire à ses côtés, le visage lisse et le regard chargé d'émotion. Sans un mot, elle lui prit la main.

9

Les œufs verts au jambon

Cela prit un mois, plutôt que les deux semaines promises. Néanmoins, lorsque les raisins sauvages commencèrent à mûrir, Jamie, Roger et Bree (dans une cérémonie maladroite et beaucoup de ricanements de la part des terriens en dessous) fixèrent une grande toile blanche tachée – des morceaux recousus de la grand-voile déchirée d'un sloop de la Royal Navy qui était en réparation à Wilmington au moment où Fergus se promenait sur le quai – au-dessus de la cuisine de la Nouvelle Maison.

Nous avions un toit. Un toit à nous.

Je me tins dessous un long moment, le nez en l'air, ravie.

Des gens allaient et venaient, transportant du matériel et des denrées depuis l'appentis, la maison des Higgins, la laiterie, le potager. J'eus soudain une vision d'une expédition avec mon oncle Lamb alors que nous montions le camp : c'était la même effervescence désordonnée de déplacement d'objets, de bonne humeur, de soulagement, de joie… d'espérance.

Jamie déposa délicatement le garde-manger sur le nouveau parquet afin de ne pas abîmer ni rayer les lattes en pin.

— Je ne sais pas pourquoi je me donne ce mal, me dit-il avec un sourire. D'ici une semaine, ce sera comme si on avait fait passer un troupeau de cochons dans la cuisine. Pourquoi souris-tu comme ça ? Cette perspective t'amuse ?

— Non, c'est toi qui m'amuses.

Il rit puis s'approcha pour m'enlacer la taille et nous levâmes tous deux les yeux.

La toile étincelait et le soleil de la fin de matinée luisait à travers. Elle se souleva légèrement, murmurant dans la brise. De nombreuses taches laissées par l'eau de mer, la crasse ou, peut-être, du sang de poisson ou d'homme formaient des ombres dansantes sur le plancher autour de nous, les hauts-fonds d'une nouvelle vie.

— Regarde.

Il poussa ma joue avec son menton, dirigeant mon regard.

Fanny se tenait de l'autre côté de la pièce, le nez en l'air. Elle était perdue dans la contemplation de la lumière neigeuse, ne prêtant pas attention au chat Adso qui s'enroulait autour de ses chevilles dans l'espoir d'obtenir à manger. Elle souriait.

Jamie creusa le trou, un sillon peu profond d'environ dix pouces de long dans la terre noire parsemée d'éclats de mica.

La veille, Roger, Ian et lui, soufflant, haletant et jurant en gaélique, en français, en anglais et en mohawk avaient transporté la grande dalle de serpentine depuis la source verte. Elle était à présent posée contre la cheminée, attendant.

Jamie s'était assis sur ses talons et tendit le bras vers Bree, qui attendait, le burin noir à la main.

Le dessous de la dalle était couvert de terre et de radicelles. Je vis une petite araignée émerger d'un creux, avancer de quelques pouces puis se figer, perplexe.

— Attends, dis-je à Jamie.

Il arqua un sourcil et hocha la tête. Les enfants se rassemblèrent autour de moi pour voir ce qu'il se passait. Je saisis un coin de mon tablier et tentai de le glisser sous l'araignée pour ne pas l'effrayer. Ce fut une erreur. Elle grimpa précipitamment sur le haut de la dalle, s'élança et atterrit sur la chemise de Jamie. Il posa sa main en coupe dessus, se releva lentement, marcha jusqu'à la limite de la pièce, ôta sa main et secoua vigoureusement sa chemise en la tenant par le col.

— *Thalla le Dia !* lança Jemmy.

— Quoi ? fit Fanny, qui avait observé la scène avec de grands yeux ronds.

— « Que Dieu t'accompagne », traduisit Jemmy. Que veux-tu dire d'autre à une araignée ?

— En effet, convint Jamie.

Il revint s'agenouiller devant la cheminée et tendit la main vers sa fille. À ma surprise, Bree embrassa le burin comme s'il s'agissait d'un crucifix avant de le poser doucement dans sa paume.

Jamie le porta à ses lèvres à son tour puis le déposa délicatement dans le trou avant de le recouvrir de terre de la main gauche. Il se redressa sur ses talons et nous regarda tour à tour. Seule la famille était présente : nous deux, Brianna, Roger, Jem et Mandy, Germain, Fanny, Ian, Rachel et Jenny tenant Oggy dans ses bras.

Puis il commença sa prière.

« Ô Dieu, bénis cette demeure,
Et tous ceux qui y dormiront cette nuit ;
Ô Dieu, bénis ceux que j'aime
Où qu'ils soient, où qu'ils dorment ;
En cette nuit et toutes les nuits ;
En ce jour et tous les jours.
Que ce fer sacré soit le témoin
De l'amour de Dieu et du gardien de cette maison. »

Suivirent cinq secondes d'un silence solennel.

— Et maintenant, on mange ! lança joyeusement Mandy.

Jamie rit avec tous les autres, puis caressa sa joue.

— Oui, *m'annsachd*, mais pas avant que l'âtre soit posé. Écarte-toi un peu.

Brianna attrapa sa fille et la fit reculer en faisant signe à Jem, Fanny et Germain d'en faire autant. Ils s'exécutèrent à contrecœur. Les hommes remuèrent leurs épaules et leurs poignets pour s'échauffer, puis, sur le signal de Jamie, se penchèrent et soulevèrent la dalle.

— Ho hisse ! lancèrent Jem et Germain avec enthousiasme en mimant les hommes.

Oggy se réveilla en sursaut et forma un « O » horrifié avec ses lèvres. Avec une synchronisation parfaite, Jenny lui enfonça son pouce dans la bouche. Il se mit aussitôt à le sucer tout en observant la scène avec fascination.

Après moult grognements d'effort, instructions marmonnées, cris d'alarme lorsque la pierre glissa, rires et hourras lorsqu'elle fut redressée et un dernier halètement collectif, la dalle fut retournée et déposée dans le fond de la cheminée.

Jamie était plié en deux, les mains sur les genoux. Il se redressa lentement, le visage rouge, la nuque moite de sueur, et me lança un regard.

— J'espère que cette maison te plaira, *Sassenach*, haleta-t-il. Parce que je ne suis pas près d'en bâtir une autre.

Peu à peu, chacun retrouva son souffle et nous nous rassemblâmes à nouveau devant la cheminée pour la dernière bénédiction. Jamie fit signe à Roger et à Ian de venir se tenir à ses côtés. Ils parurent aussi surpris que moi. Puis il commença :

« Bénis, ô Dieu, la lune au-dessus de ma tête,
Bénis, ô Dieu, la terre sous mes pieds,
Bénis, ô Dieu, ma femme et mes enfants,
Et bénis-moi, ô Dieu, qui dois veiller sur eux.

Bénis ma femme et mes enfants,
Et bénis-moi qui dois veiller sur eux.
Bénis, ô Dieu, l'objet sur lequel mon regard se pose,
Bénis, ô Dieu, l'objet sur lequel mon espoir repose,
Bénis, ô Dieu, ma raison et mon but,
Bénis, ô, bénis-les, Toi, le Dieu de la vie.

Bénis, ô Dieu, le lit de ma compagne,
Bénis, ô Dieu, le produit de mes mains,
Bénis, ô Dieu, la clôture qui protège mon jardin,
Et bénis, ô Dieu, le petit ange qui veille sur mon sommeil.
Bénis, ô Dieu, la clôture qui protège mon jardin,
Et bénis, ô Dieu, le petit ange qui veille sur mon sommeil. »

D'un signe de tête, il nous enjoignit à répéter avec lui :

« *Ô Dieu, bénis cette demeure,*
Et tous ceux qui y dormiront cette nuit ;
Ô Dieu, bénis ceux que j'aime
Où qu'ils soient, où qu'ils dorment ;
En cette nuit et toutes les nuits ;
En ce jour et tous les jours. »

En suivant les instructions murmurées, chacun ramassa un morceau de bois et l'apporta devant la cheminée, où Brianna les disposa minutieusement avant de glisser du petit bois sous sa construction.

J'inspirai profondément, pris la mèche en paille qu'elle me tendait, l'enfonçai dans le brasero de mon infirmerie et m'agenouillai devant la nouvelle dalle verte pour allumer le premier feu.

Nous avions dîné d'un repas froid sur notre nouveau perron, n'ayant pas encore de tables ni de chaises dans la cuisine. Pour célébrer l'occasion, j'avais préparé plus tôt dans la journée de la pâte à la mélasse que j'avais laissée reposer. Tout le monde revint à l'intérieur, déroula sa couche – Jamie et moi avions un lit, les autres dormiraient sur des paillasses devant la cheminée – et s'assit pour assister à ma première fournée de petits gâteaux. L'atmosphère était chargée d'anticipation. Je formai des pâtés sur ma plaque ronde et noire en fer et la glissai dans la chaleur vive du réceptacle en briques que Jamie avait conçu sur le côté de l'immense cheminée afin de faire office de four à cuisson rapide.

— Dans combien de temps, dans combien de temps, grand-mère ? piailla Mandy.

Elle se hissait sur la pointe des pieds derrière moi. Je la soulevai dans mes bras afin qu'elle vît l'intérieur du four.

— Tu vois ces petits pâtés gonflés et tu sens la chaleur ? Ne mets *jamais* tes mains dans le four ! La chaleur aplatira les pâtés, qui commenceront à dorer. Quand ils seront de couleur marron, les biscuits seront cuits. Cela prend environ dix minutes. Toutefois, comme c'est un nouveau four, je dois les surveiller constamment.

— Miam, miam, miam !

Elle sautilla sur place de joie et se jeta dans les bras de sa mère.

— Maman ! Tu me lis une histoire en attendant les biscuits ?

Brianna lança un regard vers Roger, qui haussa les épaules avec un sourire.

— Pourquoi pas ? dit-il en se levant et en allant fouiller dans leur pile de sacs empilés contre un mur de la cuisine.

— Vous avez apporté des livres pour les enfants, quelle bonne idée, dit Jamie à Bree. Où les avez-vous trouvés ?

— Fabrique-t-on aujourd'hui des livres pour des enfants de l'âge de Mandy ? demandai-je à mon tour.

Bree m'avait dit que la petite commençait à apprendre à lire. Toutefois, je n'avais jamais vu dans les imprimeries du XVIIIe siècle quoi que ce soit qui soit compréhensible, et encore moins attrayant, pour un enfant de trois ans.

— Plus ou moins, répondit Roger en extirpant le grand sac en toile de Brianna de la pile. C'est-à-dire qu'il existe quelques livres destinés aux enfants. Les seuls titres qui me viennent à l'esprit pour le moment sont *Hymnes pour l'amusement des enfants*, *L'Histoire de la gentille petite Deux-Chaussures* et *Description de trois cents animaux*.

— Quel genre d'animaux ? demanda Jamie, intéressé.

— Aucune idée, avoua Roger. Je n'ai jamais vu ces ouvrages, uniquement leurs titres dans une liste.

— As-tu jamais imprimé des livres pour enfants à Édimbourg ? demandai-je à Jamie, qui fit non de la tête. Alors que lisais-tu à l'école ?

— Quand j'étais petit ? La Bible, répondit-il comme si cela coulait de source. Et l'Almanach. Après avoir appris l'alphabet, naturellement. Plus tard, nous avons fait un peu de latin.

— Je veux mon livre, dit Mandy fermement. Donne-le-moi, papa !

En voyant sa mère ouvrir la bouche, elle ajouta prudemment :

— S'te plaît !

Brianna referma la bouche et sourit, tandis que Roger extirpait du sac un livre à la couverture orange vif qui me fit cligner des yeux.

— Qu'est-ce ? demanda Jamie en s'approchant.

Il me lança un regard en arquant les sourcils. Je haussai les épaules. Il le découvrirait bien assez vite.

— Lis-le-moi, maman ! ordonna Mandy en se blottissant contre sa mère et en lui collant le livre entre les mains.

— D'accord, répondit Bree en l'ouvrant. « Aimes-tu les œufs verts au jambon ? Je ne les aime pas, Sam-c'est moi[6]. »

— Quoi ? fit Fanny, perplexe.

Elle s'approcha pour regarder par-dessus l'épaule de Bree, imitée par Germain.

---

6. *Les Œufs verts au jambon* (*Green Eggs and Ham*), célèbre livre pour enfants de Theodor Seuss Geisel, dit Dr. Seuss, publié en 1960 (N.d.T.).

— Qu'est-ce que c'est que ça ? demanda-t-il, fasciné.

— Sam-c'est moi ! s'énerva Mandy en pointant un doigt vers la page. Il a un signe !

— Ah oui ? Et l'autre, c'est qui alors ? Qui-est-qui ?

Cela fit rire Fanny, Jemmy *et* Roger. Pas Mandy, qui devint rouge de rage. Bien qu'elle ne fût pas rousse, elle avait bien le caractère Fraser.

— Tais-toi, tais-toi, tais-toi ! cria-t-elle.

Elle se leva et se précipita vers Germain avec l'intention manifeste de l'éviscérer à mains nues.

— Hé, du calme, ma chérie, intervint Roger en la cueillant au vol et en la soulevant. Il ne voulait pas…

J'aurais pu le prévenir – mais si, après avoir vécu des années dans une maison remplie de Fraser, il ne l'avait pas encore appris, il ne servait à rien de le lui dire à présent – qu'on ne disait jamais « Calme-toi » à un Fraser rugissant. Cela revenait à jeter de l'huile sur le feu.

— Si, il voulait ! brailla Mandy en se débattant dans les bras de son père. Je le déteste, il a tout gâché ! Laisse-moi, je te déteste aussi !

Elle battait des jambes, donnant des coups de pied dangereusement proches de son entrejambe. D'instinct, il l'écarta de lui, la tenant à bout de bras.

Jamie glissa un bras autour de sa taille, la cala contre sa hanche et posa sa grande main sur sa nuque.

— Chut, *a nighean*.

Elle se tut aussitôt. Elle pantelait comme une petite locomotive à vapeur, le visage rouge et larmoyant.

— Nous allons faire un petit tour, tous les deux, lui dit-il.

S'adressant au reste de l'assemblée, il ajouta :

— Personne ne touche à son livre pendant notre absence, c'est compris ?

Il y eut un vague murmure d'assentiment, suivi d'un grand silence tandis que Jamie et Mandy disparaissaient dans la nuit.

— Mes biscuits !

Sentant un début d'odeur de brûlé, je me précipitai devant le four, sortis la plaque et versai les biscuits dans le seul plat en céramique que nous possédions pour le moment et qui était assez grand pour contenir une petite dinde.

Totalement indifférent au sort de sa petite sœur, Jem s'approcha et demanda :

— Les biscuits sont sauvés ?

— Oui, le rassurai-je. Un peu roussis sur les bords, mais indemnes.

Fanny s'était approchée également, quoique ses motivations fussent moins gloutonnes.

— M. Fraser va-t-il la fouetter ? chuchota-t-elle, inquiète.

— Mais non, l'assura Germain. Elle est trop petite.

— Oh non, elle n'est pas si petite, déclara Jemmy en lançant un coup d'œil prudent vers sa mère.

Celle-ci était presque aussi rouge que Mandy.

Tous les enfants s'étaient rassemblés autour de moi, soit par intérêt pour les biscuits, soit par instinct de conservation. Je vis Roger s'asseoir près de Brianna et leur tournai le dos pour leur donner un peu d'intimité. J'envoyai Fanny et Jem chercher la cruche de lait suspendue dans le puits, en espérant que des grenouilles n'y avaient pas élu domicile en dépit du linge lesté de cailloux que j'avais posé sur son goulot.

— Je suis désolé, grand-mère, me dit Germain à voix basse. Je ne voulais pas déclencher un tel tapage, j'te jure.

— Je sais, mon chéri. Tout le monde le sait, sauf Mandy. C'est ce que ton grand-père est en train de lui expliquer.

— Ah.

Il se détendit aussitôt, ne doutant pas un instant de la capacité de son grand-père à charmer n'importe quelle créature, d'un cheval sauvage à un hérisson enragé.

— Va chercher les tasses, lui demandai-je. Ils ne vont pas tarder à revenir.

Les tasses en étain avaient été rincées après le dîner et posées à l'envers sur le perron pour sécher. Germain s'empressa d'aller les chercher en évitant soigneusement de croiser le regard de Bree.

Il était convaincu qu'elle était fâchée contre lui. Il me paraissait plutôt qu'elle était plus bouleversée qu'en colère. Cela n'avait rien d'étonnant. Elle s'était efforcée pendant si longtemps de protéger Jem et Mandy... et de faire leur bonheur. D'abord pendant la longue et angoissante absence de Roger, puis lorsqu'elle le cherchait, enfin durant l'éprouvant voyage à travers les pierres et la longue traversée jusqu'à nous. Que ses nerfs soient à fleur de peau était compréhensible. Heureusement, Roger était un mari doué. Il avait glissé un bras autour de sa taille et lui murmurait des mots que je ne pouvais entendre, tandis qu'elle avait posé la tête sur son épaule. Il lui transmettait un message rassurant d'amour et les lignes de son visage se détendaient peu à peu. J'entendis des voix venant de l'autre direction, par la porte ouverte de la cuisine. Jamie et Mandy se montraient les étoiles qui leur plaisaient. Je souris tout en disposant les biscuits sur le plat. Il pouvait *vraiment* charmer un hérisson enragé.

Lui aussi doté d'un bon instinct, Jamie patienta jusqu'à ce que tout le monde soit à nouveau rassemblé, attendant avidement les biscuits, puis il entra et déposa Mandy parmi les enfants sans le moindre commentaire.

— Trente-quatre ? demanda-t-il en évaluant d'un regard le contenu de mon plat. Il y en a un pour Oggy ?

— Oui. Comment fais-tu ?

— Ce n'est pas compliqué, *Sassenach*.

Il se pencha au-dessus du plat et ferma les yeux en inspirant d'un air béat.

— C'est plus facile qu'avec les moutons et les chèvres, après tout... Les biscuits n'ont pas de pattes.

— Des pattes ? répéta Fanny, perplexe.

Il rouvrit les yeux et lui sourit.

— Oui, pour savoir combien de chèvres tu as, tu comptes leurs pattes et tu divises par quatre.

Les adultes levèrent les yeux au ciel tandis que Germain et Jem, qui savaient faire des divisions, pouffaient de rire.

— Mais c'est...

Fanny s'interrompit et plissa le front.

— Assieds-toi, lui demandai-je. Jem, verse-nous le lait, s'il te plaît. Et cela fait combien de biscuits par personne, monsieur Je-Sais-Tout ?

— Trois ! répondirent les garçons à l'unisson.

Mandy n'était pas du même avis et estimait que chacun devait en recevoir au moins cinq. Cette opinion dissidente fut rapidement écartée sans incident et l'assemblée s'installa dans une dégustation sereine de lait frais crémeux et de biscuits sucrés.

Lorsqu'il eut fini, Jamie secoua les miettes de sa chemise en les faisant tomber dans sa main, les lécha, puis déclara :

— Amanda m'a dit qu'elle savait lire son livre toute seule. Tu veux bien nous le lire, *a leannan* ?

— Oui !

Le temps de nettoyer ses mains et son visage poisseux, elle retrouva les bras de sa mère. Cette fois, c'était elle qui tenait le livre orange vif. Elle l'ouvrit et lança un regard noir à son auditoire.

— Tout le monde, taisez-vous, dit-elle fermement. Je lis.

L'infirmerie était la seule pièce dont tous les murs étaient entièrement levés. Aussi, une fois les biscuits mangés et le livre de Mandy lu à voix haute plusieurs fois, Ian et sa famille rentrèrent dans leur propre cabane tandis que les enfants traînaient leurs paillasses dans le vestibule rudimentaire, excités à l'idée de dormir dans leur propre maison.

Je les accompagnai pour préparer un feu dans le brasero, la seconde cheminée n'étant pas encore terminée, puis suspendis de vieilles courtepointes élimées devant la fenêtre et la porte afin de décourager les chauves-souris, les moustiques, les renards et les rongeurs curieux.

— Si un raton laveur ou un opossum entre dans la pièce, n'essayez pas de le faire sortir, recommandai-je. Allez chercher votre père ou votre grand-père.

Après un temps d'arrêt, j'ajoutai :

— Ou votre mère.

Brianna était parfaitement capable d'affronter un raton laveur indiscret.

Je soufflai un baiser aux enfants puis retournai dans la cuisine.

Le parfum de la mélasse s'était estompé, remplacé par l'arôme du whisky. Assise sur un coffre d'indigo, Brianna leva sa tasse dans ma direction.

— Tu arrives juste à temps.

— À temps pour quoi ? demandai-je.

Jamie me tendit une tasse pleine et entrechoqua la sienne contre la mienne.

— *Slàinte*, dit-il. À notre nouvelle cheminée.

— Pour les cadeaux, répondit Bree avec une mine légèrement contrite. J'y ai longuement réfléchi. Je n'étais pas sûre de vous retrouver, mais je voulais vous apporter un présent qui dure, quitte à ce qu'il soit détruit ou perdu.

Jamie et moi échangeâmes un regard perplexe pendant qu'elle fouillait dans son sac en toile. Elle en sortit un gros volume bleu et, le regard hésitant, me le tendit.

— Qu'est-ce que…

Je m'interrompis. Le poids et la texture de la couverture m'avaient déjà fourni la réponse.

— Bree ! Oh… Oh !

Jamie souriait sans comprendre. Je lui montrai l'ouvrage puis le serrai contre mon cœur avant qu'il ait pu le saisir.

— Oh ! fis-je à nouveau. Bree, merci ! C'est fantastique !

Elle rosit de plaisir.

— J'ai pensé qu'il te plairait.

— Oh… !

— Laisse-moi voir, *mo nighean donn*, demanda Jamie en tendant la main.

Je le lui cédai à contrecœur.

— *Manuel Merck, treizième édition*, lut-il sur la couverture.

Encore agitée de petits frissons d'euphorie, je me ressaisis suffisamment pour expliquer :

— C'est un ouvrage médical. *Le Manuel Merck de diagnostic et thérapeutique*. C'est une sorte de compendium de… de l'état des connaissances médicales.

— Ah.

Il contempla le livre avec intérêt, l'ouvrit. Je pouvais voir qu'il n'avait pas encore idée de son importance.

— « Le contrôle de la propagation du *E. histolytica* nécessite d'empêcher le contact des fèces humaines avec la bouche », lut-il. (Il releva les yeux et, voyant mon expression, sourit.) C'est ce que les gens auront appris… à ton époque. Des remèdes que tu ne connaissais pas encore toi-même. Quoique j'imagine que tu sais déjà qu'on ne mange pas sa merde ?

J'acquiesçai. Il referma doucement le livre et me le rendit. Je le serrai à nouveau contre mon cœur, impatiente de le consulter. La treizième édition… datée de 1977 !

Roger toussota dans son poing pour attirer l'attention de Brianna, puis lui indiqua son sac d'un mouvement de tête.

Elle sourit à son père et sortit un petit livre épais.

— Et ça, c'est pour toi, papa. (Elle en sortit un autre.) Pour toi aussi. (Elle en sortit un troisième.) Et celui-ci aussi.

— Ils vont ensemble, expliqua Roger. C'est une seule et même histoire, publiée en trois volumes.

— Ah oui ?

Jamie retournait délicatement les livres entre ses mains comme s'il craignait qu'ils se désintègrent entre ses doigts.

— Ils sont brochés ? Ou collés ?

— Oui, répondit Roger avec un sourire. C'est ce qu'on appelle un « livre de poche ». Ils sont bon marché et légers.

Jamie en soupesa un en hochant la tête, tout en lisant la quatrième de couverture.

— *Frodo Baggins*[7], lut-il à voix haute. C'est un Gallois ?

---

7. Nom du personnage célèbre du *Seigneur des anneaux* de J.R.R. Tolkien dans la version originale en langue anglaise. Traduit en français d'abord comme « Frodon Sacquet », puis « Frodo Bessac » (N.d.É.).

— Pas vraiment. Brianna a pensé que ce conte vous parlerait. Je crois qu'elle a raison.

— Mmm.

Jamie rassembla les trois livres et, après avoir lancé un regard vers les empreintes poisseuses que Mandy avait laissées sur sa tasse, les rangea au-dessus de mon armoire à simples. Il embrassa Bree et lui indiqua son sac.

— Merci, je suis sûr qu'ils me plairont. Qu'as-tu apporté pour toi-même, ma fille ?

— Surtout de petits outils, répondit-elle. Principalement des outils qui existent déjà, mais de meilleure qualité, ou qu'il aurait été très difficile et coûteux de me procurer.

— Quoi, pas de livre ? s'étonna-t-il. Tu seras la seule illettrée de la famille ?

Bree rosit visiblement.

— Euh… En fait si, juste un.

Elle me lança un regard, s'éclaircit la gorge, puis plongea à nouveau la main dans son sac désormais presque vide.

— Oh, fis-je en voyant le livre relié et sa jaquette en plastique.

Au ton de ma voix, Jamie redressa la tête vers moi avant de baisser les yeux vers le titre de l'épais volume.

L'Âme d'un rebelle. Les racines écossaises de la révolution américaine. Par Franklin W. Randall.

Bree observait son père, un pli anxieux entre les sourcils. Puis elle se tourna vers moi.

— Je ne l'ai pas encore lu, dit-elle. Mais si cela t'intéresse… ou vous intéresse, je vous le prête quand vous voulez. Si vous le souhaitez.

Je croisai le regard de Jamie. Il haussa brièvement les sourcils, puis détourna les yeux.

Brianna et Roger emportèrent les tasses, le saladier, la cuillère et la cruche de lait à l'extérieur pour les rincer. Je m'assis près de Jamie sur un grand sac de haricots secs pour contempler avec jubilation mon *Manuel Merck* pendant quelques minutes. Il tourna très délicatement le livre de Frank entre ses mains comme s'il risquait d'exploser, puis le posa de côté et sourit en me voyant caresser la reliure bleue grenelée de mon nouveau bébé.

— Tu comptes le lire du début à la fin, comme la Bible ? demanda-t-il. Ou le consulter quand quelqu'un viendra te voir avec des taches bleues sur la peau ?

— Les deux, l'assurai-je en soupesant l'épais petit volume. Il contient sans doute de nouveaux traitements pour des maladies que je sais reconnaître et décrit indubitablement des pathologies que je n'ai jamais vues et dont je n'ai même jamais entendu parler.

— Je peux le voir à nouveau ?

Il tendit la main et je déposai précautionneusement le livre dans sa paume. Il l'ouvrit au hasard et lut :

— « Trypanosomiase. » (Il arqua un sourcil.) Peux-tu faire quelque chose contre la trypanosomiase, *Sassenach* ?

— Non, admis-je. Toutefois, dans l'éventualité où je rencontrerais un cas, je saurai l'identifier, ce qui évitera au patient d'être soumis à un traitement inefficace ou dangereux.

— C'est ça, et lui donnera le temps de rédiger son testament et d'appeler un prêtre, dit-il en refermant le manuel.

N'ayant pas envie de m'appesantir sur la possibilité (pour ne pas dire la certitude) de diagnostiquer des pathologies mortelles que je ne pouvais traiter, je lui demandai :

— Et que penses-tu de tes livres ? Ils te paraissent intéressants ?

J'indiquai du menton la pile d'épais livres de poche. Il saisit le premier et le feuilleta lentement avant de revenir à la première page et de lire d'une voix rauque :

— « Des Hobbits. Ce livre traite dans une large mesure des Hobbits, et le lecteur découvrira dans ses pages une bonne part de leur caractère et un peu de leur histoire. »

— Ce n'est que le prologue, lui dis-je. Tu peux le sauter si tu veux.

Il fit non de la tête, fixant la page avec un sourire.

— Si l'auteur a jugé important de l'écrire, cela vaut la peine de le lire. Je ne veux pas en perdre un mot.

J'eus un pincement au cœur en voyant la manière révérencieuse avec laquelle il manipulait le livre, tournant les pages délicatement du bout de l'index. Un livre, quel qu'il soit, signifiait beaucoup plus que son contenu pour un homme qui avait vécu des années sans un accès au mot imprimé, se reposant uniquement sur des histoires mémorisées pour échapper un moment à des conditions de vie terribles.

— Tu les as lus, *Sassenach* ? me demanda-t-il.

— Non, mais j'ai lu *Le Hobbit*, du même auteur. Bree et moi l'avons lu ensemble lorsqu'elle était en sixième année... Je veux dire, quand elle avait douze ans environ.

— Ah. Ce ne sont donc pas des romans lubriques ?

— Quoi ? Oh non, pas du tout, dis-je en riant. D'où t'est venue cette impression ?

— La couverture. Je n'avais jamais vu autant de mots et de couleurs sur un livre. (Il le referma le livre.) Je me disais que nous pourrions les lire le soir, peut-être chacun lisant un chapitre à voix haute. Jem et Germain sont assez grands pour le faire. Frances sait-elle lire ?

— Oui, sa sœur lui a appris.

Je me levai pour m'approcher de lui et me penchai sur son épaule pour contempler *La Fraternité de l'anneau*.

— C'est une merveilleuse idée.

Nous avions fait de même avec Jenny et Ian au cours des quelques mois que nous avions passés à Lallybroch après notre mariage. Des heures de paix et de bonheur au coin du feu ; une personne lisant pendant que les autres tricotaient, raccommodaient des vêtements ou réparaient des meubles. Le souvenir heureux de ces soirées, avec notre famille dans notre propre demeure, me réchauffait le cœur.

Il émit un son grave écossais qui exprimait sa satisfaction et reposa le livre près de celui que Brianna avait choisi pour elle-même. L'essai de Frank. Mon cœur déjà sensible se serra à nouveau, à la fois heureux et triste qu'elle l'ait apporté pour se souvenir de lui, pour l'amener dans sa nouvelle vie.

Jamie suivit mon regard et émit un autre son écossais, indiquant cette fois un intérêt prudent. J'indiquai *L'Âme d'un rebelle* d'un signe de tête.

— Tu comptes le lire ?

— Je ne sais pas, avoua-t-il. Tu l'as lu, toi ?

— Non.

J'avais lu tous les articles, livres et autres textes de Frank durant ce que je considérais comme notre premier mariage. En revanche, je n'avais pu me résoudre à lire ses écrits publiés au cours de notre seconde tentative, mis à part un ouvrage traitant de l'après-Culloden quand je m'étais mise à rechercher les hommes de Lallybroch.

— Celui-ci a été publié après… mon retour, répondis-je, la gorge nouée. Je ne l'avais encore jamais vu.

L'espace d'un instant, je me demandai si Bree l'avait choisi parce que la photo de Frank au dos du livre le montrait tel qu'elle l'avait vu pour la dernière fois, ou surtout pour son titre.

Jamie sentit le trouble dans ma voix et me lança un bref regard sans faire de commentaire. Il reprit *Les Œufs verts au jambon* de Mandy pour l'examiner à nouveau. Jem avait avec lui son propre livre, *Le Petit Scientifique américain*. Il devait être en train de le lire à Germain et à Fanny à la lumière d'une bougie. Je ne pouvais qu'espérer qu'il ne contînt pas un mode d'emploi pour construire un trébuchet.

10

Persil, sauge, romarin et thym

Nous apprîmes la suite une semaine plus tard.

Germain et Fanny étaient partis chez Ian pour aider au brossage des chèvres de Jenny. Jem, qui s'était foulé un pouce, avait été exempté de corvée et faisait une partie d'échecs avec Jamie.

Roger jouait la complainte *Scarborough Fair* sur une sorte de psaltérion de sa fabrication, formant un contrepoint à nos conversations sommaires dans la cuisine. Le temps que Bree et moi ayons terminé de pétrir la pâte du lendemain et de la mettre à lever, faire macérer un cuissot de chevreuil avec des herbes et du vinaigre et décider si le plancher devait être lavé à l'eau ou balayé, le silence était retombé dans la pièce. La partie d'échecs était terminée (avec un effort héroïque, Jamie était parvenu à perdre), le psaltérion s'était tu, Jemmy et Mandy s'étaient endormis sur le banc.

D'un accord tacite, les quatre adultes s'assirent autour de la table devant quatre tasses et une bonne bouteille de vin rouge (offerte par Michael Lindsay en guise de paiement ; j'avais recousu plusieurs longues plaies sur le flanc de son cheval après la rencontre inopportune de ce dernier avec un ours).

— Ton instrument a un bon son, Roger Mac, déclara Jamie en levant sa tasse vers le psaltérion à présent posé sur une étagère haute.

— Vous… connaissez l'air ? s'étonna Roger. Je veux dire… cette chanson ?

— Non, répondit Jamie, surpris à son tour. C'était une chanson ? C'était joli, comme de petites cloches.

— C'est une chanson de notre époque, expliqua Brianna.

Elle lança un regard inquiet vers les enfants.

— Ce n'est rien, la rassura Roger. Les paroles de *Scarborough Fair* auraient pu être écrites à n'importe quelle époque à partir du Moyen Âge.

— Tant mieux, répondit-elle. Nous devons être prudents. Il ne s'agirait pas que Mandy se mette à brailler *Twist and Shout* en plein milieu de l'église.

— Pas dans la nôtre, mais, tu me diras, il existe des églises bien plus… hum… audacieuses. Je me demande s'il y en a dans les parages qui utilisent des serpents. Je ne me souviens pas à quelle époque cela a commencé.

— Des serpents dans une église… apportés délibérément ? demanda Jamie, sceptique. Pourquoi ferait-on une chose pareille ?

— L'Évangile selon saint Marc, expliqua Roger avant de réciter : « Voici les miracles qui accompagneront ceux qui auront cru en mon nom : ils chasseront les démons ; ils parleront de nouvelles langues ; ils saisiront des serpents ; s'ils boivent quelque breuvage mortel, il ne leur fera point de mal ; ils imposeront les mains aux malades, et les malades seront guéris. » C'est ce qu'ils font… ou feront… pour démontrer leur foi. Ils saisissent à pleines mains des serpents à sonnette et des mocassins d'eau durant la messe.

— Juste ciel ! marmonna Jamie en se signant.

— Je ne vous le fais pas dire, convint Roger.

Se tournant vers Bree, il poursuivit :

— Tout ce qui est dans la Bible est sans danger. Cependant, nous devrions sans doute éviter de trop parler de sujets qui pourraient évoquer des événements plus modernes.

Je redressai la tête. Jamie paraissait déconcerté.

Brianna inspira profondément et lança un bref regard vers les enfants endormis.

— Ce n'est pas que nous voulons qu'ils oublient, dit-elle doucement. Il y avait… il y a… il y aura… des gens et des choses qu'ils aimaient à notre époque. En outre, nous ignorons s'ils voudront un jour peut-être y retourner. Cependant, nous devons être prudents avec les souvenirs du futur que nous partageons, dans notre façon d'être, de parler. Par exemple, si Mandy parle aux gens de toilettes, ce ne serait pas trop grave, surtout si j'en construis moi-même. Mais il y a d'autres choses.

— Oui, dit Jamie. Je peux l'imaginer.

Il posa une main sur ma cuisse et je la recouvris avec la mienne. Je pouvais voir ce qu'il voyait : l'expression sur les visages de Bree et de Roger. Je l'avais déjà vue pendant les jours qui avaient suivi la fin de la Seconde Guerre mondiale ; il l'avait vue au cours des mois et des années qui avaient suivi Culloden.

C'était l'expression des exilés : contraints d'étouffer leur deuil pour faire face au présent, de trouver le courage de refouler des souvenirs qui ne s'effaceraient jamais, aussi profondément fussent-ils enfouis.

Il y eut un long silence, puis Jamie s'éclaircit la gorge.

— Je sais pourquoi vous êtes revenus, dit-il. Mais comment avez-vous fait ?

L'aspect pratique de sa question dissipa ce bref moment de nostalgie. Bree et Roger échangèrent un regard et se tournèrent à nouveau vers nous.

— Il reste encore du vin ? demanda Roger.

— Nous ignorions si l'on pouvait voyager à la fois dans le temps et dans l'espace, expliqua Bree devant une tasse de nouveau pleine. Nous ne connaissions personne qui l'ait fait et cela ne paraissait pas un moment idéal pour expérimenter.

— Je peux le comprendre, murmurai-je.

La plupart du temps, je parvenais à ne pas penser à ce qu'impliquait d'entrer dans… *ça*. Néanmoins, le souvenir était toujours là, comme une ombre gigantesque glissant sous l'eau, alors que vous vous trouviez dans un tout petit bateau sur une mer infinie.

— La décision fut donc facile, déclara Roger avec une grimace indiquant que « facile » était un euphémisme. Nous devions traverser l'Atlantique de toute manière. La question était de savoir s'il était plus sûr d'utiliser le cercle de pierres près d'Inverness ou celui sur Ocracoke.

— Des gens sont morts en traversant à Ocracoke, ajouta Brianna en posant une main sur celle de Roger. Wendigo Donner te l'a dit, n'est-ce pas, maman ?

— En effet.

Ma gorge se noua. Les mots *Donner* et *Ocracoke* invoquaient bien des souvenirs dont aucun n'était bon. Bree était très pâle. Elle avait ses propres souvenirs du lieu : Stephen Bonnet l'avait emprisonnée sur cette île.

— Même ceux qui ne sont pas morts ont vécu des… euh… anomalies, renchérit Roger. Comme Roger Springer, « Dent de loutre ». Il voulait que son groupe arrive… quand ? Au milieu du XVIe siècle, ou plus tôt ? Quoi qu'il en soit, c'était un grand saut en arrière. Il est remonté plus loin dans le temps que les autres, mais pas encore aussi loin qu'il le souhaitait. La traversée n'a donc pas été la même pour tous les membres du groupe.

— Nous avons pensé que c'était parce qu'ils avaient traversé les pierres chacun à leur tour, en suivant un chemin particulier et en psalmodiant, dit Bree. Nous les avons traversées ensemble en nous tenant par la main. C'est peut-être ce qui a fait la différence.

— En outre, nous avions déjà fait la traversée à Ocracoke par le passé, reprit Roger. Si nous y étions parvenus une fois, pourquoi pas deux ?

Jamie, qui écoutait attentivement en pianotant légèrement des doigts sur sa cuisse, se redressa.

— L'essentiel était donc de trouver un bon navire. Y a-t-il une grande différence entre un vaisseau de 1739 et un autre construit vers 1775 ?

— Oui. Les navires sont devenus plus grands et plus rapides, répondit Brianna. Toutefois, quand tu te trouves sur le parcours d'un iceberg ou d'un ouragan, que tu sois à bord d'un canot à rames ou du *Titanic* ne change pas grand-chose.

Je me mis à rire et expliquai brièvement à Jamie ce qu'était le *Titanic*.

— Pour toi, une planche flottant sur un étang à truites ou le *Queen Mary*, c'est le même supplice, le taquinai-je. Et le *Queen Mary* est un *très* gros bateau.

— Au moins, la cuisine doit y être meilleure, répliqua-t-il, imperturbable, avant de se tourner à nouveau vers Bree. Avez-vous aussi tenu compte du climat ?

— Nous n'avions aucun moyen de savoir le temps qu'il ferait, répondit-elle. En revanche, nous connaissions le climat politique.

— La guerre, précisa Roger en voyant mon air perplexe. Les Britanniques exerçaient… ou exercent un blocus, coupant toutes les routes maritimes commerciales et arraisonnant tous les navires américains. Si nous choisissions le mauvais bateau, nous risquions d'être coulés ou capturés, ou encore je pouvais être enrôlé de force dans la marine britannique et Bree se serait retrouvée seule avec les enfants, devant décider s'ils traversaient les pierres sans moi ou restaient quelque part, en Jamaïque ou ailleurs, en attendant de me retrouver.

— Bon raisonnement, approuva Jamie. Vous avez donc pris la mer en 1739. Comment était-ce ?

— Horrible, répondit Brianna.

— Affreux, déclara Roger en même temps.

Ils échangèrent un regard et se mirent à rire. C'était le rire légèrement nerveux des survivants qui n'étaient pas encore tout à fait certains d'avoir survécu.

Ils avaient voyagé sur un brick nommé le *Kermanagh* entre Inverness et Édimbourg, puis avaient embarqué à bord du *Constance*, un petit navire marchand à destination de Charles Town.

— Pas de cabine de luxe, résuma Roger. Juste un recoin dans la cale, entre les fûts d'eau potable et des piles de caisses remplies d'étoffes : lins, mousselines, lainages et soieries. L'odeur prenait à la gorge, entre la terre à foulon, les teintures, les apprêts, les sentines, l'urine… Toutefois, cela aurait pu être pire. Les gens de l'autre côté de la cale étaient coincés entre des caisses de poisson salé et des tonneaux de gin. Les vapeurs les rendaient comateux.

— C'était aussi bien pour eux, dit Brianna. Nous avons essuyé quatre tempêtes, je dis bien *quatre*. Nous étions brimbalés d'un côté de l'autre, convaincus que chaque instant serait notre dernier. Nous étions couverts de bleus, sauf Mandy. Je l'ai gardée sur mes genoux pratiquement tout le voyage, enveloppée dans ma cape pour la garder au chaud.

Rien qu'à les entendre, Jamie avait le teint légèrement verdâtre.

— Que mangiez-vous ? leur demandai-je dans l'espoir de changer de sujet.

— Principalement de la bouillie froide, répondit Roger avec un haussement d'épaules. Un peu de bacon froid aussi. Et des navets, beaucoup de navets.

— Des navets *crus* ?

— Allons, maman, protesta Bree. Ils sont comme des pommes, sans le sucre. J'avais également apporté des pommes, des raisins secs, un bocal d'épinards bouillis et un autre de cornichons. Nous avons aussi péché dans l'un des tonneaux de poissons salés…

— Seigneur ! soupira Roger. J'ai bien cru mourir de soif après en avoir mangé un.

— Personne ne t'avait dit qu'il fallait d'abord le laisser tremper ? plaisanta Jamie.

— Nous avions également du fromage, ajouta Bree.

— Le fromage était mangeable, à condition de le faire descendre avec une gorgée de gin, déclara Roger. Avez-vous déjà vu de près un ciron de la farine ?

— Vous pouviez les voir ? s'étonna Jamie. Je me suis trouvé dans la cale d'un navire plus d'une fois et je ne pouvais même pas distinguer mes mains devant mon visage.

— Naturellement, nous ne pouvions avoir une lanterne dans la cale, expliqua Roger. Mais, lorsque le temps le permettait, les marins laissaient une écoutille ouverte.

— Cela ne me paraît pas si mal, opina Jamie. Quand on a faim, on ne remarque pas les vers dans le fromage. Quant aux navets, ils sont nourrissants…

Bree parut amusée, pas moi. Il la taquinait, mais je reconnaissais dans son humour le souvenir vif de longues années de privations dans les Highlands après Culloden, ainsi que dans la prison d'Ardsmuir.

— Combien de temps la traversée a-t-elle duré ? demandai-je.

— Sept semaines, quatre jours et treize heures et demie, répondit Bree. Tout compte fait, ce fut rapide, Dieu merci.

— La dernière tempête est survenue près des côtes et nous avons dû débarquer à Savannah, raconta Roger. Je ne pensais pas parvenir à convaincre ma petite famille de remonter à bord d'un autre vaisseau. Toutefois, quand nous avons appris qu'il nous restait plus de cinq cents milles à faire à pied, nous avons à nouveau embarqué.

Sur un bateau de pêche, cette fois.

— Un bateau ouvert, précisa Bree. Nous dormions sur le pont.

— Vous êtes donc enfin arrivés aux pierres, dit Jamie. Comment cela s'est-il passé ?

— Mal, répondit Roger. Nous avons bien failli y rester.

Il lança un regard vers les enfants endormis sur le banc. Mandy s'était affalée de tout son long, aussi molle qu'Esmeralda.

— C'est Mandy qui nous a permis de traverser, reprit-il. Et vous.

— Moi ? s'étonna Jamie.

— Tu as écrit un livre, lui dit doucement Bree. *Les Contes du grand-père*. Tu en as déposé un exemplaire dans le coffret avec vos lettres.

Les traits de Jamie changèrent. Il baissa les yeux, soudain embarrassé.

— Tu… l'as lu ? demanda-t-il d'une voix hésitante.

— Nous l'avons tous lu, répondit Roger. Encore et encore.

— Et encore, ajouta Bree. Mandy peut réciter certaines de ses histoires préférées par cœur.

— Ah…, fit Jamie en se frottant le nez. Mais quel rapport avec… ?

— Elle vous a trouvé à travers les pierres, dit Roger. Nous nous concentrions tous de notre mieux, pensant à vous, à Claire, au Ridge et… à tout ce dont nous nous souvenions. À trop de choses à la fois, sans doute.

— Je ne peux même pas le décrire, déclara Bree. Nous ne pouvions plus sortir. C'est un peu comme si tu explosais, mais si lentement que tu te sens te désintégrer. Cela nous était déjà arrivé la première fois, sauf que cela avait été rapide. Alors que là… cela ne finissait pas.

Elle avait pâli et dut marquer un temps d'arrêt avant de poursuivre :

— Tu… ne peux pas vraiment parler, mais tu es conscient de la présence de ceux qui t'accompagnent, que tu tiens par la main. Mandy et, dans une moindre mesure, Jem sont plus forts que Roger et moi. Nous pouvions entendre Mandy répéter : « Grand-père ! Le gnome bleu ! » Puis il est arrivé qu'on soit tous sur la même page, si l'on peut dire.

Roger sourit et reprit le fil du récit.

— Nous nous sommes tous concentrés sur vous et ce conte, celui dont l'illustration montre un gnome bleu. Et, soudain, nous nous sommes retrouvés étendus sur le sol, sérieusement secoués, mais… vivants. À la bonne époque et ensemble.

Jamie émit un petit son du fond de sa gorge. C'était un son indéchiffrable que je ne lui avais jamais entendu. Je détournai la tête et constatai que Jem s'était réveillé. Il n'avait pas bougé, mais il avait ouvert les yeux. Il se redressa lentement en position assise et se pencha en avant, posant les coudes sur les genoux.

— Tout va bien, grand-père, dit-il d'une voix endormie. Ne pleure pas. Tu nous as fait arriver sains et saufs.

DEUXIÈME PARTIE

À l'est du Pecos, il n'y a plus de loi

11

La foudre

Roger s'avança dans la clairière et s'arrêta si brusquement que Brianna manqua de le percuter. Elle se retint de justesse à son épaule avant de relever la tête vers le spectacle désolant devant eux.

— Merde ! murmura-t-elle.

— Comme tu dis, soupira Roger.

On l'avait pourtant prévenu. Tout le monde, depuis Jamie jusqu'à Rodney Beardsley, âgé de cinq ans, lui avait dit que la bâtisse qui avait servi d'église, d'école et de loge maçonnique sur le Ridge avait été frappée par la foudre et réduite en cendres un an plus tôt, durant l'absence de Jamie et de Claire. Néanmoins, le voir de ses propres yeux était choquant.

Les montants calcinés de la porte d'entrée tenaient encore debout, formant un seuil fragile s'ouvrant sur un trou noir.

— Ils ont emporté la plus grande partie du bois brûlé, observa Brianna en s'avançant vers le chambranle et en regardant autour d'elle. Probablement pour fumer de la viande ou fabriquer de la poudre. Je me demande s'il est difficile de se procurer du soufre de nos jours.

Il la regarda d'un air interrogateur. Était-elle sérieuse ou essayait-elle simplement d'alimenter la conversation sur un ton badin pour lui laisser le temps de se remettre de ses émotions ? C'était sa première, sa seule église, l'unique endroit où il avait été, durant un temps, un vrai pasteur. Le cœur serré et la gorge nouée, il toussa et s'efforça de dissiper son trouble.

— Tu comptes faire de la poudre ? Après la catastrophe provoquée par tes allumettes ?

Elle lui lança un regard noir. Roger savait qu'elle en rajoutait afin de lui changer les idées.

— Tu sais bien que je n'y étais pour rien, répliqua-t-elle. Oui, je pourrais fabriquer de la poudre noire, je connais la formule. En creusant dans les vieilles latrines, nous pourrions en extraire le salpêtre.

— Je ne doute pas de tes capacités, si creuser de vieilles latrines t'amuse, dit-il en souriant, malgré lui. Dans tes recherches, expliquait-on également comment ne pas se faire sauter en fabriquant de la poudre ?

— Non, mais je sais à qui le demander. Mary Patton.

La distraction, volontaire ou pas, fonctionnait. La sensation d'avoir reçu un coup de poing dans le ventre était passée et, si les souvenirs étaient douloureux, il était capable de les laisser de côté pour le moment.

— Peut-on savoir qui est cette Mary Patton et où elle demeure ? s'enquit-il.

— C'est une poudrière… J'ignore si le métier existe au féminin. Son mari et elle possèdent une poudrerie à Powder Branch, au bord de la rivière Watauga. C'est à une quarantaine de milles d'ici.

Elle s'accroupit, ramassa un morceau de charbon et poursuivit nonchalamment :

— Je pensais m'y rendre la semaine prochaine. Une piste y mène. Il y a même une route sur une partie du chemin.

— Pourquoi ? demanda-t-il, sur ses gardes. Et que comptes-tu faire avec ce morceau de charbon ?

— Dessiner, répondit-elle en le mettant dans son sac. Quant à Mme Patton… Nous aurons besoin de poudre.

Cette fois, elle était sérieuse.

— Tu veux dire de beaucoup de poudre, comprit-il. Et pas que pour la chasse.

Il ignorait la quantité de poudre dont disposait la famille. N'étant pas bon tireur, il ne chassait pas au fusil.

Elle tourna la tête et il vit sa gorge pâle déglutir.

— En effet, répondit-elle. J'ai lu des extraits du livre de papa, *L'Âme d'un rebelle*.

— Aïe ! Et ?

L'angoisse qu'il avait refoulée en contemplant son ancienne église revenait au galop.

— As-tu déjà entendu parler d'un major britannique nommé Patrick Ferguson ?

— Non. Vais-je bientôt faire sa connaissance ?

— Probablement. Il a inventé le fusil Ferguson, le premier mousquet à chargement par la culasse efficace. Il va engager des combats *ici*. (Elle agita une main, indiquant les environs.) Très bientôt. Ils s'étaleront sur une année et prendront fin dans un lieu appelé Kings Mountain.

Il fouilla sa mémoire et n'y trouva aucune mention de cet endroit.

— Où est-ce ?

— Un jour, ce sera à la frontière des Carolines du Nord et du Sud. Pour le moment, c'est à cent milles environ…

Elle se tourna, regarda le soleil pour s'orienter, puis pointa un index noir de charbon vers un taillis de jeunes chênes blancs.

— Dans cette direction.

— On raconte que, pour un Américain, cent ans c'est long et que, pour un Anglais, cent milles c'est loin. Si les gens d'ici ne sont pas tous des Anglais, ce ne sont pas encore de vrais Américains, tant s'en faut. Ne me dis pas que, pour une raison ou une autre, nous allons devoir nous rendre à Kings Mountain.

À son grand soulagement, elle secoua la tête en sortant un mouchoir de sa poche et en frottant ses doigts.

— Non. Je voulais juste dire que Patrick Ferguson allait amener les conflits dans l'arrière-pays. Il organisera une milice loyaliste, avec nos voisins. Nous ne pourrons pas y échapper. Même ici.

Cela devait arriver. Ils en avaient discuté avant de décider de rejoindre les parents de Brianna. Un sanctuaire. Toutefois, même ici, à l'abri, ils n'ignoraient pas que la guerre n'épargnerait rien ni personne.

— Je sais, dit-il en glissant un bras autour de sa taille.

Ils restèrent immobiles un moment, écoutant la forêt. Non loin, deux oiseaux moqueurs mâles se livraient leur propre guerre, s'égosillant du fond de leurs poumons cuivrés. En dépit des ruines calcinées, il régnait dans la clairière une atmosphère paisible. Des tiges vertes et des buissons avaient percé les cendres, se détachant sur le tapis noir. Ne rencontrant pas de résistance, la nature reprenait ses droits et refermait patiemment la plaie. Bientôt, ce serait comme si la petite église n'avait jamais existé.

— Tu te souviens du premier sermon que tu as prononcé ici ? lui demanda-t-elle doucement.

— Oui, répondit-il avec un léger sourire. Un des garçons avait lâché un serpent dans la congrégation. Jamie l'a attrapé avant qu'il sème la panique. C'est l'un des gestes les plus attentionnés qu'il ait eus pour moi.

Brianna se mit à rire et il sentit les vibrations de son corps à travers ses vêtements.

— Je m'en souviens. Je vois encore sa tête ! Pauvre pa, il a très peur des serpents.

— Ça ne m'étonne pas. L'un d'eux l'a presque tué.

Il frissonna au souvenir de cette nuit interminable dans une forêt sombre, écoutant Jamie lui dire (dans ce qu'ils pensaient tous deux être son dernier souffle) quoi faire et comment lorsqu'il se retrouverait soudain à la tête de l'ensemble du Ridge.

— Il a souvent failli mourir, dit-elle en retrouvant son sérieux. Un de ces jours…

Il monta son bras sur son épaule et la massa doucement.

— « Un de ces jours » arrivera pour nous tous, *mo ghràidh*. Dans le cas contraire, les gens n'auraient pas besoin de prêtre. Quant à ton père… Tant que ta mère sera là, il s'en sortira, quoi qu'il advienne.

Elle lâcha un profond soupir et se détendit.

— C'est ce que tout le monde pense. Tant qu'ils sont là, tout ira bien.

C'est ce que tu ressens aussi. En toute sincérité, il était du même avis. *J'espère que nos enfants le penseront aussi de nous*.

— À eux deux, ils assurent tous les services sociaux de Fraser's Ridge, plaisanta-t-il. Elle est l'ambulance et, lui, la police.

Cela la fit rire. Elle se tourna vers lui et glissa à son tour les bras autour de sa taille.

— Et toi, tu es l'Église. Je suis fière de toi.

Elle le lâcha et agita une main vers la porte fantôme.

— Si maman et pa peuvent reconstruire leur maison à partir de rien, nous aussi. Nous reconstruirons l'église ici, à moins que tu préfères un autre emplacement ? Les gens sont superstitieux, peut-être auront-ils peur de revenir dans une église qui a brûlé.

Ému par son enthousiasme, il haussa les épaules.

— Ne dit-on pas que la foudre ne frappe jamais deux fois au même endroit ? C'est donc ici le lieu le plus sûr. Viens, Lizzie et ses maris nous attendent.

— Tu veux dire Lizzie et sa ménagerie, répondit-elle en soulevant ses jupes et en se mettant en marche. Lizzie, Joe, Kezzie et… j'ai oublié combien d'enfants maman nous a dit qu'ils avaient à présent.

— Moi aussi, avoua Roger. Nous pourrons les compter quand nous y serons.

Ce ne fut qu'une fois hors de la forêt et sur le sentier qui menait à la cabane des Beardsley qu'il pensa à lui poser la question. Durant leur voyage, entièrement occupée à leur survie, elle n'avait pas voulu se projeter dans l'avenir. Toutefois, il se doutait bien qu'elle n'envisageait pas de passer sa vie à laver le linge et à chasser des dindes.

— À quoi penses-tu te consacrer à présent ?

Elle marchait devant lui. Elle tourna brièvement la tête vers lui et le soleil embrasa sa chevelure rousse.

— Moi ? Je crois que je serai armurier.

En dépit de son sourire, son regard était grave.

— Il nous en faudra un, ajouta-t-elle.

12

Compagnons d'autrefois

Plantation de Mount Josiah, colonie royale de Virginie

William sentit la fumée. Ce n'était pas de la fumée de cheminée ni celle d'un incendie de forêt, juste une odeur âcre de cendres chaudes, avec des effluves de charbon, de graisse et de… poisson. Elle ne venait pas de la maison délabrée. Le conduit de cheminée s'était effondré, emportant une partie du toit. Une plante grimpante aux feuilles ourlées de rouge avait enseveli l'amas de pierres et de bardeaux.

De jeunes pousses de peuplier s'insinuaient entre les lattes tordues du petit porche. La nature reprenait ses droits. Toutefois, ce n'était pas elle qui fumait de la viande. Il y avait quelqu'un.

Il mit pied à terre, attacha Bart à un tronc, amorça son pistolet et s'avança vers la maison. Ce pouvait être des Indiens en train de chasser, fumant leur gibier afin de l'emporter là d'où ils étaient venus. Il n'avait rien contre les chasseurs. En revanche, s'il s'agissait de squatteurs espérant s'approprier son domaine, ils ne perdaient rien pour attendre. Il était chez lui.

C'étaient effectivement des Indiens… ou plutôt *un* Indien. Un homme à demi nu était accroupi dans l'ombre d'un immense hêtre, attisant un feu dans une petite fosse couverte d'une toile de jute. William sentait le parfum des bûches de noyer blanc fraîchement coupées auquel se mêlaient des effluves de sang, de viande fraîche, de fumée et de poisson en train de sécher. Des truites vidées étaient alignées sur un petit gril près de la fosse. Son ventre gronda.

L'Indien – il était jeune, large d'épaules et très musclé – lui tournait le dos et dépeçait avec adresse un petit cochon sur une toile de jute.

— Bonjour, dit William d'une voix forte.

L'homme se retourna en plissant des yeux pour se protéger de la fumée, qu'il chassa de son visage en agitant une main. Il se leva lentement, son couteau à la main. Toutefois, William s'était adressé à lui sur un ton aimable et l'inconnu n'était pas menaçant. En outre, ce n'était pas vraiment un inconnu. Lorsqu'il s'avança hors de l'ombre, le soleil illumina sa chevelure. William sursauta.

Le jeune homme également.

— Lieutenant? demanda-t-il d'une voix incrédule.

Il regarda William de haut en bas, remarquant son absence d'uniforme, puis ses grands yeux noirs se fixèrent sur son visage et il répéta:

— Lieutenant… lord Ellesmere?

— Je ne suis plus dans l'armée. Monsieur Cinnamon. C'est bien ça?

Il ne put retenir un sourire en prononçant son nom. « Cannelle. » Le jeune homme portait les cheveux courts, mais ce n'était qu'en se rasant le crâne qu'il aurait pu cacher leur couleur châtain roux et leurs boucles exubérantes. Orphelin, il avait été élevé dans une mission française où les moines lui avaient donné ce patronyme.

— John Cinnamon, en effet. À votre service… monsieur.

L'ancien scout s'inclina respectueusement. Il avait prononcé « monsieur » sur un ton interrogateur, se demandant sans doute s'il ne devait pas plutôt l'appeler par son titre.

— William Ransom. À votre service, monsieur.

William lui tendit la main en souriant. John Cinnamon avait à peu près son âge. Il mesurait quelques pouces de moins que lui et le dépassait en carrure. Sa poignée de main était ferme et sûre. L'éclaireur métis avait mûri depuis leur dernière rencontre, trois ans plus tôt au Québec, quand ils avaient passé une partie d'un long hiver glacial à chasser ensemble.

— Pardonnez ma curiosité, monsieur Cinnamon, mais que faites-vous ici?

Il se demanda un instant si Cinnamon était venu pour le voir, ce qui était absurde. Il ne lui avait jamais parlé de Mount Josiah. Quand bien même, il ne pouvait s'être attendu à le trouver ici. Lui-même n'y avait pas mis les pieds depuis des années, lorsqu'il avait seize ans.

À la surprise de William, les larges pommettes de Cinnamon rosirent.

— Ah, fit-il. Je… euh… C'est que… je descendais vers le sud.

Son embarras grandit encore.

William arqua un sourcil. Certes, la Virginie était située au sud du Québec et le territoire s'étendait encore sur des milliers de milles plus au sud. Cependant, Mount Josiah ne se trouvait sur la voie de nulle part. Aucune route n'y menait. Lui-même avait dû remonter le fleuve James avec son cheval sur un chaland jusqu'aux Breaks, après quoi une série de rapides et de chutes rendaient la navigation impraticable. En chemin, il n'avait rencontré que trois personnes. Toutes se dirigeaient dans la direction inverse.

Soudain, les épaules de Cinnamon se détendirent. Il parut soulagé.

— En fait, je suis venu voir un ami, reprit-il avec un signe de tête vers la maison.

William se retourna aussitôt. Un autre Indien se frayait un passage entre les framboisiers qui avaient envahi ce qui avait été autrefois un petit terrain de croquet.

— Manoke ! s'exclama-t-il.

Il cria plus fort :

— Manoke !

L'Indien releva la tête. Ses traits d'âge mûr s'illuminèrent de joie et un bonheur simple se répandit dans le cœur de William, aussi purifiant qu'une pluie de printemps.

L'Indien était toujours aussi sec et svelte. Lorsque William l'étreignit, il sentit dans ses cheveux épais l'odeur du feu de bois. Ils avaient désormais la couleur douce de la fumée. William pouvait voir le sommet de son crâne tandis que Manoke pressait sa joue contre son épaule.

— Qu'as-tu dit ? demanda-t-il en le libérant.

— J'ai dit « Bon sang que tu as grandi, mon garçon », répondit Manoke avec un large sourire. Tu as faim ?

Manoke était l'ami de son père. Lord John ne l'avait jamais considéré autrement. Bien qu'il demeurât souvent à Mount Josiah, l'Indien allait et venait à sa guise, généralement sans prévenir. Il n'était ni un domestique ni un employé, mais lorsqu'il était là il faisait la cuisine, lavait le linge, s'occupait des poules (oui, il y avait encore des poules, William pouvait les entendre caqueter et battre des ailes tandis qu'elles se perchaient dans les arbres près de la maison pour la nuit) et il aidait à nettoyer et à découper le gibier quand il y en avait.

Après s'être occupé de Bart, William avait rejoint les Indiens pour dîner sur la véranda à demi effondrée. Les trois hommes savouraient l'air doux du soir tout en surveillant d'un œil les poissons mis à sécher, au cas où ils attireraient des ratons laveurs, des renards ou d'autres bestioles affamées.

— C'est toi qui as apporté le cochon ? demanda William à Cinnamon avec un signe de tête vers le foyer.

— *Oui*, répondit Cinnamon en français. (Il agita une grande main vers le nord.) Là-haut. Deux heures de marche. Quelques cochons dans la forêt. Pas beaucoup.

— Tu as un cheval ?

Le cochon était petit, pesant une soixantaine de livres. Toutefois, c'était une charge lourde à porter pendant deux heures, d'autant que Cinnamon n'avait pas su quelle distance il devrait parcourir. Il avait confié plus tôt qu'il n'était encore jamais venu à Mount Josiah.

La bouche pleine, il acquiesça et pointa le menton vers les communs et le vieux hangar à tabac. William se demanda depuis combien de temps Manoke se trouvait là. Les lieux semblaient abandonnés depuis des années. Pourtant, il y avait les poules...

Les claquettements et les petits cris stridents des volailles lui rappelèrent soudain Rachel Hunter et, l'instant suivant, il sentit une odeur de pluie, de poules mouillées et de jeune femme trempée.

... celle que mon frère appelle la Grande Putain de Babylone. Les poules n'ont rien qui ressemble de près ou de loin à une intelligence, mais celle-ci est d'une perversité sans borne.

— Perversité ?

Elle devina combien les possibilités que cette description impliquait l'égayaient et produisit un son agacé tout en ouvrant le bahut.

— Elle est perchée à vingt pieds de hauteur dans un sapin en plein orage. J'appelle ça de la perversité.

Elle sortit une serviette en lin et essuya ses cheveux. Dehors, la pluie céda le pas à la grêle, qui crépita contre les volets comme du gravier.

— Hmm, fit-elle. Elle sera probablement assommée par la grêle et dévorée par le premier renard qui passera par là. Elle l'aura cherché, cette sotte. En tout cas, je serai ravie de ne plus voir aucune de ces poules.

Le parfum des cheveux mouillés de Rachel était encore vif dans la mémoire de William, ainsi que le spectacle de ses lourdes boucles brunes qui retombaient dans son dos, des endroits où sa chemise trempée, devenue transparente, adhérait à sa peau pâle et douce.

— Quoi ? Euh... Je te demande pardon ?

Manoke lui avait parlé. L'odeur de la pluie s'évapora, remplacée par celle de la fumée de noyer et de friture de poisson pané dans de la farine de maïs.

L'Indien lui adressa un regard amusé, puis répéta poliment sa question :

— Je disais : comptes-tu rester ici ? Dans ce cas, il faudra réparer la cheminée.

William lança un regard par-dessus son épaule. Les débris ensevelis sous les plantes grimpantes étaient à peine visibles au coin de la véranda.

— Je n'en sais rien, répondit-il.

Manoke hocha la tête et reprit sa conversation avec Cinnamon. Tous deux se parlaient en français. Se sentant soudain épuisé, William n'avait pas la force de se concentrer pour suivre.

Resterait-il ? Pas pour le moment. Peut-être plus tard, lorsqu'il aurait accompli sa mission et retrouvé son cousin Ben, ou une preuve irréfutable de sa mort. Il ignorait ce qui l'avait incité à venir à Mount Josiah. C'était le seul endroit où il pouvait réfléchir en paix sans avoir à constamment donner des explications. Sa belle-mère – bien qu'il pensât toujours à elle simplement comme mère Isobel – lui avait légué la propriété. Il se demanda si elle y était déjà venue.

Il avait rencontré d'autres miliciens de Virginie qui s'étaient trouvés dans le camp de Middlebrook à l'époque où Ben y était prisonnier. La plupart n'avaient jamais entendu parler d'un capitaine Benjamin Grey, et les rares qui l'avaient connu savaient uniquement qu'il était mort.

Or il ne l'était pas. William s'accrochait à cette conviction. Ou, s'il était mort, ce n'était pas de la fièvre ni de la variole, comme l'affirmaient les Américains.

Il découvrirait ce qu'il était arrivé à son cousin. Ensuite… Bah, il y réfléchirait en temps voulu. Il avait besoin de s'éclaircir l'esprit, de comprendre où il en était, de prendre des décisions. D'abord Ben. Après quoi, il remettrait de l'ordre dans ses propres affaires.

— Tu parles, marmonna-t-il.

Enfer et damnation. Rien ne pouvait être réglé.

Rachel était désormais mariée à ce maudit Ian Murray, un homme mi-Highlander mi-Mohawk qui, pour tourner le couteau dans la plaie, se trouvait également être son cousin. Il ne pouvait rien y faire.

Jane… Son esprit s'efforça de chasser sa dernière image de la jeune femme. Là encore il était impuissant. Il ne pouvait l'effacer de sa mémoire. Jane était comme un petit caillou qui cliquetait parfois dans les cavités de son cœur.

Il ne pouvait rien non plus contre l'épineuse réalité de sa filiation. Après avoir passé une nuit cauchemardesque avec Jamie Fraser à tenter vainement de sauver Jane, il ne pouvait plus se voiler la face. Il avait été engendré par un traître jacobite, un criminel écossais… et un foutu palefrenier de surcroît. Cependant… « Tu pourras toujours compter sur moi, dans toute entreprise que tu jugeras digne de toi », lui avait dit l'Écossais.

Fraser l'avait bien aidé. Immédiatement et sans poser de questions. Il l'avait aidé non seulement pour retrouver Jane mais également pour protéger sa sœur Frances.

Lorsqu'ils avaient enterré Jane, il avait été incapable de parler. Ce souvenir douloureux lui fit baisser la tête, un morceau de poisson dans la main.

Il avait flanqué la petite Frances dans les bras de Fraser et s'en était allé. Pour la première fois, il se demanda pourquoi. Lord John avait été présent lors du minuscule enterrement. Son propre père. Il aurait certainement pu lui confier l'enfant en sachant qu'il en prendrait grand soin. Cela ne lui avait même pas traversé l'esprit.

Non. Non, je ne le regrette pas. Les mots résonnèrent dans sa tête et, un instant, une grande main chaude se posa sur sa joue. Une arête se coinça dans sa gorge. Il s'étrangla, toussa, s'étrangla à nouveau.

Manoke lui lança un regard inquiet. William lui fit signe que tout allait bien. Alors que les deux hommes reprenaient leur conversation animée, il se leva, contourna la maison et se dirigea vers le puits en toussant. L'eau était douce et fraîche. Après avoir délogé l'arête, il en versa sur sa tête puis se débarbouilla. Peu à peu, il se sentit plus calme. Il n'était pas apaisé, ni même résigné, mais il se rendait compte que, s'il ne parvenait pas à mettre ses affaires en ordre sur-le-champ… ce n'était pas si grave. À vingt et un ans, il était désormais majeur. Le domaine d'Ellesmere était administré par des régisseurs et des notaires ; tous ses métayers et ses fermes étaient sous la responsabilité d'autres gens. Jusqu'à ce qu'il rentre en Angleterre et décide de s'en occuper lui-même. S'il rentrait. Ou… ou quoi ?

C'était la tombée de la nuit, un de ses moments préférés lorsqu'il était à Mount Josiah. La forêt retrouvait son calme dans la lumière mourante tandis que l'air, débarrassé de la chaleur de la journée, se faisait plus léger, murmurant dans les feuilles et caressant sa peau.

Il resterait ici, décida-t-il en s'essuyant le visage de ses mains. Pour un temps. Pas pour réfléchir. Pas pour lutter. Juste pour ne rien faire. Peut-être que ses idées se remettraient peu à peu en place d'elles-mêmes.

Lorsqu'il revint vers le porche, Manoke et Cinnamon le regardèrent avec un air étrange.

— Quoi ? demanda-t-il en se passant une main sur le crâne. J'ai des bardanes dans les cheveux ?

— Oui, mais peu importe, répondit Manoke. Notre ami a quelque chose à te dire.

William lança un regard surpris à Cinnamon. Il faisait trop sombre pour voir s'il rougissait. Toutefois, ses épaules voûtées trahissaient son embarras.

— Me dire quoi ? demanda William en s'asseyant en tailleur face à Cinnamon près du feu.

Ce dernier pinça les lèvres mais ne fuit pas son regard.

— Tout à l'heure... quand tu m'as demandé pourquoi je suis ici. Je suis venu au cas où... J'ai pensé que... Je ne connais pas d'autre endroit par où commencer à le chercher.

— Chercher quoi ? demanda William, perplexe.

— Lord John Grey, répondit Cinnamon avec une émotion mal contenue. Mon père.

Manoke chassait peu, mais il était bon pêcheur. Il avait appris à William à poser des pièges, à lancer une ligne et même à attraper des poissons-chats à mains nues en les enfonçant dans les trous où ils se cachaient au bord des cours d'eau boueux.

C'était cette même sensation que ressentait à présent William, un bref frisson le long de son échine, tandis qu'une eau trouble l'éclaboussait et que ses doigts enfouis dans la vase le démangeaient à l'idée d'être mordu par des dents invisibles.

— Ton père ? répéta-t-il lentement.

— Oui, répondit Cinnamon, le regard baissé vers le beignet de maïs dans sa main.

William se tourna vers Manoke avec l'impression qu'on venait de le frapper derrière l'oreille avec une peau d'anguille bourrée de sable. L'Indien hocha la tête, l'air grave mais satisfait.

— Je vois, dit poliment William, l'estomac noué. Toutes mes félicitations.

Il y eut un silence qui s'éternisa quelques minutes. Cinnamon paraissait aussi bouleversé que William.

Sentant qu'il devrait dire quelque chose, ce dernier reprit :

— Lord John est... un homme bon.

Cinnamon hocha la tête en marmonnant des paroles inaudibles, ensuite il saisit nerveusement une petite truite frite et l'enfourna tout entière, après quoi il n'émit plus que des bruits de mastication entrecoupés de toussotements.

Manoke, jamais très loquace, continuait à se taire, mangeant tranquillement sans paraître se soucier de l'émoi de ses deux compagnons.

William pouvait à peine regarder Cinnamon et, en même temps, pris d'une fascination maladive, il ne pouvait s'empêcher de lui lancer des coups d'œil furtifs.

Beau garçon, Cinnamon portait clairement les traces de son sang mêlé. Il ne pouvait avoir hérité cette chevelure que d'un parent européen. Toutefois, ces boucles exubérantes ne ressemblaient en rien à l'épaisse tignasse blonde de lord John.

Cinnamon se leva brusquement.

— Où vas-tu, *mon ami* ? lui demanda Manoke.

— M'occuper du feu, répondit le jeune homme en indiquant d'un signe de tête la fosse sous le grand hêtre.

La toile qui la couvrait avait séché et commençait à fumer. L'odeur parvint à William un instant plus tard.

Lorsqu'ils avaient passé l'hiver ensemble au Québec, Cinnamon lui avait confié que sa mère était à moitié française. Les Français avaient-ils souvent des cheveux aussi bouclés ?

Un seau et une grande cruche en terre cuite ébréchée étaient posés sous le hêtre. William reconnut cette dernière. Elle était grise avec deux bandes blanches. Lord John l'avait achetée à un marchand sur le fleuve lors de leur premier séjour à Mount Josiah. Cinnamon versa de l'eau dans sa paume, en aspergea la toile de jute qui se remit à dégager de la vapeur, ne laissant que de minces filets de fumée s'échapper sous ses bords, dont chaque coin était fiché dans la terre.

Il s'accroupit et glissa plusieurs fagots sous la grille sur laquelle les poissons séchaient. Lorsqu'il se releva et se tourna vers la véranda, son visage était presque pâle dans la pénombre. William baissa aussitôt les yeux et tritura un morceau de banique entre ses doigts comme s'il avait été surpris dans un acte honteux.

Ces yeux… Peut-être leur forme se rapprochait-elle de celle des yeux de papa. Il s'arrêta net, incapable d'achever une pensée dans laquelle le mot « papa » était associé à… à ce…

Chaque fois qu'il y repensait, il éprouvait le même choc. *Mon père*. Le fils de lord John. C'était impossible. Et pourtant…

Manoke ne mentait jamais. Ce n'était pas non plus un homme facile à duper. En outre, il n'aurait jamais rien dit qui pût nuire à lord John, William en était sûr. Si Manoke disait que l'histoire de Cinnamon était vraie, elle l'était. Néanmoins… Il y avait forcément une erreur.

La présence de Manoke, aussi bienvenue qu'elle fût, avait anéanti toute notion romantique de promenades solitaires sur la plantation. La révélation de John Cinnamon avait achevé de réduire à néant le concept d'une retraite. William pouvait marcher aussi loin qu'il le voulait, il n'échapperait pas à la réalité de cet homme, grand, costaud, indien, ainsi qu'à ce constat : *Il est le vrai fils de papa, ce que je ne suis pas.*

Le fait que lui-même n'ait aucun lien de sang avec lord John ne leur avait jamais paru important. Jusqu'à présent.

En outre, si lord John avait eu une aventure sans lendemain avec une Indienne ou – que Dieu lui vienne en aide – une maîtresse indienne au Québec, cela ne regardait que lui. Cinnamon avait dit que sa mère était morte alors qu'il était nourrisson. Connaissant lord John et son sens de l'honneur, il s'était assuré que l'enfant fût en bonnes mains.

Et que fera papa lorsqu'il verra ce… ce… fruit de ses débauches ?

C'en était trop. Il se leva et s'éloigna.

Il avait juste voulu soulager sa vessie et vivre un moment de solitude pour apaiser son trouble. Comme ce dernier refusait d'être apaisé, il continua à marcher droit devant lui en dépit de la tombée de la nuit. Il se dirigeait vers les champs derrière la maison. Lorsqu'il l'avait connu des années plus tôt, Mount Josiah ne comptait qu'une vingtaine d'arpents de plants de tabac. La terre y était-elle toujours cultivée ?

Il fut surpris de constater que c'était le cas. Bien qu'il fût trop tôt pour la récolte, le parfum doux et légèrement âcre du tabac non traité flottait dans la nuit tel de l'encens. Cette odeur le réconforta et il traversa lentement le champ en direction de la silhouette noire de la grange à tabac. Était-elle encore en service ?

Elle l'était. Appelée « grange » par courtoisie, ce n'était qu'un vaste hangar. À l'arrière se trouvait un grand espace aéré où les plantes étaient suspendues pour être décortiquées. Il n'en vit que quelques-unes pendant aux poutres, à peine visibles dans la faible lueur des étoiles qui filtrait entre les interstices des cloisons. Son entrée fit remuer et bruisser les feuilles étalées sur la plateforme de séchage, comme si la grange saluait sa présence. Il inclina la tête dans le noir pour la remercier de son accueil.

Il percuta un objet qui roula devant lui avec un son creux. Un tonneau vide. Avançant à tâtons, il en compta une vingtaine. La plupart étaient vieux, mais quelques-uns étaient récents à en juger par l'odeur de bois vert qui se mêlait aux parfums ambiants.

Quelqu'un cultivait la terre et ce n'était pas Manoke. Si l'Indien fumait de temps à autre, William ne l'avait jamais vu participer à l'entretien des champs ni aux récoltes. En outre, il n'empestait pas. Manipuler du tabac vert laissait un résidu poisseux et noirâtre sur les mains et l'odeur d'un champ de tabac mûr était si forte qu'elle vous montait à la tête.

Lorsqu'il avait vécu à Mount Josiah avec lord John, celui-ci embauchait des ouvriers de la propriété voisine, un vaste domaine situé en amont sur le fleuve et baptisé Bobwhite, qui pouvaient facilement s'occuper de sa production modeste en plus de celle, considérable, de leur employeur régulier.

Le fait que la plantation fonctionnât toujours, même d'une manière aussi discrète, le rasséréna légèrement. En voyant l'état de délabrement de la demeure, il avait cru les lieux abandonnés.

Il se tourna vers la maison. On apercevait une lueur derrière les fenêtres de la façade, donnant l'illusion qu'elle était encore habitée. Avec un soupir, il prit le chemin du retour.

Il n'avait pas trouvé la paix. Son esprit, s'efforçant de ne pas ressasser les sujets de sa filiation, de son titre, de ses responsabilités, de la forme que prendrait le reste de sa vie, du foutu fils de ce foutu lord John, était parti dans la direction opposée, se raccrochant au problème de Ben.

Quelqu'un avait placé un inconnu sans oreilles dans la tombe attribuée à *Benjamin Grey*, et ce quelqu'un savait certainement ce qu'il était arrivé à son cousin. William avait parlé (au dernier comptage) à vingt-trois miliciens s'étant trouvés dans les monts Watchung avec Washington à l'époque où Ben y serait mort. Quatre d'entre eux le connaissaient de nom et avaient entendu dire qu'il était décédé, sans qu'aucun eût vu son cadavre ni sa tombe. William était convaincu que personne ne lui avait menti.

Sauf que… Oncle Hal avait reçu une lettre lui annonçant le décès de son fils. Elle lui avait été remise par un aide de camp du général Clinton, qui lui-même l'avait reçue d'un officier américain. Qui avait écrit cette lettre ?

— Bon sang, pourquoi ne pas avoir demandé à la voir ? marmonna-t-il dans sa barbe.

Parce que tu étais trop occupé à monter sur tes grands chevaux pour défendre ta prétendue dignité.

C'était donc la prochaine étape logique : découvrir le nom de l'officier américain qui avait rédigé la lettre, puis trouver cet officier… s'il n'avait pas été tué, capturé ou emporté par la syphilis.

Oncle Hal avait sûrement conservé la lettre. En outre, oncle Hal – et papa – avait l'entregent nécessaire dans l'armée pour retrouver un officier américain.

Il irait donc à Savannah en espérant que l'armée britannique tenait toujours la ville et que son père et oncle Hal s'y trouvaient.

Manoke et Cinnamon fumaient sur la véranda. Leur fumée se mêlait à la brume qui se levait, une douce vapeur qui flottait au ras du sol et sentait bon les plantes.

De toute évidence, ils avaient discuté en son absence. Lorsque William s'assit, Manoke ôta sa pipe de sa bouche et lui demanda d'emblée :

— Tu sais où il est ? Notre Anglais ?

« Notre » Anglais, en vérité ! William lança un regard vers Cinnamon. Celui-ci bourrait sa pipe en gardant la tête basse. William crut discerner une certaine tension dans ses épaules.

— Non, répondit-il.

L'honnêteté l'obligea à préciser :

— La dernière fois que je l'ai vu, il se trouvait avec l'armée à Savannah. C'est en Géorgie.

Manoke hocha la tête d'un air neutre qui indiquait qu'il n'avait aucune idée de ce qu'était la Géorgie et encore moins où la trouver. Quels que soient les chemins secrets de l'Indien, ils ne le menaient vraisemblablement pas vers le sud.

— C'est loin ? demanda Cinnamon sur un ton détaché.

— Je dirais… à quatre cents milles d'ici ? hasarda William.

Il lui avait fallu près de deux mois pour arriver en Virginie. Toutefois, il avait traîné en route, enquêtant sur Ben, décrivant des méandres en dérivant lentement vers le seul lieu où il s'était senti en paix et chez lui depuis qu'il avait quitté Helwater, son domaine dans le Lake District, en Angleterre.

S'il n'en disait pas plus, Cinnamon se mettrait en route vers la Géorgie, le laissant chercher sa paix ici. William essuya son visage sur sa manche. Les odeurs de viande fumée, de poisson et de tabac s'accrochaient à ses vêtements. Mount Josiah l'accompagnerait pour un bon bout de chemin.

Il pouvait confier à Cinnamon une lettre demandant à oncle Hal de s'informer sur l'officier qui lui avait envoyé l'avis de décès de Ben. Lui-même pourrait rester ici et faire ce qu'il était venu faire : réfléchir.

Et laisser papa rencontrer cet homme sans l'avoir prévenu ? Il était suffisamment sincère avec lui-même pour reconnaître que sa réticence n'avait rien à voir avec l'embarras éventuel de lord John ni la gêne de Cinnamon. Il s'agissait d'un mélange de curiosité et de... simple jalousie. Si lord John rencontrait son fils naturel devenu adulte, il tenait à assister à leur entretien.

— L'armée se déplace beaucoup, dit-il enfin.

Cela fit sourire Manoke. Cinnamon hocha la tête sans quitter des yeux la blague à tabac posée sur son genou.

D'une voix un peu plus forte qu'il ne l'aurait aimé, William demanda :

— Veux-tu que je te conduise à lui ? À lord John ?

Cinnamon releva la tête d'un air surpris et dévisagea longuement William.

— Oui, répondit-il enfin dans un souffle.

Il rabaissa la tête et répéta encore plus doucement :

— Oui.

Après tout, pourquoi pas ? pensa William en acceptant la pipe que lui proposait Manoke. *Je pourrai réfléchir en route.*

13

« Ce qui n'est pas utile à l'essaim n'est pas non plus utile à l'abeille. » (Marc Aurèle)

Fraser's Ridge, Caroline du Nord

Les murs extérieurs du rez-de-chaussée étaient désormais dressés, mais il manquait encore une grande partie des cloisons intérieures, ce qui donnait aux lieux une agréable allure informelle, tandis que nous allions et venions à travers des parois invisibles.

Mon infirmerie n'avait pas de porte et ses deux grandes fenêtres ne possédaient pas de tentures. En revanche, elle avait quatre murs (encore non enduits de plâtre), un long comptoir au-dessus duquel deux étagères accueillaient mes fioles et mes instruments, une haute et large table en pin pour mes auscultations et opérations (je l'avais poncée consciencieusement moi-même afin que mes patients ne s'enfoncent pas d'échardes dans les fesses), ainsi qu'un haut tabouret sur lequel m'asseoir pour administrer mes soins.

Jamie et Roger avaient commencé à travailler sur le plafond. Pour le moment, il n'était constitué que de solives entre lesquelles étaient tendus des morceaux de toile jaunie et grisâtre (récupérés dans des piles de vieilles tentes militaires dans un entrepôt à Cross Creek).

Jamie m'avait promis que le premier étage (et mon plafond) serait posé avant la fin de la semaine. En attendant, j'avais disposé un grand bol, un pot de chambre en étain bosselé et mon brasero vide dans des endroits stratégiques pour recueillir les fuites. Il avait plu la veille et je vérifiai que la tenture au-dessus de ma tête ne s'affaissait pas sous le poids de l'eau avant de sortir mon cahier de son sac en toile cirée.

— Qu'est-ce que c'est ? demanda Fanny en l'apercevant.

Je l'avais assise devant un grand panier d'oignons. Elle était chargée de sélectionner et de mettre de côté des pelures fines comme du papier afin de les faire tremper et de fabriquer de la teinture jaune. Elle tordit le cou pour mieux voir tout en éloignant ses doigts empestant l'oignon.

— C'est mon registre médical, expliquai-je en le soupesant avec satisfaction. J'y note le nom des personnes qui viennent me consulter, j'y décris leur état, ce que j'ai fait ou prescrit et si cela a fonctionné ou pas.

Elle contempla le cahier avec respect et intérêt.

— Ils guérissent toujours ?

— Non, pas toujours, hélas, admis-je. Mais très souvent.

Oubliant que je ne m'adressais pas à Brianna, j'ajoutai en riant :

— « *Je suis médecin, pas maçon*[8]. »

Fanny acquiesça d'un air grave, classant cette information dans les casiers de sa mémoire.

— Hum..., fis-je. Je citais un... euh... un ami docteur appelé McCoy. Il voulait dire par là que, aussi compétent soit-on, tous les talents ont leurs limites et qu'il vaut mieux se limiter à ce que l'on sait faire.

Elle acquiesça à nouveau, le regard fixé sur mon cahier.

— Je... je pourrais le lire ? demanda-t-elle timidement. Juste une page ou deux.

J'hésitai un instant, déposai le cahier sur la table et le feuilletai jusqu'à l'endroit où j'avais noté avoir utilisé du houx glabre pour traiter les crises de paludisme de Lizzie Wemyss en l'absence d'herbe des jésuites. Fanny m'avait entendue en parler avec Jamie et le mal de Lizzie était bien connu sur le Ridge.

Je saisis une fine penne noire de corbeau dans mon bocal de plumes et la coinçai dans la tranche du cahier à la page de Lizzie.

— Tu peux, répondis-je, mais uniquement ce qu'il y a avant cette page. Les patients ont besoin de préserver leur intimité. Tu ne devrais pas lire des informations sur tes voisins. Ceux qui figurent dans les pages avant celle-ci sont des gens que j'ai traités ailleurs qu'ici et, pour la plupart, il y a longtemps.

— Je vous le promets, dit-elle en roulant le « r ».

Cela me fit sourire. Je ne la connaissais que depuis quelques mois, mais je ne l'avais jamais vue mentir.

8. Réplique devenue célèbre du Dr Leonard McCoy, personnage de la série télévisée *Star Trek* (N.d.T.).

— Je sais, dis-je. Tu…

— Oh là, m'dame Fraser !

M'interrompant, je lançai un regard par la fenêtre vers le sentier allant du ruisseau à la maison – qui commençait à être bien marqué par les passages. Je clignai des yeux, regardai à nouveau… Je connaissais cette haute silhouette élancée, ce pas traînant…

— John Quincy ! m'exclamai-je.

Je fourrai le cahier dans les mains de Fanny, surprise, et me précipitai à l'extérieur.

— Monsieur Myers !

Je me retins de justesse de le serrer dans mes bras en constatant *in extremis* qu'il portait devant lui un grand panier et était entouré (à vrai dire, il en était recouvert) d'un essaim d'abeilles. Ces dernières bourdonnaient si fort que j'entendais à peine ce qu'il me disait. Il s'inclina vers moi, amenant ses abeilles dangereusement près de mon visage.

— Je vous ai apporté des abeilles ! hurla-t-il par-dessus le raffut de ses passagères.

— C'est ce que je vois ! criai-je en retour. C'est très aimable de votre part !

De petits corps velus et rayés se bousculaient en formant un tapis mouvant brunâtre sur la toile élimée de son manteau. Il avait des traînées de pollen dans sa barbe, qui était plus longue, plus grise et plus hirsute que la dernière fois que je l'avais vu, douze ans plus tôt à Wilmington.

Bree et Rachel (ainsi qu'Oggy) avaient entendu du bruit et étaient sorties de la cuisine. Elles observaient Myers avec fascination.

En me hissant sur la pointe des pieds dans l'espoir d'atteindre son oreille (il mesurait plus de sept pieds), je pointai l'index vers elles en criant :

— Ma fille ! Et Rachel Murray, l'épouse de Petit Ian !

— La femme de Ian ? répéta-t-il avec un charmant sourire édenté. Et le petit est à lui aussi, je parie ? C'est un plaisir, m'dame, un vrai plaisir !

Il tendit un long bras vers Rachel, qui pâlit en voyant la masse d'abeilles puis rassembla son courage et s'avança suffisamment pour serrer sa main tendue tout en écartant Oggy le plus loin possible, juché sur sa hanche. Je lui pris l'enfant et la sentis pousser un soupir de soulagement.

Je n'en menais pas large non plus. Le raffut me donnait la chair de poule. Il me rappelait celui que j'avais entendu près des pierres dressées.

— Je suis ravie de te rencontrer, ami Myers, déclara Rachel en haussant la voix. Ian m'a dit le plus grand bien de toi.

— Sa bonne opinion me touche, m'dame, répondit Myers.

Il se tourna vers Bree, qui le devança et tendit la main tout en surveillant les abeilles.

— Enchantée, monsieur Myers ! cria-t-elle.

— Oh, pas besoin de cérémonie entre nous, m'dame. Appelez-moi John Quincy.

— Alors John Quincy. Je suis Brianna Fraser MacKenzie.

Indiquant délicatement son gilet vivant, elle ajouta :

— Que pouvons-nous offrir… à vos abeilles ainsi qu'à vous-même ?

— Vous n'auriez pas de la bière ?

Myers abaissa son panier et je constatai qu'il s'agissait d'une ruche en osier toute cabossée, tenue sens dessus dessous et contenant un rayon de miel dégoulinant. Naturellement, ce dernier grouillait également d'abeilles.

J'échangeai un regard avec Bree avant de répondre :

— Mais bien sûr. Euh… Venez donc à la maison. Nous leur trouverons un endroit.

Je lançai un regard méfiant vers les abeilles. Elles ne paraissaient pas hostiles. Plusieurs s'étaient posées sur le crâne et les épaules de Brianna. Elle se raidit mais n'essaya pas de les chasser. Une autre voleta paresseusement devant le nez d'Oggy, qui la suivit des yeux en louchant et tenta de l'attraper, ne parvenant heureusement qu'à saisir une mèche de mes cheveux.

Les enfants s'étaient rassemblés un peu plus loin sur le sentier, observant la scène avec de grands yeux ronds. Jem et Mandy avaient rejoint leur mère, Mandy s'accrochant à la jambe de Brianna tandis que Jem, fasciné, s'approchait de l'essaim.

— Elles boivent de la bière ? demanda-t-il à Myers.

— Et comment ! répondit le géant, la tête dans un nuage d'abeilles. Il n'y a pas d'insecte plus intelligent.

Je parvins à dénouer les doigts potelés d'Oggy de ma chevelure et inspirai une grande goulée d'air parfumé au miel.

— Jem, tu veux bien aller chercher ton grand-père ? demandai-je.

Finalement, je trouvai Jamie moi-même, l'apercevant qui sortait de la forêt avec quatre lapins pris au collet.

— Juste à temps, lui dis-je en me hissant sur la pointe des pieds pour l'embrasser. Nous avons un invité pour le dîner, John Quincy…

Son visage s'illumina.

— Myers ? s'exclama-t-il en me tendant les lapins. Lui as-tu demandé comment allaient ses roubignoles ?

— Non, mais il me l'a dit quand même. Apparemment, elles sont toujours là où je les ai laissées. Et elles fonctionnent bien, m'a-t-il assuré. Il nous a apporté un essaim d'abeilles, entre autres choses.

— Vraiment ? Comment les a-t-il transportées ?

— Sur lui, répondis-je avec un haussement d'épaules.

— Qu'a-t-il apporté d'autre ?

— Des lettres. L'une d'elles est pour toi.

Bien qu'il ne s'arrêtât pas, je sentis une vague hésitation en lui lorsqu'il tourna la tête vers moi.

— De qui ?

— Je n'en sais rien. Il était occupé à se débarrasser de ses abeilles et, comme Jem ne te trouvait pas, je suis venue te chercher.

Je me retins de justesse d'ajouter : « Peut-être est-elle de lord John. » Durant des années, ses lettres avaient été accueillies avec joie, renforçant les liens d'une longue amitié entre Jamie et John Grey. Hélas, s'ils étaient toujours en contact (à peine), ils n'étaient plus amis. Le couteau sous la gorge, j'aurais juré que ce n'était pas ma faute. Néanmoins, j'y étais indéniablement pour quelque chose.

Je gardai les yeux fixés sur le sentier, au cas où Jamie aurait surpris sur mon visage une expression involontaire dont il aurait tiré des conclusions embarrassantes. Il n'était pas le seul à pouvoir lire les pensées des autres. J'avais la forte impression que, lorsque j'avais prononcé le mot « lettre », le nom de lord John lui était aussitôt venu à l'esprit comme cela avait été mon cas.

— Je vais faire un brin de toilette dans le ruisseau avant de vous rejoindre, *Sassenach*, dit-il en effleurant de sa main le creux de mes reins. Veux-tu que je te rapporte du cresson ?

— Oui, s'il te plaît, répondis-je avant de l'embrasser à nouveau.

En arrivant en vue de la maison quelques instants plus tard, j'aperçus Brianna revenant de la cabane des Higgins avec plusieurs miches de pain dans les bras. Je chassai hâtivement de mon esprit toute pensée concernant Jamie et John Grey.

— Je m'en occupe, maman, dit-elle en tendant la main vers les lapins. M. Myers a dit que le soleil n'allait pas tarder à se coucher et que tu devais bénir tes abeilles avant qu'elles s'endorment.

— Ah.

S'il m'était déjà arrivé de m'occuper de ruches, mes relations avec les abeilles n'avaient jamais été cérémonielles.

— T'a-t-il dit à quel genre de bénédiction il pensait ?

— Non, répondit-elle joyeusement en me prenant les lapins. Il a sûrement son idée. Il t'attend dans le potager.

Avec sa palissade le protégeant des chevreuils et des biches, notre potager ressemblait à une petite forteresse hérissée de piques. Toutefois, il n'était pas à l'abri de tout et, comme toujours, j'ouvris la porte précautionneusement. Un jour, j'avais surpris trois ratons laveurs en pleine débauche au milieu de mes jeunes pousses de maïs. Une autre fois, l'intrus avait été un aigle immense perché sur la citerne, les ailes déployées pour profiter du soleil matinal. Lorsque j'avais brusquement ouvert la porte, il avait poussé un cri aussi aigu que le mien avant de s'élancer au-dessus de ma tête tel un boulet de canon. Une autre fois encore...

Un violent frisson me parcourut lorsque je songeai aux ruches de mon ancien potager renversées par un assassin dans sa fuite, l'odeur du miel provenant des rayons brisés se mêlant à celle des herbes écrasées et à celui du sang frais.

Cette fois, le seul corps étranger était celui de John Quincy Myers, aussi grand et dépenaillé qu'un épouvantail, parfaitement à sa place parmi les plants de haricots à fleurs rouges et les fanes de navet.

— Vous voilà, m'dame Fraser ! s'exclama-t-il avec un large sourire. Vous arrivez à temps, comme dit le Bon Livre.

— Ah bon, il dit ça ?

J'avais un vague souvenir qu'il était question d'abeilles quelque part dans la Bible. Peut-être John Quincy tirait-il sa bénédiction des Psaumes.

— Euh… Brianna m'a dit que je devais… bénir les abeilles ?

— Un beau brin de fille, votre Brianna, déclara Myers, admiratif. J'ai rarement vu des femmes aussi grandes et aucune n'était jolie. Cela dit, elles débordaient toutes de vitalité. Comment se fait-il qu'elle ait épousé un prédicateur ? On imagine mal un homme d'Église capable de satisfaire… comment dire, ses appétits charnels et…

— Les abeilles, le coupai-je en haussant légèrement le ton. Que devrais-je leur dire ?

— Ah, oui.

Rappelé à l'ordre, il se tourna vers le côté ouest du potager, où il avait installé la ruche sur une planche posée sur un tabouret. Il fouilla dans sa grosse musette et en sortit quatre coupelles en faïence fine couleur ivoire, qui conféraient à l'occasion une note formelle déconcertante.

— C'est pour les fourmis, m'expliqua-t-il en me les tendant. Plein de gens élèvent des abeilles. Les Cherokees, les Creeks, les Chactas et sans doute beaucoup d'autres Indiens dont je ne connais pas le nom. Les Frères moraves à Salem aussi. C'est là que j'ai trouvé les bols à fourmis et la ruche. Ils ont leur propre manière de faire.

— Attendez, ne me dites pas que vous avez porté toutes ces abeilles sur vous depuis Salem !

J'eus une vision de John Quincy Myers se promenant dans les rues de la ville drapé dans son manteau bourdonnant.

Il parut légèrement surpris.

— Non, je les ai trouvées dans un arbre à un mille environ de chez vous. Quand j'ai entendu dire que Jamie et vous étiez de retour, j'ai eu l'idée de vous apporter une ruche. Je gardais donc les yeux ouverts au cas où je verrais des abeilles, vous comprenez ?

— C'est très gentil de votre part.

J'étais sincère, même si une question troublante naissait au fond de mon esprit. John Quincy ne suivait aucune loi et, puisque nous étions d'humeur biblique, on aurait pu le qualifier de « compagnon des hiboux[9] ». Il allait et venait dans les montagnes et si quelqu'un savait où il se rendait, et pourquoi, je n'en avais pas été informée.

D'après ses dires, il était venu à Fraser's Ridge parce que Jamie et moi y étions. Certes, il portait des lettres… Toutefois, dans l'arrière-pays, le système postal consistait à se passer le courrier d'une personne à l'autre, amie ou inconnue, tant que cette personne allait dans la bonne direction. Quand elle en changeait, elle confiait les lettres à un autre et ainsi de suite. Que John Quincy fût venu jusqu'ici afin de nous remettre ces lettres laissait entendre qu'elles étaient particulièrement importantes.

Je n'eus pas le temps de m'en inquiéter : Myers achevait une brève exégèse sur les apiculteurs irlandais et écossais et s'apprêtait à en venir au fait.

— Je connais quelques bénédictions de ruches, dit-il. Non pas que j'appellerais ce que disent les Allemands une bénédiction.

9. Livre de Job 30 : 29. « Je suis le frère des dragons, un compagnon des hiboux… » (N.d.T.)

— Que disent-ils ? demandai-je, intriguée.

Il fouilla sa mémoire, ses sourcils broussailleux et grisonnants se rapprochant.

— C'est... plutôt brusque. Voyons voir...

Il ferma les yeux et pencha la tête en arrière.

Jésus, l'essaim est là !
Envolez-vous, mes animaux, et venez.
Dans la paix du Seigneur, la protection de Dieu
Revenez-moi en bonne santé.

Restez, restez, abeilles.

Cet ordre vous vient de sainte Marie,
Vous ne connaîtrez pas le repos ;
Ne vous envolez pas dans les bois
Ne me glissez pas entre les doigts ;
Ne me fuyez pas.

Restez parfaitement immobiles.

— « *Faites la volonté de Dieu* », acheva-t-il en rouvrant les yeux. Ça vous en bouche un coin, hein ? Ordonner à un millier d'abeilles de rester immobiles ? Pourquoi supporteraient-elles d'être traitées d'une manière aussi grossière, je vous le demande ?

— Cela doit fonctionner, répondis-je. Jamie a souvent rapporté du miel de Salem. Ce sont peut-être des abeilles allemandes. Connaissez-vous d'autres bénédictions moins... péremptoires ?

Il fronça les lèvres d'un air dubitatif et j'aperçus un ou deux chicots jaunâtres. Pouvait-il encore mâcher de la viande ? Je modifiai légèrement mon menu. Je pouvais couper le lapin en petits dés et les mélanger avec des œufs brouillés et des oignons frits...

— Je crois me rappeler celle-ci, reprit-il. *Ô Dieu, créateur de toutes les créatures, Tu bénis la graine et la rends productive*... Je me demande si c'est bien « productive ». Oui, sans doute... *productive pour notre usage. Par l'intercession de*... Là vient toute une ribambelle de saints et de je-ne-sais-qui, mais je ne me souviens d'aucun nom à part celui de Jean le Baptiste. Vous me direz, si quelqu'un s'y connaît en miel, c'est bien lui, non ? Avec ses sauterelles et sa peau d'ours. Cela dit, pourquoi portait-il une peau d'ours dans un endroit aussi chaud que la Terre sainte ? Ça me laisse perplexe. Quoi qu'il en soit...

Il ferma à nouveau les yeux et tendit une main vers la ruche qui était enveloppée d'un nuage d'abeilles.

— *Par l'intercession de qui voudra bien intervenir, entends notre prière dans Ta miséricorde. Bénis et sanctifie ces abeilles avec Ta compassion afin qu'elles puissent...*

Il rouvrit les yeux et plissa le front.

— Là, ça dit « afin qu'elles puissent porter leurs fruits en abondance », alors que n'importe quel crétin sait que c'est le miel qui nous intéresse. Enfin…

Ses paupières fripées se fermèrent à nouveau sur le soleil couchant et il acheva :

— … *pour la beauté et l'ornement de Ton temple sacré et notre humble usage.*

Il laissa retomber sa main et se tourna vers moi.

— Ça continue, mais en gros c'est ça. En fait, je dirais que vous pouvez bénir vos abeilles de la manière qui vous convient. L'essentiel, je crois que vous le savez déjà, c'est de leur parler régulièrement.

— D'un sujet en particulier ? demandai-je en essayant de me souvenir si j'avais eu des conversations avec mes ruches précédentes.

Sans doute, quoique sans m'en rendre compte. Comme tous les jardiniers, j'avais l'habitude de marmonner en travaillant parmi les légumes et les mauvaises herbes, maudissant les limaces et les lapins, encourageant les plantes. Dieu seul savait ce que j'avais pu dire aux abeilles…

Myers souffla doucement sur l'une d'elles qui s'était posée sur sa main et m'expliqua :

— Les abeilles sont très sociables et curieuses, ce qui paraît logique vu qu'elles vont et viennent en transmettant des informations avec leur pollen. Il faut leur raconter ce qu'il se passe, si quelqu'un vous a rendu visite, si un enfant est né, si une nouvelle famille s'est installée, si un colon a déménagé ou est mort. Voyez-vous, si quelqu'un s'en va ou meurt et que vous ne les prévenez pas, elles se vexent et partent vivre ailleurs.

Pour ce qui était des informations, je commençais à voir le lien entre John Quincy et les abeilles. Je me demandai s'il serait offensé en apprenant que quelqu'un lui avait caché un potin bien croustillant. Cela ne devait jamais arriver. Sa douceur et sa gentillesse invitaient aux confidences et j'étais sûre qu'il savait garder les secrets des gens.

Le soleil descendait de plus en plus vite, ses faisceaux horizontaux transperçant les interstices de la palissade en allongeant les ombres du potager. L'odeur de la terre humide se faisait plus forte.

— Bon ben, allons-y, dis-je.

Compte tenu des exemples disparates offerts par John Quincy, je ne doutais plus de pouvoir inventer une bénédiction acceptable. Nous remplîmes les coupelles d'eau et les plaçâmes sous les pieds du tabouret afin que les fourmis, alléchées par l'odeur du miel, ne grimpent pas dans la ruche. Quelques-uns de ces insectes voraces étaient déjà à l'œuvre et je les fis tomber avec un pan de ma jupe. Mon premier geste protecteur envers mes nouvelles abeilles.

John Quincy hocha la tête alors que je me redressais, et je hochai la tête en retour. Je tendis une main hésitante vers le voile d'abeilles qui entrait dans la ruche et effleurai la structure en osier tordue. Peut-être était-ce mon imagination, mais il me sembla ressentir une vibration sous ma peau, comme un fredonnement à peine audible.

— Ô Seigneur… (je regrettai de ne pas connaître le nom du saint patron des abeilles, car il y en avait forcément un), s'il vous plaît, faites que ces abeilles se sentent bien accueillies dans leur nouvelle demeure. Aidez-moi à les protéger et à veiller sur elles. Faites qu'elles trouvent toujours des fleurs et… euh… un repos serein à la fin de chaque journée. Amen.

— Cela fera très bien l'affaire, madame Claire, approuva John Quincy d'une voix aussi chaude et grave que le bourdonnement des abeilles.

Nous quittâmes le potager en refermant soigneusement la porte derrière nous et redescendîmes vers la maison. Il faisait presque nuit. Le feu de la cuisine nous guidait et illuminait ma famille qui nous attendait. *Chez nous.*

— En parlant de nouvelles, dis-je nonchalamment à Myers. Vous avez dit que vous apportiez des lettres. Si l'une d'elles est pour Jamie, pour qui sont les autres ?

— L'une est pour le garçon, répondit-il en contournant adroitement la fosse que Jamie avait creusée pour les nouvelles latrines. Le fils de M. Fergus Fraser, Germain. L'autre est pour une certaine Frances Pocock. Vous avez quelqu'un ici qui répond à ce nom ?

14

Mon cher petit fripon

JE NE M'ÉTONNAIS PLUS de la quantité d'aliments nécessaires pour nourrir huit personnes à la fois. Toutefois, en voyant des montagnes de lapins, de cailles, de truites, de jambon, de haricots, de succotash, d'oignons, de pommes de terre et de cresson disparaître en quelques minutes dans le ventre de vingt-deux humains, je ressentis un frisson d'appréhension en songeant à l'hiver prochain.

Certes, nous étions encore en été et, avec un peu de chance, l'automne serait doux… ce qui nous laissait trois ou quatre mois pour faire des réserves, tout au plus. Nous n'avions pratiquement pas de bétail, hormis les chevaux, la mule Clarence et deux chèvres pour le lait et le fromage.

Jamie et Bree passaient la moitié de leur temps à chasser et nous avions un bon stock de gibier et de viande de porc suspendu dans le fumoir. Toutefois, même si tout le monde se mettait à chasser, piéger et pêcher, nous aurions probablement besoin de faire du troc pour nous procurer de la viande (oh ! et du beurre) avant les premières neiges. En outre, quelqu'un devrait descendre à Salem ou à Cross Creek pour rapporter de la farine d'avoine (en grande quantité), du riz, des haricots, du maïs, de la farine de blé, du sel, du sucre… En attendant, il me faudrait planter, creuser, cueillir et mettre en conserve comme une folle afin d'avoir assez pour nous protéger du scorbut : navets, carottes, pommes de terre à entreposer dans le cellier ; ail, pommes, oignons, champignons et raisins secs ; tomates à conserver en les faisant sécher au soleil ou en les immergeant dans l'huile, à condition que les foutus sphinx ne les dévorent pas… et je ne pouvais manquer un seul jour de la saison des tournesols si je voulais ramasser le plus de graines possible, tant pour faire de l'huile que pour les protéines… Il y avait aussi les herbes médicinales…

Je fus interrompue dans ma liste mentale par Brianna qui annonçait que le dîner était prêt. Je me laissai tomber sur le banc près de Jamie, me rendant soudain compte à quel point j'étais affamée, fatiguée et reconnaissante pour le répit et la nourriture.

Les Higgins étaient venus dîner pour écouter les nouvelles de John Quincy. Avec Ian, Rachel, Jenny et le bébé, la cuisine était remplie de personnes et de conversations. Heureusement, le panier de Rachel était généreux et Amy Higgins avait apporté deux énormes tourtes au pigeon et à la dinde en plus de son pain. Au bout de quelques minutes, les odeurs de cuisine eurent un effet sédatif. Nous n'entendions plus que des demandes étouffées pour la relish au maïs, un peu plus de tourte ou de hachis de lapin. Le repas opérait sa magie quotidienne, offrant paix et sustentation.

Peu à peu, à mesure que les ventres se remplissaient, les conversations reprirent sur un ton feutré. Enfin, John Quincy repoussa son assiette vide avec un profond soupir de satiété et balaya d'un regard bienveillant les convives autour de la table.

— M'dame Fraser, m'dame MacKenzie, m'dame Murray, m'dame Higgins… Vous nous avez toutes comblés ce soir. Je n'avais pas autant mangé au cours d'un même repas depuis Noël dernier.

— C'était un plaisir, l'assurai-je. Je n'avais pas vu quelqu'un manger autant depuis Noël dernier.

Il me sembla entendre un léger ricanement derrière moi.

— Tant qu'il y aura un morceau de pain dans notre maison, vous serez toujours le bienvenu pour le partager avec nous, déclara Jamie.

Il sortit une bouteille de sous son banc en ajoutant :

— Vous prendrez bien un petit verre ?

John Quincy rota délicatement dans son poing et adressa un sourire radieux à Jamie.

— Je ne dirais pas non, monsieur Fraser. Je ne voudrais pas contrarier votre sens de l'hospitalité, n'est-ce pas ?

Dix adultes. Je dressai rapidement un inventaire de tout ce qui pouvait contenir une boisson et, me levant, trouvai quatre tasses à thé, deux coupes en corne, trois gobelets en étain et un verre à vin. Je disposai fièrement le tout devant Jamie.

Pendant que j'étais ainsi occupée, John Quincy avait ouvert le bal, pour ainsi dire, en sortant de son gilet élimé une série de lettres. Il les examina attentivement avant d'en tendre une à Jamie assis en face de lui de l'autre côté de la table.

— Celle-ci est pour vous, annonça-t-il. Et celle-ci est pour un capitaine Cunningham. Je ne le connais pas, mais c'est écrit *Fraser's Ridge* sur l'enveloppe. C'est l'un de vos métayers ?

— Oui, je la lui donnerai, répondit Jamie en prenant les deux lettres.

— Merci. Et celle-ci est pour Mlle Frances Pocock.

Il agita doucement la dernière lettre en cherchant la destinataire autour de lui.

— Fanny ! s'écria Mandy. Fanny, t'as une lettre !

Assise sur le banc à côté de Roger, qui la tenait fermement par la taille, Mandy trépignait d'excitation. Tout le monde se tourna d'un côté et de l'autre, cherchant Fanny.

Celle-ci se leva lentement du fût de poisson salé sur lequel elle était assise dans un coin. En voyant son air confus, Jamie lui fit signe d'approcher, ce qu'elle fit à contrecœur.

— Oh, mais c'est donc vous, mademoiselle Frances ? s'exclama John Quincy. Vous êtes bien jolie.

Il s'extirpa du banc et s'inclina profondément devant elle avant de lui tendre la lettre.

Elle la serra contre sa poitrine des deux mains en roulant de grands yeux ronds. Elle me rappelait un cheval paniqué sur le point de s'emballer.

— Personne ne t'avait jamais écrit de lettre ? lui demanda Jem, intrigué. Ouvre-la pour savoir qui te l'envoie.

Elle le dévisagea un moment puis se tourna vers moi en quête de soutien. Je posai le beurrier et lui fis signe de venir mettre sa lettre sur la table. Elle s'exécuta avec des gestes délicats, comme si elle craignait de l'abîmer.

Ce n'était qu'une simple feuille de papier rêche, pliée en trois et cachetée avec un pâté gris jaunâtre qui devait être de la cire de bougie. La graisse avait imprégné le papier et quelques mots apparaissaient à l'envers à travers la tache transparente. Je la saisis et la retournai.

— Elle t'est bien adressée, l'assurai-je, c'est écrit « *Mlle Frances Pocock, aux bons soins de James Fraser, Fraser's Ridge, Colonie royale de Caroline du Nord* ».

— Ouvre-la, grand-mère ! m'implora Mandy en sautillant sur le banc pour mieux voir.

— Non, c'est la lettre de Fanny, lui répondis-je. C'est à elle de l'ouvrir et elle n'a pas besoin de la montrer aux autres si elle n'en a pas envie.

Frances se tourna vers John Quincy avec un air grave.

— Qui vous a donné cette lettre, monsieur ? demanda-t-elle en pâlissant légèrement. Vient-elle de Philadelphie ?

— J'en doute, ma petite puce, répondit-il en haussant une épaule. Cela dit, je ne sais pas vraiment d'où elle vient. On me l'a donnée à New Bern quand j'y suis passé le mois dernier. L'homme qui me l'a confiée n'était pas l'expéditeur, il ne faisait que la passer à quelqu'un qui allait dans la bonne direction, comme ils font tous.

— Ah, fit-elle en se détendant. Je vois. Merci, monsieur, de me l'avoir apportée.

Je constatai qu'elle avait au moins déjà vu des lettres : elle glissa son pouce sous le pli sans hésiter et parvint à détacher le sceau sans le briser. Elle le posa près de la feuille dépliée. Elle se tenait près de moi et je pouvais lire par-dessus son épaule. Elle lut à voix haute, lentement mais clairement, suivant les mots du bout de l'index.

À Mlle Frances Pocock
De la part de M. William Ransom.

Chère Frances,

Je vous écris pour m'enquérir de votre santé et bien-être. J'espère que votre situation vous convient et que vous commencez à vous sentir à votre aise.

Transmettez, je vous prie, mes sincères remerciements à M. et Mme Fraser pour leur générosité.

Je vais bien, quoique très occupé pour le moment. Je vous écrirai à nouveau lorsqu'un autre messager se présentera.

Votre humble serviteur,

William Ransom.

— Will-iam, murmura-t-elle en effleurant du bout des doigts les lettres de son nom.

Son visage rayonnait de bonheur et d'émerveillement.

Près de moi, Jamie bougea légèrement et je levai les yeux vers lui. Ses yeux brillaient dans la lueur du feu, reflétant la joie de Frances.

Fanny disparut avec sa lettre et je me tournai vers John Quincy, tandis qu'autour de nous les conversations reprenaient.

— N'avez-vous pas dit que vous aviez aussi une lettre pour Germain ? lui demandai-je.

— Oui, m'dame. Je la lui ai déjà donnée quand je l'ai croisé de retour des latrines.

Il lança un regard à la ronde puis haussa les épaules.

— Il a sans doute voulu s'isoler pour la lire. Je crois qu'elle était de sa mère.

J'échangeai un regard inquiet avec Jamie. Fergus avait écrit au début du printemps pour nous assurer que tout allait bien pour sa famille. Marsali se sentait aussi bien qu'une femme enceinte de huit mois pouvait se sentir. Dans une autre lettre, il nous dressait l'inventaire des divers objets qu'il envoyait pour nous à Cross Creek. Dans les deux cas, il avait ajouté une phrase brève, mais affectueuse, pour Germain. Je lui avais lu la première, et Jamie, la seconde. Germain s'était contenté de hocher la tête, le visage de marbre, sans rien dire.

Lorsqu'il n'apparut pas pour le dessert (du pain d'Amy tartiné de compote de pommes envoyée par Sarah Chisholm pour me remercier d'avoir accouché sa benjamine), je commençai à sérieusement m'inquiéter. Il avait peut-être décidé de dîner et de passer la nuit chez un ami. Cela lui arrivait souvent, avec ou sans Jem. Cependant, il prévenait généralement un adulte.

En outre, je m'étonnais qu'il se fût absenté alors que nous avions un visiteur, et pas n'importe lequel. La présence d'un homme aussi pittoresque que John Quincy Myers était la promesse d'histoires divertissantes ainsi que de nouvelles. Au cours des prochains soirs, d'autres voisins viendraient l'entendre. Je savais qu'il resterait quelques jours. Ce soir, il était pour nous seuls.

Mandy s'assit sur les genoux de Myers. Si elle l'observait avec un air émerveillé, je soupçonnais que c'était sa volumineuse barbe striée de gris qui la fascinait plutôt que l'histoire qu'il racontait. Il s'agissait d'une affaire d'adultère survenue à Cross Creek un mois plus tôt, qui s'était soldée par un duel au pistolet au milieu de Hay Street. Les deux adversaires avaient chacun raté leur cible, l'un tirant dans une citerne publique, l'autre dans la croupe d'un cheval attelé à un cabriolet. La blessure sans gravité avait néanmoins surpris le cheval, qui était parti ventre à terre, entraînant avec lui Mme Judge Alderdyce, qui se trouvait dans le véhicule pendant que son valet allait lui chercher un paquet.

— La pauvre dame a-t-elle été blessée ? s'enquit Brianna, qui avait du mal à garder son sérieux.

— Oh non, m'dame, la rassura John Quincy. En revanche, elle était folle de rage, plus furieuse qu'un frelon mouillé et, croyez-moi, quand ils sont mouillés, ils sont mauvais. Dès qu'on est parvenu à arrêter le cabriolet et à faire descendre la dame, elle s'est rendue droit dans les bureaux de l'avocat Forbes et a exigé qu'il intente sur-le-champ un procès à celui qui avait blessé son cheval.

Brianna cessa de sourire en entendant le nom de Neil Forbes, qui l'avait enlevée et vendue à Stephen Bonnet. Je vis Roger poser une main sur la sienne et la presser légèrement. Elle se mordit la joue et lui fit un bref signe que tout allait bien.

— Elle ne s'est pas occupée d'abord de son cheval ? demanda Jemmy sur un ton réprobateur.

— Jim-Bob Hopper s'en est chargé, l'assura Myers. C'est le valet de Mme Judge. Avec un peu d'onguent sur sa plaie et une musette remplie d'avoine, la pauvre bête était remise de ses émotions en moins d'une minute.

Jem et Jamie hochèrent la tête d'un air satisfait.

La conversation revint sur la cause du duel. Je ne restai pas pour entendre la suite. Fanny était revenue et s'était assise au bout du banc, souriant en elle-même tout en écoutant John Quincy. En passant, je lui chuchotai à l'oreille :

— As-tu vu Germain ?

Elle s'extirpa de l'envoûtement de John Quincy pour me répondre :

— Oui, madame. Je crois qu'il est sur le toit. Il a dit qu'il ne voulait voir personne.

Effectivement, Germain était recroquevillé sur le plancher de notre chambre au premier étage, les jambes fléchies contre son torse, ses bras encerclant ses genoux, tête baissée. Il formait une tache sombre devant la pâleur des draps derrière lui.

C'était l'image même de la désolation… et celle de quelqu'un qui avait désespérément besoin qu'on le rassure en lui demandant ce qu'il se passait. Comme disait Jenny : « À quoi donc sert une grand-mère ? »

J'avançai prudemment en contournant le plancher inachevé, me tenant aux poutres pour ne pas perdre l'équilibre, remerciant le ciel qu'il ne pleuve pas et qu'il n'y ait pas un ouragan. En réalité, la nuit était calme, remplie d'étoiles et bercée par le susurrement des pins et des insectes nocturnes.

Je m'assis près de lui, les paumes légèrement moites.

— Que se passe-t-il, mon chéri ?

— Je…

Il s'interrompit, lança un regard par-dessus son épaule et se rapprocha de moi.

— J'ai une lettre, chuchota-t-il, une main sur le cœur. M. Myers l'a apportée pour moi. Elle porte mon nom.

De fait, à l'instar de Fanny, c'était probablement la première qu'il recevait de sa vie.

— De qui est-elle ?

— Ma maman. Je… je reconnais son écriture.

— Tu ne l'as pas encore ouverte ? m'étonnai-je.

Il fit non de la tête et serra encore plus la lettre contre sa poitrine, comme s'il craignait qu'elle s'envole.

Je lui frottai lentement le dos, sentant ses omoplates saillir sous sa chemise en flanelle.

— Germain, ta mère t'aime, dis-je doucement. Tu n'as aucune raison de t'inquié…

— Non, elle ne m'aime pas ! lâcha-t-il en se recroquevillant sur lui-même. Elle ne peut pas m'aimer. J'ai… j'ai tué Henri-Christian. Elle ne peut… elle ne peut même pas me regarder !

Je glissai un bras dans son dos et l'attirai à moi. Bien qu'il ne fût pas petit, je pressai sa tête contre mon épaule et le tins comme un bébé, le berçant doucement, murmurant des sons apaisants pendant qu'il était secoué de gros sanglots.

Que pouvais-je lui répondre ? Je ne pouvais lui dire qu'il se trompait. La contradiction simple ne fonctionnait jamais avec les enfants, même quand elle énonçait une vérité évidente. Or, en toute sincérité, celle-ci ne l'était pas.

— Tu n'as pas tué Henri-Christian, dis-je en m'efforçant de contrôler ma voix. J'étais là.

J'avais été présente et ne voulais pas m'en souvenir. La simple mention du nom d'Henri-Christian faisait remonter trop de détails à la surface : la puanteur de la fumée, la détonation des barils d'encre et de vernis, le rugissement des flammes transperçant le plancher du grenier, Germain suspendu à une corde à plusieurs pieds au-dessus des pavés, tendant la main pour attraper son petit frère…

J'eus beau faire, je ne pus retenir mes larmes à mon tour. Je serrai l'enfant fort contre moi, mon visage pressé contre sa chevelure qui sentait le jeune garçon et l'innocence.

— C'était affreux, chuchotai-je. Horrible. Mais c'était un accident, Germain. Tu as tout fait pour le sauver, tu le sais.

— Oui, mais je n'ai pas pu. Oh, grand-mère, je n'ai pas pu !

— Je sais, murmurai-je encore et encore. Je sais.

Lentement, l'horreur et la douleur cédèrent le pas au chagrin. Nous reniflions tous les deux. Je lui tendis un mouchoir et essuyai mon propre nez sur mon tablier.

Puis je me redressai et m'éclaircis la gorge.

— Donne-moi la lettre, Germain. J'ignore ce qu'elle dit, mais tu dois la lire. Il y a des choses dans la vie que tu dois affronter, que tu le veuilles ou pas.

— Je ne peux pas la lire, répondit-il avec un petit rire triste. Il fait trop sombre.

— Je vais te chercher la chandelle de mon infirmerie, dis-je en me relevant péniblement. (Il me fallut quelques instants avant de trouver mon équilibre.) Il y a de l'eau sur la table. Bois un peu et allonge-toi sur le lit. Je reviens tout de suite.

Je descendis dans mon infirmerie avec la détermination lugubre qui vous saisit lorsqu'il n'y a rien d'autre à faire.

Si, naturellement, Marsali ne reprochait pas à Germain la mort d'Henri-Christian, elle devait effectivement avoir du mal à le regarder sans être déchirée par l'épouvantable souvenir. C'était pourquoi nous avions emmené le garçon avec nous sur le Ridge, sans avoir eu besoin d'insister, dans l'espoir que sa famille et lui se remettraient plus facilement en prenant un peu de distance.

À présent, il croyait sans doute que sa mère lui écrivait pour lui dire de ne jamais revenir.

— Les pauvres, murmurai-je en pensant à Germain, Henri-Christian et Marsali.

J'étais sûre, enfin pratiquement sûre, que Marsali ne lui aurait jamais écrit une telle lettre, mais je pouvais comprendre la peur de l'enfant.

Lorsque je remontai avec la chandelle, il était assis au bord du lit, agrippant ses genoux. Il releva vers moi de grands yeux sombres et angoissés. La lettre était posée à ses côtés. Je la saisis, m'assis près de lui et la décachetai. Lorsque je la lui tendis pour qu'il la lise lui-même, il fit non de la tête.

Je m'éclaircis la gorge et commençai à lire.

— *Mon cher petit fripon...*

Surprise, je m'interrompis. Germain s'était raidi.

— Oh, fit-il d'une petite voix.

— Oh, fis-je à mon tour en comprenant soudain.

Je me détendis. « *Mon cher petit fripon* », c'était ainsi que Marsali l'appelait lorsqu'il était tout petit, avant la naissance de ses sœurs. C'était bon signe.

— Qu'est-ce qu'elle dit, grand-mère ? Qu'est-ce qu'elle dit ?

Il se pressait contre moi, soudain avide. Je souris et la lui tendis à nouveau.

— Tu veux la lire toi-même ?

Il secoua vigoureusement la tête en faisant voler ses cheveux blonds.

— Non, toi, grand-mère. Toi, s'il te plaît.

Mon cher petit fripon,

Nous venons de trouver une nouvelle maison, mais ce ne sera jamais chez nous tant que tu ne seras pas là avec nous. Tu manques terriblement à tes sœurs (au cas où tu te demanderais ce que sont ces longs filaments, elles t'envoient des boucles de leurs cheveux afin que tu n'oublies pas à quoi elles ressemblent. Les cheveux châtain clair sont à Joanie, les bruns sont à Félicité. Les jaunes appartiennent au chat). Papa a hâte de te retrouver pour que tu l'aides. Il refuse que les filles livrent les journaux et les placards, alors qu'elles en meurent d'envie !

Tu as deux nouveaux petits frères qui...

— Deux ?

Il m'arracha presque la page des mains et la tint devant la chandelle, aussi près qu'il le pouvait sans la brûler.

— Elle a écrit *deux* ?

— Oui !

J'étais presque aussi excitée de l'apprendre que lui. Je me penchai sur la page, me collant contre lui.

— Lis la suite ! l'ordonnai-je.

Il se redressa légèrement et lut :

Comme tu peux l'imaginer, nous avons tous été très surpris ! Pour être honnête, j'étais terriblement angoissée. Naturellement, je voulais un enfant qui soit exactement comme Henri-Christian, comme s'il nous était revenu, alors que je savais que c'était impossible. En même temps, j'avais très peur que le petit soit nain lui aussi. Ta grand-mère t'a peut-être expliqué que les enfants qui naissent comme lui ont beaucoup de problèmes de santé. Quand il était tout petit, Henri-Christian a failli mourir plusieurs fois. Papa m'a aussi raconté qu'il avait connu des enfants nains à Paris et que la plupart n'avaient pas vécu longtemps.

Quoi qu'il en soit, un nouveau-né est toujours une surprise et jamais ce à quoi on s'attendait. Quand tu es né, j'étais tellement émerveillée que je m'asseyais près de ton berceau pour te regarder dormir. Je laissais une chandelle allumée parce que je ne supportais pas de la moucher et de ne plus te voir dans le noir.

Quand les garçons sont nés, nous avons pensé les appeler Henri et Christian. Les filles n'ont rien voulu entendre. Elles disaient qu'Henri-Christian était unique et que personne d'autre ne devait porter son nom.

Papa et moi avons convenu qu'elles avaient raison (Germain acquiesçait en lisant). *Alors, un de tes frères s'appelle Alexandre et l'autre, Charles-Claire…*

— Quoi ? fis-je, incrédule. Charles-*Claire* ?

— *… en hommage à ton grand-père et à ta grand-mère*, poursuivit-il en m'adressant un large sourire.

— Continue, lui enjoignis-je avec un coup de coude.

Il hocha la tête et chercha sa ligne du bout de l'index.

— *Donc…*, lut-il.

Sa voix s'étrangla, puis il reprit :

— *Donc, mon cher fils, rentre à la maison. Je t'aime et j'ai besoin de toi à mes côtés afin que notre famille soit à nouveau réunie dans notre nouvelle maison. Avec tout mon amour, comme toujours…*

Il pinça les lèvres et je vis ses yeux, toujours fixés sur le papier, se remplir de larmes.

— *Maman*, murmura-t-il avant de serrer la lettre contre sa poitrine.

Il fallut attendre encore une heure avant que les enfants soient couchés (Germain y compris) et que je me trouve à nouveau dans notre chambre à ciel ouvert, cette fois avec Jamie. Il se tenait au bord du vide, en chemise, contemplant la nuit, pendant que je me débattais avec mon corset. Je soupirai de soulagement en sentant la brise fraîche nocturne se glisser sous ma chemise.

— Tes oreilles sifflent-elles encore, *Sassenach* ? Cela faisait longtemps que je n'avais pas entendu autant de gens parler en même temps dans un petit espace.

Je le rejoignis et glissai mes bras autour de sa taille. Toute la fatigue de la journée et du soir s'évanouit.

— C'est si calme ici, soupirai-je. Je peux entendre les criquets dans le chèvrefeuille derrière les latrines.

Il gémit et posa son menton sur le sommet de mon crâne en reposant sur moi un peu de son poids.

— Ne me parle pas de latrines. Je n'en suis qu'à la moitié de celles de ton infirmerie. Si nous continuons à recevoir autant de monde, il me faudra en creuser d'autres avant la fin du mois.

— Tu sais que Roger s'en occuperait si tu le lui demandais, observai-je. Tu refuses son aide.

— Mmm. Il ne saurait pas comment s'y prendre.

— Parce que creuser des latrines nécessite un grand savoir-faire ? le taquinai-je.

Si Jamie était perfectionniste – en vérité, il l'était dans de nombreux domaines, la plupart ayant trait aux armes et aux outils –, il était particulièrement tatillon sur l'excavation des latrines.

— N'est-ce pas Voltaire qui disait : « Le mieux est l'ennemi mortel du bien » ? ajoutai-je.

— Je crois que c'est plutôt Montesquieu et je suis sûr que ni l'un ni l'autre n'ont jamais creusé de latrines de leur vie.

Il se redressa et s'étira lentement et langoureusement.

— Seigneur, quelle envie de m'allonger !

— Qu'est-ce qui t'en empêche ?

— Je veux faire durer le plaisir d'attendre ce moment. En outre, j'ai faim. Tu n'aurais rien à grignoter ?

— Si les enfants ne l'ont pas trouvé avant, oui.

Je m'agenouillai et sortis de sous le lit le panier que j'avais caché durant l'après-midi pour une urgence telle que celle-ci.

— Du fromage et une part de tarte aux pommes, ça t'ira ?

Il émit un son écossais exprimant de la gratitude et un profond contentement, puis s'assit pour manger.

Je me posai à ses côtés en faisant bruisser les feuilles de maïs du matelas.

— Germain a reçu une lettre de Marsali, annonçai-je. John Quincy te l'a dit ?

— C'est Germain lui-même qui me l'a dit. Quand je suis sorti pour demander aux enfants de rentrer, il était près du puits en train de parler de ses nouveaux petits frères à Jem et Fanny. Il était si excité que ses cheveux se dressaient sur sa tête. Il m'a dit qu'il avait tellement envie de voir sa famille qu'il ne pourrait pas dormir. Alors je lui ai donné du papier et de l'encre pour qu'il écrive une lettre à sa mère. Fanny l'aide avec son orthographe. Qui lui a appris à écrire, à ton avis ? Ce n'est pas une compétence très demandée dans un bordel.

— Il faut bien que quelqu'un tienne les livres de comptes et rédige des lettres de chantage de temps à autre, quoique ce soit plutôt le travail de la maquerelle. Quant à Fanny, elle ne me l'a jamais dit, mais je suppose que c'est sa sœur.

J'eus un pincement au cœur en pensant au passé récent de la petite. Elle n'en parlait jamais.

Une ombre passa sur le visage de Jamie. Arrêtée et condamnée à mort pour avoir tué un client sadique qui avait acheté la virginité de sa petite sœur, Jane Pocock s'était donné la mort la veille du jour de sa pendaison, quelques heures à peine avant que William et Jamie ne la retrouvent.

Jamie fronça les lèvres un instant puis secoua la tête.

— Enfin…, soupira-t-il. Naturellement, nous devons renvoyer Germain chez lui le plus tôt possible. Il va beaucoup manquer à Frances.

Occupée à ramasser nos vêtements sur le sol, je me redressai brusquement.

— Tu crois que nous devrions envoyer Fanny avec lui ? Elle pourrait rester un temps avec Marsali et Fergus et les aider avec les nourrissons.

Il s'immobilisa, un morceau de fromage à la main, puis secoua la tête.

— Fergus a déjà sept bouches à nourrir et la petite semble se plaire ici. Elle s'est habituée à nous et je ne voudrais pas qu'elle croie que nous ne voulons pas d'elle. En outre…

Il hésita et ajouta sur un ton détaché :

— William me l'a confiée pour que je la protège.

— Et tu penses qu'il viendra ici la voir, dis-je doucement.

— Oui. Je ne tiens pas à ce qu'il débarque et ne la trouve pas.

Il mordit dans un bout de fromage et le mastiqua lentement en regardant au loin.

Je me levai et me remis à plier nos vêtements de telle sorte qu'ils ne puissent être emportés par une forte rafale, sans pour autant finir froissés. En posant mes souliers et le *sporran* de Jamie sur la pile pour la lester, j'aperçus le bord d'un papier plié.

— Oh, c'est la lettre que t'a apportée Myers ? demandai-je.

— Oui, répondit-il sur un ton hésitant, comme s'il ne voulait pas que je la lise.

Je reculai ma main. Il posa le morceau de fromage et indiqua la lettre d'un signe du menton.

— Tu peux la lire, si tu veux, *Sassenach*.

— Ce sont de mauvaises nouvelles ?

Après l'émotion suscitée par la lettre de Marsali, je ne tenais pas à gâcher la quiétude de cette nuit d'été avec des informations qui pouvaient attendre le lendemain.

— Pas vraiment, répondit-il. Elle est de Joshua Greenhow. Tu te souviens de lui, à Monmouth ?

— Je ne risque pas de l'oublier.

J'étais en train de recoudre une entaille sur le front du caporal Greenhow quand j'avais reçu une balle. Ma dernière image avant de tomber avait été le visage ahuri du militaire, mon aiguille et le fil à suture pendant de son front ensanglanté. Dire que ce qu'il s'était passé ensuite avait été la pire expérience physique de ma vie n'aurait pas été une exagération. Étendue sur le sol dans un tourbillon de feuilles, de ciel et de douleur atroce, me vidant de mon sang, j'avais entendu un courrier du général Lee tenter de convaincre Jamie de m'abandonner dans la boue.

Je lançai un regard vers la lettre. La lumière était trop faible pour que je la lise, même en chaussant mes lunettes.

— Que dit-elle ?

— Bah, en grande partie où il est et ce qu'il y fait, c'est-à-dire pas grand-chose pour le moment. Il se tourne les pouces à Philadelphie. Il y a aussi un passage sur le général Arnold. Joshua dit qu'il a épousé Peggy Shippen. Tu te souviens d'elle ? Et qu'il est passé devant une cour martiale pour spéculation. Arnold, pas M. Greenhow.

— Il spéculait sur quoi ?

Je me souvenais effectivement de Peggy : une jeune fille de dix-huit ans, un peu trop consciente de sa beauté. Elle se dandinait devant le général âgé de trente-huit ans telle une mouche de pêche devant une truite.

— Je peux comprendre qu'il ait voulu l'épouser, mais pourquoi diable aurait-elle accepté un homme comme lui ? demandai-je.

Bien que pourvu d'un charme considérable et d'un magnétisme animal, Benedict Arnold avait également une jambe plus courte que l'autre et, à ma connaissance, ni fortune ni propriété.

Jamie m'adressa un regard entendu.

— Arnold est le gouverneur militaire de Philadelphie. Elle vient d'une famille de tories. Tu sais ce que les Fils de la liberté ont fait à son cousin. Sans doute ne tient-elle pas à ce qu'ils reviennent et incendient la maison de son père avec toute la famille à l'intérieur.

— En effet. Tu veux bien me passer mon châle ?

La brise nocturne qui se glissait sous ma chemise humide commençait à me faire frissonner. Il drapa le châle autour de mes épaules en reprenant :

— Quant aux spéculations d'Arnold, il peut s'agir de tout et de n'importe quoi. Pratiquement toute la ville est à vendre.

Je hochai la tête et contemplai la nuit qui étendait autour de nous son manteau de velours. Pendant un instant, il fut décoré d'une pluie d'étincelles jaillissant de la cheminée de l'autre côté de la maison.

— Je ne peux pas empêcher la future trahison de Benedict Arnold, dis-je doucement. Je ne pourrais rien faire, même s'il se tenait devant moi en cet instant. N'est-ce pas ?

Je me tournai vers lui avec un regard implorant.

— Non, répondit-il en prenant ma main.

Grande et forte, la sienne était aussi froide que la mienne.

— Viens t'allonger près de moi, *Sassenach*. Je te réchaufferai et nous regarderons la lune descendre.

Quelque temps plus tard, nous étions blottis l'un contre l'autre, nus dans la nuit fraîche, puisant chacun sa chaleur dans l'autre. La lune descendait vers l'est, un mince croissant d'argent qui faisait ressortir la brillance des étoiles. La toile pâle du plafond frémissait et murmurait au-dessus de nos têtes. Le parfum des pins, des cyprès et des chênes nous enveloppait. Une libellule, détournée de ses occupations par un courant d'air, se posa sur l'oreiller près de ma tête, une lueur vert pâle palpitant dans son abdomen.

— *Oidhche mhath, a charaid*, lui dit Jamie.

Elle agita aimablement ses antennes puis s'envola, décrivant un cercle avant d'aller rejoindre ses compagnes dans les herbes.

— J'aimerais que nous puissions garder notre chambre ainsi à ciel ouvert, soupirai-je en la regardant disparaître dans l'obscurité. C'est tellement charmant, comme si nous faisions partie de la nuit.

— Ça le sera beaucoup moins quand il pleuvra, répondit-il en montrant du menton la toile du plafond. Ne t'inquiète pas, nous aurons un vrai toit avant qu'il neige.

— Tu as raison, dis-je en riant. Tu te souviens de notre première cabane ? Lorsqu'il a neigé et que le toit fuyait ? Tu as tenu à aller le réparer en plein blizzard, nu comme un ver !

— À qui la faute ? rétorqua-t-il sans rancœur. Tu ne me laissais pas grimper sur le toit avec ma chemise. Avais-je le choix ?

— Te connaissant, non.

Je me tournai sur le côté et l'embrassai.

— Tu as un goût de tarte aux pommes. Il en reste ?

— Non, je vais descendre t'en chercher.

Je l'arrêtai d'une main sur le bras.

— Ce n'est pas la peine. Je n'ai pas vraiment faim et je préfère rester blottie contre toi. Mmm ?

— Mmm.

Il roula sur moi et s'installa entre mes jambes.

— Que fais-tu ?

— Je pensais que c'était évident.

— Mais tu viens de manger de la tarte aux pommes.

— Elle n'était pas si nourrissante que ça.

— Ce n'est pas… ce que je voulais dire…

Ses pouces caressaient le haut de mes cuisses et son souffle chaud soulevait le duvet sur mon corps d'une manière très troublante.

— Si tu penses aux miettes, *Sassenach*, n'aie crainte. Je les enlèverai une à une dès que j'aurai fini. N'est-ce pas ce que font les babouins ? À moins que ce ne soit avec les puces.

— Je n'ai pas de puces ! fut tout ce que je trouvai à dire.

Cela le fit rire, et il se mit à l'œuvre.

— J'aime bien quand tu cries, *Sassenach*, murmura-t-il un peu plus tard en faisant une pause pour reprendre son souffle.

— Il y a des enfants en dessous de nous ! chuchotai-je en enfouissant les doigts dans ses cheveux.

— Alors, essaie de feuler comme un couguar…

Un peu plus tard, je lui demandai :

— À quelle distance se trouve Philadelphie ?

Il ne répondit pas tout de suite, se contentant de masser doucement mes fesses d'une main.

— Tu sais ce que m'a dit Roger Mac l'autre jour ? dit-il enfin. Que pour un Anglais, cent milles c'était loin ; et que pour un Américain, cent ans c'était long.

Je tournai légèrement la tête pour le dévisager. Il fixait le ciel, les traits paisibles. Je comprenais ce qu'il avait voulu dire.

— Dans combien de temps, alors ?

Je posai une main sur son cœur, ses battements puissants et lents me rassurant. Nos deux odeurs se mélangeaient sur sa peau.

— Combien de temps nous reste-t-il, à ton avis ? demandai-je à nouveau.

— Pas beaucoup, *Sassenach*. Cette nuit, ce qui doit arriver, c'est aussi loin que la Lune. Demain, ce pourrait être à notre porte.

Les poils de son torse s'étaient hérissés, à cause de la fraîcheur ou de notre conversation. Il saisit ma main, la baisa, puis se redressa en position assise.

— As-tu déjà entendu parler d'un certain Francis Marion, *Sassenach* ?

En train de prendre ma chemise, je m'arrêtai et lui lançai un regard. Il me tournait le dos et ses cicatrices formaient un réseau de minces lignes argentées.

— Peut-être, répondis-je en examinant l'ourlet de ma chemise.

Il était un peu sale, mais il ferait l'affaire une journée de plus. J'enfilai ma chemise et saisis mes bas.

— Francis Marion... N'était-ce pas celui qu'on surnommait « le Renard du marais » ?

J'avais un vague souvenir d'avoir vu un feuilleton télévisé de Disney portant ce titre et il me *semblait* que le personnage principal s'appelait Marion quelque chose.

— Il n'a pas hérité de ce surnom, répondit-il. Que sais-tu de lui ?

— Fort peu de choses et uniquement par une émission de télévision. Toutefois, Bree peut probablement encore chanter l'indicatif... Euh... C'est le thème musical qui est joué au début de chaque... représentation.

— Tu veux dire que c'est toujours le même air ? s'étonna-t-il.

— Oui. Francis Marion... Je me souviens d'un épisode où il était capturé par un soldat britannique et attaché à un arbre, ce qui signifie qu'il était probablement un...

Je m'interrompis brusquement, saisie du même frisson qui me prenait chaque fois que mon chemin croisait l'un d'*eux*. D'abord Benedict Arnold, ensuite...

— Francis Marion vit... aujourd'hui.

— C'est ce que dit Brianna, mais elle ne se souvient pas beaucoup de lui.

— Pourquoi t'intéresse-t-il autant ?

Il se détendit.

— As-tu entendu parler des « bandes de partisans » ?

— Non, à moins que tu veuilles parler de partis politiques et je suis presque sûre que ce n'est pas le cas.

— Comme les whigs et les tories ? Non, en effet, il ne s'agit pas de ça.

Il saisit la cruche de vin, emplit un gobelet et me le tendit.

— Une bande de partisans, c'est un peu comme une bande de mercenaires, mais ils ne se battent pas pour de l'argent, généralement. C'est comme une milice privée, en plus anarchique.

Ayant connu bon nombre de compagnies de miliciens durant la campagne de Monmouth, cela me fit rire.

— Je vois, et que fait une bande de partisans, au juste ?

Il se servit à son tour et leva son gobelet à ma santé.

— Apparemment, elle erre dans la nature, attaquant les loyalistes, tuant les esclaves libérés, opérant généralement comme une épine dans le pied de l'armée britannique.

— Ils tuent des esclaves libérés ? Mais pourquoi ?

Walt Disney avait apparemment omis quelques détails dans sa version de 1950 du Renard des marais, et pour cause.

— Les Britanniques libèrent souvent les esclaves qui acceptent de s'enrôler dans leur armée. C'est ce que m'a appris Roger Mac. Apparemment, M. Marion n'apprécie guère… ou n'appréciera guère. Je ne crois pas qu'il ait commencé à le faire. J'en aurais sans doute entendu parler.

Je bus une gorgée de vin. C'était du muscat, frais et sucré, parfait pour une nuit remplie d'ombres.

— Et où sévit ce M. le Renard des marais ? demandai-je.

— Quelque part en Caroline du Sud. Je n'ai pas fait attention aux détails. C'est l'idée qui m'a intéressé.

— L'idée d'une bande de partisans ?

J'étais mal à l'aise depuis que j'avais enfilé mes bas et fus prise de l'idée saugrenue que je ferais peut-être mieux de les ôter à nouveau. Toutefois, je ne pouvais échapper à cette conversation.

Les doigts de sa main droite pianotaient sur sa cuisse, battant le rythme de sa pensée.

— Oui, dit-il en refermant son poing. C'est ce que Benjamin Cleveland… Tu sais, l'espèce de gros ours mal léché qui a essayé de me menacer… me proposait de faire, d'une manière détournée. Toutefois, ses intentions étaient claires.

Il baissa les yeux vers moi, le regard sombre et grave.

— Je ne me battrai plus avec l'armée continentale. J'en ai soupé des armées. En outre, je doute que le général Washington veuille encore de moi.

Il esquissa un sourire.

— D'après ce que m'a rapporté Judah Bixby, tu as rendu ta commission d'une manière assez brutale, répondis-je en souriant à mon tour. Je regrette d'avoir manqué ça.

Je l'avais manqué parce que, au moment où Jamie renonçait à sa commission, rédigeant sa démission sur le dos du messager venu le rappeler au combat, j'étais étendue à ses pieds, grièvement blessée et inconsciente. Judah, un de ses jeunes lieutenants qui avait assisté à la scène, m'avait raconté qu'il avait écrit son bref message avec de la boue mélangée avec mon sang.

— En effet, dit-il. J'ignore ce qu'en a pensé Washington. Au moins, il ne m'a pas fait arrêter et pendre pour désertion.

— Je suppose qu'il a eu depuis d'autres chats à fouetter.

Après être devenue l'une des dernières victimes de la bataille de Monmouth, je n'avais pas été en état de suivre l'évolution de la guerre pendant un long moment et, de fait, je ne m'en étais guère souciée. Toutefois, on ne pouvait y échapper indéfiniment. Nous vivions à Savannah lorsque les Britanniques avaient envahi la ville. Pour autant que je sache, ils y étaient toujours. Cependant, comme l'eau, les nouvelles coulent vers l'aval et ont tendance à s'accumuler dans les villes côtières où se trouvent les services postaux, les ports et les journaux. Les faire grimper dans les montagnes est un processus lent et difficile.

— Dois-je en déduire que tu projettes de monter ta propre bande de partisans ? demandai-je en m'efforçant de conserver un ton léger.

— J'y songe, répondit-il sur le même ton. Ce n'est pas tant pour les raids et les tueries... Cela fait bien longtemps je n'y ai plus participé. (Il poussa un soupir de nostalgie.) C'est pour la protection du Ridge. En outre... à mesure que la guerre se poursuit... un petit gang pourrait être utile ici et là.

Il avait ajouté cette dernière phrase avec une telle nonchalance que je me redressai et lui lançai un regard torve.

— Un gang ? Tu veux monter un *gang* ?

Il parut surpris.

— Oui, pourquoi ? Tu n'avais jamais entendu ce mot, *Sassenach* ?

Je bus une gorgée de vin pour tenter de calmer mes nerfs.

— Si, bien sûr, répondis-je. Je m'étonne que, toi, tu le connaisses.

— Bien sûr que si. C'est un mot écossais, après tout.

— Vraiment ?

— Mais oui, en scots, ça veut dire « marcher ensemble ». *Slàinte !*

Il me prit mon gobelet, le leva à ma santé, puis le vida d'un trait.

15

Laquelle est la sorcière ?

Mandy et moi nous tenions de chaque côté de la table. Elle était debout sur le banc, observant avec une concentration intense le petit bol jaune posé entre nous.

— Combien de temps, grand-mère ?

— Dix minutes.

Je lançai un regard à la montre à carillon en filigrane d'argent que Jenny m'avait prêtée.

— Cela ne fait que deux minutes, dis-je. Tu peux te rasseoir. Ce n'est pas parce que tu la regardes qu'elle lèvera plus vite.

— Si, rétorqua-t-elle avec une assurance tranquille qui me fit sourire. Jemmy dit que, si on la regarde pas, elle s'enfuit.

Se rendant compte qu'elle avait quitté des yeux la levure, elle se pencha en avant au-dessus du bol et la lorgna d'un air sévère, lui interdisant de déborder sur les côtés et de filer en douce.

— Je crois qu'il parlait plutôt des lapins, ma chérie.

J'avais moi-même du mal à ne pas la regarder. Je humai l'air au-dessus du bol. Mandy m'imita aussitôt.

— Je suis sûre qu'elle est bonne, conclus-je. Elle sent… la levure.

Mandy hocha vigoureusement la tête.

— Si elle n'était plus active… je veux dire bonne… elle sentirait mauvais, expliquai-je.

Je voulais attendre que s'écoulent les dix minutes afin de lui montrer la mousse que formait la levure active quand on la mélangeait avec de l'eau chaude sucrée. Néanmoins, j'étais presque sûre que mon procédé fonctionnait et en étais soulagée. Si l'on pouvait aussi faire des biscuits à pâte levée avec du bicarbonate de soude, la méthode était beaucoup plus complexe.

Je cueillis une bonne noix de ma préparation dans le bol et la déposai dans une petite cruche propre.

— Nous mettons un peu de levure dans du lait afin d'en faire davantage la prochaine fois, commentai-je.

Jamie passa la tête dans l'entrebâillement de la porte.

— Je peux t'emprunter la petite une minute, *Sassenach* ?

— Oui, répondis-je en arrêtant la main de Mandy qui plongeait dans le sac de farine sur la table. Grand-père a besoin de toi, ma chérie.

— D'accord, répondit-elle, affable.

Avant que j'aie pu l'arrêter, elle en profita pour enfourner l'un des biscuits aux raisins secs que j'avais cuits un peu plus tôt.

— Pour quoi faire, grand-père ? demanda-t-elle, la bouche pleine.

— J'ai besoin que tu t'assoies sur quelque chose un moment, répondit-il.

Son long nez se fronça en sentant l'odeur du beurre et des raisins. Sa main s'approcha du plateau.

— Soit, soupirai-je, résignée. Un seul. Mais mange-le ici, s'il te plaît. Si les garçons te voient, ils rappliqueront comme un nuage de sauterelles.

— Des chauffterelles ?

— Mandy, viens-tu de mettre un autre biscuit dans ta bouche ?

L'enfant fit un effort colossal pour avaler, ses yeux lui sortant des orbites.

— Non, répondit-elle en projetant une pluie de miettes.

Jamie acheva son biscuit plus proprement et fit un signe de tête vers le plateau.

— Ils sont bons, *Sassenach*. On finira par faire de toi une bonne cuisinière.

Il me sourit, prit Mandy par la main et l'entraîna à l'extérieur.

N'ayant pas de bocal à biscuits (pouvais-je en fabriquer un ? Brianna le pourrait sans doute une fois qu'elle aurait ressuscité son four), je les versai dans une petite casserole, puis posai dessus deux pierres plates pêchées dans le ruisseau et que l'on gardait près de la cheminée afin de chauffer nos lits quand viendrait l'hiver. Cela ne dissuaderait pas les garçons mais les tiendrait à l'abri des insectes et, peut-être, des ratons laveurs en maraude. Les murs de la cuisine étaient solides, toutefois la plupart des fenêtres n'avaient pas encore de vitres.

Je contemplai un moment ma casserole, envisageant toutes les possibilités, l'emportai dans mon infirmerie et l'enfermai dans le placard où je conservais des alcools distillés, des flacons de solution saline et d'autres préparations qui risquaient peu d'attirer du monde. J'entendis les voix de Jamie et de Mandy sur la véranda et allai voir ce qu'ils mijotaient.

Jamie était à genoux en train de poncer ce qui semblait être une lunette de siège d'aisance… à la taille de Mandy.

— Essaie, dit-il en se redressant sur les talons. Assieds-toi dessus.

Mandy s'exécuta en gloussant.

— C'est pour quoi faire, grand-père ?

— Tu te souviens de la petite souris qui est entrée dans ta chambre la semaine dernière ?

— Voui. Tu l'as attrapée dans ta main. Elle t'a mordu ?

— Non, *a leannan*. Elle est entrée sous ma manche, a remonté le long de mon bras, a sauté de mon col et a filé dans notre chambre où elle s'est cachée dans les bons souliers de ta grand-mère. Tu as oublié ?

Elle plissa le front, fouillant dans sa mémoire.

— Voui ! Tu as crié.

— En effet. De temps en temps, des souris ou d'autres petites bêtes, si elles ont peur, courent se réfugier dans les latrines. Elles sont inoffensives, mais elles pourraient te faire sursauter et, le cas échéant, je ne voudrais pas que tu perdes ta prise et tombe dans le trou.

— Beeeeurk ! fit Mandy en pouffant de rire.

— Ce n'est pas drôle. Ton oncle William est tombé dans les latrines quand il était petit et cela ne lui a pas fait plaisir.

— C'est qui, oncle William ?

— Le frère de ta mère. Tu ne l'as pas encore rencontré.

Les petits sourcils bruns de Mandy se froncèrent.

Jamie me lança un regard et haussa brièvement une épaule.

— Autant lui en parler tout de suite, expliqua-t-il. Nous le reverrons probablement tôt ou tard.

— Tu en es sûr ? demandai-je, peu convaincue.

Certes, la dernière fois que Jamie et William s'étaient rencontrés, il n'y avait pas eu d'acrimonie entre eux. Néanmoins, William n'avait pas semblé s'être résigné à accepter les circonstances de sa naissance.

— Oui, répondit-il, le regard rivé sur le trou qu'il perçait dans le bois. Il viendra pour Frances.

J'entendis un petit hoquet de surprise derrière moi et me retournai. Fanny revenait du potager, un panier rempli de légumes sous le bras. Son ravissant visage avait pâli et elle fixait Jamie avec des yeux ronds.

— Vous… vous croyez vraiment qu'il viendra ? Ici ? Pour moi ?

Sa voix se brisa sur le dernier mot. Jamie la dévisagea un moment et acquiesça.

— C'est ce que je ferais, Frances. Il le fera aussi.

Je retournai dans la cuisine pour surveiller ma levure. Tout allait bien : une mousse jaune sale s'était formée à la surface de l'eau. Selon la montre, onze minutes s'étaient écoulées. En préparant mes ingrédients pour les biscuits, je me rendis compte qu'un mécréant avait mangé tout le beurre et que nous n'avions plus de lard. La maison était déserte, Jamie et Mandy discutaient toujours sur la véranda. J'avais donc le temps d'aller chercher de la crème à baratter à la laiterie pendant que la pâte levait.

Je revenais lentement du petit abri de la source, chargée de deux lourds seaux remplis de lait crémeux, lorsque j'aperçus une femme se dirigeant vers la maison. Elle était grande et marchait d'un pas résolu. Elle portait une robe noire et un grand chapeau de paille assorti qu'elle retenait d'une main pour qu'il ne s'envole pas.

Jamie avait disparu, sans doute parti chercher un outil. Assise sur sa lunette de latrines, Mandy chantait une chanson à Esmeralda. Elle ne prêta aucune attention à la femme qui, je m'en apercevais à mesure que j'approchais, était plus âgée que ne le laissaient penser son dos droit et sa démarche souple. Je distinguais à présent les rides de son visage et ses tempes grises sous le bonnet qu'elle portait sous son chapeau.

— Où est ton père, petite ? demanda-t-elle.

— Ch'sais pas, répondit Mandy. Elle, c'est Esmeralda.

Elle lui montra sa poupée.

— Je souhaite parler à ton père.

— D'accord, répondit Mandy avant de se remettre à chanter : Frèreuh Jacqueuh, Frèreuh Jacqueuh, dormez-vous…

— Arrête ça, l'interrompit sèchement la femme. Regarde-moi quand je te parle.

— Pourquoi ?

— Tu es très effrontée et tu mériterais une bonne fessée.

Le visage de Mandy vira au rouge vif. Elle se leva et se tint debout sur son nouveau siège.

— Allez-vous-en ! dit-elle. Je vous jette dans les wawa.

Elle leva un bras et fit mine de tirer une chasse.

— Pfffuit ! fit-elle.

— Que racontes-tu là, petite insolente ?

Les traits de la femme commençaient à rougir eux aussi. Je m'étais arrêtée, fascinée par la scène. Cette fois, je posai mes seaux, décidant d'intervenir avant que les choses se gâtent. Trop tard.

— Je vous jette dans les toilettes et je tire la chasse comme un CACA ! hurla Mandy en tapant du pied.

La femme la gifla.

Il y eut une demi-seconde de silence interloqué, puis plusieurs choses se produisirent simultanément. Je me précipitai vers la véranda, me pris les pieds dans un seau et m'étalai de tout mon long dans un déluge de lait. Mandy poussa un hurlement que l'on pouvait probablement entendre depuis la piste des carrioles. Jamie jaillit de la porte d'entrée tel le Roi des démons dans une pantomime.

Il saisit Mandy par un bras, bondit de la véranda et se retrouva nez à nez avec la femme avant que j'aie eu le temps de me redresser sur les genoux.

— Partez de chez moi, dit-il d'une voix calme qui indiquait que l'unique alternative était une mort violente et immédiate.

La femme ne se laissa pas impressionner. Elle arracha son chapeau noir pour mieux le foudroyer du regard.

— Cette enfant s'est montrée grossière envers moi, monsieur, ce que je ne saurais tolérer. De toute évidence, personne ne s'est donné la peine de l'élever convenablement. Je n'en suis pas étonnée.

Elle le toisa de haut en bas avec dédain. Mandy avait cessé de hurler et sanglotait à présent contre l'épaule de Jamie.

— En parlant de grossièreté, intervins-je en essorant mon tablier trempé, je ne crois pas que nous ayons eu l'honneur d'être présentées, n'est-ce pas ?

J'essuyai ma main sur ma jupe et la tendis.

— Je suis Claire Fraser.

Son expression outrée se figea. Elle ne répondit pas et recula, un pas après l'autre. Jamie n'avait pas bougé, si ce n'était pour tapoter le dos de Mandy. Son regard était aussi acéré que celui de la femme.

Elle recula jusqu'au sentier, s'arrêta et leva haut le menton en faisant avec son chapeau un geste circulaire qui englobait la maison, Jamie, Mandy et moi.

— Cela ne fait aucun doute. Vous irez tous en enfer.

Là-dessus, elle lança un petit paquet sur la véranda, tourna les talons et s'éloigna à grands pas tel un oiseau de mauvais augure.

— Qu'est-ce que c'était que ça ? demanda Jamie.

— La méchante sorcière, répondit aussitôt Mandy. Je la déteste !

Son visage était encore rouge et sa lèvre inférieure pointait en avant.

— Je crois que Mandy a raison, observai-je en ramassant le paquet du bout des doigts.

Il était enveloppé dans de la soie cirée, attaché avec une étrange ficelle nouée avec une multitude de nœuds superflus. Je le portai à mon nez et le humai prudemment.

Même à travers l'odeur terreuse de l'emballage, le parfum amer de la quinine était si fort que je le sentis jusqu'à l'arrière de la gorge.

— Bon sang ! m'exclamai-je en levant des yeux ahuris vers Jamie. Elle m'a apporté de l'herbe des jésuites.

— Je te l'avais bien dit, *Sassenach*. Il suffisait d'en parler à Roger et Brianna pour que quelqu'un t'en procure.

Il se tourna dans la direction vers laquelle notre visiteuse avait disparu.

— Je crois bien que nous venons de faire connaissance avec Mme Cunningham.

16

Le limier du ciel

Deux semaines plus tard

Je fus extirpée d'un sommeil plus profond que les rêves et expulsée à la surface tel un poisson hors de l'eau, me tortillant et battant des nageoires.

— Que…

Je ne savais plus où j'étais, qui j'étais, ni comment parler. Le son qui m'avait réveillée se produisit à nouveau et tous les poils de mon corps se hérissèrent.

— Bordel de merde !

La parole et la conscience me revinrent d'un coup et j'agitai les mains, cherchant quelque chose à quoi me raccrocher.

Des draps. Un matelas. Un lit. J'étais dans mon lit. Un espace vide à mes côtés. Pas de Jamie. Clignant des paupières telle une chouette, je le cherchai autour de moi. Il se tenait nu devant la fenêtre sans vitre, baignant dans le clair de lune. Ses poings étaient fermés et tous ses muscles noués sous sa peau.

— Jamie !

Il ne se retourna pas. Il ne semblait entendre ni moi ni l'agitation des autres occupants de la maison, réveillés en sursaut comme nous. Mandy s'était mise à crier de peur. J'entendais les voix de ses parents se bousculant pour aller la calmer.

Je me levai et rejoignis Jamie, alors que j'avais surtout envie de m'enfouir sous les couvertures et de rabattre l'oreiller sur ma tête. *Ce son…* Je regardai par-dessus son épaule. La nuit ne montrait rien d'anormal dans la clairière devant la maison.

Ce devait venir de la forêt. Les arbres et la montagne ne formaient qu'une masse noire impénétrable.

— Jamie, l'appelai-je plus calmement en enroulant mes doigts autour de son avant-bras. Qu'est-ce que ça peut être, à ton avis ? Des loups ? Je veux dire, un loup ?

J'espérais qu'il n'y en avait qu'un.

Il sursauta à mon toucher, se tourna vers moi et secoua vigoureusement la tête comme pour chasser… je ne sais quoi.

— Je…, commença-t-il.

Il m'enlaça et m'attira à lui.

— J'ai cru que c'était dans mon rêve, dit-il.

Je le sentis trembler légèrement et le tins le plus fermement possible. Des mots celtes sinistres me venaient à l'esprit, comme *ban-sithe* et *athasg*. La légende disait que la *banshee* hurlait sur le toit lorsque quelqu'un dans la maison allait mourir. Elle ne pouvait être sur notre toit puisque nous n'en avions pas.

— Tes rêves sont-ils toujours aussi sonores ? demandai-je.

Je grimaçai en entendant à nouveau le hurlement. Jamie n'était pas sorti du lit depuis longtemps. Sa peau était encore chaude.

— Oui, parfois, répondit-il avec un rire bref.

Au moment où il me lâchait, nous entendîmes de petits pas précipités dans le couloir et j'eus juste le temps de me jeter à nouveau dans ses bras avant que la porte s'ouvre et que Jem fasse irruption dans la chambre, suivi de Fanny.

— Grand-père, il y a un loup dehors ! Il va manger les porcelets !

Fanny écarquilla des yeux horrifiés et plaqua une main sur sa bouche. Elle ne réagissait pas au sort tragique et imminent des porcelets, mais au fait que Jamie était nu comme un ver. J'avais beau le cacher de mon mieux avec ma chemise de nuit, celle-ci était petite et Jamie, très grand.

— Retourne te coucher, ma chérie, lui dis-je. Si c'est un loup, M. Fraser s'en occupera.

— *Moran taing*, me glissa Jamie dans l'oreille. « Merci bien. » Jem, jette-moi mon plaid, s'il te plaît.

Jem, qui avait souvent vu son grand-père dans le plus simple appareil, décrocha le plaid suspendu près de la porte à une patère.

— Je peux venir t'aider à tuer le loup ? demanda-t-il avec enthousiasme. Je vise mieux que papa, c'est lui-même qui le dit.

— Ce n'est pas un loup, répondit Jamie en nouant le vieux plaid élimé autour de sa taille. Retournez tous les deux dans votre chambre et calmez Mandy avant que les murs s'écroulent.

Le hurlement s'était intensifié, tout comme la réaction hystérique de Mandy. Fanny semblait sur le point de l'imiter.

Bree apparut sur le seuil, l'image même de l'archange Michel avec son ample peignoir blanc, ses cheveux flamboyants et l'épée de Roger à la main. En la voyant, Fanny émit un gémissement.

— Que comptes-tu faire avec ça, *a nighean* ? lui demanda Jamie en enfilant une chemise. Je doute qu'une épée te soit très utile contre un fantôme.

Fanny se laissa tomber sur le sol et enfouit son visage entre ses genoux.

Jem paraissait tout aussi estomaqué.

— Un fantôme ? répéta-t-il. Un loup fantôme ?

Je lançai un regard inquiet vers la fenêtre. Jemmy était assez grand pour avoir entendu parler des loups-garous... Ce terme évoqua en moi une image précise et angoissante, tandis qu'une plainte particulièrement triste et pénétrante perçait le silence provisoire.

— Puisque je te dis que ce n'est pas un loup, rétorqua Jamie sur un ton à la fois agacé et résigné. C'est un chien.

— Rollo ? s'exclama Jemmy en roulant des yeux horrifiés. Il est revenu ?

Fanny redressa brusquement la tête, les yeux écarquillés, Bree émit un son involontaire et, malgré moi, je saisis à nouveau le bras de Jamie.

— J'en doute fort, répondit-il en détachant mes doigts de son bras.

Néanmoins, j'avais senti ses poils se hérisser, ce qui ne fit qu'accentuer mon propre malaise.

— Restez ici, ordonna-t-il en se dirigeant vers la porte.

Laissant lâchement Bree se débrouiller avec la panique des enfants, je le suivis. Puisque nous n'avions ni l'un ni l'autre pris le temps de saisir une chandelle, la cage d'escalier était aussi sombre et froide qu'un puits. Ici, le hurlement paraissait étouffé, ce qui me soulagea brièvement.

— Tu es sûr que c'est un chien ? demandai-je.

— Oui, répondit-il d'une voix ferme.

Une fois au rez-de-chaussée, il se dirigea vers la cuisine. La chaleur accumulée de la grande pièce m'enveloppa. Le feu de la cheminée couvait doucement, la lueur pâle des braises illuminant les formes rassurantes et rondes du chaudron et de la bouilloire suspendus à leur place, faisant luire les ustensiles en étain sur la console. La porte était verrouillée. En dépit de l'atmosphère douillette, mon cuir chevelu me démangeait. Le son était de nouveau plus fort, montant et descendant au rythme de ma respiration. Je n'en étais pas sûre, mais il me semblait qu'il s'était rapproché.

Jamie plongea un fagot dans les cendres, attendit quelques instants, le sortit et souffla dessus jusqu'à ce qu'une flamme s'élève au bout du faisceau de branchages. Son front se détendit et il m'adressa un petit sourire.

— Ne t'inquiète pas, *a nighean*. Ce n'est qu'un chien, je t'assure.

Je lui souris en retour, bien que peu rassurée par la note d'incertitude qui persistait dans sa voix. Je saisis discrètement le rouleau à pâtisserie en pierre et le suivis devant la porte. Il délogea la lourde barre en bois, souleva le loquet sans hésiter et ouvrit. La froideur humide de la nuit s'engouffra dans la cuisine, agitant ma chemise de nuit et me rappelant que j'aurais dû prendre ma cape. Il était trop tard et je suivis vaillamment Jamie sur le perron derrière la maison.

Bien que plus fort, le hurlement semblait moins angoissant et ressemblait davantage aux hululements d'une chouette. Je scrutai le versant qui s'élevait derrière la maison. Je ne voyais rien au-delà de la lueur de la torche. Toutefois, je me sentis plus sûre de moi. Même s'il avait des doutes, Jamie ne m'aurait jamais laissée sortir derrière lui s'il avait pensé que ce mystérieux chien était dangereux.

Il poussa un profond soupir, glissa deux doigts dans sa bouche et émit un sifflement strident. Le son cessa aussitôt.

— Allez, viens, dit-il.

Il siffla à nouveau.

La forêt était silencieuse. Il ne se passa rien durant une minute ou deux. Tout à coup, nous perçûmes un mouvement. Une forme se détacha des plants de tomates autour des latrines et s'approcha lentement. J'entendis des pas dans l'escalier et des conversations étouffées, mais toute mon attention était concentrée sur le chien.

Car il s'agissait bien d'un chien. J'aperçus d'abord deux yeux dorés luisant dans l'obscurité, de longues pattes et la courbe sinueuse d'un dos et d'une queue.

— Un chien de chasse ? demandai-je.

— Oui.

Jamie me passa la torche, s'accroupit et tendit une main devant lui.

Le chien, ou plutôt la chienne (c'était une bluetick coonhound, avec une robe fortement mouchetée de taches noires presque bleutées), sembla s'affaisser légèrement en approchant, la tête basse.

— Tout va bien, *a nighean*, lui dit Jamie d'une voix basse et calme.

— Tu connais cette chienne ? m'étonnai-je.

— Oui.

Je crus percevoir une note de regret dans sa voix. Il caressa sa tête et elle se rapprocha encore, agitant la queue d'une manière hésitante.

— Elle est squelettique, la pauvre, observai-je.

Même dans la faible lumière, ses côtes étaient clairement visibles.

— Il nous reste un peu de viande, *Sassenach* ?

Les autres dans la cuisine avaient cessé de parler en entendant nos voix. Ils sortiraient sur le perron d'un instant à l'autre.

— Jamie, dis-je en posant une main sur son dos. Où as-tu déjà vu cette chienne ?

Je le vis déglutir.

— Je l'ai laissée hurlant sur la tombe de son maître, répondit-il doucement. Ne le dis pas aux enfants, d'accord ?

La chienne prit peur en voyant autant de gens sortir sur le perron. Elle parut sur le point de s'enfuir à nouveau dans les buissons. Toutefois, l'appel de la nourriture était plus fort et elle décrivait des cercles devant la maison avec de petits mouvements navrés de sa longue queue touffue.

Jamie parvint à faire rentrer à nouveau tout le monde dans la cuisine pendant qu'il attirait la chienne avec des morceaux de pain de maïs trempé dans de la graisse de lard. Je me tenais derrière lui avec la torche. Le limier ne se fit pas prier, baissant la tête avec soumission. Lorsque Jamie le caressa derrière les oreilles, il se laissa faire.

— Brave fille, murmura-t-il en lui donnant un autre morceau de pain.

En dépit de sa faim, la chienne le prit calmement.

— Elle n'a pas peur de toi, dis-je doucement.

Je ne voulais pas l'interroger, ce qui ne voulait pas dire que je ne me posais pas de questions.

— Non, c'est vrai, répondit-il. Elle m'a juste vu l'enterrer.

— Cela ne te… trouble pas ? Qu'elle soit venue ici ?

De toute évidence, les hurlements l'avaient perturbé. Qui ne l'aurait pas été ? À présent, je ne savais plus quoi penser. Ses traits étaient parfaitement calmes.

— Non, répondit-il.

Il lança un regard par-dessus son épaule pour s'assurer que les enfants ne pouvaient l'entendre et ajouta :

— J'ai été troublé quand je l'ai vue, mais…

Sa main pleine de graisse se posa un moment sur la fourrure rêche de la chienne.

— Je crois que sa venue est une sorte d'absolution, acheva-t-il.

Une fois à l'intérieur, la chienne mangea voracement avec, toutefois, une étrange délicatesse, grignotant des fragments de viande et de pain tout en faisant de petits mouvements de tête. Extatiques, les enfants se relayaient pour lui tendre de la nourriture dans la paume de leur main. Je vis Jamie observer la scène en fronçant légèrement les sourcils.

— Je crois qu'elle a un problème avec sa bouche, déclara-t-il au bout d'un moment. Nous l'examinons ?

— Oh, laissez-la finir de manger, s'il vous plaît, monsieur Fraser, l'implora Fanny. Elle a tellement faim !

— C'est ce que je constate, dit-il en s'accroupissant près des enfants.

Il caressa lentement l'échine noueuse de la chienne. Elle agita faiblement la queue, toute son attention concentrée sur la nourriture.

— Ce qui m'interroge, c'est pourquoi elle a tellement faim, dit-il.

— Peut-être parce qu'elle n'a plus de maître ? suggérai-je en pesant prudemment mes mots.

— Certes, mais c'est un limier, un chien de chasse. En outre, nous sommes en été, la nourriture abonde. Avec ou sans maître, elle ne devrait pas mourir de faim.

Intriguée, je m'agenouillai et regardai la chienne de plus près. Elle avalait de petites quantités de nourriture à la fois sans mastiquer. Peut-être était-ce son habitude ou, peut-être, tous les chiens se comportaient-ils de telle manière avec de petites portions. Quelque chose clochait.

— Tu as raison, dis-je. Laissons-la finir, puis je l'examinerai.

Le limier lécha les dernières miettes et huma l'air à la recherche d'autre chose à manger, bien que son ventre fût désormais bien tendu. Il lapa un peu d'eau puis, après un regard sur l'assemblée, poussa le genou de Jamie du bout de la truffe et se coucha à ses côtés.

— *Bi sàmhach, a choin*…, lui dit-il en laissant glisser la main le long de son dos.

La chienne agita la queue, poussa un long soupir et sembla fondre dans le plancher.

— Laisse-moi voir ta bouche, *mo nighean gorm*.

La chienne parut surprise mais ne résista pas lorsqu'il la fit rouler sur le côté.

Fascinée, Fanny s'approcha.

— Elle est vraiment bleue, n'est-ce pas ? dit-elle en avançant la main sans la toucher.

— Laisse-la sentir tes doigts pour qu'elle sache qui tu es, lui recommanda Jamie. Évite les gestes brusques, même si elle a l'air douce.

— As-tu déjà eu un chien, Fanny ? lui demanda Bree.

— Non. Enfin… Je me souviens d'un chien. C'était quand j'étais très petite. Je me souviens de l'avoir caressé.

Elle toucha le dos de la chienne, et la queue de celle-ci remua aussitôt.

— C'était sur le bateau, poursuivit l'enfant. Je m'asseyais sous la grand-voile quand il faisait beau et il venait s'asseoir près de moi.

Bree échangea un bref regard avec Roger, qui, assis sur le banc, portait Mandy à moitié endormie.

— Ce bateau… c'était avant que tu habites à Philadelphie ? demanda encore Bree sur un ton léger.

Fanny acquiesça, distraite. Elle m'observait tandis que je glissais un doigt le long de la lèvre inférieure noire de la chienne en l'écartant de ses crocs. Pour autant que je pouvais en juger dans la faible lumière, ses gencives semblaient saines, quoiqu'un peu pâles, peut-être. Les parasites, courants chez les chiens, provoquaient parfois des hémorragies se traduisant par une pâleur des gencives. Je ne connaissais aucune infection parasitique se produisant dans la bouche.

Jem s'était assis sur le plancher et grattait la chienne derrière les oreilles.

— Fais comme ça, indiqua-t-il à Fanny. Ils adorent.

La chienne se détendit avec un air béat et me laissa lui ouvrir la gueule. Ses dents étaient très propres et en bonne santé.

Je palpai l'angle de ses mâchoires, l'articulation temporo-mandibulaire (pas de sensibilité apparente), les ganglions lymphatiques du cou (pas de grosseur). En revanche, un côté de sa mâchoire inférieure était enflé et la chienne gémit quand je le touchai.

— Pourquoi dit-on « propre comme une dent de limier » ? demandai-je. Les dents des chiens de chasse sont-elles plus propres que celles des autres ?

— Sans doute, répondit Jamie en se penchant pour regarder sa bouche. Elle est jeune, elle ne doit avoir guère plus d'un an. Les chiens qui mangent leurs proies se nettoient les dents en rongeant les os.

Je n'écoutais que d'une oreille. En tournant légèrement la tête de la chienne vers le feu de cheminée, je venais de déceler une ombre.

— Jamie, peux-tu approcher une chandelle ? Je crois qu'elle a quelque chose coincé entre ses dents.

— Tes parents étaient-ils avec toi sur le bateau, Fanny ? demanda Roger d'une voix à peine plus forte que le crépitement des flammes.

La main de Fanny s'immobilisa un instant sur la tête de la chienne, puis elle se remit à la gratter, plus lentement.

— Je crois, répondit-elle sur un ton hésitant.

La flamme de la chandelle oscilla lorsque Jamie se tourna brièvement vers la fillette.

— Je le vois ! m'exclamai-je.

C'était un fragment d'os logé entre deux prémolaires inférieures. Aiguisé, il avait entamé la gencive et la zone autour était enflée et spongieuse. Quand j'appuyai doucement dessus, la chienne gémit et tenta d'écarter la tête.

— Jemmy, cours à l'infirmerie et rapporte-moi ma boîte de premiers secours. Tu vois laquelle c'est ?

— Bien sûr, grand-mère.

Il bondit sur ses pieds et disparut aussitôt dans l'obscurité du vestibule.

Fanny se pencha vers moi d'un air anxieux.

— Elle va guérir, madame Fraser ?

— Oui, je le pense, si le morceau d'os n'a pas provoqué un abcès sous sa dent. Tu peux la lâcher quelques minutes, Jamie. Je ne peux pas l'extraire avant que Jem revienne avec mes pinces.

Libérée, la chienne se leva, se secoua vigoureusement et courut derrière Jem dans le couloir. Fanny se redressa sur ses genoux. Avant que nous ayons pu en faire autant, la chienne revint au pas de course, ses pattes martelant le plancher, aboya en nous voyant, décrivit des cercles dans la pièce et sauta sur Fanny en la faisant tomber sur le côté. Elle grimpa sur elle, haletant et remuant joyeusement la queue.

— Laize-moi ! dit Fanny en riant et en gigotant pour se libérer. Iziote !

Je souris et lançai un regard vers Jamie, qui souriait aussi. La fillette riait rarement, hormis avec les garçons.

— Voilà, grand-mère !

Jem laissa tomber la boîte de premiers secours sur mes genoux et se mit à boxer avec la chienne, faisant mine de lui donner des tapes d'un côté du museau et de l'autre. La chienne pantelait gaiement et émettait de petits « Wouf ! » en essayant d'attraper ses doigts.

— Elle va te pincer, observa Jamie, amusé. Elle est plus rapide que toi.

Ce qu'elle fit, sans lui faire mal. Jem poussa un cri et gloussa de rire.

— Iziote, lui dit-il. Si on l'appelait Iziote ?

— Non, répondit Fanny, hilare. C'est un nom iziot.

Elle parlait mieux depuis que je l'avais opérée d'une ankyloglossie, mais elle peinait encore un peu avec certains sons.

— Si vous continuez à l'énerver ainsi, cette pauvre chienne ne sera jamais soignée, dis-je en prenant mon ton sévère.

En effet, Brianna et Jamie riaient aussi. Roger se retenait, ne voulant pas réveiller Mandy, à présent profondément endormie contre son épaule.

Bree calma l'émeute naissante en allant dans le garde-manger et en en rapportant une tarte aux pommes sèches qu'elle distribua à chacun, y compris un morceau de croûte à la chienne, qui l'engloutit aussitôt.

Lorsque j'eus avalé ma dernière bouchée parfumée à la cannelle, je me frottai les mains pour faire tomber les miettes (que la chienne lécha aussitôt), puis disposai devant moi mes pincettes, mon plus petit tenaculum, un carré de gaze et, après une seconde de réflexion, le flacon d'hydromel, l'antibactérien le plus léger de ma pharmacopée.

— Allons-y.

Une fois la chienne immobilisée sur le côté (ce ne fut pas une mince affaire, car elle se tortillait comme une anguille – Jem se coucha sur la partie inférieure de son corps pendant que Jamie la tenait d'une main sur l'épaule et l'autre sur le cou), il ne me fallut que quelques minutes pour déloger le fragment d'os. Fanny tenait la chandelle en veillant à ce que la cire ne coule ni sur moi ni sur ma patiente.

— Et voilà ! dis-je en brandissant ma prise sous les applaudissements avant de la jeter dans le feu. À présent, un peu de nettoyage.

Je pressai fermement la gaze sur la gencive. La chienne gémit sans se débattre. La plaie saigna un peu et libéra ce qui pouvait être une trace de pus, peut-être, c'était difficile à dire à la lueur d'une bougie. J'approchai la gaze de mon nez mais ne sentis aucune odeur de putréfaction. Des restes de viande, de tarte aux pommes et une haleine canine, rien de plus.

Une fois mon extraction réussie, l'intérêt pour mes soins s'envola et la conversation revint sur les noms de chiens. Lulu, Sassafras, Ginny, Monstro (cette dernière proposition émanait de Bree et nous échangeâmes un sourire, visualisant toutes les deux la baleine carnassière de Pinocchio dans le film de Disney), *Seasaidh*…

Jamie caressait doucement la tête de la chienne sans participer à la conversation. Connaissait-il déjà son nom ? Je rinçai la gencive avec l'hydromel, la chienne le lapant et l'avalant sans se redresser, mais toute mon attention était concentrée sur Jamie.

« Je l'ai laissée hurlant sur la tombe de son maître. » Je sentis les poils de mes avant-bras se hérisser à nouveau. J'étais sûre que Jamie avait mis le maître dans cette tombe et que, involontairement, j'en étais la cause.

Ses traits calmes étaient dans l'ombre. Il m'était impossible de deviner ses pensées. Sa main sur la robe mouchetée de la chienne était douce. « Absolution », avait-il dit.

Derrière moi, Jem demanda à Fanny :

— Comment s'appelait ton chien ? Celui du bateau.

— Zzpotty, répondit-elle. Il avait une tache blanche sur le museau.

— Nous pourrions l'appeler Spotty, elle aussi, proposa-t-il. Elle en a plein, des taches.

— Avant de lui donner un nom, vous devriez peut-être attendre de voir si votre grand-père compte la garder, suggéra Roger.

Cette possibilité n'avait jamais traversé l'esprit des enfants, qui furent atterrés.

— Oh, s'il vous plaît, monsieur Fraser ! l'implora Fanny. Je la nourrirai, je vous le promets.

— Et moi je lui enlèverai toutes ses tiques, renchérit Jem. S'il te plaît, on peut la garder ?

Jamie croisa mon regard et esquissa un demi-sourire résigné.

— Elle est venue demander mon aide, dit-il. Je ne peux pas la chasser.

Les enfants manifestèrent leur soulagement avec effusion.

— Dans ce cas, c'est toi qui devrais lui donner un nom, pa, déclara Bree. Comment aimerais-tu l'appeler ?

À ma surprise, il répondit sans hésiter :

— Bluebell. C'est un bon nom écossais et il lui va bien, non ?

— Bwu… Boulbelle, s'entraîna Fanny en caressant la chienne. Je peux l'appeler Bluey, pour faire court ?

Cette fois, Jamie rit franchement. Il se releva lentement, faisant craquer ses articulations après être resté agenouillé trop longtemps.

— À partir du moment où elle te répond, tu peux bien l'appeler comme tu voudras, dit-il. Pour le moment, elle a besoin de dormir, et moi aussi.

Les enfants cajolèrent la récente nommée Bluebell pour qu'elle les suive, lui offrant d'autres morceaux de croûte de tarte, pendant que les adultes se préparaient à retourner au lit. Il y eut un silence durant lequel Bree prit Mandy des bras de Roger, et je m'agenouillai pour étouffer le feu de la cheminée. Sur le palier, Jem et Fanny se parlaient.

— Qu'est-il arrivé à ton chien Spotty ? demanda Jem.

Nous entendions clairement leurs voix distantes et je vis Jamie tourner brusquement la tête lorsque la réponse de Fanny nous parvint, tout aussi clairement.

— Les méchants hommes l'ont jeté par-dessus bord. Bluey peut dormir avec moi ce soir ? Tu pourras la prendre demain.

17

Lecture au coin du feu

La structure du premier étage était terminée. Il restait encore à dresser les murs et à installer le toit. Ses nuits fraîches à la belle étoile avec Claire étaient comptées. Il ressentit une pointe de regret qui fut vite chassée par la vision d'eux deux dans un lit de plumes douillet devant un bon feu, les volets fermés les protégeant des vents hurlants et des rafales de neige. Ce serait dans trois mois.

Il s'enfonça lentement dans le grand fauteuil, appréciant le craquement douloureux de ses articulations qui se détendaient. Son esprit et ses genoux savaient que le moment du repos était venu. Tout le monde était couché, sauf Claire, qui assistait à un accouchement, près de la crique. Elle lui manquait, mais c'était une douleur agréable, comme l'étirement de sa colonne vertébrale. Elle serait probablement de retour demain. Pour le moment, il avait un bon feu à ses pieds, un verre de vin rouge et de la lecture. Il sortit ses lunettes de sa poche, les déplia et les chaussa.

La bibliothèque de la maison se limitait à deux piles de livres posés près de son verre. Une petite bible reliée avec un tissu vert élimé. Il la caressa doucement comme chaque fois qu'il la voyait, c'était une vieille amie qui l'avait souvent aidé durant des temps difficiles. Un exemplaire sans couverture de *Lady Roxana ou l'Heureuse Catin*… Il ferait mieux de ranger ce roman dans sa chambre. Jem ne s'y était pas encore intéressé, mais il savait suffisamment lire pour comprendre de quoi il s'agissait.

Un exemplaire en relativement bon état de la traduction de *L'Odyssée* par M. Pope. Peut-être pourrait-il en lire des passages avec Jem, qui en aimerait sans doute les navires et les monstres. En outre, ce serait une bonne occasion de faire entrer quelques mots de latin dans sa petite caboche. *Joseph Andrews*… un vrai gaspillage de papier, celui-là. Peut-être l'échangerait-il contre un autre livre avec Hugh Grant, qui aimait ce genre d'ânerie. *Manon Lescaut*, en français avec une belle reliure en plein maroquin. Il fronça les sourcils. Il ne l'avait pas encore ouvert. John Grey le lui avait envoyé, avant…

Il émit un grognement irrité et sortit le dernier livre de la pile, celui de Mandy, *Les Œufs verts au jambon*. La couleur, le titre et le personnage comique sur la couverture le firent sourire. Quelques minutes en compagnie de Sam-c'est moi le remirent de bonne humeur.

Il se redressa en entendant des pas dans l'escalier. Ce n'était que Bluebell, qui s'approcha en remuant la queue, le flairant au cas où il aurait de la nourriture sur lui, constata que non, puis alla s'asseoir devant la porte d'entrée en lui lançant un regard entendu.

— Oui, *a nighean*, dit-il en lui ouvrant la porte. Fais attention aux pumas.

Elle disparut dans l'obscurité avec un dernier balancement de queue. Jamie resta un moment sur le perron, regardant et écoutant la nuit.

Elle était calme, hormis pour les arbres qui échangeaient des messes basses. Il descendit les marches pour observer les étoiles, chassant l'agacement que lui avait procuré *Manon Lescaut* et se laissant pénétrer par la quiétude ambiante. Il inspira une bonne goulée d'air sentant la résine de pin avant d'expirer lentement.

— Oui, je te pardonne, petit bougre, dit-il à John Grey.

Il ressentit l'allègement qu'il avait secrètement cherché.

Un bruissement dans les buissons près des latrines lui annonça le retour de Bluebell. Il attendit qu'elle eût fini de flairer à droite et à gauche, puis lui ouvrit la porte. Elle passa devant lui avec un bref mouvement de queue et remonta l'escalier à pas souples.

Se sentant apaisé, il marcha jusqu'au genévrier de Virginie qui poussait près du puits afin de boire un peu d'eau et de cueillir une brindille. Il aimait l'odeur de ses baies. Claire lui avait dit qu'on s'en servait pour aromatiser le gin, dont il ne raffolait pas.

De retour à l'intérieur, la porte verrouillée et le feu attisé, il retourna à ses livres, la brindille de genévrier dégageant un parfum frais qui allait bien avec le vin. Il saisit l'un des petits tomes épais sur les Hobbits que lui avait offerts Brianna. Cependant, même avec ses lunettes, la page était tellement dense de caractères imprimés qu'il se sentait fatigué rien qu'à la regarder. Il le reposa et chercha des yeux un autre ouvrage.

Pas *Manon*. Pas encore. Si son pardon était sincère, il était néanmoins toujours teinté de rancœur. Jamie se connaissait suffisamment pour savoir qu'il devrait pardonner à lord John plusieurs fois avant de pouvoir lui parler à nouveau.

Ce fut sans doute cette rémission récalcitrante qui l'incita à prendre le livre que Brianna avait apporté pour elle-même, celui de Frank Randall, *L'Âme d'un rebelle*.

— Mmm.

Il le tourna entre ses mains. Il avait une taille et un poids satisfaisants, avec une reliure solide. La couverture était imprimée d'un fond étrange en tartan rose et vert, sur lequel, dans un carré vert pâle, était représenté avec une assez bonne facture le panier protégeant la poignée d'une *broadsword* écossaise, ainsi qu'une partie de sa lame. Sous le carré se trouvait le sous-titre, *Les racines écossaises de la révolution américaine*. Ce qui rendait le livre si étrange, c'était la membrane transparente lisse qui tapissait la couverture. Elle n'était pas faite de papier. Lorsqu'il avait interrogé Brianna, elle lui avait expliqué qu'il s'agissait de plastique. S'il connaissait le mot, il en ignorait ce sens particulier. Il retourna le livre pour regarder la photographie. Il commençait à se faire à l'idée des images photographiques, mais voir l'auteur le regarder ainsi dans les yeux le surprenait toujours.

Il pressa fermement son pouce sur le nez de Frank Randall puis le souleva. Il inclina le livre sur le côté, laissant le reflet des flammes jouer sur la couverture plastifiée. Il avait formé une vague tache qui ne se voyait qu'en la regardant de biais.

Ayant soudain honte de ses enfantillages, il effaça la marque avec la manche de sa chemise et posa le livre sur ses genoux. La photographie l'observait calmement à travers des lunettes à monture sombre.

Il n'y avait pas que l'auteur qui le troublait. Il était souvent alarmé par les bribes du futur qu'il entendait de Claire, de Brianna et de Roger Mac. Toutefois, leur présence physique le rassurait. Aussi horribles que fussent les événements à venir, beaucoup avaient survécu. En revanche, s'il savait que sa famille ne lui mentirait jamais, elle tempérait souvent ce qu'elle lui disait. Frank Randall, lui, était un historien, dont le récit de ce qu'il allait advenir serait…

Quoi ? Effrayant, sans doute. Troublant. Peut-être parfois rassurant.

Bien qu'il ne sourît pas, Frank Randall paraissait plutôt sympathique. Les sillons de son visage étaient profonds. Cela n'avait rien d'étonnant : cet homme avait vécu une guerre.

— En plus d'être marié avec Claire, dit-il à voix haute.

Le son de sa propre voix le surprit. Il but une gorgée de vin, la retint un moment dans sa bouche, l'avala et retourna le livre.

Il porta le brin de genévrier à son nez pour sentir son odeur apaisante et ouvrit le volume.

— J'ignore si je te pardonne ou pas, l'Anglais, murmura-t-il. Ou si, toi, tu me pardonnes. En attendant, voyons voir ce que tu as à me dire.

Il se réveilla le lendemain matin dans un lit vide, soupira et s'étira. Il avait cru qu'il rêverait des événements décrits dans le livre de Randall. Au lieu de cela, il avait rêvé des navires d'Achille et aurait aimé le raconter à Claire. Il se secoua pour chasser les derniers vestiges de sommeil et fit sa toilette en notant mentalement des détails de son songe afin de ne pas les oublier. Avec un peu de chance, Claire serait de retour pour le dîner.

On toqua délicatement à la porte.

— Monsieur Fraser ? dit la voix de Frances. Votre fille dit que le petit-déjeuner est prêt.

Il ne sentait aucune odeur appétissante. « Prêt » était un terme relatif.

— J'arrive, petite. *Taing*.

— Tingue ? répéta-t-elle sur un ton surpris.

Il sourit, enfila une chemise propre et ouvrit la porte. Elle se tenait sur le seuil telle une pâquerette des champs, délicate et droite sur sa tige. Il s'inclina.

— *Taing*, articula-t-il lentement. Cela veut dire « merci » en gaélique.

— Vous en êtes sûr ? demanda-t-elle en fronçant les sourcils.

— Oui. Si tu souhaites une formule plus forte, *Moran taing* veut dire « Merci beaucoup ».

Elle rosit légèrement.

— Je suis désolée… Je ne voulais pas dire que… Bien sûr que vous savez ce que vous dites. C'est que Germain m'a dit que « merci » se disait « tabag leet ». C'est juste ? Il me faisait peut-être une blague.

Jamie se retint de rire.

— Non, il ne s'est pas moqué de toi. *Tapadh leat* est plus formel que *moran taing*. Si quelqu'un t'a sauvé la vie ou a payé tes dettes, tu lui dis *tapadh leat*. Quand on te passe le pain à table, tu dis simplement *taing*.

— Je vois.

Elle rosit encore un peu plus lorsqu'il lui sourit. Il la suivit dans l'escalier en se disant qu'elle était décidément charmante. Réservée sans être timide. Sans doute ne pouvait-on se permettre d'être timide lorsqu'on était élevée dans le but de devenir putain.

Une fois au rez-de-chaussée, il sentit enfin l'odeur de porridge… un porridge légèrement brûlé. Il fronça le nez et, stoïque, afficha un grand sourire avant d'entrer dans la cuisine. En passant, il lança un regard vers les murs inachevés de son bureau et le salon à peine commencé. Il pourrait peut-être consacrer une heure de travail à son bureau cet après-midi, s'il revenait à temps de…

— *Madainn mhath !* salua-t-il la famille assemblée depuis l'endroit où la porte se trouverait un jour (la semaine prochaine, peut-être).

— Grand-père !

Mandy sauta de son banc et renversa son bol contre la cruche de lait.

Brianna, qui venait de s'asseoir, les rattrapa de justesse.

Jamie souleva Mandy dans ses bras et sourit à Jem, Fanny, Germain et Brianna.

— Maman a brûlé le porridge, l'informa Jem. En y ajoutant du miel, ça ne se sent pas trop.

Jamie s'assit, Mandy sur ses genoux.

— Ce n'est pas le miel des abeilles de Claire, n'est-ce pas ? demanda-t-il. Elles ont besoin de temps pour s'adapter.

Brianna poussa vers lui un bol, la cruche de lait et un pot de miel. Elle avait le teint rouge, probablement à cause de la chaleur du feu.

— C'est la paie de maman pour avoir réduit la fracture de la jambe cassée d'Hector MacDonald. Désolée pour le porridge. J'ai cru avoir le temps d'aller jusqu'au fumoir et de revenir avant qu'il ait besoin d'être remué à nouveau.

Elle lui indiqua la cheminée du menton. Des tranches de bacon commençaient à grésiller dans la poêle.

— Où est ton homme ? demanda-t-il en se servant une petite coulée de miel.

— Un des fils MacKinnon est venu le chercher à l'aube.

En le voyant surpris de ne pas avoir entendu le visiteur, elle précisa :

— Tu étais fatigué, ça se comprend. Ne t'inquiète pas, ce n'était rien d'urgent. La vieille Grannie MacKinnon s'est encore réveillée mourante. C'est la troisième fois ce mois-ci. Elle voulait un pasteur. Oh, le bacon !

Elle bondit, mais Fanny avait déjà retourné les tranches de lard avant qu'elles se racornissent. Le ventre de Jamie se contracta lorsqu'il sentit l'odeur alléchante.

— Merci, Fanny, dit Brianna en se rasseyant et en reprenant sa cuillère.

Fanny chassa la fumée de devant ses yeux.

— Monsieur Fraser ?

— Oui, ma petite ?

— Comment dit-on « de rien » en gaélique ?

18

Le tonnerre au loin

Je trouvai un endroit peu profond tapissé de graviers dans le ruisseau et me délestai rapidement de mon tablier et de ma robe en m'efforçant de ne pas respirer. À part les membres gangréneux et les cadavres en décomposition, rien n'empeste autant que les excréments de cochon. *Rien.*

Retenant toujours mon souffle, je roulai les vêtements en boule et les laissai tomber dans l'eau. J'ôtai mes chaussures et entrai dans le ruisseau. Ma robe commençait déjà à se dérouler, étirant ses pans indigo au-dessus des graviers telle l'ombre d'une raie manta. Je plongeai une pierre dessus puis, étalant mon tablier en toile du bout de mes orteils nus, le lestai également.

Le pire ayant été évité pour le moment, je marchai un moment dans le ruisseau, de l'eau jusqu'aux mollets, respirant enfin.

Bien que l'élevage d'animaux ne fût pas ma spécialité (à moins d'y inclure Jamie et les enfants), la nécessité faisait de nous tous des vétérinaires. Je rendais visite au jeune Elmo Cairn pour voir comment se remettait son bras fracturé lorsque sa truie avait commencé à donner des signes de mise bas difficile. Elle était couchée sur le côté aux pieds d'Elmo (qui la considérait comme « un animal de compagnie »), ses flancs énormes se soulevant sporadiquement.

Elmo étant handicapé par son bras, j'avais fait le nécessaire, avec des résultats très satisfaisants : un taux de survie de 100 % et une belle portée de huit porcelets, dont six femelles (Elmo m'avait assuré que l'une d'elles m'était destinée, « à condition que la mère ne les dévore pas tous »). Ma mission accomplie, je ne pouvais rentrer à la maison couverte de déjections pestilentielles.

C'était une journée chaude et la lourdeur de l'atmosphère laissait présager un orage imminent. Les pieds dans l'eau, je laissai la fraîcheur du ruisseau remonter sous mes sous-vêtements et, afin d'en profiter plus encore, décidai de me débarrasser de mon corset. Au moment où je le passais par-dessus ma tête, une toux sonore retentit sur la berge.

Je fis un bond et me retournai.

— Nom d'un chien, qui êtes-vous ?

Ils étaient deux : des gentlemen à en juger par leur tenue incongrue. Non pas que je fusse en position de juger de la bienséance de la tenue des autres. Ils avaient des vulpins accrochés à leurs bas de soie, les boucles de leurs souliers étaient remplies de boue et le drap fin de leurs costumes, maculé de traînées de résine de pin. L'un d'eux avait un grand accroc dans sa veste, qui laissait voir sa doublure en soie jaune.

Tous deux me contemplèrent de haut en bas, la bouche entrouverte, leur regard s'attardant sur mes seins. Il faut dire que ces derniers étaient plutôt visibles : la mousseline mouillée de ma chemise adhérait à ma peau et l'air frais avait fait durcir mes mamelons. Pour ce qui était de la bienséance…

Je détachai délicatement ma chemise de mon torse en fixant les deux inconnus froidement.

Celui avec la veste déchirée se ressaisit le premier et inclina la tête.

— Je m'appelle M. Adam Granger et voici mon neveu, M. Nicodemus Partland. Pourriez-vous nous indiquer comment nous rendre chez le capitaine Cunningham, ma brave dame ?

Je résistai à l'impulsion de remettre de l'ordre dans ma coiffure.

— Mais certainement, répondis-je. C'est dans cette direction (je pointai l'index vers le nord-est). C'est à trois milles environ d'ici. Je crains que vous ne soyez surpris par l'orage.

Ils n'y échapperaient pas. Le vent se levait, faisant bruisser les feuilles des saules le long de la rivière. Des nuages noirs s'amoncelaient à l'ouest. En montagne, on pouvait voir venir l'orage de loin et celui-ci s'approchait très rapidement.

Mue en partie par les lois de l'hospitalité et, en plus grande partie, par la curiosité, j'essorai mes vêtements et les roulai dans mon corset en proposant :

— Vous feriez mieux de venir vous abriter chez nous en attendant que l'orage passe. Nous habitons tout près d'ici. Un des garçons vous guidera vers la maison du capitaine Cunningham après la pluie, sa cabane est loin d'ici.

Ils échangèrent un regard, puis levèrent les yeux vers le ciel qui s'obscurcissait en acquiesçant à l'unisson. Je n'avais pas aimé la manière dont M. Partland avait reluqué mes seins et ne tenais pas à ce qu'il lorgne mon derrière quand je marchais. Aussi leur fis-je signe de me précéder sur le sentier, enfilai mes souliers et les suivis, dégoulinante.

M. Granger devait avoir dans les cinquante ans. Partland était plus jeune, environ trente-cinq ans. Ni l'un ni l'autre n'étaient gros. Nicodemus Partland était grand et longiligne, avec des yeux qui semblaient voir derrière vous, même lorsqu'il vous dévisageait. Il ne cessait de lancer des regards par-dessus son épaule comme pour s'assurer que j'étais toujours là.

Lorsque nous arrivâmes à la maison vingt minutes plus tard, l'air était chargé d'ozone et j'entendais le tonnerre gronder au loin.

— Bienvenue dans la Nouvelle Maison, dis-je avec un signe du menton vers la porte d'entrée.

Jamie apparut sur le seuil en portant le chat Adso. Celui-ci bondit de ses bras et fila entre mes jambes, poursuivi par Bluebell, qui jappait joyeusement. La chienne freina pile en voyant les deux inconnus et se mit à aboyer férocement contre eux, le poil hérissé.

Jamie descendit du perron et retint la chienne par la peau du cou.

— Ça suffit, *a nighean*, la gronda-t-il avant de la lâcher.

Il se tourna vers les nouveaux venus.

— Je suis désolé, messieurs.

L'attitude menaçante de Bluebell avait fait reculer M. Partland, qui avait posé une main sur sa poche comme s'il y cachait un pistolet. Il ne quitta pas la chienne des yeux, même lorsque Jamie appela Fanny pour qu'elle la fasse rentrer.

En revanche, M. Granger ne prêtait aucune attention à Bluebell. Il dévisageait fixement Jamie, qui, s'en rendant compte, inclina légèrement la tête en lui tendant la main.

— James Fraser, pour vous servir.

— Je… C'est que…

M. Granger secoua la tête et serra la main de Jamie.

— M. Adam Granger, monsieur. N'êtes-vous pas… n'êtes-vous pas le *général* Fraser ?

— Je l'étais, répondit Jamie laconiquement.

Il se tourna vers Partland, qui l'observait comme s'il était un cheval qu'il envisageait d'acquérir.

— Et vous, monsieur ?

— Nicodemus Partland, votre dévoué serviteur.

En dépit de son sourire aimable, le ton de Partland n'exprimait aucune dévotion. Ni même le moindre respect.

Se souvenant soudain de mon existence, M. Granger se tourna vers moi.

— Votre servante a proposé que nous nous abritions ici pendant l'orage. Toutefois, si notre présence vous importune, nous…

— Pas le moins du monde, l'interrompit Jamie en me lançant un regard amusé. Permettez-moi de vous présenter mon épouse, madame le général Fraser.

Fanny apparut sur le seuil pour répondre à l'appel de Jamie et voir pourquoi Bluebell aboyait. Brianna la suivait. Jamie fit les présentations et proposa aux visiteurs d'entrer en arquant un sourcil vers Bree, qui hocha la tête.

— Ma fille s'occupera de vous. Je vous rejoins tout de suite.

Il attendit qu'ils soient à l'intérieur puis se tourna vers moi.

— Que diable as-tu encore manigancé, *Sassenach* ?

— J'ai accouché des petits cochons, répondis-je succinctement.

En guise de preuve, je lui tendis le ballot de vêtements trempés d'où émanait la puanteur reconnaissable entre toutes des excréments porcins.

Il la tint à bout de bras.

— Juste ciel ! Frances, veux-tu bien prendre ça ? Fais-les tremper dans quelque chose… À moins qu'il vaille mieux les brûler ?

Il m'interrogea du regard.

— Fais-les tremper dans de l'eau froide, du vinaigre et du savon mou, indiquai-je à Fanny. Nous les ferons bouillir plus tard. Merci, Fanny.

Elle acquiesça et prit le ballot en fronçant le nez.

— Qui sont ces hommes ? me demanda Jamie avec un signe du menton vers la porte d'entrée. Et comment t'es-tu retrouvée en leur compagnie vêtue de ta seule chemise ?

— Je me lavais dans le ruisseau lorsqu'ils sont apparus, répondis-je, un brin irritée. Je ne les ai pas invités à me rejoindre.

— Non, je m'en doute.

Il prit une profonde inspiration pour se calmer et déclara :

— Je n'aime pas la manière dont le plus jeune te regarde.

— Moi non plus. Quant à ce qu'ils sont...

Je fus interrompue par Fanny, qui se dirigeait vers la cuve à lessive avec Bluebell.

— Le plus jeune est un officier, dit-elle en passant. Ils croient toujours qu'ils peuvent tout se permettre.

Déconcertée, je la regardai s'éloigner.

— Ils n'ont pas l'air de soldats, observai-je avec un haussement d'épaules. Le plus âgé m'a appelée « ma brave dame ». Il m'a vraisemblablement prise pour ta boniche.

— La quoi ?

— La femme de ménage. Quoi qu'il en soit, ils cherchaient le capitaine Cunningham et, comme il s'apprêtait à pleuvoir...

De fait, l'orage était pratiquement sur nous. Le vent agitait l'herbe, les feuilles et les brindilles. Toute la forêt respirait et les nuages couvraient la moitié du ciel, grands, noirs et parcourus d'éclairs.

Brianna sortit avec une serviette et me la tendit.

— Je les ai installés dans ton bureau, pa. J'ai bien fait ?

— Oui, l'assura-t-il.

J'achevai de m'essuyer la tête et arrêtai Bree au moment où elle s'apprêtait à tourner les talons.

— Attends ! Cela t'ennuierait de descendre au cellier avec Fanny pour rapporter quelques légumes et, peut-être... je ne sais pas... quelque chose de sucré, comme de la confiture, des raisins secs ? Il va bien falloir les nourrir, qui qu'ils soient.

— Bien sûr, répondit-elle. Vous ignorez qui ils sont ?

— Fanny dit que le jeune est officier, déclara Jamie. Pour le reste... nous verrons bien.

Il glissa un bras autour de ma taille pour m'entraîner à l'intérieur.

— Viens, *Sassenach*. Nous devons te sécher.

— Et m'habiller, ajoutai-je.

— Oui, ça aussi.

Le cellier se trouvait de l'autre côté de la clairière, près du fumoir. Le vent, qu'aucun arbre ni construction n'entravaient, poussait les filles par-derrière, faisant bouffer leurs jupes et voler le bonnet de Fanny.

Brianna le rattrapa au vol. Sa propre chevelure libre lui battait le visage, comme celle de Fanny, l'aveuglant. Elles se regardèrent et éclatèrent de rire. Les premières gouttes les atteignirent et elles se mirent à courir en poussant des cris jusqu'au cellier.

Il était creusé dans le flanc d'une colline, sa grosse porte en bois encadrée d'un jambage en pierres. Elle résista et Brianna dut donner un coup d'épaule pour l'ouvrir. Elles se précipitèrent à l'intérieur juste au moment où le déluge commençait.

Essoufflée, Brianna tendit son bonnet à Fanny.

— Tiens. Je doute qu'il te protégera de la pluie.

Fanny éternua, pouffa de rire, éternua à nouveau.

— Où est le vôtre ? demanda-t-elle en reniflant et en se recoiffant.

— Je n'aime pas beaucoup les bonnets, expliqua Brianna. J'en mets parfois un quand je fais la cuisine ou un travail très salissant. Pour la chasse, il m'arrive de porter un feutre mou. Le reste du temps, j'attache simplement mes cheveux.

— Oh, fit Fanny. Est-ce pour cela que Mme Fraser, je veux dire votre mère, n'en porte pas non plus ?

— Dans le cas de ma mère, c'est un peu différent, répondit Brianna en passant ses doigts dans sa longue chevelure rousse pour la démêler. Cela fait partie de son combat contre…

Elle hésita en se demandant si elle pouvait lui dire. Après tout, puisque Fanny faisait désormais partie de la famille, elle le comprendrait tôt ou tard.

— … de son combat contre les gens qui croient avoir le droit de lui dire comment se comporter.

Fanny écarquilla les yeux.

— Ils ne l'ont pas ?

— J'aimerais les voir essayer ! répondit Brianna sur un ton acerbe.

Elle noua ses cheveux en un chignon lâche sur sa nuque et se tourna pour inspecter leurs réserves. C'était rassurant : les trois quarts des étagères étroites étaient couverts de pommes de terre, de navets, de pommes, de patates douces et des formes ovoïdes vert vif de papayes mûrissant lentement. Deux grands sacs en jute posés contre le mur du fond contenaient sans doute des noix (ses parents avaient dû les troquer, car les noix locales étaient loin d'être prêtes). Il flottait dans l'air l'odeur capiteuse et sucrée des raisins muscats suspendus en grappes aux poutres basses.

— Maman n'a pas chômé, observa-t-elle en choisissant une douzaine de pommes de terre. C'est toi qui l'as aidée à rassembler toutes ces réserves, n'est-ce pas ?

Fanny rosit et baissa modestement les yeux.

— J'ai ramassé les navets et des pommes de terre, confirma-t-elle. Il y en a beaucoup qui poussent dans ce qu'on appelle le vieux potager. Sous les mauvaises herbes.

— Le vieux potager, répéta Brianna, songeuse.

Un léger frisson se répandit jusque sur son cuir chevelu. On lui avait raconté la mort de Malva Christie et de son enfant. Les mauvaises herbes cachaient bien des secrets.

Fanny laissa tomber deux gros oignons dans son panier et demanda :

— Ne devrions-nous pas prendre plus de pommes de terre ? Et des pommes, peut-être, pour faire des beignets ? Si la pluie ne cesse pas, ces hommes vont passer la nuit chez nous. Et nous n'avons pas d'œufs pour le petit-déjeuner.

— Bonne idée, répondit Brianna, impressionnée par la prévoyance de bonne ménagère de Fanny.

Cette pensée associée aux visiteurs en amena une autre.

— Comment savais-tu que l'un des hommes était officier ?

Et pourquoi pa n'était-il pas étonné que tu le saches ? ajouta-t-elle en elle-même.

Fanny la dévisagea un long moment, les traits sans expression. Elle sembla prendre une décision et hocha la tête.

— Je les ai déjà vus. Ils venaient souvent au bordel.

— Au…

Brianna manqua de laisser tomber la papaye qu'elle venait de saisir. Sa mère lui avait raconté le passé de Fanny, mais elle ne s'était pas attendue à ce que la fillette en parle si simplement.

— Au bordel, répéta Fanny. À Philadelphie.

— Je vois.

Brianna espérait que son ton et son regard étaient aussi neutres que ceux de Fanny, en dépit de la petite voix intérieure qui s'écriait : *Mon Dieu, elle n'a que onze ou douze ans aujourd'hui !*

— Est-ce… euh… pa qui t'a trouvée ?

Les yeux de Fanny se remplirent soudain de larmes et elle tourna rapidement la tête, faisant mine d'inspecter des pommes sur une étagère.

— Non, répondit-elle d'une voix étranglée. Ma… ma sœur… Nous… nous… nous nous sommes enfuies.

— Ta sœur, répéta lentement Brianna. Où est…

— Elle est morte.

— Oh, Fanny.

Cette fois, Brianna avait lâché la papaye. Elle saisit Fanny par les épaules et la serra contre elle comme si elle pouvait étouffer le chagrin qui les submergeait toutes les deux. Fanny tremblait, silencieuse.

— Oh, Fanny, répéta Brianna doucement.

Elle caressa le dos de l'enfant comme elle l'aurait fait avec Jem ou Mandy. Elle sentait ses os délicats sous ses doigts.

Cela ne dura pas longtemps. Fanny se ressaisit rapidement (Brianna le sentit, comme si elle rentrait dans sa chair) et se libéra de leur étreinte.

— Ce n'est rien, dit-elle en battant des paupières pour refouler les larmes, ce n'est rien. Elle est à l'abri à présent.

Elle inspira profondément et redressa le dos.

— Après… William m'a donnée à M. Fraser. Oh… Vous… vous êtes au courant pour William ?

L'espace d'un instant, Brianna ne comprit pas. *William ?* Puis le déclic se fit.

— William, tu veux parler du fils de M. Fraser… De pa ?

Prononcer son nom fit revivre son image dans son esprit : le grand jeune homme qui lui avait parlé sur un quai à Wilmington, avec ses yeux de chat et un long nez comme le sien, avec un teint mat, alors que le sien était clair.

— Oui, répondit Fanny, légèrement sur ses gardes. Cela veut-il dire qu'il est votre frère ?

— Mon demi-frère, en effet.

Légèrement étourdie, Brianna se pencha pour ramasser la papaye en demandant :

— Tu m'as bien dit qu'il t'avait *donnée* à pa ?

— Oui, répondit Fanny en prenant une dernière pomme sur l'étagère. Cela vous dérange-t-il ?

Brianna effleura la joue tendre de l'enfant.

— Oh non, Fanny, non. Absolument pas.

Le plus jeune des deux visiteurs était bien soldat, Jamie en eut rapidement le cœur net. L'autre ne semblait pas en être un. Si le jeune traitait son compagnon plus âgé (et plus riche) avec déférence, il semblait avoir un certain ascendant sur lui. *Du moins le croit-il*, pensa Jamie en affichant un sourire aimable et en servant du vin aux deux hommes dans son bureau. Il n'aimait pas beaucoup ce Partland et devinait que ce sentiment était réciproque, même s'il ignorait pourquoi. Pour le moment.

— Vous resterez jusqu'au matin, monsieur Granger ? demanda-t-il avec un regard méfiant vers le plafond. La nuit tombe et l'orage risque de durer. Essayer de vous orienter dans la forêt en avançant à tâtons n'est pas une bonne idée.

La pluie avait commencé à clapoter au-dessus de leurs têtes. Il était partagé entre la fierté d'avoir un toit qu'il avait construit lui-même et la crainte qu'il ne soit pas aussi étanche qu'il l'espérait.

— Avec plaisir, mon général, répondit Partland. Mon oncle et moi vous remercions pour votre aimable hospitalité.

Granger parut surpris par cette usurpation de sa préséance. Les deux hommes échangèrent un regard et, quelle que fût l'information qu'ils se transmirent, elle porta ses fruits. Granger se détendit et murmura des remerciements à son tour.

— Je vous en prie, messieurs, répondit Jamie en s'asseyant derrière son bureau.

Il avait dû aller chercher un tabouret dans la cuisine pour Partland, car son bureau ne comptait qu'une chaise cannée pour les visiteurs. Au moins, il y avait des murs, ce qui offrait une certaine intimité et les séparait de la cuisine, où Claire, de nouveau décemment vêtue, était en train de marteler une pièce de venaison récalcitrante à coups de maillet afin de la rendre comestible.

— Je préférerais que vous m'appeliez « monsieur Fraser », dit-il avec un sourire afin d'éviter toute protestation. J'ai démissionné de ma commission après Monmouth et n'ai plus de liens avec l'armée continentale.

Granger se redressa légèrement et tira sur sa veste pour dissimuler son accroc.

— C'est faire preuve d'une grande modestie, monsieur. D'ordinaire, tout homme qui a occupé un poste militaire important s'accroche à vie à son titre.

Partland conserva des traits neutres. Jamie eut l'impression qu'il réprimait un petit sourire sardonique, ce qui l'agaça.

— Il m'est avis que, après de longues années de services honorables, de nombreux officiers méritent de le conserver une fois à la retraite, répondit-il. N'est-ce pas le cas de votre ami le capitaine Cunningham ?

— Euh… oui, dit Granger, légèrement décontenancé. Je m'excuse, monsieur Fraser, je ne voulais pas vous froisser en insistant sur votre souhait de ne pas conserver le vôtre.

— Il n'y a pas de mal. Connaissez-vous le capitaine depuis longtemps ?

— Oui, répondit Granger en se détendant. Le capitaine m'a rendu un très grand service en sauvant un de mes navires attaqué par un corsaire français au large de la Martinique. Je lui ai rendu visite pour l'en remercier et, au fil de notre conversation, nous avons découvert que nous avions de nombreuses opinions communes. Nous nous sommes liés d'amitié et entretenons une correspondance depuis... Doux Jésus, cela doit faire vingt ans, au moins.

— Ah, vous êtes donc marchand ?

Cela expliquait sans doute la doublure en soie jaune qui devait coûter autant que toute la garde-robe des occupants de la maison.

— Oui, dans le négoce du rhum. Hélas, la guerre actuelle nous complique bien l'existence.

Jamie émit un son neutre indiquant une compassion polie et sa réticence à se laisser entraîner dans une conversation politique. Si M. Granger semblait du même avis, M. Partland posa son gobelet sur le bureau et se pencha en avant.

— Pardonnez mon impertinence, monsieur Fraser... (il sourit sans desserrer les lèvres), je suis curieux. Pour quelle raison avez-vous quitté l'armée de Washington, si je puis me permettre de vous poser la question ?

Jamie avait envie de lui rétorquer qu'il ne pouvait se le permettre. Toutefois, parce qu'il voulait en savoir plus sur son interlocuteur, il répondit aimablement :

— Le général Washington m'avait nommé général pour répondre à une urgence, monsieur. Le général Henry Taylor étant mort quelques jours avant la bataille, il avait besoin d'un homme expérimenté pour assurer le commandement de ses compagnies de miliciens. Cependant, la plupart des miliciens ne s'étaient engagés que pour trois mois et devaient rentrer chez eux juste après Monmouth. Mes services n'étaient donc plus nécessaires.

— Ah.

Partland l'observait d'un air narquois, semblant se demander s'il pouvait dire ce qu'il avait en tête. Il finit par le dire et Jamie se rendit compte qu'il avait dressé une liste mentale dans laquelle il cocha les cases « téméraire », ainsi que « aussi visqueux qu'une anguille ».

— Pourtant, l'armée continentale aurait bien besoin d'un soldat possédant votre expérience. D'après ce que j'entends, ils écument les armées d'Europe à la recherche d'officiers, quelles que soient leur expérience ou leur réputation.

Jamie émit le même son, un peu plus fort. Granger l'imita. Partland ne tint compte ni de l'un ni de l'autre.

— J'ai entendu dire... pure médisance, à n'en pas douter... que vous aviez abandonné le champ de bataille avant même d'avoir été relevé de votre poste. Et que ce... contretemps... avait entraîné votre démission.

— Dans ce cas particulier, les médisances sont fondées, répliqua Jamie. Ma femme avait été grièvement blessée sur le champ de bataille. Elle est chirurgienne et soignait les blessés. J'ai démissionné afin de lui sauver la vie.

Et tu n'en sauras pas plus, petite fouine.

Granger s'éclaircit la gorge en lançant un regard de reproche à son neveu, qui se redressa et reprit son gobelet avec un air nonchalant. Les coups de maillet de Claire étaient toujours audibles à travers le mur, réguliers et plus lents que les battements de cœur de Jamie, qui s'étaient accélérés.

Il inspira profondément pour les ralentir, saisit la bouteille de vin et la soupesa. Elle était à moitié pleine ; ce serait assez pour tenir jusqu'au dîner.

— Parlez-moi du commerce du rhum, demanda-t-il à Granger en lui remplissant son gobelet. J'ai travaillé autrefois comme caviste à Paris. Nous vendions principalement du vin, mais également des spiritueux. C'était il y a environ trente-cinq ans. J'imagine que les choses ont changé depuis.

L'atmosphère dans le bureau se détendit et les coups de maillet cessèrent. La conversation devint générale et aimable. Le toit ne fuyait pas. Plus tranquille pour le moment, Jamie sirota paisiblement son vin. Il devrait parler du capitaine Cunningham avec Bobby et Roger Mac. Demain.

Bobby Higgins apparut sur le perron juste après midi le lendemain. Il portait un pantalon et une chemise propres, son meilleur gilet et un foulard bordé de dentelle autour du cou, ce qui alarma Jamie. Lorsque Bobby devenait méticuleux, cela signifiait qu'il était inquiet et espérait apaiser la fureur des dieux en tressant soigneusement ses cheveux et en portant du linge amidonné.

— Amy m'a dit que Mme Goodwin lui avait dit que votre sœur lui avait dit que vous souhaitiez me parler, monsieur Fraser, annonça-t-il d'emblée.

Il agita nerveusement la tête, cherchant attentivement sur les traits de Jamie un indice de ce à quoi il devait s'attendre.

Jamie recula et lui fit signe d'entrer.

— Oh, ce n'était rien d'urgent, Bobby, le rassura-t-il. Je voulais juste te demander ce que tu savais au sujet du capitaine Cunningham. Deux hommes qui se rendaient chez lui se sont arrêtés ici hier.

— Ah, fit Bobby en se détendant. Les méchants.

— Pardon ?

— C'est ainsi que les a appelés la petite Mandy. Elle a dit qu'ils avaient l'air de méchants et voulait que je les tue.

Jamie sourit en reconnaissant bien là sa petite-fille.

— Et toi, qu'en as-tu pensé, Bobby ?

— Je ne les ai pas rencontrés. Les enfants jouaient près de la laiterie quand ils ont vu passer deux inconnus. De retour à la maison, ils m'en ont parlé et, alors que je me demandais à voix haute qui ils pouvaient être, Germain m'a dit qu'ils cherchaient le capitaine Cunningham. Ce doit être les mêmes hommes.

— Certainement. Viens donc boire une bière avec moi, Bobby.

La bière en question était infecte (elle avait été brassée par Brianna et Fanny), mais fortement alcoolisée. Ils la burent donc sans se plaindre, tout en discutant des métayers et des préoccupations de Bobby.

— Je pense qu'il serait peut-être temps d'organiser une milice, déclara Jamie comme si de rien n'était.

À sa surprise, Bobby ne sourcilla pas.

— Nous aurions déjà dû le faire, monsieur Fraser, si je puis me permettre.

— Pourquoi dis-tu cela ?

— Josiah Beardsley est passé chez nous il y a deux jours. Il m'a dit avoir vu un groupe d'hommes armés dans la forêt entre ici et Blowing Rock. Il est sûr d'avoir aperçu parmi eux au moins une tunique rouge.

Il but une gorgée de bière et s'essuya la bouche avant de conclure :

— Ce n'est pas la première fois que j'entends parler de ce genre de bandes, mais jamais si près de chez nous.

Jamie hocha la tête. Il se souvenait de ce qu'il avait dit à Brianna lorsqu'elle lui avait parlé de Rob Cameron. Les poils de sa nuque se hérissèrent. *Quelqu'un viendra*. Il doutait que la bande vue par Josiah eût un rapport avec les scélérats qui avaient tenté de tuer sa fille dans sa propre maison… Cependant, par les temps qui couraient, n'importe quel *quelqu'un* pouvait être une menace.

— Dans ce cas, le plus tôt sera le mieux, déclara-t-il. Veux-tu bien me dresser une liste, Bobby ? Note bien les armes que tous les hommes du Ridge ont sous la main, que ce soit un mousquet ou une faux. Même un couteau à dépecer fera l'affaire.

Finalement, ce fut Rachel qui lui apprit tout ce qu'il voulait savoir sur le capitaine Cunningham. Ayant décidé d'aider Roger Mac et Richard MacNeill avec le toit de la nouvelle église, il était passé par la cabane de Ian pour lui demander s'il voulait l'accompagner. À quatre, le toit serait monté avant le coucher du soleil. Ce n'était pas une grande structure.

Il avait trouvé Rachel seule, barattant tranquillement du beurre sur son porche. Les ombres des trembles voletaient autour d'elle tels des papillons transparents.

— Ian est parti chasser avec l'un des Beardsley, lui annonça-t-elle sans s'arrêter. Ta sœur a emmené Oggy chez Aggie McElroy, sans doute pour l'exhiber. Elle espère ainsi dissuader sa benjamine d'épouser le premier venu en lui montrant à quoi s'attendre.

Jamie consulta sa carte mentale du Ridge.

— Il s'agit de Caitriona ? Elle ne peut avoir plus de quatorze ans.

— Elle en a treize, mais elle est mûre. Elle n'attendra pas longtemps. Elle n'a pas grand-chose dans la tête, cette petite.

Elle reprit son souffle et poursuivit :

— En toute justice, son envie de se marier est autant motivée par la peur que par le désir ou l'attrait du nouveau. Elle est la plus jeune de la famille et… (elle haletait légèrement) elle redoute d'être obligée… de rester vieille fille afin d'aider ses parents… quand ils se feront vieux. Elle veut fuir… avant qu'ils commencent à radoter.

Gordon McElroy avait cinq ans de moins que lui et Aggie devait avoir dans les quarante-cinq ans. Jamie se demanda s'il s'en rendrait compte, quand il se mettrait à radoter.

— Tu sais bien observer la nature humaine, ma fille, dit-il avec un sourire.

— Oui. Toutefois, dans le cas de Caitriona, ma perspicacité n'y est pour rien… C'est elle-même qui m'a parlé de ses angoisses.

Rachel travaillait depuis un bon moment. Il faisait chaud et la sueur avait obscurci le bord de son fichu. Son teint, d'ordinaire couleur de crème avec une cuillerée de café, avait rosi.

Jamie grimpa sur le porche et lui prit le manche du baratton, la poussant doucement de côté sans cesser de battre.

— Assieds-toi et repose-toi un peu, ordonna-t-il. Et raconte-moi ce que tu sais sur le capitaine Cunningham.

— Tu es bien trop grand pour cette baratte, protesta-t-elle tout en s'asseyant sur une marche.

Elle étendit ses jambes devant elle et étira ses épaules avec un soupir de soulagement.

— Le beurre va bientôt se former, observa-t-il. N'est-ce pas ?

Cela faisait longtemps qu'il ne s'était pas servi d'une baratte. Peut-être… cinquante ans ? Perturbé par ce constat, il accéléra ses mouvements.

Rachel se tourna vers lui en plissant le front.

— Pas à moins que tu ne battes plus lentement.

— Ah.

Il ralentit docilement, imitant le rythme qu'elle avait adopté plus tôt. Il appréciait la sensation du liquide épais tournant dans la baratte en émettant un clapotis cadencé.

— As-tu déjà rencontré le capitaine ? demanda-t-il.

— Oui. J'ai croisé sa mère en forêt peu après leur arrivée. Elle cueillait de la consoude. Nous avons papoté et je l'ai aidée à porter ses paniers jusqu'à leur maison. Son fils s'est montré très aimable et m'a offert un thé.

Elle l'interrogea du regard pour savoir si ces renseignements lui étaient utiles. C'était le cas.

— J'imagine que personne dans l'arrière-pays n'a vu du thé au cours des cinq dernières années, observa-t-il.

— En effet. Il m'a dit que d'anciens collègues de la marine, des amis, lui envoient un coffret de thé et d'autres délicatesses de temps à autre.

— Tu as dit « peu après leur arrivée ». Quand sont-ils arrivés au juste ?

— À la fin avril. Le capitaine a raconté à Bobby Higgins que, tel Ulysse, il était parti à pied depuis la côte avec une rame sur l'épaule et avait marché jusqu'à ce qu'il trouve un endroit où personne ne savait ce que c'était. Là, il a décidé de s'installer, s'il le pouvait.

Jamie ne put retenir un sourire.

— Bobby sait-il seulement qui est Ulysse ?

— Il l'ignorait, alors je lui ai raconté son histoire et lui ai expliqué que le capitaine avait utilisé une métaphore. Je crois que le capitaine rend Bobby mal à l'aise. Toutefois, il n'avait aucune raison de rejeter sa requête. Le capitaine a payé cinq ans de loyers en avance. En espèces.

Bobby était mal à l'aise avec toute personne proche de l'autorité gouvernementale en raison de la marque de l'assassin sur son visage. Elle avait été gravée dans sa chair quand il était soldat, après une émeute à Boston qui s'était soldée par la mort d'un civil.

— Il semblerait que les gens se confient facilement à toi, Rachel.

Elle releva vers lui ses yeux noisette et acquiesça.

— J'écoute, répondit-elle simplement.

Elle connaissait d'autres détails sur les Cunningham, car lorsqu'elle cherchait des plantes dans les parages (leurs cabanes n'étaient qu'à un mille et demi l'une de l'autre) et en cueillait trop, elle passait chez eux pour leur en donner. Toutefois, rien de ce qu'elle savait ne sortait de l'ordinaire, hormis le fait que le capitaine aspirait à prêcher.

— Prêcher ?

Jamie faillit s'immobiliser. Une certaine résistance de la crème lui indiqua que le beurre était bientôt prêt et il continua à battre.

— A-t-il dit pourquoi ? Ou comment ? demanda-t-il.

— Il prêchait déjà le dimanche devant ses marins lorsqu'ils étaient en mer. Il y prenait sans doute plaisir et s'était dit que, une fois à la retraite, il pourrait devenir prédicateur laïque. Il ignore si c'est possible, mais sa mère assure que Dieu l'y aidera.

Cette nouvelle était surprenante et légèrement rassurante. En revanche, bien des prédicateurs soufflaient le feu et le soufre au service d'une armée, et une vocation religieuse n'empêchait pas un homme de nourrir d'autres convictions. Il était peu probable qu'un ancien capitaine de la marine britannique à la retraite penchât pour l'indépendance des colonies d'Amérique. En outre, Jamie ne doutait pas que les observations de Frances concernant M. Partland fussent justes.

— Savais-tu que, lorsque Roger Mac et Brianna ont rendu visite aux Cunningham, ils leur ont montré la porte ? Je crois que le beurre est prêt.

Rachel se leva et rassembla sa chevelure noire sous son bonnet. Elle saisit le baratton, le tourna plusieurs fois et hocha la tête.

— Oui, Brianna me l'a raconté, dit-elle. Roger devrait tenter de parler à l'ami Cunningham en l'absence de sa mère.

— Probablement.

Jamie souleva le couvercle de la baratte et ils se penchèrent au-dessus pour voir les grains de beurre or pâle flotter à la surface de la crème.

19

Des fantômes en plein jour

C'était une journée splendide. J'avais convaincu Jamie (non sans mal) que le ciel ne nous tomberait pas sur la tête s'il n'installait pas la porte de la cuisine avant la nuit. Nous avions donc emmené les enfants dans une marche à travers la forêt en direction de la cabane de Ian, avec de petits présents pour Rachel, Jenny et Oggy.

— Combien paries-tu que le petit bonhomme a enfin un nom, *Sassenach* ?

— Quelle cote ? demandai-je, amusée. Tu paries qu'il en a un ou qu'il n'en a pas ?

— Cinq contre deux qu'il n'en a toujours pas. Quant à l'enjeu…

Il lança un regard à la ronde pour s'assurer que nos compagnons ne nous entendaient pas et abaissa la voix.

— Je parie tes culottes.

« Mes culottes » étaient en fait un pantalon de pyjama en flanelle que j'avais cousu en prévision de l'hiver à venir.

— Pourquoi voudrais-tu mes culottes ?

— Pour les brûler.

— Pas question. En outre, je pense moi aussi qu'ils n'ont pas encore choisi. Les dernières suggestions que j'ai entendues étaient « Shadrach », « Gilbert » et le nom mohawk pour « Pète comme une chèvre ».

— Laisse-moi deviner : cette dernière proposition vient de Jenny.

— Qui connaît les chèvres mieux qu'elle ?

Bluebell fouillait énergiquement du museau le tapis de feuilles mortes, sa queue battant en rythme tel un métronome.

— Crois-tu qu'on puisse dresser un chien à chasser n'importe quoi ? demandai-je. Je sais que la race de Bluebell a été créée pour chasser les ratons laveurs, mais de toute évidence ce n'est pas ce qu'elle cherche en ce moment.

— Tu voudrais la dresser pour quoi, *Sassenach* ? Pour chasser des truffes ?

— N'est-ce pas la spécialité des cochons ? Et, parlant de cochons... Jemmy ! Germain ! Surveillez Mandy et faites attention aux sangliers.

Accroupis au pied d'un pin, les garçons arrachaient des morceaux d'écorce en forme de pièces de puzzle. En entendant mon appel, ils tournèrent vaguement la tête vers moi.

— Où est Mandy ? criai-je.

— Là-haut, avec Fanny, répondit Germain en pointant l'index vers le haut du versant.

— Germain ! Germain, regarde ! s'exclama Jem. J'ai trouvé un mille-pattes, un gros !

Germain perdit aussitôt tout intérêt pour les filles et se concentra à nouveau sur l'arbre.

— Devrais-je aller voir ? demandai-je. Les mille-pattes ne sont pas venimeux, mais la morsure des gros centipèdes peut être dangereuse.

— Le garçon sait compter, m'assura Jamie. S'il dit qu'il a mille pattes, il en a mille, à quelques-unes près.

Il émit un bref sifflement et la chienne redressa aussitôt la tête.

— Va chercher Frances, *a nighean*, lui dit-il en montrant le haut de la colline.

Bluebell aboya une fois, puis s'élança sur la pente rocailleuse en soulevant un nuage de feuilles jaunes derrière elle.

— Tu crois vraiment qu'elle...

Avant que j'aie pu finir ma phrase, nous entendîmes les filles rire au-dessus de nous, ainsi que les jappements joyeux de Bluebell.

— Oh, fis-je. Elle sait vraiment qui est Frances.

— Bien sûr. Elle nous connaît tous, mais c'est Frances qu'elle préfère.

Le fait était. Fanny adorait la chienne et passait des heures à la brosser et à lui ôter ses tiques. Lorsqu'elle lisait tranquillement au coin du feu, Bluebell ronflait à ses pieds.

— Pourquoi l'appelles-tu toujours Frances ? demandai-je, intriguée. Tout le monde l'appelle Fanny. C'est aussi ainsi qu'elle se désigne elle-même.

— Fanny est un nom de prostituée, répondit-il sur un ton catégorique.

En voyant mon air surpris, ses traits se détendirent.

— Oui, je sais que des femmes respectables portent aussi ce nom. Néanmoins, Roger Mac m'a dit que le livre de Cleland était toujours imprimé à votre époque.

— Cleland… Ah, John Cleland. Tu veux parler de *Fanny Hill* ?

J'étais surprise, moins par le fait que le fameux roman pornographique *Mémoires de Fanny Hill, femme de plaisir* fût encore lu deux cent cinquante ans plus tard que par le fait que Jamie en eût discuté avec Roger.

— Il m'a dit que, en argot anglais, « fanny » était synonyme des parties intimes d'une femme.

— Oui, il le deviendra. Il peut aussi désigner les fesses, selon que l'on vient d'Angleterre ou d'Amérique. Enfin, ce mot n'a pas ce sens-là aujourd'hui, n'est-ce pas ?

— Non, admit-il. Toujours est-il que lord John m'a dit un jour que, dans certains milieux, on appelait les putains des « Fanny Laycock ». (Il plissa le front.) La sœur de Fanny m'a dit s'appeler Jane Eleanora Pocock. J'ai pensé que ce n'était pas son vrai nom, mais plutôt un…

— « Nom d'artiste » ? dis-je avec une moue ironique. Si c'est le cas, crois-tu que Fanny… euh, Frances… connaît son vrai patronyme ?

Il secoua la tête, l'air troublé.

— Je n'ai pas osé le lui demander. Elle n'a plus jamais parlé de ce qu'il était arrivé à ses parents, n'est-ce pas ?

— Pas à moi. Si elle en a parlé à quelqu'un d'autre, on nous l'aurait sans doute rapporté.

— Tu penses qu'elle l'a oublié ?

— Je crois plutôt qu'elle ne veut pas s'en souvenir, ce qui n'est pas la même chose.

Il hocha la tête et nous marchâmes un moment en silence, bercés par la quiétude de la forêt et la pluie lente des feuilles mortes. J'entendais les voix des enfants par-dessus et par-dessous le bruissement des branches de châtaigniers. Elles me faisaient penser à des chants d'oiseaux.

— En outre, reprit-il soudain, William l'a appelée Frances. Et c'est à moi qu'il l'a confiée.

Nous avancions lentement, nous arrêtant chaque fois que j'apercevais quelque chose de comestible, de médicinal ou de fascinant, à savoir tous les quelques pas.

— Oh, regarde ! m'exclamai-je en me dirigeant vers une masse rouge sang au pied d'un arbre.

— On dirait un morceau de foie frais, observa Jamie en regardant par-dessus mon épaule. Ça ne sent pas le sang, j'en déduis qu'il s'agit de ce que tu appelles une langue de bœuf ?

— Très perspicace de ta part, dis-je en sortant mon couteau. *Fistulina hepatica*. Tiens-moi ça, s'il te plaît.

Il prit mon panier en levant les yeux au ciel et patienta pendant que je détachais des morceaux charnus du tronc de l'arbre. Il y en avait toute une colonie cachée sous les feuilles mortes, tels des nénuphars cramoisis. J'en prélevai deux livres, laissant les plus petits afin qu'ils poussent. J'enveloppai mes prises dans des feuilles humides et découpai un petit morceau que je tendis à Jamie.

— « L'un des côtés vous fera grandir, l'autre vous fera rapetisser », citai-je.

— Quoi ?

— C'est ce que dit la Chenille, dans *Alice au pays des merveilles*. Je t'expliquerai plus tard. On dit que ça a le goût de la viande de bœuf crue.

Marmonnant « chenille » dans sa barbe, il retourna le morceau d'un côté et de l'autre en l'inspectant d'un œil critique au cas où il verrait des pattes, puis le mit dans sa bouche et le mâcha d'un air concentré. Il déglutit et je me détendis légèrement.

— Peut-être un très vieux morceau de bœuf qui aurait été suspendu trop longtemps, mais, oui, c'est mangeable, conclut-il.

— C'est un excellent éloge pour un champignon cru, répondis-je, ravie. Si j'avais des anchois, je te préparerais une sauce tartare pour l'accompagner.

— Des anchois, répéta-t-il, songeur. Cela fait des années que je n'en ai pas mangé. J'en trouverai peut-être la prochaine fois que j'irai à Wilmington.

Surprise, je relevai la tête.

— Tu comptes aller bientôt à Wilmington ?

— J'y songe, répondit-il. Veux-tu venir avec moi ? J'ai pensé que tu serais trop occupée avec les conserves.

— Hmm…

S'il était vrai que j'aurais dû consacrer chaque instant de ma journée à chercher, à cueillir, à attraper, à fumer, à saler ou à mettre de la nourriture en conserve – quand je n'étais pas occupée à moudre, à infuser, à faire macérer des remèdes –, il était également vrai que je devais reconstituer nos stocks d'aiguilles, d'épingles, de fil, de sucre (surtout pour les confitures), en plus des articles de quincaillerie ou des produits que je ne pouvais fabriquer moi-même, comme l'éther.

En outre, en toute sincérité, un troupeau d'éléphants n'aurait pu m'empêcher d'accompagner Jamie en ville, et il le savait. Je le voyais qui se retenait de rire.

Avant que j'aie pu accepter gracieusement sa proposition ou lui donner un coup dans les côtes, un aboiement strident retentit dans la forêt et Bluebell dévala la pente en trombe devant nous, les quatre enfants la suivant en poussant des cris similaires.

— Que disais-tu au sujet des ratons laveurs ? me demanda Jamie.

Il fixait un arbre au pied duquel la chienne s'était arrêtée, les pattes avant sur le tronc, pointant son museau vers les branches en aboyant férocement.

À ma surprise, il s'agissait réellement d'un raton laveur, gris, gras, immense et très énervé d'avoir été réveillé avant la nuit. Il occupait un trou au milieu du tronc d'un pin foudroyé et nous observait d'un air belliqueux. Il me sembla qu'il grondait, ce qui était impossible à entendre par-dessus le raffut du chien et des enfants.

Jamie les fit taire (sauf Bluebell) et contempla le raton laveur avec l'avidité naturelle d'un chasseur. Je remarquai la même lueur dans le regard de Jem. Germain et Fanny s'étaient rapprochés l'un de l'autre et écarquillaient les yeux. Mandy s'était accrochée à ma jambe.

— Je veux pas qu'il me morde ! gémit-elle. Ne le laisse pas me mordre, grand-père !

— Ne t'inquiète pas, *a nighean*, il n'en fera rien, l'assura-t-il.

Sans quitter des yeux le raton perché, Jamie détacha le fusil accroché dans son dos et ouvrit la cartouchière fixée à sa ceinture.

— Je peux l'abattre, grand-père ? Dis, s'il te plaît, je peux ?

Jem brûlait d'envie de mettre les mains sur le fusil et se frottait déjà les paumes sur son pantalon. Jamie lui lança un regard, sourit et se tourna vers Germain, du moins c'est ce que je crus voir.

— Si nous laissions Frances essayer ? suggéra-t-il en tendant la main vers la fillette.

Je m'étais attendu à ce qu'elle recule avec effroi. Après un instant d'hésitation, elle rosit et s'avança courageusement.

— Montrez-moi comment, demanda-t-elle, légèrement essoufflée.

Son regard allait de Jamie au raton laveur comme si elle craignait que l'un ou l'autre disparaisse.

Jamie portait généralement son fusil armé, mais non amorcé. Il mit un genou à terre et posa son arme sur sa cuisse. Il tendit une cartouche à moitié remplie à Fanny et lui montra comment verser la poudre dans le bassinet. Jem et Germain observaient jalousement la scène, intervenant parfois avec des remarques expertes du genre « Ça, c'est le marteau, Fanny » ou « Cale-le bien contre ton épaule ou tu prendras la crosse dans la figure quand le coup partira ». Jamie et Fanny ne les écoutaient pas. J'entraînai Mandy un peu plus loin et m'assis sur une souche en la prenant sur mes genoux.

Bluebell et le raton laveur poursuivaient leur joute vocale et la forêt résonnait de hurlements et de cris stridents. Toujours théâtrale, Mandy avait plaqué ses mains sur ses oreilles, mais les écarta pour me demander si je savais tirer à la carabine.

— Oui, répondis-je sans développer.

Techniquement, je savais comment m'y prendre et, de fait, j'avais déjà tiré plusieurs fois avec une arme à feu. Toutefois, je trouvais l'expérience profondément perturbante, surtout après avoir été blessée par balle moi-même et avoir appris exactement ce que l'on ressentait dans sa chair. Tout compte fait, je préférais les coups de couteau.

— Maman peut tuer n'importe quoi, nota Mandy.

Elle observait d'un air réprobateur Fanny qui avait épaulé le fusil en tremblotant, à la fois excitée et terrifiée. Accroupi derrière elle, Jamie ajustait sa prise et sa visée, lui parlant à voix basse.

— Allez rejoindre votre grand-mère, ordonna-t-il aux garçons.

Il gardait les yeux rivés sur le raton laveur, qui avait doublé de volume en gonflant ses poils et hurlait des insultes à Bluebell, indifférent à son public. À contrecœur, Jem et Germain vinrent docilement se poster à mes côtés.

J'espérais que nous étions suffisamment loin et résistai à l'envie d'éloigner les enfants encore plus.

Le coup partit dans une détonation qui fit crier Mandy. Je restai coite, bien qu'il s'en fallût de peu. Bluebell retomba sur ses quatre pattes et saisit le raton laveur, qui était tombé de l'arbre. S'il n'était pas encore mort (je ne pouvais le voir), la chienne s'en chargea en le secouant jusqu'à lui briser la nuque. Elle lâcha la dépouille sanglante et émit un glapissement de triomphe.

Les garçons se précipitèrent en poussant des hourras et donnèrent des tapes dans le dos de Fanny, qui était restée la bouche ouverte. Sous un masque de fumée de poudre, elle avait pâli. Ses regards allaient du fusil au raton laveur comme si elle ne pouvait le croire.

— Bravo, Frances, la félicita Jamie en lui tapotant le crâne et en reprenant l'arme de ses mains tremblantes. Veux-tu que les garçons l'étripent et le dépècent pour toi ?

— Je… oui. Oui, s'il vous plaît.

Elle me lança un regard, mais au lieu de me rejoindre elle marcha vers Bluebell et s'agenouilla près d'elle dans les feuilles. Elle la serra dans ses bras, tandis que la chienne lui léchait le visage.

Jamie se pencha pour ramasser la dépouille en lançant un regard prudent vers la chienne. Celle-ci ne protesta pas et se contenta d'émettre un jappement sourd du fond de sa gorge.

Après le vacarme de la chasse (si on pouvait l'appeler ainsi), la forêt paraissait anormalement silencieuse, comme si le vent lui-même avait cessé de souffler. Les garçons étaient absorbés par leur tâche et insistèrent pour que Fanny vienne admirer leur savoir-faire. Mandy les rejoignit avec enthousiasme, demandant « Et ça, c'est quoi ? » chaque fois qu'un nouvel élément anatomique était révélé.

Jamie s'assit près de moi et déposa son fusil à ses pieds. Détendu, il contempla les enfants d'un air attendri. Je me sentais moins calme. Je ressentais encore l'écho du coup de feu dans mes os, une sensation qui me surprenait et me troublait à la fois.

Je détournai les yeux et inspirai profondément, tentant de remplacer l'odeur du sang frais par les parfums plus doux et terreux de la forêt et des champignons. Je baissai les yeux vers mon panier et, lorsque j'aperçus des fragments charnus rouge vif de *Fistulina hepatica* entre les couches de feuilles humides, mon estomac se souleva et moi aussi.

— *Sassenach* ? demanda Jamie derrière moi. Tu te sens bien ?

Je me soutins à un tremble en essayant de ne pas entendre les bruits d'éviscération qui s'élevaient à quelques pas.

— Je vais bien, répondis-je, les lèvres gourdes.

Je fermai brièvement les yeux. En les rouvrant, je vis un filet de résine à demi séchée suintant d'une brèche dans l'écorce blanche du tremble. Elle avait la couleur rouge sombre du sang séché. Je lâchai l'arbre et m'assis lourdement sur le tapis de feuilles.

— *Sassenach* ?

Il s'était efforcé de ne pas hausser le ton pour ne pas inquiéter les enfants. Je déglutis péniblement, une fois, deux fois.

— Je vais bien, dis-je. C'est juste un étourdissement.

— Tu es aussi blanche que cet arbre, *a nighean*. Tiens…

Il sortit une petite flasque de son *sporran*. Du whisky. Reconnaissante, j'en bus une grande gorgée pour chasser le goût de sang dans ma bouche.

En entendant les enfants rire et crier, je lançai un regard par-dessus l'épaule de Jamie et vis Bluebell se rouler dans les viscères jetés de côté. Les parties blanches de son pelage étaient désormais souillées et d'un marron rougeâtre. Je me pliai en deux et vomis, le whisky et la bile me remontant à l'arrière du nez.

— *A Dhia*, marmonna Jamie en m'essuyant le visage avec son mouchoir. As-tu mangé des champignons, *Sassenach* ? T'es-tu empoisonnée ?

J'écartai son mouchoir et inspirai profondément.

— Non, ce n'est rien. Vraiment. Puis-je… ?

Je tendis la main vers la flasque.

— Bois doucement, me recommanda-t-il.

Il se dirigea vers les enfants pour donner ses instructions. La viande et la peau furent mises dans mon panier, les restes enfouis hors de ma vue derrière un arbre, et il envoya les enfants vers un ruisseau éloigné avec l'ordre de se laver et de nettoyer la chienne.

— La marche a fatigué votre grand-mère, *mo leannan*. Nous allons nous reposer ici jusqu'à votre retour. Amanda, reste avec Frances et écoute-la, c'est compris ? Et vous, les garçons, soyez prudents et surveillez bien les alentours. Se promener en forêt en sentant le sang frais n'est jamais une bonne idée. Si vous voyez des sangliers, faites grimper les filles dans un arbre et chantez à tue-tête. Oh, et prenez ça…

Il ramassa son fusil et le tendit à Jem.

— Au cas où.

Il donna sa cartouchière à Germain et regarda le petit groupe descendre le versant en direction du bruit d'eau, plus calme quoique toujours pouffant de rire et se bousculant.

— Bon, alors, dit-il en se rasseyant à mes côtés.

— Sincèrement, je vais bien, répétai-je.

De fait, je me sentais physiquement mieux, même si j'éprouvais toujours un profond tremblement dans mes os.

— C'est ce que je vois, répondit-il avec une moue cynique.

Il n'insista pas et se contenta de rester à mes côtés, les avant-bras sur les genoux, détendu, mais prêt à tout.

— *Je suis prest*, dis-je en m'efforçant de sourire. Tu n'aurais pas un peu de sel dans ton *sporran*, par le plus grand hasard ?

— Bien sûr que si, répondit-il, surpris, en sortant un petit tortillon de papier. Le sel est utile quand on se sent mal ?

— Peut-être.

Je touchai le sel du bout de mon doigt humecté et posai quelques grains sur ma langue. Leur goût était revigorant. J'avalai par-dessus une gorgée prudente de whisky et me sentis remarquablement mieux.

— Je ne sais pas pourquoi je te l'ai demandé, dis-je en lui rendant le tortillon. Le sel n'est-il pas censé chasser les fantômes ?

Il esquissa un sourire.

— Si. Qui te hante, *Sassenach* ?

Il aurait été facile de répondre par une boutade, de faire semblant. Soudain, je ne pus plus me retenir.

— Comment se fait-il que la présence de la chienne ne te trouble pas ? demandai-je.

Il resta interdit un instant, puis détourna les yeux. Il réfléchit, battit des paupières plusieurs fois, soupira et se tourna à nouveau vers moi avec l'air de quelqu'un se préparant à passer un mauvais moment.

— Elle m'a perturbé, dit-il doucement. La première nuit, quand je l'ai entendue hurler. Tu sais sans doute ce que j'ai pensé.

— Que son maître l'accompagnait ? Qu'il l'avait lancée sur tes traces ?

J'avais parlé dans un murmure. Il m'entendit et acquiesça.

— Oui. Que j'avais peut-être rapporté quelque chose avec moi…

— C'était le cas.

Nos regards se rencontrèrent, le sien d'un bleu sombre presque noir dans l'ombre des châtaigniers. Il pinça les lèvres et resta silencieux pendant une bonne minute.

— Quand j'ai constaté qu'elle était venue seule… cherchant un abri, de la nourriture… Puis quand les enfants l'ont adoptée tout de suite et elle, eux… (Il détourna à nouveau les yeux, embarrassé.) J'ai pensé que, peut-être, elle m'avait été envoyée… comme un signe de pardon. Et que, peut-être, en la prenant chez moi, je pourrais…

— Effacer ce qu'il s'était passé ?

Il inspira profondément, serra les poings et rouvrit les mains.

— Non, le pardon n'efface rien. Tu le sais aussi bien que moi, n'est-ce pas ?

Nous n'étions qu'à quelques pouces l'un de l'autre, et pourtant nos cœurs endoloris semblaient à des milles. Jamie resta silencieux un long moment. J'entendais mon propre cœur battre dans mes oreilles.

— Écoute, dit-il enfin.

— J'écoute.

Il me lança un regard de biais et l'ombre d'un sourire effleura ses lèvres. Il me tendit sa large paume tachée de poix.

— Donne-moi tes mains pendant que tu écoutes.

— Pourquoi ?

Je m'exécutai et sentis ses doigts se refermer sur les miens. Ils étaient froids. Il avait retroussé ses manches pour aider Fanny avec le fusil et le duvet de ses avant-bras était hérissé.

— Ce qui te blesse me déchire le cœur, dit-il doucement. Tu le sais, non ?

— Oui, et il en va de même pour moi, mais…

— Claire, m'interrompit-il en me regardant au fond des yeux. Es-tu soulagée qu'il soit mort ?

— Euh… Oui, mais je ne voudrais pas l'être. Cela me semble mal. C'est-à-dire que…

Je cherchai vainement une manière claire de formuler mon sentiment.

— D'un côté, ce qu'il m'a fait n'était pas... mortel. C'était affreux, mais il ne m'a pas fait physiquement mal. Il ne cherchait pas à me tuer ou à me blesser. Il voulait juste...

— Tu veux dire que, s'il s'était agi d'Harley Boble, tu n'aurais vu aucun inconvénient à ce que je le tue de sang-froid ? m'interrompit-il à nouveau avec une pointe d'ironie.

— Je l'aurais abattu moi-même, rétorquai-je.

Je poussai un long soupir de frustration.

— C'est l'autre problème, repris-je. C'est qu'il... L'homme... Au fait, connais-tu son nom ?

— Oui et je ne te le dirai pas, alors ne me le demande pas.

Je lui lançai un regard torve, qu'il me rendit.

— L'autre problème, c'est que, si j'avais tué Boble moi-même, tu n'aurais pas eu à le faire et tu n'aurais pas eu à en subir les conséquences psychologiques.

— Parce que tu crois que j'ai des scrupules d'avoir tué l'homme qui t'a violée ?

Je serrai ses doigts.

— Je le sais.

Baissant les yeux vers sa main puissante et mutilée, j'ajoutai doucement :

— Ce qui te blesse me déchire le cœur, Jamie.

Il resta silencieux, tête baissée, un long moment, puis porta ma main à ses lèvres et la baisa.

— Ne t'en fais pas, *mo chridhe*. Tu dois le voir sous un autre angle, qui n'a rien à voir avec toi.

— Lequel ? demandai-je, surprise.

— Je ne pouvais le laisser vivre, répondit-il simplement. Qu'il t'ait violée ou pas. Tu te souviens que, lorsque Ian m'a demandé ce qu'il devait faire, je lui ai répondu « Tuez-les tous » ? Tu m'as entendu, n'est-ce pas ?

— Oui.

Ma gorge s'était nouée et une barre d'acier comprimait mon torse, menaçant de m'étouffer. Le souvenir de cette nuit atroce s'insinuait en moi telle une fumée noire.

— Même si j'ai agi sous l'effet de la fureur, ma réaction aurait été la même si mon sang avait été froid comme de la glace, expliqua-t-il.

Il toucha mon visage, écartant une mèche rebelle.

— Ne comprends-tu pas ? Ces hommes étaient pires que des brigands. En laisser un en vie aurait été comme laisser la racine d'une plante vénéneuse dans le sol pour qu'elle repousse et prolifère.

L'image était saisissante. Toutefois, mon souvenir de l'homme bedonnant traînant les pieds entre les enclos de cochons du poste de traite de Beardsley l'était aussi. En le revoyant plus tard, il m'avait paru tellement différent de celui qui était sorti des ténèbres et m'avait écrasée sous le poids de son corps...

— Mais il semblait si... inepte, dis-je avec un geste d'impuissance. Comment quelqu'un comme lui aurait-il pu réunir un gang ?

Jamie se leva soudain et se mit à marcher de long en large devant moi.

— Ne vois-tu pas, *Sassenach* ? Aussi inepte soit-il, il se déplaçait. Tu l'as bien vu parler aux clients de Beardsley, n'est-ce pas ?

— Oui, mais…

— Et s'il s'était mis à raconter comment il s'était allié à Hodgepile et aux Brown ? Ce qu'ils avaient fait ? Si, un soir d'ivresse, il se vantait de… (il s'étrangla et prit une profonde inspiration) de ce qu'il t'avait fait ?

J'avais la sensation d'avoir avalé quelque chose de froid, gluant et vaguement vivant. En voyant mon expression, Jamie fronça les lèvres.

— Je suis désolé, *Sassenach*, c'est la vérité. Je ne pouvais courir le risque que ça arrive. Pour toi. Pour moi. Surtout parce que si ce qui s'est passé avait été su…

— Cela se savait, l'interrompis-je. Cela se sait toujours.

Aucun des hommes qui étaient venus à mon secours cette nuit-là ne pouvait douter que j'avais été violée, même s'ils ignoraient quel membre de la bande était le coupable. Or, s'ils le savaient, leurs épouses le savaient aussi. Personne ne m'en avait jamais parlé, et personne ne m'en parlerait. Néanmoins, cela se savait et rien ne pourrait l'effacer.

— Parce que si l'on savait ce qui était arrivé et qu'un seul des hommes y ayant participé avait été épargné, reprit-il, tous ceux qui vivent sous ma protection se seraient sentis vulnérables. À juste titre.

Il souffla bruyamment par le nez.

— Te souviens-tu de celui qui se faisait appeler Wendigo ? demanda-t-il.

— Seigneur !

La chair de poule envahit mes bras et mes épaules. J'avais oublié. Non pas l'homme lui-même, un voyageur du temps nommé Wendigo Donner, mais sa relation avec l'homme dont nous parlions.

Membre du gang d'Hodgepile, Donner avait fui dans la nuit lorsque Jamie et ses hommes étaient venus à ma rescousse. Des mois plus tard, il était réapparu sur le Ridge avec des comparses pour voler et tuer, à la recherche des pierres précieuses que nous détenions. C'était son attaque de la Grande Maison qui avait, indirectement, entraîné la déflagration qui avait consumé notre demeure. Ses propres cendres se mêlaient à présent aux vestiges de nos vies dans la clairière.

Jamie avait raison. Donner s'était échappé et était revenu pour nous tuer. Laisser le gros ganache qui m'avait violée errer librement dans la nature était courir le risque que cela se reproduise. Cela me retournait les tripes. J'étais parvenue à mettre de côté le plus gros de l'événement, m'occupant des dommages physiques et refusant de me souvenir du reste. Pourtant, tout était encore là, pivotant tel un prisme maléfique pour me montrer la scène sous une nouvelle lumière crue. Une lumière que, je m'en rendais compte, Jamie avait toujours vue.

Je contractai les muscles de mon abdomen et m'efforçai d'adopter une voix ferme.

— Et s'il n'était pas le dernier d'entre eux ?

— Peu importe, *Sassenach*, répondit-il avec un air résigné. Si d'autres se sont échappés, ils n'auront pas le cran de revenir. Toutefois, cela ne change rien. D'autres gangs apparaîtront. C'est dans la nature des choses, n'est-ce pas ?

— Vraiment ?

Je savais que sa vision des guerres, des gouvernements et de la folie humaine en général était juste. Je ne voulais simplement pas y croire. Ce ne pouvait être vrai ici, pas chez nous.

Il hocha la tête, me dévisageant avec compassion.

— Te souviens-tu de la Ronde… en Écosse ?

— Oui.

Il aurait pu dire « des rondes », car elles étaient nombreuses. Des bandes organisées qui soutiraient de l'argent en échange d'une protection… qu'elles assuraient parfois. Si elles n'obtenaient pas l'argent de leur racket (on appelait ça le « loyer noir »), elles brûlaient votre maison, vos récoltes. Ou pire.

Je songeai à la cabane trouvée par Jamie et Roger, réduite à une carcasse carbonisée, leurs propriétaires pendus à un arbre devant les ruines. Une jeune fille était encore en vie dans les cendres, si grièvement brûlée qu'elle n'avait pas survécu. Nous n'avions jamais découvert les coupables.

Jamie pouvait lire mes pensées sur mon visage. *Autant porter un signe au néon sur le front*, pensai-je, agacée. Naturellement, il le vit aussi, car il sourit.

— Maintenant que le gouvernement est parti, il n'y a plus de loi, *Sassenach*.

Il n'y avait ni peur ni passion dans cette affirmation. C'était la simple réalité.

— Il n'y en a jamais eu, ici, répliquai-je. C'est toi qui fais la loi.

Cela le fit rire, même s'il savait que j'avais raison.

— Cette nuit-là, je ne suis pas venu seul pour te sauver, dit-il.

— Non, c'est vrai, répondis-je lentement.

Tous les hommes valides du Ridge avaient répondu à son appel à l'aide, tout comme les hommes de son clan l'auraient suivi à la guerre si nous avions été en Écosse.

— Ce sont là les hommes avec lesquels tu comptes former une milice ?

Il acquiesça, l'air songeur.

— Certains d'entre eux. La situation a changé, *a nighean*. Certains parmi les hommes qui m'ont aidé ce soir-là ne viendront pas, parce qu'ils sont tories et loyalistes. Ce sont les hommes du roi. Pour ceux qui me connaissent depuis longtemps, le fait que j'ai été un général rebelle n'aura guère d'importance. Cependant, beaucoup de nouveaux métayers ne me connaissent pas du tout.

— Je ne suis pas sûre que « général rebelle » soit un titre que tu puisses perdre.

— En effet, dit-il, amusé. Pas sans retourner ma veste. Enfin…

Il se mit debout et me tendit la main pour me relever dans un craquement de feuilles sèches.

— Cela fait longtemps que je suis un traître, *Sassenach*, mais je préférerais ne pas être un traître pour les deux camps en même temps. Si je peux l'éviter.

Des cris et des aboiements au loin nous annoncèrent que les enfants étaient arrivés à la cabane de Ian. Nous hâtâmes le pas pour les rejoindre et ne parlâmes plus de gangs, de trahison ni d'hommes bedonnants dans le noir.

20

Tu crois sans doute que cette chanson parle de toi…

Personne n'entrait dans le « Vieux Potager », comme nous l'appelions en famille. Les gens du Ridge l'appelaient « le jardin de l'enfant sorcier », quoique rarement en ma présence. J'ignorais si ce nom renvoyait à Malva ou à son fils. Tous deux étaient morts dans ce potager, dans un bain de sang et sous mes yeux. Malva n'avait pas dix-neuf ans.

Je ne le disais jamais à voix haute, mais pour moi c'était « le Jardin de Malva ».

Pendant longtemps je n'avais pu m'y rendre sans un profond chagrin et un sentiment de gâchis. J'y allais néanmoins de temps en temps. Pour me souvenir. Parfois pour pleurer. En ces occasions, si certains des presbytériens bigots du Ridge m'avaient vue parlant aux morts ou à Dieu, ils auraient eu la confirmation que leur appellation était la bonne, mais ils se seraient trompés de sorcière.

Toutefois, la forêt exerçait sa magie lente et le potager guérissait sous les herbes et les mousses ; le sang ne colorait plus que les fleurs cramoisies des monardes et le chagrin s'estompait peu à peu pour céder la place à la quiétude.

En dépit de cette métamorphose rampante, certains vestiges de l'ancien potager demeuraient et de petits trésors apparaissaient parfois : dans un coin, un carré d'oignons prospérait envers et contre tout ; des buissons de consoude et d'oseille luttaient contre les herbes ; enfin, pour mon plus grand bonheur, plusieurs plants d'arachides avaient jailli de terre à partir de graines oubliées depuis longtemps.

Je les avais découverts deux semaines plus tôt, alors que leurs feuilles commençaient à jaunir, et les avais déterrés. Après les avoir suspendus et avoir détaché les fruits de l'enchevêtrement de terre et de radicelles, je les avais fait griller tout entières, remplissant la maison de souvenirs de cirque et de matchs de baseball.

Ce soir, me dis-je en versant les gousses refroidies dans ma bassine en étain, nous dînerions de sandwichs au beurre d'arachides et à la confiture.

Après une journée de jardinage en plein soleil, la brise sur la véranda était bienvenue, tout comme un peu de solitude. Je dénouai le ruban qui retenait mes cheveux. Brianna était partie avec Roger rendre visite aux métayers que j'appelais encore en moi-même « les pêcheurs » : des émigrants venus de Thurso, un groupe de presbytériens opiniâtres et austères qui se méfiaient de Jamie parce qu'il était catholique et encore plus de moi-même. En plus d'être catholique, j'étais magicienne, une combinaison qui les troublait profondément. En revanche, ils appréciaient Roger, presque à leur corps défendant, et le sentiment était réciproque. Il les comprenait, disait-il.

Les enfants avaient fait leurs devoirs et s'étaient éparpillés aux quatre vents. J'entendais leurs voix au loin, riant et criant dans la forêt derrière la maison. Dieu seul savait ce qu'ils trafiquaient. J'étais simplement contente que ce ne fût pas sous mon nez.

Jamie était dans son bureau, savourant son propre moment de solitude. En passant, chargée de ma grande bassine d'arachides, je l'avais vu enfoncé dans son fauteuil, ses lunettes sur son nez, absorbé par la lecture des *Œufs verts au jambon.*

Cela me fit sourire. Ayant perdu presque tous nos livres lors de l'incendie qui avait détruit la Grande Maison, nous reconstituions lentement notre bibliothèque. Les contributions de Brianna l'avaient presque doublée. Outre les ouvrages qu'elle nous avait apportés (je ressentis un frisson de possessivité en songeant à mon *Manuel Merck*), il y avait la petite bible verte de Jamie, une grammaire latine, *La Vie et les aventures étranges et surprenantes de Robinson Crusoé* (qui avait perdu sa couverture mais conservait la plupart de ses illustrations saisissantes), *Voyages du capitaine Lemuel Gulliver en divers pays éloignés. En quatre parties. Par Lemuel Gulliver, d'abord médecin, puis capitaine de plusieurs vaisseaux*, ainsi que quelques romans en anglais et en français.

Les gousses se brisaient facilement, mais la fine membrane qui recouvrait les arachides adhérait à mes doigts, qui semblaient avoir été attaqués par une horde de mites marron clair. Tout en les essuyant sur mes jupes, je me demandai si Bree parviendrait à emprunter quelque chose d'intéressant à lire lors de ses visites avec Roger. Hiram Crombie, le chef du groupe de Thurso, était un avide lecteur dont les goûts le portaient plutôt vers des recueils de sermons et les récits historiques. Il considérait les romans comme dépravés. Toutefois, il possédait un exemplaire de *L'Énéide*. Je l'avais vu.

Jamie avait écrit à son ami Andrew Bell, imprimeur et éditeur à Édimbourg, lui demandant de nous envoyer une sélection d'ouvrages, y compris des exemplaires de son propre *Contes de grand-père* et de mon modeste recueil de vulgarisation médicale. Les sommes perçues au cours des deux dernières années grâce à la vente de ces deux opuscules devaient permettre de payer les autres ouvrages commandés. Je me demandais à quel moment ils arriveraient. Pour autant que je sache, les Britanniques tenaient toujours Savannah, tandis que Charles Town restait aux mains des Américains. Si M. Bell se dépêchait, nous recevrions peut-être son envoi avant les tempêtes hivernales.

Des pas derrière moi interrompirent mes méditations littéraires. Pieds nus et les vêtements froissés, Jamie apparut et rangea ses lunettes dans son *sporran*.

— Tu as apprécié ta lecture ? lui demandai-je, en souriant.

— Oui.

Il s'assit près de moi, saisit une cosse dans la bassine, la brisa et jeta les arachides dans sa bouche.

— Brianna m'a dit que le Dr Seuss avait écrit de nombreux livres. Tu les as tous lus, *Sassenach* ?

Il prononçait le nom de l'auteur à l'allemande, « Zoïce », ce qui me fit rire.

— Oh oui, de nombreuses fois, répondis-je. Bree possédait toute la collection, du moins les livres qui étaient parus à mon époque. Je suppose que Roger et elle ont continué de les acheter au fur et à mesure de leur parution pour Jem et Mandy, si le Dr Seuss – au fait, les Américains prononcent son nom « Zous » – a continué d'écrire. J'ignore combien de temps il a vécu – ou vivra –, mais il était encore très prolifique en 1968.

Il hocha la tête, l'air songeur.

— J'aurais aimé les lire, dit-il. Brianna doit se souvenir de certaines de ses rimes.

— Interroge plutôt Jem, lui conseillai-je. Bree m'a dit qu'il faisait la lecture à Mandy quand elle était toute petite et il a une excellente mémoire.

Pensant à certaines des illustrations hilarantes du Dr Seuss, j'ajoutai :

— Demande à Bree de te dessiner Horton l'éléphant ou Yertle la tortue.

— Yertle ? répéta-t-il, amusé. Ce n'est pas un vrai prénom, si ?

— Non, mais ça rime avec *turtle* en anglais.

— Tout comme Myrtle.

— Oui, mais Myrtle est un prénom féminin, or Yertle est un garçon. Aucune tortue femelle n'aurait fait ce qu'il a fait.

— Et qu'a-t-il donc fait ?

— Il a ordonné à toutes les tortues de Sala-ma-Sond, l'étang sur lequel il règne, de s'empiler pour former une tour du haut de laquelle il pourra se proclamer roi de tout ce qu'il verra. C'est une allégorie de l'arrogance et de l'orgueil. Non pas que les femmes soient exemptes de ce genre d'ambition, mais elles ne s'y prendraient pas d'une manière aussi facile à illustrer.

Jamie ramassa une poignée de cosses et les broya d'un air absent.

— Et quelle serait l'allégorie dans *Les Œufs verts au jambon* ? demanda-t-il.

— Je crois que le texte vise à inciter les enfants à se montrer moins difficiles avec la nourriture, dis-je, peu convaincue moi-même. Ou à ne pas avoir peur d'essayer de nouvelles… Que fais-tu ?

Il venait de jeter sa poignée d'arachides et de cosses broyées dans ma bassine.

— Je t'aide, *Sassenach*, répondit-il en saisissant une autre poignée. Tu y seras encore demain si tu sors les fruits un à un.

Il écrasa à nouveau les cosses et versa à nouveau le tout, débris et fruits, dans la bassine.

— Mais… Trier ensuite les arachides et les débris nous prendra…

— Nous les vannerons, m'interrompit-il avec un mouvement du menton vers le flanc du mont Roan au loin. Tu vois le vent qui agite la cime des arbres ? Un nouvel orage s'annonce.

Il avait raison. Des nuages s'amoncelaient derrière le sommet de la montagne. Les taches pâles des trembles sur le versant scintillaient sous l'effet du vent et les pins formaient des ondulations vert sombre. Je hochai la tête et saisis plusieurs cosses pour les broyer entre mes paumes.

— En parlant de livres, Frank…, dit soudain Jamie.

— Quoi ?

Je me figeai. Je n'étais pas sûre d'avoir bien entendu et un léger malaise m'envahit.

— J'ai besoin que tu me parles de lui.

Il fixait la bassine d'arachides d'un air concentré.

— Quoi ? répétai-je sur un ton très différent.

Je fis tomber les peaux d'arachides de ma jupe et me tournai vers lui. Il ne me regardait pas. Il pinça légèrement les lèvres et broya une nouvelle poignée de cosses.

— L'image sur son livre, le portrait… Je me demandais l'âge qu'il avait lorsqu'il a été réalisé.

Surprise, je réfléchis.

— Voyons voir… Il est mort à soixante ans…

Plus jeune que je le suis aujourd'hui. Inconsciemment, je me mordis la lèvre inférieure. Jamie se tourna brusquement vers moi et je baissai les yeux vers ma jupe, faisant tomber d'autres fragments de cosses.

— Cinquante-neuf ans, répondis-je. Cette photographie a été prise spécialement pour cette couverture. Je m'en souviens, car il en avait utilisé une autre, toujours la même, pour ses six précédents livres et il plaisantait en disant qu'il ne voulait pas que les gens qui le rencontraient pour la première fois regardent par-dessus son épaule à la recherche d'un auteur deux fois plus jeune que lui.

Ce souvenir m'arracha un sourire. Puis je croisai le regard de Jamie et demandai :

— Pourquoi cette question ?

— Il m'arrivait, autrefois, de me demander à quoi il ressemblait.

Il plongea une main dans la bassine, comme s'il avait besoin de s'occuper les mains, et ajouta :

— Quand je priais pour lui.

— Tu priais pour lui ? m'exclamai-je sans cacher ma surprise.

Il me lança un bref regard de biais.

— Oui, que pouvais-je faire d'autre à cette époque sinon prier ? répondit-il avec une pointe d'amertume dans la voix. Je disais : « Que Dieu te bénisse, maudit Anglais ! » La nuit, quand je pensais à toi et à l'enfant.

Il hésita un instant avant d'ajouter :

— Je me demandais aussi à quoi ressemblait notre enfant.

Je posai une main sur son poignet, large et osseux. Il cessa de broyer des cosses et j'exerçai une légère pression sur sa peau fraîche. Il soupira et ses épaules se détendirent un peu.

— La photo de Frank correspond-elle à ce que tu imaginais ? demandai-je, curieuse.

Il écarta ma main et reprit une poignée d'arachides.

— Non, répondit-il. Tu ne m'avais jamais dit à quoi il ressemblait.

Et pour cause ! pensai-je. *En outre, tu ne me l'as jamais demandé. Pourquoi maintenant ?*

Il haussa les épaules et une pointe d'humour revint à la commissure de ses lèvres.

— J'aimais l'imaginer en petit bonhomme aux jambes courtes et au ventre mou. Je savais qu'il était intelligent, car tu n'aurais jamais pu aimer un idiot. En revanche, je ne m'étais pas trompé sur les lunettes, sauf que je les voyais avec une monture dorée, pas noire. C'est de la corne ? De l'écaille noire ?

J'émis un grognement amusé. Néanmoins, le malaise était toujours là.

— Du plastique, répondis-je. Et non, ce n'était pas un idiot.

Loin de là. Un frisson parcourut mes épaules.

— Était-il honnête ?

Il y eut un craquement doux et le bruissement des arachides et des cosses brisées tombant dans la bassine.

— À bien des égards, dis-je lentement, en l'observant.

Concentré sur son travail, il gardait la tête baissée.

— Il avait ses secrets, poursuivis-je. Moi aussi.

L'amour n'empêche pas les secrets, c'est toi qui me l'as dit. À présent, je ne pensais pas qu'il existait de la place entre nous pour autre chose que la vérité.

Il laissa tomber la dernière poignée de cosses brisées dans la bassine et me fixa.

— Je peux donc lui faire confiance, à ton avis ?

Le ciel orageux était encore clair et sa tête formait un ovale sombre nimbé de mèches rebelles sur le fond lumineux. La conviction absurde, mais absolue, que quelqu'un se tenait derrière moi me noua le ventre.

— Que veux-tu dire ? demandai-je d'une voix tendue. Tu lui as déjà fait confiance, non ? Avec nous, Brianna et moi.

— Je n'avais pas le choix alors. Aujourd'hui, si.

Il se redressa et frotta ses paumes l'une contre l'autre en éparpillant les derniers fragments de cosses dans le vent.

— Aujourd'hui, si ? répétai-je. Tu te demandes si tu peux croire ce qu'il a écrit dans son livre ?

— Oui.

— C'était un historien, dis-je en refusant de regarder derrière moi. Il ne peut pas falsifier les faits, pas plus que Roger ne peut changer ce qui est écrit dans la Bible ou toi, me mentir délibérément.

— Tu es pourtant bien placée pour savoir ce qu'est réellement l'histoire, rétorqua-t-il en se levant dans un craquement de genoux. Pour ce qui est de mentir… Tout le monde le fait, *Sassenach*. Et souvent. Moi y compris.

— Pas à moi.

Ce n'était pas une question et il ne répondit pas.

— Va chercher un saladier, s'il te plaît, demanda-t-il.

Il emporta la bassine dans la cour, où le vent plaqua sa chemise contre son torse et la fit gonfler dans son dos. Les nuages bouillonnaient derrière les montagnes et l'air était chargé d'une odeur de pluie. L'orage serait bientôt sur nous.

Je me relevai avec une sensation étrange. La porte d'entrée était ouverte, son rabat en toile écarté. Je sentis le vent s'engouffrer à l'intérieur avec moi, s'insinuant sous mes jupes. Je l'entendis entrer dans les pièces, faisant tinter les flacons dans mon infirmerie et tourner des feuilles dans le bureau de Jamie.

En chemin vers la cuisine, j'aperçus le livre de Frank sur la table du bureau. Je lançai un bref regard par-dessus mon épaule même s'il n'y avait personne et entrai.

L'Âme d'un rebelle : les racines écossaises de la révolution américaine. Par Franklin W. Randall, docteur en histoire.

Jamie l'avait laissé ouvert et retourné. Il ne traitait jamais les livres de cette manière. Il utilisait toutes sortes de marque-pages : une feuille morte, une plume d'oiseau, un ruban pour les cheveux… Une fois, en ouvrant un livre, j'avais trouvé un scinque desséché sur lequel quelqu'un avait marché. Il refermait toujours les livres en prenant soin de leur reliure.

Frank me fixait depuis le dos de la couverture, calme et insondable. J'effleurai son visage à travers la pellicule de plastique avec un sentiment de chagrin lointain et de regret mêlé de… pourquoi ne pas le reconnaître, je n'avais pas besoin de me mentir… de soulagement. Notre histoire était terminée.

Étrangement, la sensation d'une présence derrière moi avait disparu lorsque j'étais entrée dans la maison.

En soulevant le livre pour le fermer, je lançai un regard à l'intérieur. *Chapitre 16 : Les bandes de partisans*, annonçait le titre.

J'allai chercher le grand saladier en faïence crème que Jamie m'avait rapporté de Salem et ressortis sans un regard vers le livre, désormais convenablement refermé sur le bureau et très présent dans mon esprit.

Jamie commença le vannage, prenant une poignée dans la bassine et la passant d'une main à l'autre en laissant les fragments de cosses et les peaux s'envoler tandis que les arachides, plus lourdes, tombaient dans le vaisselier avec de petits *ping ! ping ! ping !* Le vent s'intensifiait et allait être bientôt trop fort. Je m'assis sur le sol et ôtai les derniers fragments de cosses tombés avec les fruits.

— Tu as lu le livre, donc ? demandai-je au bout d'un moment.

Il acquiesça sans me regarder.

— Qu'en as-tu pensé ?

Il émit un son écossais, fit tomber les dernières arachides dans le saladier et s'assit dans l'herbe près de moi.

— Il l'a écrit pour moi, voilà ce que je pense.

— Pour toi ?

— Oui, c'est à moi qu'il parle, dit-il avec un haussement d'épaules gêné. Du moins, c'est l'impression qu'il me donne quand je lis entre les lignes. Ou peut-être que je perds la tête, ce qui est plus probable. Pourtant…

— Tu veux dire que le texte te paraît raconter ton histoire ? demandai-je prudemment. C'est plutôt normal, non ? Compte tenu de l'époque que nous vivons et où nous vivons.

Il soupira et étira ses épaules comme si sa chemise était trop petite, ce qui n'était pas le cas, car je la voyais se gonfler sur ses épaules comme une voile dans le vent. Je ne lui avais pas vu ce tic depuis longtemps et mon malaise augmenta d'un cran.

— Il est… il est…

Il secoua la tête, cherchant ses mots.

— Il me parle, répéta-t-il enfin. Il sait qui je suis, l'Écossais qui lui a pris sa femme, et il s'adresse directement à moi. Je peux le sentir comme s'il se tenait derrière moi, me chuchotant à l'oreille.

Je sursautai et il écarquilla les yeux vers moi.

— Ce… ce doit être déplaisant, balbutiai-je.

Il esquissa un sourire et prit ma main. Je me sentis aussitôt mieux.

— J'avoue que c'est un peu troublant, *Sassenach*. Ce n'est pas tellement que cela me dérange. Après tout, il a bien le droit de me dire ce qu'il veut, mais… pourquoi ?

— Peut-être… pour nous ?

Je pointai le menton vers le ruisseau au loin, où, de toute évidence, Jem, Germain et Mandy ramassaient des sangsues en poussant des cris. J'humectai mes lèvres sèches.

— Nous savons, du moins nous croyons savoir, qu'il a découvert que tu avais survécu, repris-je. Peut-être a-t-il deviné que Bree se lancerait à ta recherche. Peut-être… m'a-t-il trouvée, moi aussi, dans des archives.

L'idée que Frank eût découvert quelque chose, Dieu sait quoi, à mon sujet dans ses milliers de documents, alors que je me trouvais avec lui… sans qu'il me dise rien…

— Il ne parle pas de moi dans son livre, n'est-ce pas ? demandai-je.

Une goutte froide tomba sur ma joue. Presque aussitôt, quatre taches sombres apparurent sur mon tablier.

Jamie se leva et me tendit la main.

— Non, répondit-il. Rentrons, *a nighean*. La pluie arrive.

Nous eûmes juste le temps de nous précipiter à l'intérieur avant le déluge, suivis de près par Germain, Jemmy, Fanny, Mandy, Aidan McCallum et Aodh MacLennan, les bras chargés de légumes mouillés.

Entre une chose et une autre (broyer les arachides, faire cuire la pâte levée, frotter les jeunes navets, mettre les légumes à tremper dans de l'eau fraîche, distribuer de petites carottes aux enfants, qui les mangeaient comme des friandises, trancher le pain frais pour les sandwichs, faire rôtir les patates douces dans la cendre et préparer une vinaigrette chaude au bacon pour accompagner les légumes cuits), Jamie et moi ne parlâmes plus du livre de Frank. Et si quelqu'un se tenait derrière moi, il eut la grâce de me laisser de l'espace.

Il plut durant tout le dîner. Après s'être assuré que les McCallum et les MacLennan ne s'inquiéteraient pas de ne pas voir leurs fils rentrer, Jamie descendit des matelas pour tous les enfants et les installa devant la cheminée.

Il avait allumé un feu dans notre chambre. L'odeur de la fumée de sapin et de noyer blanc supplantait les émanations de térébenthine des poutres neuves. Étendu sur le lit dans sa chemise de nuit, sentant bon le foin frais et le beurre d'arachides, il feuilletait le *Manuel Merck* que j'avais laissé sur ma table de nuit.

— Tu t'essaies aux *Sortes Virgilianae*[10] ? demandai-je en m'asseyant près de lui et en dénouant mes cheveux. Généralement, les gens utilisent la Bible, mais je suppose que le *Merck* fait aussi bien l'affaire.

— Je n'y avais pas pensé, dit-il avec un sourire.

Il referma le livre et me le tendit.

— Pourquoi pas ? proposa-t-il. Tu choisis.

---

10. Forme de divination par bibliomancie dans laquelle des conseils ou des prédictions de l'avenir sont recherchés en interprétant des passages des œuvres du poète romain Virgile (N.d.T.).

Je fermai les yeux, rouvris le livre au hasard et fis glisser mon index le long de la page.

— Voyons voir ce que cela donne.

Jamie ôta ses lunettes et se pencha par-dessus mon bras pour lire à voix haute :

— « La symptomatologie de cet état est à la fois variée et obscure, nécessitant une observation approfondie et des tests itératifs avant qu'un diagnostic puisse être établi. »

Il releva les yeux vers moi.

— Voilà qui résume bien notre situation, non ?

— En effet, dis-je en refermant le livre.

Je me sentais étrangement réconfortée. Il me prit le manuel et le reposa sur la table de nuit.

— L'observation approfondie, cela nous connaît, opina-t-il. En revanche, pour les tests itératifs…

Il sembla soudain ailleurs.

— Oui, peut-être…, marmonna-t-il. Peut-être bien. Je vais y réfléchir.

Son air contemplatif me rendit nerveuse. J'ignorais comment on pouvait tester une hypothèse telle que la sienne… ou peut-être que si.

— Veux-tu que je le lise ? demandai-je. Le livre de Frank ?

L'idée de lire *L'Âme d'un rebelle*, son dernier ouvrage, déclenchait en moi une réaction que je pouvais diagnostiquer sans avoir besoin de tests itératifs comme étant un « réflexe pilo-moteur ». Et encore, c'était sans tenir compte du fait que Jamie pensait que Frank l'avait écrit comme un message personnel lui étant adressé.

Il me lança un regard surpris.

— Toi ? Non.

Des gloussements de rire et des piaillements s'élevèrent soudain du rez-de-chaussée. Jamie se releva et enfila ses bottes. Il me fit un clin d'œil et marcha d'un pas lent et lourd jusqu'au palier. Lorsqu'il atteignit la quatrième marche, tous les bruits cessèrent. Il acheva de descendre l'escalier et j'entendis sa voix dans la cuisine, suivie d'un chœur d'assentiment enfantin. Quelques minutes plus tard, il remonta à l'étage d'un pas leste.

Avant de s'asseoir pour retirer ses bottes, il me tendit un linge dans lequel était emballé un sandwich au beurre d'arachides et à la confiture de mûres.

— Tu n'as pas assez dîné ce soir, dit-il avec un sourire. Tu étais trop occupée à remplir toutes ces petites bouches. J'en avais donc mis un de côté pour toi et l'avais caché au sommet de ton armoire à simples. Je viens juste de m'en souvenir.

Je fermai les yeux et humai béatement le délicieux arôme.

— Oh Jamie, c'est merveilleux !

L'air satisfait, il me servit un verre d'eau et se rassit, les mains autour des genoux, pour me regarder manger. Je savourai chaque bouchée, chaque petit morceau croquant d'arachide et de graines de mûre, et achevai mon sandwich avec un soupir de contentement et de regret.

— T'ai-je jamais dit que, lorsque je suis revenue à travers les pierres, j'avais apporté un sandwich au beurre d'arachides et à la confiture ?

— Non. Pourquoi ?

Bonne question.

— Je crois qu'il me rappelait Brianna. Je lui en préparais souvent pour déjeuner à l'école. Elle avait une petite cantine avec Zorro peint dessus dans laquelle je mettais aussi un thermos.

— Zorro ? répéta-t-il en haussant les sourcils. Un renard espagnol ?

— Non. Je te parlerai de lui plus tard. Il t'aurait plu. Je n'ai pas emporté de cantine. J'avais simplement enveloppé le sandwich dans du… une feuille de plastique.

— Du plastique comme les lunettes de M. Randall ?

— Non, non, dis-je en agitant une main et en me demandant comment décrire la cellophane. Plus comme… la couverture transparente de son livre, mais en plus fin et très léger. Comme une sorte de mouchoir transparent.

Le souvenir de ce jour m'emplit de nostalgie.

— C'était lorsque je me suis rendue à Édimbourg à la recherche de l'imprimeur A. Malcolm. J'avais la tête qui tournait, sans doute en raison de mon angoisse. Alors je me suis assise, ai déballé mon sandwich et l'ai mangé. Je me souviens d'avoir pensé que c'était le dernier sandwich au beurre d'arachides que je mangerais de ma vie. Je n'avais jamais rien goûté d'aussi bon. Lorsque j'ai eu fini, j'ai laissé partir le morceau de plastique.

Je le voyais encore, fragile et transparent, se froissant, se dépliant, se soulevant et courant sur les pavés, un objet hors du temps.

— Je me sentais un peu comme lui, repris-je, légèrement émue. Perdue. Je me suis demandé ce que penserait quelqu'un en le trouvant. Probablement rien.

Il saisit le linge et essuya une trace de confiture à la commissure de mes lèvres.

— Puis tu m'as trouvé et tu n'étais plus perdue, j'espère.

— Non.

Je posai ma tête sur son épaule et il déposa un baiser sur mon front.

— Les enfants sont endormis, *Sassenach*. Viens donc te coucher avec moi.

Nous fîmes l'amour lentement à la lueur des braises. Avec le bruit du vent et de la pluie autour de nous.

Plus tard, à la lisière du sommeil, ma main posée sur la fesse ronde et chaude de Jamie, je pensai au visage de Frank. Sa photographie flottait dans mon esprit, avec ses yeux noisette familiers derrière ses lunettes à monture noire. Sincères, intelligents, érudits… honnêtes.

21

Comment allumer une mèche

L'ODEUR LEUR PARVINT D'ABORD. Brianna fronça le nez en sentant la puanteur, mélange d'urine et de soufre. Assis à ses côtés sur le banc de la carriole, tenant les rênes, son père toussa. *Avec une belle pellicule de poussière de charbon...*

— D'après maman, elle a des vertus médicinales. Du moins, les gens le pensaient autrefois.

— Quoi, la poudre à canon ?

Il lui lança un bref regard de biais, mais il était surtout concentré sur le groupe de bâtiments qui venait d'apparaître, niché au bord d'un charmant méandre du fleuve.

— Oui. « Un peu de poudre à canon nouée dans un chiffon et maintenu dans la bouche de sorte qu'il touche la dent gâtée soulage instantanément les douleurs. » Nicholas Culpeper, 1647.

Son père émit un grognement.

— C'est probablement vrai, opina-t-il. Tu es trop occupé à vomir ou à tousser pour penser à ta dent.

Le bruit des roues de leur carriole attira l'attention. Deux hommes qui fumaient au bord de l'eau (à une bonne distance des bâtiments, remarqua-t-elle) tournèrent la tête vers eux. L'un d'eux l'inclina sur le côté, les jaugea, puis décida qu'ils méritaient son intérêt. Il vida le contenu du fourneau de sa longue pipe en terre cuite dans l'eau, la rangea sous sa ceinture et marcha vers eux, suivi par son compagnon.

— Hé ho ! appela le premier en agitant la main.

Jamie arrêta la carriole et répondit à son salut.

— Bon après-midi, monsieur. Je m'appelle Jamie Fraser, et voici ma fille, Mme MacKenzie. Nous sommes venus acheter de la poudre.

— Je m'en doute, répondit l'autre. Personne ne vient ici pour une autre raison.

Un Irlandais, constata Brianna en le saluant.

Son ami, un homme trapu d'une trentaine d'années, lui donna un coup de coude en adressant un large sourire à Brianna.

— Allons, ce n'est pas vrai, John. Certains d'entre nous viennent pour boire ton vin et fumer ton tabac.

— John Patton, monsieur, se présenta le premier sans prêter attention à son compagnon.

Il serra la main de Jamie, puis l'invita à ranger son véhicule près d'un bâtiment en pierre, le plus proche de l'eau.

— C'est celui qui risque le moins d'exploser, expliqua en riant le second homme, qui se nommait Isaac Shelby.

Brianna remarqua que John Patton ne riait pas.

Le bâtiment en question était un moulin. On entendait un grondement sourd constant à travers les murs sous le clapotement de la roue hydraulique. L'odeur ici était différente : c'était celle de la pierre humide et des algues associée à une vague émanation lui rappelant un feu de camp éteint avec de l'eau ou un coin de forêt brûlé arrosé par la pluie.

Son père descendit de la carriole et dételа les chevaux. D'un signe de tête, il lui désigna l'un des hangars délabrés plus haut sur le versant, devant lequel trois personnes semblaient se disputer. L'une d'elles était une femme. Sa posture, les bras croisés et la tête penchée en avant, laissait deviner une forte envie d'envoyer son poing dans la figure de son interlocuteur. De toute évidence, c'était elle la patronne.

Brianna se dirigea vers le hangar. Au silence soudain derrière elle, elle devina que M. Patton ou M. Shelby, ou les deux, reluquaient son derrière. Non pas qu'il y eût grand-chose à voir, elle portait une chemise de chasse qui lui tombait presque aux genoux. Néanmoins, le simple fait qu'elle portât un pantalon dessous…

Elle entendit Shelby tousser et en déduisit qu'il venait de croiser le regard de son père.

— Monsieur Fraser, déclara Shelby en affectant un ton nonchalant. Je connais bon nombre de Fraser. Vous ne seriez pas de la région de Nolichucky ?

— Non, nous possédons des terres près de la Ligne du Traité dans le comté de Rowan. On appelle cet endroit Fraser's Ridge.

— Ah, mais je vous connais donc, monsieur ! s'exclama Shelby, soulagé. Benjamin Cleveland m'a parlé de vous. Il…

Les voix derrière elle s'estompèrent et le groupe devant remarqua sa présence. S'ils parurent tous surpris, la femme se ressaisit aussitôt et afficha un air amusé.

Elle contempla ouvertement les habits de chasse de Brianna. Elle avait environ son âge et portait un tablier en toile parsemé de petits trous de brûlure par-dessus une jupe brune et une chemise d'homme relativement propres.

— Bonjour m'dame, que puis-je faire pour vous ? demanda-t-elle.

— Je m'appelle Brianna MacKenzie, répondit-elle en se demandant si elle devait tendre la main.

Mme Patton (car ce ne pouvait être qu'elle) ne bougeant pas, elle se contenta d'un salut cordial de la tête.

— Mon père et moi sommes venus acheter de la poudre. Vous ne seriez pas madame Patton, par hasard ?

La dame en question lança un regard par-dessus son épaule, puis se tourna lentement d'un côté puis de l'autre. L'un des jeunes hommes avec lesquels elle s'était disputée pouffa de rire, et cessa brusquement lorsque le regard de Mme Patton se posa sur lui.

— Je ne vois pas qui je pourrais être d'autre, répliqua-t-elle sans animosité. Quel genre de poudre voulez-vous et combien ?

Brianna hésita. Elle ignorait tout des différents types de poudre ni même comment les appeler. Elle voulait juste savoir comment en fabriquer en quantités suffisantes et sans courir trop de risques. Finalement, elle opta pour la simplicité :

— De la poudre pour la chasse, répondit-elle. Et, peut-être, pour... faire sauter des souches ?

Mme Patton écarquilla les yeux et éclata de rire. Les deux jeunots l'imitèrent.

— Des souches ?

— Je suppose qu'on peut mettre le feu à une souche en couchant dessus un peu de poudre, suggéra le plus âgé avec un sourire vers Brianna.

Elle mit un certain temps à comprendre l'allusion lubrique et secoua la tête, agacée.

— Naturellement, il faudrait contrôler la charge, dit-elle. Donc... quelque chose comme une grenade.

Le visage carré de Mme Patton passa de la surprise à un calcul circonspect.

— Des grenades, dites-vous ? répéta-t-elle d'un air intéressé.

Elle regarda derrière Brianna.

— C'est votre père, là-bas ?

Brianna se retourna. Son père avait conduit les chevaux au bord du fleuve pour les faire boire et discutait avec M. Shelby. Il avait ôté son chapeau pour se passer de l'eau sur le visage et le soleil faisait briller ses cheveux, qui, même striés d'argent, étaient d'une rousseur qu'on était obligé de remarquer.

Le regard de Mme Patton revint sur elle.

— Jamie Fraser ? C'est celui qu'on surnommait « Jamie le Rouge » autrefois, dans le vieux pays ?

— Euh... oui, répondit Brianna, surprise. Comment connaissez-vous son nom ?

— Hmm... Deux des frères aînés de mon père ont combattu dans les camps du soulèvement jacobite. L'un d'eux a été déporté aux Indes, mais son frère est allé le chercher, a racheté son contrat de servage, puis ils sont venus s'installer ici, où John et moi avions des terres. Ces deux-là (elle fit un geste de dédain vers les jeunes hommes) sont leur progéniture.

— C'est une belle petite entreprise familiale que vous avez là, déclara Brianna.

En regardant autour d'elle, elle remarqua un petit groupe de cabanes et une assez grande maison à plusieurs centaines de pieds, abrités derrière un bosquet d'érables.

— En effet, répondit Mme Patton, désormais affable. L'un de mes oncles parlait souvent de votre père. Il a combattu avec lui à Prestonpans et à Falkirk. Il avait gardé quelques souvenirs de la guerre, dont un placard avec un portrait de Jamie le Rouge, offrant une récompense. Un beau gars, même sur une affiche. La Couronne offrait cinq cents livres pour sa capture ! Je me demande combien il vaut aujourd'hui.

Elle éclata de rire, avec un regard appuyé vers le hors-la-loi en question.

Brianna supposa qu'elle plaisantait et esquissa un sourire forcé. Au cas où, elle lui rappela que son père avait été gracié après le Soulèvement avant de ramener fermement la conversation sur le sujet de la poudre noire.

Mme Patton semblait considérer qu'elles étaient désormais amies et lui fit visiter les deux poudrières, lui faisant remarquer au passage la structure rudimentaire des bâtisses.

— En cas d'explosion, le toit s'envole et les murs s'écroulent de chaque côté. Ce n'est pas difficile de reconstruire.

— Et ce bâtiment là-bas, c'est le moulin ? demanda Brianna.

C'était une évidence, compte tenu de la grande roue à aubes qui tournait sereinement dans la lumière dorée de la fin d'après-midi.

— Oui, on y moud le charbon et le salpêtre. Vous savez ce que c'est, n'est-ce pas ?

— En effet.

— Ainsi que le soufre. Pour ça, il faut de l'eau, n'est-ce pas ? Elle fait fondre le salpêtre. Puis nous moulons à nouveau le tout ensemble. Tant que c'est mouillé, ça ne brûle pas, n'est-ce pas ?

— En effet.

Satisfaite de son élève, Mme Patton hocha la tête.

— Malgré tout, cette poudre reste grossière, avec des fragments de charbon non broyés, de bois, de pierre, des crottes de rat et tout le reste. On la fait donc sécher en galettes que l'on entrepose dans la seconde poudrière, et que l'on ressort selon les besoins afin de les broyer à nouveau. Cela se fait dans cet autre bâtiment là-bas. Il est à l'écart des autres parce qu'il explosera à la moindre étincelle et que Dieu vous garde si vous êtes entourée d'un nuage de poudre au même moment ! Vous partiriez en fumée.

Cette perspective ne semblait pas l'inquiéter.

— Ensuite, on la concasse et on la passe dans des tamis de différentes tailles selon l'usage qu'on veut en faire. La poudre la plus fine sert pour les fusils et les pistolets. C'est celle qu'il vous faut pour chasser. Les grains plus gros sont pour les canons, les grenades, les bombes, ce genre de choses.

— Je vois.

Le procédé paraissait assez simple. Toutefois, à en juger au tablier de Mme Patton et aux traces de brûlure sur le bois des hangars, il était assez dangereux. S'il le fallait vraiment, elle pourrait sans doute produire assez de poudre pour chasser, mais elle écarta l'idée d'en fabriquer en grandes quantités.

— Parfait, dit Brianna. Combien pour le genre de poudre que l'on utilise pour chasser ?

— Un dollar la livre. Tout en argent liquide et je ne marchande pas.

Brianna fouilla dans la bourse accrochée à sa ceinture et en sortit l'une des fines barres d'or qu'elle avait cousues dans ses ourlets lorsque les enfants et elle s'étaient lancés à la recherche de Roger. Comme elle l'avait fait un millier de fois depuis, elle récita une prière de remerciement pour l'avoir trouvé.

— Ce n'est pas vraiment de l'argent liquide, mais cela suffira peut-être ? dit-elle en tendant l'or.

Les sourcils de Mme Patton grimpèrent jusqu'au bord de son bonnet. Elle prit la barre délicatement, la soupesa avec un regard aiguisé vers Brianna et, au plus grand bonheur de cette dernière, elle le mordit avant d'inspecter d'un œil critique la petite marque sur le métal. L'or était poinçonné, mais hormis pour *14K* et *1 oz*, elle doutait que les marquages aient une signification pour Mme Patton. Elle ne se trompait pas.

— Marché conclu, déclara cette dernière. Je vous en mets combien ?

Après une pesée méticuleuse de la poudre et de l'or, elles convinrent qu'une barre équivalait à vingt dollars. Cette fois, Brianna serra la main de Mme Patton, qui parut surprise mais non choquée. Ensuite, elle retourna à la carriole en portant deux petits fûts de poudre de dix livres chacun, suivie par les cousins pareillement chargés.

Son père discutait toujours avec M. Shelby. En entendant ses pas, il se tourna vers elle et ses sourcils montèrent encore plus haut que ceux de Mme Patton.

— Combien en as-tu… ? commença-t-il.

Il pinça les lèvres, lui prit les fûts et les chargea dans la carriole auprès des sacs de riz, de haricots, d'avoine et de sel qu'ils avaient troqués au moulin de Woolam.

Lorsqu'il eut fini, il glissa une main dans son *sporran*. L'un des cousins l'arrêta d'un geste.

— Madame a déjà payé.

Après un bref salut de la tête à Brianna, il tourna les talons et repartit vers les poudrières, suivi par l'autre jeune homme, qui lança un regard par-dessus son épaule, hâta le pas pour rejoindre son cousin et lui parla à voix basse. Ce dernier se retourna à son tour et secoua la tête.

Son père resta silencieux jusqu'à ce qu'ils soient sur la route du retour.

— Avec quoi as-tu payé ? demanda-t-il. As-tu apporté de l'argent avec toi quand vous avez… traversé ?

— J'ai emporté quelques pièces, ce que j'ai pu trouver.

Il hocha la tête d'un air approbateur, puis se raidit quand elle lui montra une autre barre d'or. On ne pouvait pas vraiment la qualifier de lingot.

— Et trente de ces barres, ajouta-t-elle. Je les ai cousues dans mes vêtements et en ai caché dans les talons de mes chaussures.

Son père marmonna quelque chose en gaélique qu'elle ne comprit pas. Elle n'en eut pas besoin, son expression était suffisamment éloquente.

— Où est le problème ? demanda-t-elle. L'or est accepté partout.

Il inspira profondément par le nez. L'afflux d'oxygène sembla lui permettre de se ressaisir, car sa mâchoire se détendit et la rougeur de ses joues s'estompa légèrement. Les doigts de sa main droite se contractèrent brièvement et il donna un peu de mou aux rênes.

— En effet, il est accepté partout et c'est bien là le problème, répondit-il. Tout le monde en veut. C'est pourquoi il vaut mieux qu'on ne sache pas que tu en as, surtout en quantité.

Il tourna brièvement la tête vers elle en arquant un sourcil.

— J'aurais pensé que… après ce que tu m'as dit sur ce Rob Cameron… tu le saurais.

Cette discrète réprimande la fit rougir de la poitrine jusqu'à la racine des cheveux. Elle se sentait idiote et, surtout, injustement accusée.

— Alors comment feras-tu pour écouler ton or ? demanda-t-elle.

— Je ne l'écoule pas, répondit-il du tac au tac. Je m'efforce de ne jamais toucher à ce qui est caché. D'autant plus qu'il ne m'appartient pas vraiment.

Je ne m'en servirai qu'en cas d'urgence, pour défendre ma famille ou mes métayers. Même ainsi, je ne l'utiliserai pas directement.

En le voyant lancer un regard derrière lui, elle fit de même. La poudrerie des Patton était loin derrière et la route était déserte.

— Si je dois m'en servir, et j'y serai bien obligé si je veux armer une milice, je taillerai des lingots en copeaux que je martèlerai en petites pépites. Je roulerai ces dernières dans la terre. Puis j'enverrai Bobby Higgins, Tom MacLeod et peut-être un ou deux autres hommes à qui je confierais ma famille, chacun avec une toute petite quantité, dans différents lieux, jamais en même temps et rarement au même endroit deux fois de suite. Ils achèteront quelque chose en payant avec une pépite et en récupérant la différence en pièces, peut-être en vendant une pépite ou deux à un joaillier ou un orfèvre... C'est l'argent qu'ils rapporteront que je dépenserai. Prudemment.

Le « à qui je confierais ma famille » acheva de l'atterrer. Elle comprenait à présent le risque qu'elle faisait courir à Jem, à Mandy, à Roger et à tous les occupants de la Nouvelle Maison.

En voyant sa mine défaite, son père tenta de la rassurer.

— Bah, ne t'inquiète pas. Il ne se passera rien.

Il lui adressa un petit sourire et exerça une pression sur son genou. Les chevaux avaient accéléré la cadence et elle comprit que son père voulait mettre le plus de distance entre eux et Powder Branch avant la tombée de la nuit.

— Tu crois que...

Les mots s'étranglèrent dans sa gorge, étouffés par les bruits de la carriole. Elle recommença :

— Tu crois que les hommes de la poudrière nous poursuivraient ?

Il fit non de la tête.

— Ce n'est pas dans l'intérêt des Patton, qui savent qu'ils pourront faire de bonnes affaires avec nous. En revanche, un des jeunots parlera sûrement de la jolie femme habillée en homme avec une bourse d'or attachée à sa ceinture. Tout dépend de ceux à qui il le dira. Certains pourraient avoir envie de nous rendre visite. Nous prierons pour que cela n'arrive pas.

À peine remise de son premier choc, elle se souvint d'un autre détail alarmant. Elle dut émettre un son de désarroi, car il ralentit les chevaux.

— Que se passe-t-il ?

— Rien, c'est que... ils savent qui tu es. Mme Patton t'a reconnu.

— Qui je suis ? Et alors ? Je le leur ai dit moi-même.

Il ralentit encore afin d'entendre sa réponse.

— Elle sait que tu es Jamie le Rouge.

— Ah, ça ?

Il parut surpris sans être inquiet outre mesure. Il semblait même amusé.

— Comment diable le sait-elle ? Elle est plus jeune que toi. Elle n'était pas née la dernière fois qu'on m'a appelé ainsi.

Elle lui parla des oncles de Mme Patton et de l'affiche.

— De toute évidence, tu as encore la tête de quelqu'un qui aurait son portrait sur un avis de recherche, dit-elle en s'efforçant de plaisanter.

— Mmm.

Les chevaux avançaient désormais au pas et le répit des cahots la calma. Elle lança un regard à son père. Il ne paraissait plus en colère. Il était songeur et légèrement mélancolique.

— Commettre des actes qui te valent la réputation d'être un fou qui tue de sang-froid et sans pitié n'est pas une bonne chose, reprit-il enfin. Cela dit, ce genre de réputation peut également être utile.

Il fit claquer sa langue et les chevaux repartirent au petit trot, puis plus vite. Toutefois, il ne semblait plus si pressé. Elle l'observa du coin de l'œil, soulagée qu'il ne soit pas inquiet d'avoir été reconnu comme Jamie le Rouge, et plus encore de constater que de l'apprendre avait apaisé ses craintes au sujet de l'or.

Ils poursuivirent leur route sans mot dire, le silence entre eux devenu plus serein. Toutefois, lorsqu'ils montèrent le camp au lever de la lune, ils dînèrent sans faire de feu. Elle dormit légèrement et se réveilla souvent. Chaque fois, elle l'aperçut près d'elle, assis dans l'ombre noire d'un arbre, son fusil dans la main droite et son pistolet armé dans la gauche.

22

Cendres, cendres...

Je suivais Roger à travers un bois d'immenses peupliers, leurs cimes si hautes que j'avais l'impression d'avoir pénétré dans une église paisible, ses poutres bruissant de gazouillis d'oiseaux plutôt que de chauves-souris. Compte tenu de notre mission, l'image était appropriée.

Mon rôle tenait plus de l'espionnage que de la diplomatie. Pour la troisième fois depuis notre départ, je vérifiai le contenu de ma poche : trois rhizomes de gingembre charnus et noueux, et, par-dessus, plusieurs sachets d'herbes séchées que l'on ne trouvait pas localement.

Ma mission, si Roger parvenait à faire les présentations avant que nous soyons jetés à la porte, consistait à engager une longue conversation avec Mme Cunningham. D'abord en me répandant en remerciements pour l'herbe des jésuites (accompagnés d'excuses contrites pour le comportement de Mandy), ensuite en présentant un à un mes présents, avec des explications détaillées de leurs origines, usages et préparations.

Cela devait donner à Roger assez de temps pour entraîner le capitaine Cunningham à l'extérieur (les hommes convenables ne voulant pas entendre deux herboristes échanger leurs avis sur la manière de préparer un clystère pour traiter les cas de constipation les plus récalcitrants). Après quoi, ce serait à lui de jouer. Il marchait devant moi, les épaules droites, d'un pas résolu.

Après les peupliers, le sentier grimpa à nouveau à travers un paysage rocailleux de pins et de pruches. Le soleil faisait ressortir les parfums de résine.

— Ça sent Noël, déclara Roger en retenant une grande branche pour me laisser passer. Nous organiserons un Noël familial cette année, n'est-ce pas ? Pour Jem et Mandy. Ils s'y sont habitués et sont assez grands pour s'en souvenir.

Chez les Écossais, Noël était une fête strictement religieuse. Les célébrations plus animées avaient lieu le jour de Hogmanay, ou la Saint-Sylvestre.

— Ce serait fantastique, répondis-je, légèrement mélancolique.

Les Noëls de mon enfance, ceux dont je me souvenais, s'étaient généralement déroulés dans des pays non chrétiens. Il y avait eu des pétards de Noël, des poudings de Noël dans des boîtes en laiton et, une année, une crèche décorée de clochettes de chameaux et habitée par Marie, Joseph, l'enfant Jésus, les rois mages, des bergers, des anges, tous confectionnés avec des sortes de cosses locales et vêtus de minuscules habits.

Préparer un vrai Noël pour Brianna chaque année avait été un grand plaisir. J'avais eu l'impression que la fête était aussi pour moi, pour la joie de préparer tout ce dont j'avais entendu parler ou lu dans des livres sans jamais le voir ni le faire. Frank, le seul d'entre nous qui avait connu les Noëls traditionnels anglais, était l'expert en matière de menus, d'emballage de cadeaux, de chants de Noël et autres traditions obscures. Depuis la décoration du sapin jusqu'à son démontage après le Nouvel An, la maison était pleine de petits secrets, d'excitation et de sérénité. Revivre cela dans notre Nouvelle Maison, avec la famille réunie…

Je revins à la réalité juste à temps pour éviter une branche basse d'épicéa bleu.

— Un petit conseil cependant, évite de mentionner le père Noël quand tu discuteras avec le capitaine Cunningham, dis-je.

— J'ajouterai cela à ma liste de sujets à éviter, m'assura-t-il sérieusement.

— Quel est le premier sur ta liste ?

— En temps normal, ce serait vous. Compte tenu des circonstances, il y a égalité entre les Beardsley et le whisky de Jamie. Je sais que les Cunningham découvriront les deux tôt ou tard, s'ils ne savent pas déjà. Je préférerais néanmoins qu'ils l'apprennent d'un autre que moi.

— Je parie qu'ils savent déjà pour les Beardsley. Mme Cunningham m'a donné de l'herbe des jésuites. C'est donc que quelqu'un lui a dit que j'en avais besoin et, probablement, pourquoi. En outre, personne ne peut résister à l'envie de raconter l'histoire de Lizzie et de ses deux maris.

— C'est vrai, dit Roger avec un sourire en coin. Vous ne sauriez pas par hasard si… je veux dire…

— Les deux à la fois ? l'aidai-je en riant. Dieu seul le sait, mais il y a trois enfants en bas âge dans cette maison et deux d'entre eux, au moins, dorment avec leurs parents. Ils doivent avoir un sommeil très profond. Le manque d'espace…

— Quand on veut, on peut, m'assura Roger. En outre, il fait encore beau dehors.

Le sentier s'était suffisamment élargi pour que nous puissions marcher côte à côte.

— Quoi qu'il en soit, je suis très surpris que cette vieille dame ait eu ce geste, après ce qu'elle nous a dit, à Brianna et moi, au sujet des sorcières.

— Elle nous a bien assurés que nous irions tous en enfer, y compris Mandy, lui rappelai-je.

— Avez-vous vu Mandy imitant Mme Cunningham vous vouant aux gémonies ?

— Pas encore, j'ai hâte de voir ça. C'est encore loin ?

— Nous y sommes presque. Suis-je convenable ?

Il fit tomber les feuilles d'érable de son gilet.

Il s'était mis sur son trente-et-un, avec son bon pantalon, une chemise propre et un gilet dont les boutons en bronze avaient été hâtivement remplacés par Brianna par de modestes boutons en bois. Elle lui avait tressé les cheveux et Jamie, qui avait une longue expérience en la matière, avait replié sa tresse et l'avait nouée fermement dans sa nuque avec son propre ruban en gros-grain noir.

— Que Dieu t'accompagne, *a charaid*, lui avait-il dit.

Effectivement, l'aide de Dieu ne serait pas superflue.

— Tu es parfait, l'assurai-je.

— Alors, allons-y.

Je n'étais encore jamais allée jusqu'à la cabane des Cunningham. C'était un bâtiment neuf, érigé à l'extrême sud du Ridge. Nous marchions depuis plus d'une heure, écartant les feuilles (et, avec elles, les moucherons, les guêpes et les araignées) qui tombaient des arbres en une douce pluie verte. Il faisait très chaud et je commençais à regretter de ne pas avoir apporté une boisson rafraîchissante lorsque Roger s'arrêta à la lisière d'une clairière.

Brianna m'avait déjà parlé des pierres blanchies à la chaux et des vitres impeccables. Il y avait également un grand potager et un jardin de simples derrière la maison. De toute évidence, Mme Cunningham n'avait pas encore trouvé le moyen d'ériger une clôture qui empêchât les chevreuils et les lapins d'y entrer. Je fus désolée de voir la terre piétinée et retournée, les tiges brisées, les feuilles de navets rongées. Sur le plan positif, cela rendait les articles dans ma poche d'autant plus désirables.

J'ôtai mon chapeau pour remettre un peu d'ordre dans ma chevelure autant que c'était possible après quatre milles à pied dans la chaleur.

La porte s'ouvrit avant que j'aie eu le temps de me recoiffer.

Le capitaine Cunningham sursauta en nous voyant. S'il attendait quelqu'un, ce n'était pas nous. Mon pouls s'accéléra légèrement, tandis que je répétais mentalement mon discours d'introduction.

— Bon après-midi, capitaine ! lança Roger sur un ton joyeux. Je suis venu avec ma belle-mère, Mme Fraser, qui souhaite rendre visite à Mme Cunningham.

Le capitaine ouvrit la bouche. Je voyais sur son visage ses efforts pour faire correspondre ce que sa mère lui avait dit de moi et mon aspect, que je m'étais efforcée de rendre respectable.

— Je... Elle..., commença-t-il.

Roger m'avait pris le bras et m'entraîna dans l'allée tout en déclarant une phrase anodine et cordiale sur le temps. Le capitaine ne l'écoutait pas.

— Je... Bon après-midi, madame.

Il inclina brièvement la tête, tandis que je faisais une petite révérence devant lui.

— Malheureusement, ma mère est absente, dit-il en m'observant d'un air méfiant. J'en suis navré.

— Oh, quel dommage, répondis-je. Est-elle en visite ? Je tenais à la remercier pour son présent et je lui ai apporté quelques simples…

Je lançai un regard à Roger. *Et maintenant, que faisons-nous ?*

— Non, elle est simplement partie chercher des plantes près du ruisseau, déclara le capitaine avec un geste vague vers la forêt. Elle… euh…

— Oh, dans ce cas, je peux peut-être la trouver, dis-je précipitamment. Roger, pourquoi ne discutes-tu pas un peu avec le capitaine pendant que je la cherche ?

Avant qu'il ait pu répondre, je soulevai mes jupes, enjambai la ligne de pierres blanches et m'éloignai vers les bois, laissant Roger livré à lui-même.

— Euh… Je vous en prie, entrez.

Le capitaine s'inclina de bonne grâce devant les circonstances, ouvrant grand sa porte et faisant signe à Roger de le suivre.

Si la cabane était aussi ordonnée que lors de sa première visite, son odeur avait changé. Roger aurait juré sentir un arôme de café flotter dans l'air. *Juste ciel, est-ce vraiment du café ?*

— Asseyez-vous, monsieur MacKenzie.

Cunningham avait retrouvé son calme, bien qu'il continuât à lancer des regards de biais vers Roger. Les remarques préliminaires préparées par ce dernier avaient été destinées à amadouer Mme Cunningham jusqu'à ce que Claire parvienne à l'occuper. *Autant vider ton sac tout de suite, avant que l'une d'elles revienne.*

— J'ai récemment eu une conversation intéressante à votre sujet avec ma cousine par alliance, Rachel Murray, commença-t-il.

Cunningham, en train de saisir une cafetière gardée au chaud dans l'âtre, se redressa brusquement tel un diable à ressort et manqua de peu de s'assommer contre le linteau de cheminée.

— Comment ?

— Mme Ian Murray. La jeune quakeresse ? Grande, brune, très jolie ? Avec un bébé très bruyant.

Les traits du capitaine étaient rouges et congestionnés.

— Je sais de qui vous parlez, répondit-il sèchement. Je m'étonne d'apprendre qu'elle *vous* a rapporté notre conversation.

Il avait accentué le « vous », ce dont Roger décida de ne pas tenir compte.

— Elle n'en a rien fait, dit-il. Elle m'a simplement conseillé de venir vous parler. Elle m'a dit que vous prêchiez devant vos hommes le dimanche lorsque vous étiez dans la marine et que cela vous avait procuré « de la satisfaction ». Ce sont ses propres mots. Est-ce vrai ?

La rougeur du capitaine s'atténua légèrement. Il acquiesça à contrecœur.

— Je ne vois pas en quoi cela vous concerne, monsieur, mais en effet, je prêchais lorsque nous ne pouvions nous rendre à l'église et en ces occasions où nous n'avions pas d'aumônier à bord.

— Dans ce cas, j'ai une proposition à vous faire, capitaine. Puis-je m'asseoir ?

La curiosité l'emportant, Cunningham lui indiqua un grand fauteuil à dossier fuselé près de la cheminée et s'assit face à lui sur un siège plus petit.

Roger se pencha en avant.

— Comme vous le savez, je suis presbytérien et, par courtoisie, on me nomme pasteur. Je veux dire par là que je ne suis pas encore ordonné, bien que j'aie achevé toutes les études et passé tous les examens nécessaires. J'ai bon espoir d'être ordonné bientôt. Vous savez également que mon beau-père, ma belle-mère, mon épouse et mes enfants sont catholiques.

Cunningham était désormais suffisamment détendu pour manifester sa désapprobation.

— En effet. Je ne sais pas comment votre conscience peut s'accommoder d'une telle situation, monsieur.

Roger haussa les épaules.

— Je m'entends bien avec mon beau-père. Lorsque nous avons construit une bâtisse pour abriter l'école, il m'a proposé de l'utiliser pour célébrer la messe le dimanche. Vers la même époque, nous avons établi une petite loge maçonnique. C'était il y a plus de trois ans. M. Fraser a également accepté que la loge se réunisse le soir dans ce même édifice.

Il détourna les yeux et fixa les braises dans l'âtre afin de laisser à Cunningham le temps de réagir, ou pas, à l'allusion à la franc-maçonnerie.

Celle-ci avait fait mouche. L'emportement et la réprobation du capitaine fondaient comme neige au soleil. Il se taisait, mais son silence avait acquis une autre qualité : il évaluait Roger du regard.

Tu n'as rien à perdre...

— Nous nous sommes rencontrés sur le niveau, dit-il doucement.

Cunningham hocha légèrement la tête.

— Et nous nous sommes quittés sur l'équerre[11], répondit-il sur le même ton.

L'atmosphère dans la pièce se détendit considérablement.

— Permettez-moi de vous offrir du café.

Cunningham alla chercher des tasses sur une desserte qui semblait avoir été importée de sa maison londonienne et en tendit une à Roger.

C'était du vrai café fraîchement moulu. En extase, Roger ferma les yeux et se souvint de ce que lui avait dit Rachel au sujet du thé. Visiblement, le capitaine avait gardé d'utiles relations dans la marine. Qui étaient ses deux mystérieux visiteurs ? De simples contrebandiers ?

Ils dégustèrent en silence leur café pendant une minute ou deux tous en s'observant du coin de l'œil. Roger acheva sa tasse avec regret et déclara :

— Hélas, l'église a été frappée par la foudre l'année dernière et a brûlé.

— C'est ce que m'a dit Mme Murray.

---

11. Formule utilisée autrefois par des francs-maçons américains au terme d'une réunion pour souligner que tous les participants ont été traités sur un pied d'égalité et en toute équité (N.d.T.).

Le capitaine reposa sa tasse et tendit la main vers la cafetière en interrogeant Roger du regard.

— Volontiers, répondit ce dernier en approchant sa tasse. Si Jamie Fraser s'était trouvé sur le Ridge à cette époque, il l'aurait sûrement déjà reconstruite. Cependant les… euh… infortunes de la guerre ont fait que… sa famille et lui n'ont pu revenir sur-le-champ. Vous le savez sûrement.

— En effet. Robert Higgins m'en a informé lorsque j'ai fait ma demande pour m'installer ici. (Une ombre de réprobation passa à nouveau sur son visage.) M. Fraser semble avoir des principes étonnamment souples pour avoir choisi comme régisseur un assassin condamné.

— Bah, il me considère bien comme un hérétique et me supporte pourtant, répondit Roger avec désinvolture. Est-ce cela que vous entendez par des « principes souples » ?

Il sourit à Cunningham, qui s'était étranglé sur sa gorgée de café au mot « hérétique ».

Ne pousse pas le bouchon trop loin. La fraternité maçonnique a ses limites…

Il toussota dans son poing, laissant au capitaine le temps de se remettre, puis enchaîna :

— Pour en revenir à ma proposition : M. Fraser accepte que l'édifice soit reconstruit au même endroit et serve aux mêmes fonctions qu'autrefois. Il fournira également le bois. Toutefois, comme vous le savez sans doute, il rebâtit en ce moment sa propre maison et n'a ni le temps ni l'argent pour se consacrer à ce projet avant l'année prochaine. J'ai pensé que nous pourrions, vous, M. Fraser et moi, mettre nos ressources en commun afin de construire le bâtiment au plus tôt. Une fois qu'il sera habitable, nous pourrions y prêcher tous les deux à tour de rôle, un dimanche sur deux.

Cunningham s'était figé. Les pensées fusaient derrière ses yeux tels des vairons, trop rapides pour être attrapées.

Roger reposa sa tasse à moitié vide et se leva.

— Que diriez-vous d'aller voir le site avec moi ?

Le ruisseau était facile à trouver. Comme il n'y avait pas de puits près de la maison, les Cunningham devaient aller y chercher leur eau et donc… Oui, il y avait un sentier qui serpentait entre des grappes de cornouillers. Au bout de quelques instants, un gargouillis me parvint.

Trouver Mme Cunningham fut un peu plus ardu. Suivrait-elle le cours d'eau vers l'amont ou vers l'aval ? Je lançai en l'air une pièce mentale et optai pour l'aval. Ce fut le bon choix. Un peu plus loin, le ruisseau décrivit une courbe et j'aperçus un endroit boueux sur la berge où l'on distinguait de nombreuses empreintes. Ou plutôt les empreintes de deux ou quatre semelles, ainsi que des cercles et des traînées indiquant qu'un seau avait été posé.

Il avait plu récemment et l'eau était haute. La rive d'en face était densément boisée, les arbres ayant pratiquement les pieds dans l'eau. Les quelques pierres qui auraient pu servir de gué étaient submergées. Elle n'avait donc pas dû le traverser. Je poursuivis mon chemin, marchant lentement et tendant l'oreille. Non pas que je m'attendisse à ce que Mme Cunningham fasse sa cueillette en chantant des hymnes. Néanmoins, peut-être faisait-elle assez de bruit pour alarmer les oiseaux ou pour qu'ils se taisent.

De fait, je la trouvai grâce à un martin-pêcheur qui s'objectait à sa présence. Je suivis ses longs gazouillis irrités jusqu'à l'apercevoir, une tache à long bec de couleur rouille, blanche et gris-bleu se balançant dans la brise sur une longue branche s'étirant au-dessus d'un petit bassin naturel formé par les remous. Puis je vis Mme Cunningham. Dans le bassin. Nue.

Heureusement, elle ne m'avait pas remarquée. Je m'accroupis précipitamment derrière un bois-bouton et ôtai mon chapeau.

Le martin-pêcheur, lui, m'avait vue et frôlait l'apoplexie, redoublant ses gazouillis et gonflant d'indignation son petit corps coloré. Mme Cunningham ne lui prêta pas attention. Elle se lavait tranquillement, les yeux mi-clos, ses longs cheveux gris dégoulinant dans son dos. Un filet de sueur me coula le long de la colonne vertébrale ainsi que sur mon menton. Je l'essuyai du revers de ma main en enviant la femme dans l'eau.

L'espace d'un instant, j'eus l'envie absurde de me déshabiller et de la rejoindre. J'aurais dû me retirer sur-le-champ. Je ne le fis pas.

C'était en partie l'intérêt partagé par tous qui nous pousse à regarder lorsque quelqu'un rit, se fâche, est nu ou s'adonne à un acte sexuel. Le reste était de la simple curiosité. La frontière est parfois ténue entre le scientifique et le voyeur, et j'étais consciente de la longer. Après tout, Mme Cunningham était un mystère.

Son corps était encore puissant, avec des épaules larges et un dos droit. Bien que la peau de ses bras et de ses seins se fût relâchée, sa musculature était encore visible. Son ventre s'était affaissé et portait les marques de plusieurs grossesses. Le capitaine n'était donc pas son unique enfant.

Lorsqu'elle n'arborait pas son air austère, son visage était agréable. Sans être belle, elle avait des traits symétriques et bien définis, bien que profondément marqués par les années, l'expérience et l'aigreur. Quel âge pouvait-elle avoir ? Le capitaine devait avoir dans les quarante-cinq ans. J'ignorais s'il était son fils aîné ou le plus jeune. Elle avait donc entre soixante et soixante-dix ans ?

Elle essora ses cheveux et les lissa derrière ses oreilles. Un tronc couché émergeait à moitié au fond du bassin. Elle s'y adossa confortablement, ferma à nouveau les yeux et glissa une main sous l'eau entre ses cuisses. J'écarquillai les yeux et reculai précipitamment, mes jupes relevées et mon chapeau à la main. Cette fois, la frontière avait été franchie.

Mon talon se prit dans une racine et je manquai de tomber. Je parvins à retrouver mon équilibre en lâchant mes jupes et mon chapeau. Ma lourde poche battit contre ma cuisse, me rappelant le but de ma visite.

Je pouvais difficilement errer dans les parages en attendant qu'elle sortît de l'eau et se rhabillât. Le mieux était donc de retourner à la cabane, d'expliquer au capitaine que je n'avais pu trouver sa mère et de lui laisser le gingembre et les herbes avec mes remerciements.

Je remettais de l'ordre dans ma tenue quand je constatai que j'avais laissé des traces très visibles dans la glaise là où je m'étais tapie. Jurant dans ma barbe, je revins en arrière et éparpillai des poignées de feuilles, de brindilles et de galets sur mes empreintes. Je frottais des feuilles entre mes paumes pour les nettoyer lorsque je me rendis compte qu'un caillou s'était faufilé entre elles.

Je le jetai et aperçus un éclat de couleur vive au moment où il retomba sur le sol. Je le saisis à nouveau.

C'était une émeraude brute, un long cristal rectangulaire d'un vert brumeux pris dans un morceau de roche.

Je l'examinai un instant en passant mon pouce sur sa surface.

— On ne sait jamais quand tu pourras nous être utile, murmurai-je en le glissant dans mon sac.

— Combien de personnes le bâtiment original pouvait-il accueillir ? demanda le capitaine avec un signe vers le squelette fragile de la porte.

— Une trentaine debout. Au début, nous n'avions pas de bancs. Les frères de la loge apportaient chacun leur tabouret et, souvent, une bouteille.

Il sourit en se remémorant Jamie faisant circuler l'une des premières bouteilles de sa propre distillerie, surveillant les buveurs de près au cas où l'un d'eux tomberait de son tabouret ou mourrait sur le coup.

— Oh, cela me revient ! Vous devez savoir que M. Fraser est un de nos frères. De fait, c'est notre grand-maître puisque c'est lui qui a créé la loge.

Choqué, Cunningham en laissa tomber son morceau de charbon.

— Un franc-maçon ? Pourtant, les catholiques ne sont pas autorisés à prêter le serment maçonnique. Le pape l'interdit…

Il pinça légèrement les lèvres en prononçant ce mot.

— M. Fraser est devenu franc-maçon lorsqu'il était en prison en Écosse, à la suite du soulèvement jacobite. Comme il vous le dirait lui-même : « Le pape n'était pas enfermé à Ardsmuir, moi si. »

Roger avait pris l'accent des Highlands et fut amusé de voir Cunningham sursauter, même s'il n'aurait su dire si c'était en réaction à son imitation ou aux actes scandaleux de Jamie.

— Sans doute est-ce une nouvelle illustration de… la flexibilité… des principes de M. Fraser, déclara le capitaine sur un ton acerbe. En a-t-il auxquels il tient ?

— Je crois qu'un homme sage doit savoir se montrer flexible en des temps comme les nôtres, répliqua Roger en conservant son calme. S'il n'est pas capable de marcher entre deux feux, il est rapidement transformé en cendres, tout comme ceux qui dépendent de lui.

— Vous en êtes ? demanda le capitaine.

— Oui.

Roger inspira profondément. L'odeur de la foudre et de l'incendie avait disparu depuis longtemps. Avec un peu de travail, la clairière serait à nouveau un lieu de sérénité.

— Quant aux principes auxquels tient Jamie Fraser, ils sont nombreux, reprit-il. Et que Dieu vienne en aide à celui qui se dressera entre lui et ce qu'il considère être son devoir. Pensez-vous que nous devrions construire le bâtiment plus grand ? Il y a beaucoup plus de familles sur le Ridge aujourd'hui.

Cunningham approuva et regarda sa paume sur laquelle il avait écrit des mesures avec un morceau de charbon.

— Combien sont-ils, selon vous ? demanda-t-il. Et connaissez-vous leurs croyances ? D'après M. Higgins, M. Fraser accepte tous les colons à condition qu'ils paraissent honnêtes et travailleurs. Cependant, il semblerait qu'une forte proportion de métayers soit écossaise.

Cette dernière phrase ressemblait à une question et Roger acquiesça.

— En effet. Il a commencé sa colonie avec plusieurs Écossais qui avaient participé avec lui au Soulèvement, ainsi qu'avec des parents de gens qu'il connaissait dans le Piedmont. Donc, naturellement, la plupart des premiers colons étaient catholiques, avec, parmi eux, des protestants, principalement des presbytériens attachés à l'Église d'Écosse. Plus tard, un certain nombre sont arrivés de Thurso. Ils sont également presbytériens. (*Fanatiquement*, se garda-t-il d'ajouter.) Je ne suis moi-même revenu sur le Ridge que récemment, et on me dit que nous comptons désormais quelques familles méthodistes. Puis-je me permettre de vous demander ce qui vous a conduit à vous établir ici, capitaine ?

Cunningham émit un bref « hmm ».

— Comme beaucoup d'autres, je suis venu parce que j'avais ici des connaissances. Deux de mes marins se sont établis en Caroline du Nord, tout comme le lieutenant Ferrell, qui a servi avec moi durant trois commissions avant d'être grièvement blessé et qui a dû quitter l'armée avec une pension de la Marine. Son épouse vit également ici.

Roger se demanda si la pension lui était toujours versée et comment. Heureusement, ce n'était pas son problème.

Cunningham lui adressa un regard ironique.

— Cela me fait donc une congrégation d'au moins six âmes.

Roger sourit aimablement et lui répondit qu'en vérité les divertissements étaient si rares dans les montagnes que quiconque prenait la parole en public était assuré de faire salle comble.

— Un divertissement, répéta Cunningham, légèrement atterré. Je vois. Puis-je me permettre de vous demander pourquoi vous me proposez cet arrangement, monsieur MacKenzie ? Vous me semblez parfaitement capable de divertir toute une assemblée à vous seul.

Parce que Jamie veut savoir si vous êtes loyaliste et, le cas échéant, quelles sont vos intentions à cet égard. Vous inciter à prêcher en public lui permettra de le savoir.

Ne voulant pas mentir à Cunningham, il lui offrit une vérité alternative.

— Comme je vous le disais, plus de la moitié des colons sont catholiques. S'ils viennent m'écouter parce qu'ils n'ont rien de mieux à faire, ils viendront probablement vous écouter vous aussi. Compte tenu de ma situation familiale peu orthodoxe, je pense que les gens devraient pouvoir entendre différents points de vue.

— Ils le devraient en effet, dit une voix douce et amusée derrière eux. Y compris la voix du Christ qui parle directement dans leur cœur.

Cunningham lâcha à nouveau son morceau de charbon.

— Madame Murray, dit-il en inclinant du chef. Votre serviteur, madame.

Voir Rachel lui rendait toujours le cœur léger. La rencontrer ici donna à Roger envie de rire.

— Bonjour, Rachel. Qu'avez-vous fait de votre petit bonhomme ?

— Il est avec Brianna et Jenny, répondit-elle. Amanda essaie de lui faire dire « popo », ce qui, j'imagine, signifie « excréments ».

— C'est parce qu'il aurait sûrement du mal à prononcer « excréments ».

— Très juste, répondit-elle avec un sourire. Brianna m'a dit que vous seriez ici, discutant la construction d'un nouveau temple. J'ai pensé que je devais me joindre à vous.

Elle portait une robe en calicot gris pâle et un fichu bleu nuit, une combinaison qui donnait à ses yeux une teinte mystérieuse d'un vert profond.

Sans se départir de sa galanterie, Cunningham était perplexe. Ce n'était pas le cas de Roger, bien qu'il fût surpris.

— Vous voulez dire que vous voulez utiliser la chapelle, vous aussi ? demanda le capitaine. Pour des… euh… réunions ?

— Absolument.

— Attendez… Vous voulez dire, pour des assemblées quakers ? Combien de quakers vivent actuellement sur le Ridge ?

— Une seule, pour autant que je sache. Enfin, je pourrais y ajouter Oggy, ce qui fait deux. Toutefois, les Amis ne se préoccupent pas des quorums et aucun Ami n'exclurait des visiteurs à une assemblée ordinaire. Ian et Jenny, mon mari et sa mère, capitaine, se joindront sûrement à moi. Claire m'a dit que Jamie et elle viendraient aussi. Naturellement, Brianna et toi êtes invités, Roger, tout comme toi, ami Cunningham, ainsi que ta mère.

Elle adressa au capitaine un de ses sourires irrésistibles et il sourit en retour par réflexe, avant de tousser, l'air embarrassé. Son teint était rouge vif et, craignant qu'il ne succombe à une surdose œcuménique, Roger décida d'intervenir.

— Quand voudriez-vous disposer des lieux, Rachel ?

— Le Premier jour, c'est-à-dire le dimanche. Toutefois, l'heure n'a pas d'importance. Nous ne perturberons pas les arrangements que vous avez pris ensemble. Dites-moi simplement quand vous prêcherez et je m'organiserai.

Elle tourna les talons et lança par-dessus son épaule :

— Oh, et, naturellement, nous vous aiderons pour la reconstruction du bâtiment.

Les hommes la regardèrent s'éloigner et disparaître entre les chênes.

Cunningham avait ramassé un autre morceau de charbon et le frottait entre son pouce et son index d'un air absent. Roger se souvint d'une messe du mercredi des Cendres à laquelle il avait assisté avec Brianna à St. Mary, à Inverness. Le prêtre avait devant lui une coupe remplie de cendres (Brianna lui avait expliqué qu'il s'agissait des cendres des branches de palmier brûlées après le dimanche des Rameaux de l'année précédente). Il s'en enduisait le pouce et traçait rapidement une croix sur le front des fidèles en murmurant à chacun : « Souviens-toi, Homme, que tu n'es que poussière et que tu retourneras à la poussière. »

Roger avait fait la queue comme tout le monde. Il se souvenait fort bien de la sensation granuleuse des cendres sur sa peau et de son étrange impression d'agitation et d'acceptation.

Un peu comme à présent.

23

La pêche à la truite en Amérique, deuxième partie

Quelques jours plus tard…

La mouche tomba en voletant, verte et jaune telle une feuille d'automne, et atterrit au milieu des cercles concentriques d'une montée de bulles. Elle flotta à la surface une seconde, peut-être deux, puis disparut dans une minuscule éclaboussure, happée par d'invisibles mâchoires voraces. Roger redressa brusquement sa canne pour enfoncer l'hameçon. Ce n'était pas nécessaire. Ce soir, les truites avaient faim et se régalaient de larves. La sienne s'était planté l'hameçon si profondément que la remonter n'était plus qu'une question de force brute.

Elle se débattit, projetant des éclats argentés dans les derniers feux du jour. Il sentait sa vie à travers la canne, sauvage et lumineuse, tellement plus grande que le poisson lui-même.

— Qui t'a appris à lancer, Roger Mac ? J'ai rarement vu une aussi belle technique.

Son beau-père attrapa le poisson une fois hors de l'eau, le décrocha et l'assomma avec une pierre.

Roger fit un petit geste modeste, bien que le compliment l'eût touché. Jamie ne les donnait pas à la légère.

— Mon père.

— Ah bon ? s'étonna Jamie.

— Je veux dire le révérend, se corrigea Roger. En réalité, c'était mon grand-oncle. Il m'a adopté.

— C'était donc bien ton père, dit Jamie avec un sourire.

Il lança un regard vers la rive opposée du bassin. Germain et Jemmy se chamaillaient, chacun affirmant avoir attrapé le plus gros poisson. Ils en avaient pêché un bon chapelet mais, n'ayant pas pensé à séparer leurs prises, ils ne savaient plus qui avait attrapé quoi.

— Tu ne penses pas que je fais une différence, n'est-ce pas ? Jem est lié à moi par le sang et Germain, par l'amour.

— Vous savez bien que non.

Roger sourit à son tour en regardant les deux garçons. Bien qu'ayant un an de plus que Jem, Germain était d'une constitution plus frêle, comme ses parents. Jem avait les os longs et les épaules larges de son grand-père… *et* de son père, pensa-t-il en redressant le dos. Les deux garçons avaient à peu près la même taille et, en ce moment, tous deux des chevelures flamboyantes. Les rayons du soleil couchant embrasaient la tignasse blonde de Germain.

— Où est Fanny ? demanda-t-il. Elle les mettrait d'accord.

Frances avait douze ans. Parfois, elle paraissait beaucoup plus jeune ; souvent, elle semblait nettement plus âgée. Très liée à Germain lorsque Jem était arrivé sur le Ridge, elle s'était d'abord montrée distante avec le nouveau venu, craignant sans doute qu'il se mette entre elle et son seul ami. Toutefois, Jem était d'un tempérament facile et ouvert. Quant à Germain, il en savait bien plus sur la nature humaine que la plupart des ex-pickpockets de onze ans. Rapidement, les trois enfants étaient devenus inséparables, se faufilant entre les buissons en riant, disparaissant pour de mystérieuses missions, réapparaissant à la fin du barattage, trop tard pour aider mais juste à temps pour un verre de babeurre frais.

— Ma sœur lui apprend à peigner les chèvres, répondit Jamie.

— Ah oui ?

— Je veux récupérer les poils pour les mêler au plâtre des enduits.

— Je vois, dit Roger en enfilant une lisse à travers la fente branchiale de sa truite.

En dépit du soleil bas, les truites mordaient toujours. La surface du bassin était pommelée de cercles argentés et perforée d'éclaboussures chaque fois qu'un poisson sautait. Les doigts de Roger se resserrèrent sur sa canne. Il était tenté. Toutefois, ils en avaient attrapé suffisamment pour le dîner et le petit-déjeuner du lendemain. Des douzaines de fûts de poissons fumés et séchés étaient déjà entreposés dans le cellier et la lumière faiblissait.

Jamie ne semblait pas prêt à rentrer. Il était assis sur une souche confortable, les jambes nues, vêtu uniquement de sa chemise, son vieux plaid de chasse roulé en boule derrière lui. La journée avait été chaude et l'air était encore rempli de parfums. Roger lança un regard vers les garçons, qui avaient oublié leur dispute et lançaient à nouveau leurs lignes, aussi concentrés qu'un couple de martins-pêcheurs.

Jamie se tourna vers Roger et lui demanda sur un ton badin :

— Les presbytériens pratiquent-ils le sacrement de la confession, *mac mo chinnidh* ?

Roger attendit pour répondre, surpris tant par la question que par le fait que Jamie l'avait appelé « fils de ma maison », ce qu'il n'avait fait qu'une seule fois, lors de l'appel des clans à Mount Helicon, des années plus tôt.

Toutefois, la question était simple et il répondit simplement.

— Non, les catholiques pratiquent sept sacrements, alors que les presbytériens n'en reconnaissent que deux : le baptême et l'eucharistie.

Il aurait pu en rester là. C'eût été ignorer ce qu'impliquait la question.

— Vous avez quelque chose à me dire, Jamie ? Si je ne peux vous donner l'absolution, je peux toujours vous écouter.

Bien qu'il n'eût pas eu l'impression que les traits de Jamie fussent tendus, il les vit se relâcher. La différence était assez visible pour qu'il lui ouvre son cœur, prêt à entendre n'importe quoi. Du moins le croyait-il.

Jamie s'éclaircit la gorge, l'air soudain un peu timide.

— Tu te souviens de la nuit où nous avons repris Claire aux bandits ?

— Je ne suis pas près de l'oublier.

Roger lança un regard vers les garçons, toujours occupés à pêcher.

— Pourquoi ? demanda-t-il.

— Étais-tu à mes côtés à la fin, quand j'ai brisé le cou de Hodgepile et que Ian m'a demandé que faire des autres ? Je lui ai répondu : « Tuez-les tous. »

— J'étais là.

Et il ne tenait pas à y retourner. Il suffisait de ces trois mots et tout remontait à la surface de sa mémoire, lui glaçant les os : la nuit noire dans la forêt ; la brûlure du feu devant ses yeux ; le vent glacial ; l'odeur du sang. Les tambours… un *bodrhan* grondant sous son bras, deux autres derrière lui. Des cris dans le noir. L'éclat soudain d'un regard et la sensation écœurante d'un crâne cédant sous les coups.

— J'en ai tué un, reprit-il. Vous le saviez ?

Jamie ne détourna pas le regard. Il hocha la tête, les lèvres pincées.

— Je ne t'ai pas vu faire, mais cela se voyait clairement sur ton visage le lendemain.

— Et pour cause !

La gorge nouée, Roger parlait d'une voix rauque et épaisse. Il était surpris que Jamie l'eût remarqué, qu'il eût remarqué quoi que ce soit ce jour-là en dehors de Claire, une fois le combat terminé. Il la revit agenouillée nue au bord de l'eau, redressant son nez cassé en regardant son reflet, le corps couvert de sang et de contusions. Cette image lui revint avec la brutalité d'un coup de poing dans le plexus solaire.

— Tu ne sais jamais comment tu réagiras après un combat comme celui-là, dit Jamie en haussant une épaule.

Il avait perdu le ruban qui retenait ses cheveux, arraché par une branche. Ses épaisses mèches rousses étaient agitées par la brise.

— Ce dont tu te souviendras, ce que tu oublieras, poursuivit-il. Je me souviens des moindres détails de cette nuit, ainsi que ceux du lendemain.

Roger hocha la tête sans répondre. Il regrettait soudain que les presbytériens n'aient pas la confession. C'était un outil utile à garder en poche, surtout lorsqu'on menait une vie telle que celle de Jamie. Tout prêtre sait que l'âme a besoin de parler et d'être comprise.

— Vous regrettez ? demanda-t-il. Je veux dire, d'avoir demandé à vos hommes de les tuer tous ?

— Pas un instant. Et toi, tu regrettes ce que tu as fait ?

— Je…

Roger s'interrompit. Ce n'était pas qu'il n'y ait pas déjà réfléchi, mais…

— Je regrette d'avoir dû le faire, reprit-il. Profondément. Toutefois, au fond de moi, je sais que je n'avais pas d'autre choix.

— Tu sais que Claire a été violée, dit Jamie dans un soupir.

Ce n'était pas une question. Roger acquiesça néanmoins. Claire n'en avait jamais parlé, même à Brianna. Elle n'en avait pas eu besoin.

— L'homme qui l'a violée n'a pas été tué cette nuit-là, poursuivit Jamie. Claire l'a revu en vie deux mois plus tard.

Roger réprima un frisson qui n'avait rien à voir avec la fraîcheur soudaine de la brise. Jamie était un homme qui pesait ses mots et il avait commencé la conversation en parlant de « confession ». Roger prit tout son temps pour répondre.

— Est-ce une impression ou vous ne me demandez pas mon avis sur ce que vous devriez faire ?

Jamie resta silencieux un moment avant de confirmer:

— Non, en effet.

— Grand-père, regarde!

Jem et Germain escaladaient les rochers, chacun avec un chapelet scintillant de truites, leurs pantalons trempés et tachés de sang. Les poissons se balançaient en projetant des éclats de bronze et d'argent dans la lumière du soir.

Lorsque Jamie se tourna vers eux, la lumière illumina un instant son visage, faisant ressortir un regard troublé et intérieur qui disparut dès qu'il sourit et agita une main vers ses petits-fils.

Roger le vit et ressentit une décharge électrique lui traversant la poitrine. *Il se demande si les enfants sont assez grands pour comprendre ce genre de chose.*

— Nous avons décidé que nous en avions attrapé six chacun, expliqua Jemmy en brandissant fièrement ses prises.

Il les fit tourner devant son père et son grand-père afin qu'ils admirent leur taille et leur beauté.

Germain leur montra une lisse plus courte sur laquelle pendaient trois truites dodues.

— Celles-ci sont à Fanny, déclara-t-il. Nous nous sommes dit que, si elle avait été là, elle en aurait attrapé aussi.

— C'est très gentil de votre part, les garçons, les félicita Jamie. Je suis sûr qu'elle sera ravie.

— Mmm, fit Germain en fronçant les sourcils. Est-ce qu'elle pourra quand même venir pêcher avec nous, *grand-père*? Mme Wilson dit qu'elle ne pourra plus quand elle sera plus grande.

Jemmy émit un son dégoûté et lui donna un coup de coude.

— Ne sois pas idiot. Ma mère est une femme et elle pêche. Elle chasse aussi, pas vrai?

Germain acquiesça d'un air peu convaincu.

— C'est vrai, admit-il. Mais M. Crombie n'aime pas ça et Heron non plus.

— Heron? demanda Roger, surpris.

Hiram Crombie considérait que les femmes devaient cuisiner, nettoyer, filer la laine, coudre, s'occuper des enfants et se taire, hormis pour prier. Toutefois, Standing Heron Bradford était un Cherokee qui avait épousé une Morave de Salem et s'était établi de l'autre côté du Ridge.

— Pourquoi? Les femmes cherokees cultivent leurs propres champs et je suis sûr d'en avoir vu pêcher et poser des pièges.

— Heron n'a rien dit au sujet de la pêche, expliqua Jem. Il a dit que les femmes ne peuvent pas chasser parce qu'elles empestent le sang et que ça fait fuir le gibier.

— Il n'a pas tort, répondit Jamie, à la surprise de Roger. Mais uniquement lorsqu'elles ont leurs règles. Et encore, il suffit qu'elles restent sous le vent.

— Une femme qui sent le sang n'attire-t-elle pas les ours et les pumas? demanda Germain, inquiet.

— Probablement pas, répondit Roger en espérant avoir raison. Et si j'étais toi, j'éviterais d'aborder ce sujet avec ta tante. Elle risque de le prendre mal.

Jamie émit un petit rire et chassa les garçons d'un geste de la main.

— Allez. Rentrez, les enfants. Nous avons à parler. Dites à votre grand-mère que nous serons de retour pour le dîner.

Ils attendirent que les garçons soient hors de portée d'ouïe. La brise était retombée et les derniers remous sur l'eau avaient disparu dans les ombres grandissantes. De minuscules insectes ayant survécu à l'appétit des truites commençaient à remplir l'air. Roger inspira profondément et reprit le fil de leur conversation.

— Vous l'avez tué ?

Il redoutait la réponse. S'il ne l'avait pas tué et lui demandait son aide pour le faire ?

Jamie acquiesça. Ses larges épaules se relâchèrent.

— Claire ne m'a rien dit, mais j'ai tout de suite vu qu'elle était bouleversée. On peut lire ses pensées comme dans un livre ouvert. Quand je lui ai demandé ce qui n'allait pas, elle m'a répondu d'attendre, qu'elle avait besoin de réfléchir.

— Vous avez attendu ?

— Non. J'ai senti que c'était grave. J'ai interrogé ma sœur. Elle se trouvait avec Claire chez Beardsley et, elle aussi, avait vu l'homme. Elle a tiré les vers du nez à Claire jusqu'à savoir qui il était. Quand j'ai dit à Claire que je savais ce qu'il se passait, elle m'a répondu d'oublier, qu'elle essayait de pardonner à cette ordure et qu'elle espérait y parvenir.

En dépit de la voix neutre de Jamie, Roger crut y déceler une note de regret.

— Pensez-vous que… vous auriez dû la laisser régler cela toute seule ? Le pardon est un processus long.

Profondément mal à l'aise, Roger toussa pour s'éclaircir la gorge.

— Je le sais bien, crois-moi, répondit Jamie. Tu as raison et, pourtant, il est plus facile de pardonner à un mort qu'à l'homme qui se promène sous ton nez. En outre, j'ai pensé qu'il lui serait plus facile de me pardonner qu'à lui. Et, sincèrement… Qu'elle supporte ou non l'idée que cet individu vive dans notre voisinage, moi, je ne le pouvais pas.

Roger hocha la tête. Il ne trouvait rien d'utile à dire.

Jamie resta silencieux et immobile un long moment, la tête légèrement inclinée sur le côté, contemplant la surface de l'eau sur laquelle scintillait le reflet d'une lueur fugace.

— C'est sans doute la pire chose que j'aie jamais faite, dit-il enfin.

— Vous voulez dire, moralement ? demanda Roger d'une voix neutre.

Jamie tourna la tête vers lui, l'air surpris.

— Oh non, répondit-il. C'était simplement dur à accomplir.

— Ah.

Roger laissa le silence s'installer à nouveau. Il pouvait *sentir* Jamie réfléchir, bien qu'il ne bougeât pas. Avait-il besoin de le dire à quelqu'un, de le revivre et, ainsi, de soulager sa conscience en se confessant ? Il était partagé entre une terrible curiosité et une peur bleue de l'entendre. Il inspira profondément et lâcha :

— J'ai dit à Brianna que j'avais tué Boble… et comment. Je n'aurais peut-être pas dû.

Le visage de Jamie était désormais dans l'obscurité. Roger sentait toutefois ses yeux bleus fixés sur son visage illuminé par le soleil couchant. Il dut s'efforcer de ne pas baisser les siens.

— Qu'a-t-elle répondu ? demanda-t-il, curieux. Si cela ne t'ennuie pas de me le dire.

— Je… euh… En vérité, tout ce dont je me souviens clairement, c'est qu'elle m'a dit « Je t'aime ».

À travers l'écho des tambours et le martèlement de son propre cœur dans ses oreilles, c'était tout ce qu'il avait entendu. Il était agenouillé, la tête sur ses cuisses. Elle avait répété encore et encore « Je t'aime », les bras autour de ses épaules, l'abritant sous la tombée de sa chevelure, l'absolvant avec ses larmes.

Un instant, il se retrouva plongé dans ce souvenir et revint à lui dans un sursaut en se rendant compte que Jamie lui avait parlé.

— Qu'avez-vous dit ?

— J'ai dit : « Comment se fait-il que les presbytériens ne croient pas au sacrement du mariage ? »

Jamie bougea sur sa souche, se plaçant face à Roger. Le soleil était presque couché, ne formant plus qu'un nimbe de bronze autour de sa tête. Ses traits étaient dans l'obscurité.

— Tu es un prêtre, Roger Mac, dit-il comme s'il décrivait un phénomène naturel tel qu'un cheval pie ou un vol de colverts. Il est clair à mes yeux, et aux tiens sans doute, que Dieu t'a appelé. Il t'a conduit dans cet endroit et ce temps pour accomplir ta vocation.

— Pour ce qui est d'être prêtre, je veux bien, répondit Roger avec une moue ironique. Pour le reste… je n'en sais rien. Je ne peux que l'espérer.

— Et cela te donne un avantage sur nous tous, déclara Jamie avec un sourire dans la voix.

Il se leva, une silhouette noire avec une canne à la main.

— Nous ferions bien de rentrer, non ?

Il n'y avait pas de chemin menant du bassin aux truites à la piste des chevreuils qui descendait vers le bas du Ridge. Dans l'effort d'escalader des rochers et de se frayer un passage entre les broussailles, ils parlèrent peu.

— Quel âge aviez-vous lorsque vous avez vu un homme être tué pour la première fois ? demanda soudain Roger au dos de Jamie.

— Huit ans, répondit celui-ci sans hésiter. Je participais à mon premier raid pour voler du bétail. Il y a eu une bataille. Cela ne m'a pas perturbé outre mesure.

Une pierre roula sous sa semelle. Il glissa et se rattrapa de justesse à une branche de sapin. Il se redressa, se signa et marmonna dans sa barbe.

Ils avançaient lentement en regardant où ils mettaient les pieds. L'odeur des aiguilles de pin brisées était pénétrante. Roger se demanda si les parfums de la nature étaient réellement plus forts la nuit ou si, parce qu'on ne voyait plus clair, les autres sens s'aiguisaient.

— En Écosse, durant le Soulèvement, j'ai vu mon oncle Dougal tuer un de ses hommes, déclara brusquement Jamie. Ce fut terrible, même s'il s'agissait d'un geste de miséricorde.

Roger ouvrit la bouche pour dire… quoi ? Il ne le savait plus. Cela n'avait pas d'importance

— Puis j'ai tué Dougal, juste avant la bataille, poursuivit Jamie sans se retourner.

Il continuait à grimper, lentement et obstinément, déclenchant de petites avalanches sur son passage.

— Je sais, dit Roger. Je sais aussi pourquoi. Claire nous l'a raconté.

En voyant les épaules de Jamie se raidir, il précisa :

— C'était quand elle vous croyait mort.

Il y eut un long silence, perturbé uniquement par leurs halètements et les petits cris aigus des hirondelles qui chassaient.

— J'ignore si je pourrais me résoudre à mourir pour une idée, dit Jamie en pesant ses mots. Non que ce ne soit pas noble, mais… J'ai demandé à Brianna si tous ces hommes qui ont élaboré ces notions et les mots nécessaires pour les faire vivre ont réellement combattu.

— Pendant la révolution, vous voulez dire ? J'en doute. À l'exception de George Washington, naturellement, et je ne crois pas qu'il soit un causeur.

— Il parle à ses troupes, crois-moi, répliqua Jamie avec une note d'ironie dans la voix. Mais peut-être pas au roi ni à la presse.

Roger écarta une branche de pin qui laissa une résine poisseuse sur sa paume.

— D'un autre côté, dit-il, John Adams, Ben Franklin, tous ces penseurs et orateurs, risquent leur peau autant que vous… que nous tous.

— C'est vrai.

Le terrain devint plus escarpé et ils se turent pendant qu'ils grimpaient, avançant à tâtons sur un éboulis de gravillons.

— Je ne crois pas que je puisse mourir, ou mener des hommes à leur propre mort, pour le seul concept de liberté, déclara Jamie. Pas maintenant.

— Pas maintenant ? répéta Roger. Parce que, plus tôt, vous auriez pu ?

— Oui. Quand Brianna, toi et les petits étiez… là-bas, répondit-il avec un geste vague vers un futur lointain. Parce que ce que j'aurais fait ici aurait eu une importance, n'est-ce pas ? Pour vous tous. Je peux me battre pour vous. C'est ce pour quoi j'ai été conçu.

— Je comprends, dit Roger doucement. Vous l'avez toujours su, n'est-ce pas ? Ce pour quoi vous avez été conçu.

Jamie émit un petit son de surprise.

— J'ignore quand je l'ai su, répondit-il. Peut-être à Leoch, quand je me suis rendu compte que je pouvais inciter les autres garçons à faire des bêtises. Et je ne m'en suis pas privé. Peut-être devrais-je le confesser aussi ?

Roger ne tint pas compte de cette dernière boutade.

— Cela aura de l'importance pour Jem et Mandy, répondit-il. Et pour ceux de notre sang qui viendront après eux.

À condition que Jem et Mandy survivent assez longtemps pour avoir des enfants, ajouta-t-il mentalement avec une pointe d'angoisse.

Jamie s'arrêta brusquement et Roger dut faire un pas de côté pour ne pas le percuter.

— Regarde, dit Jamie.

Ils se tenaient au sommet d'une petite butte où les arbres étaient clairsemés. Le Ridge et le flanc nord du cirque montagneux s'étiraient devant eux, un immense tapis noir se détachant sur l'indigo du ciel. De minuscules lumières perçaient l'obscurité : les fenêtres et les cheminées d'une douzaine de cabanes.

— Il ne s'agit pas uniquement de nos épouses et de nos enfants, dit Jamie. Il s'agit d'eux aussi. D'eux tous.

Il y avait une sorte de fierté dans son ton. Également de l'amertume et de la résignation.

Eux tous.

Soixante-treize familles en tout. Roger avait vu les registres dans lesquels, avec une calligraphie laborieuse, Jamie notait les moyens de subsistance et le bien-être de tous ceux qui occupaient ses terres… et son esprit.

« Maintenant tu diras à mon serviteur David : Ainsi parle l'Éternel des armées : C'est moi qui t'ai pris au pâturage, derrière le troupeau de moutons, pour que tu deviennes le chef d'Israël, mon peuple. » La citation biblique lui était venue à l'esprit et il l'avait récitée à voix haute sans même s'en rendre compte.

Jamie hocha la tête.

— Ce serait plus facile s'il s'agissait de moutons. Dans son livre, Frank Randall dit que la guerre viendra du Sud, non pas que j'aie eu besoin de lui pour m'en douter. Si elle approche de trop près, je ne pourrai pas les défendre, Claire, Brianna, les enfants… et eux.

Il pointa le menton vers les lumières au loin. Il était clair que par « eux », il voulait dire ses métayers, son peuple.

Il n'attendit pas une réponse. Il rajusta son panier de pêche sur son épaule et commença la descente.

Le sentier se rétrécissant, leurs épaules se frôlèrent et Roger ralentit pour laisser son beau-père passer devant. La lune tardait à se lever. Il faisait noir et frisquet.

— Je vous aiderai à les protéger, dit Roger derrière Jamie.

— Je sais.

Il y eut un bref silence, Jamie semblant attendre qu'il en dise davantage.

— Avec mon corps, ajouta Roger dans la nuit. Et mon âme, si nécessaire.

Il vit la silhouette devant lui inspirer profondément, puis ses épaules se relâcher lorsqu'elle expira. Ils avaient accéléré le pas. Dans l'obscurité, ils sortaient parfois du chemin malgré eux, les broussailles griffant leurs jambes nues.

Parvenu à la lisière de leur clairière, Jamie s'arrêta pour laisser Roger venir à sa hauteur. Il posa une main sur son bras.

— Ce qu'il se passe durant une guerre…, dit-il. Ce que tu es contraint de faire… cela te marque. Je ne crois pas que le fait d'être prêtre t'épargnera et j'en suis navré.

Cela vous a marqué et j'en suis désolé, pensa Roger. Il ne dit rien, se contentant d'effleurer la main sur son bras. Jamie la laissa retomber et ils reprirent en silence leur marche vers la maison.

24

Angoisse nocturne

Enroulé langoureusement telle une écharpe sur la table de la cuisine, Adso ouvrit les yeux et émit un petit « miaou » interrogateur en entendant le bruit de ma râpe.

— Pas comestible, lui dis-je en faisant tomber de ma cuillère le dernier morceau d'onguent à la gentiane.

Les grands yeux céladon ne se refermèrent pas totalement, laissant deux fentes vertes. Le bout de sa queue se mit à remuer. Il observait quelque chose. En me retournant, je vis Jemmy sur le seuil, vêtu de la vieille chemise miteuse en calicot bleu de son père. Elle lui tombait aux chevilles et pendait sur une épaule. Il avait les yeux grands ouverts et paraissait au bord de la panique.

— Grand-mère ! Fanny est mal au point.

— Mal *en* point, corrigeai-je machinalement en revissant le couvercle du bocal de graisse avant qu'Adso y plonge sa patte. Que lui arrive-t-il ?

— Elle est recroquevillée comme un cloporte et gémit en se tenant le ventre. Grand-mère, il y a du sang sur sa chemise de nuit !

— Ah, fis-je.

Je relâchai le bocal de feuilles de menthe poivrée que je venais de saisir et descendis à la place un petit paquet en gaze de mon étagère la plus haute. Je l'avais préparé deux mois plus tôt dans l'attente de ce moment.

— Il n'y a pas lieu de s'inquiéter, mon chéri, le rassurai-je. Enfin, je ne pense pas. Où est Mandy ?

Les enfants partageaient la même chambre et, le plus souvent, le même lit. En passant les voir tard le soir, il n'était pas rare de trouver une toile à matelas étendue sur le plancher et quatre petits corps dormant dans un enchevêtrement de membres moites sous une pile de vêtements. Germain était parti chasser avec Bobby Higgins et Aidan. Jemmy n'avait pu les accompagner, car il s'était entaillé le pied la veille. Il restait également Mandy et, compte tenu de sa curiosité maladive et des opinions dont elle n'était jamais avare, je doutais qu'elle contribuât favorablement à la situation.

— Elle dort, répondit Jemmy.

Il me regarda laisser tomber le carré de gaze dans une théière et verser dessus de l'eau bouillante.

— C'est pour quoi, cette potion, grand-mère ?

— C'est une infusion de gingembre et de romarin avec un peu d'achillée millefeuille. C'est un emménagogue (je le lui épelai). Cela aide le flux menstruel. Tu sais ce que sont les règles ?

Jemmy écarquilla les yeux.

— Tu veux dire que Fanny est en chaleur ? Qui va la monter ?

— Cela ne se passe pas tout à fait comme ça chez les êtres humains, expliquai-je. Tu demanderas à ta mère de te l'expliquer plus tard. Pour le moment, pourquoi ne vas-tu pas dormir avec ton grand-père ? Je monte son infusion à Fanny.

Avant de quitter l'infirmerie, je sortis ma boîte de galets de rivière de sous la table et choisis mon préféré : un morceau de calcite gris de la taille du poing de Jamie avec la fine ligne vert vif d'une émeraude enchâssée à l'intérieur. Elle me rappelait l'autre émeraude que j'avais trouvée près du ruisseau et que j'avais rangée dans ma sacoche de médecine, la conservant comme une amulette. Je déposai le galet dans l'âtre et le recouvris de cendres chaudes, au cas où.

Une chandelle était allumée dans la chambre des enfants. Fanny était recroquevillée comme un hérisson sur son lit étroit, les couvertures rejetées sur le sol, tournant le dos à la porte. En entendant mes pas, elle ne se retourna pas et ses épaules remontèrent jusqu'à ses oreilles.

— Fanny ? l'appelai-je doucement. Tu vas bien, ma chérie ?

La réaction de Jemmy à la vue du sang m'avait inquiétée. En vérité, je ne voyais qu'une petite traînée et une ou deux minuscules taches sur la mousseline de sa chemise de nuit. Elles avaient le rouille sombre des premières menstruations.

— Ze n'est rien, dit-elle d'une petite voix froide. Ze n'est que du zang.

— Tu as raison, répondis-je calmement.

Toutefois, le ton de sa voix m'inquiétait. Je m'assis près d'elle et posai une main sur son épaule. Elle était dure et froide. Depuis combien de temps était-elle ainsi découverte ?

— J'ai mes affaires, z'est tout, dit-elle. Je laverai ma chemise de nuit demain matin.

— Ne t'inquiète pas pour ça.

Je lui caressai doucement l'arrière du crâne comme on l'aurait fait à un chat à l'humeur incertaine. Elle n'aurait pu être plus crispée. J'ôtai ma main.

— As-tu mal ?

J'avais pris le ton professionnel que j'utilisais dans mon infirmerie lorsque j'auscultais un patient. Elle l'avait déjà entendu et se détendit légèrement.

— Pas vraiment, répondit-elle en articulant méticuleusement.

En proie à de fortes émotions, elle retrouvait parfois les difficultés d'élocution dont elle avait souffert avant sa frénectomie et je sentais à quel point cela l'irritait.

— C'est zuste tendu, comme un poing qui appuie *izi*.

Elle pressa ses mains sur son bas-ventre.

— C'est normal, l'assurai-je. C'est ton utérus qui se réveille, si l'on peut dire. Tu n'en étais pas consciente avant, car il ne s'était pas beaucoup manifesté.

Je lui avais expliqué la structure interne de l'appareil reproducteur féminin et, bien qu'elle eût paru légèrement révulsée par le terme « utérus », elle m'avait écoutée avec intérêt.

À ma surprise, je vis sa nuque pâlir et ses épaules se contractèrent à nouveau. J'observai furtivement Mandy qui ronflait sous ses couvertures, profondément endormie.

— Fanny ? dis-je doucement en lui caressant le bras. Tu as déjà vu des jeunes filles avoir leurs premières règles, n'est-ce pas ?

D'après ce que nous savions, elle avait vécu dans un bordel de Philadelphie depuis l'âge de cinq ans environ. J'aurais été très surprise d'apprendre qu'elle ne savait rien sur les mécanismes de la reproduction. Puis je compris et maudis ma stupidité. Naturellement, elle avait déjà *tout* vu.

— Oui, répondit-elle sur un ton froid et lointain. Ça veut dire deux choses : on peut tomber enceinte et on peut commencer à gagner sa vie.

J'inspirai profondément.

— Fanny, redresse-toi et regarde-moi.

Elle resta figée un moment, puis, habituée à obéir, se retourna et se redressa en position assise. Elle ne me regarda pas, gardant les yeux fixés sur ses genoux.

Je glissai une main sous son menton pour lui relever la tête et déclarai :

— Ma chérie, tu ne crois tout de même pas que nous voulons faire de toi une prostituée ?

Mon ton incrédule sembla la surprendre, elle baissa à nouveau les yeux.

— Je... je ne suis bonne à rien d'autre, dit-elle d'une petite voix chevrotante. En revanche, je vaux beaucoup d'argent pour... *ça*.

Elle agita brièvement une main vers son entrecuisse dans un geste plein d'amertume.

Je restai pantoise. Croyait-elle vraiment... apparemment, oui. Sans doute le pensait-elle depuis son arrivée parmi nous. Les premiers temps, à l'abri du danger et bien nourrie, encadrée par ses deux nouveaux amis, elle s'était épanouie. Toutefois, depuis un peu plus d'un mois, je la trouvais refermée sur elle-même et songeuse. Elle mangeait beaucoup moins. Reconnaissant les signes avant-coureurs et devinant qu'elle percevait les changements imminents, j'avais anticipé en préparant des infusions emménagogues. De toute évidence, je n'avais vu que la surface des choses.

— Ce n'est pas vrai, Fanny, dis-je en lui prenant la main.

Elle se laissa faire, bien que sa menotte restât molle dans la mienne tel un oiseau mort.

— Ce n'est pas ton unique valeur, ajoutai-je.

Fichtre, allait-elle comprendre que nous l'avions acceptée chez nous parce qu'elle en avait une autre ?

— Je veux dire, nous ne t'avons pas prise avec nous parce que nous pensions que tu... que tu nous rapporterais de l'argent d'une manière ou d'une autre, tentai-je de me rattraper.

Elle détourna la tête en reniflant. J'étais en train de m'enfoncer dans mon propre bourbier. Je me souvins soudain de Brianna, alors qu'elle était une toute jeune adolescente. J'avais passé des heures dans sa chambre à tenter en vain de la rassurer. « Mais non, tu n'es pas laide. Bien sûr que tu trouveras un petit ami le moment venu. Mais non, tout le monde ne te déteste pas... » Je n'avais pas été très douée et, visiblement, ce talent maternel particulier ne s'était guère affiné avec l'âge.

— Nous t'avons accueillie parce que nous t'aimons, ma chérie, dis-je en caressant sa main inerte. Parce que nous voulons prendre soin de toi.

Elle retira sa main et se recroquevilla à nouveau en enfouissant son visage dans l'oreiller.

— Non, dit-elle d'une voix étouffée. C'est William qui a forcé M. Fraser à me prendre chez lui.

— Franchement, Fanny, moi qui les connais bien tous les deux, je peux t'assurer que personne au monde ne pourrait obliger l'un ou l'autre à faire quoi que ce soit contre son gré. M. Fraser est têtu comme une mule et son fils est pareil. Depuis combien de temps connais-tu William ?

— Pas… pas longtemps, admit-elle en redressant la tête. Mais… il a essayé de sauver J-J-Jane. Elle l'aimait bien.

Ses yeux se remplirent soudain de larmes et elle replongea son visage dans l'oreiller.

— Oh, fis-je doucement. Je vois. Tu penses à elle. À Jane.

Naturellement.

Elle hocha la tête, ses petites épaules se voûtant. Sa tresse s'était défaite et sa chevelure bouclée retombait de chaque côté de sa nuque, révélant un long cou blanc comme une tige d'asperge.

— C'est la zeule fois où je l'ai vue pleurer, dit-elle d'une voix à peine audible.

— Pourquoi ?

— Z'était sa première fois avec… avec un homme. Quand elle est revenue, elle a donné la zerviette ensanglantée à Mme Abbott, puis elle s'est glissée dans le lit avec moi et elle a pleuré. Je l'ai zerrée contre moi, mais… mais je ne pouvais pas arrêter ses larmes.

Agitée de sanglots silencieux, elle replia ses bras sous elle.

— *Sassenach* ?

Jamie se tenait sur le seuil de la chambre, sa voix rendue rauque par le sommeil.

— Que se passe-t-il ? En me retournant, j'ai trouvé Jem à ta place dans notre lit.

Il avait parlé à voix basse, le regard fixé sur les épaules tremblantes de Fanny. Il arqua un sourcil et m'interrogea du regard. Valait-il mieux qu'il s'éclipse ?

Je regardai Fanny et me tournai à nouveau vers lui avec un signe d'impuissance. Il entra aussitôt et approcha un tabouret du lit de Fanny. Il remarqua les taches de sang et me lança à nouveau un regard interrogateur : n'était-ce pas une affaire de femmes ? Je fis non de la tête tout en gardant une main sur le dos de l'enfant.

— Sa sœur lui manque, expliquai-je succinctement.

Cela me paraissait être le seul aspect du problème qui puisse être traité efficacement pour le moment.

— Ah, fit Jamie.

Avant que j'aie pu l'arrêter, il se pencha et la prit dans ses bras. Je me raidis en redoutant la réaction de la petite si un homme la touchait en ce moment. Je me trompais. Elle glissa aussitôt ses bras autour de son cou et continua de sangloter contre son épaule.

Il s'assit, la tenant sur un genou. La tension dans mes épaules se relâcha quand je le vis toucher avec douceur ses cheveux et lui murmurer des mots dans un gaélique qu'elle ne parlait pas, mais qu'elle comprenait aussi bien par le ton que l'aurait fait un cheval ou un chien.

Calmée par ses caresses, elle cessa de pleurer, n'étant plus agitée que par quelques hoquets.

Je lançai un regard vers le lit gigogne de Mandy. Elle dormait toujours à poings fermés, son pouce dans la bouche.

— Je n'ai vu ta sœur qu'une fois, lui dit-il tendrement. Elle s'appelait Jane, n'est-ce pas ? Jane Eleanora. C'était une jolie fille. Elle t'aimait beaucoup, Frances. Je peux te l'assurer.

Fanny acquiesça.

— Elle l'a fait pour moi, dit-elle sur un ton profondément abattu. Elle a tué le capitaine Harkness et, maintenant, elle est morte. Tout est ma faute.

Elle serrait les poings et des larmes s'accumulaient à nouveau dans ses yeux. Jamie me fixa par-dessus sa tête et inspira pour mieux contrôler sa voix.

— Tu aurais fait n'importe quoi pour ta sœur, n'est-ce pas ? demanda-t-il en lui caressant le haut du dos.

— Oui, répondit-elle d'une petite voix étouffée.

— Elle aussi, et c'est ce qu'elle a fait. Tu n'aurais pas hésité un instant à mettre ta vie en danger pour elle. Elle non plus. Ce n'était pas ta faute, *a nighean*.

— Mais si ! Je n'aurais rien dû dire. J'aurais dû... Oh, Janie !

Elle s'accrochait à lui, s'abandonnant à son chagrin. Jamie la laissa pleurer tout son soûl en me dévisageant, impuissant, par-dessus sa tête échevelée.

Je vins me placer derrière lui, posai une main sur son épaule et lui chuchotai en français l'autre source du désarroi de la petite. Il fronça les lèvres, hocha la tête sans cesser de la caresser et de la consoler. L'infusion avait refroidi, des particules de romarin et de gingembre moulu flottant sur sa surface opaque. Je repris la tasse et la théière pour en refaire et sortis discrètement.

Jemmy se tenait dans l'ombre du couloir derrière la porte et je manquai de le percuter.

— Que fais-tu là ? chuchotai-je, une fois remise de mon choc. Pourquoi n'es-tu pas couché ?

Il ne sembla pas entendre ma question. Il regardait vers la chambre où, dans la faible lumière, une grande ombre voûtée se détachait sur le mur. Il paraissait très inquiet.

— Qu'est-il arrivé à la sœur de Fanny, grand-mère ?

J'hésitai. Il n'avait que neuf ans. C'était à ses parents de décider ce que, selon eux, il devait savoir. Cela dit, Fanny était son amie et Dieu sait qu'elle avait besoin d'un ami en qui elle pouvait avoir confiance.

— Descends avec moi, lui dis-je en l'entraînant vers l'escalier. Je te raconterai pendant que je prépare une autre infusion. Et ne t'avise pas de le rapporter à ta mère !

Une fois dans l'infirmerie, je lui expliquai la situation, aussi simplement que possible, omettant ce que m'avait confié Fanny sur les pratiques de feu le capitaine Harkness.

— Tu sais ce que signifie le mot « prostituée » ?

— Bien sûr. Germain me l'a dit. C'est une femme qui va au lit avec des hommes avec lesquels elle n'est pas mariée. Fanny n'en est pas une. Sa sœur l'était ?

Cette idée paraissait le troubler.

— Eh bien… oui, répondis-je malgré moi. Cependant, il faut que tu saches que les femmes, ou les jeunes filles, ne le font que parce qu'elles n'ont pas d'autres moyens de gagner leur vie. Ce n'est pas par plaisir.

— Comment gagnent-elles leur vie ? demanda Jemmy, perplexe.

— Ah. Les hommes les payent pour… euh… aller au lit avec elles. Crois-moi sur parole.

— Mais… je couche avec Mandy et Fanny tout le temps, protesta-t-il. Germain aussi. Je ne vais pas les payer parce que ce sont des filles.

— Jeremiah, dis-je en versant de l'eau bouillante dans la théière, « aller au lit » est un euphémisme. Tu sais ce que cela veut dire ? C'est quand, pour éviter de dire une chose trop choquante, on emploie des mots plus doux. En l'occurrence, « aller au lit » veut dire « avoir un rapport sexuel ».

— Ah, *ça*, dit-il, ses traits s'éclairant soudain. Comme les cochons ? Ou les poules ?

— Un peu, oui. Apporte-moi un linge propre, s'il te plaît. Il y en a dans le dernier tiroir du bas.

Je me penchai dans l'âtre et sortis la pierre des cendres du bout de mon tison. Elle siffla au contact de l'air froid de l'infirmerie.

Je pris le linge que Jem me tendait et m'efforçai de parler sur un ton détaché.

— Les parents de Jane et de Fanny sont morts et elles n'avaient aucun moyen de subvenir à leurs propres besoins. C'est pour ça que Jane est devenue une prostituée. Toutefois, certains hommes sont très méchants, tu le sais, n'est-ce pas ?

Il hocha sobrement la tête.

— Un méchant homme est venu dans la maison où vivaient Jane et Fanny et a exigé que Fanny aille au lit avec lui, alors qu'elle était beaucoup trop jeune. Et… euh… Jane l'a tué.

— Wouah !

Je sursautai. Toutefois, il l'avait dit avec le plus grand respect. Je toussotai dans mon poing et dépliai le linge.

— Effectivement, c'était très héroïque de sa part. Malheureusement…

— Comment l'a-t-elle tué ?

— Avec un couteau, répondis-je.

J'espérais qu'il ne me demanderait pas de détails. On me les avait racontés et j'aurais préféré ne pas les connaître.

— Malheureusement, l'homme en question était soldat, repris-je. Lorsque l'armée britannique l'a su, Jane a été arrêtée.

— Oh, Seigneur ! jura-t-il, horrifié. Ils l'ont pendue comme ils ont essayé de faire à papa ?

Je me retins de lui rappeler de ne pas invoquer le nom du Seigneur en vain. D'une part, il n'avait pas voulu blasphémer. D'autre part, j'étais mal placée pour le faire.

— C'était leur intention, répondis-je. Elle était seule, elle avait très peur et elle... euh... elle s'est donné la mort, mon petit bonhomme.

Il me dévisagea un long moment, l'air grave.

— Jane est partie en enfer, grand-mère ? C'est pour ça que Fanny est si triste ?

J'enveloppai la pierre dans le linge. Sa chaleur se diffusa dans mes paumes.

— Non, mon petit cœur, répondis-je en m'efforçant de paraître convaincue. Je suis sûre que non. Dieu a sûrement tenu compte des circonstances. C'est juste que sa sœur lui manque beaucoup.

Il hocha la tête.

— Mandy me manquerait aussi si elle tuait quelqu'un et que...

Il n'acheva pas sa phrase. Je remarquai avec une certaine inquiétude que l'idée que sa sœur tue quelqu'un ne lui paraissait pas déraisonnable. Cependant...

— Rien de la sorte n'arrivera à Mandy, l'assurai-je. Tiens-moi ça et fais-y attention.

Je lui donnai la pierre enveloppée et nous remontâmes lentement à l'étage dans un nuage de vapeur parfumée au gingembre. Jamie était sur le lit assis à côté de Fanny, une petite collection d'objets étalés entre eux sur la courtepointe.

En relevant la tête, il fut surpris de voir Jem à mes côtés et indiqua le lit du menton.

— Frances me montrait un portrait de sa sœur. Tu veux bien que Mme Fraser et Jem les voient, *a nighean* ?

Le visage encore bouffi par les larmes, Fanny s'était en grande partie ressaisie. Elle acquiesça et s'écarta légèrement.

Le baluchon qu'elle avait apporté était déplié, révélant un assortiment pathétique d'effets : un peigne à poux ; un bouchon en liège ; deux écheveaux de fil soigneusement enroulés, l'un d'eux transpercé par une aiguille ; un petit sachet d'épingles ; quelques bijoux de pacotille. Une feuille de papier, maintes fois pliée et rongée aux plis, était étalée sur la courtepointe. On y voyait le portrait au crayon d'une jeune fille.

— C'est un homme qui l'a dessiné un soir dans le salon, expliqua-t-elle.

Même si ce n'était qu'un croquis, l'artiste avait saisi une étincelle de vie. Jane avait été ravissante, avec un nez droit et des lèvres pleines. Il n'y avait ni coquetterie ni timidité dans son expression. Elle regardait par-dessus son épaule en esquissant un sourire légèrement dédaigneux.

— Elle est jolie, Fanny, dit Jemmy en venant se placer près d'elle.

L'air gauche, il lui tapota le bras.

Jamie avait donné un mouchoir à Fanny. Elle renifla et hocha la tête en se mouchant.

— C'est tout ce que j'ai d'elle, dit-elle d'une voix chevrotante. Ce dessin et son médaillon.

Jamie fouilla dans la petite pile du bout de l'index et en sortit un pendentif ovale en laiton au bout d'une chaîne.

— Ça ? demanda-t-il. Il contient une miniature ou une boucle des cheveux de Jane ?

— Non, répondit-elle en lui reprenant le bijou et en glissant l'ongle du pouce dans sa fente pour l'ouvrir. C'est un portrait de notre mère.

Je me penchai pour regarder, mais l'ombre de Jamie m'empêchait de voir les détails.

— Je peux ? demandai-je.

Fanny me tendit le médaillon et je l'orientai vers la chandelle pour mieux le voir. La femme du portrait avait des cheveux noirs et bouclés comme ceux de Fanny. Il me sembla distinguer une ressemblance avec le nez et le port du menton de Jane, bien que la miniature ne fût pas de la meilleure facture.

Derrière moi, j'entendis Jamie dire sur un ton très calme :

— Frances, tant que je vivrai, aucun homme ne te prendra contre ton gré.

Il y eut un silence surpris. Quand Fanny releva les yeux vers lui, il lui toucha doucement la main.

— Tu me crois, Frances ?

— Oui, murmura-t-elle après un long moment.

Toute la tension sembla quitter son corps dans un soupir.

Jemmy s'appuya contre moi, sa tête pressant contre mon coude et je me rendis compte que mes yeux étaient remplis de larmes. Je les essuyai rapidement sur ma manche et refermai le médaillon. Du moins, je tentai de le faire. Il me glissa entre les doigts et j'aperçus un nom gravé à l'intérieur, en face de la miniature.

Faith.

Je ne parvenais pas à m'endormir. J'avais donné son infusion à Fanny, ainsi que des linges appropriés (je n'avais pas été surprise de constater qu'elle savait déjà comment les utiliser), puis j'avais discuté un moment avec elle en veillant à ne pas réveiller d'autres de ses fantômes.

Lorsqu'elle était arrivée chez nous, Jamie et moi avions convenu de ne pas l'interroger sur son passé qu'elle évoquait parfois, comme les méchants hommes à bord du bateau et ce qu'il était arrivé au chien Spotty, à moins qu'elle ne manifeste l'envie d'en parler. Je me disais qu'elle se livrerait tôt ou tard. Bree et Roger en avaient convenu également, même si je devinais à quel point Bree était intriguée.

Fanny avait mentionné Jane de temps à autre, d'une manière détachée que j'avais prise comme un moyen de garder vivant le souvenir de sa sœur. En voyant à présent son désespoir, je comprenais que les sœurs avaient été beaucoup plus proches que je ne l'avais cru. Je connaissais désormais le visage de Jane… et je ne pouvais l'oublier.

Le peu que je savais de la vie des deux sœurs dans le bordel de Philadelphie était dérangeant. Je n'avais pas tenu à apprendre comment elles y avaient atterri. Je ne le voulais toujours pas… Cependant, le ver de la curiosité s'était immiscé en moi, creusant un tunnel dans mon cerveau, se tortillant à travers mes pensées et tuant le sommeil.

De méchants hommes sur un navire. Un chien jeté à la mer. Le chien de quelqu'un ? Une famille, si Jane et Fanny avaient été avec leurs parents, à bord d'un navire attaqué par des pirates… ou commandé par un capitaine malfaisant comme Stephen Bonnet (je ne pouvais penser à lui sans avoir un frisson, mais un frisson de colère, non de peur). Un homme tel que lui aurait facilement convoité les deux ravissantes jeunes filles et décidé que leurs parents étaient de trop.

Faith. « Notre mère », avait dit Fanny. J'avais regardé la miniature du médaillon à plusieurs reprises. Elle était trop petite pour pouvoir distinguer autre chose qu'une femme brune avec des boucles, naturelles ou pas, vêtue selon la mode de l'époque.

Non. C'était impossible. Je me retournai pour la énième fois, m'installant sur le ventre et enfouissant le visage dans mon oreiller dans l'espoir de m'oublier dans l'odeur du linge propre et du duvet d'oie.

— Qu'est-ce qui est impossible, *Sassenach* ? demanda la voix résignée de Jamie près de mon oreille. Ce ne peut pas attendre demain ?

Je me tournai vers lui et effleurai son épaule. Il prit aussitôt ma main dans la sienne, chaude et ferme.

— Je suis désolée, m'excusai-je. Je ne me rendais pas compte que je parlais à voix haute. Je… je pensais au médaillon de Fanny.

Faith.

Il s'étira légèrement en gémissant.

— Tu veux dire au prénom. Faith ?

— Eh bien… oui. Je veux dire… Ce ne peut pas… avoir un lien avec…

— Ce n'est pas un prénom rare, *Sassenach*, dit-il en caressant mes doigts du pouce. Il est normal que tu y aies pensé… Moi aussi.

— Vraiment ? dis-je, émue. Cela m'arrive moins maintenant, mais pendant longtemps j'ai pensé à elle, de temps en temps, sans aucune raison. Je l'imaginais près de moi.

— Tu imaginais à quoi elle aurait ressemblé… adulte ? Cela m'arrivait aussi. Surtout en prison. Les nuits, seul, je n'avais rien d'autre à faire que penser.

Je me rapprochai de lui et posai ma tête dans le creux de son épaule, tandis que son bras s'enroulait autour de moi. Nous restâmes silencieux, écoutant la nuit et la maison autour de nous. Une maison remplie par notre famille… et par un petit ange flottant dans l'air calme, aussi paisible qu'une fine volute de fumée.

— Ce médaillon…, dis-je enfin. Il ne peut avoir un rapport avec…

— Non, m'interrompit-il. Quelle mouche te pique, *Sassenach* ? Tu ne penses pas ce que tu viens de dire, je le sais.

Il avait raison et je me sentis coupable de m'être laissée aller.

— Je sais que c'est impossible. C'est juste que…

Je ne parvins pas à achever ma phrase. Il caressa doucement l'espace entre mes omoplates.

— Vas-y, dis-le, *Sassenach*. Même si cela te paraît absurde. Autrement, ni toi ni moi ne parviendrons à dormir cette nuit.

— Eh bien… Tu te souviens de ce que m'a dit Roger au sujet du médecin qu'il a rencontré dans les Highlands et de la lumière bleue ?

— Oui. Quel rapp…

— Roger m'a demandé si j'avais déjà vu ce genre de lueur lorsque je soignais les gens.

La main dans mon dos s'immobilisa.

— Et ?

Il semblait sur ses gardes. Je n'aurais su dire s'il craignait d'apprendre quelque chose qu'il ne voulait pas savoir ou de découvrir que je perdais la raison.

— Non, enfin… si. Je l'ai vue. Je l'ai ressentie, deux fois. À peine une seconde lorsque le bébé de Malva est mort. (*Dans mes mains, couvert du sang de sa mère.*) Une autre fois lorsque Faith est née et que j'étais si malade. J'étais en train de mourir quand maître Raymond est apparu.

— Tu me l'as déjà raconté. Y a-t-il autre chose ?

— Je ne sais pas, répondis-je sincèrement. Il s'agit plutôt d'une impression que j'ai eue.

Je lui racontai comment j'avais vu une lueur bleutée dans mes os à travers la chair de mes bras, la sensation d'une lumière se répandant dans mon corps, tandis que l'infection régressait, me laissant molle, mais entière et convalescente.

— Et donc… euh… Je sais que ce n'est que le fruit de mon imagination, le genre d'idée qui te vient au milieu de la nuit quand tu ne peux pas dormir…

Il émit un son indiquant que je devais cesser de m'excuser et en venir au fait. J'inspirai profondément et m'exécutai, chuchotant contre son torse :

— Maître Raymond était présent. Et si… s'il avait trouvé Faith… et avait été capable de… la ramener à la vie d'une manière ou d'une autre ?

Il y eut un silence lugubre.

— Les gens peuvent paraître morts sans l'être, poursuivis-je. Regarde Mme Wilson ! Tous les médecins connaissent des cas de patients déclarés morts qui se réveillent à la morgue.

— Ou dans un cercueil, déclara-t-il. En effet, j'ai entendu ce genre d'histoires. Mais… un tout petit bébé, né trop tôt. Comment… ?

— Je n'en sais rien ! Je t'ai prévenu que ce n'était qu'une impression. Ce ne peut être vrai. Mais… mais…

Ma voix se brisa.

— Mais tu aimerais que ce le soit ? dit-il calmement en glissant sa main sur ma nuque. Je comprends, seulement si ce l'était, *mo chridhe*, pourquoi maître Raymond ne te l'aurait-il pas dit ? Tu l'as revu, n'est-ce pas ? Je veux dire, après qu'il t'a soignée.

— Oui.

Je frissonnai en sentant à nouveau les murs de la chambre du roi de France se refermer sur moi, l'odeur de son parfum, du sang de dragon et du vin flottant dans l'air… et deux hommes devant moi, attendant ma condamnation à mort.

— Oui, je sais. Mais quand le comte de Saint-Germain est mort, Raymond a été banni et ils l'ont emmené. Il n'aurait pu me le dire alors et peut-être n'a-t-il pas pu revenir avant notre départ de Paris.

Cela paraissait fou, même à mes propres oreilles. Pourtant, je pouvais le voir : maître Raymond sortant discrètement de l'hôpital des Anges, rasant les murs pour ne pas se faire remarquer, se cachant dans l'endroit où, peut-être, les religieuses avaient déposé Faith emmaillotée dans son linceul sur une étagère.

Il m'avait dit : « Tout le monde a une couleur. Elle flotte autour de chacun de nous tel un nimbus. La vôtre est bleue, madone. Comme le voile de la Vierge. Comme la mienne. »

Nous étions pareils. Cette idée, surgie de nulle part, me fit me raidir.

— Bordel de merde !

Et si... D'accord, j'étais devenue folle, mais il était trop tard pour faire marche arrière.

— Et si maître Raymond et moi étions... apparentés ?

Jamie se tut. Je sentis ses doigts remuer sous ma chevelure. Il replia son majeur et son annulaire en étendant l'index et l'auriculaire, faisant le signe des cornes pour conjurer le diable.

— Et si vous ne l'étiez pas ? répondit-il.

Il m'écarta et roula sur le côté pour me faire face. L'aube pointait et je pouvais à présent distinguer ses traits, tirés par la fatigue, adoucis par le chagrin et la tendresse, mais toujours déterminés.

— Même si tout ce que tu as imaginé était vrai, ce qui n'est pas le cas, *Sassenach*, et tu le sais... Quand bien même ce serait vrai, cela ne changerait rien. La femme dans le médaillon de Frances est morte, tout comme notre Faith.

Ses paroles touchèrent la plaie à vif dans mon cœur. J'acquiesçai, les larmes me montant aux yeux.

— Je sais, murmurai-je.

— Je le sais aussi, répondit-il sur le même ton.

Il me serra contre lui pendant que je pleurais.

25

Voulez-vous coucher avec moi[12] ?

Le fumoir se dressait dans l'ombre d'une falaise. Aucun feu n'y avait été allumé depuis un mois et l'air empestait la cendre froide et le sang rance.

— Combien pèse cette créature, à ton avis ? demanda Brianna.

Elle posa les mains sur les épaules de l'énorme verrat noir et blanc couché sur la table rudimentaire au fond de la pièce et appuya dessus de tout son poids. Les épaules remuèrent légèrement (la rigidité cadavérique avait disparu depuis longtemps), mais le verrat ne bougea pas d'un pouce.

— Je dirais que, quand il était encore vivant, il pesait considérablement plus que ton père, répondis-je. Soit dans les quatre cents livres ?

Jamie avait saigné et éviscéré le cochon après l'avoir tué, ce qui l'avait probablement allégé d'une centaine de livres. Cela n'en faisait pas moins beaucoup de viande, une agréable perspective pour nos réserves hivernales, mais une tâche ardue pour le moment.

12. En français dans le texte (N.d.T.).

Je déroulai le sac en toile à poches dans lequel je rangeais mes instruments chirurgicaux les plus grands. Un simple couteau de cuisine n'aurait pas suffi.

— Que penses-tu des tripes ? demandai-je. Elles sont récupérables ?

Brianna fronça le nez. Avant de traîner péniblement la carcasse jusqu'au fumoir, Jamie avait prélevé une vingtaine ou une trentaine de livres d'intestins. Il les avait vidés sommairement et deux jours dans un sac en toile n'avaient guère arrangé leur état. Je les avais examinés avec scepticisme, puis les avais laissés tremper toute une nuit dans un bac d'eau salée en espérant que la crépine pourrait encore nous servir pour faire des saucisses.

— Je ne sais pas, maman, répondit Brianna, dubitative. Elles me semblent assez pourries. Nous pourrons peut-être en sauver une partie.

— Si elles sont fichues, tant pis, dis-je en sortant ma grande scie à amputation. Après tout, nous pouvons aussi faire de la saucisse carrée[13].

Les saucisses enveloppées dans une gaine de boyau étaient beaucoup plus faciles à conserver car, une fois fumées, elles se gardaient indéfiniment. Les pavés de saucisse étaient plus compliqués à faire et devaient être compactés dans des moules ou des boîtes entre des couches de saindoux. Nous n'avions pas de moules, mais…

— Le saindoux ! m'exclamai-je soudain. Mince, je l'avais oublié. Nous n'avons pas de grande poêle et nous ne pouvons pas utiliser le chaudron.

Faire fondre la panne et le lard gras prenait plusieurs jours et notre chaudron servait à cuire une bonne moitié de nos repas, sans parler de nous procurer de l'eau chaude.

— On ne peut pas en emprunter une ? demanda Brianna.

Son attention fut attirée par un mouvement près de la porte.

— Jem, c'est toi ?

— Non, c'est moi, tante, répondit Germain en humant précautionneusement l'air. Mandy voulait aller voir le *petit bonbon* de Rachel et grand-père a dit qu'elle pouvait y aller à condition d'être accompagnée par Jem ou moi. On a joué aux osselets et il a perdu.

— Très bien. Tu veux bien aller chercher le sac de sel dans l'infirmerie de grand-mère ? lui demanda-t-elle.

— Il n'y en a plus, déclarai-je. Il n'en restait pas beaucoup et je l'ai utilisé pour faire tremper les intestins. Il nous faudra en emprunter aussi.

Saisissant le porc par une oreille, je plaçai la scie dans le pli du cou. En l'enfonçant, je constatai avec satisfaction que, si le fascia avait commencé à se ramollir (la peau glissait légèrement sous la lame), la chair sous-jacente était encore ferme.

— Tu sais, Brianna, dépecer et découper cette bête va me prendre du temps. Pourquoi ne fais-tu pas la tournée de nos voisines pour voir laquelle pourrait nous prêter une grande poêle pour quelques jours ainsi qu'une demi-livre de sel ?

— Bonne idée, convint-elle avec un soulagement évident. Que devrais-je offrir en retour ? Un de nos jambons ?

---

13. La saucisse carrée, ou saucisse Lorne, à base de viande hachée, de biscotte et d'épices, fait partie du petit-déjeuner traditionnel écossais. Elle n'est pas enveloppée dans des boyaux (N.d.T.).

— Oh non, tante, protesta Germain. C'est beaucoup trop pour le prêt d'une poêle ! Et vous ne devriez rien offrir. On ne marchande pas un service. Elle saura que vous lui donnerez en retour quelque chose qui en vaudra la peine.

Amusée et surprise, elle m'interrogea du regard. Je hochai la tête.

— Je suis décidément restée absente trop longtemps, conclut-elle avec une tape affectueuse sur la tête de Germain avant de disparaître.

Cela me demanda un peu de force, mais, ayant d'emblée placé savamment ma scie (en toute modestie), il ne me fallut que quelques minutes pour détacher la tête. Les derniers morceaux de fibre musculaire cédèrent et le crâne massif tomba sur la table avec un bruit sourd, ses oreilles molles frémissant sous l'impact. Je la soulevai pour la soupeser et estimai qu'elle pesait une trentaine de livres. Naturellement, cela incluait la langue et les joues, que j'enlèverais plus tard avant de faire cuire le reste toute une nuit dans notre chaudron afin de préparer du fromage de tête. Il me faudrait aussi penser à faire tremper de l'avoine la veille. Je pourrais ensuite réchauffer le porridge dans les cendres... ou peut-être le faire frire avec des pommes séchées ?

Transpirant légèrement, je tranchai les pieds et les laissai tomber dans un seau en attendant de les mettre dans la saumure, puis je rangeai ma scie et saisis un grand couteau à dents. Même non tannée, la peau de porc était coriace. Le temps d'écorcher la moitié de l'animal, j'étais essoufflée. En m'arrêtant un moment pour essuyer mon visage sur mon tablier, je constatai que Germain était toujours là, assis sur un fût de poisson séché que Jamie s'était procuré auprès de Georg Feinbeck, l'un des Moraves de Salem.

— Tu n'es pas au spectacle, tu sais, lui dis-je en lui faisant signe de venir m'aider. Tiens, prends ça.

Je lui tendis un couteau plus petit.

— Tu dois retrousser la peau, expliquai-je. Tu n'as pratiquement pas besoin de couper, utilise simplement la lame pour l'écarter du corps.

— Je sais comment faire, grand-mère, répondit patiemment Germain. C'est comme un écureuil, en plus gros.

— Certes, dis-je en saisissant son poignet pour corriger l'orientation de sa lame. Sauf que tu écorches un écureuil d'une seule pièce afin de récupérer sa fourrure. Ici, tu dois découper des morceaux de peau assez grands pour pouvoir les utiliser. Avec le cuir d'une seule cuisse, on peut fabriquer une paire de souliers.

Je traçai une ligne de découpe autour de la cuisse et à l'intérieur de la jambe, et je le laissai pour m'occuper des pattes antérieures.

Nous travaillâmes en silence pendant quelques minutes (le silence n'étant pas le fort de Germain, je supposais qu'il était absorbé par sa tâche), puis il s'immobilisa.

— Grand-mère..., commença-t-il.

Son ton hésitant m'arrêta. Je levai les yeux vers lui et posai mon couteau en attendant la suite.

— Tu sais ce que veut dire en français : « *Voulez-vous coucher avec moi* » ?

En le voyant rougir, je devinai que lui le savait.

— Oui, répondis-je le plus posément possible. Quelqu'un t'a dit ça, mon chéri ?

Qui cela pouvait-il être ? Je ne connaissais aucun francophone à des milles du Ridge. Et encore moins quelqu'un qui aurait…

— Euh… C'est Fanny, lâcha-t-il en virant au cramoisi.

Il tenait toujours son couteau à dépecer, ses phalanges blêmes autour du manche. Je le lui pris délicatement et le posai à côté du verrat à moitié dépecé.

Fanny ? pensai-je, éberluée.

— Il fait un peu chaud ici, tu ne trouves pas ? Si nous sortions un moment prendre une bouffée d'air frais ? proposai-je.

Je ne me rendis compte à quel point l'atmosphère dans le fumoir était oppressante qu'une fois dehors, dans un tourbillon de vent frais et de feuilles jaunes. J'entendis Germain derrière moi prendre une grande inspiration. Malgré ce qu'il venait de me dire, je me sentis mieux. Lui aussi. Son teint avait retrouvé sa couleur normale, bien que ses oreilles fussent encore roses. Je lui souris.

— Allons à la laiterie, veux-tu ? J'aurais bien besoin d'une tasse de lait frais et ton grand-père serait ravi d'avoir du fromage au dîner.

Ouvrant la voie sur le sentier, je demandai nonchalamment :

— Où vous trouviez-vous lorsque Fanny t'a dit cette phrase ?

— Au bord du ruisseau, répondit-il. Je lui enlevais des sangsues qui s'étaient accrochées à ses jambes.

Au moins, le décor était romantique, pensai-je en imaginant Fanny assise sur une pierre, ses jupes relevées, ses longues jambes blanches parsemées de sangsues.

Désormais soucieux de s'expliquer, Germain hâta le pas pour marcher à ma hauteur.

— Elle veut apprendre *le français* et je lui disais comment dire « *sangsue* », « *algue* » ou des phrases comme « *Passe-moi le plat* » ou « *Va-t'en, sale type* ».

— Je me souviendrai de cette dernière, plaisantai-je. Ça peut toujours servir.

Il ne répondit pas. De toute évidence, l'affaire qui occupait son esprit était trop grave pour qu'il se laisse distraire. Apparemment, il avait été profondément choqué.

— Et comment sais-tu, toi, ce que signifie « *Voulez-vous coucher avec moi* » ? demandai-je, intriguée. C'est Fanny qui te l'a expliqué ?

Il voûta ses épaules et gonfla ses joues comme une grenouille-taureau avant d'expirer bruyamment.

— Non, c'est papa qui l'a dit à *maman* un soir alors qu'elle faisait la cuisine. Elle a ri et a répondu quelque chose… que je n'ai pas entendu (il détourna le regard). Le lendemain, j'ai demandé à papa ce que ça voulait dire et il me l'a dit.

Je ne doutais pas qu'il l'avait fait de la manière la plus directe qui soit. Né et ayant grandi dans un bordel parisien jusqu'à l'âge de neuf ans, Fergus était toujours honnête par rapport à son passé et il ne lui serait sans doute pas venu à l'esprit d'éluder les questions de ses enfants, quel que soit le sujet.

Nous étions arrivés à la petite laiterie en pierres construite autour d'une source. Des seaux de lait et des pots de beurre étaient immergés dans l'eau froide. Des fromages enveloppés dans des feuilles durcissaient tranquillement sur une étagère haute, hors de portée des rats musqués. Il faisait sombre à l'intérieur, et très froid ; nos souffles se condensèrent aussitôt en vapeur.

Je décrochai la louche en calebasse de son clou, m'accroupis et ôtai le couvercle du seau contenant le lait du jour. Je le remuai un peu pour mélanger la crème qui s'était formée à sa surface, puis bus une gorgée. Je la sentis glisser le long de ma gorge, délicieusement fraîche. Je bus une seconde gorgée et tendis la louche à Germain.

— Tu penses que Fanny comprenait ce qu'elle disait ? lui demandai-je tandis qu'il buvait.

Il hocha la tête sans relever les yeux, sa mèche blonde retombant devant son visage.

— Oui, répondit-il enfin en raccrochant la louche. Elle savait. Elle… elle m'a touché quand elle l'a dit.

Même dans la pénombre, je le vis rougir à nouveau.

— Et qu'as-tu répondu ? demandai-je en espérant paraître calme.

Il écarquilla des yeux outrés comme si, soudain, c'était ma faute. Il avait une petite moustache de crème attendrissante au-dessus de sa lèvre supérieure.

— J'ai dit : « Qu'est-ce qui te prend ? Arrête ça ! » Quoi d'autre ?

— Quoi d'autre, en effet. J'en parlerai à ton grand-père.

— Tu ne vas pas lui rapporter ce qu'elle a dit, hein ? Je ne veux pas lui attirer des ennuis.

— Elle n'aura pas d'ennuis, l'assurai-je. (Pas le genre d'ennui auquel il pensait, en tout cas.) Je veux juste l'opinion de ton grand-père. À présent, va t'occuper ailleurs. J'ai un porc à découper.

Je le chassai d'un geste de la main. Comparés à ce qu'il m'avait raconté, trois cents livres de côtes, de graisse et d'intestins pourris de porc me paraissaient bien dérisoires.

26

Dans les scuppernongs[14]

Brianna arracha une poignée de grains de raisin de leur grappe et les fit rouler entre ses doigts pour éliminer ceux qui étaient fendus, flétris ou trop rongés par les insectes. Parlant d'insectes… elle souffla sur plusieurs fourmis qui couraient sur ses paumes. Bien que minuscules, elles étaient voraces.

— Aïe !

Une de ces bestioles venait de la mordre entre son majeur et son annulaire. Elle laissa tomber le reste du raisin dans le seau et se frotta vigoureusement la main sur son pantalon pour soulager momentanément la sensation de brûlure.

14. Variété de raisin muscadine à gros grains vert bronze, originaire du sud-est des États-Unis (N.d.T.).

— *Gu sealladh sealbh orm !* s'exclama Amy au même moment en secouant sa main. Il y a des centaines de ces petites *phlàigh bhalgair* dans ces vignes.

Brianna mordilla la morsure du bout de ses incisives pour tenter de calmer la démangeaison infernale.

— Elles étaient moins agressives hier, observa-t-elle. Je me demande ce qui les a fait sortir.

— La pluie, répondit Amy. Elle les fait toujours sortir de… Jésus, Marie, Joseph !

Elle recula précipitamment en secouant ses jupes et en battant des pieds.

— Laissez-moi tranquille, petites saletés !

— Allons plus loin, proposa Brianna. Il y a des tonnes de raisins là-bas, les fourmis ne peuvent pas les avoir envahis tous.

— Je n'en suis pas si sûre, marmonna Amy.

Elle reprit son seau et suivit Brianna un peu plus profondément dans la petite gorge. Brianna n'avait pas exagéré : les parois rocheuses étaient envahies de pieds de vigne robustes et tortueux, leurs sarments ployant sous le poids de fruits d'un bronze nacré qui luisaient sous les feuilles vert sombre et parfumaient l'air de l'arôme du vin nouveau.

— Jem ! lança-t-elle. Nous avançons. Ne perds pas Mandy de vue !

Un vague « D'accord ! » lui parvint depuis le sommet de la gorge où jouaient les enfants. Un ruisseau avait fendu les pierres en créant des affleurements parsemés de vignes et de jeunes pousses qui faisaient d'excellents châteaux et forteresses.

— Faites attention aux serpents ! cria-t-elle encore. Ne rampez pas sous les vignes.

— Je *sais* !

Une petite tête rousse apparut brièvement plus haut en brandissant un bâton et disparut aussitôt. Brianna sourit et reprit ses deux seaux, l'un déjà rempli et l'autre à moitié plein.

Amy lâcha soudain un cri de surprise étouffé et Brianna se retourna vers elle.

Elle avait disparu. Les vignes s'agitaient et battaient contre la paroi. Elle aperçut une éclaboussure sombre sur la roche.

— Que…

En sentant l'odeur âcre du sang, elle saisit la première chose qui lui tomba sous la main, le seau à moitié rempli.

Un éclat blanc. Le jupon d'Amy. Elle était étendue sur le sol à une dizaine de pieds. Ses vêtements étaient couverts de sang et un ours tenait sa tête dans sa gueule. Il la secouait en émettant un gargouillis grave et sourd.

Brianna lança le seau par réflexe. Il percuta la paroi avant de retomber en déversant ses grains sur le sol et sur Amy. L'ours redressa la tête, les crocs ensanglantés, et gronda. Brianna se précipita dans les vignes, les escaladant, hurlant aux enfants de reculer, de partir, de courir. Les branches craquaient sous son poids. L'une d'elles céda, Brianna glissa et retomba sur les genoux. Elle recula aussitôt avec des mouvements frénétiques, plus loin, encore plus loin. *Oh mon Dieu, oh mon Dieu, oh mon Dieu…* Elle se redressa et, prenant son élan, s'élança à nouveau dans les vignes, sa terreur pour les enfants lui donnant des ailes, tandis qu'elle escaladait la paroi dans une avalanche de feuilles, de grappes écrasées, de cailloux et de fourmis.

— Maman ! Maman !

Jem et Germain, penchés au-dessus du vide, tendaient la main vers elle pour tenter de l'aider.

— Reculez ! cria-t-elle hors d'haleine en s'accrochant à la paroi. Jem, recule ! Prends Mandy et les autres et éloignez-vous ! Tout de suite !

C'était déjà trop tard. Ils avaient vu la scène en contrebas et un chœur de cris d'horreur s'éleva.

— Maman ! MAMAN !

Ces cris la propulsèrent jusqu'au sommet, en loques et en sang. À peine hissée sur le bord, elle se précipita vers les enfants, les tira en arrière et les rassembla dans ses bras. Elle les compta. Combien devaient-ils être ? Jem, Mandy, Germain, Orrie, petit Rob…

— Aidan. Où est Aidan ?

Le visage blême, Jem tourna la tête sur le côté. Aidan se tenait au bord du précipice, se préparant à descendre parmi les vignes pour voler au secours de sa mère.

— Aidan ! cria Germain. Attends !

Brianna poussa les autres enfants vers Jem.

— Occupe-toi d'eux, ordonna-t-elle.

Elle se précipita vers Aidan et le rattrapa par une manche juste au moment où il disparaissait dans le vide. Elle le hissa à la force des bras et le serra contre elle, se débattant et pleurant.

— Je dois descendre ! Il faut que j'aide maman ! Lâchez-moi ! Lâchez-moi !

Son petit corps se contorsionnait contre elle tel un serpent ou un sarment noueux.

— Non.

Elle entendit à peine sa propre voix sous le rugissement dans ses oreilles.

— Non, répéta-t-elle en le serrant plus fort.

Je montrais à Fanny comment utiliser un microscope, me délectant de son émerveillement en explorant les mondes contenus dans une gouttelette. Parfois, cet émerveillement se muait en effroi, par exemple lorsqu'elle découvrait tout ce qui nageait dans notre eau potable.

— Ne t'inquiète pas, la rassurai-je. La plupart de ces organismes sont inoffensifs et les acides dans ton estomac les dissoudront. Cela dit, il y a parfois de méchantes bestioles dans l'eau, surtout si elle a été en contact avec des excréments.

En voyant ses lèvres articuler en silence le mot « excrément », je précisai :

— De la crotte.

Puis le reste de ma phrase pénétra son cerveau et elle écarquilla les yeux.

— Des acides ? répéta-t-elle en baissant les yeux et en se tenant le ventre. Dans mon *estomac* ?

— Oui, répondis-je en me retenant de rire.

Bien qu'elle eût le sens de l'humour, elle n'était pas encore totalement à son aise dans sa nouvelle vie et redoutait qu'on se moquât d'elle.

— C'est grâce à eux que tu digères ta nourriture, expliquai-je.

— Mais c'est… fort, l'acide. Ça ronge tout.

Elle avait pâli.

— En effet. Cependant, ton estomac a des parois très épaisses et elles sont couvertes de mucus.

— Mon estomac est rempli de… morve ?

Elle était tellement atterrée que je me mordis la joue et me tournai un moment en prétextant chercher une lamelle propre.

— En fait, la plupart de tes organes internes contiennent du mucus. Tu as ce qu'on appelle des muqueuses et des membranes séreuses. Celles-ci sécrètent du mucus chaque fois que ton corps a besoin d'être lubrifié.

— Oh.

Elle regarda par-dessous ses mains toujours posées sur son ventre.

— C'est… c'est ce qu'on a entre les jambes ? Pour… pour vous rendre glissante ?

— Oui, répondis-je hâtivement. Et quand tu es enceinte, cette lubrification aide le bébé à sortir. Tiens, regarde…

Lorsque j'avais raconté à Jamie ce qu'elle avait dit à Germain, il avait écarquillé les yeux et haussé les épaules.

— Bah, ce n'est pas étonnant compte tenu du lieu où elle a grandi, avait-il répondu. Ne t'en fais pas. C'est une gamine intelligente. Elle saura trouver sa voie.

J'étais en train de lui dessiner une cellule caliciforme à l'arrière de mon cahier noir lorsque des pas précipités retentirent sur la véranda. L'instant suivant, Jem fit irruption dans l'infirmerie en dérapant sur le plancher. Il était hagard et livide.

— Mme Higgins ! haleta-t-il. Un ours l'a mangée. Maman l'apporte.

— L'amène, corrigeai-je machinalement avant de comprendre. Quoi ?

Fanny poussa un petit cri silencieux et rabattit son tablier sur sa tête. Les genoux de Jem cédèrent et il se laissa tomber sur le plancher en pantelant.

J'entendis des éclats de voix au loin. Je saisis ma sacoche de premiers soins et me hâtai au-dehors.

Brianna avait rencontré Jamie en chemin. Il portait Amy Higgins et descendait le versant aussi rapidement que possible, Brianna titubant derrière lui telle une ivrogne. Tous trois étaient couverts de sang.

— Oh Seigneur ! murmurai-je en fonçant à leur rencontre.

Le raffut était infernal. Des enfants couraient partout en criant et en pleurant. Hors d'haleine, Bree essayait d'expliquer quelque chose à son père, qui lui posait des questions brèves. Lorsqu'il me vit et comprit les gestes frénétiques que je lui faisais, il s'accroupit et déposa Amy dans l'herbe.

Je me laissai tomber à genoux à ses côtés et vis d'abord les giclées rythmiques de sang projetées par un vaisseau sectionné sur sa tempe.

Je sortis aussitôt des rouleaux de bandages et des poignées de ouate de mon sac.

— Elle n'est pas morte, déclarai-je. Pas encore.

— Je vais chercher Bobby, me glissa Jamie. Brianna, occupe-toi des enfants, s'il te plaît.

Avant tout, arrêter le saignement. Et bonne chance pour le faire ! pensai-je. Une bonne partie du côté gauche de son visage avait été arrachée. Le cuir chevelu était lacéré, son œil gauche avait été sorti de son orbite, son arcade sourcilière et sa pommette étaient fendues et l'os de sa mâchoire fracturée était visible. Du sang bouillonnait autour de ses dents restantes et dégoulinait dans son cou.

En voyant sa position tordue, je compris que son épaule gauche avait été broyée. Son chemisier vert foncé était imbibé de sang au point de paraître noir. Je posai rapidement un garrot dans le haut de son bras en sentant les fragments d'os brisés frotter les uns contre les autres. Je pressai une serviette le plus délicatement possible sur le côté de son visage. Elle s'obscurcit aussitôt. Avec un sentiment d'impuissance totale, j'appuyai mon pouce sur la minuscule artère sectionnée sur sa tempe. L'hémorragie s'arrêta.

En relevant les yeux, j'aperçus Mandy, choquée et pâle comme un linge, s'accrochant de toutes ses forces à petit Rob. Celui-ci gémissait et tentait de se libérer pour rejoindre sa mère.

Elle était toujours en vie, je sentais sa chair trembler sous mes mains. Cependant, entre l'état de choc et la quantité de sang perdu, je savais qu'elle n'allait pas tarder à perdre pied. Je changeai alors de tactique. Si je ne pouvais la sauver, je pouvais l'accompagner et tenter d'apaiser sa souffrance.

Elle fut secouée de petits hoquets et des bulles de sang apparurent à la commissure de ses lèvres. Elle leva une main, cherchant vainement quelque chose à quoi se raccrocher. Roger se précipita, s'agenouilla à ses côtés et la saisit.

— Amy, l'appela-t-il. Amy, Bobby arrive. Je l'entends, il sera bientôt là.

Elle souleva une paupière, la referma aussitôt sous la brûlure de la lumière, puis l'entrouvrit à nouveau prudemment, à peine.

— *Mammaidh ! Mammaidh, Ma !*

En entendant les appels de ses enfants, sa bouche déformée trembla et s'ouvrit. Elle voulait leur répondre et n'y parvenait pas.

— Restez avec moi, Orrie, Aidan. Aidan, non !

Accroupie dans l'herbe, Brianna retenait Aidan par le poignet, tandis que le petit Orrie, terrifié, s'accrochait à son bras.

Le sang ne giclait plus. Il s'écoulait, rapide et silencieux, se répandant sur la terre. Mes mains étaient rouges jusqu'aux poignets.

— Amy ! *Amy !*

Bobby grimpait la colline à toutes jambes, Jamie sur ses talons. Il trébucha et tomba à genoux, hors d'haleine. Roger prit sa main et la plaça dans celle d'Amy.

— Non, haleta Bobby. Non, Amy, je t'en prie. Ne pars pas, je t'en prie !

Je vis les doigts d'Amy remuer un instant, se resserrer autour des siens puis les relâcher.

Roger releva les yeux vers moi et lut la vérité sur mon visage. Il se tourna vers Bree et les enfants, et je vis la décision prendre forme sur ses traits.

— Laisse-les approcher, dit-il. Vite.

Le regard fixé sur le visage ravagé d'Amy, Brianna fit non de la tête. Était-ce vraiment la dernière image que les garçons garderaient de leur mère ?

— Qu'ils viennent, insista Roger d'une voix plus forte. *Maintenant.*

Brianna lâcha Aidan, qui se précipita vers sa mère, se laissa tomber sur le sol près de Bobby et s'accrocha à lui en sanglotant. Bree s'approcha à son tour en tenant Orrie et Rob par la main. Leurs visages ruisselaient de larmes.

Roger prit les enfants dans ses bras.

— Amy, dit-il doucement. Tes fils sont avec toi. Ainsi que Bobby.

Il hésita, me regarda et, quand j'acquiesçai, lâcha Orrie et posa doucement une main sur la poitrine d'Amy.

— Seigneur, prends pitié de nous, murmura-t-il. Sois miséricordieux. Prends Amy dans Ta paume, garde-la toujours dans le cœur de ses enfants.

Amy bougea. Sa tête se tourna légèrement vers ses fils et elle ouvrit lentement son œil valide, aussi laborieusement que si elle soulevait le poids du monde. Ses lèvres remuèrent, une fois, puis elle mourut.

27

Le visage voilé

L'heure n'était pas aux atermoiements. Les hommes avaient amené Amy dans la maison et l'avaient déposée sur la table de mon infirmerie en suivant mes instructions. Nous étions encore en été. Elle était encore chaude au toucher, mais son corps était d'une lourdeur déconcertante, comme un sac en toile de jute rempli de sable mouillé. La rigidité cadavérique ne tarderait pas à chasser l'élasticité de la vie. Je devais la déshabiller avant que ses membres soient trop raides.

Avant tout, j'étendis une serviette en lin sur son visage. Je le lui devais bien. Ce fut une bonne chose, car en me retournant je vis Brianna sur le seuil. Elle était plus livide que le vieux drap plié sur son bras. J'indiquai le comptoir derrière moi.

— Pose ça là et va t'asseoir au soleil avec les enfants, dis-je sur un ton ferme. Ils ont besoin qu'on les entoure. Où est Roger ?

Elle resta immobile un instant, incapable de détacher son regard de la table. Le fichu d'Amy avait été à moitié arraché de son corsage et pendait sur le côté, imprégné de sang qui séchait rapidement. Je l'ôtai et le laissai tomber dans le seau d'eau froide à mes pieds.

— Roger est avec Bobby, dit-elle d'une voix atone. Fanny s'occupe de Mandy et des petits garçons pour le moment. Tu… vas avoir besoin d'aide, n'est-ce pas ? Avec…

Elle n'acheva pas sa phrase et détourna le regard.

— Quelqu'un sera bientôt là, répondis-je.

Cette pensée me rassurait un peu. Bien que la mort me fût familière, je ne m'y habituais pas pour autant.

— Ton père a envoyé Germain prévenir Petit Ian, poursuivis-je. Jenny et Rachel l'accompagneront. Jem est allé chercher Gilly MacMillan. Son épouse préviendra les femmes qui habitent le long du ruisseau.

Elle acquiesça. Elle paraissait légèrement plus calme, même si ses mains tremblaient toujours. Ses doigts étaient crispés autour du vieux drap.

— Pourquoi pa envoie-t-il chercher M. MacMillan ? demanda-t-elle.

— Parce qu'il a deux bons limiers et une lance de chasse.

— Doux Jésus ! Ils... ils vont chasser l'ours ? Maintenant ?

— Oui, avant qu'il aille trop loin. Où est Aidan ?

Je venais de me rendre compte qu'elle avait dit « petits garçons ». Alors qu'Aidan avait douze ans, pour moi, il entrait encore dans cette catégorie.

— Il est parti avec Jem ? demandai-je.

— Non, répondit-elle sur un ton étrange. Il est avec pa.

Aidan était blanc comme un linge, avec des yeux rouges et enflés. Il avait cessé de pleurer, mais il tremblait toujours. Jamie posa une main sur son épaule et sentit les trémulations qui semblaient monter du sol et traverser tout le corps de l'enfant.

— J-je-je v-v-viens, balbutia Aidan. Ch-ch-chasser l'ou-ou-ours.

— Bien sûr.

Jamie exerça une pression sur son épaule fragile, puis, après un moment d'hésitation, le lâcha et se tourna vers la maison.

— Viens avec moi, *a bhalaich*. Nous devons nous préparer avant de partir.

Son instinct lui criait d'éviter d'entrer dans la maison où Claire et les femmes préparaient Amy. Toutefois, il était plus jeune qu'Aidan lorsqu'il avait perdu sa propre mère. Il se souvenait de son désespoir d'être écarté et envoyé au loin pendant que les femmes ouvraient les fenêtres et les portes, recouvraient les miroirs, allaient et venaient avec des seaux d'eau et des herbes, achevant les rituels sacrés qui lui enlevaient sa mère.

En outre, le gamin avait vu sa mère défigurée gisant dans une mare de son sang. Rien de ce qu'il pourrait apercevoir ou entendre ne serait pire.

Ils s'arrêtèrent devant le puits. Jamie donna à boire de l'eau froide à l'enfant et le fit laver son visage et ses mains. Il en fit de même avant de réciter le début de la consécration de la chasse.

Au nom de la Sainte Trinité,
En paroles, en actes et en pensée,
Je lave mes propres mains
Dans la lumière et les éléments du ciel.

Je jure de ne jamais revenir au logis les mains vides,
Sans le produit de ma pêche, sans volaille non plus,
Sans gibier ni venaison rapportés des montagnes
Sans graisse ni chair blanche rapporté des bosquets.

— Les ours ont de la graisse, observa Aidan.

— C'est vrai, et nous allons la lui prendre, répondit Jamie.

Il mit de l'eau dans sa main en coupe et traça le signe de croix sur le front, le torse et les épaules du garçon.

Que la vie habite ma parole,
Que le sens habite mon discours,
Fleurs de cerisier sur mes lèvres,
Jusqu'à mon retour.

Traversant les montagnes, traversant les forêts,
Traversant les vallées, longues et sauvages,
Que Marie la belle et blanche me soutienne,
Que Jésus le berger me protège.

— Répète ces dernières phrases avec moi, mon garçon.

Aidan se redressa et répéta avec Jamie :

Que Marie la belle et blanche me soutienne.
Que Jésus le berger me protège.

Jamie sortit un pan de sa chemise pour essuyer le visage du garçon et le sien.

— Avais-tu déjà entendu cette prière ? demanda-t-il.

Aidan fit non de la tête. Jamie n'en était pas surpris. Son vrai père, Orem MacCallum, aurait pu la lui apprendre. Bobby Higgins, un Anglais, ne connaissait sans doute pas les incantations des anciens.

Comme si cette pensée l'avait invoqué, Aidan demanda :

— Papa Bobby viendra chasser l'ours avec nous ?

Jamie n'était pas chaud à cette idée. Bien qu'ayant été soldat, Bobby n'était pas chasseur. Dans son état émotionnel, il risquait de se tirer dessus ou de tuer quelqu'un. En outre, il fallait penser aux petits garçons.

— S'il estime qu'il doit venir, il viendra. Mais j'espère que non.

Roger avait raccompagné Bobby, totalement anéanti de douleur, dans la cabane des Higgins.

Jamie reposa le seau sur la margelle du puits et mit à nouveau la main sur l'épaule d'Aidan. Elle était plus ferme et le menton du garçon ne tremblait plus.

— Viens, dit-il. Allons chercher mon fusil. Ian Òg et M. MacMillan ne vont pas tarder.

— Va-t'en, dis-je à Bree plus doucement.

Je pris le drap qu'elle tenait toujours, le posai à côté et l'enlaçai.

— Je comprends, dis-je sur le même ton. C'est ton amie et tu veux faire quelque chose pour elle. Tu te demandes pourquoi elle est étendue sur cette table, alors que tu te tiens ici, debout et vivante. Plus rien ne te semble avoir de sens.

Elle hocha faiblement la tête et ravala son souffle dans un semblant de sanglot. Elle me serra contre elle puis me lâcha. Des larmes tremblaient dans ses cils, mais elle refusa de leur céder.

— Dis-moi ce que je dois faire, demanda-t-elle en se redressant. Je dois *faire* quelque chose.

— Occupe-toi des enfants d'Amy. C'est ce qu'elle voudrait plus que tout.

Elle approuva et pinça les lèvres d'un air déterminé. Elle lança ensuite un regard vers le corps, sur la table. Il dégageait une odeur d'urine, de fèces et de chair déchirée. Des mouches commençaient à entrer par la fenêtre, volant en cercles lents, flairant un bon filon, cherchant un lieu où pondre leurs œufs. Ce cadavre n'était plus Amy et les mouches étaient venues le revendiquer.

Bien que Bree fût presque aussi douée que Jamie pour cacher ses émotions quand il le fallait, ce n'était plus le cas à présent. Sous son bouleversement, son angoisse était visible. Affronter le corps mutilé d'Amy était pour elle insoutenable et, pour cette raison, elle était venue. *C'est bien une Fraser*, pensai-je. Son courage m'émouvait autant que son chagrin.

Je saisis une autre serviette et l'abattis sur mon comptoir, tuant deux mouches qui avaient eu l'imprudence de se poser à ma portée.

— Quelqu'un viendra, répétai-je. Pars. Emmène Fanny avec toi.

28

Math-Ghamhainn

NATURELLEMENT, IAN ARRIVA LE PREMIER. Il entra par la porte d'entrée ouverte. Jamie perçut les pas feutrés de ses mocassins avant d'entendre sa voix dans l'infirmerie, où il s'entretint avec Claire. Il y eut une brève exclamation choquée (bien que Germain eût dû lui raconter ce qu'il était arrivé, même un Mohawk ne pouvait rester insensible devant le corps meurtri d'Amy Higgins), et il baissa la voix dans un murmure respectueux avant que ses pas légers se dirigent vers la cuisine.

— Ian est là, annonça Jamie à Aidan.

Le garçon remplissait lentement et laborieusement des cartouches sur la table, tirant la langue sur le côté, tandis qu'il transvasait la poudre depuis la flasque de Jamie. Il s'arrêta et se tourna vers la porte.

Ian ne le déçut pas. Il portait son fusil à canon long, avec une cartouchière et son sac de poudre, un grand couteau à l'allure sinistre directement glissé sous sa ceinture, ainsi qu'un arc et un carquois en écorce de bouleau glissé en bandoulière. Il était torse nu, avec des jambières et un pagne en daim. Avant de venir, il avait pris le temps de réciter ses prières et d'appliquer ses peintures de guerre : au-dessus de ses sourcils, son front était rouge ; un épais trait blanc courait le long de son nez et deux autres barraient ses joues des pommettes à la mâchoire. Le blanc, avait-il expliqué à Jamie, était la couleur de la vengeance ou de la commémoration des morts.

Aidan, qui connaissait bien Ian sous son identité écossaise, ne l'avait encore jamais vu sous sa forme mohawk. Il sursauta et le contempla d'un air émerveillé. Réprimant un sourire, Jamie saisit son propre coutelas et la pierre à huile sur laquelle l'affûter.

En indiquant la poitrine de Ian, il lui demanda :

— Tu ne saurais pas où est passée ma griffe ? La griffe d'ours que m'ont offerte les Tuscaroras.

Il l'avait prêtée à Ian pour une expédition de chasse et n'y avait plus pensé depuis des années. Il lui semblait qu'elle serait de circonstance.

— Si, répondit Ian en s'asseyant près d'Aidan.

Il commença à refermer les cartouches avec des gestes rapides et experts.

— Je l'ai donnée à mon cousin William, ajouta-t-il sans relever les yeux.

— Ton cous… Ah !

Jamie attendit. Ian ne le regardait toujours pas.

— Quand ? demanda-t-il.

— Oh, cela fait belle lurette, répondit Ian avec désinvolture. Quand je l'ai sorti du Grand Marais lugubre. Je lui ai dit que tu aurais voulu qu'il l'ait.

Il releva enfin les yeux, arquant un sourcil dans une expression qui ressemblait tant à celle de son père.

— Je me trompais ?

Jamie sentit une onde de chaleur l'envahir.

— Non, tu as bien fait.

Bluebell, qui tournait en rond en flairant le sol de la cuisine, redressa brusquement les oreilles et fila vers la porte d'entrée en aboyant. Un chœur d'aboiements graves lui répondit en contrebas de la maison.

— Ce doit être Gillebride, déclara Jamie. Vous êtes prêts, les garçons ?

J'avais débarrassé Amy de sa jupe et de son corset. La jupe n'était pas déchirée et, après un bon lavage, pouvait encore servir. Même si Amy n'avait pas de fille à qui la transmettre, on manquait toujours de vêtements et de tissus sur le Ridge et quelqu'un serait content d'en hériter. Je la mis de côté. Le corset était déchiré à l'épaule et incrusté de sang. Je le laissai tomber sur une autre pile. Je récupérerais les baleines en fer et brûlerais le reste. La chemise… Elle avait été déchirée elle aussi. Elle pouvait être recousue ou découpée pour rapiécer d'autres vêtements. Elle était trop souillée pour que j'enterre Amy dedans. Ensuite, il ne lui restait qu'un jupon léger et ses bas. Je les laverais, puis…

J'entendis les chiens de Gillebride aboyer au loin et la course de Bluebell vers la porte d'entrée. Il n'y avait pas de danger. Les chiens de Gillebride étaient des mâles et Bluey n'était pas en chaleur. Jamie m'avait expliqué que les chiens ne mordaient pas les chiennes.

— L'inverse n'est pas toujours vrai, avait-il ajouté avec un sourire ironique.

Ce souvenir ne me fit pas vraiment sourire, mais je sentis le poids dans mes épaules se soulager un instant.

J'entendis des pas dans le couloir et relevai la tête en m'attendant à voir Gillebride. Je sursautai.

— Madame Fraser.

La haute silhouette noire de Mme Cunningham se tenait sur le seuil d'un air embarrassé, un linge plié sur son bras, osseuse et sévère telle la Grande Faucheuse. Aussi mal à l'aise qu'elle, je l'invitai à entrer d'un signe de tête.

— Madame Cunningham…

Je m'interrompis, ne sachant quoi lui dire. Elle s'éclaircit la gorge, lança un regard vers le cadavre à demi dévêtu et en détourna rapidement les yeux. Bien que le visage d'Amy fût couvert, son épaule et son bras mutilés étaient bien visibles, des éclats d'os émergeant de la chair lacérée.

— Je me trouvais au bord du ruisseau quand j'ai croisé votre petit-fils qui se rendait chez MacMillan. Il m'a raconté ce qu'il s'était passé. Je suis donc allée chez M. Higgins et lui ai demandé le linceul de son épouse.

En guise d'illustration, elle me montra le tissu sur son bras. Je vis les ourlets brodés en tons verts, bleus et roses.

Il ne m'était pas venu à l'esprit qu'Amy avait préparé son propre linceul.

— Oh. Euh… merci, madame Cunningham. C'est très attentionné de votre part.

Elle eut un léger haussement d'épaules. Semblant rassembler son courage, elle se dirigea vers la table et examina la situation quelques instants. Elle expira par le nez et dénoua le cordon du col de la chemise d'Amy.

— Si vous la soulevez légèrement, je ferai rouler le vêtement, dit-elle.

J'ouvris la bouche pour protester que je n'avais pas besoin d'aide. C'était faux et, de toute évidence, elle avait de l'expérience dans la préparation des morts, comme toutes les femmes de son âge. Nous fîmes glisser la chemise sur les épaules d'Amy et je saisis fermement son aisselle droite. Son duvet humide et chaud me déconcerta tant il paraissait vivant. Puis, non sans une réticence incontrôlable, je glissai les doigts sous la masse sanguinolente de son épaule gauche jusqu'à trouver une bonne prise.

De si près, l'odeur de l'ours sur elle était si forte que je grimaçai malgré moi. Mme Cunningham n'était guère plus à son aise et respirait par la bouche. Elle dénoua le jupon, tira sur la chemise et déroula les bas avec des gestes assurés.

En regardant autour d'elle, elle vit la jupe que j'avais mise de côté pour la laver et ajouta les autres vêtements à la pile.

— Il faudra les laver dès que les autres femmes arriveront, déclara-t-elle sur le ton de quelqu'un habitué à donner des ordres et à être obéi. Nous ne voulons pas que l'odeur de…

— Oui, l'interrompis-je sèchement. Pour le moment, nous devons faire sa toilette. Voulez-vous bien aller dans la cuisine et me rapporter un seau d'eau chaude ? (Je lui montrai le drap élimé que Brianna avait apporté.) Je vais déchirer ce linge pour en faire des bandelettes.

Elle pinça les lèvres. Toutefois, elle ne semblait pas offensée et son expression exprimait plutôt un amusement devant ma faible tentative pour asseoir mon autorité. Elle sortit sans un mot.

Dehors, les aboiements s'étaient intensifiés. J'entendis Gillebride (il m'avait dit que son nom signifiait « pie de mer ») rappeler ses chiens. Je déchirai le vieux drap en larges bandes. Pour rendre le corps présentable, nous devions lier ses jambes et, autant que possible compte tenu de l'état de son épaule gauche, attacher ses bras le long de son corps. Nous tresserions également ses cheveux avant de l'envelopper dans son linceul.

Mme Cunningham revint, les manches retroussées, en portant un seau d'eau fumante dans une main, un marteau dans l'autre et une couverture prise sur mon lit par-dessus un bras.

— Il y aura bientôt des hommes allant et venant dans tous les coins, déclara-t-elle avec un signe du menton vers le couloir.

J'aurais fermé la porte de mon infirmerie s'il y en avait eu une. Elle posa le seau, sortit une poignée de clous de sa poche et accrocha la couverture devant l'embrasure de la porte en quelques coups de marteau.

La grande fenêtre laissait entrer largement assez de lumière. La couverture étouffait la luminosité et les bruits, plongeant la pièce dans une atmosphère révérencieuse en dépit du vacarme croissant à l'extérieur. Je frottai une poignée de lavande séchée au-dessus de l'eau, puis y ajoutai des feuilles de basilic et de menthe après les avoir déchiquetées. Mme Cunningham inspecta les flacons sur mon étagère, descendit le sel et en laissa tomber une généreuse pincée dans l'eau.

— C'est pour laver les péchés, m'expliqua-t-elle en voyant mon expression. Et pour empêcher son fantôme de revenir.

J'acquiesçai machinalement avec la sensation qu'elle venait de lancer un pavé dans ma mare de calme, déclenchant en moi des vaguelettes de malaise.

Nous lavâmes et attachâmes le corps en silence. Elle savait ce qu'elle faisait et nous travaillions étonnamment bien ensemble, chacune consciente des mouvements de l'autre, faisant le nécessaire, nous entraidant sans avoir besoin de le demander. Enfin, nous arrivâmes à la tête.

Je rassemblai mon courage et soulevai le voile. Il était taché de sang et adhérait à la peau par endroits. Mme Cunningham eut un léger mouvement de recul.

— J'ai pensé que nous pourrions garder son visage caché sous un voile propre, dis-je.

Mme Cunningham dévisageait Amy en fronçant les sourcils, les sillons au-dessus de sa lèvre supérieure plissés comme un accordéon.

— Vous ne pouvez pas l'arranger un peu ? demanda-t-elle.

— Je peux recoudre ce qu'il reste de son cuir chevelu et nous pouvons rabattre ses cheveux de façon à cacher son oreille arrachée, mais je ne peux rien faire pour… euh… *ça*.

Le globe oculaire pendait d'une manière grotesque sur la pommette écrasée, sa surface voilée, mais son regard encore très dérangeant.

— C'est pourquoi je pense qu'il vaut mieux mettre un voile propre sur son visage.

Mme Cunningham inclina la tête d'un côté et de l'autre.

— Non, dit-elle doucement sans quitter Amy des yeux. J'ai enterré trois maris et quatre enfants. Quelle que soit la manière dont sont morts nos proches, on veut toujours les voir une dernière fois.

Frank. Je l'avais vu pour un dernier adieu. J'étais heureuse d'avoir eu cette possibilité.

J'approuvai et saisis mes ciseaux chirurgicaux.

— Germain m'a expliqué où avait eu lieu l'attaque de l'ours, déclara Ian. J'y suis passé en venant. J'ai vu par où il était passé à travers les vignes pour sortir de la petite gorge. Commençons par là.

Jamie et MacMillan acquiescèrent et MacMillan rappela à l'ordre ses chiens qui reniflaient les moindres recoins de la cuisine, enfonçaient leur grosse tête dans la cheminée et essayaient de soulever le couvercle du seau de déchets.

Jamie regarda brusquement autour de lui.

— Au fait, où est Germain ?

Cela ne lui ressemblait pas de rater un événement intéressant. Le plus souvent, il était le premier à…

— Était-il avec toi quand tu as inspecté les traces de l'ours ? demanda-t-il à Ian.

Celui-ci réfléchit un instant avant d'acquiescer.

— Oui, mais… J'étais persuadé qu'il était devant moi quand je suis redescendu.

Il lança un regard par-dessus son épaule comme s'il s'attendait à ce que Germain surgisse des lattes du plancher. Jamie se tourna vers Gillebride.

— Jem est-il revenu avec toi ?

MacMillan, un grand gaillard à la voix douce, ôta son chapeau et gratta son crâne chauve.

— Oui, il me semble bien. Cela dit, il est parti devant pendant que je rassemblais les chiens. Je ne l'ai pas revu ensuite.

— *Crìosd eader sinn agus olc*, murmura Jamie en se signant. « Que le Christ se mette entre nous et le diable. » Allons-y.

Quel âge avait Mme Cunningham ? me demandai-je. Habillée, elle paraissait plus vieille. Trois maris, quatre enfants… Enfin, la mort était une visiteuse fréquente en ces jours. Ses mains étaient fripées, avec d'épaisses veines bleues et des articulations noueuses, néanmoins agiles. Elle nettoya le sang avec un linge humide, brossa la chevelure couleur châtaigne du côté intact du crâne, la coiffa minutieusement de sorte à cacher le plus de dégâts possible et la tressa en une natte épaisse qu'elle déposa doucement sur la poitrine d'Amy.

Je m'étais occupée de l'œil, il était posé sur le comptoir derrière moi. J'avais l'intention de l'envelopper discrètement et de le glisser dans le linceul. J'avais inséré un petit tampon d'ouate dans l'orbite et avais cousu la paupière. On ne pouvait cacher qu'Amy avait connu une mort violente, mais au moins sa famille pourrait la regarder.

— Madame Cunn… Puis-je vous appeler par votre prénom ? demandai-je tout à trac.

Elle releva des yeux surpris et répondit :

— Elspeth.

— Claire, dis-je avec un sourire.

Il me sembla voir un soupçon de sourire sur ses lèvres. Avant que j'aie pu le vérifier, la couverture suspendue devant l'embrasure de la porte remua et l'un des énormes chiens de Gillebride entra dans la cuisine, la truffe au ras du sol.

— Que viens-tu faire ici ? lui demandai-je.

Il ne me prêta aucune attention et se dirigea droit vers le comptoir. Il se dressa gracieusement sur ses pattes postérieures, goba l'œil puis se précipita à l'extérieur en entendant les appels agacés de son maître.

Elspeth et moi restâmes pétrifiées, tandis que les chasseurs sortaient bruyamment par la grande porte dans un raffut d'aboiements excités.

— Hum…, dit-elle enfin. Je suppose qu'une personne soit mangée par des chiens ou des vers ne change pas grand-chose.

Elle n'en paraissait pas convaincue et je réprimai tant bien que mal un fou rire.

— Après tout, être dévoré par des chiens figure dans la Bible, observai-je. Souvenez-vous de Jézabel.

Elle arqua un sourcil, visiblement surprise d'apprendre que j'avais lu la Bible, et acquiesça.

— Dans ce cas…, soupira-t-elle.

Le sentiment d'urgence de Jamie ne faisait que s'accroître. L'après-midi était déjà bien avancé. Toutefois, il lui restait une chose à faire avant de commencer la chasse : il devait informer Bobby Higgins en espérant qu'il serait trop anéanti pour vouloir les accompagner ou assez sage pour ne pas le faire, tout en le convainquant de laisser Aidan venir avec eux. Il aurait dû emmener les petits ; ils constituaient la meilleure raison pour Bobby de rester chez lui. Il n'y avait pas pensé à temps.

Il aperçut Jem devant la cabane des Higgins et son angoisse diminua d'un cran. Ce soulagement fut aussitôt tempéré quand Jem insista pour se joindre à la chasse.

— Si Aidan peut venir, pourquoi pas moi ? répéta-t-il pour la quatrième fois en pointant le menton en avant.

Jamie le prit par le bras et baissa la voix pour ne pas être entendu d'Aidan.

— Ta mère n'a pas été dévorée par un ours et elle ne sera pas contente si cela t'arrive. Tu restes ici.

— Dans ce cas, Aidan ne devrait pas y aller non plus. Son père ne sera pas content s'il se fait dévorer, hein ?

Ce détail n'avait pas échappé à Jamie, même s'il ne regrettait pas d'avoir autorisé le gamin à les suivre.

— Sa mère *a été* dévorée par un ours, souligna-t-il. Il a le droit de venir et de la voir vengée.

Il lui lâcha le bras, le prit par les épaules et le tourna vers la cabane.

— Va chercher ton père. Je veux lui parler.

Les autres commençant à s'impatienter, Jamie dit à Ian de partir en avant avec Gillebride et ses chiens, et de tâcher de retrouver la trace de Germain. Aidan, toujours aussi blême, les cheveux hirsutes, ne tenait pas en place. Jamie posa une main sur son épaule.

— Reste avec moi, Aidan. Nous n'en avons pas pour longtemps. Nous devons expliquer ce qu'il se passe à ton père.

Roger Mac sortit de la cabane et battit des paupières contre l'assaut du soleil. Jem le suivait, cachant mal son excitation. Comme eux tous, Roger était encore sous le choc, même s'il se contrôlait. Ses traits se détendirent légèrement en voyant Jamie et se raidirent à nouveau quand il aperçut son fusil.

— Vous allez…

— Oui.

Jamie fit signe aux garçons de s'écarter et baissa la voix.

— Je dois le dire à Bobby, mais je ne veux pas qu'il vienne avec nous. Peux-tu m'aider à le convaincre ?

— Bien sûr, mais…

Il lança un regard vers Aidan et Jemmy avachis dans un coin du porche.

— Vous ne comptez pas les emmener, tout de même ?

— Je n'emmènerai Jemmy que si tu l'autorises. À toi de voir. Je pense qu'Aidan doit venir.

En voyant l'air profondément sceptique de Roger, Jamie haussa les épaules.

— Il le faut, s'obstina-t-il.

Toutes les raisons de ne pas emmener l'enfant tournaient dans sa tête telles des mouches. Cependant, le souvenir du désespoir et de l'impuissance d'un orphelin était comme une écharde en acier dans son cœur. Elle pesait plus lourd que le reste.

Le feu s'était éteint, et Bobby aussi. Il était assis dans un coin du banc près de son âtre froid, la tête penchée sur ses mains ouvertes comme s'il cherchait un sens dans les sillons de ses paumes. Quand ils entrèrent, il ne releva pas les yeux.

Jamie mit un genou à terre et posa une main sur celle de Bobby. Elle était froide et molle.

— Robert, *a charaid*, dit-il doucement. Nous allons chasser l'ours. Avec l'aide de Dieu, nous le trouverons et le tuerons. Aidan souhaite venir avec nous et je crois que ce serait une bonne chose.

Bobby redressa brusquement la tête.

— Aidan ? Vous voulez emmener Aidan traquer l'ours qui a… qui a…

— Oui.

Jamie saisit l'autre main de Bobby et la serra.

— Je jure sur la tête de mon petit-fils que je ne laisserai rien lui arriver.

— Votre… Vous voulez dire Jem ? Vous l'emmenez aussi ?

Une lueur de perplexité éclaira un instant les yeux mornes de Bobby. Il lança un regard à Roger par-dessus l'épaule de Jamie.

— C'est vrai ?

— Oui.

La voix de Roger s'était brisée sur le mot, mais il l'avait prononcé, que Dieu le bénisse ! Encouragé, Jamie récita une prière mentale et joua le tout pour le tout.

— Roger Mac vient aussi, affirma-t-il en espérant paraître sûr de lui. Il veillera sur la sécurité des deux enfants.

Il pouvait sentir le regard de Roger lui brûler la nuque. Peu importait, il était convaincu d'avoir raison. *Saint Michel, guide mes paroles…*

— Mon neveu Ian et Gillebride MacMillan seront avec nous. À nous trois, plus trois chiens, nous aurons le dessus sur l'ours, aussi féroce soit-il. Roger Mac et les enfants resteront en retrait et assisteront à sa mort afin de témoigner pour ton épouse.

Bobby se redressa en libérant ses mains, soudain agité.

— Mais… mais… Dans ce cas, je devrais venir moi aussi, non ?

Roger comprit que c'était son moment d'intervenir.

— Vos petits garçons ont besoin de vous, Bobby, dit-il doucement. Vous devez rester auprès d'eux. Ils n'ont plus que vous.

Jamie sentit ces mots le transpercer sans prévenir. Il perçut à nouveau le petit paquet de chair pressé contre son torse, les infimes pulsations d'un nouveau-né de quelques heures. Lui-même tremblait encore de ce qu'il avait fait afin de le sauver… Son fils.

Terrifié et ahuri, il n'avait eu qu'une seule pensée : *Sa mère est morte. Il n'a plus que moi.*

Il vit Bobby avoir la même réaction ; la vie se fraya à nouveau un chemin dans son regard. Ses os, brisés par la douleur et le chagrin, se ressoudèrent et reprirent leur forme. Bobby hocha la tête, les lèvres pincées. Les joues baignées de larmes, il se leva lentement du banc tel un vieillard.

— Où sont-ils ? demanda-t-il d'une voix éraillée. Orrie et Rob ?

— Chez nous, avec ma fille, répondit Jamie.

Il interrogea du regard Roger, qui acquiesça.

— Je vais vous accompagner, dit-il à Bobby. Puis je rattraperai Jamie et les garçons.

Les femmes arrivaient. J'entendais leurs voix au loin, près du ruisseau. Ce devait être l'épouse de Gillebride avec sa fille aînée, Kirsty, et Peggy Chisholm avec ses deux filles, Mairi et Agnes, ainsi que la belle-mère âgée de Peggy, Vieille Mam, qui n'avait plus toute sa tête et ne pouvait donc être laissée seule. Il y avait d'autres voix féminines plus proches et des pas dans le couloir. Fanny entra, le visage solennel, suivie de Rachel et de Jenny. Elle lança un bref regard vers la couverture suspendue devant la porte de l'infirmerie et baissa rapidement les yeux.

Je poussai un soupir en les voyant. La tension nerveuse qui ne m'avait pas quittée depuis que Jem avait fait irruption dans l'infirmerie se relâcha légèrement.

Jenny posa son panier, me serra brièvement dans ses bras et se glissa sans un mot derrière la couverture pour entrer dans l'infirmerie. Rachel tenait un panier elle aussi, ainsi qu'Oggy sous son autre bras. Elle confia ce dernier à Fanny, qui parut soulagée d'avoir quelque chose à faire.

— Tu vas bien, Claire ? me demanda Rachel.

Elle lança un regard vers Mme Cunningham, qui avait pris son poste près de la porte de l'infirmerie.

— Et toi, amie Cunningham ?

L'étrange sensation d'avoir partagé une bulle d'intimité avec Elspeth Cunningham s'était envolée avec l'arrivée des amis et de la famille. Cependant, cette expérience m'avait laissée étrangement émue et vulnérable, telle une palourde à moitié ouverte. De son côté, Elspeth avait refermé sa coquille. Elle saluait les arrivants d'un léger signe de tête. Ses propres voisines viendraient dès que la nouvelle leur serait parvenue. Cela prendrait du temps, les Crombie et les Wilson habitant à plus de deux milles de chez nous.

Jenny priait à voix basse en gaélique. Si je ne l'entendais pas assez pour comprendre ce qu'elle disait, son intonation était clairement funèbre.

Rachel écarta légèrement la couverture et m'adressa un regard avec un signe de tête qui m'invitait à la suivre tout en indiquant aux autres de ne pas le faire.

Jenny avait achevé sa prière. Elle posa délicatement une main sur la tête d'Amy coiffée d'un bonnet blanc et déclara d'une voix douce :

— *Biodh sith na Màthair Beannaichte agus a mac Iosa ort, a nighean.*

« Que la paix de la Sainte Mère et de son fils Jésus t'accompagne, ma fille. »

Rachel contempla le corps d'Amy et déglutit. Elle ne détourna pas les yeux pour autant. Puis je vis son regard glisser vers la pile de vêtements déchirés et tachés de sang.

— Germain a dit que c'était un ours. Étais-tu présente ?

— Non. Elle cueillait des raisins avec Brianna quand c'est arrivé. Les enfants y étaient aussi. Jemmy, Germain, Aidan, les petits et Mandy.

— Mon Dieu ! Ils ont tout vu ?

Je fis non de la tête.

— Ils jouaient plus haut. Bree et Amy ramassaient des muscadines au fond de la gorge derrière le ruisseau. Brianna a éloigné les enfants et a couru chercher Jamie. Amy était encore vivante quand il me l'a amenée. Tout juste.

Ma gorge se noua en revoyant la main pâle et molle d'Amy dans celle de Roger, le sursaut à la commissure de ses lèvres lorsqu'elle avait essayé de dire adieu à ses enfants. En dépit de ma détermination, une larme chaude glissa le long de ma joue.

Rachel émit un léger son de compassion et écarta une mèche de cheveux de mon visage. Jenny s'éclaircit la gorge et sortit de sa poche un mouchoir qu'elle me tendit.

— La porte d'entrée était déjà ouverte quand nous sommes arrivées, déclara-t-elle en cochant les cases d'une liste mentale. Quant aux fenêtres, tu n'as pas besoin de les ouvrir puisqu'il n'y en a pas.

Cette pointe d'humour acerbe soulagea la tension et je sentis mes omoplates s'écarter, tandis que mon dos se détendait pour la première fois depuis ce qui me semblait des jours, alors que cela ne faisait que quelques heures. Je séchai mes larmes et reniflai.

— En effet, convins-je. Quoi d'autre... Les miroirs ? Il n'y a que mon miroir à main dans ma chambre et il est déjà retourné sur la table.

— Pas d'oiseaux dans la maison ? Je vois que tu as du sel...

Elspeth en avait renversé quelques grains sur le comptoir un peu plus tôt.

— Quant au pain, ce ne devrait pas être un problème, acheva-t-elle.

Elle fit un signe de tête en direction de la cuisine. On entendait des femmes qui se saluaient, déballaient des paniers, préparaient les lieux. Devais-je les rejoindre pour diriger les opérations, leur dire où placer le cercueil ? Devait-il être dans le salon devant la maison ou dans la cuisine, beaucoup plus grande ? Juste ciel, le cercueil ! Je n'y avais même pas pensé.

— Oh, voici Bobby qui arrive avec Roger Mac, déclara Jenny sur un tout autre ton.

Nous lançâmes toutes un regard vers Amy, puis nous nous interrogeâmes des yeux. Nous l'avions rendue aussi présentable que possible. Pouvions-nous laisser Bobby seul avec elle ? S'il se trouvait au milieu d'un groupe de femmes et que l'une d'elles fondait en larmes, les autres suivraient…

— Je resterai avec lui, déclara Rachel.

Jenny hocha la tête. Rachel avait le don de savoir rester calme en toutes circonstances.

— Je m'occupe de ton petit bonhomme, lui dit Jenny.

Elle l'embrassa sur le front avant de sortir. Elspeth Cunningham s'était déjà éclipsée, sans doute pour aider les femmes qui travaillaient dans la cuisine. Elles parlaient à voix feutrée, bruissant comme des termites s'affairant dans les murs de la maison.

J'attendis avec Rachel pour accueillir Bobby tout en dressant une liste dans ma tête. Nous avions un fût de whisky plein et un autre à moitié vide dans l'office. Pas de bière. Caitlin Breuer en apporterait peut-être. J'aurais dû envoyer Jem et Germain lui en demander. Roger pourrait aller voir Tom MacLeod au sujet du cercueil.

Il y eut des pas dans le couloir et une respiration saccadée. Bobby apparut sur le seuil de l'infirmerie. À ma surprise, ce n'était pas Roger, mais Brianna, qui le soutenait. Bien que paraissant presque aussi dévastée que lui, elle le tenait fermement. Elle mesurait quatre pouces de plus que lui et, malgré son désarroi, semblait solide comme un roc.

— Amy, murmura-t-il en voyant le linceul blanc. Oh, mon Dieu… Amy…

Il se tourna vers moi, les yeux rouges, dans une imploration désespérée. Comment avais-je pu la laisser mourir ?

Rien n'aurait pu la sauver, nous le savions tous deux. Cela ne m'empêchait pas de me sentir coupable et impuissante.

Bobby se mit à pleurer, de cette manière horrible et déchirante qu'ont les hommes de laisser libre cours à leur chagrin. Je vis les yeux de Bree se remplir de larmes à leur tour.

Rachel s'approcha de nous. Elle détacha Bobby de Brianna aussi précautionneusement et calmement que si elle avait pris dans sa paume un œuf frais.

— Asseyons-nous un moment près de ton épouse, lui dit-elle en le guidant vers le tabouret.

Elle me fit signe qu'elle avait la situation en main avant de s'asseoir à ses côtés.

J'entraînai Bree hors de l'infirmerie et de la maison, devinant qu'elle ne voudrait pas que les autres femmes la voient aussi bouleversée. Avant que j'aie pu ouvrir la bouche, elle se tourna vers moi et m'agrippa le coude, me lançant un regard furieux sous ses larmes.

— Pa est parti. Il a emmené Roger, Jem et Aidan avec lui ! Pour chasser ce foutu ours.

— En effet, dit Jenny derrière moi.

Elle posa une main sur le bras de Brianna et le serra.

— Ne t'inquiète pas, ma fille. Ton père est un homme difficile à tuer. Ian a peint son visage et j'ai récité une prière pour eux deux. Celle pour les guerriers partant au combat. Il ne leur arrivera rien.

Roger rattrapa Jamie et les deux garçons (il constata avec soulagement qu'ils avaient trouvé Germain en chemin) juste à l'entrée de la petite gorge où le raisin poussait à foison. En l'entendant approcher, ils s'étaient arrêtés pour l'attendre.

Hors d'haleine, Roger pointa le menton vers les parois rocheuses sur lesquelles les vignes ondulaient dans la brise.

— C'est ici que c'est arrivé ? demanda-t-il.

L'odeur des muscadines mûres était puissante. Son ventre gronda en réponse. Il n'avait rien avalé depuis le petit-déjeuner. Jamie fouilla dans son *sporran* et, sans commentaire, lui tendit la moitié d'un pain banique légèrement durci.

— C'était plus loin, papa, expliqua Jemmy. Nous étions là-haut, sur la falaise. Maman et Mme Higgins étaient ici en bas. Tu vois cette grande ombre, là-bas ? C'est là que…

Il s'interrompit, écarquilla les yeux et se mit à crier :

— L'ours ! L'ours ! Il est là !

Roger laissa tomber la banique et son bâton. Il attrapa Jemmy par le bras, Germain par le col de sa chemise et les traîna en arrière. Jamie et Ian ne bougèrent pas. Ils scrutèrent la gorge de long en large, échangèrent un regard puis secouèrent la tête.

— Ne crains rien, *a bhalaich*, dit Jamie à Aidan. Ce n'est pas l'ours.

— Vous… vous en êtes sûr ? demanda Roger.

Il pouvait voir ce qu'avait vu Jemmy : un taillis de pruches sur le côté gauche de la gorge projetait une ombre profonde sur les vignes d'en face. Quelque chose remuait dans cette ombre.

— Des renards, expliqua Ian. Ils sont venus… euh…

Il s'était interrompu en voyant Aidan, qui soufflait comme une locomotive à vapeur.

— *Sanguinem culum lingere*, déclara Jamie. Bluebell, viens ici, *a nighean*.

Tous les chiens étaient attirés par les renards, tirant sur leur laisse en geignant.

« Pour lécher le sang », avait dit Jamie en latin. Ce détail offrit à Roger une vision d'horreur de ce qu'il s'était passé dans ce lieu à peine quelques heures plus tôt.

Jamie parlait en gaélique à Ian et Gillebride en faisant de grands gestes vers le sommet de la gorge. Jem et Aidan étaient collés à Roger, silencieux et les yeux grands ouverts. La brise avait changé de direction et Roger pouvait à présent entendre les glapissements des renards.

— Tu as vu ce qu'il est arrivé à Mme Higgins ? demanda-t-il à Jem à voix basse.

Jem fit non de la tête.

— Mais Mandy, si, précisa-t-il. Maman a grimpé dans les vignes pour nous rejoindre. Comme Tarzan.

— Comme quoi ? demanda Ian, qui les avait entendus.

Roger lui fit signe de ne pas y prêter attention et Ian se replongea dans sa conversation avec Jamie et Gillebride. Celle-ci ne dura que quelques minutes, puis ils s'engagèrent dans la gorge, les chiens flairant fébrilement le sol.

29

Souviens-toi, homme…

— Pars, lui dit fermement sa mère. Tu as besoin de bouger et quelqu'un doit prévenir Tom MacLeod qu'il nous faut un cercueil. Le plus tôt possible.

Elle lança un bref regard inquiet vers la maison avant d'ajouter :

— Si nous pouvions l'avoir ce soir, pour la veillée…

Brianna se pensait désormais insensible, mais là, elle ressentit un nouveau choc.

— Si vite ? Elle… elle… C'était il y a seulement quelques heures !

— Je sais, soupira sa mère. Mais la chaleur…

— Les mouches, lâcha laconiquement Mme Cunningham.

Elle s'était approchée de la porte, sans doute pour parler à Claire, et se tenait derrière elles.

— J'ai assisté à des veillées par temps chaud où les asticots tombaient du linceul et se tortillaient sur le sol, expliqua-t-elle. Au moins, s'il y a un cercueil…

— Nous la mettrons dans la laiterie en attendant, interrompit Claire avec un regard de reproche à Mme Cunningham. Tout ira bien, Bree. Vas-y, ma chérie.

Elle partit.

Tom MacLeod se targuait d'être le seul fabricant de cercueils entre Cherokee Line et Salem. Brianna ignorait s'il disait vrai. Toutefois, il lui avait affirmé en avoir toujours un en préparation, au cas où.

— Celui-ci est presque terminé, déclara-t-il.

Il avait conduit Brianna dans un abri ouvert dont le sol était jonché de sciure fraîche.

— Higgins, dites-vous ? Je ne suis pas sûr de la connaître. Quelle taille fait-elle ?

Brianna leva une main à hauteur de sa poitrine et M. MacLeod hocha la tête. Il était vieux, presque chauve, avec la peau tannée, une petite barbe grise et broussailleuse, le dos voûté à force de se pencher en travaillant. Néanmoins, il dégageait une impression de compétence tranquille.

— Celui-ci fera donc l'affaire, conclut-il. Maintenant, pour ce qui est du délai…

Il contempla son cercueil inachevé posé sur des tréteaux. Des planches de pin dans divers degrés de préparation étaient adossées aux murs. Brianna entendait le bruissement de ce qui devait être des souris dans les ombres, un son qu'elle trouva étrangement réconfortant, presque domestique.

— Je peux vous aider, proposa-t-elle.

En voyant son air surpris, elle ajouta :

— Je suis habile de mes mains.

Des outils étaient suspendus à un mur. Elle décrocha un rabot et le tint avec l'assurance de quelqu'un qui savait s'en servir.

MacLeod la regarda longuement de haut en bas, s'arrêtant un moment sur ses vêtements tachés de sang.

— Vous êtes la fille de Fraser, n'est-ce pas ? (Il hocha la tête, comme s'il se le confirmait à lui-même.) Bien… Si vous savez planter un clou droit, tant mieux. Sinon, vous pourrez poncer le bois.

Roger récita deux prières silencieuses tandis qu'ils s'avançaient dans la gorge. La première pour Amy Higgins ; la seconde pour la sécurité des chasseurs. Les garçons marchaient près de lui comme on le leur avait ordonné, l'air grave, lançant des regards craintifs autour d'eux comme s'ils s'attendaient à ce que l'ours surgisse des vignes d'un instant à l'autre.

Environ une demi-heure plus tard, les parois de la gorge s'écartèrent et s'aplatirent pour laisser place à une forêt. Ils s'enfoncèrent dans l'ombre de hauts pins et de peupliers, les chiens pataugeant jusqu'aux épaules dans les feuilles mortes et les aiguilles de pin. Ian ouvrait la voie. Il s'arrêta au pied d'une pente escarpée et se tourna vers les autres en pointant l'index vers le sommet.

— L'ours est là-haut ? chuchota Aidan.

— Je n'en sais rien, répondit Roger, qui serra son bâton un peu plus fort.

Le couteau qu'il portait à sa ceinture n'aurait pu transpercer la peau et la graisse d'un ours.

— Les chiens le savent, eux, fit observer Germain.

En effet. L'un des limiers releva la tête et poussa un long hurlement en tirant sur sa chaîne. Gillebride le libéra aussitôt et il fila ventre à terre, suivi par Bluebell et l'autre chien. Ils grimpèrent la pente dans une course fluide sans cesser de japper.

Ils se mirent tous à courir, aussi vite qu'ils le pouvaient dans le dense tapis de feuilles. La poitrine de Roger commençait à brûler et il entendait les enfants panteler.

Les trois chiens avaient flairé la trace de l'ours et aboyaient férocement, leur longue queue dressée et raide.

Jamie et Ian couraient avec aisance, sautant par-dessus les troncs couchés et évitant les branches. Gillebride peinait aux côtés de Roger, trouvant de temps en temps assez de souffle pour encourager ses chiens :

— *Sin e ! An sin e !*

Soudain, il y eut un cri. Roger n'aurait su dire qui de Jamie ou de Ian l'avait lancé. Ils étaient hors de vue, mais le gaélique résonna clairement entre les arbres :

— Là ! Je le vois, il est là !

Aidan émit un son étranglé, baissa la tête et courut de plus belle comme si sa vie en dépendait. Roger saisit la main de Jemmy et le suivit, Germain sur ses talons.

Ils parvinrent au sommet du versant, perdirent l'équilibre et dégringolèrent dans un petit vallon au fond duquel les chiens bondissaient telles des flammes au pied d'un grand arbre dans lequel, à une trentaine de pieds de hauteur, une grande masse sombre était logée dans la fourche entre deux branches.

Roger se releva en faisant tomber des feuilles mortes et chercha les garçons du regard. Aidan se trouvait non loin, à quatre pattes, figé, le nez en l'air. Ses lèvres remuaient sans qu'aucun son n'en sorte.

— Jem ! Jem ! Où es-tu ? s'affola Roger.

— Juste ici, papa, répondit Jemmy derrière lui. Qu'arrive-t-il à Aidan ?

Roger poussa un soupir de soulagement en voyant la tête rousse. À part une petite écorchure sur la joue, Jemmy était indemne. Roger lui donna une tape sur l'épaule et s'accroupit près d'Aidan.

— Aidan ? Tu vas bien ?

— Oui.

Le garçon paraissait magnétisé. Il ne quittait pas l'ours des yeux.

— Il va descendre nous manger ? demanda-t-il.

Roger lança un regard méfiant à l'ours dans l'arbre. Ce n'était pas impossible.

Jamie lui avait dit : « S'il se précipite sur toi, frappe-le de toutes tes forces sur le museau. S'il veut te mordre, enfonce-lui ton bâton dans la gorge. »

Son bâton ! Il l'avait perdu dans sa chute. Où était-il… Ah, là ! Il alla le ramasser en gardant un œil sur l'ours, une tache noire se détachant sur le ciel bleu. Même s'il ne semblait pas vouloir bouger, Roger se sentait plus en sécurité avec une arme à la main.

Les chasseurs s'étaient regroupés à petite distance et observaient l'animal en plissant les yeux. Les chiens frôlaient l'apoplexie, bondissant, griffant le tronc, aboyant à s'en décrocher la mâchoire.

Roger entraîna les enfants plus haut sur la pente, derrière Jamie et les autres. Une fois à l'abri, il prit le temps d'observer l'ours. Il remuait la tête d'un côté et de l'autre en se demandant clairement ce qu'il lui arrivait. Un instant, Roger eut pitié de lui. Puis il se souvint d'Amy et sa compassion s'effaça.

— … je n'ai pas le bon angle, disait Jamie, qui l'avait mis en joue.

Il abaissa son arme et demanda à Ian.

— Tu peux le faire bouger ?

Ian acquiesça, prit son arc et, avec des gestes calmes et mesurés, encocha une flèche et la planta dans les fesses de l'ours. Celui-ci poussa un cri de rage, commença à descendre, regarda les chiens et, avec une grâce surprenante, bondit sur un autre arbre situé à une dizaine de pieds et s'agrippa au tronc.

Les chiens se précipitèrent aussitôt au pied du nouvel arbre, tandis que l'ours entamait sa descente, sa flèche pointant hors de son postérieur d'une manière absurde. Il regrimpa plus haut, chercha autour de lui une meilleure idée et, n'en trouvant pas, s'élança à nouveau vers le premier arbre. Jamie tira et il tomba sur le sol tel un énorme sac de farine.

— Wouah ! fit Jemmy, fasciné.

Aidan poussa un cri de rage et se précipita vers l'ours. Roger réagit aussitôt et le rattrapa par le col. La chemise élimée d'Aidan se déchira et l'enfant poursuivit sa course, laissant le lambeau de vêtement dans la main de Roger.

— Ne bougez pas d'ici ! cria-t-il à Jemmy et à Germain, qui étaient restés bouche bée.

Il courut derrière Aidan, s'écorchant et se tordant les chevilles sur les branches brisées, les souches et les broussailles.

Les autres hommes s'étaient précipités à leur tour. Aidan avait sorti son couteau de sous sa ceinture et poussait des rugissements aigus. Les chiens avaient déjà atteint la dépouille (si l'ours était vraiment mort) et la mordaient.

Gillebride dévalait la pente, brandissant sa lance des deux mains et hurlant à ses chiens. L'ours se redressa brusquement, oscilla et envoya Bluebell voler d'un coup de patte. Elle s'écrasa contre un arbre avec un glapissement, tandis qu'Aidan plantait son petit couteau dans le flanc de l'animal. Roger l'attrapa au même moment par la taille et bondit sur le côté en retombant sur l'enfant. Il entendit derrière lui le sifflement de la lance suivi d'un long, très long, soupir de l'ours. Une pluie de feuilles mortes lui tomba sur la tête et l'un des chiens sauta sur son dos, lui enfonçant ses griffes dans la chair, pour mieux bondir sur sa proie morte.

— Papa ! Papa ! Tu n'as rien ?

Jemmy lui tirait la manche en criant. Il entendit vaguement Gillebride et Ian chasser les chiens de la carcasse et sentit une main puissante se glisser sous son bras et le redresser en position assise. La forêt tournoyait autour de lui.

— La chienne va bien, disait Jamie. Peut-être une côte cassée, rien de plus. Le petit n'a rien non plus.

Roger se demanda s'il répondait à une question qu'il ne se souvenait pas d'avoir posée. Jamie sortit une petite flasque de son *sporran* et la lui mit entre les mains.

— Bois ça.

— Papa ?

Agenouillé près de lui, Jemmy l'observait d'un air anxieux. Roger lui sourit tant bien que mal. Son visage semblait être fait de caoutchouc fondu, incapable de conserver sa forme plus de quelques secondes.

— Tout va bien, *a bhalaich*.

L'odeur de l'ours se mêlait à celle du whisky et des feuilles mortes. Il entendit les sanglots d'Aidan et le chercha du regard. Il était avec Ian, assis adossé à un tronc d'arbre. Ian avait glissé un bras autour de ses épaules. Il avait pris un peu de sa peinture blanche mélangée avec de la graisse d'ours sur son propre visage et avait tracé un trait sur le front de l'enfant.

Jamie et Gillebride examinaient la dépouille. Caché derrière les jambes de son grand-père, Germain les imitait. Roger se leva péniblement et tendit la main à Jemmy.

— Viens.

En dépit de ses blessures, c'était un animal magnifique. La douceur de son museau, la couleur de sa fourrure, les courbes parfaites de ses griffes, de ses coussinets, de son dos immense, lui firent presque monter les larmes aux yeux.

Jamie s'agenouilla près de la tête et la souleva. Il glissa un pouce sous ses lèvres pour les retrousser, enfonça délicatement ses doigts dans la gueule et en ressortit un petit fragment qui avait été coincé entre les molaires. Cela ressemblait à un morceau de plante. Quand il l'étala sur sa paume, Roger constata qu'il s'agissait d'un morceau de tissu vert foncé dont un bord avait noirci. La partie humide noire suinta sur sa peau. C'était du sang.

Jamie hocha la tête puis glissa le fragment du corsage d'Amy dans son *sporran*. Il se releva avec un élan déterminé qui fit lever Ian à son tour. Il s'approcha avec Aidan et tous se tinrent devant l'ours pendant que Jamie récitait la prière pour l'âme de l'adversaire tombé au combat.

Brianna et Tom arrivèrent à la Nouvelle Maison au coucher du soleil en portant le cercueil, lui devant, elle derrière.

Tandis qu'ils traversaient les ombres longues des arbres, elle observait l'arrière de son crâne en se demandant l'âge qu'il pouvait avoir. Ses cheveux clairsemés et presque entièrement blancs étaient noués sur sa nuque en une queue maigrelette. Sa peau était aussi squameuse et brune que la carapace d'une tortue. Il avait également les yeux vifs et perçants d'une tortue, et ses mains savaient travailler le bois.

Ils n'avaient guère échangé plus d'une douzaine de mots de tout l'après-midi. Ils n'en avaient pas eu besoin.

Au début, l'idée d'enfermer Amy dans une boîte lui avait fendu le cœur, lui rappelant qu'elle serait enterrée, mise à l'écart, séparée. En se plongeant dans le travail, la peur, le choc et l'angoisse s'étaient dissipés, chassés par la concentration nécessaire lorsque l'on manipulait des objets tranchants. Elle avait commencé à se sentir apaisée. Elle faisait quelque chose pour son amie afin qu'elle puisse reposer en paix dans un cercueil propre. Ses mains étaient rêches et ses habits couverts de sciure. Un parfum de sapin baumier flottait dans le sillage du cercueil. *Comme de l'encens.*

Il faisait presque nuit lorsque Brianna laissa Tom et le cercueil devant la maison et monta à l'étage pour faire un brin de toilette et se changer. Lorsqu'elle laissa ses vêtements tomber sur le sol, alourdis par la sueur et la sciure, elle se sentit soulagée, comme si elle s'était débarrassée d'une partie du poids de la journée. Elle les poussa dans un coin du bout du pied et se tint immobile, nue.

Sous ses pieds, la maison bourdonnait comme la ruche de sa mère, entre les cliquetis de vaisselle et les éclats de voix de ceux qui arrivaient à la porte. Ils baissaient ensuite respectueusement le ton, mais pas pour longtemps. Elle ferma les yeux et passa lentement les mains sur son corps, sentant sa peau et ses os, le balancement de sa lourde chevelure humide dans son dos.

À travers le voile brumeux de la fatigue, elle songea qu'elle aurait dû se sentir coupable. Toutefois, comme sa mère le lui avait dit, le corps n'avait pas de conscience. Le sien était reconnaissant d'être en vie dans une pièce sombre et fraîche, de se faire laver, peigner et soigner à la lueur des chandelles.

On toqua à la porte et Roger entra. Elle laissa retomber le jupon qu'elle s'apprêtait à enfiler et se réfugia dans ses bras en chemise et corset.

— Qu'avez-vous fait de l'ours ? demanda-t-elle contre son épaule quelques minutes plus tard.

Il sentait le sang.

— Nous l'avons vidé, attaché et traîné jusqu'à la maison. Je crois que ton père l'a mis à l'abri dans le cellier. Gilly et lui l'écorcheront et le dépèceront. Cela représente beaucoup de viande.

Il la sentit frissonner et la serra plus fort.

— Tu vas bien ? demanda-t-il doucement dans ses cheveux.

Incapable de parler, elle acquiesça. Ils restèrent enlacés en silence, écoutant le vrombissement étouffé au rez-de-chaussée.

— Et toi ? demanda-t-elle au bout d'un moment en le lâchant.

Il avait de profonds cernes sous les yeux. Il venait de se raser. Son visage humide était éraflé par endroits et il avait une petite entaille juste sous la mâchoire, une ligne sombre de sang séché.

— C'était horrible ? demanda-t-elle encore.

— Oui... C'était aussi merveilleux, répondit-il en se penchant pour ramasser son jupon. Je te raconterai plus tard. Je dois m'habiller pour aller parler aux gens.

Il redressa les épaules. Elle le vit chasser ses émotions et sa fatigue, saisir sa vocation comme un autre aurait saisi son épée.

— Oui, plus tard, répéta-t-elle.

Elle pensa vaguement qu'elle devrait apprendre les paroles de la bénédiction du guerrier qui part au combat.

Il lui fallut un certain temps avant de trouver la force de quitter le sanctuaire de sa chambre et de descendre.

Le cercueil d'Amy avait été posé sur des tréteaux dans la cuisine, le salon étant trop petit pour accueillir la foule. Tout le monde avait apporté de la nourriture. Rachel et les deux filles aînées Chisholm se chargeaient de déballer paniers et paquets, et de préparer le buffet. Non sans appréhension, Brianna inspira profondément en faisant grincer son corset avant d'entrer dans la pièce. Tout allait bien : s'il subsistait un peu de l'odeur de l'ours ou de la décomposition, elle était masquée par les effluves de feu de cheminée, de cire d'abeille, de confiture, de cidre, de fromage, de pain, de viande froide et de bière, ainsi que par le fantôme réconfortant du whisky de son père qui flottait entre les visiteurs.

Roger se tenait près de l'âtre, vêtu de son costume noir en drap fin et de son haut col blanc de pasteur. Il saluait les gens, serrait des mains, offrait des paroles de réconfort et d'apaisement. Il croisa son regard et lui adressa un sourire chaleureux. Il était occupé avec Vieille Mam, qui se dressait sur la pointe des pieds pour lui crier dans l'oreille.

Elle lança un regard vers le cercueil. Elle devait aller présenter ses respects, dire quelques mots à Bobby.

Pour dire quoi ? Je suis sincèrement désolée ? Rien qu'en le regardant, les larmes lui montaient aux yeux.

Le jeune veuf faisait un effort vaillant pour garder le dos droit et affronter la vague de compassion qui menaçait de l'engloutir. Jamie s'était posté près de lui, le surveillant du coin de l'œil, détournant les épanchements les plus pesants et veillant à ce que sa tasse fût toujours pleine. Il sentit le regard de Brianna sur lui et tourna la tête vers elle en arquant un sourcil dans une expression qui signifiait : « Tu vas bien, ma fille ? »

Elle hocha la tête et s'efforça de sourire. Elle sentait la panique monter en elle. Elle tourna les talons et sortit dans le couloir, le souffle court. Tout en marchant, elle avait la sensation d'entendre des pas lourds derrière elle et des griffes racler le parquet.

Sa mère lui avait dit que les petits avaient dîné et étaient couchés dans l'infirmerie. Brianna s'arrêta sur le seuil et tendit l'oreille. Bien qu'elle n'entendît aucun bruit, elle écarta la couverture et regarda à l'intérieur.

De petits corps dormaient sous la grande table ou devant la cheminée (bien que le feu fût éteint et que l'écran pare-feu eût été apporté de la cuisine pour éviter les accidents), couchés sur ou sous les capes et les manteaux de leurs parents. Elle aperçut Mandy, étalée, les membres écartés telle une étoile de mer. Jem n'était pas là, sans doute était-il dehors avec les garçons plus âgés. Toute la pièce semblait respirer avec le rythme lent et profond du sommeil et elle fut tentée d'aller s'allonger parmi les enfants pour tout oublier.

Elle lança un énième regard vers la grande fenêtre. Une couverture indienne avait été clouée devant pour empêcher les courants d'air. Elle n'empêcherait pas d'entrer les créatures qui rôdaient la nuit.

— Tout va bien, Bree. Je suis là.

La voix douce la fit sursauter. Elle provenait d'un coin de la pièce, près de la cheminée. En plissant les yeux, elle aperçut Fanny, assise en tailleur. Bluebell dormait profondément à ses côtés, la tête sur sa cuisse, les bandages en mousseline autour de son torse formant une tache blanche dans l'obscurité.

— Tu vas bien, Fanny ? chuchota Brianna. Tu veux quelque chose à manger ?

Fanny secoua la tête, son bonnet blanc la faisant ressembler à un champignon sortant de terre.

— Mme Fraser m'a déjà apporté mon dîner. Je reste ici avec Bluebell pour surveiller Orrie et Rob, au cas où ils se réveilleraient…

Brianna sourit malgré elle.

— C'est peu probable. Si c'est le cas, tu peux venir me chercher.

L'atmosphère paisible des enfants endormis l'accompagna un moment lorsqu'elle s'éloigna de l'infirmerie. Elle disparut dès qu'elle revint dans la cuisine remplie de monde. Son corset paraissait soudain plus serré. Elle resta le dos au mur, essayant de se souvenir comment respirer par le bas-ventre.

— Bobby est-il propriétaire de sa cabane ? demandait Moira Talbert, le regard fixé sur le petit groupe entourant Bobby Higgins. C'est M. Fraser qui l'a construite et je sais que sa fille et son homme y ont habité un moment. Joseph Wemyss a dit à Andrew Baldwin que M. Fraser l'avait ensuite donnée à Bobby et Amy, mais il n'a pas précisé s'ils avaient un acte de vente ou seulement l'usufruit.

— Je ne sais pas, répondit Peggy Chisholm, l'air songeur.

Elle scruta l'autre côté de la pièce, où ses deux filles découpaient et disposaient des tranches d'un énorme cake aux fruits imbibé de whisky apporté par *Mandaidh* MacLeod.

— Vous croyez que Jamie Fraser envisage de remarier Bobby à sa petite orpheline ? s'enquit-elle. Si c'est le cas, Bobby serait assuré de conserver sa cabane...

— Trop jeune, répondit Sophia MacMillan en secouant la tête. Elle n'est pas encore formée.

— Et Bobby a besoin d'une mère pour ses petits, renchérit Annie Babcock. Celle-ci est trop timorée. En revanche, ma cousine Martina, qui a dix-sept ans...

— Quand même, c'est un assassin, l'interrompit Peggy. Je ne voudrais pas de lui comme gendre, même avec une bonne cabane.

Abasourdie par la teneur de leur conversation, Brianna retrouva enfin sa voix.

— Bobby n'est pas un assassin, dit-elle d'une voix enrouée.

Elle s'éclaircit la gorge, puis répéta :

— Ce n'est pas un assassin. Il était soldat et a tué quelqu'un lors d'une émeute à Boston.

Le mot « Boston » ramena brusquement un souvenir à sa mémoire. Elle se revit tournant le dos à la Old State House et sentit l'odeur d'asphalte et de pots d'échappement. Une grande plaque en bronze ronde était enchâssée dans le trottoir à ses pieds. Ses camarades de cinquième année s'étaient regroupées autour, frissonnant dans le vent froid provenant du port. On pouvait lire sur la plaque : *Le massacre de Boston*.

— Une émeute, répéta-t-elle plus fermement. Une foule a attaqué un petit groupe de soldats. Bobby a tiré pour sauver la vie de ses compagnons.

— Ah oui ? dit Sarah MacBowen, sceptique. Alors pourquoi a-t-on marqué son visage de ce « M » ?

Bien que la marque se fût estompée, après dix ans, elle était encore bien visible. Bobby était assis près du cercueil et la lueur pâle d'une chandelle faisait ressortir la cicatrice foncée sur la pâleur de ses traits. Il agrippait un bord du cercueil comme s'il pouvait empêcher Amy de le quitter, refusant de reconnaître qu'elle était déjà partie.

Brianna devait aller lui parler. Voir Amy une dernière fois. Présenter ses excuses.

— Pardonnez-moi, dit-elle en passant devant Moira.

Un petit groupe de ses amis entourait Bobby, lui murmurant quelques paroles de réconfort bourrues, lui donnant une tape sur l'épaule. Le cœur battant très fort, elle resta en retrait, attendant une occasion.

— Oh, Brianna !

Une main se referma sur son bras et Ruthie MacLeod se pencha vers elle.

— Tu vas bien, *a nighean* ? Il paraît que tu étais avec Amy quand ce monstre l'a attaquée, c'est vrai ?

— Oui, répondit-elle, les lèvres gourdes.

— Que s'est-il passé ?

Beathag Moore et une autre jeune femme se pressaient derrière Ruthie, le regard brûlant de curiosité.

— À quelle distance étiez-vous de l'ours ?

Comme si le mot « ours » était un signal, de nombreuses têtes se tournèrent vers elles.

— Aussi près de moi que vous l'êtes en ce moment, répondit-elle.

Elle entendait à peine sa propre voix. Son pouls s'était encore accéléré et… doux Jésus ! C'était comme si un vol de moineaux était piégé en elle. Des points noirs dansaient à la périphérie de son champ de vision. Elle ne pouvait plus respirer.

— Je… je dois…

Elle fit un geste d'impuissance devant les visages avides, tourna les talons et se précipita hors de la pièce.

Elle remonta à l'étage en courant et en tirant sur son corsage, l'arrachant presque. Elle se précipita dans sa chambre et referma la porte derrière elle.

Elle devait se débarrasser de son corset qui comprimait ses côtes… Elle arracha les bretelles et se tortilla hors de la gaine à demi délacée, cherchant de l'air.

Elle ôta sa jupe et son jupon et s'adossa au mur, le cœur toujours tambourinant. *De l'air.*

Tremblante, en nage, elle rouvrit la porte et grimpa à l'échelle qui menait au grenier en construction.

Roger vit Brianna pâlir puis se précipiter hors de la cuisine en heurtant la porte ouverte, qui rebondit contre le mur.

Il se faufila à travers la foule aussi rapidement que possible. Lorsqu'il parvint dans le couloir, elle avait disparu. Peut-être avait-elle simplement eu besoin de prendre l'air. Seigneur, lui aussi ! La brise s'engouffrant par la porte d'entrée faisait un bien fou.

Il sortit sur le porche et l'appela. Pas de réponse. Il n'entendait que les voix lointaines des visiteurs qui grimpaient le versant vers la maison en brandissant des torches en pin.

L'infirmerie, peut-être. Elle avait dû aller voir les enfants…

Il finit par la trouver, tout en haut de la maison. Elle se tenait à l'une des poutres verticales qui formaient la structure du grenier inachevé, une ombre blanche dans le ciel nocturne.

Il avança précautionneusement. Pour le moment, une seule couche de planches servait à la fois de plafond du premier étage et de plancher du grenier. Elle ne bougea pas, même si elle avait dû l'entendre. Seules remuaient sa chevelure et sa chemise agitées par le vent. Un orage grondait au loin. Derrière un sommet, il pouvait voir un bouillonnement de nuages noirs traversés par des éclairs. Une forte odeur d'ozone flottait dans l'air.

— Tu ressembles à une figure de proue, dit-il en venant se placer derrière elle et en enlaçant sa taille. Tu n'en as pas que l'allure. Tu es aussi froide et dure que du bois.

Elle émit un son lui indiquant qu'elle était heureuse qu'il soit venu et avait compris sa piètre plaisanterie. Il ignorait si elle se taisait parce qu'elle avait trop froid pour parler ou parce qu'elle ne trouvait rien à répondre. Elle tremblait. Il aurait dû penser à lui apporter sa cape ou une couverture… N'ayant que son corps pour la réchauffer, il la serra contre lui.

— Personne ne sait quoi dire face à une telle tragédie, souffla-t-il dans son oreille glacée.

— Toi, tu le sais.

— Non. Je parle aux gens, c'est tout. Dieu seul sait si ce sont les mots justes ou s'il en existe dans un tel contexte. Tu étais là, tu as cherché de l'aide, tu as protégé les enfants. Tu ne pouvais rien faire de plus.

— Je sais.

Elle se tourna vers lui et il sentit sa joue mouillée contre la sienne.

— C'est… c'est ce qui est si terrible, balbutia-t-elle. Il n'y avait *rien* à faire. Un instant elle était là, l'instant suivant… Cela aurait pu être moi. Elle n'était qu'à trente pieds de moi. Si l'ours était arrivé de l'autre côté et que… Jem et Mandy seraient orphelins ce soir. Cinq minutes plus tôt, Mandy était dans mes jambes. Elle aurait pu…

— Tu gèles, chuchota-t-il contre sa joue. Il va pleuvoir. Descendons…

— Je ne peux pas. Nous n'aurions jamais dû revenir. Nous n'aurions pas dû.

Elle enfouit son visage dans son épaule et pleura en le serrant fort contre elle. Le froid s'était diffusé de son corps à celui de Roger et ses paroles s'étaient figées dans son esprit tels des plombs de chevrotine glacés.

Il ne pouvait lui dire que tout irait bien. Il ne pouvait non plus la laisser là, seule, tel un paratonnerre.

— Si je dois te porter, je tomberai sûrement du toit et nous mourrons tous les deux, dit-il en lui prenant la main. Descendons, veux-tu ?

Elle acquiesça et se redressa avant d'essuyer ses yeux sur la manche de sa chemise.

— Il n'y a rien de mal à être en vie, lui dit-il doucement. Je suis heureux que tu le sois.

Elle hocha la tête à nouveau, porta sa main à ses lèvres et l'embrassa. Ils s'engagèrent sur l'échelle dans le noir l'un derrière l'autre, chacun seul, mais ensemble, descendant vers la lueur lointaine de l'âtre en contrebas.

30

Il faut que tu saches…

Nous enterrâmes Amy le lendemain, dans le petit pré sur les hauteurs du Ridge qui servait de cimetière. C'était une belle journée ensoleillée et paisible. Chaque pas dans les hautes herbes révélait un éclat de couleur, les pourpres et les jaunes des asters et des verges d'or. La chaleur du soleil sur nos épaules était réconfortante, tout comme le sermon et les prières de Roger.

Je me surpris à penser (comme on le fait à partir d'un certain âge) que j'aimerais que mon enterrement soit semblable. En plein air, avec mes amis et ma famille, des gens qui m'avaient connue, que j'avais soignés pendant des années. Sous mon chagrin sincère, j'avais un sentiment plus profond de solennité qui concordait bien avec la lumière du soleil et le souffle vert de la forêt voisine.

Tout le monde se tint en silence tandis que la dernière pelletée de terre tombait sur la tombe. Roger fit un signe aux enfants, blottis contre les jambes de leur père, muets et choqués. Chacun tenait une petite gerbe de fleurs sauvages que Brianna les avait aidés à cueillir. Naturellement, Mandy avait tenu à faire son propre bouquet : une poignée de trèfles aux teintes roses et des herbes montées en graine.

Rachel se tenait auprès de Bobby Higgins. Elle saisit délicatement sa main molle et y plaça un petit bouquet de vergerettes blanches à l'allure de petites pâquerettes. Elle lui chuchota à l'oreille. Il déglutit péniblement, baissa les yeux vers ses fils, puis avança pour déposer les fleurs sur la tombe d'Amy, suivi par Aidan, ses deux petits frères, Jem, Germain, Fanny et Mandy, cette dernière plissant le front d'un air concentré.

D'autres s'arrêtèrent brièvement devant la tombe, effleurant les bras ou le dos de Bobby et lui murmurant quelques mots. Les gens commencèrent alors à se disperser, retournant vers leur maison, leur dîner, la normalité, soulagés que, pour cette fois, la mort les eût épargnés et s'en sentant vaguement coupables. Quelques-uns s'attardaient et discutaient à voix basse. Rachel était réapparue aux côtés de Bobby. Par un accord tacite, Brianna et elle se relayaient pour ne pas le laisser seul.

Notre tour vint. Je suivis Jamie. Il prit Bobby par les épaules et posa son front contre le sien, partageant sa douleur. Il redressa la tête, exerça une pression sur l'épaule de Bobby et s'écarta pour me laisser la place.

— Elle était belle, Bobby, chuchotai-je, la gorge nouée. Nous ne l'oublierons jamais. Jamais.

Il ouvrit la bouche sans qu'aucun son n'en sorte. Il serra fort ma main et hocha la tête, des larmes bordant ses yeux. Il s'était rasé pour l'enterrement et sa peau pâle était écorchée ici et là.

Nous descendîmes lentement le sentier qui menait à la maison, en silence, nous effleurant en marchant.

Lorsque nous approchâmes du potager, je m'arrêtai.

— Je vais chercher des…, dis-je avec un geste vers la palissade.

Des quoi ? Que pouvais-je cueillir ou déterrer pour confectionner un baume pour les blessures mortelles au cœur ?

Jamie acquiesça, me prit dans ses bras et m'embrassa. Il recula d'un pas et posa une main sur ma joue en me dévisageant comme s'il voulait graver mon image dans son esprit. Ensuite, il tourna les talons et poursuivit son chemin.

En vérité, je n'avais besoin de rien, si ce n'était d'un moment de solitude.

Je restai un temps dans le potager, laissant le silence qui n'était jamais vraiment silencieux se diffuser en moi. J'écoutai les soupirs des arbres de la forêt, les conversations lointaines des oiseaux, de petits crapauds s'interpellant dans le ruisseau voisin. La sensation que les plantes se parlaient.

Il était tard dans l'après-midi et le soleil descendait derrière la palissade en projetant une lumière diaprée à travers les plants de haricots sur la ruche en paille tordue. Les abeilles s'affairaient tout autour avec une grâce paresseuse.

Je posai une main sur la ruche et sentis le bourdonnement grave des ouvrières à l'intérieur. *Amy Higgins est partie… Elle est morte. Vous la connaissez, sa cour est pleine de roses trémières. Un jasmin grimpe sur son étable, à côté d'un boqueteau de cornouillers.*

Je restai parfaitement immobile, laissant les vibrations vitales se diffuser dans ma main et toucher mon cœur avec la force d'ailes transparentes.

Ses fleurs continuent de pousser.

TROISIÈME PARTIE

La piqûre d'abeille de l'étiquette, la morsure de serpent de l'ordre moral

31

Pater familias

Savannah, colonie royale de Géorgie.

WILLIAM AURAIT PRESQUE ESPÉRÉ QUE personne ne sache où se trouvait lord John ou qu'on lui répondît qu'il était rentré en Angleterre. Il n'eut pas cette chance. Le secrétaire du major-général Prévost lui donna tout de suite une adresse dans le quartier du square St. James. Ce fut donc avec des palpitations et un boulet de plomb dans le ventre qu'il redescendit les marches du quartier général de Prévost pour rejoindre Cinnamon qui l'attendait dans la rue.

Son anxiété s'envola l'instant suivant. Le colonel Archibald Campbell, ancien commandant de la garnison de Savannah et *bête noire* personnelle de William, approchait sur le trottoir accompagné de deux aides. Le premier réflexe de William fut de recoiffer son chapeau, de l'abaisser sur son visage et de raser le mur en espérant ne pas être reconnu. Sa fierté, déjà considérablement écornée, s'y refusait. Il redressa le dos et marcha droit devant, la tête haute, puis salua majestueusement le colonel en passant.

Plongé dans une conversation avec l'un de ses aides, ce dernier lui lança un regard absent, se raidit et s'arrêta brusquement.

— Que diable faites-vous ici ?

Son visage large s'était assombri comme une côtelette trop cuite.

— Mes affaires ne vous concernent pas, monsieur, répondit courtoisement William en poursuivant son chemin.

— Lâche ! cracha Campbell derrière lui. Vous êtes un lâche et un proxénète ! Hors de ma vue avant que je vous fasse arrêter.

La raison de William lui disait qu'il ne devait pas prendre l'insulte personnellement, celle-ci étant motivée par la relation aigre de Campbell avec son oncle Hal. Il devait poursuivre sa route comme s'il n'avait rien entendu.

Il tourna les talons dans un crissement de graviers. Seule la réaction de Campbell, qui pâlit et fit un bond en arrière, donna le temps à Cinnamon de revenir sur ses pas en trois enjambées et de retenir les bras de William.

— *Viens donc, imbécile !* lui glissa-t-il en français dans l'oreille. *Vite !*

Cinnamon pesant une quarantaine de livres de plus, il obtint facilement gain de cause, même si William ne se débattit pas. Il ne se tourna pas pour autant mais marcha à reculons, traîné par Cinnamon, fixant d'un regard noir les traits marbrés de Campbell.

— Qu'est-ce qui te prend, andouille ? lui demanda Cinnamon une fois qu'ils se furent éloignés de l'édifice à colombages.

Sa question, qui relevait surtout de la curiosité, calma légèrement William. Il se passa une main sur le visage avant de répondre :

— Désolé. Ce… cet homme est responsable de la mort d'une jeune femme. Une jeune femme que j'ai connue.

Cinnamon jura et lança un regard vers l'édifice par-dessus son épaule.

— Jane ? devina-t-il.

— Comment… comment connais-tu ce nom ?

Le plomb dans son ventre avait fondu en laissant un trou calciné. Il revoyait les petites mains délicates et blanches qu'il avait croisées sur la poitrine de Jane, ses poignets tranchés ceints de ruban noir.

— Tu le dis dans ton sommeil, parfois, répondit Cinnamon d'un air navré.

Il hésita. Cependant, son besoin de savoir était trop fort et il demanda :

— Alors ?

— Oui, il est ici, répondit William à contrecœur. Au 12, Oglethorpe Street. Allons-y.

La maison était modeste, mais charmante, avec des bardeaux peints en blanc et une porte bleue. Elle se tenait dans une rue bordée de demeures coquettes similaires et au bout de laquelle se dressait une petite église en grès rouge. Lorsqu'ils s'arrêtèrent devant le portail, William entendit Cinnamon ravaler son souffle. Il lançait des regards autour de lui, enregistrant les moindres détails.

William délaissa le heurtoir en forme de tête de chien et tambourina contre la porte. Il y eut un silence, puis des vagissements de bébé. Les deux jeunes hommes échangèrent un regard.

— Ce doit être l'enfant de la cuisinière, déclara William avec une fausse nonchalance. Ou celui de la bonne. Elle doit avoir…

La porte s'ouvrit soudain sur lord John, tête nue et en chemise, le front plissé, tenant un nourrisson braillant dans ses bras.

— Vous l'avez réveillé, nom d'un chien ! Oh, c'est toi, Willie ! Entre donc. Ne reste pas planté là, tu laisses entrer les courants d'air. Ce petit démon fait ses dents, et un catarrhe par-dessus le marché n'arrangera pas son humeur. Qui est ton ami ? Votre serviteur, monsieur.

Il plaqua une main sur la bouche de l'enfant et salua Cinnamon avec un sourire affable.

— John Cinnamon, répondirent les deux jeunes hommes en chœur.

Ils s'interrompirent aussitôt, embarrassés. William se ressaisit le premier.

— Le tien ? demanda-t-il avec un geste du menton vers l'enfant.

Celui-ci avait momentanément cessé de brailler et rongeait voracement le doigt de lord John.

— Tu plaisantes, j'espère, répliqua lord John en reculant et en leur faisant signe d'entrer. Permets-moi de te présenter ton second cousin, Trevor Wattiswade Grey. Enchanté de faire votre connaissance, monsieur Cinnamon. Puis-je vous offrir une chope de bière ? Ou une boisson plus corsée, peut-être ?

— Je…

Paniqué, Cinnamon interrogea William du regard.

— Je crois qu'il nous faudra quelque chose de plus fort, père, répondit ce dernier.

Il prit délicatement l'enfant des bras de lord John, qui essuya ses mains sur son pantalon et en tendit une à Cinnamon.

— À votre service, mons...

Regardant le grand Indien en face pour la première fois, il s'interrompit brusquement.

— Cinnamon, répéta-t-il lentement. *John* Cinnamon ?

— Oui, milord, répondit Cinnamon d'une voix rauque.

Il se laissa soudain tomber à genoux dans un fracas qui fit tinter les bibelots sur la console. Le petit Trevor se raidit puis se mit à hurler comme si des blaireaux lui dévoraient les entrailles.

— Juste ciel, soupira lord John, dont le regard allait et venait de Cinnamon à Trevor.

Il reprit l'enfant à William et le secoua avec un art consommé.

— Monsieur Cinnamon, je vous en prie. Levez-vous. Il n'est pas nécessaire de...

— Mais que diable fichez-vous avec ce bébé, oncle John ? s'écria une voix féminine.

William se retourna. Une femme blonde se tenait sur le seuil de la pièce. Elle était de taille moyenne, avec une poitrine volumineuse, laiteuse et très visible sous son peignoir ouvert et sa chemise au col délacé.

— Moi ? s'indigna lord John. Je n'ai rien fait à cette créature infernale. Tenez, reprenez-le.

Ce qu'elle fit. Le petit Trevor enfonça aussitôt son visage entre ses seins en émettant des sons voraces. La jeune femme aperçut William et lui adressa un regard torve.

— Et vous, d'où sortez-vous ?

Il sursauta.

— Je suis William Ransom, madame, répondit-il sur un ton raide.

— C'est votre cousin Willie, Amaranthus, expliqua lord John.

Il passa devant Cinnamon en lui donnant une petite tape sur le crâne.

— William, je te présente Amaranthus, vicomtesse Grey, la... veuve de ton cousin Benjamin.

La pause avait été presque imperceptible. William l'avait toutefois entendue. Il se tourna vers son père. Celui-ci affichait un air serein et aimable tout en évitant de croiser son regard.

Donc... soit ils ont retrouvé le corps de Ben, soit ils ne l'ont pas retrouvé et laissent son épouse croire qu'il est mort.

— Mes condoléances, lady Grey.

— Merci. Oh, Trevor ! Sale petit *myotis* !

Elle avait rapidement rabattu un pan de son peignoir sur son fils en abaissant le décolleté de sa chemise dans le même mouvement. L'enfant s'était agrippé à son sein comme une ventouse et faisait à présent des bruits de succion embarrassants.

— Euh… *myotis* ? demanda William.

Il ignorait ce mot, qui paraissait vaguement grec.

— C'est un genre de chauve-souris, répondit-elle en positionnant le nourrisson d'une manière plus confortable. Elles ont des dents très pointues. Si vous voulez bien m'excuser, milord.

Là-dessus, elle tourna les talons et s'éloigna, pieds nus.

— Hum…, fit Cinnamon, qui, oublié, s'était relevé. Milord, j'espère que vous me pardonnerez d'être venu sans me faire annoncer. J'ignorais où vous trouver, jusqu'à ce que mon ami (il indiqua William) trouve votre adresse. J'aurais sans doute dû attendre. Je peux revenir plus tard.

Il fit un geste hésitant vers la porte.

Libéré de la présence d'Amaranthus et de Trevor, lord John avait retrouvé sa sérénité.

— Non, non, je vous en prie, asseyez-vous. Je vais envoyer… Ah non, je n'ai personne à envoyer. Mon valet s'est enrôlé dans l'armée et ma cuisinière est ivre. Je vais vous chercher…

William le retint par la manche alors qu'il se dirigeait déjà vers la cuisine.

— Nous n'avons besoin de rien, dit-il doucement.

Paradoxalement, le remue-ménage de ces dernières minutes avait calmé son agitation. Il posa une main sur l'épaule de son père, sentant ses os et la chaleur de son corps, et se demanda s'il pourrait de nouveau l'appeler un jour « papa ». Il le fit tourner vers John Cinnamon.

L'Indien était devenu aussi pâle que pouvait l'être un homme de son teint. Il paraissait sur le point de rendre ses tripes.

— Je suis venu vous remercier, lâcha-t-il brusquement.

Il pinça les lèvres comme s'il craignait d'en dire plus.

Les traits de lord John s'illuminèrent et s'adoucirent, tandis qu'il observait Cinnamon de haut en bas. William eut un pincement au cœur.

— Mais je vous en prie, je vous en prie. Je suis ravi de vous revoir, monsieur Cinnamon. Merci à vous d'être venu me trouver.

Un nœud dans la gorge, William se tourna vers la fenêtre avec le sentiment qu'il devrait sans doute les laisser seuls un moment.

— C'est Manoke qui m'a dit, déclara Cinnamon. Je veux dire, que c'était vous.

— Il vous a dit… Ah, mais oui, je me souviens qu'il se trouvait au Québec lorsque je vous ai conduit à la mission. Vous avez vu Manoke… récemment ? Où ?

— À Mount Josiah, répondit William en se tournant vers eux. Je… euh… j'en viens. C'est là que j'ai rencontré Cinnamon, qui rendait visite à Manoke. Il m'a prié de te transmettre ses amitiés et de te demander de revenir pêcher avec lui.

Une étrange lueur traversa le regard de lord John avant qu'il se concentre à nouveau sur Cinnamon. Bien que toujours nerveux, l'Indien n'était plus au bord de la panique.

— C'est très généreux de votre part de me recevoir, milord. Je voulais… Je veux dire, je ne voulais pas… m'imposer à vous ni vous causer des ennuis. Je ne ferais jamais ça.

— Ah… euh, naturellement, répondit lord John, perplexe.

— Je n'attends pas d'être reconnu, poursuivit courageusement Cinnamon. Je ne demande rien. Je… j'avais juste besoin de vous voir.

Sa voix se brisa et il détourna la tête. William vit des larmes trembler dans ses cils.

— D'être reconnu… ? répéta lord John, déconcerté.

N'y tenant plus, William intervint :

— En tant que ton fils, lâcha-t-il. Accepte-le, il vaut mieux que celui que tu as.

Il rejoignit la porte en deux enjambées, l'ouvrit et sortit sans la refermer.

William marcha droit vers le portail et s'arrêta. Il voulait partir loin et laisser lord John et son fils régler leurs comptes. Moins il en savait, mieux il se porterait. Toutefois, il hésitait, la main sur la poignée.

Il ne pouvait se résoudre à abandonner Cinnamon sans connaître l'issue de leur conversation. Si cela tournait mal… Il imagina Cinnamon, rejeté et éperdu, se ruer hors de la maison et disparaître, seul.

— Ne sois pas idiot, marmonna-t-il dans sa barbe. Tu sais bien que papa ne ferait jamais…

Le mot « papa » lui resta coincé dans la gorge telle une épine.

Il lâcha la poignée et fit demi-tour. Il attendrait un quart d'heure. S'il devait se passer quelque chose de terrible, ce serait rapide. Toutefois, il ne pouvait attendre dans le minuscule jardinet devant la maison ni rôder sous les fenêtres. Il longea un mur pour se rendre dans le jardin à l'arrière de la demeure.

Celui-ci était grand, avec un potager dont la terre avait été retournée pour accueillir les prochains semis. Il restait néanmoins une rangée de choux. Au fond du jardin se tenait, d'un côté, un abri pour cuisiner, de l'autre, une tonnelle à l'ombre de laquelle se trouvait un banc. Amaranthus y était assise, tenant le petit Trevor contre son épaule et lui tapotant le dos.

— Tiens, rebonjour, dit-elle en voyant William. Où est votre ami ?

— À l'intérieur. Il parle avec lord John. Je comptais l'attendre ici, mais je ne veux pas vous déranger.

Au moment où il allait tourner les talons, elle l'arrêta d'un geste et reprit ses tapotements.

— Asseyez-vous, dit-elle en l'observant avec intérêt. Vous êtes donc le fameux William. Ne devrais-je pas vous appeler Ellesmere ?

— Non, répondit-il en s'asseyant. Comment va l'enfant ?

— Il est plein, dit-elle avec une légère grimace. D'un instant à l'autre, il va… Oups, voilà !

Trevor venait d'émettre un grand rot accompagné d'un jet d'eau laiteuse qui dégoulina sur l'épaule de sa mère. Ce devait lui arriver régulièrement, car elle avait placé une serviette par-dessus son peignoir, bien que celle-ci parût bien petite comparé au volume de la production du nourrisson.

Elle passa l'enfant sur son autre épaule et agita une main vers une serviette posée sur le sol à ses pieds.

— Passez-moi ça, s'il vous plaît.

William la saisit délicatement entre deux doigts. Elle paraissait propre, pour le moment.

— N'a-t-il pas une nourrice ? demanda-t-il.

— Il en avait une, répondit Amaranthus en essuyant le visage de son fils. Je l'ai renvoyée.

— Problème d'alcool ? devina William en se souvenant du commentaire de lord John au sujet de sa cuisinière.

— Entre autres. Il lui arrivait d'être soûle un peu trop souvent, et c'était une vraie cochonne.

— Cochonne, dans le sens de souillon ou parce que… elle était peu regardante quant à ses relations avec les hommes ?

— Les deux, répondit-elle en riant. Si j'avais ignoré que vous étiez le fils de lord John, votre question vous aurait trahi. Ce n'est pas tant à cause de la question mais plutôt de votre manière de la formuler. Tous les Grey que j'ai rencontrés parlent de cette manière.

— Je ne suis que le beau-fils de lord John. Toute ressemblance dans notre phrasé tient davantage du mimétisme que de la génétique.

Elle l'observa en arquant un sourcil blond. Ses yeux avaient cette couleur changeante entre le bleu et le gris. Pour le moment, ils étaient assortis aux colombes grises brodées sur son peignoir jaune.

— Peut-être, conclut-elle. Mon père dit qu'il existe un type de pinson qui apprend son chant de ses parents. Si vous prenez un œuf d'un nid et le placez dans un autre situé à des milles, l'oisillon apprendra le chant de ses nouveaux parents plutôt que celui de ses géniteurs.

Par courtoisie, il refoula l'envie de lui demander qui pouvait s'intéresser à la vie des pinsons.

— N'avez-vous pas froid, madame ?

Bien qu'ils fussent assis au soleil, une brise fraîche lui caressait la nuque. Elle ne portait qu'une chemise sous son peignoir. Cette pensée lui rappela la vue plongeante qu'il avait eue sur sa poitrine opulente et ses mamelons gonflés. Il détourna les yeux et préféra changer de sujet.

— Quelle est la profession de votre père ? demanda-t-il.

— C'est un naturaliste… quand il en a les moyens. Et non, je n'ai pas froid. Il fait toujours trop chaud dans la maison et la fumée de la cheminée n'est pas bonne pour Trevor. Elle le fait tousser.

— Sans doute la cheminée ne tire-t-elle pas bien. Vous avez dit « quand il en a les moyens ». Que fait votre père quand il ne peut s'adonner à… ses intérêts singuliers ?

— Il est libraire, répondit-elle, légèrement sur la défensive. À Philadelphie. C'est là que j'ai rencontré Benjamin, dans la boutique de mon père.

Elle l'observait du coin de l'œil, surveillant sa réaction. Maintenant qu'il la savait fille d'un commerçant, jugerait-il que son cousin avait fait une mésalliance ? *Compte tenu de mes origines, je serais bien mal placé pour le faire*, pensa-t-il.

— Je suis sincèrement désolé pour votre perte, madame.

Que savait-elle au juste sur la mort de Benjamin ou, plutôt, que lui avait-on dit ? Il semblait indélicat de le lui demander. Il devrait attendre d'interroger papa et oncle Hal avant de s'aventurer en terrain inconnu.

— Merci, dit-elle en baissant les yeux.

Ses lèvres (de jolies lèvres, d'ailleurs) se comprimèrent d'une manière laissant deviner qu'elle serrait les dents.

— Fichus Continentaux ! explosa-t-elle soudain.

Quand elle releva la tête, il constata que, loin d'être pleins de larmes, ses yeux brillaient de rage.

— Qu'ils aillent se faire pendre avec leurs idées républicaines de pacotille ! Quelle bande de buses bornées et perfides... Je...

En voyant l'expression de William, elle s'arrêta net.

— Je vous demande pardon, milord. Je me suis laissé emporter par mes émotions.

— Je vous en prie, c'est tout à fait approprié... je veux dire, compréhensible, compte tenu des circonstances.

Il lança un regard vers la maison. Il n'entendait pas de porte claquer ni d'éclats de voix.

— Appelez-moi donc William, reprit-il. Nous sommes cousins, après tout.

Elle sourit. (Elle avait un ravissant sourire.)

— En effet. Et vous devez m'appeler cousine Amaranthus. C'est une plante.

Avec l'air résigné de quelqu'un habitué à devoir expliquer son prénom, elle précisa :

— *Amaranthus retroflexus*. De la famille des Amaranthacées. Communément appelée « herbe à cochons ».

Trevor, qui jusqu'ici, était resté assis dans les bras de sa mère à regarder William avec des yeux ronds, se pencha soudain vers lui avec un grognement urgent. Craignant qu'il échappe aux mains de sa mère et tombe sur l'allée en briques la face la première, William le saisit par la taille et le percha debout sur son genou, vacillant, gazouillant et l'observant avec une bouille rayonnante. William ne put s'empêcher de sourire à son tour. Quand il ne braillait pas, c'était un beau bébé, avec un doux duvet brun et les yeux bleu pâle des Grey.

Il fit mine de lui donner un coup de tête. L'enfant gloussa de rire et attrapa ses cheveux.

— Il ressemble à Benjamin, dit-il en extirpant son oreille du poing de Trevor. Et à mon oncle. J'espère que je ne vous fais pas de peine en le disant ?

Elle fit non de la tête avec un petit sourire contrit.

— C'est tant mieux. Notre mariage ayant été un peu précipité, votre oncle se méfiait de moi. Bien que Benjamin ait écrit à son père pour l'informer de nos noces, sa lettre n'est parvenue en Angleterre qu'après le départ du duc. Plus tard, lorsque j'ai appris qu'il se trouvait à Philadelphie et que je lui ai écrit moi-même...

Elle haussa les épaules et se tourna vers la maison.

— Parlez-moi de votre ami. C'est un Indien ?

William sentit à nouveau sur ses épaules le poids dont il s'était débarrassé sans s'en rendre compte au cours des dernières minutes.

— Oui. Sa mère était à moitié indienne, à moitié française. J'ignore à quelle nation iroquoise elle appartenait. Elle est morte lorsqu'il était encore nourrisson et il a été élevé dans un orphelinat catholique au Québec.

Intéressée, Amaranthus se pencha en avant.

— Et son père ? Le connaît-il ?

William lança à nouveau un regard vers la maison. Tout paraissait calme. Il chercha une réponse qui ne fût pas un mensonge sans être toute la vérité.

— C'est une longue histoire et il ne m'appartient pas de la raconter. Tout ce que je puis vous dire, c'est que son père était un soldat britannique.

— En effet, j'ai remarqué sa chevelure, dit Amaranthus avec un sourire. Étonnante.

Elle lança à son tour un regard vers la maison et lui reprit l'enfant.

— Comptez-vous rester chez lord John ? demanda-t-elle.

— Je ne crois pas.

Toutefois, l'idée d'être « chez lui », même s'il n'avait jamais vécu dans ce « chez lui », fit soudain monter en lui un élan de nostalgie. Amaranthus le perçut et posa une main sur la sienne.

— Restez donc un peu. Cela ferait plaisir à oncle Hal. Vous lui manquez beaucoup. En outre, j'aimerais vous connaître mieux.

La simple sincérité de cette déclaration l'émut.

— Je… je ne dirais pas non, répondit-il gauchement. Cela dépend sans doute de la conversation de mon ami avec mon père.

— Je vois.

Elle caressait les cheveux de Trevor et le cala confortablement contre son épaule. William en aurait presque été jaloux. Puis elle se leva et se balança tranquillement, l'enfant dans ses bras.

— J'aimerais bien rentrer, mais je ne veux pas les déranger, dit-elle. Je me demande ce qui leur prend autant de temps…

32

Lhude sing cuccu[15] !

John Grey resta un moment interdit en regardant la porte par laquelle venait de sortir son fils. Il sentait derrière lui un problème colossal perché sur une délicate petite chaise en bois doré. N'ayant aucune idée de ce à quoi s'attendre, il se retourna et dit la seule chose à dire dans de pareilles circonstances.

— Puis-je vous offrir un cognac, monsieur Cinnamon ?

Le jeune homme bondit aussitôt sur ses pieds, gracieux en dépit de sa taille et de son trouble apparent. Le mélange d'angoisse et d'espoir dans son regard

15. « Le coucou chante à plein gosier. » Paroles d'un chant en canon traditionnel anglais du XIIIe siècle, *Sumer Is Icumen In* (« L'été est arrivé ») (N.d.T.).

fendit le cœur de Grey. Il posa une main sur son bras et l'orienta vers le siège le plus robuste de la pièce, un grand fauteuil à la solide ossature en chêne.

— Asseyez-vous. Je vais vous chercher à boire. J'ai l'impression que vous en avez besoin.

Autant que moi, ajouta-t-il en pensée. *Que diable dois-je dire à ce garçon ?* Le temps de trouver le cognac et de le servir cérémonieusement, il n'avait toujours pas de réponse. Il s'assit dans une bergère aux rayures vertes et saisit son propre verre, en proie à un étrange mélange de désarroi et d'euphorie.

— Je suis sincèrement ravi de vous revoir, monsieur Cinnamon, dit-il avec un sourire. La dernière fois que je vous ai vu, vous aviez environ six mois. Vous avez grandi.

Cinnamon rougit légèrement, ce qui améliora son teint pâle.

— Je... je vous remercie, balbutia-t-il. Pour vous être occupé de moi pendant toutes ces années.

Grey agita une main devant lui comme si cela n'avait pas d'importance et demanda, intrigué :

— Cela fait combien d'années, au juste ? Quel âge avez-vous ?

— Vingt ans, monsieur. Ou dois-je vous appeler milord, ou Votre Excellence ?

— « Monsieur » fera fort bien l'affaire, l'assura Grey. Puis-je vous demander comment vous avez rencontré William ?

D'avoir une histoire simple à raconter détendit légèrement le jeune homme. Lorsqu'il eut fini, son verre était presque vide et ses manières moins anxieuses. Prenant en compte sa taille, Grey le resservit généreusement.

Manoke..., pensa-t-il avec un mélange d'exaspération et d'amusement. Il ne servait à rien d'être en colère. Manoke avait toujours établi ses propres règles. En dépit de leur relation intermittente et informelle, Grey lui faisait plus confiance qu'à quiconque, à l'exception de son frère et de Jamie Fraser. Manoke ne lui aurait pas envoyé Cinnamon par malice. Soit il croyait qu'il était réellement son fils et avait donc le droit de le savoir, soit, ayant rencontré William adulte, il s'était dit que Grey aurait besoin d'un nouveau fils.

Peut-être avait-il raison, pensa-t-il avec un serrement de cœur. Si William décidait de régler le problème de sa paternité en disparaissant... ou même s'il ne le faisait pas... Non. Ce n'était pas possible, conclut-il avec une pointe de regret.

— Je suis heureux que vous soyez venu, monsieur Cinnamon, répéta-t-il en remplissant à nouveau le verre du jeune homme. Avant tout, je dois vous présenter mes excuses.

— Oh non ! s'exclama Cinnamon en se redressant. Vous n'avez à vous excuser de rien.

— Si. Lorsque je vous ai confié aux frères catholiques à Gareon, j'aurais dû laisser une lettre racontant brièvement votre histoire plutôt que de vous abandonner là-bas avec uniquement un simple nom. Que voulez-vous, il est difficile de regarder un nourrisson de six mois et d'imaginer... euh... le résultat du temps qui passe. Étrangement, on ne pense jamais que les enfants vont grandir.

Il revit William à l'âge de deux ans et demi, petit et sauvage, commençant déjà à ressembler à son père naturel.

Cinnamon contempla ses mains larges posées sur ses genoux et ne put s'empêcher de lancer un regard vers celle, longue et fine, de Grey enroulée autour de la bouteille. Il dévisagea Grey, cherchant des traits communs.

— Vous ressemblez à votre père, dit Grey en le regardant dans les yeux. J'aurais aimé être cet homme, autant pour vous que pour moi.

Il y eut un profond silence. Le visage de Cinnamon se vida de toute expression. Il hocha la tête et inspira profondément.

— Pouvez-vous me parler de lui ?

Nous y voilà, pensa Grey. Il avait deux possibilités : accepter ce jeune homme comme son fils ou lui dire la vérité. Quelle part de la vérité ?

La situation de Cinnamon ne relevait pas de sa seule responsabilité, d'autres personnes étaient impliquées. Avait-il le droit de se mêler de leurs affaires sans les consulter ni leur demander leur autorisation ? Pourtant, il devait offrir une réponse à ce garçon.

— Comme vous l'a dit Manoke, c'était un soldat britannique, dit-il prudemment. Votre mère était à moitié française, à moitié… Je suis désolé, j'ignore à quelle nation appartenait son père.

— J'ai toujours pensé qu'il était assiniboine, déclara Cinnamon. Sachant que j'avais du sang indien, j'observais les hommes qui passaient par Gareon. Il y a beaucoup d'Assiniboines dans cette région. Ils sont souvent grands et…

Il indiqua d'un geste sa large carrure.

Grey acquiesça, soulagé qu'il prenne la nouvelle aussi calmement.

— J'ai rencontré votre mère, dit-il avant de boire une autre gorgée de cognac. Juste une fois. Elle était grande pour une femme, mesurant quelques pouces de plus que moi. Et elle était très belle.

— Oh, fit le jeune homme dans un souffle.

Grey fut surpris, et ému, de voir son visage changer. L'espace d'un instant, il se souvint de l'expression de Jamie Fraser un jour qu'il avait reçu la communion des mains d'un prêtre irlandais, alors qu'ils recherchaient ensemble un criminel en Irlande. Une expression de révérence, de paix reconnaissante.

— Elle est morte de la variole lors d'une épidémie. Je vous ai… euh… acheté à votre grand-mère pour la somme de cinq guinées, deux couvertures et un petit fût de rhum. C'était une Française.

Il avait ajouté ce détail comme si ceci expliquait cela et vit les lèvres de Cinnamon esquisser un soupçon de sourire.

— Et mon père ? demanda-t-il en se penchant en avant, les mains sur les genoux. Me direz-vous son nom ? Je vous en prie.

Grey hésita. Il se souvenait trop bien de la réaction de William lorsqu'il avait découvert qui était son vrai père. Toutefois, la situation était très différente, se convainquit-il.

— Il s'appelle Malcolm Stubbs, répondit-il. Ce n'est pas de lui que vous tenez votre taille.

Cinnamon le dévisagea un instant d'un air perplexe, puis, comprenant, émit un petit rire choqué malgré lui. Embarrassé, il se couvrit la bouche et abaissa la main en constatant que Grey ne le prenait pas mal.

— Vous avez dit « il s'appelle », monsieur. Il est donc… en vie ?

L'espoir et la peur avec lesquels il était entré étaient de retour.

— Il l'était, la dernière fois que j'ai eu de ses nouvelles, ce qui remonte à plus d'un an. Il vit à Londres avec son épouse.

— Londres, murmura Cinnamon comme s'il s'agissait d'un lieu imaginaire.

— Comme je vous le disais, il a été blessé lors de la prise de Québec. Grièvement. Un boulet de canon lui a emporté un pied et la partie inférieure de la jambe. J'étais surpris qu'il survive. Il est très résistant et je ne doute pas qu'il vous ait transmis cette qualité, monsieur Cinnamon.

Il adressa un sourire chaleureux au jeune Indien. Il n'avait pas bu autant de cognac que lui, mais plus que suffisamment.

Cinnamon baissa la tête et étudia les motifs du tapis turc à ses pieds un long moment. Enfin, il se redressa et s'éclaircit la voix.

— Vous dites qu'il est marié. Je suppose que son épouse ignore tout de mon existence ?

— J'en mettrais ma main au feu, l'assura Grey.

Il observa le jeune homme avec circonspection. Comptait-il se rendre à Londres ? Pour le moment, il paraissait prêt à tout. Grey tenta d'imaginer, sans y parvenir, comment réagirait Olivia, la femme de Malcolm, si John Cinnamon frappait à sa porte un beau matin.

— Elle me tiendra sûrement pour responsable, marmonna-t-il dans sa barbe.

Il reprit la bouteille et demanda :

— Encore une petite goutte, monsieur Cinnamon ? Je vous le conseille.

— Je… Oui, s'il vous plaît.

Cinnamon huma son verre et le reposa d'un air déterminé.

— Je vous assure, monsieur, que je n'ai aucunement l'intention d'embarrasser mon père ni son épouse.

Grey but une petite gorgée du bout des lèvres.

— C'est très prévenant de votre part, mais aussi très prudent. Puis-je vous demander ce que vous comptiez faire s'il s'était avéré que j'étais votre père ? Et je répète que je regrette de ne pas l'être. Ou devrais-je vous demander ce que vous espériez ?

Cinnamon ouvrit la bouche, la referma et réfléchit. Grey était impressionné par les manières du jeune homme. Respectueux sans être timide, direct tout en étant attentionné.

— En vérité, je l'ignore, répondit enfin Cinnamon. Je n'attendais pas… ni ne recherchais une forme de reconnaissance ou d'assistance matérielle. Je suppose que c'était surtout de la curiosité. Peut-être aussi le désir de… non pas d'un sentiment d'appartenance, ce serait illusoire de ma part, mais d'avoir un lien, de savoir que quelqu'un dans ce monde partage mon sang… et à quoi ressemble ce quelqu'un.

Il marqua une pause et ajouta, confus :

— Oh, et naturellement je voulais remercier mon père d'avoir veillé sur mon bien-être. Pourrais-je vous demander un service, monsieur ?

— Mais certainement.

Grey était légèrement distrait par ses propres interrogations et se demandait ce qu'un enfant abandonné pouvait attendre d'un parent inconnu. William ne voulait pas entendre parler de Jamie Fraser, mais sa situation était bien différente, car il connaissait Fraser depuis sa naissance. Cependant, réapprendre à le connaître une fois adulte serait une autre paire de manches. En outre, William avait une famille, des gens qui ne partageaient pas son sang, mais plutôt son rang dans le monde. Grey tenta en vain d'imaginer ce que ça pouvait faire d'être totalement seul au monde.

— … si j'écrivais cette lettre, disait Cinnamon.

Grey revint à la réalité dans un sursaut.

— Une lettre, répéta-t-il. À Malcolm ? Oui… euh, je suppose que je pourrais la lui transmettre. Mais… Pour lui dire quoi, si je puis me permettre ?

— Juste pour le remercier de sa générosité, monsieur, et pour lui offrir mes services si jamais il en avait besoin.

— Ah. Sa… Oui, sa générosité…

Cinnamon le regarda, surpris, et Grey sentit le feu lui monter aux joues sans que ce fût un effet du cognac. Fichtre, il aurait dû prévoir que Cinnamon penserait que Malcolm avait payé durant toutes ces années pour sa santé et son éducation. Alors qu'en réalité…

— C'était vous, dit Cinnamon, la stupeur effaçant presque la déception sur ses traits. M. Stubbs n'a jamais…

— Il ne l'aurait pu, dit précipitamment Grey. Comme je vous le disais, il était grièvement blessé. Il était à l'article de la mort et a été renvoyé en Angleterre dès que possible. En vérité, il aurait été incapable de…

Incapable de penser au fils qu'il avait engendré et laissé derrière lui. Malcolm n'avait jamais parlé du garçon à Grey et ne lui avait pas posé de questions à son sujet.

— Je vois, dit tristement Cinnamon.

Il pinça les lèvres et fixa la cafetière en argent posée sur la desserte. Grey n'essaya pas d'en dire plus, il n'aurait fait qu'aggraver la situation.

Au bout de quelques instants, Cinnamon releva la tête vers Grey. Il avait de très beaux yeux noirs, profondément enchâssés dans leur orbite et légèrement bridés. Il les tenait de sa mère. Grey aurait aimé le lui dire, mais le moment était mal venu.

— Dans ce cas, je vous remercie, monsieur. C'était extrêmement généreux de votre part de rendre ce service à votre ami.

— Je ne l'ai pas fait pour Malcolm, répondit Grey sans réfléchir.

Son verre était vide, comment était-ce possible ? Il le reposa délicatement sur le guéridon.

Ils restèrent un moment à se regarder, sans savoir quoi dire. Grey entendait Moira, la cuisinière, parler à l'extérieur. Même lorsqu'elle n'était pas soûle, il lui arrivait fréquemment de parler aux fées dans le jardin. La pendule sur la cheminée sonna la demi-heure et Cinnamon sursauta en se tournant vers elle. Elle avait un carillon musical et un papillon mécanique sous un dôme en verre qui agitait ses ailes.

Cet intermède avait brisé le silence gêné. Lorsqu'il se tourna à nouveau vers Grey, Cinnamon parla sans hésitation.

— Le père Charles m'a dit que vous m'aviez donné mon prénom quand vous m'avez laissé à la mission. Vous ne sauriez pas comment ma mère m'avait appelé ?

— Non, répondit Grey, déconcerté. Je l'ignore.

— C'est donc vous qui m'avez appelé John ? dit Cinnamon avec un léger sourire. Vous m'avez donné votre propre prénom ?

Grey sourit à son tour et fit une petite moue d'autodérision.

— Que voulez-vous… Je vous aimais bien.

33

L'EMBARRAS DU CHOIX

WILLIAM IGNORAIT CE QUE TRAMAIENT PAPA ET CINNAMON, mais ils prenaient leur temps. Après quelques minutes, au cours desquelles Trevor n'avait cessé de brailler, Amaranthus s'était excusée et était rentrée dans la maison à la recherche de langes propres.

Sans rien à faire, ni amis en ville ou dans le camp, réticent à l'idée de retourner à l'intérieur, William rongeait son frein. En outre, il ne désirait pas croiser une connaissance. N'y tenant plus, il rabattit son chapeau mou sur son front et sortit dans la rue en se forçant à flâner, plutôt que de marcher à grands pas comme à son habitude. La ville grouillait de soldats, de cantiniers et de miliciens. Il passerait facilement inaperçu.

— William !

Il se tendit et refoula l'envie de prendre ses jambes à son cou. Il connaissait cette voix. Son propriétaire l'avait probablement reconnu à sa silhouette. Il se retourna à contrecœur pour saluer son oncle, le duc de Pardloe, qui venait de sortir d'une maison juste derrière lui.

— Bonjour, oncle Hal.

Après tout, cela n'avait guère d'importance. Lord John informerait son frère de sa présence et de celle de John Cinnamon.

— Que fais-tu ici ? demanda son oncle.

Son ton brusque coutumier ne pouvait cacher son affection pour son neveu. Son regard perçant enregistra tous les détails, depuis les bottes crottées de William jusqu'à son sac à dos taché et la veste élimée qu'il portait sur le bras.

— Tu es venu t'engager ?

— Ha ha ha, fit William froidement. Non, j'accompagne un ami qui avait à faire en ville.

— Tu as vu ton père ?

— Plus ou moins.

Il ne développa pas. Son oncle le dévisagea un instant l'air songeur, puis il ôta son manteau militaire gris et le balança par-dessus son épaule.

— Je descends au fleuve prendre l'air avant le dîner. Tu viens ?

— Pourquoi pas ? répondit William avec un haussement d'épaules.

Ils sortirent de la ville et descendirent l'escarpement qui bordait le fleuve sans être accostés. William sentit peu à peu la tension dans ses épaules se relâcher. Son oncle n'était pas du genre à parler pour ne rien dire et le silence ne le dérangeait en aucune manière. Ils atteignirent la plage étroite sans échanger une parole, puis se faufilèrent entre les pins broussailleux et les yaupons jusqu'au sable ferme de la zone de marnage.

William s'amusait à observer les empreintes qu'il laissait sur le limon grisâtre. Le ciel était une immensité bleue et un soleil radieux descendait lentement vers les vagues. Ils suivirent la courbe de la côte et débouchèrent sur une petite crique tapissée de graviers sablonneux, occupée par une bande d'huîtriers à bec orange qui leur lancèrent des regards hargneux avant de leur céder la place de mauvais gré.

Ils restèrent quelques minutes immobiles à contempler le fleuve.

— L'Angleterre te manque-t-elle ? demanda soudain Hal.

— Parfois, répondit sincèrement William.

Après une pause, il ajouta, moins sincèrement :

— Je n'y pense pas beaucoup.

— Moi, oui, dit son oncle. C'est vrai que tu n'as ni femme ni enfants là-bas. Tu ne t'y es pas encore vraiment établi.

— C'est vrai.

Le bruit des esclaves travaillant dans les champs derrière eux était étouffé par celui, rythmique, des vagues à leurs pieds. Des nuages silencieux passaient au-dessus de leurs têtes.

Le problème avec le silence, c'était que certaines pensées avaient tout le loisir de tourner dans sa tête avec une insistance lancinante. La compagnie de Cinnamon, aussi troublante fût-elle parfois, lui avait permis de leur échapper.

— Comment procède-t-on pour renoncer à son titre ?

Il n'avait pas eu l'intention de poser cette question, pas encore, et s'étonna d'entendre les mots sortir de sa bouche. En revanche, oncle Hal ne parut pas surpris le moins du monde.

— Tu ne peux pas.

William se tourna vers lui. Imperturbable, son oncle continuait de regarder vers l'aval du fleuve et la mer. Le vent avait libéré des mèches noires de sa queue de cheval.

— Comment ça, je ne peux pas ? En quoi cela concerne-t-il quelqu'un si je renonce à mon titre ?

Son oncle se tourna vers lui avec un mélange d'impatience et d'affection.

— Ce n'était pas une réponse rhétorique, crétin, mais littérale. Tu ne peux pas renoncer à une pairie. Il n'existe aucune loi ni règle coutumière qui permette de le faire, donc, c'est impossible.

— Mais toi…

— Non, l'interrompit son oncle. Si j'avais pu le faire à l'époque, je l'aurais fait. Cela s'est révélé impossible. Tout ce que j'ai pu faire, c'est ne plus utiliser mon titre de duc et menacer de mutilation quiconque l'utiliserait en s'adressant à moi. Il m'a fallu plusieurs années pour faire comprendre que j'étais sérieux.

— Vraiment ? Qui as-tu mutilé ?

Il avait cru que son oncle parlait de manière « rhétorique » et fut pris de court en le voyant fouiller sa mémoire, le front plissé.

— Voyons voir… Plusieurs journaleux… Ils sont comme les cafards : tu en écrases un et tous les autres détalent dans l'ombre, puis, dès que tu tournes le dos, ils reviennent à la charge par centaines, se repaissant de ta carcasse et répandant des saletés sur ta vie.

— On t'a déjà dit que tu avais le sens de la métaphore, mon oncle ?

— Oui. Outre frapper quelques journalistes, j'ai défié George Mumford – il est marquis de Clermont à présent, mais il ne l'était pas à l'époque –, Herbert Villiers, le vicomte Brunton et un certain Radcliffe. Oh, et un colonel Phillips, du trente-quatrième régiment, un cousin du comte Wallenberg.

— Défier… Tu veux dire… en duel ? Tu les as tous affrontés ?

— Naturellement. Enfin… pas Villiers, car il est mort d'une hépatite aiguë avant notre rencontre, autrement… Mais nous nous écartons du sujet.

Le soir tombait et un vent frisquet balayait le fleuve. Hal enfila son manteau et serra le col autour de son cou.

— Rentrons, dit-il. La marée monte et je dîne avec le général Prévost dans une demi-heure.

Ils rebroussèrent chemin dans la lumière crépusculaire, les ammophiles éraflant leurs bottes.

Marchant tête baissée contre le vent, son oncle reprit :

— En outre, j'avais un autre titre qui, lui, n'était pas entaché. En refusant d'utiliser le titre de Pardloe, je renonçais également aux revenus des domaines qui allaient avec, ce qui n'a pratiquement rien changé à ma vie quotidienne, hormis pour quelques observations acerbes dans la haute société. Mes amis sont restés mes amis, j'ai continué à être reçu là où j'étais habitué à être reçu et, surtout, j'ai pu poursuivre le projet qui me tenait à cœur : créer et commander mon propre régiment. Quant à toi…

Il jaugea William d'un regard qui englobait son chapeau mou et ses vieilles bottes élimées.

— Il me semblerait plus judicieux de te demander ce que tu veux faire, plutôt que comment ne pas faire ce que tu n'as pas envie de faire.

William s'arrêta et ferma les yeux. Il écouta le bruit de l'eau pendant quelques instants, un répit bienvenu contre le tic-tac de ses pensées. Il ne se passait absolument rien dans sa tête.

Il inspira profondément et rouvrit les yeux.

— Es-tu né en sachant déjà ce que tu voulais faire, oncle Hal ? demanda-t-il.

— Sans doute, répondit son oncle en se remettant à marcher. Je ne me souviens pas d'avoir pensé un jour que je pourrais être autre chose que militaire.

Quant à savoir si c'est ce que je voulais vraiment… Je ne crois pas m'être jamais posé la question.

— Exactement, dit William. Tu es né dans une famille où l'aîné devait endosser l'uniforme et cela te convenait. J'ai été élevé selon le principe que mon devoir sacré était de m'occuper de mes terres et de mes métayers, et il ne m'est jamais venu à l'esprit que ce que je voulais réellement avait une importance, tout comme toi.

Il ôta son chapeau et le coinça sous son bras pour éviter qu'il s'envole avant de poursuivre :

— Il n'en demeure pas moins que je n'ai rien fait pour mériter les titres avec lesquels je suis né… En outre…

Une idée lui était venue.

— Tu as dit que tu renonçais aux revenus de ton duché. Cela signifie-t-il que tu ignores tout des domaines dont tu ne tires aucun profit ?

— Bien sûr que n…

Hal s'interrompit et lui lança un regard où l'agacement se mêlait à un certain respect.

— Qui t'a appris à réfléchir, mon garçon ? Ton père ?

— Je suppose que lord John a eu une certaine influence, concéda poliment William.

Ses entrailles s'étaient nouées, comme cela arrivait désormais chaque fois qu'il était question de celui qu'il avait considéré comme son père. Il ne pouvait oublier l'attente et l'angoisse dans le regard de Cinnamon… Oh, puis crotte, bien sûr qu'il pouvait l'oublier. Ce n'était qu'une question de volonté. En attendant de trouver la sienne, il écarta cette pensée.

— N'existe-t-il aucun cas de pair ayant cessé d'être pair ?

— Pas de son plein gré, non. La pairie est le don d'un souverain reconnaissant. Seul ce dernier peut dépouiller un pair de ses titres, quoi que je doute qu'il le fasse sans avoir le soutien de la Chambre des lords. Les pairs n'aiment pas se sentir menacés… Cela arrive si rarement de nos jours qu'ils n'y sont plus habitués (il esquissa un sourire sarcastique). Même ainsi, le monarque ne peut agir sur un simple coup de tête. Les motifs pour révoquer une pairie sont assez limités. Le seul qui me vienne en tête pour le moment est d'avoir participé à une rébellion contre la Couronne.

— Tiens donc.

Hal s'arrêta brusquement. Il ne goûtait pas le ton léger de son neveu.

— Si tu considères trahir ton roi, ton pays et ta famille comme une solution appropriée pour résoudre tes problèmes personnels, William, c'est que John ne t'a pas éduqué aussi bien que je le pensais.

Sans attendre une réponse, il tourna les talons et s'éloigna à travers les amas d'algues pourrissantes, laissant des empreintes informes dans le sable.

William resta sur le rivage un moment. Il ne pensait pas. Il ne ressentait pas grand-chose non plus. Il se contentait d'observer les courants à la surface de l'eau qui mimaient les remous de son esprit fatigué. Un escadron de pélicans bruns à tête blanche volant en formation descendit au ras de l'eau puis, ne voyant rien d'intéressant, remonta dans les airs en direction des marais et de la mer.

Je comprends pourquoi les gens prennent la mer et disparaissent, pensa-t-il. Se débarrasser des petits soucis de la vie quotidienne et échapper aux exigences d'une vie non choisie. Se perdre dans un océan et un ciel infinis.

Et se nourrir de tambouille infecte, subir le mal de mer, risquer d'être tué à tout instant par des pirates, une baleine solitaire ou, plus probablement encore, les intempéries.

L'idée des baleines le fit rire et celle de la nourriture, bonne ou mauvaise, lui rappela qu'il mourait de faim. En tournant les talons, il découvrit que, pendant qu'il était resté perdu dans ses pensées, un énorme alligator avait rampé hors des buissons et se tenait à moins de six pieds. Il poussa un cri et le reptile, surpris et indigné, ouvrit une gueule hérissée de dents terrifiantes et émit un son entre un grondement et un rot colossal.

Il n'aurait su dire comment il était arrivé là mais, lorsqu'il cessa de courir, pantelant et trempé de sueur, il se trouvait au milieu du camp militaire. Le cœur palpitant, il longea les rangées ordonnées de tentes, se sentant en sécurité dans le tohu-bohu familier d'un camp se préparant au dîner. L'air était chargé d'odeurs de feux de bois, de viande grillée et de ragoûts chauds.

Le temps d'arriver chez papa, son ventre gargouillait. À cette époque de l'été, il ferait encore jour pendant une heure au moins. Supposant que Trevor était couché, il fut le plus discret possible, marchant dans l'herbe humide le long de l'allée en briques.

Pensant à Trevor et donc nécessairement à sa mère, il lança un regard vers le jardin derrière la maison. Le banc sous la tonnelle était occupé, mais pas par Amaranthus.

— William !

Cinnamon l'avait aperçu et avait jailli de la tonnelle avec une vigueur qui éparpilla des feuilles et des raisins sur le gravier.

— John ? Comment cela s'est-il passé ?

En voyant le visage radieux de Cinnamon, les entrailles de William se nouèrent. Papa l'avait-il accepté comme son fils ?

— Oh ! C'était… c'était… Ton père est un grand homme, William ! Si bon ! Tu as bien de la chance de l'avoir.

— Je… euh… Oui, balbutia William, peu convaincu. Qu'a-t-il dit ?

— Il m'a parlé de mon père. Il s'appelle Malcolm Stubbs. Tu le connais ?

— Je ne sais pas, répondit William en fouillant sa mémoire. Il me semble avoir entendu ce nom à plusieurs reprises. Si je l'ai rencontré, ce devait être quand j'étais très jeune.

— C'était un soldat, un capitaine. Il a été grièvement blessé lors de la grande bataille pour la ville de Québec, sur les plaines d'Abraham, ça te dit quelque chose ?

— Je connais. Il a survécu ?

— Oui, il vit à Londres.

Dans un élan d'euphorie, Cinnamon serra l'épaule de William, qui crut que celle-ci allait se déboîter.

— Je vois, dit-il. C'est une bonne nouvelle, n'est-ce pas ?

— Lord John dit que si je décide d'écrire une lettre, il veillera à ce que le capitaine Stubbs la reçoive. À Londres !

Apparemment, pour lui, Londres se situait juste à côté du royaume enchanté. William sourit à son ami, ravi de le voir aussi heureux de cette révélation (et secrètement et honteusement soulagé qu'il ne fût pas, après tout, le fils naturel de papa).

Il dut faire plusieurs fois le tour du jardin, écoutant Cinnamon lui raconter exactement ce qu'il avait dit, ce que lord John avait dit, ce qu'il avait pensé lorsque lord John l'avait dit…

Il parvint enfin à l'interrompre le temps de lui demander :

— Tu vas donc écrire cette lettre ?

— Oh oui.

Cinnamon saisit sa main et la serra.

— Tu m'aideras, William ? Tu m'aideras à décider quoi lui dire ?

— Aïe ! Oui, bien sûr.

Il extirpa sa main broyée et remua délicatement les doigts.

— Je suppose que tu comptes rester quelque temps ici à Savannah, au cas où le capitaine Stubbs te répondrait ?

Cinnamon pâlit légèrement à l'idée de recevoir une réponse ou à la possibilité qu'elle ne vînt pas. Il inspira profondément et hocha la tête.

— Oui, lord John a eu la bonté de nous inviter à rester chez lui, mais cela ne me semble pas correct. Je lui ai répondu que je trouverais un travail et un endroit où vivre. Oh, *Guillaume*, je suis tellement heureux ! *Je n'arrive pas à y croire !*

La joie de Cinnamon était contagieuse.

— Je le suis aussi pour toi, *mon ami*. Voilà ce que je te propose : soyons heureux ensemble devant un dîner. Je vais tomber d'inanition d'un instant à l'autre.

34

Fils de prédicateur

Fraser's Ridge

La Maison commune, comme tout le monde sur le Ridge appelait l'édifice qui devait servir d'école, de loge maçonnique, d'église presbytérienne et méthodiste, ainsi que de temple quaker, était désormais achevée. Par un bel après-midi, la maîtresse d'école malgré elle, le grand maître de la loge et les trois prédicateurs, accompagnés de leurs conjoints, se réunirent pour inspecter et bénir les lieux.

— Ça sent la bière, déclara la maîtresse en fronçant le nez.

De fait, les effluves de houblon rivalisaient avec l'odeur du pin brut des murs et des nouveaux bancs, si fraîchement coupé qu'une sève or pâle suintait encore par endroits.

— Ronnie Dugan et Bob McCaskill ont eu un différend sur l'opportunité de construire une estrade pour les prédicateurs, expliqua le grand maître. Au cours de la discussion animée, quelqu'un a renversé le tonnelet d'un coup de pied.

— Ce n'était pas une perte, opina le mari de l'unique quaker pratiquante de Fraser's Ridge. C'était la pire bière que j'aie bue depuis que le petit Markie Henderson a pissé dans la cuve de brassage de sa mère et que personne ne s'en est aperçu avant que la bière soit servie.

— Bah, elle n'était pas si mauvaise, déclara le pasteur presbytérien, mû sans doute par un souci d'équité.

Son effort fut noyé dans un brouhaha d'assentiment.

— Qui l'avait brassée ? demanda la quaker en lançant un regard par-dessus son épaule, au cas où le mécréant serait dans les parages.

— Je regrette d'admettre que j'avais fourni le tonnelet, avoua le pasteur méthodiste. J'ignore d'où venait la bière. Elle est arrivée de Cross Creek avec une livraison de livres.

Il y eut un murmure de compréhension, ponctué par un grognement réprobateur de Mme Cunningham, puis le sujet de la bière fut clos par consensus.

Jamie ouvrit son nouveau registre consacré à la Maison commune et déclara la séance ouverte.

— Brianna accepte d'enseigner aux morpi... aux enfants durant deux heures chaque matin, de neuf à onze heures. Faites passer le mot. Elle commencera après les récoltes. Si des adultes ne savent pas encore lire ni écrire, ils pourront venir apprendre... Quand, *a nighean* ?

— Disons « sur rendez-vous », répondit Bree. Avons-nous des ardoises ?

— Non, répondit Jamie.

Il écrivit « *Ardoises – 10* » dans son registre.

— Seulement dix ? dis-je en regardant par-dessus son épaule. Il y a sûrement plus d'enfants que ça.

— Ils viendront une fois qu'ils seront sûrs que la maîtresse ne les frappera pas, déclara Roger en souriant à sa femme. Gustav Grunewald, le maître d'école morave, saura sûrement nous dire où nous procurer des ardoises. Je le connais, c'est un bon gars. Je te peindrai un tableau noir en attendant.

— Je sais où trouver un bon lit de craie, intervins-je. J'en rapporterai demain lorsque je grimperai là-haut chercher des becs-de-grue.

— Et des bureaux ? demanda Bree sur un ton hésitant en regardant à la ronde.

La salle était spacieuse et bien éclairée, avec des fenêtres (pas encore protégées) dans trois des quatre murs. En revanche, hormis les bancs, il n'y avait aucun meuble. Celui qui avait voulu construire une estrade avait visiblement perdu la partie.

— Dès que quelqu'un trouvera le temps, *mo chridhe*, répondit Jamie. En attendant, ils devront tenir leur ardoise sur leurs genoux. En outre, tu n'auras que quelques élèves d'ici à l'automne. Les enfants devront travailler jusqu'à ce que les moissons soient rentrées.

Il tourna une page.

— Passons aux affaires de la loge… À vrai dire, c'est à la loge de voir. Autrefois, nous nous réunissions le mercredi soir, mais j'ai cru comprendre que le capitaine aurait aimé assurer un service ce soir-là ?

— Si cela ne vous dérange pas trop, répondit Cunningham.

— Mais pas du tout, déclara Roger. D'ailleurs, vous serez plus que bienvenu à nos réunions, capitaine.

Cunningham lui lança un regard méfiant puis se tourna vers Jamie, qui hocha la tête. Le capitaine approuva presque imperceptiblement.

— Nous tiendrons donc nos réunions de la loge le mardi soir, conclut Jamie. Nous avions également pris l'habitude d'utiliser la salle pour nous retrouver les autres soirs, pour de simples rencontres entre amis.

— Apportez votre tabouret et votre bouteille, précisa Roger. Et une bûche pour la cheminée.

Mme Cunningham émit un petit grognement délicat, indiquant par là ce qu'elle pensait des réunions entre hommes accompagnés de bouteilles. J'étais plutôt de son avis. Toutefois, Jamie, Roger et Ian m'avaient assuré que ces rencontres informelles étaient très utiles pour savoir ce qu'il se passait sur le Ridge et réagir à temps avant que certaines situations dégénèrent.

Jamie tourna une autre page sur laquelle était écrit « Culte » en grosses lettres noires soulignées.

— Rachel, comment souhaites-tu utiliser ton dimanche ? demanda-t-il. Ou l'appelez-vous ainsi chez les Amis ?

— Ils l'appellent le Premier jour, mais c'est bien le dimanche, répondit Ian.

Rachel parut amusée et le confirma d'un signe de tête.

— Comptez-vous tous les trois célébrer un service – ou une assemblée – chaque dimanche ou allez-vous alterner ? demanda Jamie.

Roger et le capitaine échangèrent un regard, chacun craignant de déclencher un conflit, mais tous deux déterminés à revendiquer un temps et un espace pour leur paroisse naissante.

— Je serai là chaque Premier jour, annonça Rachel calmement. Toutefois, compte tenu de la nature de l'assemblée des Amis, il est préférable que je vienne dans la seconde partie de l'après-midi. Ceux qui auront assisté à un service plus tôt dans la journée pourraient trouver utile de venir s'asseoir et méditer sur ce qu'ils ont entendu dans le silence de leur cœur, ou de le partager avec les autres.

— Maman et moi y serons aussi, déclara fermement Ian.

Surpris, les deux autres prédicateurs acquiescèrent.

— Nous assurerons une messe tous les dimanches, dit Roger. Après tout, le Troisième commandement ne dit pas « Tu sanctifieras le jour du Seigneur deux fois par mois ».

— C'est vrai, confirma le capitaine.

Avant qu'il ait pu en dire plus, Mme Cunningham posa la question qui était dans tous les esprits :

— Qui passera le premier ?

Il y eut un silence gêné, que Jamie brisa en sortant un shilling en argent de son *sporran*. Il le lança en l'air, le rattrapa sur le dos de sa main et le cacha de son autre main.

— Pile ou face, capitaine?

— Euh...

Pris par surprise, le capitaine hésita et je vis sa mère articuler inconsciemment «pile».

— Face, répondit enfin Cunningham.

Jamie souleva sa main et montra la pièce au groupe.

— Face. À vous de choisir, capitaine. Vous préférez passer en premier ou en second?

— Vous savez chanter? demanda Roger.

— Je... Oui, répondit Cunningham, surpris.

— Moi, je ne peux pas, dit Roger en montrant sa gorge. Si vous passez le premier, vous pourrez laisser les fidèles de bonne humeur avec un hymne final. Ils seront alors peut-être plus réceptifs à ce que j'aurai à leur dire.

Cela déclencha une vague de rire, même si je doutais qu'il eût voulu plaisanter.

— Ne vous inquiétez pas d'être le premier ou le second, capitaine, le rassura Jamie. Les divertissements sont rares par ici.

Au cours de son bref séjour parmi nous, John Quincy Myers avait déclaré que les montagnards étaient tellement privés de distractions qu'ils étaient capables de parcourir vingt milles pour regarder de la peinture sécher. Sans doute était-ce sa manière modeste d'expliquer qu'il nous amusât autant. Néanmoins, il n'avait pas tort.

L'arrivée d'un nouveau prédicateur aurait suffi à attirer une foule. Deux nouveaux prédicateurs étaient du jamais-vu, sans parler de deux prédicateurs représentant deux visages différents du christianisme! Alors que je me tenais devant la nouvelle Maison commune, attendant avec Jamie que commence le service du capitaine Cunningham, j'entendis des voix chuchotées derrière moi prendre des paris: d'abord, si les deux prédicateurs en viendraient aux mains, ensuite, le cas échéant, lequel l'emporterait.

Jamie, qui les avait entendus lui aussi, se tourna vers un groupe de grands adolescents et déclara d'une voix portante:

— Cent contre un qu'ils ne se battront pas.

Et il ajouta, moins fort:

— Mais s'ils se battent, je parie dix shillings sur Roger Mac, à cinq contre un.

Cela ravit les garçons et déclencha un grondement réprobateur de la part des quelques méthodistes et anglicans présents. Le calme revint dès que le capitaine fit son apparition, en tenue d'apparat de la Royal Navy, coiffé d'un tricorne orné d'une dentelle dorée, avec un surplis sur un bras et, à l'autre, sa mère, tout de noir vêtue avec un corsage en dentelle. Il y eut un murmure d'approbation. Jamie et moi avançâmes à l'avant de la foule pour les accueillir.

Le capitaine transpirait légèrement (c'était une matinée chaude). Il paraissait de bonne humeur et sûr de lui.

— Général Fraser, dit-il en s'inclinant devant Jamie. Madame la générale. J'espère que vous vous portez bien en cette matinée bénie.

— Fort bien, capitaine, répondit Jamie en s'inclinant à son tour. Je vous remercie et vous serais encore plus reconnaissant si vous nous attribuiez un titre plus modeste, mais plus juste. Je suis le colonel Fraser.

Je déployai mes jupes en calicot et fis une révérence en me demandant si le capitaine avait saisi l'insinuation de Jamie, à savoir qu'il avait commandé une milice et pouvait encore le faire. Oui, il avait bien compris.

Le capitaine se raidit légèrement. Mme Cunningham exécuta une superbe révérence le dos droit et se redressa avec grâce.

— C'est nous qui vous remercions, colonel, d'offrir à mon fils la possibilité d'apporter la parole de Dieu à ceux qui en ont le plus besoin, déclara-t-elle sans sourciller.

Roger avait été partagé à l'idée d'assister au service du capitaine Cunningham.

— Maman et pa y vont, avait insisté Brianna. Fanny et Germain aussi. Il ne faudrait pas que nous ayons l'air d'éviter ce pauvre homme, n'est-ce pas ? Ni de snober sa messe.

— Non, bien sûr, mais je ne veux pas avoir l'air d'y aller pour juger la concurrence. En outre, ton père n'a pas le choix. Il ne peut paraître… partial.

Elle se mit à rire et trancha d'un coup de dents le fil avec lequel elle venait de recoudre l'ourlet de la jupe de Mandy, qui s'était décousu d'un côté alors que la demoiselle aurait été vertueusement occupée à aider sa grand-mère à faire de la compote de pommes.

— Pa n'aime pas que des choses se passent dans son dos, dit-elle. Non pas que je croie que le capitaine Cunningham compte prêcher l'insurrection depuis sa chaire.

— Moi non plus, l'assura-t-il. Du moins, pas encore.

— Allez ! l'encouragea-t-elle. N'es-tu pas curieux ?

Il l'était. Intensément. Il avait pourtant entendu son lot de sermons en tant que fils d'un pasteur presbytérien. Toutefois, à l'époque, il n'imaginait pas devenir pasteur lui-même et n'avait pas prêté beaucoup d'attention aux détails. Il avait beaucoup appris autrefois en officiant sur le Ridge, et plus encore lorsqu'il s'était préparé à l'ordination. Toutefois, cela remontait à plusieurs années et une grande partie des fidèles aujourd'hui ne le connaissait que comme le gendre du « grand chef ».

Brianna tendit la jupe devant elle pour examiner son œuvre.

— Si nous n'y allons pas, cela se verra comme le nez au milieu de la figure, dit-elle. Tout le monde y sera, crois-moi. Ils seront également tous là pour ton service. N'oublie pas ce qu'a dit pa au sujet des divertissements.

Une fois dans la Maison commune, il dut reconnaître qu'elle avait eu raison sur tous les points. Jamie et Claire avaient mis leurs habits du dimanche et étaient pleins de bienveillance. Derrière eux, Germain et Fanny étaient étonnamment propres et calmes.

Il lança un regard à sa progéniture, qui était propre à défaut d'être calme. Jemmy et Mandy étaient assis sur le banc entre Brianna et lui ; le premier se tortillant d'impatience, la seconde occupée à enseigner le Notre-Père à Esmeralda (du moins la première phrase, la seule qu'elle connût), tout en pressant les mains de la poupée pieusement l'une contre l'autre.

— Je me demande combien de temps durera son sermon, dit Brianna avec un regard vers les enfants.

— S'il a l'habitude de prêcher à des marins, c'est-à-dire à un public captif qui n'ose ni partir ni l'interrompre, il risque de s'éterniser.

Il entendait un brouhaha à l'arrière de la salle, où un groupe de garçons plus âgés se tenaient debout, semblables à ceux qui avaient lâché un serpent lors de son premier sermon.

— Tu ne comptes pas le chahuter, n'est-ce pas ? lui demanda Brianna en lançant un regard par-dessus son épaule.

— Bien sûr que non.

— C'est quoi chahuter, papa ? demanda Jemmy, attiré par le mot.

— Cela veut dire interrompre une personne en train de parler ou lui lancer des grossièretés.

— Oh.

— Et tu ne le feras jamais, jamais, tu m'entends ?

— Oh.

Jemmy se désintéressa de la question et recommença à fixer le plafond.

Une agitation parcourut les bancs lorsque le capitaine Cunningham et sa mère firent leur entrée. Le capitaine saluait d'un côté et de l'autre, amène sans être particulièrement souriant. Mme Cunningham lançait des regards vifs en passant, à l'affût des fâcheux.

Elle aperçut Esmeralda et ouvrit la bouche. Son fils se racla bruyamment la gorge et, la prenant par le coude, la guida rapidement vers le premier banc. Elle lança un regard derrière elle, mais le capitaine avait pris sa place et elle se redressa tandis que la congrégation s'installait dans un concert de chuts.

— Mes frères et sœurs ! tonna le capitaine.

Tout le monde sursauta. Roger supposa qu'il avait parlé avec la voix qu'il utilisait sur le gaillard d'arrière pour se faire entendre par-dessus le claquement des voiles et le rugissement des canons. Cunningham toussa et reprit sur un ton plus doux :

— Mes bien chers frères et sœurs, je vous souhaite la bienvenue. Beaucoup d'entre vous me connaissent. Pour les autres, je suis le capitaine Cunningham, de la marine de Sa Majesté. J'ai reçu l'appel de Dieu voici deux ans et m'efforce d'y répondre de mon mieux. Je vous parlerai plus tard de mon cheminement, et du vôtre, vers le Seigneur, mais commençons notre service ce matin en chantant *Ô Dieu, notre aide dans les siècles passés*.

— Je crois qu'il va être bon, chuchota Brianna tandis que la congrégation se levait.

Le capitaine était effectivement doué. Après l'hymne (seule la moitié de la congrégation le connaissait mais, l'air étant simple, les autres purent rapidement le fredonner), il ouvrit sa vieille bible et leur lut un passage de l'Évangile de Matthieu :

Jésus marchait le long du lac de Galilée lorsqu'il vit deux frères qui étaient pêcheurs ; Simon, surnommé Pierre, et son frère André ; ils pêchaient en jetant un filet dans le lac.

Jésus leur dit : « Venez avec moi et je ferai de vous des pêcheurs d'hommes. »

Aussitôt, ils laissèrent leurs filets et le suivirent. Il alla plus loin et vit deux autres frères, Jacques et Jean, les fils de Zébédée. Ils étaient dans leur barque avec Zébédée, leur père, et réparaient leurs filets. Jésus les appela.

Aussitôt, ils laissèrent la barque et leur père et le suivirent.

Ensuite, il reposa sa bible et leur dit, avec une grande simplicité, ce qui l'avait amené ici.

— Il y a deux ans, je commandais l'un des navires de Sa Majesté, le *HMS Lenox*, au sein de la Station d'Amérique du Nord. Nous avions pour mission de faire le blocus des ports coloniaux et de mener des raids contre les communautés rebelles.

Roger sentit aussitôt un mouvement de méfiance se répandre telle une brume basse dans la salle. Parmi les présents, certains étaient secrètement loyalistes. La plupart de ceux qui s'étaient déclarés l'avaient fait en tant que rebelles, soit par conviction, soit motivés par un désir pragmatique de s'allier avec le propriétaire des terres (ce dernier étant assis au troisième rang).

— Mon fils Simon nous avait rejoints depuis peu en tant que lieutenant en second. J'en étais ravi, car nous ne nous étions pas vus depuis deux ans. Il avait été auparavant affecté dans la Manche.

Le capitaine s'interrompit un instant, semblant plongé dans ses souvenirs.

— J'étais fier de lui, dit-il doucement. Fier qu'il ait choisi de me suivre dans la Royal Navy et fier de sa conduite. Il n'avait que dix-huit ans, mais il était entreprenant et courageux. Il prenait grand soin de ses hommes.

Il pinça les lèvres un instant, inspira profondément.

— Alors que nous patrouillions le long du Rhode Island, nous avons croisé et poursuivi un cutter rebelle. Nous avons engagé le combat. Mon fils est mort dans ce combat.

Un murmure de choc et de compassion parcourut l'assemblée. Le capitaine ne sembla pas le percevoir et poursuivit :

— Je me tenais à quelques pieds de lui lorsque la balle l'a atteint. Je l'ai pris dans mes bras et l'ai senti mourir.

Il marqua une pause puis répéta doucement en balayant l'assistance du regard :

— Je l'ai senti mourir. Certains d'entre vous connaissent sûrement cette sensation.

Beaucoup l'avaient vécue.

— Bien sûr, dans le feu de l'action, on n'a pas le temps de pleurer. Il nous a fallu plus d'une heure pour prendre possession du cutter et capturer son équipage. J'ai envoyé le vaisseau au port sous le commandement de mon aspirant, une tâche qui, normalement, serait revenue au lieutenant en second, mon fils. À ce moment, j'avais perdu toute volonté d'agir et de commander. Je suis allé dire adieu à mon fils.

Roger baissa malgré lui les yeux vers Jemmy, vers les volutes soyeuses de sa chevelure au sommet de son crâne, vers ses petites oreilles roses et propres.

— Il se trouvait sous le pont, étendu sur un lit dans l'infirmerie. Je me suis assis près de lui. J'étais une coquille vide. Naturellement, j'étais conscient de ce qu'il m'arrivait, d'avoir perdu une partie de moi-même, une perte plus grande que celle d'un bras ou d'une jambe. Pourtant, je ne ressentais rien. Je crois... Je crois que j'avais peur de ressentir quoi que ce soit. Plus tard, alors que je contemplais ses traits, des traits que je connaissais si bien, j'ai vu la lumière y pénétrer à nouveau.

Son regard allait de l'un à l'autre, cherchant à se faire comprendre.

— Son visage a changé... Il est devenu... transcendant. Si beau. C'était le visage d'un ange. Et il a ouvert les yeux.

Dans la stupeur, tout le monde se redressa. Mme Cunningham, qui était déjà aussi raide que pouvait l'être une personne pourvue d'une colonne vertébrale, s'était raidie davantage et regardait le sol.

— Il m'a parlé, poursuivit le capitaine d'une voix rauque. Il m'a dit : « Ne t'inquiète pas, père. Nous nous reverrons. Dans sept ans. » Ensuite, il a fermé les yeux et... il est mort.

Il fallut quelques instants avant que les murmures et les chuchotements se taisent. Le capitaine attendit patiemment que le silence revienne, avant de reprendre :

— En quittant le chevet de mon fils, j'ai compris que le Seigneur m'avait donné une bénédiction et un signe, l'assurance que l'âme n'est pas détruite par la mort, et la conviction qu'Il m'avait appelé pour que je transmette son message à Son peuple. C'est pourquoi je suis parmi vous aujourd'hui, pour vous apporter la bonne parole de Dieu, pour offrir humblement de vous guider si je le peux et pour honorer la mémoire de mon fils, le lieutenant Simon Elmore Cunningham, qui a servi son roi, sa patrie et son Dieu avec honneur et fidélité.

Roger se leva pour le dernier hymne en proie à un débordement d'émotions. Il avait bu chaque parole du capitaine, se sentant rempli de tristesse, de fierté, de chaleur et d'exaltation. Même en faisant abstraction des aspects purement émotionnels de son sermon, il devait reconnaître que c'était du sacré bon travail.

Alors que les chants s'élevaient, il glissa à Brianna :

— Nom de Dieu !

— Je ne te le fais pas dire, répondit-elle.

Je me demandais comment Roger allait s'en sortir après le numéro de Cunningham. Les fidèles s'étaient dispersés sous les arbres pour se rafraîchir et chaque groupe près duquel je passais était plongé dans une conversation animée et pénétrée au sujet du sermon du capitaine. À juste titre. Moi-même, j'étais encore sous l'effet de ses paroles remplies d'espoir.

Bree semblait se poser la même question. Elle discutait avec Roger à l'ombre d'un grand chêne jaune. Il ne paraissait pas inquiet. Souriant, il lui redressa son bonnet. Elle s'était habillée pour le rôle de l'épouse modeste d'un pasteur.

— Dans deux mois, elle viendra à l'église en pantalon, me dit Jamie, qui avait suivi mon regard.

— On parie ?

— Trois contre un. Que mises-tu, *Sassenach* ?

— Parier un dimanche ? Tu iras droit en enfer, Jamie Fraser.

— Peu m'importe puisque tu y seras avant moi. En outre, aller à l'église trois fois dans la même journée me vaudra quelques jours de moins au purgatoire.

— Paré pour le deuxième round ?

Roger venait d'embrasser Bree et se dirigeait vers nous, grand, droit, beau dans son meilleur costume noir (son seul). Dans les groupes voisins, les gens commencèrent à ranger leurs pains, leurs fromages et leurs bières, et à remettre de l'ordre dans la tenue de leurs enfants.

Lorsque Roger arriva à notre hauteur, j'esquissai un salut militaire.

— Prêt pour le grand saut ?

— Geronimo[16] ! répliqua-t-il.

Il redressa les épaules et se tourna pour accueillir ses ouailles.

Dieu merci, il ne régnait pas encore une chaleur étouffante à l'intérieur de la salle. L'odeur de pin vert s'était atténuée. Roger laissa à l'assemblée le temps de s'installer confortablement, mais pas assez pour que les conversations reprennent. Il entra avec Bree à son bras et la laissa à hauteur du premier banc. Ensuite, il se tourna vers l'assistance avec un grand sourire.

— Y en a-t-il parmi vous qui ne me connaissent pas encore ? demanda-t-il.

Il y eut de légers rires dans la salle.

— Le fait que vous me connaissiez et soyez quand même venus me rassure. Parfois, ce sont les choses qui nous sont familières qui comptent le plus, en partie parce que nous les connaissons bien et comprenons leur importance. Si vous voulez bien vous lever, nous réciterons le Notre-Père ensemble.

Ils se levèrent docilement et le suivirent dans la prière, certains en gaélique, la plupart dans un anglais aux accents variés.

Lorsque nous nous rassîmes, il se racla bruyamment la gorge et je commençai à m'inquiéter. Sa voix s'était améliorée, que ce soit par une guérison naturelle ou grâce aux traitements (si l'on pouvait qualifier ainsi une méthode aussi singulière que l'imposition des mains du Dr McEwan) que je lui administrais une fois par mois. Toutefois, cela faisait longtemps qu'il n'avait pas parlé en public, sans parler de prêcher et encore moins de *chanter*. La peur de décevoir n'arrangeait rien.

— Je sais que certains d'entre vous viennent des îles et du Nord. Vous vous êtes donc familiarisés avec notre forme de répons.

Hiram Crombie regarda sa famille alignée sur le banc à ses côtés. D'autres, qui savaient ce dont il s'agissait, relevèrent le nez, intéressés.

— Pour ceux qui ne connaissent pas cette tradition, n'ayez crainte. Ce n'est qu'une manière de chanter les hymnes et les psaumes lorsqu'on n'a qu'un livre de prières pour tous, ou une partie d'un livre.

16. Cri lancé par les parachutistes de l'armée de l'air américaine au moment de sauter de l'avion (N.d.T.).

Il brandit son propre livre de cantiques, une grosse liasse de feuilles sans couverture que Jamie avait dénichée dans une taverne de Salisbury et achetée trois pence et deux pieds de cochon qu'il avait gagnés dans une partie de cartes.

— Aujourd'hui, nous allons chanter le psaume cent trente-trois. Il est bref, mais je l'aime bien. Je chanterai, ou plutôt psalmodierai la première phrase et vous la répéterez après moi, et ainsi de suite. D'accord ?

Il ouvrit son livre à une page marquée et, d'une voix suffisamment forte et rythmique pour que tous l'entendent et le suivent, entonna :

— *Voici, oh ! qu'il est agréable, qu'il est doux...*

Il y eut un instant de silence, puis plusieurs voix reprirent en chœur :

— *Voici, oh ! qu'il est agréable, qu'il est doux...*

En voyant la joie sur le visage de Roger, je me rendis compte qu'il n'avait pas été certain que les gens le suivraient.

— ... *Pour des frères de demeurer ensemble.*

— *Pour des frères de demeurer ensemble.*

D'autres voix s'étaient ajoutées et le répons prit de l'assurance. Au bout de la troisième phrase, nous partagions le bonheur de Roger, nous imprégnant des mots et de leur sens.

Le psaume était effectivement court, mais l'assemblée y prenait tellement de plaisir que nous le répétâmes deux fois jusqu'à ce que, essoufflés, nous nous tûmes enfin, laissant résonner la dernière phrase : « *C'est là que l'Éternel envoie la bénédiction, la vie, pour l'éternité !* »

— C'était très bien, dit Roger dans un croassement.

Les gens rirent, sans méchanceté.

— Jamie, voulez-vous bien nous lire un passage de l'Ancien Testament ?

Je lançai un regard surpris à Jamie. Apparemment, il s'y était préparé, car il saisit sa petite bible et vint se placer à l'avant de la salle. Il portait le meilleur de ses deux kilts, avec la seule veste sobre qu'il possédait. Il sortit ses lunettes de son *sporran*, les ajusta sur son nez et lança par-dessus un regard sévère aux garçons au fond de la salle. Ces derniers cessèrent aussitôt leurs chuchotements.

Satisfait, il ouvrit le livre et lut le passage de la Genèse où des anges rendent visite à Abraham. Pour le remercier de son hospitalité, ils lui annoncent que, lors de leur prochaine visite, son épouse Sarah lui aura donné un fils.

— *Sarah se mit à rire en elle-même ; elle se disait : « J'ai pourtant passé l'âge du plaisir, et mon seigneur est un vieillard ! »*

Il releva brièvement les yeux et croisa mon regard. Il émit un « Mmm » du fond de la gorge et reprit :

— « *Y a-t-il une merveille que le Seigneur ne puisse accomplir ? Au moment où je reviendrai chez toi, au temps fixé pour la naissance, Sarah aura un fils.* »

Il me sembla entendre un ricanement derrière moi. Il fut noyé dans la dernière phrase.

— *Sarah mentit en disant : « Je n'ai pas ri », car elle avait peur. Mais le Seigneur répliqua : « Si, tu as ri. »*

Jamie referma le livre et le tendit à Roger avant de revenir s'asseoir à mes côtés et de replier ses lunettes.

— Dire qu'il y a des gens qui pensent que Dieu n'a pas le sens de l'humour, me chuchota-t-il.

Avant que j'aie pu répondre, Roger annonça qu'ils allaient chanter un bref hymne et demanda qui connaissait *Jésus régnera*. En voyant de nombreuses mains se lever, il commença à chanter. Sa voix se brisa comme une tasse fêlée dès le premier couplet, mais suffisamment de gens connaissaient les paroles pour continuer. Il battit le rythme du plat de la main et parvint à prononcer les premiers mots de chaque vers.

Même s'il n'avait pas fait une chaleur étouffante et humide dans la petite salle, j'aurais dégouliné de sueur par compassion pour lui.

Bree lui avait apporté une gourde. Il but une longue gorgée puis s'essuya les lèvres.

— J'ai demandé à mon épouse de vous lire un bref passage du Nouveau Testament, annonça-t-il ensuite.

Il fit un signe à Brianna, qui se leva en rosissant. Elle lança un regard grave à travers la pièce en regardant chacun dans les yeux, ouvrit à nouveau la bible de Jamie et lut le passage décrivant les noces de Cana, où Jésus, à la demande de sa mère, sauve le marié de l'humiliation en transformant l'eau en vin.

Elle lisait bien, d'une voix forte et claire. Lorsqu'elle se rassit, je vis des gens hocher la tête, même à contrecœur.

Roger se releva et, une fois de plus, s'éclaircit la voix.

— Comme vous pouvez l'entendre… je ne serai pas capable de parler longtemps. Mon sermon sera donc bref.

Cela sembla convenir à la congrégation et chacun se prépara à l'écouter.

— Je sais que vous avez pratiquement tous entendu M. Cunningham ce matin et que vous avez été ému par son témoignage. Tout comme moi.

Sa voix était de plus en plus râpeuse, mais compréhensible.

— Il est important d'entendre parler de grands événements, de révélations et de miracles. Cela nous rappelle la grandeur de Dieu et sa gloire. Cependant, la plupart d'entre nous ne vivent pas des situations de péril ni des aventures. Nous ne sommes pas souvent appelés à faire preuve d'un tel courage… à être des héros. Même s'il y en a quelques-uns parmi nous (il sourit à l'assistance et soutint des regards ici et là). Non, chacun d'entre nous est appelé à vivre sa vie faite de petits moments, à faire preuve de bonté, de sentiment, à faire confiance à autrui, à répondre aux besoins de ceux que nous aimons. Car Dieu est partout et vit en chacun de nous. Ces petits moments lui appartiennent. Il en fera sa gloire et… laissera… sa grandeur… briller en vous.

Il acheva à peine sa dernière phrase, devant inspirer pour propulser chaque mot, et s'interrompit, la bouche ouverte, pantelant.

— Amen, déclara Jamie d'une voix ferme.

— Amen, reprit l'assistance en chœur.

Roger fut aussitôt submergé par des fidèles enthousiastes, qui s'agglutinèrent autour de lui. Sur le côté, je vis Brianna qui souriait à travers ses larmes et je me rendis compte que j'en faisais autant.

J'aurais pensé qu'après deux messes les gens auraient perdu leur appétit pour la religion. Si une moitié des fidèles rentra chez elle, une vingtaine de personnes (en plus de notre famille) revinrent à travers la forêt en fin d'après-midi pour retourner dans la Maison commune, certains retroussant mentalement leurs manches et la plupart se demandant bien ce qui les y attendait.

Rachel et Jenny avaient disposé les bancs en un grand carré, au centre duquel se tenait ma petite table à instruments où étaient posés une cruche d'eau et un gobelet en étain.

Rachel se tenait à la porte pour accueillir les gens, Jenny et Ian à ses côtés.

— Je te souhaite la bienvenue, ami McHugh, ainsi qu'à ta famille, dit-elle à Sean McHugh.

Elle sourit à Mairi McHugh.

— Notre coutume veut que les femmes s'asseyent d'un côté et les hommes de l'autre. Comme tu es la première, à toi de choisir le côté.

— Euh... merci, répondit Mairi.

Elle chuchota à son mari :

— Je dois la tutoyer ?

— Qu'est-ce que j'en sais ? Alors on se dit « tu » quand on est là ? demanda-t-il à Rachel.

Imperturbable, celle-ci expliqua qu'ils n'avaient pas besoin d'utiliser le parler simple à moins que l'esprit ne les y incite, mais que personne ne se moquerait d'eux s'ils le faisaient.

J'entendis le murmure de soulagement des gens derrière moi, notamment des très costauds fils MacHugh, qui entrèrent l'un après l'autre.

Jamie et moi attendîmes que tout le monde fût à l'intérieur.

— Tu t'en sortiras très bien, glissa Jamie à Rachel en passant devant elle.

— Oh, je n'ai pas l'intention de faire ni de dire quoi que ce soit, l'assura-t-elle. À moins que l'esprit ne parle à travers moi, auquel cas je suis sûre que mon discours sera approprié.

— Ça ne veut pas dire qu'elle ne déclenchera pas une bagarre, grommela Ian dans mon oreille. L'esprit est très prodigue de ses opinions.

Le dîner fut simple, personne n'étant resté à la maison durant la journée pour le préparer. Le matin avant de partir, j'avais cuisiné une énorme marmite de soupe au maïs, avec des oignons, du bacon et des pommes de terre coupées en rondelles. Je l'avais couverte et laissée mijoter doucement après avoir vérifié les braises pour la énième fois et récité une prière pour que la maison ne brûle pas en notre absence. Il nous restait également du pain de la veille, un peu de fromage et quatre tartelettes aux pommes en guise de « pouding ».

— C'est pas du pouding, protesta Mandy en m'entendant annoncer le menu. C'est de la tarte.

— Tu as raison, ma chérie. C'est juste une manière de dire. En Angleterre, tous les desserts s'appellent du pouding.

— Pourquoi ?

— Parce qu'ils ne connaissent rien d'autre, lui répondit Jamie.

Jem et Mandy pouffèrent de rire, tandis que Germain levait les yeux au ciel.

— Quoi qu'il en soit, cela fait du bien de s'asseoir devant un dîner, dis-je en servant la soupe. La journée a été longue.

Je souris à Roger, puis à Rachel.

— Tu as été formidable, Roger, lui dit Rachel. Je n'avais encore jamais entendu cette façon de chanter les psaumes. Et toi, Ian ?

— Moi si. Quand j'accompagnais mon père pour acheter des moutons sur l'île de Skye, il y avait cette petite église presbytérienne. Il n'y a rien d'autre à faire sur Skye. Je veux dire, aller à l'église, pas acheter des moutons.

— Cela me rappelle quelque chose, observai-je en faisant tomber une grosse motte de beurre de son moule. Pas Skye, mais cette forme de chant. Je ne sais pas pourquoi.

Roger esquissa un sourire. Il pouvait à peine parler, mais le bonheur brillait dans ses yeux.

— Les esclaves africains l'utilisent, dit-il, à peine audible. On appelle ça le chant de travail. Peut-être les avez-vous entendus à River Run ?

— Peut-être, répondis-je, peu convaincue. Mais il me semble l'avoir entendu… plus récemment ?

Il comprit aussitôt ce que j'entendais par « récemment ».

— En effet, les chanteurs noirs, puis d'autres, s'en sont inspirés. C'est l'une des… (il lança un bref regard vers Fanny et Rachel) l'une des racines de la, euh, musique moderne.

Il voulait sans doute parler du rock'n'roll, ou du *rhythm and blues*. Je n'étais pas une experte en musicologie.

— En parlant de musique, Rachel, tu as une très belle voix, dit Brianna.

Elle se penchait sur la table pour agiter un petit morceau de pain sous le nez d'Oggy.

— Merci, Brianna, répondit Rachel en riant. La chienne aussi. Elle a grandement contribué à notre première assemblée, même si elle a sans doute donné du poids à ceux qui soutiennent que le chant durant le culte est une distraction.

Elle prit le morceau de pain et le donna à Oggy, qui l'écrasa dans son poing.

— Je suis heureuse que tant de gens soient venus partager notre assemblée, reprit-elle. Même si c'était sans doute par curiosité. Maintenant qu'ils connaissent la terrible vérité de la société des Amis, ils ne reviendront probablement pas.

— C'est quoi la terrible vérité des Amis, tante Rachel ? demanda Germain.

— Que nous sommes ennuyeux. Tu ne l'as pas remarqué ?

— C'est vrai que, à part Bluebell, c'était plutôt ennuyeux, convint Jemmy en fouillant dans son bol de soupe à la recherche de morceaux de bacon croustillants.

En croisant le regard de Ian, il ajouta précipitamment :

— Mais pas d'une mauvaise manière. C'était… comment dire… paisible.

— C'est le but recherché, n'est-ce pas ? dit Jamie. Nous n'avons plus de poivre ?

Il avait salé sa soupe et passé la salière à son voisin. Le moulin à poivre, lui, avait roulé sur la table et était tombé.

— Si, répondis-je en me baissant. Oh, c'est Bluebell qui l'a.

La chienne reniflait précautionneusement le moulin. Elle éternua d'une manière explosive, à plusieurs reprises. Je me redressai en tenant le poivrier humide et l'essuyai délicatement avec mon tablier.

— Méfie-toi du poivre, Bluey, dit Roger en se penchant sous la table. C'est mauvais pour les cordes vocales.

La chienne lui répondit d'un jappement aimable et agita la queue. Au cours des deux premiers services, Bluebell était restée dehors, courant dans les bois avec les autres chiens qui avaient accompagné leurs maîtres. Rachel avait dit à Fanny que la chienne était la bienvenue dans l'assemblée des Amis, une invitation à laquelle Bluebell avait répondu en participant avec enthousiasme au chœur de l'hymne simple que Rachel avait chanté. Elle m'avait expliqué que les assemblées se déroulaient généralement sans musique, car celle-ci aurait entravé la spontanéité du culte. Toutefois, il était acceptable que quelqu'un se mette à chanter si l'inspiration divine l'y incitait. Son chant avait été aussi efficace pour l'humeur de la congrégation que les sermons du capitaine et de Roger.

— J'ai aimé ton assemblée, *a leannan*, lui dit Jamie en saupoudrant une généreuse quantité de poivre sur sa soupe. Je crois que tu seras surprise la semaine prochaine. Les gens parlent, tu sais.

— Je sais. Et le Seigneur sait ce qu'ils diront. En tout cas, merci d'être venu, Jamie. Et vous tous aussi.

Elle sourit à la ronde, m'incluant ainsi que Roger, Bree et tous les enfants. Ces derniers avaient tous assisté aux trois services. Toutefois, contrairement aux deux premiers, ils avaient été autorisés et même encouragés à parler lors de celui de Rachel.

Elle avait expliqué aux participants les principes de base d'une assemblée des Amis. On restait assis en silence et on écoutait sa lumière intérieure, à moins que ou jusqu'à ce que l'esprit vous incite à dire quelque chose : un souci à partager, une prière, une chanson ou une pensée dont on souhaitait débattre.

Elle avait ajouté que, si de nombreuses assemblées commençaient et s'achevaient dans le silence, elle se sentait incitée par l'esprit à commencer celle-ci en chantant, sans prétendre le faire aussi bien que l'ami Cunningham et l'ami Roger (les MacKenzie étaient présents, naturellement, mais les Cunningham n'étaient pas venus, ce qui ne m'avait guère surprise). Si quelqu'un voulait l'accompagner, elle en serait heureuse.

Le chant (et Bluebell) ayant considérablement réchauffé l'atmosphère, nous étions ensuite restés assis en silence pendant quelques minutes, et j'avais senti Jamie se redresser sur son banc. Il avait alors parlé à l'assemblée de Silvia Hardman, une quaker qu'il avait rencontrée par hasard à Philadelphie. Elle l'avait hébergé et soigné pendant plusieurs jours, alors qu'il était handicapé par un terrible mal de dos.

— Outre sa grande bonté, j'ai été frappé par ses filles. Elles étaient aussi bonnes que leur mère, mais ce sont surtout leurs prénoms qui me plaisaient. Patience, Prudence et Chasteté. Je voulais donc te demander, Rachel, les Amis donnent-ils souvent à leurs enfants des noms de vertu ?

— En effet.

Souriant à Jemmy, qui commençait à s'agiter sur son banc, elle lui avait demandé :

— Jeremiah, si tu ne t'appelais pas Jeremiah et devais porter un nom de vertu, lequel choisirais-tu ?

— C'est quoi une vertu ? avait répliqué Mandy.

— Quelque chose de bien, avait précisé Germain. Comme… (il avait regardé Rachel afin qu'elle le lui confirme) Paix ? Ou Bonté ?

— Exactement, avait-elle répondu gravement. Et toi, Germain, pendant que Jeremiah réfléchit, lequel choisirais-tu ? Piété ? Ou peut-être Obéissance ?

— Certainement pas ! avait-il rétorqué, horrifié.

Cela avait déclenché l'hilarité générale et chacun s'était mis à proposer des noms de vertu, tant pour soi-même que pour des membres de sa famille, provoquant des éclats de rire ou, parfois, des réactions outragées.

— C'est toi qui as commencé, pa, déclara Brianna à présent. Pourtant, j'ai remarqué que tu n'avais pas choisi un prénom lors de l'assemblée.

— Il porte déjà les prénoms de trois rois d'Écosse, protesta Roger. Un quatrième lui monterait à la tête.

— Toi non plus, maman.

Je voyais Brianna se creuser déjà les méninges et préférai la devancer.

— Euh… Pourquoi pas Douceur ?

Cela en fit rire plus d'un autour de la table.

— L'intransigeance est-elle une vertu ? me demanda Jamie avec un sourire ironique.

— Probablement pas, quoi que cela dépende sans doute des circonstances.

— C'est vrai, dit-il en me baisant la main. Alors je propose Résolution.

— C'est vrai que Résolution Fraser sonne plutôt bien, convins-je. J'en ai un pour toi aussi.

— Ah oui ?

— Endurance.

Il ne cessa pas de sourire, quoique je vis une lueur de contrition dans son regard.

— Oui, dit-il. Ça me convient.

35

Le doublon

Le 26 juillet 1779

À l'intention du général Fraser, de Fraser's Ridge,
Colonie de Caroline du Nord.
De la part du capitaine Judah M. Bixby

Cher général Fraser,

J'espère que cette lettre vous trouvera ainsi que votre épouse en bonne santé. Je suis désormais le capitaine d'une compagnie d'infanterie sous le commandement du général Wayne, qui vous connaît et qui, comme moi, vous adresse ses meilleurs sentiments. Le général Wayne m'a dit qu'il avait appris que vous étiez rentré chez vous en Caroline du Nord. J'espère que c'est le cas et que cette lettre vous parviendra.

Dans le cas contraire, je vous en écrirai une autre plus tard, que vous recevrez peut-être, avec d'autres informations que j'aurai éventuellement obtenues.

Tout d'abord, je voulais vous dire que nous avons eu une escarmouche la semaine dernière avec les Britanniques, près d'un fort qu'ils tiennent, appelé Stony Point, sur la rive de l'Hudson. Nous n'avons pas attaqué le fort, mais nous les avons forcés à s'y retrancher dare-dare !

Ensuite, j'ai le grand regret de vous annoncer que le Dr Hunter a été capturé lors de l'affrontement et est retenu prisonnier dans le fort. Pour autant que je sache, il n'a pas été blessé et je suis sûr que, en sa qualité de docteur et parce qu'il est quaker et que les quakers n'ont pas combattu contre eux, les Britanniques le traiteront avec bienveillance et ne le pendront pas.

Je sais que le docteur est un bon ami à vous et Mme Fraser et qu'il vous importera de connaître son sort. Je prierai pour vous la nuit, ainsi que pour le docteur et son épouse.

Votre très humble serviteur (et aide de camp),
Judah Mordecai Bixby, capitaine dans l'armée continentale.

Jamie me reprit la lettre et la lut à nouveau. Nous étions assis sur un tronc d'arbre devant mon potager et je m'approchai de lui pour lire par-dessus son épaule. Mon ventre s'était noué à la lecture du mot « capturé » et m'était remonté dans la gorge à celle des mots « ne le pendront pas ».

— Stony Point, dis-je en m'efforçant de rester calme. Sais-tu où ça se trouve ?

Jamie secoua la tête sans quitter le papier des yeux.

— Quelque part dans la colonie de New York, je suppose, répondit-il. Tu penses que Dottie sait où se trouve Denny ? À moins qu'elle soit avec lui ?

— En prison ?

Cela faisait presque un an que nous n'avions pas vu Denzell et Dottie. En voyant écrit « Dr Hunter », j'avais porté machinalement ma main à mon flanc. Denny avait extrait la balle de mon foie après la bataille de Monmouth. La plaie avait bien cicatrisé, mais je ressentais encore un pincement sous mes côtes lorsque je me retournais pour saisir un objet. Il m'arrivait également de me réveiller la nuit dans un état de profonde confusion, mon corps vibrant au souvenir de l'impact de la balle. Lorsqu'une blessure guérit, le corps conserve des cicatrices internes, tout comme l'esprit.

— Peut-être, répondit Jamie, le front soucieux. Ou du moins en ville, où elle peut l'aider.

En voyant mon expression perplexe, il expliqua :

— Lui fournir de la nourriture, des remèdes, des couvertures. Il a bien réussi à transmettre un message, non ?

Il agita la lettre.

À dire vrai, Dottie pouvait être dans la prison. Il n'était pas rare qu'une épouse et même des enfants aillent vivre avec un mari ou un père détenu, sortant durant la journée pour mendier ou chercher du travail. La pitance des prisonniers était maigre, voire inexistante. Ils dépendaient donc de leur famille, d'amis ou d'âmes charitables s'ils étaient emprisonnés loin de chez eux. Toutefois, il était peu probable que les épouses fussent admises dans une prison militaire…

— Tu as du papier dans ton bureau ? demandai-je.

— Oui, pourquoi ? demanda-t-il en repliant la lettre.

— Je vais écrire à John Grey.

Cela me paraissait la chose la plus simple et évidente à faire. Du moins le croyais-je.

— Pardon ?

L'un des avantages des mariages longs est que l'on peut aisément deviner où certaines conversations risquent de vous mener. Cela vous permet parfois d'éviter les terrains minés et, dans un accord tacite, d'emprunter un autre chemin. Jamie fronça les lèvres en me dévisageant d'un air songeur. Puis il inspira profondément.

— Dorothea écrira à son père, si ce n'est déjà fait, dit-il en rangeant la lettre dans son *sporran*. Le duc fera le nécessaire.

— Nous ignorons si Dottie peut écrire à son père. Elle n'est peut-être pas auprès de Denzell, elle ne sait peut-être même pas qu'il a été emprisonné ! D'ailleurs, nous ne savons pas où se trouve Hal… euh, je veux dire, le duc. Toutefois, John et lui peuvent être localisés. L'armée britannique sait certainement où ils sont.

Zut, je n'aurais jamais dû appeler Hal par son prénom…

— Le temps que j'envoie un message à Savannah ou à New York, Denzell aura probablement été libéré, gracié ou déplacé, répliqua-t-il.

— Ou tué, rétorquai-je. Bon sang, Jamie ! Tu es pourtant bien placé pour connaître les conditions de vie dans les prisons britanniques.

Il se raidit.

— Oui, je sais.

C'est en prison qu'il s'est lié d'amitié avec John...

Je tentai de revenir sur un terrain moins glissant.

— En outre, c'est moi qui lui écrirai. Tu n'auras pas besoin d'entrer en relation avec lui.

Son cou commençait à rougir, ce qui n'était jamais bon signe.

— Je n'ai aucune intention « d'entrer en relation », répondit-il en prononçant ces mots comme s'ils étaient infestés de puces. Et encore moins de te laisser « entrer en relation » avec lui.

Il s'empara de la pelle avec laquelle il était en train de creuser un nouveau puits pour le potager, d'une manière laissant entendre qu'il aurait bien aimé l'abattre sur le crâne de John Grey ou, à défaut, sur le mien.

— Je ne suggérais rien de personnel, déclarai-je.

— Il est un peu tard pour ça, rétorqua-t-il.

Cette fois, je perdis patience.

— Pour l'amour de Dieu ! Tu sais très bien ce qu'il s'est passé. Et comment. Tu sais que je...

— Oui, je sais ce qu'il s'est passé. Il t'a couchée dans son lit, t'a écarté les cuisses et t'a sautée. Tu crois que je peux encore entendre le nom de cet homme sans y penser ?

Il marmonna quelque chose de très grossier en gaélique où il était question des testicules de John et enfonça sa pelle dans la terre.

J'inspirai lentement par le nez en pinçant les lèvres.

Au bout d'un moment, je repris :

— Je croyais que nous en avions terminé avec ce sujet.

De toute évidence, je m'étais bercée d'illusions. Soudain, je me souvins de ce qu'il m'avait dit lorsqu'il m'avait retrouvée dans Bartram's Garden, lui revenu d'entre les morts et sentant le chou, moi, couverte de boue et folle de joie.

« Je t'aime depuis la première fois que je t'ai vue, *Sassenach*. Je t'aimerai toujours. Peu m'importe si tu couches avec toute l'armée britannique... Enfin, non, cela m'importerait, mais cela ne m'empêchera pas de t'aimer. »

Cela me calma légèrement, bien que mon esprit poursuivît sa pensée et me rappelât autre chose qu'il avait dit plus tard dans la même conversation.

« Je ne dis pas que ça ne me dérange pas, car ce serait mentir. Je ne dis pas non plus que je n'en ferai pas un drame plus tard parce que ce sera probablement le cas. »

Il se rapprocha de moi et me dévisagea avec un regard bleu intense.

— T'ai-je déjà dit que j'étais un homme jaloux ?

— Oui, mais...

— Et t'ai-je déjà dit que je te reprocherais chaque instant que tu passerais dans le lit d'un autre ?

Je pinçai les lèvres pour réprimer les mots désagréables qui bouillonnaient en moi.

— En effet, répondis-je sans desserrer les dents.

— Je le pensais et le pense toujours. Fais ce que bon te semble, Dieu sait que tu n'en fais jamais qu'à ta tête, mais ne prétends pas ignorer ce que j'en pense.

Il tourna les talons et s'éloigna, sa pelle sur l'épaule.

Je serrais tant les poings que je sentais mes ongles s'enfoncer dans mes paumes.

Je lui aurais volontiers lancé une pierre, mais il était déjà trop loin, marchant vite, le dos voûté par la colère.

— Et William ? criai-je derrière lui. S'il est « en relation » avec John, alors toi aussi, espèce d'Écossais borné !

Ses épaules se voûtèrent encore plus, mais il ne se retourna pas. J'entendis quand même sa réponse.

— Que William aille se faire voir !

Une petite toux derrière moi m'arracha à la liste mentale de synonymes de « foutu Écossais » que j'étais en train de dresser. En me retournant, je découvris Fanny, son tablier rempli de navets couverts de terre, son doux visage inquiet tourné dans la direction où Jamie avait disparu entre les arbres.

— Qu'a fait Will-iam, madame Fraser ?

Je souris en dépit de mon agitation. Son élocution était désormais parfaitement fluide, sauf quand elle était troublée ou parlait vite. Toutefois, elle avait encore cette légère hésitation entre les deux syllabes du prénom de William.

— William n'a rien fait de mal, l'assurai-je. Pour autant que je sache. Nous ne l'avons pas revu depuis…

Je m'interrompis un instant trop tard.

— L'enterrement de Jane, acheva Fanny pour moi.

Elle baissa les yeux vers la masse blanche et violette de navets.

— J'ai cru que… M. Fraser avait peut-être reçu une lettre de William. Ou à son sujet.

Elle pointa le menton vers les arbres.

— Il est en colère, ajouta-t-elle.

— C'est un Écossais, soupirai-je. Ce qui signifie qu'il est têtu, déraisonnable, intolérant, méprisant, outrecuidant, borné, entre autres défauts insupportables. Ne t'inquiète pas, cela n'a rien à voir avec William. Viens, mettons ces navets dans la bassine et recouvrons-les d'eau. Cela évitera que le blanc jaunisse. Je vais faire une purée de navets pour ce soir et je ferai revenir la partie supérieure dans du saindoux. Pour faire avaler des légumes à des Highlanders, rien ne vaut le saindoux.

Elle hocha la tête comme si cela coulait de source et abaissa lentement son tablier en faisant rouler les navets en cascade dans la bassine.

— Vous n'auriez sans doute pas dû le lui dire, observa-t-elle avec un détachement quasi clinique.

— Lui dire quoi ? demandai-je en versant un seau d'eau sur les navets boueux. Va me chercher un autre seau, veux-tu ?

Elle s'exécuta, versa l'eau dans la bassine et reposa le seau.

— Je sais ce que signifie « sauter », dit-elle.

J'eus l'impression qu'on venait de me donner un coup de pied dans les tibias.

— Ah bon ? fut tout ce que je trouvais à répliquer en prenant mon couteau à éplucher. Je… euh… j'imagine que oui.

Du fait de son passé dans un bordel, elle connaissait probablement beaucoup de termes ne figurant pas dans le vocabulaire d'autres enfants de douze ans.

— C'est dommage, dit-elle en revenant avec un autre seau. J'aime beaucoup monsieur le comte. Il a été très bon avec Jane et moi.

Elle ajouta, non sans une certaine réserve :

— J'aime aussi M. Fraser.

— Je suis sûre qu'il apprécie ton affection, répondis-je, déconcertée. Et tu as raison. Lord John a toujours été pour nous un bon ami.

J'avais accentué le « nous » et constatai qu'elle l'avait remarqué.

— Oh, fit-elle en plissant le front. Alors c'est encore pire.

Au cas où je n'aurais pas compris, elle précisa :

— Que vous ayez couché avec lui. Les hommes n'aiment pas partager une femme. Sauf si c'est pour un doublon.

— Un doublon ?

Je commençais à me demander comment m'extirper dignement de cette conversation. Je commençais également à être assez inquiète.

— C'est comme ça que l'appelait Mme Abbott, expliqua-t-elle. Quand deux hommes veulent faire des choses à la même fille en même temps. Ça coûte plus cher que s'ils prenaient deux filles parce que, souvent, ils l'amochent. Ce ne sont généralement que des bleus, mais quand même.

— Ah.

Je versai le dernier seau d'eau. Les navets les plus petits remontèrent à la surface de la bassine à présent remplie, leurs racines chevelues diffusant des volutes terreuses. Je me tournai vers Fanny, qui soutint mon regard avec une expression calme et intéressée. Il me parut important qu'elle ne partage pas ses pensées originales avec d'autres personnes sur le Ridge et je ne doutais pas que Jamie serait du même avis.

— Viens donc t'asseoir un moment avec moi, lui dis-je.

Sans attendre sa réponse, j'entrai dans la maison et me dirigeai vers notre cuisine caverneuse. La toile qui faisait office de porte s'agitait doucement telle une voile. Il régnait dans la pièce une pénombre apaisante, la seule lumière provenant de la porte arrière ouverte et des deux fenêtres donnant sur le puits et le sentier menant au potager.

Nous possédions une table, des bancs, trois trépieds en relativement bon état, une chaise plutôt décrépite que m'avait donnée Maggie MacAllan pour avoir accouché sa petite-fille, deux petits fûts de poisson séché et plusieurs caisses qu'on n'avait pas encore démontées pour récupérer leur bois. Le tout donnait au lieu une allure de cale de navire. J'indiquai un tabouret à Fanny et pris l'autre, étirant mes jambes avec un soupir d'aise.

Fanny s'assit, l'air un peu inquiète. Je lui adressai un sourire qui se voulait rassurant.

— Tu n'as pas à t'inquiéter pour William, commençai-je. C'est un jeune homme plein de ressources. Il est juste… un peu perdu, je crois. Et en colère, mais je suis sûre qu'il s'en remettra très vite.

— Oh, vous voulez dire parce que personne ne lui avait dit qu'il était le fils de M. Fraser et qu'il l'a découvert par hasard ?

Elle regarda ses mains jointes en fronçant les sourcils puis redressa la tête vers moi.

— Je crois que je serais fâchée, moi aussi. Mais pourquoi M. Fraser est-il en colère ? Il a abandonné William quand il était petit ?

— Euh… Pas tout à fait.

Cette enfant m'inquiétait. En quelques minutes et sans le savoir, elle avait percé bon nombre de nos secrets de famille, y compris le sujet brûlant de mes relations avec lord John.

— M. Fraser était un jacobite… Tu sais ce que ça signifie ?

Elle acquiesça d'un air hésitant.

— Les jacobites étaient des partisans de Jacques Stuart et ont combattu le roi d'Angleterre, expliquai-je. Ils ont perdu cette guerre.

Je ressentis un pincement au cœur. Si peu de mots pour la destruction de tant de vies !

— Ensuite, M. Fraser est allé en prison. Comme il ne pouvait pas prendre soin de William, lord John, qui était son ami, l'a élevé comme son fils. Personne ne pensait que M. Fraser serait libéré un jour et lord John était convaincu de ne pouvoir avoir d'enfants à lui.

J'entendais l'écho lointain de la voix de Frank : « Colle au plus près à la vérité… »

— Lord John a-t-il été blessé pendant la guerre ? demanda Fanny.

— Blessé ? Oh, parce qu'il ne pouvait avoir d'enfants ? Je n'en sais rien.

Il avait dû l'être. J'avais vu ses cicatrices.

— Il faut que je t'apprenne quelque chose à mon sujet, Fanny.

Elle ouvrit des yeux curieux. Dans l'ombre de la cuisine, ses pupilles s'agrandirent, rendant son doux regard noisette presque noir.

— Moi aussi, j'ai combattu dans une guerre, dis-je. Une autre guerre, dans un pays différent. C'était avant que je rencontre M. Fraser et lord John. J'étais… guérisseuse. Je soignais les blessés. J'ai passé beaucoup de temps parmi des soldats, dans des lieux épouvantables. J'ai assisté à des scènes terribles et je sais que toi aussi.

Son menton trembla légèrement, elle détourna les yeux. Je posai doucement une main sur son épaule.

— Tu n'y es pas obligée, mais je veux que tu saches que tu peux tout me dire, ainsi qu'à M. Fraser. Si tu as envie de parler de ta sœur ou de quoi que ce soit, nous sommes là, toute la famille, moi, M. Fraser, Brianna, M. MacKenzie. Tu peux nous dire tout ce que tu as sur le cœur, nous ne serons pas choqués. (*En fait, nous le serons probablement, mais peu importe.*) Et si quelque chose te perturbe, nous pouvons peut-être t'aider. Mais…

Elle redressa la tête, en alerte, me déconcertant légèrement. Cette enfant avait acquis une grande expérience dans la détection et l'interprétation des tons de voix, sans doute une question de survie.

— Mais…, répétai-je fermement, tout le monde sur le Ridge n'a pas vécu ce genre de tragédie et beaucoup de nos voisins n'ont jamais rencontré une personne ayant traversé de telles situations. La plupart proviennent de petits villages en Écosse et beaucoup d'entre eux n'ont reçu aucune éducation. Ils seraient probablement choqués si tu leur parlais de… là où tu as vécu, ou de comment ta sœur et toi…

— Ils n'ont jamais rencontré de prostituées ? Je crois que certains hommes, si.

— Tu as certainement raison, répondis-je en m'efforçant de conserver le contrôle de la conversation. Toutefois, ce sont les femmes qui parlent.

Elle hocha sobrement la tête. Je la voyais cogiter. Elle détourna les yeux quelques instants et se tourna à nouveau vers moi, l'air songeur.

— Quoi ? demandai-je.

— La mère de Mme MacDonald dit que vous êtes une sorcière. Quand elle a vu que j'écoutais, Mme MacDonald a essayé de la faire taire, mais la vieille dame parle sans arrêt de tout et de n'importe quoi. Elle ne s'arrête que pour manger.

J'avais croisé une ou deux fois Grannie Campbell, la mère de Janet MacDonald, et n'étais pas étonnée.

— Elle n'est pas la seule à le penser, rétorquai-je. Quoi qu'il en soit, je crois que, en dehors de la famille, tu dois faire très attention à ce que tu dis aux gens au sujet de ta vie à Philadelphie.

Elle acquiesça.

— Peu importe que Grannie Campbell dise que vous êtes une sorcière, reprit-elle. Parce que M. MacDonald a peur de M. Fraser.

Elle haussa les épaules.

— De toute manière, personne n'a peur de moi, ajouta-t-elle.

Attends un peu, ma chérie, pensai-je.

— Je ne dirais pas que les gens ont peur de M. Fraser, avançai-je prudemment. C'est plutôt qu'ils le respectent.

Elle baissa un peu la tête, indiquant qu'elle n'allait pas en discuter avec moi mais qu'elle n'était pas dupe.

— Parfois, une des filles se trouvait un protecteur, dit-elle. Parfois même, il l'épousait. (Elle soupira.) Mais, le plus souvent, il s'assurait simplement qu'elle mange bien, soit bien vêtue et que personne ne lui fasse du mal.

Ne voyant pas où elle voulait en venir, j'inclinai la tête en attendant la suite.

— Quand ma sœur a rencontré William près de Philadelphie, il a dit qu'il nous prendrait sous sa protection. Elle était si heureuse.

Sa petite voix claire était soudain remplie de larmes.

— Si… si seulement on était restées avec lui…

Jamie m'avait raconté ce qu'il était arrivé à Jane… en des termes succincts qui en disaient long sur l'émotion et le choc qu'ils avaient ressentis, William et lui. Je m'agenouillai près de Fanny et la pris dans mes bras. Elle pleurait en silence, comme une enfant qui s'efforce de cacher sa peine de peur d'être grondée.

— Fanny, chuchotai-je. Tu es en sécurité. Nous serons toujours là pour te protéger.

Elle eut un hoquet et frémit brièvement. Elle ne s'accrochait pas à moi et ne s'écartait pas non plus. Elle restait simplement assise sur son trépied, silencieuse et fragile tel un oiseau blessé, ses plumes gonflées pour préserver la vie qui lui restait.

— William… Il a demandé à M. Fraser de veiller sur moi, mais… M. Fraser n'y est pas obligé. Je ne suis pas sous sa protection.

— Bien sûr que si, Fanny. William t'a confié à lui et…

— Mais maintenant il est fâché contre Will-iam.

Elle s'écarta et essuya ses larmes.

— Doux Jésus, soupirai-je. Tu crois qu'il va te jeter à la rue parce qu'il a… hum… un désaccord avec William ? Non, ma chérie. Cela n'arrivera pas. Crois-moi.

Elle me lança un regard dubitatif et approuva pour la forme. De toute évidence, elle ne me croyait pas.

— M. Fraser n'a qu'une parole, insistai-je.

Elle me dévisagea un long moment, le front plissé. Elle se leva brusquement, s'essuya le nez sur sa manche et me fit une révérence.

— Je ne parlerai à personne, m'annonça-t-elle. De rien du tout.

36

Les remous invisibles du cœur

J'avais pris ma décision au sujet de Denny quelques secondes après avoir crié « espèce d'Écossais borné » à Jamie. Cependant, la conversation avec Fanny qui avait suivi m'avait distraite et, entre une chose et une autre, il était tard dans l'après-midi du lendemain quand je parvins enfin à m'isoler avec Brianna.

Sean McHugh et ses deux fils aînés étaient venus le matin avec leurs marteaux pour aider à finir le plafond de la cuisine et à ériger les murs du second étage. Jamie et Roger les avaient accompagnés. Cinq grands gaillards tapant sur des clous au-dessus de nos têtes donnaient l'impression d'une section de piverts obèses marchant en formation étroite et tout le monde avait fui la maison. Lorsqu'ils s'étaient arrêtés tard pour déjeuner au bord du ruisseau, j'avais aperçu Bree rentrant à l'intérieur avec Mandy.

Je la trouvai à mon infirmerie, assise dans le rayon de soleil tombant de la grande fenêtre. La lumière de l'après-midi était superbe, dorant les lattes en pin du plancher, la jupe en homespun jaune orangé de Brianna et le nimbe flamboyant de sa chevelure lâchement tressée en une longue natte.

Elle dessinait et, en la contemplant absorbée par sa tâche, j'enviai profondément son don. Que n'aurais-je donné pour savoir la croquer ainsi, toute en bronze et feu dans la lumière magique, la tête penchée pour regarder Mandy. La petite jouait sur le sol, marmonnant tout en construisant un édifice de cubes et de fioles que j'utilisais pour mes teintures et mes herbes sèches.

— À quoi penses-tu, maman ?

— Pardon ?

Je relevai les yeux. Brianna m'observait avec un sourire en coin.

Elle répéta patiemment :

— J'ai dit « À quoi penses-tu ». Tu as cet *air*.

— Quel air ?

Dans la famille, un cliché voulait que je ne sache pas garder les secrets, que mon visage laisse tout transparaître. Ils n'avaient pas entièrement raison, sans avoir complètement tort. En revanche, il ne leur était jamais venu à l'esprit que je savais aussi lire leurs pensées.

Brianna inclina la tête sur le côté en plissant les yeux. Je souris et tendis la main pour intercepter Mandy qui passait près de moi, trois fioles à la main.

— Tu ne peux pas sortir avec les fioles de grand-mère, ma chérie, lui dis-je en les extirpant de ses petits doigts potelés. J'en ai besoin pour mettre des remèdes dedans.

— Mais je vais attraper des sangsues avec Jemmy et Aidan et Germain !

— Tu ne pourrais même pas y faire tenir une seule. Elles sont trop petites.

Je les rangeai en hauteur hors de sa portée, examinai mes autres étagères et trouvai un pot légèrement ébréché pourvu d'un couvercle.

— Prends celui-ci, dis-je en l'enveloppant dans un linge et en le glissant dans la poche de son tablier. N'oublie pas de mettre un peu de boue dedans… un tout petit peu, n'est-ce pas ? Juste une pincée. Et quelques algues dans lesquelles vivent les sangsues. Elles seront contentes.

Je la regardai s'éloigner en trottant, ses boucles brunes rebondissant, puis rassemblai mon courage et me tournai vers Bree.

— Si tu veux tout savoir, je me demandais ce que je pouvais te dire.

Elle se mit à rire.

— Oui, c'est bien cet air-là. Tu ressembles toujours à un héron fixant l'eau quand tu n'arrives pas à décider si tu dois parler à quelqu'un ou pas.

— Un héron ?

— Avec des yeux de fouine intenses. Un tueur contemplatif. Un de ces jours, je te dessinerai pour te montrer.

— Contemplatif… hum. Je ne crois pas que tu aies rencontré Denzell Hunter, n'est-ce pas ?

Elle fit non de la tête.

— Ian a fait allusion à lui une ou deux fois. Un médecin quaker, c'est ça ? Le frère de Rachel ?

— Oui, c'est lui. En quelques mots, c'est un merveilleux soignant et un bon ami à moi. Outre être le frère de Rachel, il est marié à la fille du duc de Pardloe, qui se trouve être le frère aîné de John Grey.

Le visage de Bree s'illumina.

— Lord John ? C'est ma personne préférée en dehors de la famille. Tu as eu de ses nouvelles ? Comment va-t-il ?

— Bien, pour autant que je sache. Je l'ai vu brièvement à Savannah il y a quelques mois. L'armée britannique s'y trouve toujours, donc je suppose que lui aussi.

J'avais préparé ce que j'allais lui dire afin d'éviter les détails embarrassants. C'était compter sans les aléas d'une conversation.

— J'aurais aimé que tu lui écrives.

— Pourquoi pas ? répondit-elle en me regardant bizarrement. Là, tout de suite ?

— Euh… Assez rapidement. Jamie a reçu une lettre de l'un de ses anciens aides de camp. Je t'en parlerai plus tard. Pour faire bref, Denzell Hunter a été capturé par l'armée britannique et est détenu dans un camp de prisonniers à Stony Point.

— Capturé en faisant quoi ?

Elle s'était redressée et avait déposé son écritoire sur le côté. Contrairement à ce que j'avais cru, elle n'avait pas dessiné un portrait sentimental de sa fille mais une sorte de plan de niveau, embelli dans la marge par quelques croquis de singes.

— Tu dis qu'il est quaker ? demanda-t-elle encore.

— Oui, soupirai-je. C'est ce qu'ils appellent un quaker combattant, même s'il ne se bat pas. Il a rejoint l'armée continentale en tant que médecin. Il a dû être surpris sur un champ de bataille.

— Intéressant, observa-t-elle. Quel rapport avec ma lettre à lord John ?

Je lui expliquai la situation, le plus succinctement possible, et conclus :

— C'est pourquoi je… nous… voulons nous assurer que le duc est au courant. Même s'il ne peut faire libérer Denny et, connaissant Hal, je ne doute pas qu'il en soit capable, il peut au moins s'assurer qu'il est bien traité et aider Dottie.

Bree m'observait avec un étrange regard analytique, comme si elle évaluait la solidité des piles d'un pont.

— Quoi ? demandai-je. Lord John est ton ami. J'aurais pensé que tu aurais aimé lui écrire de toute façon.

— Oui, bien sûr, m'assura-t-elle. Je me demande simplement pourquoi tu ne lui écris pas toi-même. Ou à « Hal », puisque tu es suffisamment intime avec lui pour l'appeler par son prénom.

Zut. Je ne pouvais mentir ouvertement, elle s'en serait aussitôt rendu compte. *Colle au plus près à la vérité…*

— C'est à cause de Jamie, admis-je à contrecœur. Il s'est fâché avec les Grey et ils ne se parlent plus. Si j'écrivais à John ou à Hal, il… il le prendrait mal.

Étant la fille de son père, elle mit instantanément le doigt sur le nœud du problème.

— Fâché pour quelle raison ?

Son regard analytique avait cédé la place à une expression intriguée.

Nous y étions. Je pouvais lui répondre « Demande à ton père », puis serrer les dents et croiser les doigts. Alors que je m'efforçais de prendre une décision, elle passa à la pensée suivante :

— Si pa verrait d'un mauvais œil que tu écrives à lord John, pourquoi en irait-il autrement si c'est moi qui lui écris ?

Elle avait déposé son dessin sur le comptoir où je pouvais le voir clairement. Les petits singes ressemblaient tous à Mandy.

— Parce que, théoriquement, il ignorera que je t'ai parlé de leur dispute.

Et, avec un peu de chance, il ne saura pas que tu lui as écrit.

La pièce était inondée de lumière et j'avais soudain très chaud, mes vêtements me piquaient la peau.

Elle réfléchit quelques instants et saisit une plume.

— D'accord, je vais lui écrire de ce pas. Mais… (elle agita sa plume vers moi) si tu ne me dis pas vraiment de quoi il retourne, je le demanderai à lord John. Lui il me le dira.

Il en était bien capable. Il l'avait dit à Jamie, nom de nom!

— Soit, soupirai-je en fermant les yeux. Lorsque nous croyions que Jamie était mort, il m'a épousée.

Quand je rouvris les yeux, Bree me fixait, les deux sourcils haussés, l'air profondément perplexe.

Je me souvins de ma conversation avec Fanny. Je supposais qu'elle ne dirait rien de la dispute qu'elle avait entendue. Dans le cas contraire…

— Et j'ai couché avec lui, mais ce n'est pas ce que tu penses…

Jamie choisit ce moment pour passer devant la fenêtre avec Sean McHugh. Ils discutaient en regardant vers le haut et Jamie pointait l'index vers le toit. Brianna émit un bruit comme si elle avait englouti un *pawpaw* entier et Jamie, surpris, baissa les yeux vers nous.

Je tapai dans le dos de Brianna en faisant signe à Jamie que tout allait bien. Il fronça les sourcils, se tourna vers McHugh, qui venait de lui parler, et nous regarda à nouveau, les sourcils toujours froncés. Alors que je répétais mon signe plus énergiquement, je l'entendis dire à McHugh « Un moment, *a charaid* » et il s'approcha de la fenêtre.

— Putain de bordel de merde, marmonnai-je.

Brianna émit un petit rire étranglé.

— Elle va bien? demanda Jamie en passant la tête par la fenêtre.

Assise recroquevillée sur son tabouret, Bree cherchait son souffle.

— Ce… n'est rien, haleta-t-elle. J'ai… avalé de travers.

Elle indiqua une tasse posée sur le comptoir parmi les herbes sèches et les pots.

Il n'insista pas et se tourna vers moi.

— Tu peux monter un instant? Geordie s'est donné un coup de marteau sur le pouce. Il dit qu'il n'a rien, mais il me semble tout tordu.

J'avais l'impression d'avoir couru un mille le ventre plein.

— J'arrive, répondis-je en essuyant mes mains moites sur mon tablier. Bree, je reviens tout de suite.

Elle était déjà un peu moins rouge.

— Mmm…, fit-elle.

Elle toussa puis inspira profondément.

— Ne tombe pas du toit, ajouta-t-elle.

Brianna reprit le plan qu'elle avait tracé d'une éventuelle école et le contempla une bonne minute. Elle ne voyait pas des fenêtres et des bancs. Avec un mélange d'horreur et de profonde curiosité, elle essayait d'imaginer sa mère au lit avec lord John Grey.

— Comment en sont-ils arrivés là? demanda-t-elle au plan.

Elle le reposa et se tourna vers la fenêtre. Le paysage était à nouveau désert et serein, avec sa longue pente remplie d'herbes folles, de fleurs sauvages et de grappes de cornouillers.

— Et comment diable vais-je pouvoir regarder lord John en face la prochaine fois que je le verrai ?

Ou son père… Elle comprenait maintenant pourquoi il n'apprécierait pas que Claire écrive à John Grey. Malgré son trouble, elle pouffa de rire et se plaqua une main sur la bouche.

Lord John, exaspéré, lui avait dit un jour : « J'aime les femmes. Je les admire et les respecte. Il y en a même pour qui je ressens une profonde affection. Votre mère en fait partie, même si je doute que le sentiment soit réciproque. »

— Vraiment ? murmura-t-elle.

Elle se souvenait également de sa dernière remarque sur le sujet : « Toutefois, je ne cherche pas mon plaisir dans leur lit. Me suis-je bien fait comprendre ? »

— Message clair et net, milord, dit-elle à voix haute.

Elle était partagée entre le choc et l'amusement. Certes, on pouvait changer avec le temps… mais sans doute pas à ce point.

Elle respirait mieux, bien que son corsage lui parût encore trop serré. Elle glissa les doigts sous le haut de son corset afin de l'étirer un peu. Elle sentit une vibration dans sa poitrine.

— Oh merde…, murmura-t-elle.

Elle s'agrippa aux bords du tabouret pour ne pas tomber. Tout le sang avait reflué de son visage et sa vision avait blanchi. Son cœur avait cessé de battre. Totalement.

Un… deux… trois… Bats, bon sang ! Bats !

Prise de panique, elle se frappa le sternum avec le talon de la main. Il se remit à battre, et il accéléra tel un lièvre dans une course de lévriers, la laissant hors d'haleine et terrifiée, les mains plaquées sur son torse.

— Arrête, arrête, arrête…, murmura-t-elle entre ses dents.

Ces palpitations s'étaient déjà arrêtées par le passé… Elles s'arrêteraient à nouveau… Sauf que cela ne semblait pas être le cas.

— Bree, où as-tu… Nom de Dieu !

Sa mère s'était précipitée vers elle. Elle lui arracha la feuille de papier froissée de la main et glissa un bras ferme autour de sa taille.

— Sur le sol, ordonna-t-elle sur un ton calme et autoritaire. Assieds-toi par terre. Oui, c'est ça.

Ses jupes gonflèrent autour d'elle tel un nuage jaune dans une brume blanche. Elle posa les mains à plat sur le sol, résistant à la pression de sa mère qui essayait de la faire s'allonger.

— Non. Ça… ça va.

Le plancher craqua. Sa mère s'était agenouillée près d'elle et elle entendit un bol en bois racler. Une sensation de chaleur… Sa mère avait enroulé ses doigts autour de son poignet et cherchait son pouls du pouce.

Bonne chance…, pensa-t-elle. Pourtant, au même moment, les palpitations ralentirent. Son cœur s'arrêta, battit une fois, deux fois, puis reprit ses opérations normales comme si de rien n'était.

Elle releva la tête et vit les yeux de sa mère scrutant son visage. Elle avait cette expression intense qu'elle connaissait si bien. Le héron.

— Je vais bien, dit-elle fermement sans trop y croire. C'était juste… un étourdissement.

Sa mère parut dubitative, mais elle ne dit rien. Elle tenait toujours son pouce sur son poignet.

— Je t'assure, ce n'est rien, insista-t-elle en se libérant.

Comme à chaque fois, elle tentait de se convaincre que tout allait bien.

— Cela a commencé quand ? demanda Claire.

Ses yeux étaient généralement d'une douce couleur ambrée. Sauf quand elle était médecin. Ils devenaient alors jaunes avec une pupille très noire, comme les yeux d'un oiseau de proie.

— Quand tu m'as raconté… Juste ciel, m'as-tu vraiment dit que… ?

Brianna se releva avec précaution. Son cœur battait toujours tranquillement, comme il se devait. *Ce n'est rien.*

— Oui, répondit Claire en se levant à son tour. Et je ne veux pas dire aujourd'hui. Quand est-ce arrivé pour la *première* fois ?

Brianna envisagea de mentir. Toutefois, l'envie de nier son problème s'évaporait rapidement devant le besoin – l'espoir – d'être rassurée.

— Juste après notre traversée des pierres sur Ocracoke. Je… j'ai cru que je n'y survivrais pas.

Le vertige menaça de revenir avec le souvenir de ce… de ce… Son ventre se contracta brusquement et elle vomit, projetant un jet de porridge à demi digéré sur le sol propre de l'infirmerie.

— Doux Jésus, murmura sa mère. Tu n'es pas enceinte ?

— Ne dis pas ça !

Elle s'essuya la bouche sur son tablier en frissonnant.

— Je ne peux pas l'être.

Elle n'avait même pas envisagé cette possibilité et ne comptait pas le faire. Elle était déjà hantée par l'angoisse de mourir en laissant Jem et Mandy…

— Sur Ocracoke, répéta-t-elle. Je suis sortie des pierres en tenant Mandy dans mes bras. Je ne voyais plus que des points noirs et blancs et j'ai cru m'évanouir… Puis je me suis retrouvée étendue sur le sol. Je serrais encore Mandy contre moi et elle se débattait pour se libérer en criant « Maman, maman ! ». Je ne pouvais pas lui répondre et me suis rendu compte que mon cœur ne battait plus. J'ai cru que je mourais.

Elle sentit un parfum âcre et sucré. Sa mère lui referma les doigts autour d'une tasse et la guida jusqu'à ses lèvres.

— Tu ne vas pas mourir, affirma-t-elle.

Brianna acquiesça, voulant la croire même si son cœur continuait à sauter des battements, créant des moments de vide dans sa poitrine. Elle goûta la boisson : c'était du whisky avec un peu de miel et une herbe très parfumée.

Elle ferma les yeux et but lentement. Son environnement commençait à se redessiner autour d'elle. Le soleil lui réchauffait les épaules.

— Combien de fois est-ce arrivé ?

Elle but une longue gorgée et laissa le liquide sucré se diffuser dans son corps.

— Quatre fois avant aujourd'hui, répondit-elle en rouvrant les yeux. À Ocracoke, et la nuit suivante, alors que nous campions au bord de la route.

Elle se revit, étendue près de Roger avec les enfants couchés entre eux. Son cœur battant à toute allure, ses poings serrés pour se retenir d'agripper le bras de Roger et de le secouer pour le réveiller.

— C'était affreux. Cela a duré des heures. Du moins c'est ce qu'il m'a semblé. Ça s'est arrêté juste avant l'aube.

Elle s'était sentie vidée, aussi molle que ses vêtements imprégnés de rosée. Elle se souvenait du terrible effort qu'elle avait dû faire pour se relever, pour poser un pied devant l'autre…

Cela s'était reproduit une semaine plus tard, sur une barge en remontant la rivière Yadkin, et sur la route entre Cross Creek et Salisbury.

— Ces deux dernières n'étaient pas si dures. Elles n'ont duré que quelques minutes, comme aujourd'hui.

Elle prit une autre gorgée, qu'elle garda un moment dans la bouche avant de l'avaler. Enfin, elle releva les yeux vers sa mère.

— Tu sais ce que c'est ?

Claire nettoyait les dernières traces de vomi sur le plancher, les lèvres pincées et deux sillons creusés entre ses sourcils.

— Difficile à dire sans un électrocardiogramme, répondit-elle sans quitter son torchon des yeux. Cela ressemble à ce qu'on appelle une fibrillation atriale.

Elle releva les yeux et, voyant l'expression de Brianna, elle ajouta précipitamment :

— Ce n'est pas fatal.

Le cœur de Brianna avait fait un bond en entendant ces paroles et semblait à présent battre de manière hésitante. Sa mère laissa tomber son torchon, s'accroupit près d'elle et la prit dans ses bras. Brianna pressa sa joue contre son tablier gris et rêche qui sentait la graisse et le romarin, le savon et le cidre. L'odeur du tissu, du corps de maman, lui fit monter les larmes aux yeux. Même si ce n'était pas fatal, elle devinait que c'était grave.

— Tout ira bien, murmura sa mère dans ses cheveux. Tout ira bien.

Brianna serra le bras de sa mère, s'y accrochant comme à un radeau.

— Si… s'il m'arrive quelque chose… tu prendras soin des enfants pour moi.

Ce n'était pas une question.

— Bien sûr, répondit Claire sans hésiter.

La vibration dans la poitrine de Brianna s'apaisa légèrement. Elle respirait difficilement, ses poumons semblant trop petits.

Ses doigts tremblaient autour du bras de sa mère. Elle fit un effort pour la lâcher.

— D'accord, d'accord, dit-elle en se redressant et en rejetant ses cheveux en arrière. Alors, on fait quoi ?

Boum-boum... Boum-boum... Les battements réguliers d'un cœur sain résonnaient clairement dans mon stéthoscope Pinard en bois. Un peu rapides, peut-être, ce qui n'avait rien d'étonnant vu les circonstances. Je me redressai et Brianna referma le col de son corsage, les traits tendus.

— Ton cœur a l'air parfaitement normal, ma chérie, lui dis-je. Je suis sûre que ce n'est qu'un peu de fibrillation atriale, à savoir des impulsions électriques aléatoires. Tu ne vas pas avoir une crise cardiaque.

Elle se détendit légèrement.

— Dieu merci, soupira-t-elle.

Une épaisse mèche de cheveux s'était échappée de sa natte. Lorsqu'elle l'écarta de son visage, je vis sa main trembler.

— Mais... cela va-t-il se produire encore ? demanda-t-elle.

— Je n'en sais rien.

Outre une mauvaise nouvelle, « Je ne sais pas » est ce qu'un médecin peut annoncer de pire à son patient. Malheureusement, c'est aussi la réponse la plus fréquente. J'inspirai profondément et me tournai vers mes étagères.

— Oh mon Dieu, dit Brianna derrière moi. Tu sors le whisky, ce doit être grave.

— Si tu n'en veux pas, moi si, répondis-je.

J'avais choisi le bon, le grand cru « Jamie Fraser » que nous avions baptisé le JFS, plutôt que le whisky strictement médicinal que je donnais à mes patients. Son puissant arôme chassa les odeurs de térébenthine, de métal chauffé et de poussière chargée de pollen.

— Tu parles que j'en veux, dit-elle.

Elle prit la tasse en étain et huma les vapeurs réconfortantes en fermant les yeux malgré elle. Elle but une petite gorgée, la savoura, rouvrit les yeux.

— Alors, que sais-tu au juste ? m'interrogea-t-elle.

— Comme je te l'ai dit, la fibrillation atriale est provoquée par des impulsions électriques irrégulières. Ton muscle cardiaque est sain, mais parfois il reçoit des signaux erronés, pour ainsi dire. Normalement, toutes les fibres musculaires de tes oreillettes se contractent en même temps. Lorsqu'elles ne reçoivent pas un message synchronisé du nœud sinusal qui les approvisionne, elles se contractent de manière plus ou moins aléatoire.

Brianna but une autre gorgée et hocha la tête.

— C'est à peu près ce que je ressens. Tu dis que ce n'est pas dangereux ? Ça m'a l'air terrifiant.

J'hésitai une fraction de seconde trop longtemps. Je vis la peur remonter dans le fond de ses yeux.

— Ce n'est pas *très* dangereux, précisai-je. En outre, tu es jeune et en bonne santé. C'est très peu probable.

— Qu'est-ce qui est peu probable ?

Elle reposa sa tasse et lança un regard vers le plafond. Mandy se trouvait dans la chambre des enfants au-dessus de nos têtes et chantait *Frère Jacques* à tue-tête à Esmeralda.

— Une attaque, répondis-je. Les oreillettes propulsent le sang dans les ventricules, le ventricule droit l'envoie dans les poumons et le gauche, dans le reste du corps… (la voyant froncer les sourcils, j'abrégeai). Si les oreillettes ne se contractent pas correctement pendant trop longtemps, le sang peut s'y accumuler et former un caillot. S'il se dissout avant d'être expulsé, ce n'est pas bien grave, sinon…

Elle était redevenue aussi pâle que juste après la crise. Elle avala une autre gorgée de whisky.

— Sinon je tire le rideau ? dit-elle. Ou, dans le meilleur des cas, je finis handicapée, je ne peux plus parler, on doit me nourrir à la cuillère, me promener en fauteuil roulant et me torcher les fesses ?

— Il n'y a aucune raison pour que cela arrive, dis-je en tentant de la rassurer.

En réalité, ce n'était pas rassurant du tout. Je visualisais autant qu'elle les hideuses possibilités. Mieux, même, car j'avais vu bon nombre de personnes subir les séquelles d'une attaque cardiaque, y compris la mort. J'eus l'impulsion absurde de lui raconter un détail fascinant sur les hommes qui mouraient d'une attaque. Ce n'était pas le moment.

— Que peux-tu faire ? demanda-t-elle.

Je la vis lancer un regard vers mon *Manuel Merck* et le lui tendis.

— Je ne suis pas sûre, répondis-je. Regarde.

Je doutais qu'il existât un remède, compte tenu de la nature de la fibrillation atriale, à savoir une perturbation intermittente du système électrique du cœur.

En la voyant feuilleter le manuel, j'ajoutai :

— Je sais qu'on peut arrêter une crise sévère qui perdure plusieurs jours…

— Plusieurs jours ? s'exclama-t-elle, horrifiée.

— Tu n'as pas cette sorte de fibrillation, l'assurai-je. (*Mais tu peux toujours en développer une*…) Tu n'as qu'une forme paroxysmique mineure qui va et vient et peut disparaître spontanément un jour.

Dieu, faites que ce ne soit que ça et rien de plus…

— Dans les années 1960, pour les crises sévères, le traitement habituel consistait à administrer une décharge électrique au cœur à l'aide d'électrodes placées sur la poitrine. Cela arrête la fibrillation et le cœur repart en battant normalement.

La plupart du temps…

— Ce qu'on ne peut pas faire ici, souligna Brianna.

Elle regardait autour d'elle en évaluant les ressources de mon infirmerie.

— Non, mais je te répète que tu ne souffres pas d'une forme sévère. Tu n'en as pas besoin.

Ma bouche s'était séchée au souvenir des cardioversions. J'avais vu un patient recevoir des électrochocs à répétition, son pauvre corps se convulsant et faisant des bonds, retombant sur le lit, mou et torturé, pour recevoir à nouveau une décharge dès que son électrocardiogramme s'agitait tel un sismographe. J'avalai le reste de mon whisky, toussai et reposai ma tasse.

— Tu trouves quelque chose d'utile ? demandai-je.

— Non, répondit-elle en refermant le livre. C'est comme tu as dit… administration de décharges électriques. Ils mentionnent aussi un médicament qui semble fonctionner chez certains patients, mais je doute qu'on en trouve ici. De la digitoxine ?

Je fis non de la tête. Fabriquer de la pénicilline était une chose… et encore, ce n'était pas fiable. Je n'avais aucun moyen de produire un dosage standard, ni même de savoir si un lot donné était suffisamment puissant pour être efficace.

— Enfin… On peut extraire de la digitoxine des feuilles de la digitale pourprée, des gens le font. Sauf que c'est extrêmement dangereux, car on ne peut prédire le dosage. Même un léger surdosage peut te tuer. Toutefois, nous avons d'autres ressources. Nous veillerons à garder toujours sous la main une réserve d'écorce de saule blanc. En infusion, elle est très puissante.

Bien que le saule blanc ne poussât pas en Caroline du Nord, on en trouvait relativement facilement chez les apothicaires des villes. Jamie m'en avait rapporté une bonne quantité de Salisbury.

— Une infusion ? répéta-t-elle sur un ton sceptique.

— Si tu veux tout savoir, le principe actif de l'infusion d'écorce de saule est exactement le même que celui de l'aspirine. Bien que les gens l'utilisent principalement pour soulager la douleur, il présente également l'effet secondaire intéressant de fluidifier le sang.

— Ah bon… Si mon cœur s'emballe, je devrais me préparer une infusion de saule blanc, ce qui évitera au moins à mon sang de coaguler ?

En dépit de son air dubitatif, je sentais qu'une étincelle d'espoir avait été allumée. Ma mission consistait à souffler dessus pour l'encourager à prendre.

— Exactement. L'infusion ne te débarrassera pas des symptômes dérangeants. Pour ça, il existe d'autres méthodes.

— Comme quoi ?

— Plonger ton visage dans de l'eau froide aide parfois…

— Je parie que tu n'as jamais vu personne faire ça, avoue !

Malgré tout, elle était intéressée.

— Tu te trompes, je l'ai vu faire à l'hôpital des Anges, à Paris.

À l'hôpital des Anges, plonger différentes parties du corps dans de l'eau glacée – ou parfois chaude – était un traitement fréquemment prescrit pour toutes sortes de pathologies, l'eau étant bon marché et abondante. Étonnamment, il fonctionnait souvent, du moins à court terme.

— Ou, si tu n'as pas d'eau froide à portée de main, tu peux essayer l'une des manœuvres vagales.

Elle sursauta et me lança un regard suspicieux.

— Si tu veux dire par là faire l'amour…

— Je n'ai pas dit manœuvres *vaginales*. Sans compter que je doute que les fibrillations te donnent envie de t'envoyer en l'air. Je parle de manœuvres vagales, c'est-à-dire stimulant le nerf vague. Il existe différentes manières. La plus simple, et sans doute la meilleure, s'appelle la manœuvre de Valsalva. Son nom est un peu ronflant, mais cela consiste en gros à prendre une grande inspiration et à la retenir, comme si tu soignais un hoquet, puis, tout en retenant ton souffle, à presser de toutes tes forces sur tes muscles abdominaux comme pour aider à évacuer des selles récalcitrantes.

Elle me dévisagea longuement, exactement comme l'aurait fait Jamie si je lui avais donné ce genre de conseil. À la fois me soupçonnant fortement d'expérimenter sur lui et craignant secrètement que ce ne soit pas le cas.

— Voilà qui devrait me rendre très populaire dans les soirées, observa-t-elle.

37

Manœuvres commençant par la lettre « V »

Ni Jamie ni moi n'avions reparlé de lord John Grey, de sa jalousie sexuelle ou de l'opiniâtreté de certains depuis qu'il m'avait plantée là au milieu de notre dispute, soit pour mettre un terme à ladite dispute, soit pour se retenir de m'étrangler.

Lorsqu'il était venu dîner, il avait été parfaitement calme et aimable. En apparence. Je le connaissais trop bien et inversement. Nous nous étions couchés côte à côte, dit respectivement bonsoir et *oidhche mhath*, et tourné le dos en respirant fortement jusqu'à ce que nous nous endormions, moi en pensant que le sage qui avait recommandé de ne pas laisser le soleil se coucher sur sa colère n'avait probablement jamais rencontré un Écossais.

J'avais eu l'intention de le coincer entre quatre yeux le lendemain afin de régler nos comptes. Toutefois, entre les travaux sur le toit, le pouce éclaté de Geordie McHugh et la nouvelle inquiétante de l'arythmie de Brianna, je n'en avais pas trouvé l'occasion.

Le dîner suivant fut à nouveau paisible. Il n'y eut pas d'invité, pas de désastre culinaire ni d'urgence telle qu'un enfant prenant feu. C'était réellement arrivé quelques jours plus tôt à Mandy. Jamie avait vu sa robe s'embraser, avait plongé par-dessus la table, l'avait soulevée, roulée sur le tapis devant la cheminée et plongée dans le chaudron rempli d'eau, de rondelles de pommes de terre et de carottes (heureusement, pas encore en ébullition). Mandy et Esmeralda en étaient ressorties dégoulinantes, hystériques et légèrement roussies aux entournures, mais indemnes.

J'étais moi-même proche de l'embrasement et déterminée à éteindre les braises ardentes sur lesquelles nous marchions.

Lorsque nous eûmes terminé de dîner, je laissai les assiettes sur la table et invitai Jamie à faire une petite promenade avec moi (sous prétexte de trouver un bégonia qui fleurissait la nuit. Fanny, qui savait ce qu'était un bégonia, avait lancé un regard perplexe vers moi, vers Jamie, puis avait remis le nez dans son assiette vide).

Nous marchâmes un moment en silence, et Jamie demanda :

— Les bégonias, ce sont ces fleurs blanches que tu as plantées autour des latrines ?

Nous passions devant ces dernières et l'odeur amère des tomates avait commencé à supplanter le parfum capiteux du jasmin.

— Non, ça, c'est du jasmin. Comme il ne fleurit pas au-delà du mois d'août, j'ai aussi planté des tomates. Leurs feuilles dégagent une odeur forte et sentent jusqu'à l'arrivée des grands froids. Après quoi, il n'y a plus d'odeurs puisque tout gèle.

— Comme quiconque passe plus de trente secondes dans les latrines en janvier, observa-t-il. Tu ne t'attardes pas à sentir les fleurs quand tu as l'impression que ta merde va se transformer en glaçon avant même d'être sortie de ton derrière.

Je me mis à rire et sentis la tension entre nous se relâcher un peu, aussi douteuse que fût sa plaisanterie. Cela signifiait que lui aussi voulait résoudre notre différend.

— C'est l'un des avantages de la mode féminine, dis-je. Quand la température chute, tu ajoutes un jupon. Ou deux. Cela t'isole.

Le clair de lune se réfléchissait sur le bois usé de la clôture du paddock. Derrière lui, la maison se détachait sur le ciel presque noir, seules quelques fenêtres du rez-de-chaussée brillaient. Elle paraissait immense. Elle était belle et robuste, comme l'homme qui l'avait construite.

Je m'arrêtai près de la barrière du paddock et me tournai vers lui.

— J'aurais pu mentir, tu sais.

— Non. Tu ne sais mentir à personne, *Sassenach*, et surtout pas à moi. Et compte tenu du fait que sa seigneurie m'avait déjà dit la vérité...

— Tu ne pouvais être sûr que c'était la vérité. Vous vous étiez disputés. J'aurais pu te dire que John t'avait raconté des sornettes pour te provoquer, et tu m'aurais crue.

— Et pourquoi t'aurais-je crue ? Je ne crois rien de ce que tu me dis sans l'avoir vu de mes propres yeux.

— Tu m'aurais crue parce que tu aurais voulu me croire. Ne me dis pas le contraire, car là c'est moi qui ne te croirais pas.

— Pfff..., fit-il entre ses dents.

Nous nous étions adossés à la clôture. Les odeurs de jasmin, de tomates et d'excréments humains avaient été remplacées par celle, plus douce, du fumier et par les exhalations lentes et lourdes de la forêt : le piquant des feuilles mortes étouffé par la résine âpre et épicée des sapins.

— Pourquoi ne m'as-tu pas menti, alors ? demanda-t-il après un long silence.

Je ne répondis pas tout de suite, choisissant mes mots. L'air chaud était rempli de chants de criquets. *Trouve-moi, viens à moi, aime-moi*... les stridulations du cœur ? Ou simplement de la luxure de criquet ?

— Parce que j'ai promis il y a longtemps d'être sincère, dis-je. Si la sincérité est une lame à double tranchant, j'estime que ses blessures en valent la peine.

— C'est aussi ce que pensait Frank ?

J'inspirai très lentement et retins mon souffle jusqu'à voir des points blancs à la périphérie de mon champ de vision.

— Il faudrait que tu le lui demandes. Il s'agit de toi et moi.

— Et de sa seigneurie.

Cette fois, je perdis mon sang-froid.

— Mais que diable veux-tu que je te dise ? Que je regrette d'avoir couché avec John ?

— C'est le cas ?

— En vérité, compte tenu de la situation, ou de ce que je croyais être la situation…

— Si tu réponds « non », *Sassenach*, je risque de dire quelque chose que *je* regretterai.

— Qu'est-ce qu'il te prend ? Tu m'avais pardonné, tu l'as dit…

— Non. Je t'ai dit que je t'aimerais toujours, ce qui est vrai, mais…

— Tu ne peux pas aimer quelqu'un à qui tu ne pardonnes pas !

— Je t'ai pardonné.

— De quel droit ? m'écriai-je en serrant les poings.

— Et toi, qu'est-ce qu'il te prend ? rétorqua-t-il.

Il voulut me prendre le bras et je le repoussai.

— D'abord tu es furieuse parce que je n'ai pas dit que je te pardonnais, puis tu es outrée parce que je te pardonne ?

— Parce que je n'ai rien fait de mal, espèce de crétin de butor ! Et tu le sais. Comment oses-tu me pardonner pour ce que je n'ai pas fait ?

— Tu l'as fait !

— Non ! Tu crois que je t'ai été infidèle, alors que ce n'est pas le cas !

Je criais assez fort pour noyer le bruit des criquets et je tremblais de rage.

Il y eut un long silence, au cours duquel les insectes reprirent timidement leur chant. Jamie se tourna vers la clôture, agrippa la planche supérieure et la secoua violemment en faisant craquer le bois. On aurait dit un loup enragé. Je ne comprenais pas ce qu'il marmonnait, peut-être en gaélique.

J'attendis, immobile et pantelante. La nuit était chaude et humide, la transpiration commençait à perler sur ma peau. J'arrachai mon châle et le jetai sur la clôture. J'entendais Jamie haleter. Il s'était immobilisé lui aussi, serrant la planche, les épaules crispées et la tête baissée.

— Tu veux savoir ce qu'il me prend ? demanda-t-il enfin en se redressant.

Sa voix était basse, quoique loin d'être calme.

— Je me suis promis de tirer un trait sur cette… cette… affaire et, la plupart du temps, j'y parviens. Mais là, ce sodomite m'envoie une lettre comme s'il ne s'était rien passé ! Et tout me revient.

Il s'interrompit pour reprendre son souffle, avant de poursuivre :

— Et quand je pense à toi, quand je te vois… Je te veux, ici et maintenant. Tu m'excites, que tu sois en train d'éplucher des concombres ou de te baigner nue dans le ruisseau avec tes cheveux dénoués. Je te veux de toutes mes forces, *Sassenach*, mais il est là, dans ma tête et si… si…

Ne trouvant pas ses mots, il donna un coup de poing sur la clôture et je la sentis trembler contre mon épaule.

— Si je ne supporte pas l'idée que vous forniquiez ensemble dans mon dos, comment veux-tu que je supporte que nous partagions un lit avec *lui* dedans ?

J'aurais volontiers frappé la clôture à mon tour si je n'avais eu peur de me faire mal. Je me contentai donc de me frotter le visage des deux mains et d'enfoncer mes doigts dans ma chevelure en faisant sauter mes épingles.

— Nous ne partageons notre lit avec personne, dis-je avec une absolue certitude. Je n'ai jamais, pas une seule seconde, pensé à un autre que toi quand je suis avec toi. Et je devrais être offensée d'apprendre que ce n'est pas ton cas.

— Ce ne l'est pas, se défendit-il en me prenant dans ses bras. Je t'assure, Claire. C'est juste que j'ai peur de le penser.

J'avais du mal à respirer et me sentais étourdie. Je posai mes mains à plat sur son torse pour me stabiliser et sentis sa puissante odeur musquée. Elle nous enveloppait tel un spectre chaud et âcre. De fait, je l'excitais.

Je relevai la tête vers lui. Mes yeux s'étaient suffisamment accoutumés à l'obscurité pour distinguer ses traits et son regard qui sondait le mien.

— Tu sais quoi ? dis-je. Laisse-moi m'en occuper.

Il trembla légèrement, comme s'il se retenait de rire.

— Tu as une haute opinion de toi-même, répliqua-t-il. Tu crois qu'un fourreau chaud où enfoncer ma queue suffira à me faire oublier ?

Je le dévisageai, interdite.

— Quoi ? Comment…

Je m'écartai brusquement et laissai retomber mes bras.

— Comment peux-tu dire une chose pareille ? Tu sais que c'est faux !

Il se gratta la joue.

— Oui, je le sais, convint-il. Je cherchais juste quelque chose de suffisamment offensant pour que tu me gifles.

Je ris malgré moi, plus par surprise que par amusement.

— Ne me tente pas, rétorquai-je. Pourquoi veux-tu que je te frappe ?

Il se balança légèrement sur ses talons, me contemplant lentement depuis ma chevelure défaite jusqu'à mes vieux mocassins élimés.

— Parce que, dans environ dix secondes, j'ai l'intention de te coucher dans l'herbe, de retrousser tes jupes et de te prendre avec une certaine brutalité. Je me sentirais mieux en le faisant si tu m'avais provoqué.

— Moi… te provoquer ?

Je restai figée pendant les trois premières secondes, le sang tambourinant dans mes oreilles et battant dans le bout de mes doigts. Je m'avançai vers lui.

— Sept, comptai-je.

— … six.

Je saisis le col de sa chemise.

— … cinq… quatre…

Je l'arrachai.

— … trois.

Je me penchai en avant et lui mordis un téton. Durement.

Il poussa un cri, fit un bond en arrière, m'attrapa et, d'une grande main sur ma nuque, tira mon visage vers le sien. Nos bouches se heurtèrent, ouvertes, voraces, amoureuses, cherchant avidement et trouvant des lèvres, un nez, une langue, des dents. Nos mains tâtaient, fouillaient, tiraient, arrachaient. Je trouvai son membre et le frottai fort à travers son pantalon. Il émit un grondement sourd, glissa ses mains sous mes fesses et, soudain, nous étions dans l'herbe, dans un enchevêtrement de genoux, de membres, de vêtements froissés et de chair brûlante.

Cela dura longtemps, du moins me sembla-t-il. Je revins à moi lentement, des réverbérations me parcourant en un élancement agréable. Provocation, en vérité !

Il était étendu sur le dos près de moi, le visage tourné vers la lune, les yeux fermés et respirant comme un naufragé rejeté par la mer. Sa main droite était encore entre mes cuisses et j'étais recroquevillée contre lui, le pavillon de son oreille, aussi beau qu'un coquillage, à quelques pouces de ma bouche.

— Tu crois qu'on l'a enfin sorti de notre système ? demandai-je.

— Du nôtre ?

Sa main remua légèrement, sans se retirer.

— Du nôtre, insistai-je.

Il poussa un profond soupir et tourna la tête vers moi en ouvrant les yeux.

— Oui.

Il esquissa un soupir et referma les yeux, sa poitrine se soulevant et s'affaissant sous ma main. Je sentais son mamelon à travers sa chemise, petit et encore dur sous ma paume.

— Je t'ai transpercé la peau ?

— Tu le fais chaque fois que tu me touches, *Sassenach*. Mais je ne saigne pas.

Nous restâmes silencieux un moment, les chants de criquets et le bruissement des feuilles glissant sur nous comme de l'eau.

Il se mit à parler doucement. Je crus d'abord ne pas l'avoir entendu correctement, mais je me rendis compte qu'il parlait simplement dans une langue que je ne connaissais pas.

— Ce n'est pas du gaélique, n'est-ce pas ? demandai-je.

Il fit non de la tête sans ouvrir les yeux.

— C'est du *gaeilge*, du gaélique irlandais. C'est un poème que m'a récité Stephen O'Farrell, pendant le Soulèvement. Il vient juste de me revenir.

Mon corps ne m'appartient plus.
Elle a repris sa part.
Je suis en deux morceaux,
Maintenant que ma douce est partie.

Elle était un de mes pieds, un de mes flancs,
Son visage était comme l'épine blanche.
J'étais à elle plus qu'à moi-même.
Je défaille en le disant,
Elle était la moitié de mon âme.

38

La Grande Faucheuse

Je déterrai des laiterons à quatre feuilles avec l'intention de les replanter dans mon potager lorsque j'entendis le raffut reconnaissable entre tous d'un mulet agacé. J'avais suffisamment d'expérience avec Clarence et quelques-uns de ses congénères pour faire la différence entre un braiment de bienvenue et une déclaration d'hostilité. Les deux étaient assourdissants, mais distincts.

Deux voix mâles et un autre quadrupède se mêlèrent à la dispute. Je couchai hâtivement les plantes sur le lit de mousse dans le fond de mon panier et allai voir de quoi il retournait.

Aucune des voix ne m'était familière. Je me cachai derrière un écran de sapins blancs et de hauts trembles maigrelets. Il y avait bien deux hommes et deux mulets, dont l'un, un bai clair, paissait les herbes folles au bord du chemin, tandis que l'autre, plus foncé (je vérifiai, oui, c'était bien un mâle), résistait vigoureusement aux efforts des deux hommes pour le faire avancer dans l'étroit défilé rocailleux.

Franchement, je ne lui donnais pas tort. Lui et son compagnon étaient lourdement chargés, chacun portant une longue caisse en bois sur chaque flanc et, sur le dos, un bât sur lequel était amassée une montagne de paquets recouverts d'une toile.

Il était facile de deviner ce qu'il s'était passé. Une piste assez large menait jusqu'à cette anse puis se scindait en deux au lieu-dit La Dame blessée : une petite source à l'eau bleue étincelante jaillissait au pied d'un tremble isolé dont l'écorce blanche était parsemée de rigoles de sève rouge sang, gouttant telles des plaies infligées par des insectes fouisseurs et les piverts qui les chassaient. Là, la piste principale bifurquait abruptement vers l'est tandis qu'un sentier plus étroit, en grande partie envahi par la végétation et les éboulis, grimpait à pic à la droite du tremble.

Le premier mulet avait glissé sur des cailloux ou s'était pris dans les branches des arbres qui bordaient le sentier. Les attaches de son bât s'étaient brisées ou avaient glissé. La moitié de sa charge pendait à l'arrière de sa croupe, le reste, boîtes et sacoches en cuir, était éparpillé sur le sol. L'une des longues caisses traînait par terre, l'autre extrémité pointant vers le ciel, n'étant plus retenue que par une corde élimée.

J'avais déjà vu ce genre de caisse. En France, en Écosse et en Amérique, quelle que soit l'époque. Un canon de fusil est un canon de fusil et il vous faut de longues caisses pour en transporter beaucoup.

Je ne connaissais aucun des deux hommes et je n'espérais pas me présenter. Ramassant mes laiterons, je déguerpis aussi vite que je pus.

Heureusement, je trouvai Jamie dans la demi-heure. Il était chez Tom MacLeod, le fabricant de cercueils.

— Qui est mort ? demandai-je, hors d'haleine.

— Personne, pour le moment, répondit Jamie. Mais on dirait que tu es sur le point de passer l'arme à gauche. Que se passe-t-il ?

Je posai mon panier sur un tréteau, m'assis et leur racontai ce que j'avais vu, ne m'interrompant que pour reprendre mon souffle ou boire une gorgée d'eau de la gourde que Tom m'avait donnée.

— Il n'y a rien au bout de ce sentier à part la cabane du capitaine Cunningham, observa Tom.

— Vous voulez dire qu'ils ne passaient pas là par hasard ?

Jamie sortit la tête de l'atelier et regarda le ciel.

— Il va bientôt pleuvoir, constata-t-il. Ce serait dommage que nos amis se retrouvent coincés dans la boue.

Tom émit un grognement d'approbation et, sans attendre, rentra dans sa maison. Il en ressortit quelques instants plus tard avec un bon fusil à la main, un pistolet sous sa ceinture et une cartouchière en bandoulière. Il portait un autre pistolet, qu'il donna à Jamie. Celui-ci vérifia l'amorce et le glissa sous sa ceinture à son tour.

— *Sassenach*, tu veux bien aller chercher Petit Ian ? Je l'ai vu faucher son champ il y a moins d'une heure.

— Mais que…, commençai-je.

— Vas-y, répéta-t-il sans brusquerie. Ne t'inquiète pas, *Sassenach*, tout ira bien.

Je trouvai Ian non pas dans son champ, mais dans le bois voisin, son fusil à la main.

— Ne tire pas ! lançai-je en l'apercevant derrière des broussailles. C'est moi !

— Je ne pourrais vous confondre avec autre chose qu'un petit sanglier ou un gros cochon, ma tante, répondit-il. Or je ne chasse ni l'un ni l'autre aujourd'hui.

Je me frayai un passage dans un massif de cornouillers pour le rejoindre.

— Que dirais-tu d'une jolie paire bien grasse de trafiquants d'armes ? lui demandai-je.

Je lui expliquai la situation tant bien que mal tout en courant à ses côtés. Nous repassâmes par son champ, où il saisit sa faux et me la tendit.

— Je ne pense pas que vous aurez besoin de vous en servir, dit-il avec un sourire en voyant mon expression. Si vous vous plantez au milieu du sentier, il faudrait vraiment qu'un homme soit fou pour tenter de passer.

En l'occurrence, je n'en eus pas besoin. Lorsque nous arrivâmes sur les lieux, le sentier était déjà bloqué par la charge du mulet qui avait achevé de se déverser entièrement sur le sol. Le mulet, l'esprit à présent allégé, grimpait sur le tas de sacoches, de boîtes et de paniers en osier pour rejoindre son compagnon, qui, en dépit de son bât, se repaissait tranquillement de ronciers remplis de mûres sur le bord du chemin.

Nous étions arrivés presque en même temps que Jamie et Tom MacLeod, nous en aval, eux en amont. Les deux trafiquants d'armes se tournèrent brusquement vers nous.

— Qui diable êtes-vous ? demanda l'un d'eux, interloqué.

Ian avait attaché ses cheveux sur le sommet de son crâne pour qu'ils ne le gênent pas pendant qu'il fauchait. Torse nu, la peau profondément hâlée et tatouée, il avait tout du Mohawk qu'il était. Quant à moi, je n'osais pas imaginer à quoi je ressemblais avec mes cheveux défaits pleins de feuilles et la faux que je tenais fermement.

— Je suis Ian Òg Murray, répondit Ian sur un ton aimable. Et voici ma tante. Oups !

Le mulet trottait droit vers nous, nous obligeant à nous écarter.

— Je suis Ian Murray, répéta Ian.

Il abaissa son fusil en travers de son torse, le tenant avec nonchalance mais clairement prêt.

— Et moi, lança une voix grave plus haut, je suis le colonel James Fraser, de Fraser's Ridge, l'époux de madame.

Jamie avança dans la lumière, Tom derrière lui, le soleil faisant luire le canon de son fusil.

— Attrape ce mulet, veux-tu, Ian ? poursuivit Jamie. Vous êtes sur mes terres, peut-on savoir qui vous êtes, messieurs ?

— Euh... Nous... euh...

Le jeune homme, il ne pouvait avoir guère plus de vingt ans, échangea un regard paniqué avec son compagnon plus âgé.

— Je suis le lieutenant Felix Summers, monsieur. De... du vaisseau de Sa Majesté le *Revenge*.

Tom émit un son qui aurait pu être de menace ou d'amusement.

— Et qui est votre ami ? demanda-t-il en pointant le menton vers le second homme.

Ce dernier aurait pu aussi bien être un clochard ou un braconnier. Il semblait porté sur la bouteille : son nez et ses joues étaient couverts de couperose.

— Je... je crois qu'il s'appelle Voules, monsieur, répondit le lieutenant. Ce n'est pas mon ami. Je l'ai engagé à Salisbury pour m'aider avec mes... bagages.

Son visage était passé d'un blanc livide à un rose vif.

— Je vois, dit poliment Jamie. Ne seriez-vous pas perdu, lieutenant ? Il me semble que l'océan se trouve à trois cents milles environ derrière vous.

— Je suis en permission, répondit le jeune homme en retrouvant sa dignité. Je suis venu rendre visite à... quelqu'un.

— Pas difficile de deviner qui est ce quelqu'un, glissa Tom à Jamie en abaissant son arme. Que comptez-vous faire d'eux, Jamie ?

— Mon épouse et moi conduirons le lieutenant et son... employé chez nous pour se rafraîchir, répondit Jamie en s'inclinant gracieusement devant Summers. Vous voulez bien aider Ian avec...

Il indiqua le chaos éparpillé sur le sol puis reprit :

— Ian, une fois que tu auras fini ici, veux-tu bien aller chercher le capitaine Cunningham et le conduire chez nous ?

Saisissant la différence subtile entre « inviter » et « conduire », Summers se raidit. Cependant, il n'avait guère le choix. Il portait un pistolet et un poignard d'officier sous la ceinture. Toutefois, le premier n'était pas amorcé et je doutais qu'il eût jamais dégainé son poignard autrement que pour le lustrer. Jamie ignora ces armes et ne demanda pas au lieutenant de les lui donner.

— Je vous remercie, monsieur, déclara Summers.

Il tourna les talons et, après avoir fait un léger détour pour nous contourner, ma faux et moi, s'engagea sur le sentier.

C'était presque l'heure du dîner lorsque arriva le capitaine Cunningham, pas vraiment sous la garde de Ian mais en sa compagnie, et l'air renfrogné.

J'avais eu le temps de me laver, de brosser mes cheveux pour en faire tomber les feuilles de chêne et les aiguilles de pin, et de me rendre présentable, pendant que Jamie conduisait le lieutenant Summers et M. Voules dans le salon et leur offrait de la bière. Voules accepta avec joie, Summers avec quelque réticence. Ils burent quand même. Deux heures et un litre de bière plus tard, ils étaient sinon joyeux, du moins plus détendus.

Revenant dans la cuisine après avoir servi une autre tournée de bière, Fanny me chuchota :

— Qui sont ces hommes ? Ils ne semblent pas beaucoup aimer M. Fraser.

— Ce sont des amis du capitaine Cunningham, répondis-je. Je crois que le capitaine les rejoindra bientôt. Avons-nous quelque chose à leur offrir à manger ? Les hommes sont plus maniables le ventre plein.

— C'est vrai, confirma-t-elle avec un air expert. Les maisons closes de qualité ont toujours un bon cuisinier. Cependant, il ne faut pas les laisser trop manger non plus si on veut qu'ils servent à quelque chose. Mme Abbott disait que, quand un homme a le ventre si gonflé qu'il ne peut plus voir son zizi, vaut mieux le faire boire jusqu'à ce qu'il s'endorme et lui dire à son réveil qu'il a pris du bon temps. Il…

— Et la tourte au gibier apportée par Mme Chisholm ? l'interrompis-je précipitamment. Il en reste ?

Lorsque j'avais dit à Fanny qu'elle pouvait tout me dire, j'étais sincère. Néanmoins, j'étais parfois déconcertée par la précision de ses souvenirs.

De fait, le capitaine paraissait maigre et famélique.

— « Ces hommes sont dangereux[17] », citai-je dans un murmure en le regardant entrer dans le salon, Ian sur ses talons.

J'aperçus Jamie se levant pour accueillir le capitaine et pensai : *Il n'est pas le seul…*

Je laissai Fanny se débrouiller avec la tourte et suivis les hommes dans le salon avec, sur un plateau, une bouteille du whisky spécial de Jamie, une cruche d'eau et cinq petits verres à liqueur à fond épais, également appelés « verres à shot », car ils faisaient un bruit semblable à un tir de pistolet lorsqu'on les reposait brutalement sur la table. J'espérais les récupérer intacts après cette petite réunion, qui s'annonçait moins que cordiale.

— Capitaine, saluai-je Cunningham en déposant mon plateau. Quel plaisir de vous revoir.

Il me lança un regard noir, mais il était trop bien élevé pour exprimer le fond de sa pensée. Je n'étais pas sûre que ma présence fût utile. Je croisai le regard de Jamie et compris qu'elle ne l'était pas, aussi je m'inclinai devant l'assemblée, retournai dans la cuisine, ôtai mes chaussures et revins dans le couloir sur la pointe des pieds, pour le plus grand amusement de Fanny.

— Je suppose que mon neveu vous a expliqué dans quelles circonstances nous avons rencontré vos… relations cet après-midi ? demandait Jamie sur un ton plaisant.

J'entendis le bruit d'un liquide qu'on verse et des cliquetis de verre.

— Des circonstances ? répéta Cunningham sèchement. Le lieutenant Summers était un ami proche de mon fils décédé. Nous correspondons depuis la

---

17. Observation de César à Marc Antoine à propos de Cassius dans *Jules César*, de William Shakespeare (acte I, scène II) (N.d.T.).

mort de Simon et j'ai autant d'estime pour lui que s'il était mon fils. Je m'offense de la manière dont vous l'avez traité ainsi que son serviteur !

— Buvons ensemble, voulez-vous, capitaine ? *Slàinte mhath !*

De là où je me tenais, plaquée contre le mur, je ne distinguais pas Jamie. En revanche, je voyais clairement le capitaine, qui paraissait sidéré par cette réponse à son accusation.

— Comment ? dit-il en fixant son verre comme s'il contenait du poison. Qu'avez-vous dit ?

— *Slàinte mhath*, répéta Jamie. Cela veut dire : « À votre santé. »

— Ah.

Le capitaine lança un regard à Summers, qui ressemblait à un cochon venant de se prendre un coup de massue sur le crâne.

— Euh… oui. À la vôtre, monsieur Fraser.

— Colonel Fraser, corrigea Ian. *Slàinte mhath*.

Le capitaine vida son verre cul-sec et devint cramoisi.

— Un peu d'eau, capitaine ? demanda Jamie. On dit que cela ouvre l'arôme du whisky. Ian ?

Je vis le bras de Ian remplir le verre du capitaine, cette fois à moitié de whisky et à moitié d'eau. Cunningham le but, les yeux larmoyants.

— Je vous le répète… monsieur, dit-il d'une voix éraillée. Je suis offensé.

— Moi aussi, capitaine, répondit Jamie, toujours aimable. Je crois que tout homme qui se respecte le serait autant en découvrant qu'une entreprise martiale a lieu sous son nez, sur ses terres, sans qu'il en ait été prévenu. N'êtes-vous pas d'accord ?

— Je ne vois pas du tout ce que vous voulez dire par « entreprise martiale », colonel, rétorqua Cunningham, qui s'était ressaisi et se tenait le dos droit comme un piquet. Le lieutenant Summers a eu la bonté de m'apporter quelques provisions que j'avais demandées à des amis de la marine. Ils…

— Je me demandais pourquoi un homme originaire des Lowlands comme vous, et plus particulièrement un capitaine de la Royal Navy, avait choisi de s'établir à Fraser's Ridge, l'interrompit Jamie. Et pourquoi il avait choisi une terre aussi haute sur le Ridge. Mais, naturellement, votre cabane n'est qu'à une douzaine de milles des villages cherokees, n'est-ce pas ?

— Je… je ne sais pas, balbutia le capitaine. Je ne vois pas le rapport avec…

— C'est que, voyez-vous, j'ai été agent indien, sous le commandement du superintendant Johnson. J'ai passé beaucoup de temps chez les Cherokees et ils savent que je suis un honnête homme.

— Je ne mets pas en doute votre honnêteté, colonel Fraser, répliqua Cunningham, piqué. (Il avait visiblement ignoré ce détail.) Ce dont je m'insurge, c'est…

— Vous savez sans doute que le gouvernement britannique s'est entendu avec divers Indiens, les encourageant à attaquer les colonies suspectées d'avoir des inclinations rebelles. Leur fournissant, à l'occasion, des armes et de la poudre.

— Non, monsieur, je l'ignorais.

Le ton du capitaine avait changé, sa bellicosité se teintant de méfiance.

Jamie et Ian émirent un son écossais indiquant leur scepticisme.

— Vous admettez néanmoins savoir que je suis un rebelle, capitaine ?

— Vous ne vous en cachez pas ! rétorqua Cunningham.

— En effet, convint Jamie. Comme vous ne faites pas un secret de vos loyautés.

— La loyauté envers notre roi et notre patrie ne requiert aucun secret ni aucune défense, colonel !

— Vraiment ? Je suppose que cela dépend si cette loyauté se traduit par des actes préjudiciables aux miens, à ma cause ou à ma famille, capitaine.

— Nous ne voulions pas…

Le lieutenant Summers commençait à s'inquiéter. Extirpé de sa léthargie par le ton montant de la conversation, il fit un effort pour se redresser, son visage rond soudain grave.

— Nous n'avions nullement l'intention de pousser les Indiens à vous attaquer, monsieur, je vous le jure.

— Monsieur Summers.

Le capitaine le rappela à l'ordre d'un geste de la main et le lieutenant s'affaissa à nouveau.

— Colonel, je répète que je n'ai jamais caché mes loyautés. Je les prêche en public chaque dimanche, devant Dieu et les hommes.

— Je vous ai entendu, répondit Jamie sèchement. Vous aurez remarqué, je suppose, que je n'ai rien fait pour vous en empêcher. Vous êtes libre de vous exprimer. Dites ce que vous pensez et que le diable vous écoute.

Il était en colère et commençait à le laisser voir.

— Parlez autant que vous voudrez, capitaine, reprit-il. Mais je ne tolérerai aucune action qui mette le Ridge en danger.

Le lieutenant Summers eut un petit mouvement involontaire et Cunningham le fit taire d'un geste avant même qu'il ait ouvert la bouche.

— Vous avez ma parole, colonel, dit-il sans desserrer les dents.

Il y eut un long silence, et j'entendis Jamie inspirer profondément et servir du whisky.

— Puisque nous nous sommes compris, buvons donc à notre entente, capitaine.

Ils saisirent tous leur verre.

— À la paix ! déclara Jamie.

Il vida son verre, puis le frappa contre la table dans un fracas qui fit jaillir M. Voules de sa torpeur.

— Que se passe-t-il ? demanda-t-il en se redressant et en lançant des regards affolés autour de lui. Ils nous attaquent avec nos propres fusils ?

Il y eut à nouveau un bref silence, que Jamie brisa.

— Des fusils ? demanda-t-il sur un ton léger. Ian, as-tu remarqué des fusils lorsque tu as remballé les affaires du capitaine ?

— Non, mon oncle, répondit Ian sur le même ton. Pas l'ombre d'un fusil.

En dépit de ses aspects grotesques, l'incident avec les fusils du capitaine était très préoccupant. Prêcher la loyauté au roi à l'église le dimanche était une chose ; se préparer à un conflit armé sous le nez de Jamie en était une autre.

— Tu peux le chasser du Ridge ? demandai-je.

Nous avions fini de dîner et les enfants étaient couchés. Jamie, Brianna, Roger et moi tenions un mini conseil de guerre dans la cuisine, attablés autour d'un gâteau de maïs.

— Je pourrais, répondit Jamie en fixant le pot de crème. J'y ai longuement réfléchi et il me semble plus sûr qu'il reste ici, là où je peux le surveiller, plutôt qu'il erre dans la nature où nous ne saurons pas ce qu'il trame.

— Et que pensez-vous qu'il trame, au juste ? demanda Roger. Peut-être ne veut-il des armes que pour assurer sa protection. Après tout, il est très proche du territoire cherokee.

— Vingt mousquets me paraissent excessifs pour se protéger de quelques Indiens, répondit Jamie. S'il a acheté des fusils, c'est pour s'en servir. Reste à savoir dans quel but. Projette-t-il de m'assassiner et de chasser mes métayers ? À quoi cela lui servirait-il ?

— Peut-être fait-il comme toi, pa, suggéra Brianna en versant de la crème sur sa part de gâteau. Il organise sa propre milice pour protéger sa propriété.

Je croisai le regard de Jamie. Il me fit non de la tête d'une manière quasi imperceptible et saisit sa cuillère. Si prévenir des attaques sur le Ridge était l'une de ses motivations pour armer ses hommes, je ne doutais pas qu'il en eût d'autres. De toute évidence, il estimait que le moment n'était pas encore venu d'en parler avec Bree et Roger.

— Ian m'a dit que l'un de ceux qui apportaient les fusils était un lieutenant de la Royal Navy, dit Bree. Un de ses hommes lorsqu'il était en service, je suppose ?

— Je le suppose aussi, répondit Jamie.

— Cela signifie donc qu'il a encore des relations dans la marine et c'est probablement de là que viennent ses armes, observa-t-elle. La Royal Navy utilise-t-elle des mousquets ?

— Oui, répondit Jamie d'un air légèrement gêné. Lorsque deux navires se rapprochent lors d'un combat, les marins grimpent sur les gréements pour tirer sur l'ennemi. La marine possède de très nombreux fusils.

— Comment le sais-tu ? s'étonna Bree.

— Je lis, répondit Jamie. Il y avait un article décrivant une bataille navale dans le journal de Salisbury, avec un dessin montrant les marins armés perchés sur les mâts.

Tout en versant une cuillerée de fraises mûres et coupées en morceaux sur son gâteau, Roger opina :

— Je doute que Cunningham se fasse encore livrer des armes par la même voie. S'il le fait…

— Nous les intercepterons, acheva Brianna, amusée.

Son amusement s'effaça lorsqu'elle se pencha vers nous.

— Tu auras besoin de plus d'armes que celles que tu as confisquées au capitaine, n'est-ce pas ?

— En effet, admit Jamie. Les trouver prendra du temps, tout comme nous procurer de la poudre et des munitions.

Roger et Bree échangèrent un regard et il acquiesça.

— Laisse-nous t'aider, pa, dit-elle.

Elle glissa une main dans sa poche et en sortit trois petites plaques fines qui brillaient d'un jaune terne dans la lueur des chandelles. J'en saisis une et la retournai entre mes doigts. Elle était étonnamment lourde. C'était de l'or.

— Où les as-tu trouvées ?

— Chez un bijoutier de Newbury Street, en 1980, répondit Bree. J'en ai fait fondre cinquante que j'ai cousues dans les ourlets de nos vêtements et cachées dans les talons de nos chaussures. Nous n'en avons dépensé que dix pour le voyage et le bateau depuis l'Écosse. Il nous en reste donc beaucoup si vous avez besoin d'acheter de la poudre ou autre chose.

— Tu en es sûre, ma fille ? demanda Jamie en enfleurant l'une des barres du bout de l'index. J'ai suffisamment d'or, c'est juste que…

— Qu'il est plus difficile à utiliser, acheva Roger avec un sourire. Ne vous en faites pas, c'est un honneur pour nous que d'aider à financer la révolution.

39

Je suis de retour

À l'attention de lord John Grey,
aux bons soins du commandant des forces de Sa Majesté à Savannah, colonie royale de Géorgie.

Cher lord John,

Je suis de retour. Devrais-je plutôt dire « Me voici revenue » ? Ce serait plus théâtral, non ? Je souris en écrivant ces lignes, car je vous imagine rétorquer que je n'ai jamais péché par excès de sobriété. Vous non plus, mon ami.

Nous (mon mari, Roger, et nos deux enfants, Jeremiah (Jem), et Amanda (Mandy)) avons établi notre résidence à Fraser's Ridge. Ou plutôt, notre résidence prend forme autour de nous : mon père est en train de construire sa propre forteresse. Nous y resterons pour une durée indéterminée. Je suis bien placée pour savoir qu'il est impossible de prédire l'avenir. Je vous donnerai de plus amples détails lorsque nous nous verrons.

Je vous aurais écrit de toute manière, mais, si je le fais aujourd'hui, c'est parce que, voici trois jours, mon père a reçu une lettre d'un jeune homme nommé Judah Bixby, qui était son aide de camp durant la bataille de Monmouth (Y étiez-vous, vous aussi ? Si oui, j'espère qu'il ne vous est rien arrivé). M. Bixby y informe pa qu'un de ses amis, le Dr Denzell Hunter, a été capturé à New York et est retenu dans la prison militaire de Stony Point.

Maman me dit que vous comprendrez pourquoi c'est moi qui vous écris au sujet de M. Hunter plutôt qu'elle. Pa affirme qu'il n'est pas nécessaire de vous prévenir, car l'épouse du Dr Hunter aura sûrement déjà écrit à son père (votre frère, si j'ai bien compris ?). Je suis d'accord avec maman et préfère vous en aviser au cas où

Mme Hunter ignorerait où se trouve son mari ou ne pouvait vous contacter pour une raison ou une autre.

Mes meilleurs sentiments à vous et à votre famille (transmettez mes amitiés à votre fils William. Il me tarde de le revoir, et vous aussi bien sûr !).

(La salutation « Votre humble et dévoué serviteur » est-elle appropriée lorsqu'on est une femme ? Probablement pas.)

Avec toute mon amitié,

Brianna Randall Fraser MacKenzie (Mme).

P.-S. : Je joins quelques croquis de la Nouvelle Maison (comme l'appelle mon père) dans son état de construction actuel, ainsi que quelques esquisses des membres de ma famille (depuis combien de temps n'avez-vous pas vu mes parents ?). Je suis sûre que vous saurez reconnaître qui est qui.

40

De la fine noire

Savannah

Le duc de Pardloe écrivit « M », puis s'arrêta. Il replongea sa plume dans l'encrier et ajouta « Ma chère ». Il fut contraint d'incliner ses lettres le long de la marge, car il avait commencé trop à gauche de la page. Il contempla celle-ci un moment et releva les yeux vers son frère.

— Que veux-tu ? grommela-t-il.

— À boire, répondit John. Et, à ta tête, tu en as besoin aussi. Que fiches-tu donc ?

Il traversa la pièce, s'agenouilla pour fouiller dans son coffre de campagne et en sortit une bouteille noire et ronde qui émettait un bruit de liquide rassurant.

— Ça se boit, tu es sûr ? demanda Hal.

Il se pencha de côté pour contourner la petite table sur laquelle il avait posé son écritoire, ouvrit son propre coffre et en extirpa une paire de gobelets en étain cabossés.

— D'après Stephan von Namtzen, oui, répondit John.

Il s'approcha de la table, saisit le canif de Hal et brisa le sceau en cire qui enveloppait le bouchon.

— Tu te souviens de notre ami le comte von Erdberg ? Il me dit que c'est de la fine noire, pour être précis.

— Elle est vraiment noire ? demanda Hal, intrigué.

— En tout cas, la bouteille l'est, quoique, d'après sa lettre, on l'appelle ainsi parce qu'elle est distillée par des moines qui vivent en Forêt-Noire.

Il fit tomber les derniers fragments de cire et approcha la bouteille de ses yeux pour lire l'étiquette écrite à la main.

— Cela s'appelle… *Blut der Märtyrer*. Du sang de martyrs.

— Charmant.

Hal tendit son gobelet et le riche arôme d'une eau-de-vie de qualité lui remplit les narines.

— Tu as donc entretenu ton allemand ? dit-il.

— Je n'ai jamais eu le temps de l'oublier, répondit John. Il s'est écoulé moins d'un an depuis Monmouth et tous ces foutus Hessois qui semblaient sortir de terre tels des champignons. (Il huma sa tasse avec délectation.) À moins que tu me demandes si j'ai vu le comte récemment ? Non. La bouteille est arrivée avec un bref message disant que Stephan se trouvait à Trèves. Dieu sait pourquoi.

— Ah.

Hal but une gorgée d'eau-de-vie et ferma les yeux, autant pour mieux la savourer que pour éviter de regarder John.

Ce dernier commençait à sentir l'alcool se répandre dans ses membres, sa chaleur ramollissant ses pensées. Et probablement aussi son jugement.

— Tu es en train d'écrire à Minnie ? demanda-t-il.

Si son ton était nonchalant, sa question ne l'était pas.

— Non.

— Mais tu… Ah, je comprends. Tu ne t'es pas encore décidé. C'est pourquoi tu planes au-dessus de cette feuille de papier tel un vautour qui attend la mort de quelque chose ou quelqu'un.

Hal se redressa en rouvrant les yeux et lança à John un regard censé le faire taire. John saisit la bouteille et le resservit en déclarant :

— Je sais. Moi aussi, j'aurais du mal. Tu penses donc que Ben est réellement mort ? Ou tu lui écris au sujet de Dottie et de son mari ?

— Non, répéta fermement Hal.

Le gobelet dans sa main s'inclina. Il le redressa juste à temps, ne renversant que quelques gouttes sur son gilet.

— Je ne le crois pas, reprit-il. Et Mme MacKenzie a probablement raison : Dottie m'écrira. Je veux attendre d'avoir de ses nouvelles avant d'alarmer Minnie.

John l'observait, son expression délibérément neutre.

— C'est juste que je ne t'ai jamais vu commencer une lettre par « Cher… ».

— Je n'en ai pas besoin, rétorqua Hal, irrité. Beasley s'occupe d'employer des termes de ce genre pour mon courrier officiel. Les autres à qui j'écris savent déjà qui ils sont et ce que je pense d'eux. De toute manière, je signe.

John but une gorgée de fine et la garda un instant en bouche, méditatif. La plume avait laissé une tache noire sur la table là où Hal l'avait laissée tomber. En la voyant, Hal remit la plume dans son pot et essuya la tache avec son poing.

— Je tentais juste… Je ne sais pas par où commencer, bon sang.

— Je te comprends.

Hal baissa les yeux vers la feuille de papier et ses deux mots de salutation.

— J'ai donc écrit « M », juste pour me chauffer, puis j'ai dû décider si j'écrivais son nom en entier ou le laisser tel quel… Pendant que j'y réfléchissais…

Il n'acheva pas sa phrase et avala convulsivement une gorgée du sang des martyrs.

John but plus lentement en songeant à Stephan von Namtzen, qui lui écrivait de temps en temps, le saluant toujours formellement à l'allemande, « Mon estimé et noble ami », bien que le contenu de ses lettres fût nettement moins formel. Les salutations de Jamie Fraser allaient du cordial « Cher John » ou, plus chaleureux, « Mon cher ami », à un « Monsieur Grey », voire « Milord », selon l'état de leurs relations.

Hal avait raison. Les gens auxquels il écrivait savaient toujours exactement ce qu'il pensait d'eux. Il en allait de même pour Jamie. Sans doute était-il prévenant de sa part d'annoncer la couleur, afin de savoir s'il valait mieux ouvrir une bouteille avant de lire la suite.

L'eau-de-vie était de grande qualité et très forte. Il aurait dû la diluer avec un peu d'eau. Toutefois, compte tenu de la rigidité du corps de Hal, un alcool puissant ne pouvait lui faire du mal.

Chère M… Lorsqu'il lui écrivait, Hal commençait ses lettres simplement par *J.* Heureusement que son secrétaire, M. Beasley, ajoutait quelques fioritures, autrement le roi se serait vu adressé comme *G.*, ou peut-être *R.*, pour *Rex*.

Aussi absurde fût-elle, cette pensée libéra un souvenir qui le turlupinait depuis qu'il avait aperçu le début de la lettre.

Hal avait appelé Esmé, sa première femme morte en couches avec leur enfant, « Em ». Lorsqu'il lui écrivait un message, il commençait toujours par *M.* John en avait vu plusieurs. Peut-être que voir cette lettre isolée, noire sur le papier blanc, lui avait porté un coup au cœur.

Hal s'éclaircit la gorge de manière explosive et but une nouvelle gorgée qui le fit tousser et projeter des gouttelettes ambrées sur la feuille de papier. Il la saisit, la froissa en boule et la jeta dans le feu. Elle s'embrasa aussitôt dans une flamme bleutée.

— Je ne peux pas, grommela-t-il. C'est impossible. Je ne sais pas si Ben est mort. Je ne suis sûr de rien.

John se passa une main sur le visage et hocha la tête. Son cœur se glaçait chaque fois qu'il pensait à son neveu.

— Soit, dit-il. Quelqu'un d'autre peut-il avoir écrit à Minnie ? Adam ou Henry ? Ou Dottie ?

Hal blêmit. Les deux frères de Ben n'étaient pas de grands épistoliers. En revanche, leur sœur Dottie correspondait régulièrement avec leur mère. De fait, elle avait prévenu ses parents qu'elle s'enfuyait avec un médecin quaker, et, comme si cela ne suffisait pas, qu'elle épousait la cause des rebelles. Elle n'aurait aucun scrupule à informer Minnie de tout ce qu'elle considérait que sa mère devait savoir.

— Dottie n'en sait rien non plus, répondit Hal en cherchant à se convaincre. Tout ce que je lui ai dit, c'est que Ben était porté disparu.

— Porté disparu et présumé mort, précisa John. Et William a…

— En parlant de William, où est-il ? grogna Hal. À moins que tu saches quelque chose que j'ignore, il a encore filé sans mot dire.

John s'efforça de conserver son calme.

— William a trouvé la preuve que Ben n'était pas mort dans ce camp de prisonniers du New Jersey, souligna-t-il. Et il a trouvé pour nous son épouse et son enfant.

— Il a trouvé un corps qui n'était pas celui de Ben dans une tombe à son nom, répliqua Hal. Cela ne signifie pas que Ben ne soit pas dans une autre tombe et que les fossoyeurs ont simplement inversé les corps.

Hal voulait croire de toutes ses forces qu'on avait enterré un inconnu à la place de son fils… Mais pourquoi ferait-on une chose pareille ?

John devina sa pensée.

— Il peut y avoir plusieurs raisons. Ben peut s'être fait passer pour mort pour cacher son évasion.

— Je sais, dit Hal. Tu as raison, je ne peux être sûr qu'il soit mort, même si je le soupçonne fortement. De toute façon, je n'allais pas en parler à Minnie. Cependant, je dois bien lui dire quelque chose. Si je ne lui écris pas rapidement, elle devinera qu'il y a anguille sous roche. Elle est très douée pour découvrir ce qu'on ne veut pas qu'elle sache.

Cela fit rire John et Hal se détendit légèrement.

— Tu peux lui annoncer que Ben s'est marié et qu'il a un fils, n'est-ce pas ? suggéra John. Pourquoi ne pas lui annoncer également que tu as rencontré Amaranthus ainsi que votre petit-fils, et que tu les as invités à s'installer ici pendant… l'absence de Ben ? Cela me paraît être suffisamment de nouvelles pour une lettre, non ?

Et si Ben est mort, savoir qu'il a eu un fils sera une petite consolation. Même s'il ne le dit pas à voix haute, sa pensée flotta au-dessus d'eux.

— C'est ce que je vais faire, soupira Hal.

Momentanément soulagé, son esprit passa à la vitesse supérieure.

— Tu crois que ce… Penobscot ou je ne sais quoi, le cartographe de Campbell, pourrait dessiner un portrait relativement ressemblant de Trevor ? J'aimerais que Minnie le voie.

Et s'il arrive quelque chose au garçon, nous aurons au moins ça…

— Tu veux dire Alexander Penfold ? Je ne l'ai jamais vu dessiner autre chose de plus complexe qu'une rose des vents. Laisse-moi me renseigner. Je peux probablement te trouver un bon portraitiste.

Il sourit et leva son verre.

— À ton petit-fils. *Prosit !*

— *Prosit !* répondit Hal avant de vider son verre d'une traite.

41

Tête de mule

John Grey sortit son canif, un petit couteau français avec un manche en bois de rose et une lame extrêmement tranchante, et tailla une nouvelle plume avec une certaine fébrilité. Au cours de sa vie, il avait écrit plus d'une centaine de lettres à Jamie Fraser et chacune lui avait procuré un léger frisson à l'idée d'entretenir leur lien, quelle que fût la nature de ce dernier. Cela se produisait toujours, que ses lettres fussent rédigées dans un esprit d'amitié, d'affection, de colère, de mise en garde anxieuse ou de désir qui partait en flammes et laissait derrière lui des cendres amères.

Toutefois, celle-ci serait différente.

Le 13 août 1779,

À James Fraser, Fraser's Ridge,
colonie royale de Caroline du Nord.

Il imagina Jamie dans son environnement d'élection, les mains calleuses, les cheveux retenus par un lacet de cuir, en compagnie d'Indiens, de loups et d'ours. Et, naturellement, encadré par ses femmes.

De la part de lord John Grey, n° 12 Oglethorpe Street,
Savannah, colonie royale de Géorgie.

Il envisagea de commencer par « *Cher Jamie* ». Non, il n'avait pas encore regagné ce privilège. Cela viendrait.

— Dans un millénaire ou deux..., murmura-t-il en trempant sa plume. Ou... peut-être plus tôt ?

Devait-il écrire « *Général Fraser* » ?

Inutile de le provoquer.

Monsieur Fraser,

Je vous écris pour offrir un emploi à votre fille. J'ai souvent vanté son talent artistique à mes amis et relations. Or, justement, une de ces relations, M. Alfred Brumby, un commerçant de Savannah, après avoir admiré divers croquis qu'elle m'avait envoyés, m'a demandé si je voulais bien lui servir d'ambassadeur afin d'obtenir votre consentement et permettre à votre fille de venir à Savannah afin de peindre un portrait de sa nouvelle épouse.

Brumby est un gentleman fortuné qui a les moyens d'offrir un salaire généreux à votre fille (si elle le désire, je serais heureux de négocier pour elle un bon prix) et de payer tous ses frais de déplacement et de séjour ici à Savannah.

Il sourit en lui-même en imaginant la réaction de Brianna Fraser MacKenzie (et de Claire Fraser) à sa proposition.

Je peux vous assurer que M. Brumby et son établissement sont irréprochables (au cas où vous craigniez que j'enlève la jeune femme pour servir mes sombres desseins).

— Ce qui est exactement ce que j'envisage de faire, espèce d'âne bâté, marmonna-t-il.

S'il se montrait trop réservé, Fraser mettrait aussitôt ses motifs en doute. Une longue carrière dans l'armée et la diplomatie lui avait appris que, souvent, la vérité toute nue, dite sérieusement, était prise pour une plaisanterie.

Plus sérieusement, je vous garantis qu'elle sera en sécurité, ainsi que tout ami ou membre de la famille qui souhaitera l'accompagner.

Jamie viendrait-il lui-même ? Ce serait très intéressant… également terriblement dangereux.

En ces temps troublés, vous vous inquiétez sans doute pour le bien-être des voyageurs et vous vous dites peut-être qu'inviter une jeune femme aux sentiments républicains déclarés à venir séjourner dans une ville actuellement sous le contrôle de l'armée de Sa Majesté n'est pas un choix des plus judicieux.

Devinant vos propres inclinations envers la cause rebelle, je vous épargnerai la liste de mes raisons, mais je peux vous assurer qu'il n'y a pas le moindre risque que Savannah subisse une invasion ou un assaut des Américains et que Brianna ne sera exposée à aucun danger.

Il s'arrêta un instant pour réfléchir en faisant tourner la plume entre ses doigts. Devait-il parler des Français ?

Que savait Fraser, perché là-haut sur ses montagnes ? Certes, il écrivait et recevait des lettres. Cependant, compte tenu des circonstances spectaculaires de sa démission de la charge de général de campagne à Monmouth, John doutait qu'il correspondît quotidiennement avec George Washington, Horatio Gates ou tout autre commandant américain au courant de cette information secrète.

Mais s'il savait déjà que le vice-amiral d'Estaing et sa marine de grenouilles risquaient de débarquer sur les plages de Charles Town ou de Savannah d'ici quelques semaines ?

Il avait joué aux échecs avec Jamie Fraser pendant des années et avait une estime considérable pour ses capacités de stratège. Mieux valait sacrifier un pion ici et là pour éloigner un cavalier dangereux.

Est-il vrai que les Français…

Non. Il s'interrompit au milieu de sa phrase. Si quelqu'un qui n'était pas James Fraser mettait la main sur cette lettre ? Il était peut-être en train de livrer des renseignements sensibles aux rebelles.

— Non, je ne peux pas…

— Que ne peux-tu pas ? Et pourquoi n'es-tu pas habillé ?

Hal venait d'entrer et se regardait dans le miroir en pied de l'autre côté du bureau.

— Et pourquoi saigné-je ? ajouta-t-il, surpris.

John prit le temps de cacher sa phrase sous une traînée d'encre puis se leva pour examiner son frère, qui, effectivement, avait une profonde entaille juste devant son oreille gauche. Il tentait d'empêcher le sang de couler sur sa cravate, mais il ne trouvait pas son mouchoir. John sortit le sien de la poche de son peignoir et le lui tendit.

— Cela ne ressemble pas à une coupure de rasage. Tu as fait de l'escrime sans masque ?

C'était une plaisanterie. Hal n'avait jamais essayé les nouveaux masques en grillage et dégainait rarement son épée à moins d'avoir réellement l'intention de tuer quelqu'un. Il considérait que se battre en duel avec un masque était d'une lâcheté sans nom.

— Non, répondit-il. Ah, je me souviens ! Je descendais la rue quand un jeune garçon a jailli d'une ruelle, poursuivi par des soldats criant « Arrêtez ce voleur ! ». L'un d'eux m'a bousculé et je me suis cogné contre le mur d'une église. Je ne me suis pas rendu compte que j'étais blessé.

Il pressa le mouchoir contre sa pommette. La blessure avait dû être douloureuse, bien que John doutât que Hal l'eût sentie. Hal était... Hal, ce qui signifiait que, sous pression, il ignorait la douleur ou feignait de l'ignorer. Or il était particulièrement sous pression ces jours-ci.

John prit son mouchoir, le trempa dans son verre de vin et le pressa à nouveau sur l'entaille. Hal grimaça légèrement et reprit le carré de tissu pour se l'appliquer lui-même.

— Du vin ? demanda-t-il.

— Claire Fraser, répondit simplement John.

Les étranges notions médicinales de son ancienne épouse étaient parfois fondées. Après tout, il arrivait aux médecins militaires de laver des blessures avec du vin.

— Ah, fit Hal.

Ayant lui-même fait l'objet des attentions médicales de Claire Fraser, il se contenta de hocher la tête.

— Pourquoi devrais-je être habillé ? demanda John avec un regard vers sa lettre inachevée.

Il hésitait à expliquer son plan à Hal. Quand il était dans de bonnes dispositions, son frère avait un esprit remarquablement pénétrant et il connaissait bien Jamie Fraser. Par ailleurs, il y avait certains aspects de sa relation avec Jamie Fraser qu'il préférait que son frère ne pénètre pas.

— Je dois rencontrer Prévost et son état-major dans une demi-heure et tu es censé m'accompagner. Je ne te l'ai pas dit ?

— Non. Mon rôle est-il purement ornemental ou dois-je être armé ?

— Armé. Prévost envisage de faire venir les troupes de Maitland depuis Beaufort.

— Et tu penses que la discussion pourrait tourner au vinaigre ?

— Non, mais je pourrais y ajouter mon grain de sel, auquel cas elle risque de dégénérer. J'en ai assez que nos hommes soient immobilisés ici sans d'autres occupations que la boisson et les putains.

— Ah.

John ressentit un pincement au cœur. Toutefois, Hal ne semblait pas avoir pensé à Jane Pocock en faisant cette allusion. John sortit son poignard, son pistolet et sa cartouchière de son coffre et les déposa sur son lit, à côté d'une paire de bas blancs propres.

Il s'habilla rapidement, tendit sa cravate en cuir à Hal et se tourna pour qu'il la lui attache. Ses cheveux n'avaient pas encore repoussé jusqu'à ses épaules et Hal écarta d'un geste agacé le petit moignon qui lui tenait lieu de queue de cheval.

— Tu ne t'es pas encore trouvé un nouveau valet ?

— Je n'ai pas eu le temps d'en former un.

Le souffle chaud et les doigts frais de Hal sur sa nuque étaient réconfortants.

— Qu'est-ce qui t'occupe autant ? demanda Hal.

— Ta bru, mon fils, mon supposé fils, *ton* fils et, tu sais, les responsabilités mineures qui consistent à gérer un régiment.

Il se tourna vers Hal en passant son hausse-col par-dessus sa tête. Son frère eut la grâce de paraître légèrement navré.

— Tu as besoin d'un valet, dit-il. Je t'en trouverai un. Allez, viens.

Le quartier général de Prévost était abrité dans une grande demeure à l'angle du square St. James, à dix minutes à pied. C'était une journée agréable, chaude et ensoleillée. Une légère brise soufflait depuis la mer. C'était également un jour de marché. Les frères Grey se frayèrent un chemin dans la foule de Bay Street parmi des odeurs tonifiantes de légumes et de poissons frais.

John évita de justesse une femme portant un plateau d'huîtres suspendu à son cou et un petit fût de bière sous chaque bras.

— J'ai une question, dit-il. Tu connais Jamie Fraser. À ton avis, est-il sensible à l'argent ?

— De quelle manière ? répondit son frère. Tout le monde est sensible à l'argent selon les circonstances. J'imagine que tu ne parles pas de le soudoyer ?

— Non. En réalité, je crains qu'il ne prenne ce que je lui propose pour de la subornation.

— Que diable lui demandes-tu ? s'étonna Hal.

— Qu'il accepte et encourage la venue de sa fille à Savannah pour peindre un portrait. Je l'ai assuré qu'elle serait bien rémunérée, mais…

— Ton portrait ? l'interrompit Hal, amusé. J'aimerais bien voir ça. C'est un présent pour Mère ou tu courtises quelqu'un ?

— Ni l'un ni l'autre. Il ne s'agit pas de mon portrait. Alfred Brumby veut faire peindre celui de sa nouvelle épouse.

— La belle Angelina ? demanda Hal avec un sourire.

John sourit à son tour. Bien qu'elle fût ravissante, il y avait quelque chose chez la jeune Mme Brumby qui prêtait à rire.

— Si quelqu'un est capable de fixer sur une toile la nature ineffable de cette dame, c'est bien Brianna MacKenzie.

— Mais ce n'est pas pour cela que tu veux l'attirer hors de son refuge, n'est-ce pas ? devina Hal. Il y a sûrement d'autres portraitistes dans la colonie de Géorgie, non ?

Ils approchaient du quartier général de Prévost. Des ordres et des bruits mesurés de manœuvres s'élevaient depuis le grand terrain au fond de Jones

Street. Des tuniques rouges commençaient à grossir la foule qui déambulait dans Montgomery Street.

— Tu te méprends sur mes intentions, répondit John. Pardon, madame.

Il se tourna de biais pour laisser passer une dame pressée avec une large robe à paniers, une ombrelle, deux serviteurs et un petit chien, puis reprit :

— ... et j'espère que Jamie Fraser se méprendra aussi.

Hal lui lança un regard surpris. Il n'eut pas le temps de lui répondre, car ils durent s'écarter pour laisser passer deux jeunes tanneurs, des foulards drapés devant le visage et portant entre eux un énorme panier d'où s'élevait, tel un djinn maléfique, une atroce puanteur d'excréments canins.

Hal toussa jusqu'à larmoyer. John s'inquiéta, son frère étant sujet à des troubles respiratoires et à des essoufflements. Toutefois, Hal parvint à se ressaisir. Il cracha plusieurs fois, se frappa la poitrine du poing et se redressa en respirant laborieusement.

— Quelles intentions ? demanda-t-il.

— T'ai-je parlé de mon fils ? Brianna Fraser est sa demi-sœur.

— Ah. Oui, bien sûr. Je n'y avais pas pensé.

Hal rajusta son tricorne délogé par sa quinte de toux.

— Il ne l'a jamais rencontrée ? demanda-t-il.

— Si, brièvement, il y a quelques années, sans savoir qui elle était. Je connais bien cette jeune femme et, bien qu'elle soit aussi têtue que ses deux parents, elle a bon cœur. Elle est sûrement curieuse de connaître son frère et me semble bien placée pour lui parler, intelligemment, de ses... difficultés.

— Hmm..., fit Hal en réfléchissant. Es-tu sûr que ce soit raisonnable ? Si elle est la fille de Fraser... Attends, tu as bien dit « comme ses deux parents » ? Elle est également la fille de Claire Fraser ?

John acquiesça et Hal se mit à rire.

— Elle est alors capable de le convaincre de retourner sa veste et de se battre pour les rebelles, tu ne crois pas ?

— S'il y a un trait de caractère que Jamie Fraser a réussi à transmettre à toute sa progéniture, c'est l'opiniâtreté, rétorqua John. Aussi persuasive soit-elle, je doute qu'elle puisse convaincre William de quoi que ce soit.

— Dans ce cas...

— Je veux qu'il reste ici, lâcha John. Au moins jusqu'à ce qu'il ait enfin pris une décision. À propos de tout.

Ce « tout » englobait sa filiation, sa carrière militaire, son titre et les domaines sur lesquels il avait maintenant la mainmise depuis sa majorité.

— Oh.

Hal s'arrêta net, dévisagea son frère, puis lança un regard plus loin dans la rue. Le quartier général se dressait au prochain carrefour, des officiers entrant et sortant sous le regard de deux soldats de faction. Il prit le bras de John et l'entraîna dans une petite rue transversale moins encombrée.

Le pouls de John s'était accéléré. Il n'avait osé formuler ses peurs, même à lui-même, jusqu'à ce que sa lettre à Jamie les amène en surface.

Un sourcil arqué, Hal l'interrogea du regard.

— Je fais des rêves, dit John en fermant les yeux. Pas tous les soirs, mais souvent.

— Tu rêves de William.

Bien que ce ne fût pas une question, John acquiesça.

— Tu le vois mort ? Perdu ?

John acquiesça à nouveau.

— Isobel m'a raconté qu'il s'était perdu un jour, à Helwater, quand il avait environ trois ans… Il errait seul dans le brouillard. Parfois, c'est ce que je vois. Parfois, je vois… d'autres choses.

William lui avait souvent écrit en lui racontant sa vie. Comment il avait été coincé au Québec durant un long hiver glacial. Chassant, se perdant la nuit, les pieds gelés, sous les lumières irréelles du ciel arctique, tombant à travers la glace dans une eau sombre… Pour William, c'était une aventure et John prenait du plaisir à le lire. Toutefois, la nuit, dans ses rêves, ces récits revenaient, tordus et angoissants.

— Tu l'imagines au combat, murmura Hal.

Il s'adossa au mur et fixa la pointe de ses bottes cirées.

— Oui, ce sont des choses que tu vois lorsque tu es père, dit-il. Même quand tu ne dors pas.

John approuva sans répondre. Il se sentait mieux d'avoir parlé. Naturellement, Hal avait les mêmes angoisses. Henry, grièvement blessé sur le champ de bataille, Benjamin… Il songea à William déterrant un cadavre en s'attendant à trouver le corps de son cousin… Il s'était vu en rêve faisant la même chose, et découvrant William au fond de la fosse.

Hal soupira et se redressa.

— Écris à Fraser que William est ici, dit-il doucement. Une simple allusion en passant, rien de plus. Il enverra sa fille.

— Tu le crois vraiment ?

Hal lui prit le coude et l'entraîna à nouveau vers la rue principale en répondant :

— Parce que tu penses qu'il aime moins William que toi ?

42

Sasannaich clann na galladh !

Jamie lut la lettre deux fois de suite, pinçant chaque fois les lèvres aux mêmes passages, d'abord au bas de la première page, puis à la fin de la seconde. Il n'était pas rare qu'il réagisse ainsi aux courriers de John. Toutefois, c'était généralement parce qu'ils lui apprenaient de mauvaises nouvelles sur la guerre, sur William, ou annonçaient une action imminente du gouvernement britannique pouvant entraîner l'arrestation de Jamie ou d'autres inconvénients domestiques.

C'était la première fois que John lui écrivait depuis près de deux ans… Depuis que Jamie était revenu d'entre les morts pour découvrir que John m'avait épousée, depuis qu'il lui avait envoyé son poing dans l'œil, provoquant par mégarde l'arrestation de John, qui avait failli être pendu par une milice américaine. J'ignorais si l'on pouvait parler de *fair-play* dans ce cas.

Je pris mon courage à deux mains et m'efforçai d'afficher un air neutre.

— Que dit John ? demandai-je.

— Il veut Brianna, répondit-il en poussant la lettre vers moi sur la table.

Je lançai par réflexe un regard par-dessus mon épaule. Brianna était partie à la laiterie avec un lot de fromages de chèvre tout frais. Je sortis mes lunettes de ma poche.

— Tu as remarqué la dernière partie ? demandai-je lorsque j'eus fini de lire.

— « Mon fils William a démissionné de sa charge militaire et se trouve à présent avec moi à Savannah, où il passe son temps libre à envisager son avenir maintenant qu'il a atteint sa majorité » ? Oui.

Il lança un regard torve à la lettre et à moi.

— « Envisager son avenir » ? Qu'a-t-il à envisager ? Il est comte !

— Peut-être n'a-t-il pas envie de l'être ?

— Ce n'est pas comme s'il avait le choix, *Sassenach*. C'est comme une tache de naissance, tu nais avec.

Il fixait la lettre en fronçant les lèvres. Je lui adressai un regard exaspéré, qu'il sentit et qui le fit relever les yeux vers moi.

— Quoi ? Qu'ai-je dit encore ? Ce n'est pas de ma f…

Il s'interrompit, presque à temps.

— Ne parlons pas de « faute », répliquai-je. Personne ne te reproche rien, mais…

— Personne, sauf William. Il m'en veut et il n'a pas tort. C'est pourquoi je ne voulais pas que Brianna lui parle. S'il ne m'avait pas vu et n'avait pas découvert la vérité, il serait en Angleterre à l'heure actuelle, s'occupant de ses terres et de ses gens, heureux comme…

Il s'interrompit, cherchant ses mots.

— Une palourde à marée haute ? suggérai-je. Qui te dit qu'il n'est pas heureux en ce moment ? Peut-être n'a-t-il pas encore pu organiser son retour en Angleterre.

— Une palourde ? répéta-t-il, perplexe.

Il chassa cette image saugrenue d'un geste et reprit :

— Je ne serais pas heureux à sa place et je ne vois pas comment un homme honorable pourrait l'être.

— C'est qu'il te ressemble.

J'avais espéré conserver la discussion focalisée sur William et éviter de parler de John. J'aurais dû savoir que c'était futile. Il saisit la lettre, la chiffonna et la jeta dans le feu avec une expression gaélique très grossière.

— *Mac na galladh !* D'abord il me prend mon fils, puis il saute ma femme et, maintenant, il essaie de soudoyer ma fille.

— C'est faux ! explosai-je à mon tour. Il veut simplement que Bree parle à William ! Tu ne l'as pas compris, foutu… Écossais !

Cela l'arrêta un instant et je vis dans son regard une lueur d'amusement qui n'atteignit pas ses lèvres. Toutefois, il respirait plus calmement.

— Parler à son frère, répéta-t-il. Pourquoi ? Il s'imagine que Brianna chantera mes louanges au point que William oubliera que c'est à moi qu'il doit d'être un bâtard ? Même s'il décidait de me pardonner, cela ne l'aidera pas à accepter son statut de comte. Fichtre, livrée à elle-même dans ce nid de vipères, je ne serais pas étonné si elle partait avec eux en Angleterre pour peindre des portraits de la reine !

— J'ignore ce que pense John, dis-je sur un ton plus calme. Cependant, s'il dit que William s'emploie à « envisager son avenir », cela signifie qu'il a des doutes. Brianna vient de l'extérieur, elle aura une perspective différente sur la situation. Elle pourra écouter sans s'impliquer.

— Peuh ! Cette fille s'implique dans tout ce qu'elle touche. Elle tient ça de toi ! rétorqua-t-il avec un regard accusateur.

— Et elle ne cède rien une fois qu'elle a arrêté une décision, dis-je en croisant mes mains sur mes genoux. Elle le tient de toi.

— Merci.

— Ce n'était pas vraiment un compliment.

Cette fois, il ne put retenir un petit rire. Dans son emportement, son teint avait revêtu la couleur des tomates de mon potager. Il retrouvait à présent sa couleur bronze habituelle. Je me détendis légèrement à mon tour.

— Tu sais une chose à propos de John, dis-je.

— Je sais beaucoup de choses sur John, dont la plupart que j'aurais préféré ignorer. Tu parles de laquelle ?

— Il sait que ta fille t'aime. Quoi que se disent Bree et William, cela ressortira dans leur conversation.

Il resta un instant décontenancé.

— Je… Oui, peut-être… Mais…

— Tu crois qu'il aime William moins que toi ?

L'atmosphère s'était détendue et je sentais mon pouls ralentir. Jamie s'était tourné et s'appuyait sur le manteau de cheminée, regardant le feu. La lettre brûlée était encore visible, une feuille noire recroquevillée dans les flammes. Il pianota lentement des doigts sur la pierre.

Enfin, il soupira et se retourna.

— Je parlerai à Brianna.

Le lendemain, je lui demandai :

— As-tu parlé à Brianna ?

— Je vais le faire, maugréa-t-il. Mais je ne lui dirai rien au sujet de William.

Je humai prudemment le ragoût que je préparais pour le dîner et lui lançai un regard de biais.

— Pourquoi ?

— Si je lui en parle, elle ira à Savannah en pensant me faire plaisir, qu'elle en ait envie ou pas.

Il avait sans doute raison, même si, personnellement, je ne voyais pas de mal à demander à sa fille de lui rendre un service. De toute évidence, ce n'était pas son avis. Je me contentai donc de hocher la tête et lui tendis ma cuillère.

— Goûte-moi ça et dis-moi si c'est comestible.

Il arrêta la cuillère à quelques pouces de sa bouche.

— Qu'y a-t-il dedans ?

— J'espérais que tu le saurais. Je pense que c'est du gibier. Mme MacDonald n'en était pas sûre. Son mari lui a rapporté ce morceau déjà dépecé d'un séjour dans les villages cherokees. Il a dit qu'il était trop soûl lorsqu'il l'a gagné dans une partie de dés pour penser à demander ce que c'était.

Jamie huma avec précaution la cuillère, souffla dessus, goûta du bout des lèvres en fermant les yeux tel un dégustateur évaluant un nouveau cru de bordeaux.

— Mmm..., fit-il.

C'était encourageant. Il goûta à nouveau, puis engloutit toute une bouchée qu'il mastiqua lentement d'un air concentré.

— Ça manque de poivre, conclut-il. Et peut-être d'un peu de vinaigre.

— Pour le goût ou la désinfection ?

Je regardai vers le garde-manger en me demandant si j'avais de quoi préparer un dîner de substitution.

— Pour le goût, répondit-il. Ce n'est pas mauvais, somme toute. Je crois que c'est du wapiti... un très vieux et coriace wapiti. Ce n'est pas Mme MacDonald qui t'accuse d'être une sorcière ?

— Si c'est le cas, elle s'est retenue de me le dire hier quand elle m'a amené son benjamin avec une jambe cassée. Son fils aîné m'a apporté la viande ce matin. Quelle que soit son origine, c'est un très gros morceau. J'ai mis le reste dans le fumoir en attendant de décider quoi en faire. Il dégage une drôle d'odeur.

— Qu'est-ce qui a une drôle d'odeur ? demanda Brianna en entrant dans la cuisine.

Elle avait dans les mains une petite citrouille et était suivie de Roger chargé, lui, d'un panier de choux verts.

Je contemplai la citrouille d'un air sceptique. Trop petite pour une tarte et beaucoup trop verte. Brianna haussa une épaule.

— Un rat la rongeait quand nous sommes entrés dans le potager, expliqua-t-elle en me montrant les traces de morsures. Si nous la laissions, elle allait pourrir ou être dévorée complètement.

— J'ai déjà entendu parler de citrouille verte frite, dis-je, dubitative. Après tout, notre dîner est déjà expérimental.

Elle huma prudemment la marmite sur le feu.

— Cela paraît... mangeable, estima-t-elle.

— C'est ce que je lui disais, déclara Jamie en chassant le risque d'intoxication à la ptomaïne du revers de la main. Assieds-toi, ma fille. Lord John m'a envoyé une lettre où il est question de toi.

Les traits de Brianna s'illuminèrent.

— Lord John ? Que veut-il ?

— Qu'est-ce qui te dit qu'il veut quelque chose ? demanda Jamie, méfiant.

Brianna écarta ses jupes, s'assit en tenant toujours sa citrouille et tendit une main vers lui.

— Prête-moi ton couteau, s'il te plaît. Quant à lord John, il ne donne pas dans la conversation mondaine. J'ignore si c'est de moi qu'il attend quelque chose, mais pour avoir lu bon nombre de ses lettres, je sais qu'il n'en écrit pas à moins d'avoir une bonne raison.

J'émis un petit rire et échangeai un regard avec Jamie. Elle disait vrai. Certes, les raisons d'écrire de lord John se limitaient généralement à avertir Jamie qu'il risquait sa tête, son cou ou ses bourses selon l'aventure imprudente dans laquelle il s'était lancé.

Bree prit le couteau et commença à découper la citrouille en déversant des paquets filamenteux de graines vertes sur la table.

— Alors, de quoi s'agit-il ? demanda-t-elle.

La citrouille verte frite était effectivement mangeable, sans plus.

— Ça manque de ketchup, opina Jemmy.

— C'est vrai, convint son grand-père. Du ketchup aux noix de Grenoble, peut-être ? Ou aux champignons ?

— Du ketchup *aux noix* ?

Jemmy et Mandy gloussèrent de rire sous le regard tolérant de Jamie.

— Oui, bande de petits ignares, leur dit-il. Le ketchup désigne n'importe quel condiment que l'on met sur sa viande et ses légumes, et non uniquement la purée de tomates que votre mère vous prépare.

— Ça a quel goût, le ketchup aux noix ? demanda Jemmy.

— Un goût de noix, répondit Jamie. Avec du vinaigre, des anchois et quelques autres ingrédients. Allez ouste, maintenant. Je dois parler à votre mère.

Pendant que les enfants et moi débarrassions la table, Jamie expliqua en détail la proposition de lord John à Brianna. Je remarquai qu'il prenait soin de ne rien dévoiler de ses sentiments à cet égard.

— Prends le temps d'y réfléchir, *a nighean*, conclut-il. Néanmoins, il est tard dans la saison pour entreprendre un long voyage. Si tu pars, tu risques de ne pas pouvoir revenir avant le printemps.

Brianna et Roger échangèrent un long regard. Je n'avais pas pensé à ce détail et Jamie avait raison. Les cols enneigés isolaient les montagnes des régions côtières aussi efficacement qu'un mur de mille pieds de haut.

— Nous irons, répondit simplement Brianna.

— « Nous » ? répéta Roger.

— Tu es sûre ? s'enquit Jamie.

— Si tu veux acheter beaucoup d'armes, tu vas devoir acheminer ton whisky et ton or sur la côte, expliqua Brianna. La proposition de lord John m'assure un laissez-passer et même une escorte armée si j'en souhaite une, ce qui n'est pas le cas. N'est-ce pas l'occasion rêvée ?

Jamie et Roger prirent un air dubitatif.

— Quoi ? fit Brianna.

Jamie émit un son écossais et détourna le regard. Roger ouvrit la bouche puis la referma.

— Tu penses cacher six tonneaux de whisky et cinq cents livres d'or dans ta boîte de peintures ? demanda Jamie.

— Sous le nez de tes gardes armés, renchérit Roger. Qui seront sans doute des soldats britanniques chargés, entre autres choses, d'arrêter les… les ?

— Bouilleurs de cru, achevai-je pour lui.

Jamie m'interrogea du regard.

— Ben oui, dis-je. Les gens qui possèdent des alambics clandestins opèrent généralement de nuit.

— J'ai un plan, annonça Brianna avec un air agacé. J'emmène les enfants.

— Ouais ! s'exclama Jemmy.

Mandy, qui n'avait aucune idée de quoi il retournait, lança loyalement un « Ouais » solidaire, faisant rire Fanny et Germain.

Jamie marmonna quelque chose en gaélique. Roger se tut, mais il aurait pu avoir un « Que Dieu nous sauve ! » affiché sur le front. Je n'en pensais pas moins. Pour une fois, je parvins à cacher mon opinion mieux que les hommes, qui ne faisaient rien pour la masquer. Je m'essuyai le visage avec une serviette et découpai la tarte aux pommes et aux raisins.

— Pourquoi n'en discutons-nous pas quand les enfants seront couchés ? proposai-je sur le ton le plus doux possible en évitant les regards.

Une fois les enfants endormis, Jamie sortit une bouteille de JFS. Affiné pendant sept ans dans des fûts de xérès, il ne valait peut-être pas son pesant d'or, mais il était fort précieux pour accompagner les discussions délicates.

Il en versa à chacun un grand gobelet, s'assit, leva une main pour demander le silence pendant qu'il buvait une gorgée, la garda en bouche un long moment, avala et soupira.

— Bien, dit-il. Qu'as-tu en tête, *mo nighean ruadh* ?

Roger émit un petit rire en l'entendant appeler Brianna « ma fille rousse » et je souris dans mon whisky. Cela impliquait à la fois que ce qu'elle avait en tête était d'une imprudence alarmante et qu'elle tenait cette tendance à l'imprudence de son géniteur roux.

Brianna leva son gobelet et lui porta un toast.

— Voilà, dit-elle après avoir bu. Tu as besoin de fusils et de chevaux.

— En effet, répondit Jamie. Pour les chevaux, ce ne sera pas un problème, à condition d'être prudents. Je peux m'en procurer auprès des Cherokees.

— Fort bien. Pour ce qui est des fusils, en revanche, tu as deux problèmes, n'est-ce pas ?

— Si je n'en avais que deux, je m'estimerais heureux. De quels problèmes parles-tu ?

— Je comprends ce que tu veux dire au sujet des problèmes, mais laissons cela de côté pour le moment. Tu dois acheter des fusils et les apporter ici. As-tu une idée d'où tu vas les trouver ?

— Fergus, répondit aussitôt Jamie.

— Comment ? demandai-je.

— Il est à Charles Town. Les Américains tiennent la ville, sous le commandement du général Lincoln. Or, là où il y a une armée, il y a des armes.

— Tu comptes voler des fusils à l'armée continentale ? dis-je, horrifiée. Ou demander à Fergus de le faire, ce qui serait encore pire ?

— Non, répondit-il patiemment. Ce serait de la trahison. Je les achèterai à ceux qui volent les fusils. Il y en a toujours. Fergus connaît probablement les contrebandiers locaux et, dans le cas contraire, je suis sûr qu'il pourra en trouver.

— Cela coûtera cher, fit observer Roger.

— Je sais, répondit Jamie avec une grimace. J'ai gardé cet or à l'abri durant des années dans l'éventualité où il serait utile pour la révolution… Ce moment est venu.

— Récapitulons, dit Brianna. Disons que Fergus parvienne à trouver tes fusils d'une manière ou d'une autre. S'il doit les payer… (Jamie sourit en dépit du sérieux de la conversation) il faudra que tu lui envoies l'or et que quelqu'un apporte les fusils ici. Dooooonc…

Elle prit une inspiration avant de compter sur ses doigts.

— Un, maintenant que les moissons sont rentrées, nous devons ramener Germain chez lui à Charles Town. Il meurt d'envie de voir sa mère et ses nouveaux petits frères. Deux, lord John voudrait que je peigne un portrait à Savannah, pour lequel je serai payée en espèces sonnantes et trébuchantes et dont nous avons besoin pour acheter des vêtements et des outils. Trois, Roger doit être ordonné. Le plus tôt sera le mieux.

Jamie se tourna vers Roger, qui rougit comme une pivoine.

— C'est vrai, insista Brianna.

Sans attendre sa réponse, elle se tourna à nouveau vers Jamie et posa les mains à plat sur la table.

— Donc, je réponds sur-le-champ à lord John pour lui dire que j'accepte, que je n'ai pas besoin de ses gardes, merci beaucoup, que Roger vient avec moi et que nous amenons les enfants. Parce que si nous ne rentrons pas avant les premières neiges, nous ne les reverrions pas avant cinq ou six mois. En outre, je pense qu'ils seront plus en sécurité avec nous qu'en restant ici. Si les amis du capitaine Cunningham décident de revenir avec une milice sur le Ridge pour piller et brûler cette maison ?

Je tressaillis. Sa question avait également troublé Jamie et Roger.

— Tu crois que je me laisserais prendre par surprise ? demanda Jamie.

— Non, je sais que tu leur botteras les fesses, répondit-elle avec un demi-sourire. Cela ne veut pas dire que je souhaite que mes enfants se retrouvent au milieu de la mêlée, surtout si nous ne sommes pas là pour les éloigner de la ligne de feu.

Ses mains étaient toujours à plat sur la table, comme celles de Jamie : ces dernières, grandes et usées, les articulations gonflées par le travail et l'âge, un doigt manquant, les autres parcourues de cicatrices, mais conservant toujours leur longue grâce puissante. La même grâce se retrouvait dans celles de Brianna, sans blessure et la peau lisse, également puissantes.

— Donc, reprit-elle, je dirai à lord John que j'accepte mais que nous passerons d'abord par Charles Town afin de rendre Germain à sa famille et pour que Roger s'occupe de son ordination. Lord John aime bien Germain et voudra nous aider. Je lui demanderai de m'envoyer un sauf-conduit signé par son frère afin que nous puissions circuler sur les routes et dans les villes tenues par l'armée britannique. Nous serons la famille innocente d'un pasteur avec trois enfants voyageant sous la protection du duc de Pardloe. Quels sont les risques qu'on nous fouille ?

Je pouvais voir à la tête de Jamie qu'il évaluait ces risques et que, bien que ce plan ne lui plût toujours pas, il reconnaissait malgré lui qu'il était bon.

— Cela pourrait fonctionner pour apporter l'or à Fergus, concéda-t-il, et je peux trouver une solution pour le whisky. Il y a toujours la choucroute. Mais il n'est pas question que tu reviennes avec une carriole remplie de fusils de contrebande. Pasteur ordonné ou pas. J'ai souvent demandé de l'aide à Dieu dans ma vie et l'ai obtenue, je ne lui demanderai pas de nous sauver de ma propre folie.

— Je suis d'accord avec vous sur ce point, l'assura Roger. À quel moment pourrons-nous espérer recevoir la réponse de lord John et les sauf-conduits, selon vous ?

— Dans deux ou trois semaines, s'il continue à faire beau.

— Cela nous laisse le temps de trouver une solution pour les fusils, si nous parvenons à nous les procurer.

Roger leva son gobelet et le choqua contre le mien.

— Buvons au crime et à l'insurrection !

Brianna se tourna vers son père en fronçant les sourcils.

— Tu as bien dit « choucroute » ?

43

Qui m'aime me suive

Au cours des semaines suivantes, les différentes variantes du christianisme offertes par la Maison commune glanèrent chacune leurs adhérents. De nombreuses personnes assistaient à plus d'un service, que ce soit dans une approche éclectique du culte, par indécision, dans un désir de rencontrer des gens, voire de s'instruire, ou simplement parce qu'il était plus intéressant d'aller à l'église que de rester chez soi à lire pieusement la Bible à voix haute devant la famille.

Toutefois, chaque messe avait son propre noyau dur de fidèles qui venaient tous les dimanches, en plus des indécis et des curieux. Lorsque le temps le permettait, nombre de gens restaient pour la journée, pique-niquant sous les arbres, échangeant leurs impressions sur l'office méthodiste comparé à l'office presbytérien et, comme il s'agissait principalement de Highlanders aux opinions personnelles bien tranchées, se disputant sur tout, depuis le message d'un sermon jusqu'à l'état des souliers du pasteur.

Si les assemblées de Rachel attiraient moins de monde et nettement moins de disputes, ceux qui venaient écouter leur lumière intérieure en silence revenaient chaque semaine et, peu à peu, d'autres se joignaient à eux.

Ces assemblées n'étaient pas totalement silencieuses car, comme l'avait dit Ian, l'esprit avait ses propres opinions. Certaines étaient même très animées.

J'avais l'impression que, pour les femmes du moins, le prétexte de rester assises pendant une heure dans un lieu paisible valait davantage que tous les sermons et les chants les plus exaltants.

Jamie et moi assistions toujours aux trois services. D'une part, parce que le propriétaire des terres ne pouvait faire preuve de favoritisme, même si le pasteur presbytérien était son gendre et la quakeresse (la modératrice ? l'instigatrice ? J'ignorais comment décrire Rachel, autrement, peut-être, qu'en la comparant au grain de sable au cœur d'une perle), sa nièce par alliance. D'autre part, parce que cela lui permettait de garder le pouce sur le pouls du Ridge.

Après les messes du matin, j'installais une clinique improvisée sous un immense châtaignier pendant une heure ou deux, bandant des blessures mineures, inspectant des gorges, offrant des conseils ainsi que, furtivement (on était dimanche), une bouteille de « tonique » (à savoir, du whisky bien dilué avec du sucre et diverses herbes selon qu'il s'agissait de traiter une carence en vitamine, de soulager une rage de dents, une indigestion, et agrémenté d'une petite dose de térébenthine lorsque je soupçonnais la présence d'ankylostomes).

Pendant ce temps, Jamie, souvent accompagné de Ian, allait d'un groupe à l'autre, saluant tout le monde, discutant et écoutant. Surtout écoutant.

— Les opinions politiques ne peuvent être tenues secrètes bien longtemps, *Sassenach*, m'avait-il expliqué. Même s'ils le voulaient, et la plupart ne le veulent pas, ils ne peuvent retenir leur langue et cacher ce qu'ils pensent.

— Ce qu'ils pensent en termes de convictions politiques ou ce qu'ils pensent des convictions politiques de leurs voisins ? avais-je répondu.

J'avais eu les échos de ces discussions par les femmes qui constituaient le gros des patientes de mon infirmerie pastorale.

Jamie avait ri.

— Quand ils te parlent des idées de leurs voisins, *Sassenach*, il n'est pas difficile de deviner ce qu'ils pensent eux-mêmes.

J'étais intriguée.

— Tu crois qu'ils savent ce que, toi, tu penses ?

Il avait haussé les épaules.

— S'ils ne le savent pas déjà, ils ne vont pas tarder à l'apprendre.

Deux semaines plus tard, alors que le capitaine Cunningham venait d'achever la dernière prière, Jamie se leva et demanda la permission de s'adresser à l'assistance.

Flairant un danger, Elspeth Cunningham se raidit encore un peu plus et les plumes noires de son chapeau de messe frémirent. Toutefois, le capitaine n'avait guère le choix. Avec une grâce un peu forcée, il s'écarta en faisant signe à Jamie de prendre sa place.

— Bonjour à tous, commença Jamie en s'inclinant devant la congrégation. Je m'excuse de devoir troubler votre paix intérieure un dimanche. Cependant, j'ai reçu un message cette semaine qui a considérablement perturbé la mienne et j'aimerais profiter de cette occasion pour le partager avec vous.

Un murmure d'approbation, de perplexité et d'intérêt se répandit dans la salle. On sentait également, à peine perceptible, une certaine appréhension.

Jamie sortit une lettre de la poche de sa veste et la déplia. La graisse du cachet en cire brisé avait exsudé à travers le papier, laissant voir l'ombre des mots. Il chaussa ses lunettes et lut à voix haute :

Monsieur Fraser,

Je prends la liberté de vous informer que le général Gates a attaqué les forces de lord Cornwallis près de Camden et a subi une grande défaite au cours de la laquelle nous déplorons la mort du major-général de Kalb. Avec le retrait des troupes de Gates, la Caroline du Sud est abandonnée à l'ennemi. J'apprends en outre que des renforts additionnels sont envoyés depuis la Floride pour soutenir l'occupation de Savannah. Ces nouvelles sont alarmantes, d'autant plus que, d'après certains amis, le général Clinton s'apprête à attaquer l'arrière-pays par d'autres voies plus insidieuses. Il se propose d'envoyer des agents parmi nous pour convaincre, enrôler et armer des loyalistes et ainsi former une grande milice qui, soutenue par l'armée régulière, attaquera et écrasera toute tentative de rébellion dans les montagnes du Tennessee et des Carolines.

Je suis fermement convaincu qu'il ne s'agit pas d'une simple rumeur et vous en enverrai diverses preuves à mesure que je les obtiendrai. Par conséquent…

À mesure qu'il lisait, j'avais un étrange sentiment de déjà-vu et la chair de poule se répandait sur mes bras. En dépit de la chaleur humide digne d'un hammam turc qui régnait dans la salle, j'avais la sensation de me tenir dans une pièce froide et déserte, tandis qu'une pluie écossaise glacée cinglait les fenêtres et que j'entendais l'annonce d'une tragédie inéluctable.

… vous trouverez ci-joint un acte d'association pour la défense de nos droits divins signé par les chefs de clans de Highlands, les seigneurs jacobites et de nombreux autres loyaux sujets de Sa Majesté le roi Jacques.

— Non. Oh, mon Dieu, non…

Les mots avaient échappé de ma bouche dans un murmure. De chaque côté de moi, des gens me lancèrent un regard furtif comme si j'étais soudain devenue lépreuse. Jamie conclut :

Je vous recommande donc vivement d'effectuer les préparatifs en vos pouvoirs et de vous tenir prêt à nous rejoindre si nécessaire pour défendre nos vies et notre liberté.

Il y eut un long silence chargé. Jamie replia la lettre et reprit la parole avant que l'assemblée ait pu réagir.

— Je ne vous dévoilerai pas l'identité de celui qui m'a envoyé ce message. C'est un gentleman que je connais de nom et de réputation et je ne souhaite pas le mettre en danger. Je crois ce qu'il m'écrit.

Autour de moi, les gens commençaient à s'agiter. Je restai figée, le regard fixé sur Jamie.

Non. Non, pas encore. S'il vous plaît, on ne va pas remettre ça…

La partie raisonnable de mon cerveau me disait : *Pourtant, tu savais. Tu savais que cela reviendrait. Tu savais qu'il ne pourrait pas se tenir à l'écart des combats… Tu savais que, même s'il l'avait pu, il ne serait pas resté neutre.*

— Je sais que certains d'entre vous ici professent leur loyauté au roi. Vous savez tous que ce n'est pas mon cas. Chacun doit agir en son âme et conscience… et moi de même.

Il soutint des regards ici et là, tout en évitant de croiser celui du capitaine, qui se tenait sur le côté, le visage de marbre.

— Je ne chasserai pas un homme de chez lui en raison de ses convictions, poursuivit Jamie.

Il s'interrompit un instant pour ôter ses lunettes. Je savais qu'il fixait directement les visages des hommes qui s'étaient ouvertement déclarés loyalistes et je résistai à l'envie de lorgner autour de moi.

— Toutefois, j'ai le devoir de protéger cette terre et ses métayers. Je n'y manquerai pas. Pour ce faire, j'aurai besoin d'aide et lèverai donc une milice. À ceux qui souhaiteront s'y joindre, je donnerai une arme ainsi qu'une monture s'ils n'en ont pas. Ils seront également nourris lors de nos expéditions.

Assis à mes côtés, Samuel Chisholm, âgé d'environ dix-huit ans, rassembla ses pieds sous lui, prêt à bondir pour se porter volontaire sur-le-champ. Jamie le vit et lui sourit en lui faisant signe de rester à sa place.

— Ceux qui souhaitent me rejoindre aujourd'hui, venez me parler à l'extérieur. Ceux qui préfèrent y réfléchir, vous pourrez me trouver chez moi quand vous voudrez, de nuit comme de jour.

Il ajouta cette précision avec un petit sourire ironique qui en fit ricaner quelques-uns nerveusement.

Jamie se tourna vers le capitaine Cunningham toujours impavide et s'inclina.

— Je vous remercie de votre patience, capitaine.

Il marcha d'un pas leste entre les bancs, me tendit la main, me releva et me donna le bras. Nous sortîmes rapidement de la salle dans un silence de mort.

Jamie tint le même discours à la fin du service presbytérien, Roger se tenant derrière lui, l'air grave et les yeux baissés. Cette fois, le public était prévenu (tout le monde avait entendu parler de ce qu'il s'était passé durant la messe méthodiste).

À peine eut-il fini que Bill Amos se levait.

— Nous chevaucherons avec toi, *Mac Dubh*, annonça-t-il d'une voix ferme. Moi et mes fils.

Bill Amos était un bel homme brun, aussi solide physiquement que mentalement. Un murmure d'approbation parcourut la congrégation. Trois ou quatre autres hommes se levèrent à leur tour pour se porter volontaires. L'air humide vibrait d'excitation.

Je sentais également monter l'angoisse des femmes. Plusieurs d'entre elles étaient venues me parler dans mon infirmerie entre les deux services.

— Ne pouvez-vous pas dissuader votre époux ? m'avait demandé Mairi Gordon à voix basse en lançant des regards autour d'elle pour s'assurer qu'on ne l'entendait pas. Je n'ai plus que mon petit-fils et, s'il est tué, je me retrouverai toute seule sans ressources.

Mairi avait à peu près mon âge et avait survécu aux représailles qui avaient suivi Culloden. Je sentais sa peur au fond de ses yeux et la partageais.

— Je… je lui parlerai, avais-je promis.

Je pouvais toujours tenter de dissuader Jamie de prendre Hugh Gordon dans sa milice, je connaissais déjà sa réponse.

— Nous ne vous laisserons pas mourir de faim, l'avais-je assurée. Quoi qu'il advienne.

Elle avait hoché tristement la tête et m'avait laissée bander la brûlure sur son bras sans un mot de plus.

Une certaine effervescence nous avait suivis hors de la Maison commune. Des hommes étaient agglutinés autour de Jamie. D'autres hommes avaient formé leurs propres groupes sous les arbres. Je cherchai le capitaine Cunningham des yeux et ne le trouvai pas. Il avait sans doute compris que le moment était mal venu pour se déclarer ouvertement.

Pour le moment.

La sensation de froid qui m'avait saisie à l'intérieur de la salle remuait dans le creux de mon ventre telle une flaque de mercure. Je continuai à discuter aimablement avec les femmes, les enfants et les quelques hommes venus me consulter pour un orteil écrasé ou une écharde dans l'œil, mais je ne percevais que trop clairement ce qu'il se passait.

Jamie avait divisé le Ridge et les lignes de fracture s'étendaient.

Il l'avait fait délibérément et par nécessité. Cela ne rendait pas la situation plus facile à vivre. En l'espace de quelques heures, nous étions passés d'une même communauté à deux camps opposés. La terre avait tremblé et les répliques sismiques allaient perdurer. Les voisins ne seraient plus des voisins, ils seraient des ennemis.

La guerre était déclarée.

D'ordinaire, les gens s'attardaient dans les environs après la messe : des groupes se formaient, se séparaient, se reformaient tandis qu'on saluait des amis, déballait des victuailles, bavardait sous les arbres dans un bourdonnement réconfortant de ruche.

Pas cette fois.

Les familles se refermaient sur elles-mêmes, les amis qui appartenaient au même camp se cherchaient pour se rassurer. Le Ridge s'était fracturé et ses fragments se dispersèrent lentement dans les sentiers de forêt, laissant l'air chaud et humide s'abattre sur l'église vide, désormais dépouillée de sa sérénité.

Ma dernière patiente, Vieille Mam, qui (disait-elle) avait des rhumatismes dans le dos, repartit accompagnée de l'une de ses filles et avec une bouteille de tonique extra-fort sous le bras. Je poussai un profond soupir et commençai à ranger mes instruments. Bree avait ramené les enfants à la maison. De toute évidence, il n'y aurait pas de pique-nique sous les arbres ce dimanche. Roger se tenait toujours devant la porte de la Maison commune, discutant calmement avec Ian et Jamie.

Cela me rassura. Au moins, Jamie n'était pas seul.

Ian salua Jamie et Roger puis s'éloigna en direction de sa propre cabane, me faisant de loin un signe de la main. Jamie et Roger, parlant toujours, vinrent vers moi.

— Je suis désolé, *a mhinistear*, disait Jamie. J'aurais préféré ne pas le faire au cours de ton service, mais il fallait que je parle aux loyalistes en même temps qu'aux rebelles, tu comprends ? Et la plupart d'entre eux ne viennent plus à la loge.

— Ne vous inquiétez pas, je comprends, répondit Roger en lui donnant une tape dans le dos et en esquissant un sourire un peu forcé, mais sincère. Comptez-vous aller également à l'assemblée de Rachel ?

— Oui, répondit Jamie en s'étirant avec un soupir.

En voyant l'expression de Roger, il fit une petite grimace ironique et précisa :

— Pas pour recruter, *a bhalaich*. Pour me recueillir dans le silence et demander pardon.

44

Des scarabées aux petits yeux rouges

Savannah, fin août

William s'était installé avec John Cinnamon dans une maison sommaire à la lisière des marais. (Il reconnaissait au fond de lui-même que c'était par pure obstination, même s'il tentait de se convaincre que c'était par honnêteté et fierté… une fierté républicaine scandaleuse, certes, mais de la fierté quand même.) Néanmoins, sans faire de commentaire, lord John lui avait fait préparer une chambre au 12, Oglethorpe Street et il y dormait souvent lorsqu'il venait dîner. Il portait toujours la tenue avec laquelle il était arrivé à Savannah. Le nouveau valet de lord John la lui prenait chaque soir, la brossait, la lavait et la raccommodait avant de la lui rendre le lendemain.

Ce matin-là, en se réveillant, William découvrit un costume en velours gris sombre, avec un gilet en soie ocre brodé de petits scarabées de différentes couleurs et aux minuscules yeux rouges. Du linge propre et des bas en soie étaient posés à côté. En revanche, ses anciennes affaires militaires avaient disparu. Il n'en restait que ses vieilles bottes qui se dressaient tel un reproche sous la bassine, leurs éraflures et leurs cicatrices encore honteusement visibles sous une couche fraîche de cirage.

Il enfila le peignoir que papa lui avait prêté (en laine bleue finement tissée, parfaite pour une matinée frisquette, car il avait plu durant la nuit), se débarbouilla et descendit prendre son petit-déjeuner.

Papa et Amaranthus étaient déjà attablés, tous deux semblant avoir été brutalement arrachés à leurs lits.

— Bonjour, les salua William d'une voix forte en s'asseyant. Où est Trevor ?

— Quelque part avec votre ami, M. Cinnamon, répondit Amaranthus d'un air endormi. Il est venu vous chercher et, comme vous dormiez toujours comme une souche, il a emmené Trevor faire une promenade.

— Le petit démon a hurlé toute la nuit, grommela lord John en poussant le pot de moutarde vers lui. Des harengs fumés arrivent. Tu ne l'as pas entendu ?

— Non, contrairement à d'aucuns, j'ai dormi du sommeil du juste, répondit William en beurrant un toast. Je n'ai pas entendu le moindre bruit.

Son père et sa cousine lui lancèrent un regard terne par-dessus le porte-toast.

— Cette nuit, je le mets dans votre lit, menaça Amaranthus. On verra comment vous vous sentirez à l'aube.

Une odeur de bacon frit leur parvint depuis l'arrière de la maison et ils se redressèrent tous les trois inconsciemment, tandis que la cuisinière apportait un grand plateau d'argent sur lequel il y avait, outre du bacon, des saucisses, du boudin et des champignons grillés.

— Elle refuse de cuisiner des tomates, déclara lord John en français. Elle est convaincue qu'elles sont toxiques.

— Vu la manière dont elle les prépare, elle n'a pas tort, marmonna Amaranthus dans la même langue avec un accent étrange.

William vit son père arquer un sourcil. Apparemment, il ignorait qu'elle parlait le français.

— Hum…, intervint William en changeant de sujet avec tact. J'ai vu la tenue que tu avais eu la bonté de préparer pour moi. Je t'en suis très reconnaissant, naturellement, mais je n'aurai pas l'occasion de la porter ces jours-ci et…

— Le gris t'ira très bien, l'interrompit lord John.

Il parut plus joyeux lorsque Moira, la cuisinière, revint et déposa devant lui une tasse qui semblait contenir du café arrosé de whisky.

Il fit un signe vers Amaranthus assise en face de William.

— C'est ta cousine qui a brodé elle-même les scarabées sur ton gilet.

William inclina la tête vers elle.

— Merci, cousine. C'est de loin le gilet le plus extravagant que j'aie jamais possédé.

Elle se redressa, l'air indigné, et rabattit son peignoir sur sa poitrine.

— Extravagant ? Pas du tout. Chacun de ces scarabées existe dans cette colonie et a été représenté dans ses vraies couleurs et formes. Certes, j'avoue que les yeux rouges sont une petite touche personnelle de ma part. J'ai pensé que le motif nécessitait un peu plus de rouge que la coccinelle ne le permettait.

— Vous avez fort bien fait, la félicita lord John. Tu n'as donc jamais entendu parler de licence poétique, Willie ?

— William, corrigea-t-il froidement. Et, oui, je sais ce que c'est. Merci, cousine, pour vos scarabées poétiques. Ont-ils un nom ?

— Certainement.

Amaranthus commençait à se réveiller sous l'effet du thé et des saucisses. Ses joues retrouvaient leur teinte rosée.

— Je vous les dirai quand vous porterez le gilet, ajouta-t-elle.

William ressentit un léger frisson en imaginant son long doigt fin se promener de scarabée en scarabée sur son torse. Toutefois, elle ne semblait pas flirter. Son regard était fixé sur le plat fumant de harengs qui venait d'arriver sur la table.

William se servit une cuillerée de moutarde et poussa le pot vers elle.

— Scarabées ou pas, je ne peux pas porter un costume en velours gris et un gilet en soie pour débarrasser une remise avec Cinnamon, ce qui est ma mission principale de la journée.

— Ton programme a changé, *William*, déclara lord John avec une légère inflexion ironique sur son prénom. Ta présence est requise à un déjeuner avec le général Prévost.

La fourchetée de hareng s'arrêta à quelques pouces de la bouche de William.

— Pourquoi ? demanda-t-il, méfiant. Que me veut le général Prévost ?

— Rien, je l'espère, répondit son père en saisissant la moutarde. C'est un assez bon soldat, mais il a un épouvantable accent suisse et aucun sens de l'humour. Converser avec lui revient à rouler un tonneau de tabac au sommet d'une colline. Toutefois…

Lord John s'interrompit et balaya la table du regard.

— Quelqu'un voit le poivrier quelque part ? Toutefois, il reçoit actuellement une délégation de politiciens de Londres et plusieurs officiers supérieurs de Cornwallis sont descendus de Caroline du Sud pour les rencontrer.

— Et… ?

— Ah, te voilà ! s'exclama lord John en soulevant une serviette et en découvrant le poivrier dessous. Et un certain Denys Randall, alias Denys Randall-Isaac, en fait partie. Il m'a envoyé un billet ce matin en me disant qu'il avait appris que tu te trouvais à Savannah et en me demandant d'avoir l'obligeance de t'amener ainsi que Hal au déjeuner. Il t'a obtenu une invitation.

Il faisait lourd et humide. Heureusement, les nuages qui s'amoncelaient dans le ciel projetaient une ombre bienvenue.

— Je doute qu'il pleuve avant l'heure du thé, déclara lord John en sortant de la maison et en levant le nez vers le ciel. Veux-tu une cape pour protéger ton nouveau gilet, au cas où ?

— Non, répondit William.

Il ne pensait pas à ses vêtements, aussi élégants fussent-ils. Ni à Denys Randall. Il saurait bien assez tôt ce que ce dernier avait à lui dire. Son esprit était occupé par Jane.

Depuis que Cinnamon et lui étaient arrivés à Savannah, il avait évité d'emprunter Barnard Street. Le quartier général de la garnison s'y trouvait, à un demi-mille du 12, Oglethorpe Street. La maison du commandeur se dressait en face, de l'autre côté de la place, une grande et belle demeure avec une fenêtre ovale percée dans la porte d'entrée. Au milieu de la place trônait un énorme chêne tapissé de mousse. C'était à ses branches que l'on pendait les condamnés.

Son père lui dit quelque chose qu'il n'écouta pas. Lord John s'en rendit compte et n'insista pas. Ils marchèrent en silence jusqu'à la maison de Hal, qui les attendait dans son uniforme d'apparat. En voyant la tenue de William, il hocha la tête d'un air approbateur sans faire de commentaire et déclara sans préambule :

— Si Prévost t'offre une commission, ne l'accepte pas.

— Pourquoi l'accepterais-je ? répliqua William.

Son oncle émit un grognement qui devait être sa manière d'exprimer sa satisfaction. Lord John et lui marchèrent derrière lui, le laissant à ses longues enjambées.

Ils n'étaient pas parvenus à pendre Jane. Ils l'avaient enfermée dans la maison avec la fenêtre ovale, donnant sur l'arbre-potence. Ils l'avaient laissée seule pour sa dernière nuit sur terre. Elle était morte à la lueur d'une bougie, se tranchant les veines avec un tesson de bouteille, choisissant son propre destin. Il sentait encore l'odeur de la bière et du sang ; revoyait son visage dans la faible lumière, calme, lointaine, sans peur. Elle aurait été heureuse de le savoir. Elle détestait qu'on sache qu'elle avait peur.

Pourquoi n'aurais-je pas pu te sauver ? Ne savais-tu pas que je viendrais pour toi ?

Ils passèrent sous les branches du chêne, leurs bottes soulevant le tapis de feuilles humides arrachées par la pluie.

— *Stercus*, lâcha oncle Hal derrière lui.

— Quoi ?

Oncle Hal indiqua d'un geste du menton un petit groupe d'hommes arrivant de l'autre côté de la place. Certains, vêtus en gentlemen, devaient être les politiciens de Londres. Ils étaient accompagnés de plusieurs officiers, dont le colonel Archibald Campbell.

Un instant, William regretta que Cinnamon ne soit pas là pour le retenir. Cependant...

Avec un léger sourire, il marcha droit vers le groupe au sein duquel Campbell venait de s'arrêter un instant pour répondre à un compagnon.

— Bonjour, monsieur, lui lança-t-il.

Il passa devant lui pour se diriger vers la porte, suffisamment près pour obliger Campbell à reculer par réflexe. Derrière lui, il entendit son oncle dire avec une courtoise exquise « Votre serviteur, monsieur », puis son père déclarer cordialement :

— Quel plaisir de vous revoir, colonel. J'espère que vous vous portez bien.

Si Campbell répondit à cette amabilité, William ne l'entendit pas. Lorsqu'il regarda par-dessus son épaule, il aperçut le visage cramoisi du colonel. Ses petits yeux noirs de mûres lançaient des regards assassins aux Grey.

Se sentant nettement mieux, William attendit qu'oncle Hal le rejoigne et fasse les présentations avec le major-général Prévost et son état-major, ce dont il s'acquitta à sa manière succincte mais correcte. Oncle Hal et Prévost ne semblaient pas s'apprécier outre mesure. Ils se comportaient tout de même en soldats professionnels, mettant leurs affinités personnelles de côté afin de gérer ensemble une situation militaire.

En serrant la main de Prévost, William l'observa furtivement à la recherche de sa cicatrice. Papa lui avait dit que le major-général était surnommé « la vieille tête cabossée » depuis qu'il avait eu le crâne fracturé par une balle lors de la bataille de Québec. En effet, il distinguait juste au-dessus de sa tempe une dépression dans l'os qui formait une ombre creuse sous le bord de sa perruque.

Alors qu'il entrait dans la salle de réception où les invités étaient rassemblés afin qu'on leur servît du sherry et des biscuits pour qu'ils ne meurent pas de faim avant le déjeuner, une voix derrière lui l'appela :

— Milord ?

— M. Ransom, corrigea-t-il fermement en se retournant vers Denys Randall.

Celui-ci était en uniforme et sa mise était nettement plus soignée que lors de leur dernière rencontre.

Derrière Randall, le groupe de Campbell venait d'entrer dans la maison. Entre-temps, oncle Hal et son père étaient parvenus à encadrer Prévost et se comportaient comme s'ils faisaient partie du comité d'accueil, saluant les politiciens de Londres (oncle Hal semblait en connaître plusieurs) avec effusion avant que Campbell ne puisse faire les présentations.

William se retourna vers Denys avec un sourire en coin et demanda de but en blanc :

— Des nouvelles de mon cousin ?

— Pas directement.

Denys cueillit deux verres de sherry sur un plateau qui passait par là et en offrit un à William.

— Toutefois, je connais le nom de l'officier britannique qui a reçu la lettre originale annonçant le décès de ton cousin.

— Le colonel Richardson ? demanda William, déçu. Oui, je le savais déjà.

— Non. La lettre a été envoyée à Richardson par le colonel Banastre Tarleton.

William avala sa gorgée de sherry de travers.

— Quoi ? Tarleton aurait reçu la lettre des Américains ? Comment ? Pourquoi ?

Sa dernière rencontre avec Ban s'était terminée en pugilat… à cause de Jane. William était raisonnablement sûr de l'avoir remporté.

— J'aimerais bien le savoir, répondit Denys en saluant du chef un gentleman en costume bleu de l'autre côté de la salle. J'espère sincèrement que tu le découvriras et m'en informeras. En attendant, as-tu appris quelque chose au sujet de notre ami Ezekiel Richardson ?

— Oui, quoique rien de bien utile. Mon père a reçu une lettre d'un capitaine de la marine, une de ses relations, qui mentionne en passant avoir aperçu Richardson sur les quais à Charles Town.

— Quand ?

Bien que Denys s'efforçât de cacher son excitation, il avait incliné la tête sur le côté à la manière d'un ratier qui se demande s'il n'entend pas une marmotte gratter sous terre.

— La lettre datait d'il y a un mois, mais elle ne précise pas quand le capitaine a vu Richardson. D'ailleurs, Schermerhorn, c'est le nom du capitaine, semblait ignorer que Richardson est un renégat, ce qui signifie sans doute qu'il n'était pas en uniforme. Je veux dire, en uniforme américain.

— Rien d'autre ? demanda le terrier, déçu.

— Apparemment, Richardson se trouvait en compagnie d'un certain Haym. La lettre ne précisait pas ce qu'ils faisaient, ni qui était ce Haym.

— Je sais qui c'est, dit Denys, de nouveau intéressé.

Leur conversation fut interrompue par un gong annonçant que le déjeuner était servi. Denys fut entraîné ailleurs par une relation.

Une double porte s'ouvrit sur une vaste salle à manger tapissée d'une magnifique toile peinte reproduisant les mosaïques d'une villa romaine. Alors qu'il y pénétrait, son père apparut à ses côtés.

— Alors, Willie ? Qu'a-t-il découvert au sujet de Ben ?

— Pas grand-chose.

Il résuma brièvement sa conversation avec Randall.

— Il dit connaître l'homme qui a été vu avec Richardson à Charles Town, conclut-il. Un certain Haym.

— Haym ?

Oncle Hal venait de les rejoindre.

— Tu le connais ? lui demanda William.

— Je ne dirais pas que je le connais, mais j'ai entendu parler d'un riche juif polonais nommé Haym Salomon. Cela dit, je ne vois pas ce qu'il ferait à Charles Town. Aux dernières nouvelles, il avait été condamné à mort à New York pour espionnage.

Le déjeuner était ennuyeux à souhait et ponctué de moments d'agacement. William se retrouva assis entre un M. Sykes-Hallett, qui semblait être un membre du parlement (à en juger par son accent incompréhensible, il était originaire de quelque part dans le Yorkshire), et un gentleman mince et élégant dans une veste vert bouteille nommé Fungo (ou Fongus), qui déblatérait sur le génie de la campagne du Sud (à laquelle il ne connaissait rien ; il ne semblait pas non plus remarquer les regards noirs des militaires assis en face de lui) et qui s'entêtait à l'appeler « lord Ellesmere » après avoir été sèchement prié de ne pas le faire.

William crut détecter un regard de compassion de la part de son oncle assis à une table voisine.

— Ai-je bien compris que vous aviez rendu votre commission, lord Ellesmere ? demanda le fongus vert entre deux délicates bouchées de saumon poché. Le colonel Campbell m'a dit que vous aviez eu des ennuis avec… une fille ? Non pas que je vous le reproche. La carrière militaire convient à des hommes qui ont du talent mais peu de moyens. Or, je crois comprendre que vous n'avez pas besoin de gagner votre vie au prix de… de verser votre propre sang.

L'éducation de William lui commandait de rester courtois en toutes circonstances. Il planta donc sa fourchette dans sa terrine de lapin plutôt que dans la gorge de Fungo.

Toutefois, ce n'étaient pas les ragots ni la malveillance de Campbell qui le mettaient sur les nerfs. Il n'avait pas prévu que ne plus être soldat le troublerait autant. Assis parmi des militaires dans son gilet brodé de foutus scarabées, il se sentait comme un imposteur, un intrus, un ectoplasme inutile et méprisable.

Les convives étaient nombreux, une trentaine environ, les deux tiers en uniforme. Il pouvait clairement sentir les lignes tracées entre les civils et les militaires. Ils se respectaient, certes, avec un respect teinté de dédain, dans un camp comme dans l'autre.

— Quel charmant gilet, monsieur, lui dit un homme souriant assis en face de lui. J'avoue avoir un faible pour les scarabées. J'avais un oncle qui les collectionnait. Il a légué sa collection au British Museum à sa mort.

Il s'appelait Preston et était second secrétaire du sous-secrétaire du ministère de la Guerre, ou quelque chose du genre. Il n'était toutefois ni méprisant ni narquois. Il avait un visage assez avenant avec des traits forts et un nez crochu sur lequel était accroché un pince-nez. De toute évidence, il ne cherchait qu'à engager une conversation amicale.

— C'est ma cousine qui les a brodés pour moi, répondit William. Son père est un naturaliste et elle m'assure qu'ils sont anatomiquement corrects, hormis pour les yeux, qui sont sa touche personnelle.

— Votre cousine ?

Preston lança un regard vers la table voisine, où lord John et oncle Hal discutaient avec Prévost et deux de ses invités d'honneur, un nobliau envoyé en représentant de lord George Germain, le secrétaire d'État pour les colonies, et un Français en grande tenue.

— Ce n'est pas le duc qui est naturaliste, n'est-ce pas ? Oh, mais bien sûr. C'est votre oncle du côté de votre mère.

— Euh non, désolé de vous avoir induit en erreur. Il s'agit de la veuve de mon cousin, la bru de mon oncle. Son mari est mort dans un camp de prisonniers dans le New Jersey. Son jeune fils et elle sont réfugiés chez nous.

Preston parut sincèrement navré.

— J'en suis vraiment désolé pour elle, milord. Je suppose que son époux était officier. Savez-vous dans quel régiment ?

— Oui, répondit William en ne relevant pas le « milord ». Dans le trente-quatrième. Pourquoi ?

— Mon travail au ministère de la Guerre consiste à superviser le soutien à nos prisonniers de guerre, milord. Un bien piètre soutien, hélas. Dans la plupart des cas, j'en suis réduit à solliciter les églises et les loyalistes compatissants vivant à proximité des prisons. Les ressources des Américains sont si limitées qu'ils peuvent à peine nourrir leurs troupes, alors leurs prisonniers… En revanche, j'ai honte d'avouer que la situation n'est guère plus reluisante dans l'armée britannique.

Preston se redressa pour laisser un laquais déposer un potage devant lui, puis reprit :

— Pardonnez-moi, ce n'est ni le lieu ni le moment pour ce genre de discussion. Toutefois, si vous avez du temps plus tard, milord… Je vous en serais très reconnaissant si vous me parliez de votre cousin et des conditions dans lesquelles il était détenu. Si… ce n'est pas trop douloureux.

Il lança un regard furtif vers l'oncle Hal.

— J'en serais ravi, répondit William en plongeant sa cuillère dans sa bisque de homard. Peut-être… pourrions-nous nous retrouver aux Arches, ce soir ? La Maison rose. Je ne voudrais pas raviver les souvenirs pénibles de mon oncle.

Il lança à son tour un regard vers la table voisine. Hal semblait en proie à une indigestion, qu'elle soit de nature physique ou spirituelle. Lord John contemplait son potage avec un regard étrangement fixe.

— Bien sûr, s'empressa de répondre Preston. (Il baissa la voix.) J'hésite à vous le demander, pensez-vous que votre père pourrait se joindre à nous ? Certes, son expérience avec les prisonniers de guerre date un peu, mais…

— Des prisonniers ? répéta William avec la sensation d'avoir avalé une balle de golf. Mon père ?

Pris de court, M. Preston battit des paupières.

— Pardonnez-moi, milord, je pensais que…

— Peu importe. Que voulez-vous dire par « son expérience avec des prisonniers » ?

— C'est que… lord John a été gouverneur d'une prison en Écosse. C'était il y a peut-être… vingt, vingt-cinq ans ? Comment s'appelait-elle… ? Ah oui, Ardsmuir, bien sûr. Vous l'ignoriez ? Doux Jésus, je vous demande pardon.

— Vingt-cinq ans…, répéta William songeur. Certains prisonniers devaient donc être des jacobites, n'est-ce pas ? Après le Soulèvement ?

— En effet, répondit Preston, soulagé qu'il ne paraisse pas offensé. La plupart l'étaient. J'ai écrit plusieurs fascicules sur la réforme pénitentiaire et le traitement des prisonniers jacobites a occupé une bonne part de mes recherches. Je pourrais vous en dire plus… ce soir ? Disons à vingt-deux heures ?

— Avec plaisir, répondit William avant d'avaler une cuillerée de bisque froide.

45

Pas tout à fait comme la lèpre

Lord John leva sa cuillerée de bisque chaude et la tint un moment devant lui, attendant qu'elle refroidisse, sans quitter des yeux le gentleman assis en face de lui, près de Prévost. Il sentait Hal vibrer à ses côtés et envisagea brièvement de renverser le potage sur sa jambe afin de lui fournir un prétexte pour quitter la pièce avant qu'il ne dît ou ne fît quelque chose de regrettable.

Son ancien frère par alliance, qui venait de leur être présenté comme étant le cavalier Saint-Honoré, était forcément conscient de leur réaction à sa présence. Il conservait toutefois un sang-froid exemplaire, laissant son regard errer sur les frères Grey sans jamais soutenir le leur. Il se faisait passer pour un Français et discutait avec Prévost en français avec un léger accent parisien.

Percy. Espèce de… de… de… Grey était incapable de lui trouver une épithète adéquate. Il n'appréciait pas Percy et ne lui faisait pas confiance… Pourtant, il l'avait aimé autrefois et était suffisamment honnête avec lui-même pour l'admettre.

Percy Wainwright (son véritable prénom était Persévérance, mais John était prêt à parier qu'il était l'unique être au monde à le savoir) avait l'air en forme. Très élégant dans un costume en soie taupe et un gilet à rayures blanches et bleu pâle, il avait conservé ses beaux traits délicats et ses yeux doux. Cependant, ses activités de ces dernières années, quelles qu'elles fussent, lui avaient donné une certaine fermeté dans l'expression et de nouveaux sillons encadraient sa bouche.

John le regarda dans les yeux et s'inclina.

— Monsieur, dit-il en français. Permettez-moi de me présenter. Je suis lord John et voici (il indiqua Hal qui respirait bruyamment par le nez) mon frère, le duc de Pardloe. Votre compagnie nous honore et nous sommes très curieux de savoir quelle… bonne fortune vous amène parmi nous.

— À votre service, répondit Percy en s'inclinant à son tour.

John imaginait-il cette petite étincelle dans ses yeux ? Non, elle était bien là. Il laissa discrètement tomber sa main sur le genou de son frère et le pressa en lui faisant comprendre que, s'il disait un seul mot de travers, il boiterait pendant des heures.

Hal se racla la gorge sur un ton menaçant mais s'inclina sans quitter Percy des yeux.

— Je suis venu à l'invitation de M. Robert Boyer, répondit Percy en revenant à l'anglais avec un léger accent français.

Il inclina légèrement la tête en direction d'un gentleman corpulent assis à une table voisine et dont le costume couleur bordeaux était assorti aux capillaires éclatés sur son nez bulbeux.

— M. Boyer possède plusieurs navires et est contracté par la Royal Navy et l'armée pour l'acheminement de victuailles et de produits de première nécessité. Ayant des questions importantes à régler avec le major-général, il a pensé que je pourrais peut-être l'aider avec… certains détails.

L'étincelle se fit plus prononcée. Heureusement, Percy se retint d'être davantage explicite. Le regard de Hal perçait des trous dans son gilet rayé.

— Comme c'est intéressant, répondit John sur un ton légèrement dédaigneux.

Il lâcha le genou de Hal et se tourna vers sa voisine, madame le major-général Prévost. Celle-ci étant visiblement habituée à être l'unique femme lors de repas entre militaires, elle parut surprise qu'on lui adressât la parole.

Il engagea la conversation sur les jardins, les plantes qui poussaient bien en ce moment et celles qui souffraient du climat. Malheureusement, cela n'accaparait pas toute son attention et il pouvait entendre Hal dans son dos. Il discutait avec son autre voisin, un colonel d'artillerie âgé, très décoré, apathique et sourd comme un pot. Hal devait hurler ses questions, qu'il ponctuait de petites piques acerbes à voix basse destinées à Percy, celui-ci feignant de ne pas les entendre.

Ressentant un besoin urgent de faire quelque chose, ne pouvant donner un coup de pied sous la table à Percy ni un coup de coude dans les côtes de Hal, John repoussa sa chaise et se leva.

Il se dirigea vers le paravent dressé dans un coin de la salle derrière lequel étaient cachés les pots de chambre. L'odeur âcre des récipients remplis de l'urine de nombreux mangeurs de homards le prit à la gorge et il bifurqua aussitôt vers la porte-fenêtre ouverte qui donnait sur le jardin. Il avait plu et de l'eau gouttait des arbres et des buissons.

L'étau qui comprimait sa poitrine depuis qu'il avait quitté sa maison se desserra. Il inspira profondément de grandes goulées d'air frais. Il passa les mains sur les feuilles mouillées d'un grand hortensia et s'humidifia le visage.

— John, dit une voix derrière lui.

Il se raidit, sans se retourner.

— Va-t'en. Je ne veux pas te parler.

Percy émit un petit rire ironique.

— Je ne peux pas te le reprocher. Malheureusement, je crains que tu ne le doives.

— J'ai dit non.

John fit volte-face avec l'intention de retourner à l'intérieur. Percy le retint par le bras.

— Pas si vite, Bouton d'or.

L'épine dorsale de John réagit plus vite que sa conscience. Son ventre et ses bourses se contractèrent avec une force qui lui coupa le souffle avant que son esprit ne parvînt à l'informer que ce fâcheux l'avait vraiment appelé par son nom de guerre. Le nom de code secret sous lequel il avait travaillé durant trois années mortelles pour la Chambre noire de Londres.

Il se rendit compte qu'il fixait Percy la bouche ouverte et la ferma. Le sourire de Percy tremblait légèrement. La façade de l'arrogant et élégant Français était tombée, révélant le vrai Percy. Si sa chevelure brune était cachée sous sa perruque poudrée, ses yeux étaient toujours les mêmes. Sombres, doux, chargés de toutes sortes de promesses.

— Laisse-moi deviner, déclara John d'une voix étonnamment normale. Monsieur Citron ?

— En personne.

La voix de Percy était enrouée, John n'aurait su dire par quelle émotion. De l'humour, de la peur, de l'excitation, du désir… ? Cette dernière pensée le rappela à l'ordre. Il se libéra d'un geste sec et recula.

— Depuis combien de temps le sais-tu ? demanda-t-il.

« Monsieur Citron » était le nom de code de son rival dans l'équivalent français de la Chambre noire. Chaque pays avait la sienne, sous un nom différent. La ruche souterraine où les abeilles ouvrières rapportaient, grain après grain, le pollen du renseignement, et le transformaient laborieusement en miel… ou en poison.

— Je travaillais pour le Secret du roi depuis deux ans quand ils t'ont assigné à moi. Il m'a fallu encore six mois pour découvrir qui tu étais réellement.

John aurait aimé avoir la faculté de Jamie Fraser d'émettre des sons gutturaux lui permettant d'exprimer sa pensée sans avoir à formuler des paroles.

— Tu travailles pour l'Hirondelle, à présent ? demanda-t-il.

Le Secret du roi, le réseau privé d'espions de Louis de France, n'avait pas disparu avec la mort du monarque et avait été discrètement absorbé par un organe plus officiel. Lui-même avait échappé aux griffes d'Hubert Bowles, le directeur de la Chambre noire de Londres, quelques années plus tôt, et avait quitté le monde des agents secrets avec le soulagement d'un homme repêché d'un bourbier malsain au bout d'une corde.

— Si je te disais que j'étais toujours fidèle à la belle France et à ses maîtres, tu ne saurais pas si je dis la vérité ou si je mens, n'est-ce pas ? répondit Percy avec un sourire.

Le pouls de John, qui avait commencé à ralentir, repartit au galop avec ce « si ». Il ne répondit pas tout de suite et prit le temps d'inspecter Percy de haut en bas.

— Ce n'est pas tout à fait comme la lèpre, tu sais, lui dit ce dernier. La trahison ne se voit pas sur le visage.

— Je n'en suis pas si sûr, rétorqua John.

C'était plus pour dire quelque chose, car il savait que c'était vrai. Il lança un regard vers les vêtements élégants et très coûteux de Percy.

— Es-tu en train de me dire que tu as faussé compagnie à tes « intérêts particuliers » en France, ou que tu es sur le point de le faire ?

Ainsi qu'à ceux pour qui tu travailles probablement à la Chambre noire ?

— Oui, répondit Percy. Je ne l'ai pas encore fait parce que…

Il lança involontairement un regard par-dessus son épaule et John émit un petit rire.

— Très sage de ta part. Tu te prépares un atterrissage en douceur de ce côté-ci avant de sauter. Et tu pensais commencer par moi ?

Il y avait suffisamment de vrilles dans cette question pour écorcher la main de Percy s'il tentait de la saisir au vol.

Il n'en fit rien et ne l'esquiva pas non plus. Il se tint droit et laissa passer.

— Tu m'as sauvé la vie, John, dit-il doucement. Je tiens à t'en remercier. Je n'en avais pas eu l'occasion, la dernière fois.

John chassa son remerciement d'un geste de la main, bien que ses paroles lui eussent comprimé la poitrine. À l'époque, il avait refoulé toute émotion et n'en voulait pas à présent, vingt ans plus tard. Absolument pas.

Il se tourna légèrement. Percy se tenait entre lui et la terrasse avec la porte-fenêtre ouverte.

— C'est pourquoi j'ai pensé que tu accepterais peut-être de m'accorder une autre faveur beaucoup moins périlleuse, reprit Percy.

— Tu t'es trompé, répliqua John.

Il contourna son ancien amant et s'éloigna d'un pas rapide.

Il n'entendit rien derrière lui, aucune protestation, aucune offre, pas même son nom.

En entrant dans la salle, il lança malgré lui un regard par-dessus son épaule. Percy se tenait toujours près de l'hortensia, lui souriant.

46

Aux premières lueurs de l'aube

Le soleil était déjà bien au-dessus de la ligne d'horizon lorsque William s'engagea d'un pas traînant dans Oglethorpe Street en direction de la maison de son père. Il avait eu une longue, fascinante et très enrichissante conversation avec Christopher Preston, qui lui avait parlé du traitement des prisonniers par la Couronne, d'associations d'aide aux détenus, de prisons flottantes ou pontons… et d'Ardsmuir. En temps et lieu, il en discuterait avec son père. Pas tout de suite.

S'il n'était pas soûl, il n'était pas vraiment sobre non plus. Une de ses poches était lourde et émettait un cliquetis. Il avait le vague souvenir d'avoir joué aux cartes avec Preston et quelques-uns de ses amis. Il avait dû avoir plus de chance que lors de sa dernière cuite, quand il avait fini ivre mort, sans un sou et… avait rencontré Jane.

Jane.

Il ne voulait pas l'invoquer. Pourtant, elle était là, claire et vive, dessinée à la surface de son esprit avec une plume finement taillée. La première fois qu'il l'avait vue… et la seconde. Sa chevelure brillante, l'odeur de son corps, si près du sien dans le noir.

Il s'arrêta et s'appuya sur la grille en fonte du jardinet devant la maison d'un voisin. Le parfum des fleurs et de la terre fraîchement retournée, puissant dans l'air matinal, lui remplissait les narines. Le souffle du fleuve et de ses marais sur son visage était apaisant. Il était chargé du mouvement de l'eau, de son limon noir et de ses alligators tapis dans la vase.

Le souvenir de l'alligator le fit rire. Il passa une main sur ses joues mal rasées, se redressa et poursuivit son chemin jusqu'à la demeure paternelle. Il huma l'air. Il était tôt. Il sentait la fumée de la cheminée de la cuisine, mais aucune odeur de bacon. Il entendait des voix. Il longea la maison en espérant charmer Moira afin qu'elle lui donne un bout de toast ou de fromage pour calmer sa faim en attendant un petit-déjeuner plus substantiel.

Il trouva la cuisinière déterrant des oignons dans le potager. Elle parlait à Amaranthus, qui portait une corbeille de jardinier remplie de raisins et de quelques poires du poirier qui poussait près de la cuisine. Lorgnant les fruits, il s'approcha et salua les femmes. Amaranthus le regarda de haut en bas et inhala profondément comme pour évaluer à son odeur son état d'ébriété. Elle secoua la tête d'un air navré et lui tendit une poire.

— Café ? demanda-t-il à Moira avec espoir.

— C'est pas qu'y en a pas, répondit-elle. Mais c'est ce qui reste d'hier. Il est assez fort pour vous jaunir les dents.

— Ce sera parfait, l'assura-t-il.

Il mordit dans la poire et, extatique, ferma les yeux tandis que le jus succulent lui remplissait la bouche. En les rouvrant, il vit Amaranthus de dos, penchée pour examiner quelque chose entre les radis. Elle portait un peignoir fin pardessus sa chemise de nuit et le tissu s'étirait sur une jolie croupe bien ronde.

Elle se redressa brusquement et se tourna. Il baissa précipitamment les yeux et s'accroupit en feignant d'observer ce qu'elle avait regardé, même s'il ne voyait rien que de la terre et des fanes de radis.

— Qu'est-ce donc ? demanda-t-il.

— Un bousier. Ils sont excellents pour la terre. Ils façonnent de petites boules d'excréments et les déplacent en les roulant devant eux.

— Qu'en font-ils ?

— Ils les mangent, répondit-elle avec un haussement d'épaules. Ils les stockent sous terre pour s'en nourrir plus tard… ou, parfois, ils se reproduisent à l'intérieur des plus grandes bouses.

— Ce doit être… douillet. Avez-vous pris votre petit-déjeuner ?

— Il n'est pas encore prêt.

— Je n'ai pas déjeuné non plus, quoique j'aie un peu moins faim après ce que vous venez de me dire.

Il baissa les yeux vers son gilet.

— Y a-t-il des bousiers dans cette noble assemblée ?

— Non, répondit-elle en riant. Ils ne sont pas assez colorés.

Elle se matérialisa soudain près de lui alors qu'il ne l'avait pas vue bouger. Elle avait ce don d'apparaître de nulle part, ce qui était à la fois déconcertant et intrigant.

Elle pointa un long index vers son ventre.

— Celui-ci, vert vif, est un *Chrysosuchus auratus*.

— Vraiment ?

— Oui, et cette charmante créature au long nez est un *Sphenophorus*.

— Un quoi ?

— Un *Sphenophorus*. C'est une sorte de charançon qui se nourrit de graminées. Et du jeune maïs.

— C'est un régime plutôt varié.

— À moins d'être un bousier, vous avez un certain choix dans votre alimentation.

Elle toucha un autre insecte et William ressentit un léger frisson à la base de son épine dorsale. Elle tapota divers endroits de son torse en expliquant :

— Vous avez ici un agrile du frêne, un coléoptère tigre festif, un faux doryphore…

— À quoi ressemble donc un vrai doryphore ?

— À plus ou moins la même chose, sauf qu'il ravage les cultures de pommes de terre alors que celui-ci préfère les morelles.

— Ah.

Il lui semblait qu'il devait témoigner de l'intérêt pour les petites bestioles aux yeux rouges qui ornaient son gilet, en partie pour la remercier du mal qu'elle s'était donné en les brodant, mais surtout parce qu'il aimait bien qu'elle le tapote ainsi. Alors qu'il ouvrait la bouche pour s'enquérir d'une grosse créature cornue, ronde et beige, elle recula afin de le dévisager.

— J'ai entendu mon beau-père parler de vous à lord John, déclara-t-elle.

— Grand bien leur fasse.

— C'est l'opposition entre le vrai et le faux doryphore qui m'y fait penser, dit-elle.

— Quoi qu'en pense mon oncle, je ne ravage pas les plants de pommes de terre.

Cela la fit rire. Elle avait des dents très blanches. Peut-être ne buvait-elle pas de café.

— Mon beau-père disait que vous vouliez renoncer à votre titre, mais que vous ne pouviez pas.

Il retrouva soudain son sérieux.

— Vraiment ? A-t-il également mentionné pourquoi je voulais y renoncer ?

— Non. Cela ne me regarde pas, n'est-ce pas ?

— Si vous m'en parlez, c'est sans doute que vous considérez que cela vous regarde, n'est-ce pas ? rétorqua-t-il.

Elle piocha une petite grappe de raisin dans sa corbeille et la lui tendit. Moira avait disparu.

— Eh bien… Je me suis dit que si c'est vraiment ce que vous désirez, j'ai peut-être une solution à vous proposer.

— Laquelle ? demanda-t-il en acceptant la grappe.

Aussi simplement que si elle lui décrivait les habitudes alimentaires de la luciole, elle expliqua :

— C'est très simple, en fait. Vous ne pouvez renoncer à votre titre, mais vous pouvez le transmettre. Je veux dire, abdiquer en faveur de votre fils.

— Je n'en ai pas. Êtes-vous en train de suggérer que…

— Oui, exactement. Épousez-moi et, dès que j'aurai un fils, vous lui donnerez votre titre, puis soit vous vous retirerez dans votre coin pour élever des teckels ou je ne sais quoi, soit vous simulerez un suicide et disparaîtrez dans la nature afin de devenir qui vous voudrez.

— En vous laissant…

— En me laissant comtesse douairière de votre domaine, dont j'ai oublié le nom. Ce serait toujours mieux que d'être la bru indigente du duc de Pardloe, non ?

Il inspira profondément. Cette fois, il y avait distinctement une odeur de café dans l'air, ainsi que de bacon.

Sauf qu'il avait perdu l'appétit. Il dévisagea Amaranthus, qui l'observait un sourcil arqué.

— Et si votre enfant est une fille ? demanda-t-il en se surprenant lui-même. Ainsi que l'enfant suivant ? Je risque de me retrouver avec un harem, une ribambelle de filles à doter et à marier, alors que je serai toujours comte.

— Qu'est-ce qu'un harem ?

— C'est ce qu'ont les cheiks arabes pour pallier la monotonie conjugale, me dit-on. On appelle cela aussi de la polygamie.

— Insinuez-vous que d'être marié avec moi serait ennuyeux, William ? Quant à vos harems, cela ne tient pas debout. Vous n'avez pas besoin de m'épouser sur-le-champ. Nous pouvons faire un essai et, si cela produit un fils, vous le reconnaissez, m'épousez et… le tour est joué !

— Je n'arrive pas à croire que nous sommes en train d'avoir cette conversation, dit-il en secouant violemment la tête. Juste à titre théorique, que feriez-vous si le résultat de notre « essai », comme vous le dites si nonchalamment, est une fille ?

Elle fronça les lèvres et réfléchit en inclinant la tête sur le côté.

— Oh, il y a toutes sortes de solutions. La plus simple serait pour moi de m'éclipser le temps de ma grossesse, ce que je ferais de toute façon puisque nous ne serions pas encore mariés, de prétendre être une riche veuve, puis…

William émit un bruit censé être un rire et elle leva une main pour l'arrêter tout en poursuivant, comme si de rien n'était :

— Puis, si l'enfant s'avère être une fille, je reviendrai avec le petit ange, car je suis sûre que vous ne pouvez produire que des enfants adorables, William, et je raconterai qu'une bonne amie à moi est morte en couches et que j'ai adopté son enfant, par charité chrétienne et pour donner une petite sœur à mon cher fils.

Elle abaissa sa main.

— C'est une solution, conclut-elle. J'en connais d'autres, si vous…

— Arrêtez, là.

Il ne savait pas s'il devait éclater de rire, se mettre à crier, manger un raisin ou simplement tourner les talons. Avant qu'il ait pu se décider, elle était contre lui, les mains sur ses épaules, son visage enjôleur levé vers lui.

— Comme vous voyez, ce serait sans aucun risque pour vous. En outre… (elle posa une main sur sa joue et son index caressa ses lèvres), vous pourriez même y trouver du plaisir.

47

Motus et bouche cousue

John savait qu'il devrait parler de Percy à son frère tôt ou tard. Il était parvenu à repousser l'échéance au lendemain en laissant sa redingote et son hausse-col au cuisinier de Prévost et en s'éclipsant pour descendre au port, pendant que Hal discutait toujours avec « la vieille tête cabossée ». Là, il loua une barque pour aller pêcher dans les marais. Son guide, un homme du coin nommé Lapolla, s'y connaissait. John rentra à la nuit tombée, empestant la vase et les herbes des marais, chargé d'un sac rempli de sébastes et d'une grande créature hideuse, appelée un crabe fer à cheval, que lui et son guide avaient trouvée, heureusement morte, sur un petit îlot entièrement constitué de coquilles d'huîtres.

Il avait mangé une partie des poissons, délicieusement grillés au feu, sur la plage. Ensuite, légèrement ivre, il s'était introduit dans la chambre de Hal vers minuit et, tel un commentaire symbolique sur la situation, avait déposé le crabe mort sur la table de chevet de son frère endormi.

Entre une chose et l'autre, il ne revit pas Hal avant la fin de l'après-midi suivant, en rentrant d'un goûter exténuant chez Mme Tina Anderson, une grande beauté blonde et sculpturale qui, bien que charmante, possédait une horde d'amies très bavardes. Ces dernières s'étaient ruées sur lui, s'accrochant affectueusement à sa manche et tripotant sa petite queue de cheval blonde, tout en lui exprimant leur gratitude pour la présence de l'armée et leur admiration pour les courageux soldats qui les sauvaient d'une rapine assurée.

— C'était comme être picoré à mort par une bande de perruches, expliqua-t-il à Hal. Leurs piaillements étaient assourdissants et il y avait des plumes partout.

Hal venait lui aussi de rentrer d'une réception, plus formelle et sans doute moins bruyante, chez une dénommée Mme Roma Sars. Il y avait discuté avec plusieurs des politiciens présents au déjeuner de Prévost.

— J'avais espéré parler avec M. Soissons et découvrir comment ce maudit Percy était encore de ce monde. Malheureusement, il n'est pas venu.

John dénoua sa cravate en cuir et poussa un soupir de soulagement en fermant les yeux. Hal avait déjà ôté la sienne et la rougeur autour de son cou laissait deviner qu'il avait ravalé ses paroles tout au long de l'après-midi.

— Ne pouvait-il avoir la décence de rester mort ? grommela-t-il.

John n'était pas près de lui expliquer comment Percy avait échappé à la pendaison après avoir été condamné pour sodomie. Il ne tenait pas à ce que son frère mourût d'une apoplexie.

— Je savais qu'il était toujours vivant, déclara-t-il. Je l'ai rencontré juste avant Monmouth dans un camp américain, près d'un lieu appelé Coryell's Ferry. Je t'en ai parlé.

— Tu veux dire, quand tu m'as expliqué comment tu avais été arrêté par les Américains, t'étais évadé et avais atterri dans notre camp en compagnie d'un criminel mohawk prétendant être le neveu de James Fraser ? Je m'en souviens. En revanche, tu n'as fait aucune allusion à Percy.

John prit un air évasif et tourna la tête vers la porte en entendant des pas approcher dans le couloir. Ce devait être le valet de Hal venant l'extraire de son uniforme d'apparat.

À sa surprise, les pas étaient ceux de William, légèrement échevelé mais paraissant sobre.

— J'ai besoin de retrouver Banastre Tarleton, annonça-t-il tout à trac. Comment dois-je procéder ?

— Pourquoi le cherches-tu ? demanda Hal en s'asseyant sur une chaise. Et si tu veux mon aide, rends-moi service d'abord. Aide-moi à retirer ces bottes. Ce sont celles de John et elles me tuent.

— Ce n'est pas ma faute si tu as des oignons, rétorqua John. Tu me diras que c'est assez seyant pour un commandant d'infanterie. Personne ne t'accusera de fainéanter.

Hal lui adressa un regard torve et plaça ses mains sur la tête de William pour se stabiliser pendant que celui-ci tirait sur sa botte.

— Sais-tu où se trouve Tarleton ? demanda-t-il à John.

John fit non de la tête.

— Moi non plus, dit Hal en fixant l'épi au sommet du crâne de William.

Celui-ci formait une boucle dans le sens des aiguilles d'une montre avant de se redresser. *Exactement comme son père*, pensa John.

— Le premier secrétaire de Clinton doit le savoir, opina-t-il. Il s'appelle Ronson, le capitaine Geoffrey Ronson, s'il vous plaît.

— Parfait.

William arracha la botte et manqua basculer du coffre de campagne sur lequel il s'était assis. Il laissa tomber le soulier crotté de boue sur le tapis devant la cheminée et inspecta son gilet pour s'assurer que ses scarabées étaient indemnes.

— Où se trouve sir Henry en ce moment ? demanda-t-il.

— À New York, répondit Hal en lui présentant son autre pied. Je suppose que Tarleton y est aussi. Sa cavalerie était le nouveau jouet de Clinton à Monmouth et je doute qu'il s'en soit déjà lassé.

William extirpa la seconde botte dans un grognement d'effort et la déposa à côté de sa compagne sur le tapis.

— Donc, j'écris à Tarleton aux bons soins de sir Henry ?

John et Hal échangèrent un regard.

— C'est probablement ce que je ferais, répondit Hal avec un haussement d'épaules. Prends juste soin de ne rien mettre dans ta lettre que tu ne tiennes pas à ce que le monde entier sache. S'il existe des secrétaires discrets, ce n'est pas le cas de la plupart d'entre eux.

— Serait-il indiscret de te demander ce que tu veux à Banastre Tarleton ? demanda John à son fils.

William se lécha la paume et aplatit l'épi sur le sommet de son crâne.

— Hier, avant le déjeuner, Denys Randall m'a dit que c'était Ban Tarleton qui avait le premier reçu la lettre du camp de Middlebrook annonçant la mort de Ben. Il l'a ensuite transmise à Ezekiel Richardson et… (Il décrivit un moulinet de la main résumant le parcours de la missive jusqu'à Hal.) Je veux savoir pourquoi Tarleton l'a reçue et comment.

— Très raisonnable, convint Hal. Toutefois, je doute que ce sera facile.

Il marqua une pause et fixa William intensément.

— Ce que je vais te dire doit rester entre nous, William. Tu n'en parleras pas à ton ami indien, à ta maîtresse si tu en as… et, non, je ne veux pas le savoir… ainsi qu'à personne d'autre.

William se retint de lever les yeux au ciel. John baissa la tête pour cacher son sourire.

— Motus et bouche cousue, promit docilement William.

— Clinton est las de jouer au chat et à la souris avec les Américains à New York. Il veut frapper un grand coup et lorgne Charles Town. S'il n'a pas déjà quitté New York pour la reprendre aux rebelles, cela ne saurait tarder. C'est une affaire de quelques mois.

— Qui te l'a dit ? demanda John, surpris.

— Trois personnes différentes lors du déjeuner d'hier, tous m'ayant prié de n'en rien révéler.

— Je vois ce que tu veux dire lorsque tu parles de discrétion, observa William sans cacher son amusement.

Hal lui adressa un regard froid.

— Je suis le colonel du quarante-sixième régiment d'infanterie de Sa Majesté. Toi, tu es…

Il s'interrompit et balaya du regard son neveu tête nue, sa tenue de civil légèrement froissée, mais toujours avec le port droit et altier d'un soldat.

Je suppose que cela ne changera jamais, songea John. *Son père ne s'en est jamais défait non plus.*

— Toi, tu n'es pas un officier en service, acheva Hal avec un tact inhabituel.

William hocha la tête.

— C'est une chance, non ? répondit-il avec un sourire. Comme tu n'es pas mon commandant, tu ne peux pas m'interdire d'aller chercher Tarleton, si je le décide.

48

Un visage dans l'eau

— Fanny et Cyrus se bécotant assis dans un arbre, chantonna Roger en entrant dans l'infirmerie.

Je ris puis lançai un regard coupable derrière moi.

— J'espère pour eux que non. Jamie rôde dans les parages comme un loup cherchant qui il pourrait bien dévorer.

Cyrus était un grand garçon très mince appartenant à l'une des familles de pêcheurs, je ne me souvenais plus de laquelle. Un dimanche, il s'était assis près de Fanny à la messe et, depuis, apparaissait régulièrement dans les parages tel un grand spectre timide. Je ne l'avais jamais entendu prononcer un mot et me demandais s'il parlait l'anglais. Le gaélique de Fanny était plus que sommaire. Par ailleurs, ils étaient à un âge où les jeunes restaient généralement muets en la présence de l'autre sexe.

— Je plaisantais, m'assura Roger. Je les ai vus sur la berge du ruisseau, convenablement assis à quelques pieds l'un de l'autre. Cyrus serrait ses genoux si fort que le sang ne devait plus circuler. Qui Jamie cherche-t-il à dévorer et pourquoi ?

— Il a reçu une lettre de Benjamin Cleveland, signée par deux autres propriétaires terriens vivant de l'autre côté de la montagne, dans le comté du Tennessee. Ils harcèlent Jamie pour qu'il monte sa milice et vienne les rejoindre afin de « déraciner la racine infâme de la tyrannie ». Je crois qu'ils entendent par là faire le tour des voisins et, si ces derniers s'avèrent être des loyalistes, les tirer hors de leurs lits, les rouer de coups, voler leur bétail, brûler leurs cabanes, les pendre ou d'autres activités inamicales visant à les décourager.

Roger ne riait plus.

— Le style épistolaire de M. Cleveland laisse à désirer, observa-t-il. « Déraciner la racine » ? Au moins, sa position a le mérite d'être claire.

— Celle de Jamie aussi, répondis-je en broyant les racines dans mon mortier avec plus de force que nécessaire. Il n'est pas question de leur obéir, mais il ne peut pas non plus leur répondre d'aller se faire voir droit en enfer sans passer par la case départ. Autrement, le seul détail qui les retiendrait de mettre le Ridge sur leur liste de représailles serait la distance.

— À quelle distance sommes-nous du comté du Tennessee ? demanda Roger, mal à l'aise. C'est loin, non ?

Je cessai de moudre le temps d'essuyer mon front sur ma manche.

— À environ trois ou quatre jours à cheval. Par beau temps.

Je lançai un regard par la fenêtre et vers le ciel d'un bleu immaculé.

— Et… euh, il faut également prendre en compte le capitaine Cunningham et ses loyalistes, n'est-ce pas ? demanda-t-il.

— Oui, il est le ver dans la pomme, pour ainsi dire. En revanche, il offre probablement un bon prétexte à Jamie pour ne pas rejoindre Cleveland et sa meute assoiffée de sang. Il doit rester ici pour surveiller ses propres loyalistes. Ce qui, au fond, est la vérité.

— Sans doute.

Préférant changer de sujet, il indiqua mon mortier.

— Qu'est-ce que c'est ?

— De l'échinacée. C'est un peu tôt dans la saison, mais j'en ai besoin. On déterre les rhizomes en automne, parce que c'est à ce moment que la plante y stocke son énergie. Elle n'en a pas besoin pour ses fleurs et ses feuilles.

Je m'arrêtai un instant pour reprendre mon souffle et repris :

— Tu es conscient que, la distance mise à part, tout ce qui retient les voyous de Nicodemus Partland, car il s'agit forcément de lui, de fondre sur le Ridge, c'est toi et Jamie ?

Roger ne semblait pas étonné.

— Oui. Je peux le constater dans la loge. Je ne sais pas si vous le saviez, mais y parler de religion ou de politique ne se fait pas. Égalité, fraternité et cetera…

— C'est ce qu'on m'a dit. Je pensais que c'était le genre de règles de principe faites pour être transgressées. Euh… Tu sais comment sont les gens.

Les hommes, voulais-je dire. À son sourire narquois, Roger l'avait compris.

— La plupart du temps, les membres de la loge respectent la lettre de la loi, dit-il. Dans la pratique, ceux qui ont des désaccords importants cessent simplement de venir.

— C'est pourquoi Jamie y va tous les mardis ? demandai-je. Il a marqué la loge comme étant son territoire ?

— Oui et non. Il a beau être modeste à ce sujet, c'est lui le grand maître. Et, sincèrement, partout où il se tient tend à être son territoire.

Cela me fit rire. Je pris une bouteille de bière sur le comptoir, bus une gorgée et la lui tendis.

— Mais… ? l'aiguillonnai-je.

— Il y a bien un « mais ». Il encourage tout le monde à venir, indépendamment des convictions de chacun, et il maintient la paix à l'intérieur de la loge sans qu'aucun sujet ouvertement politique ne soit abordé. Toutefois, les hommes parlent et, même s'ils ne parlent pas de politique, il est facile de deviner ce qu'ils pensent. Au bout d'un moment, la plupart des loyalistes déclarés ont cessé de venir.

— Ils se rassemblent dans la cabane du capitaine ? devinai-je.

Il acquiesça.

— Combien sont-ils ?

— Une vingtaine. La plupart des gens du Ridge sont dans notre camp, même si un grand nombre d'entre eux préféreraient qu'on les laisse en paix.

— Je les comprends, soupirai-je.

Un cri aigu nous parvint par la fenêtre. Je sursautai et me détendis presque aussitôt.

— Mandy et Orrie Higgins ramassent des sangsues pour moi avec Fanny, expliquai-je. Ils passent leur temps à se les appliquer. Au fait, tu cherchais Jamie ou tu avais une urgence médicale ?

Se souvenant soudain de sa mission, il me sourit.

— Je suis venu pour une question médicale, mais ce n'est pas pour moi. J'ai rendu visite aux Chisholm et, en partant, je me suis arrêté pour parler à Vieille Mam. Elle fumait sa pipe sur la véranda. Je me suis assis à ses côtés et nous avons discuté un moment.

— Tu as dû t'amuser.

— Jusqu'à un certain point. Puis elle m'a dit que, chaque fois qu'elle allait aux latrines, ses entrailles lui tombaient dans la main. Je me demandais si vous pouviez faire quelque chose.

Je me retins de rire en le voyant rosir.

— Laisse-moi y réfléchir. Je passerai la voir demain. En attendant, tu veux bien sortir Mandy et Orrie du ruisseau, et demander à Cyrus s'il reste dîner ce soir ?

En se dirigeant vers le ruisseau, il aperçut Jem, Germain, Aidan et plusieurs autres garçons qui habitaient plus haut sur le versant courir dans la forêt en brandissant des branches, les agitant telles des épées ou les pointant devant eux comme des mousquets en criant « Bang ! ».

— Tout ça, c'est bien gentil jusqu'à ce que quelqu'un perde un œil, murmura-t-il en se souvenant des gronderies de Mme Graham lorsqu'il était enfant.

Il ne servait à rien de les réprimander. Au-delà du fait qu'ils étaient des garçons existait une autre réalité plus crue : dans quelques années, ces garçons seraient en âge d'intégrer une milice ou de s'enrôler dans l'armée.

Et une foutue guerre se dirigeait sur eux à toute allure.

— Dix-sept cent quatre-vingt-un, dit-il en croisant les doigts. La bataille de Yorktown aurait lieu en octobre 1781[18]. Dans deux ans. *Seulement* dans deux ans.

Tiendraient-ils jusque-là ?

---

18. La bataille de Yorktown sonne la défaite définitive de la Grande-Bretagne au profit des insurgés américains et de leurs alliés français (N.d.T.).

La vue de Mandy et d'Orrie dans le ruisseau, trempés jusqu'aux os, couverts de boue et d'algues et gazouillant comme deux mésanges, le rasséréna légèrement, tout comme celle de Fanny et Cyrus, qui s'étaient rapprochés.

Cyrus, qui mesurait une tête de plus que Fanny, s'efforçait de se pencher au-dessus d'elle pour voir ce qu'elle lui montrait sans la toucher. Roger s'éclaircit la gorge pour ne pas les surprendre et Cyrus se redressa brusquement, raide comme un piquet.

— Ce n'est rien, *a charaid*, lui dit Fanny avec un affreux accent en gaélique qui le fit sourire (Cyrus aussi). Ce n'est que Roger Mac.

— Je ne fais que passer, les rassura ce dernier. Mme Claire voudrait savoir si tu restes dîner avec nous, *a bhalaich* ?

Cyrus avait rougi jusqu'aux oreilles en étant découvert si près de Fanny et, en conséquence, avait perdu tout son anglais. Il répondit en gaélique qu'il remerciait Mme Claire, que rien ne lui aurait fait plus plaisir, mais que son frère Hiram lui avait ordonné de rentrer avant la tombée de la nuit et que le chemin était long.

— Très bien. *Oidhche mhath*.

Au moment de se tourner, il remarqua que Fanny avait apporté le petit baluchon contenant ses trésors pour les montrer à Cyrus. Il aperçut l'éclat d'un médaillon dans l'herbe. La main de Fanny cachait à moitié une feuille de papier dépliée sur laquelle il y avait un dessin. Ce devait être le portrait de sa sœur. Bree le lui avait décrit. Si elle le partageait avec Cyrus, c'était que le garçon avait ses chances.

— Bon courage, *a bhalaich*, murmura-t-il.

Sa bienveillance à l'égard des jeunes amoureux était également due au fait que le dessin de Fanny lui avait rappelé une autre raison d'être de bonne humeur.

En touchant la poche de son pantalon, il sentit le craquement du papier et la petite masse dure du cachet de cire brisé. Ce n'était pas qu'il n'y croyait pas. Après tout, il avait attendu ce message. Néanmoins, il y avait une différence entre penser que l'on comprenait quelque chose, puis tenir la réalité dans sa main et se rendre compte qu'on ne la comprenait peut-être pas. Et se rendre compte que ce qu'on ne comprenait pas encore était peut-être ce que vous feriez de plus important dans votre vie.

Un cri lui fit tourner la tête, son instinct paternel prenant le dessus. Mandy venait de pousser Orrie, qui était tombé à la renverse dans le ruisseau, une fois de plus.

Bon, peut-être la seconde chose la plus importante, corrigea-t-il.

Son père adoptif (en réalité son grand-oncle), un pasteur presbytérien, ne s'était jamais marié. Pourtant, les pasteurs en avaient le droit et étaient même encouragés à le faire, car les épouses pouvaient aider à l'organisation d'une congrégation.

Il n'avait jamais demandé au révérend Wakefield pourquoi il était resté célibataire et, jusqu'à ce jour, ne s'était même pas posé la question. Peut-être était-ce simplement parce qu'il n'avait pas rencontré la bonne personne et qu'il ne pouvait se contenter d'une relation sans amour. Peut-être avait-il jugé trop difficile de conjuguer son engagement envers Dieu et la responsabilité d'une épouse et d'enfants.

Tu m'as d'abord donné l'épouse et les enfants, dit-il mentalement à Dieu. *C'est sans doute que tu ne veux pas que je les abandonne pour faire ce que Tu attends de moi.*

Ce qu'Il attendait de lui. C'était là la réalité qu'il cachait dans sa poche. Une lettre du révérend David Caldwell, un ami et un très vénérable Ancien presbytérien. Il avait célébré leur mariage et avait beaucoup aidé Roger lors de sa première tentative d'ordination. De savoir que Davy Caldwell pensait encore qu'il pouvait être ordonné était un réconfort et une joie.

« Un consistoire se réunira en assemblée générale à Charles Town en mai prochain. Naturellement, je parlerai en votre faveur, faisant valoir votre passé de séminariste et votre précédente qualification à l'ordination. Toutefois, il serait bon que vous établissiez un lien de quelque sorte avec certains des Anciens qui participeront au consistoire avant de les rencontrer en personne à Charles Town. Pour ne pas perdre son pantalon, un homme peut utiliser à la fois des bretelles et une ceinture. »

Les mots du révérend Caldwell le firent à nouveau sourire. Toutefois, sous son amusement et sa gratitude, il ressentait… quoi ? Il ne savait comment définir cette étrange vibration dans sa poitrine, ce vide dans le creux de son ventre qui n'était pas désagréable. Comme s'il se tenait au bord d'un précipice et s'apprêtait à sauter sans savoir s'il s'envolerait ou se fracasserait sur les rochers en contrebas. S'il ne se faisait pas d'illusions au sujet des rochers, il rêvait de voler.

… Et tandis que mes sens s'élevaient en silence,
J'ai dépassé la haute et inviolable sainteté de l'espace,
j'ai tendu la main et j'ai touché le visage de Dieu.

Le révérend avait punaisé une copie de ce poème recopié sur un papier jauni sur le grand tableau en liège de son bureau. Pour la première fois, il vint à l'esprit de Roger que le révérend l'avait conservé en mémoire de son père, qui, à l'instar du poète John Gillespie Magee, était mort en pilotant un Spitfire durant la guerre. Du moins était-ce la version officielle.

Il toucha à nouveau sa poche et récita une brève prière pour l'âme de son père, où qu'elle fût, et une autre pour la bonté du révérend Caldwell.

C'était Bobby Higgins qui lui avait apporté la lettre depuis Cross Creek. Il l'avait glissée dans sa poche et avait poursuivi ses occupations, voulant la lire plus tard, lorsqu'il serait seul. Ce qu'il avait fait en compagnie de Clarence et de deux chevaux curieux.

Roger avait été au courant du consistoire de Charles Town. Il avait écrit plus tôt à Caldwell son désir d'être ordonné et avait mentionné que sa famille et lui passeraient par Charles Town pour déposer Germain chez ses parents. Naturellement, il n'avait rien dit du besoin de se procurer des armes pour Jamie. Il essayait encore de ne pas y penser.

Il envisagea de se rendre à la Maison commune pour s'asseoir et réfléchir aux perspectives qui s'ouvraient à lui. Elle ne lui parut pas assez privée. Il traversa le ruisseau sur les pierres de gué et grimpa sur le versant derrière la maison afin de rejoindre la Source verte. En passant devant le potager de Claire, il poussa la porte. Ne voyant personne, il entra.

Il entrait rarement dans le potager et fut surpris par ses exhalations de début d'automne, si différentes des odeurs puissantes de la forêt. L'air sentait la terre retournée et le fumier composté, l'arôme amer des feuilles de navet, des choux et des oignons. Il flottait également le parfum des fleurs tardives, plus fortes que celles, capiteuses, d'été, avec de vagues effluves de résine et d'anis.

Claire avait planté des tournesols le long d'un mur et, à leurs pieds, des échinacées pourpres, des solidages et bien d'autres fleurs qu'il ne savait nommer. Il lui semblait reconnaître des cosmos avec leur jolie couleur violette, autour desquels voletaient des papillons jaunes. D'autres étaient rouges et jaunes ; il demanderait leur nom à Claire.

— Elles sont pour les abeilles, avait-elle expliqué à table un soir durant le dîner.

Ces dernières prenaient du bon temps parmi les fleurs. Il les entendait bourdonner, telle la vibration prolongée d'une corde de guitare.

— Bonjour, leur dit-il doucement. J'ai reçu une lettre de Davy Caldwell. Je crois que ça va marcher. Je pense… J'espère être ordonné. On appelle ça un ministre du Verbe et du sacrement. « On », c'est nous, les presbytériens.

Il jugea utile d'ajouter cette précision en supposant que les abeilles étaient catholiques et, donc, peu familiarisées avec ce concept.

En revanche, « l'ordination » ne signifiait probablement rien pour elles. Après tout, elles naissaient dans leurs alvéoles en cire animées d'une conviction inébranlable en leur mission vitale. Nul besoin de décision ni de cérémonie.

— Ordination, répéta-t-il. J'irai à Charles Town pour préparer le terrain. Claire dit que vous aimez être au courant de ces choses-là. Bree et les enfants viendront aussi. Ils aimeraient voir l'océan, marcher pieds nus sur la plage (*s'il n'y a pas trop de vaisseaux de guerre britanniques dans les parages*). Puis nous irons à Savannah. Brianna y peindra un portrait.

Il percevait vaguement les cris et les rires des enfants jouant dans le ruisseau. Ils étaient aussi apaisants que le vrombissement des abeilles. Il aurait pu rester ici indéfiniment, dans un état de bonheur paisible.

Mais un cri beaucoup plus strident et puissant l'arracha à sa paix. Il bondit sur ses pieds, chercha la direction d'où était venu le bruit, l'entendit à nouveau et se précipita hors du potager comme si une fourche le piquait aux fesses.

Il le vit dès qu'il parvint au bord de l'eau, un carré de papier blanc flottant, tournoyant au milieu du ruisseau. Le vent avait dû l'emporter.

Avant qu'il atteigne la rive, Cyrus s'élança de la berge opposée et atterrit dans une immense éclaboussure, les bras étirés devant lui. Sa main énorme se referma sur le papier un instant avant qu'ils sombrent tous les deux.

— Non ! hurlait Fanny. Non, non, *non* !

Elle pataugeait dans l'eau, essayant vainement de rejoindre Cyrus et le papier. Le ruisseau devenait plus profond à cet endroit et ses jupes l'alourdissaient. Elle tituba, ses souliers s'enfonçant dans la vase.

Roger se débarrassa de ses propres chaussures, entra dans l'eau et saisit Fanny par la taille.

— Ce n'est rien, lui dit-il en la tirant vers la berge. Ce n'est rien.

Fanny continuait de crier, se débattant pour sauver le dernier vestige de sa sœur.

Seigneur, montrez-moi ce que je dois faire… Que pouvait-il faire ? Lorsqu'il déposa Fanny, elle tomba à genoux et se recroquevilla telle une feuille morte. Elle n'émettait plus un son, hormis pour de grandes inspirations saccadées.

— Papa ! Papa !

Mandy, qui avait l'interdiction absolue de traverser seule le ruisseau, avait bondi de pierre en pierre et s'accrochait à présent à sa jambe avec des gémissements paniqués.

Il perçut des voix en amont. Les garçons avaient entendu les cris et accouraient. Fanny soufflait comme un cheval emballé. Craignant qu'elle fasse une syncope et s'évanouisse, il s'accroupit près d'elle et posa une main sur son dos.

— Fanny, dit-il doucement. Tu es trempée. Rentrons à la maison. Tu mettras des vêtements secs et boiras une boisson chaude.

Il glissa une main sous son coude et tenta de la redresser. Elle resserra les bras contre son torse et secoua la tête. Ses halètements s'étaient estompés, cédant le pas à des sanglots.

Cyrus s'approcha à pas hésitants. Roger releva la tête vers le grand garçon dégingandé, ruisselant et le visage blême.

— Fanny…, commença-t-il.

Il s'interrompit, ne sachant quoi dire.

— Ce n'est pas ta faute, *a bhalaich*, lui dit Roger.

Cyrus ne l'écouta pas et se laissa tomber à genoux à côté de Fanny.

— Fanny…, répéta-t-il.

Il tendit son poing fermé devant elle et l'ouvrit sous son nez.

Le portrait n'était plus qu'une boule de papier froissée et détrempée.

Fanny émit le son de quelqu'un à qui on a planté une lance dans le ventre. Elle lui arracha le papier de la main et le pressa contre sa poitrine, sanglotant comme si son cœur se brisait.

Je suppose qu'il l'était déjà, pauvre petite…

Les traits défaits, Cyrus murmura :

— *Mo chridhe bristeadh. B'fhearr gu robh mi air bathadh mus do thachair an cron tha seao ort.*

« Mon cœur est en morceaux. J'aurais préféré mourir noyé plutôt que de t'infliger une telle douleur. »

Fanny ne répondit pas et refusa de bouger. Roger et Cyrus échangèrent un regard impuissant. Les garçons étaient arrivés. Germain avait ramassé le baluchon en flanelle grise et les trésors de Fanny un peu plus loin sur la berge.

— Cousine… ? dit-il d'une voix hésitante en le lui montrant.

Fanny ne bougea pas.

— Merci, Germain, lui dit Roger. Emporte-le à la maison, veux-tu ?

Il se releva, les genoux raides, ses chaussettes mouillées lui retombant autour des chevilles.

— Jem ? Emmène Mandy et les garçons à la maison avec Germain. Nous… nous vous rejoignons tout de suite.

L'air inquiet, les garçons acquiescèrent, s'éloignèrent avec Mandy en lançant des regards par-dessus leur épaule et échangeant des messes basses.

Cyrus grelottait, le vent froid traversant le tissu fin de sa chemise et de son pantalon. Roger posa une main sur sa tête. Même à genoux, le garçon lui arrivait à la taille.

— Tout ira bien, lui dit-il en gaélique. Tu n'as rien fait de mal. Rentre chez toi.

Après un long moment, Cyrus hocha la tête et se leva. Il s'inclina devant Fanny, tourna les talons et s'éloigna d'un pas lent, les épaules affaissées.

Roger s'assit sur le sol et prit Fanny dans ses bras. Il la berça doucement en lui caressant le dos comme s'il s'agissait d'un nourrisson. Il se sentait tel un passant devant le site d'une explosion récente. Ni l'ambulance ni la police n'étaient encore arrivées sur place.

L'ambulance et la police… soit Claire et Jamie, pensa-t-il avec une pointe d'amusement. Jamie s'était rendu à Salem. Claire avait annoncé qu'elle descendait chez les MacNeill pour examiner un cas de varicelle. Au fond, ni l'un ni l'autre n'auraient pu faire grand-chose. En revanche, peut-être… peut-être…

Il inspira profondément, libéra Fanny et se leva. L'enfant tremblait de froid au point que ses sanglots avaient cessé, même si les larmes coulaient toujours de ses yeux bouffis.

— Viens avec moi, lui dit fermement Roger en lui prenant la main. Brianna peut sans doute arranger ça.

En parlant d'« arranger ça », Roger avait une vague notion de recoller la feuille déchirée avec du ruban adhésif ou de faire sécher le papier, puis de broder le dessin à la manière d'un marquoir. Heureusement, Brianna eut une meilleure idée.

— C'est un bon papier chiffon épais, constata-t-elle en étalant les fragments de dessin sur la table de la cuisine et en les lissant. Ce qui explique qu'il ait duré aussi longtemps. Depuis combien de temps Fanny l'a-t-elle ?

— Deux ans, peut-être ? répondit Roger. Sa sœur avait environ dix-sept ans quand elle est morte. Fanny a dit que le portrait avait été réalisé lorsqu'elle en avait dix. Donc Jane devait avoir quinze ans. Peux-tu le copier ?

— Oui, et je le ferai. Cependant, Fanny voudra aussi garder l'original. Pour des raisons affectives.

— En effet. Que peux-tu faire, alors ?

— Réparer la déchirure.

— Tu vas le recoudre, tout simplement ? J'y avais pensé, mais…

Par égard pour lui, elle se retint de rire.

— Ce ne serait pas une mauvaise idée, dit-elle avec tact. Toutefois, je suis sûre que Fanny ne veut pas que sa pauvre sœur ressemble au monstre de Frankenstein, même si elle ignore qui il est.

— Qui ça ?

Fanny venait d'apparaître sur le seuil, l'air mal à l'aise. Elle avait été déshabillée, séchée et revêtue d'une robe et de bas propres. Avec ses joues roses et ses cheveux noirs bouclés, elle ressemblait à un petit ange échevelé.

— C'est un personnage de roman, répondit Brianna avec un sourire. Je te raconterai l'histoire plus tard, si tu veux. Viens voir.

Fanny s'approcha de la table en tournant légèrement la tête, craignant de regarder le dessin perdu. Elle aperçut le cadre en bois que Brianna était allée chercher dans le garde-manger. Rectangulaire, il était tendu d'une fine mousseline dont des fils avaient été retirés pour former un grillage. Sa curiosité eut raison de ses réticences.

— La déchirure est nette, c'est une chance, observa Brianna.

Elle effleura un bord déchiré du bout du doigt.

— Tu vois comme il est effiloché ? Le papier est fait de fibres et, si tu le trempes dans l'eau un long moment, tu sais ce que tu obtiens ?

— Une poignée de fibres trempées ? devina Roger.

— En gros, oui.

Elle avait apporté son coffret de fournitures pour la fabrication du papier. Elle en sortit un grand sac en toile rempli de…

— C'est du coton ? demanda Fanny, fascinée par les petites boules blanches duveteuses qui émergeaient d'un tas de fragments de tissus et de ce qui, aux yeux de Roger, semblait être des poignées de cheveux blonds filandreux arrachés à un cuir chevelu.

— En partie, répondit Brianna. Avec du lin qui a été sérancé, des restes de papiers et des morceaux de torchons à moitié décomposés. Nous commençons avec une poignée de fibres finement moulues.

Elle déposa son cadre sur la table, saisit un bocal et versa au milieu de la mousseline une ligne de ce qui ressemblait à des résidus de tapis.

— Ce sera mon liant, expliqua-t-elle. À présent, nous étalons les morceaux par-dessus.

Roger lui tendit une à une les deux moitiés du papier déchiré qu'elle déposa délicatement sur le cadre en accolant les bords le plus précisément possible.

— C'est une chance que le dessin ait été tracé à la mine de plomb, dit-elle. L'encre, l'aquarelle ou le fusain se seraient dilués.

Elle avait également apporté une boîte peu profonde avec des bords relevés, les angles soudés à la poix, qui ressemblait à un bac de photographe. Retenant son souffle, elle souleva le cadre et le déposa lentement dans le bac.

— De l'eau, s'il vous plaît, dit-elle en agitant la main vers une grande cruche posée sur la desserte.

Roger se glissa au bout du banc, laissant derrière lui une flaque, et alla la chercher.

Elle aspergea lentement le dessin jusqu'à ce qu'il soit saturé.

— Comme ça, il collera au support au lieu de flotter, expliqua-t-elle.

Ensuite, elle versa plus d'eau dans le bac, laissant le niveau monter jusqu'à ce que le papier soit entièrement recouvert.

Elle reposa la lourde cruche avec un soupir de soulagement.

— À présent, nous le laissons reposer… vingt-quatre heures, cela devrait suffire. Les fibres du papier vont se dissoudre et se lier aux fibres du liant sans perturber les lignes du dessin.

Roger la vit croiser les doigts dans son dos tout en souriant à Fanny.

— Après, nous le presserons, le sécherons et nous obtiendrons une nouvelle feuille de papier, avec ton dessin dessus.

Fanny avait observé l'opération avec le regard hypnotisé d'un lapin fixant un renard. Aux dernières paroles de Brianna, elle redressa la tête en formant un « O » parfait avec sa bouche.

— Oh, merci ! Merci, merci !

Elle pressa ses paumes sur ses joues, contemplant le dessin comme s'il prenait vie.

Roger eut soudain l'impression que c'était le cas. Jusqu'à présent, il ne l'avait vu que comme un objet précieux pour Fanny sans le regarder vraiment.

Celui qui l'avait dessiné avait un talent certain. La fille du portrait était elle-même peu banale. Belle, certes, mais avec… quoi ? Un petit quelque chose en plus. De la vitalité et un air de défi. Si sa belle bouche et son regard de biais offraient un sourire séducteur, on y voyait aussi de la détermination… et une rage sous-jacente qui firent se dresser les poils sur la nuque de Roger.

Cette fille avait tué un homme de ses propres mains, et avec préméditation.

Pour sauver sa petite sœur d'un sort qu'elle ne connaissait que trop bien.

Il se demanda si l'homme qui l'avait dessinée au cours d'une nuit dans le bordel l'avait ensuite possédée, sachant ce qu'il achetait et s'en délectant. Il chassa aussitôt les visions que cette pensée invoquait, mais il ne pouvait supprimer la pensée elle-même.

Fanny se tenait près de lui, contemplant les derniers vestiges physiques de sa sœur. Il glissa un bras autour de ses épaules et songea à la fille dont le visage luisait sous l'eau, son souvenir perdurant en dépit du naufrage et de la dissolution. *Ne t'inquiète pas, nous veillerons à ce qu'il ne lui arrive rien. Je te le promets.*

49

Votre amie, toujours

De Brianna Fraser MacKenzie (Mme)
Fraser's Ridge, Caroline du Nord.
À lord John Grey, aux bons soins du duc de Pardloe, colonel du 46ᵉ régiment d'infanterie, Savannah, Géorgie.

Cher lord John,

J'ai bien reçu votre aimable proposition de peindre le portrait de Mme Brumby et l'accepte avec joie !

Je vous remercie également pour votre offre prévenante de nous fournir des sauf-conduits, que j'accepte aussi avec gratitude d'autant plus que mon mari et mes enfants m'accompagneront. Mon mari a d'importantes affaires à régler à Charles Town, si bien que nous y passerons d'abord (quoique brièvement) avant de vous rejoindre à Savannah, si Dieu le veut, avant la fin septembre.

Cela étant, afin de ne pas perdre de temps, il serait préférable que vous nous envoyiez tous les documents dont nous aurions besoin en matière de laissez-passer aux bons soins de M. William Davis, à Charlotte, en Caroline du Nord. Nous passerons par Charlotte en route pour Charles Town (qui, vous le savez certainement, est actuellement aux mains des Américains). M. Davis est un ami de mon père et conservera les documents en sécurité jusqu'à notre arrivée.

J'ai bien hâte de vous revoir !

Votre amie, toujours,
Brianna.

50

Un dîner du dimanche soir à Salem

ROGER LUTTAIT POUR GLISSER UN CERCLE EN FER autour de la partie supérieure d'un grand et vieux tonneau bombé qui avait été reconstruit. À en juger par l'odeur vague, mais pestilentielle, qui émanait du bois taché, il avait dû exploser dans un passé récent sous la pression de gaz libérés par la putréfaction d'un groupe de pingouins morts. Bien que l'air fût frais, le soleil était haut dans le ciel. La sueur lui coulait dans les yeux et lui piquait le cuir chevelu.

L'heure du déjeuner approchait, mais il n'avait pas d'appétit. Il avait des étourdissements à force de retenir sa respiration. Il releva la tête en entendant des pas sur le sentier qui descendait de la laiterie. Ce n'était ni Bree ni Fanny lui apportant un sandwich et une bouteille de bière, mais son beau-père, deux grands pots en grès sous les bras.

— Ils te sentiront venir de loin, déclara Jamie en humant l'air avec un air approbateur.

Il déposa ses pots d'où, tel un puissant génie teutonique, s'élevait une forte odeur de choucroute et examina le tonneau récalcitrant. Il s'accroupit devant lui, l'étreignit et, détournant le visage, pressa de toutes ses forces sur les vieilles douves jusqu'à ce que Roger pût enfin glisser le cercle en fer.

— Pouah ! fit-il en se relevant. Du poisson pourri ?

— Probablement, répondit Roger en étirant son dos. Ce que vous apportez, là, ne va guère arranger l'odeur.

— Au moins, ça sentira la choucroute, répondit Jamie en débouchant l'un des pots. L'odeur du chou étouffera celle du poisson. En outre, Claire dit que le nez s'habitue à tout. Au bout d'un moment, vous ne sentirez plus rien.

— Ah bon, marmonna Roger.

Ce n'était pas sa belle-mère qui allait parcourir près de trois cents milles dans une carriole remplie de tonneaux fétides, avec trois enfants criant « Beurk, beurk » tout le long de la route jusqu'à la côte.

— D'après Ronnie, les deux autres tonneaux contenaient du porc salé et du boudin noir. Vous sentirez comme un dîner du dimanche soir à Salem, plaisanta Jamie. Celui-ci est prêt ?

— Oui, répondit Roger en ôtant une écharde de son pouce.

Il observa discrètement son beau-père, qui inspectait le fond du tonneau. Il était assez fier de son œuvre, qui lui avait donné du mal : installer un faux fond, avec juste assez d'espace pour y cacher une fine couche d'or, et l'ajuster afin qu'il ne se détache pas si le tonneau tombait au sol.

— Beau travail ! opina Jamie.

Il souleva le tonneau, le soupesa et le lâcha de haut. Il atterrit debout avec un bruit sourd.

Jamie regarda de nouveau à l'intérieur et sourit.

— Le double fond n'a pas bougé d'un pouce, déclara-t-il, satisfait.

— Brianna m'a aidé en dessinant le modèle, expliqua Roger. C'est Tom MacLeod qui lui a procuré le bois.

— J'espère qu'elle ne lui a pas dit pourquoi elle en avait besoin.

— Elle lui a dit qu'elle projetait de construire un berceau pour les Ogilvy.

Le jeune Angus et son épouse attendaient leur premier enfant et, de ce fait, étaient inondés de layette de seconde main, de langes, de tétines, de biberons et de toutes sortes de conseils dont ils n'avaient probablement pas besoin.

Sans plus attendre, Jamie déversa une cascade vert pâle de choucroute odorante dans le tonneau.

Roger se garda d'observer qu'il aurait pu attendre que les tonneaux soient chargés dans la carriole avant d'y ajouter vingt livres de chou fermenté.

— Au cours du voyage, tu auras besoin de les déplacer. Mieux vaut le faire quand tu es seul au cas où l'un des fonds cède.

Il versa le contenu du second pot et la choucroute oscilla doucement trois pouces en dessous de la marque dans le bois indiquant l'endroit où viendrait le couvercle.

Ils restèrent un moment à contempler la masse aromatique et il leur vint la même idée au même moment : vérifier si le double fond n'avait pas bougé sous la force du déluge. Jamie saisissait déjà un long morceau de bois qu'il tendit à son gendre.

Roger sonda les profondeurs du tonneau. Partager soudain une pensée inexprimée avec quelqu'un d'autre lui faisait toujours chaud au cœur. Cela se produisait de temps à autre avec Bree, et parfois avec Claire. Toutefois, c'était avec Jamie que cela lui arrivait le plus fréquemment. Sans doute était-ce parce qu'ils travaillaient souvent ensemble.

— Tout va bien, constata-t-il.

Il jeta le bout de bois, saisit le couvercle, le mit en place, le fit entrer à coups de maillet, puis ils posèrent le dernier cercle de fer. Simple, mais efficace.

Jamie recula et déroula les manches de sa chemise.

— Si tu flaires le moindre danger, abandonnez les tonneaux et filez, dit-il. Vous ne devriez pas rencontrer d'obstacles… sauf si vous croisez des bandits. Pour le reste, le sauf-conduit de lord John vous protégera. Une fois à Charles Town…

Jamie s'interrompit et le ventre de Roger se noua.

Oui, Charles Town. Jamie avait écrit à Fergus (en utilisant un code qui avait fasciné Roger). Le temps qu'ils arrivent, ce dernier aurait probablement conçu un plan… Mais lequel ?

Toutefois, ce n'était pas Charles Town qui préoccupait Jamie.

— Vois ce que Fergus aura prévu. Il est malin et plein d'audace. Toutefois, il est aujourd'hui père de cinq enfants et ne sera plus aussi tête brûlée qu'autrefois. Quand vous arriverez à Savannah…

Il s'interrompit à nouveau en plissant le front.

— Il y a un soldat appelé Francis Marion, reprit-il brusquement. C'est un officier de l'armée continentale. Claire me dit qu'il est célèbre à votre époque. Vous le surnommez « le renard du marais », mais il n'a pas encore mérité ce surnom. Tu le connais ?

— Oui. Enfin… de nom. Il se trouve à Savannah ?

Jamie acquiesça, l'air plus confiant.

— J'ai reçu une lettre la semaine dernière. D'après une connaissance à qui j'avais demandé des informations sur la garnison britannique de Savannah en sachant que vous y alliez, ce Marion lui aurait dit que Benjamin Lincoln envisageait de quitter Charles Town pour tenter de prendre Savannah. Et… euh…

Jamie regardait fixement une flaque de jus de choucroute à ses pieds. Il abordait la partie délicate…

— Dans son livre, Randall dit que les Américains attaqueront Savannah en octobre de cette année. Ils échoueront, mais Marion y sera.

— Et… vous voudriez que je lui parle ?

Sa sueur avait séché et un vent froid s'insinuait sous sa chemise.

— Si tu peux, répondit Jamie. C'est que, vois-tu, Marion a une grande expérience des milices.

— Et pas vous ?

Une lueur amusée traversa le regard de son beau-père.

— Je n'ai jamais prêté une milice que j'avais formée et commandée à l'armée continentale. D'après ce que dit la lettre, Marion l'a fait à plusieurs reprises. Je veux savoir s'il a de bons conseils à me donner concernant… certains officiers.

— Pour savoir lesquels sont des ordures et lesquels ne le sont pas ? Certes, cela pourrait aider, mais aurez-vous le choix ?

— Tous les officiers sont des ordures, répondit Jamie. Ils doivent l'être. Je le suis aussi. Toutefois, certains sont fiables, d'autres pas. D'après ce que j'entends dire, Marion semble appartenir à la première catégorie.

— Je vois.

Vous voulez un ami au sein de l'armée avant de vous engager. Un homme pour tâter le terrain pour vous. Ou pour vous mettre en garde le cas échéant.

— C'est le choix auquel vous êtes donc confronté ? demanda Roger. Engager votre… *notre* milice auprès de l'armée ou nous battre seuls, comme Cleveland et Shelby ?

— Ils ne sont pas seuls, répondit Jamie. Les *Overmountain Men*[19] se soutiennent les uns les autres en cas de besoin, mais chaque homme conserve son commandement. Ce n'est pas le cas dans l'armée.

Les cheveux de Jamie s'étaient libérés d'un côté. Il ôta son lacet et les lissa en arrière avant de les rattacher. Il observa le ciel. Un orage approchait. Ici, dans les montagnes, on pouvait le voir venir de loin. Des nuages noirs s'amoncelaient rapidement au-dessus du mont Roan.

— Le véritable choix sera de décider si on garde la milice ici pour protéger le Ridge ou si on va au-devant des Britanniques. Une fois cette décision prise, nous pourrons considérer la meilleure manière de procéder.

Roger réfléchit quelques instants.

— « Être ou ne pas être ? demanda-t-il. Y a-t-il pour l'âme plus de noblesse à endurer les coups » et patati et patata ? Parce que c'est là votre… *notre* dilemme, non ? Ou nous nous jetons dans le feu de l'action, ou nous restons en retrait.

Il dévisagea Jamie, qui était tendu comme un ressort enroulé, et sourit.

— Allons donc ! Vous ne pourriez pas rester en dehors d'une bonne bagarre même si on vous payait.

Jamie eut la bonne grâce de rire.

— En effet, mais on ne peut pas négliger la présence du capitaine Cunningham. Un de ces jours, il pourrait bien recevoir ses fusils. Et ensuite ?

— Certes, ce serait très dangereux, convint Roger. Mais il ne va pas attaquer le Ridge et brûler les cabanes de ses voisins, tout de même ? Il vit ici.

— C'est vrai.

— Donc, vous dites que les Américains vont faire le siège de Savannah ?

— C'est ce qu'écrit Randall. Mais ils échoueront.

Chaque fois qu'il prononçait le nom de Randall, Jamie avait un ton étrange. Ce n'avait rien d'étonnant, même si Roger ne parvenait pas vraiment à le qualifier. Ce n'était pas du doute, ni de la haine, pas non plus tout à fait de la peur.

— Vous considérez néanmoins que Bree et les enfants peuvent aller à Savannah pendant que la ville est attaquée ?

Jamie haussa les épaules et reprit sa veste qu'il avait déposée sur le côté.

— Ils ne prendront pas la ville. En outre, Brianna sera sous la protection de lord John.

— Et vous lui faites confiance.

Ce n'était pas une question et Jamie n'y répondit pas, en en posant une autre à la place.

— Fais-tu confiance à Randall ?

— Au sujet des batailles et du reste ? Oui. Pour lui, c'était de l'histoire, des événements qui se sont réellement déroulés, comme pour tous ses lecteurs. Il ne pouvait pas écrire n'importe quoi, car de nombreux autres historiens ou universitaires l'auraient su et signalé. Les éditeurs académiques vérifient les

---

19. *Overmountain Men* : colons installés à l'ouest des Appalaches (dans certaines parties de la Virginie, de la Caroline du Nord et de ce qui est aujourd'hui le Tennessee et le Kentucky) et participant à la guerre d'indépendance (N.d.T.).

manuscrits avant de les éditer et un ouvrage rempli d'erreurs ou de fausses informations n'aurait jamais été publié.

Ils restèrent un moment silencieux, observant l'approche de l'orage. Roger trouverait Francis Marion et Fergus, si Dieu le voulait, des fusils. Toutefois, ses pensées s'éloignaient des décisions difficiles et des réalités insaisissables pour glisser vers des préoccupations personnelles plus proches.

Il se demandait si Bree était enceinte et, si c'était le cas, comment elle réagirait aux odeurs d'un dîner du dimanche soir à Salem.

51

Des roues dans les roues

— Que disait ta mère à ton père au sujet de cette expédition ?

Roger avait remonté les jambes de son pantalon jusqu'à mi-cuisse et examinait la roue dont la partie supérieure émergeait du bouillonnement d'un ruisseau.

— L'eau est trop profonde, déclara Brianna. Tu ferais mieux d'enlever ton pantalon. Et peut-être aussi ta chemise.

— C'est ce qu'elle a dit ? Elle avait probablement raison au sujet de la profondeur du ruisseau.

Brianna émit un petit rire. Il avait ôté ses souliers, ses bas, sa veste, son gilet et son foulard. Il ressemblait à un homme prêt à disputer un pugilat.

— Le bon côté des choses, c'est que, avec un tel courant, les sangsues ne t'attaqueront pas, observa-t-elle. Maman a dit à papa, ou du moins elle m'a dit avoir dit : « Tu es sérieux ? Tu comptes transformer un pasteur presbytérien respectable en trafiquant d'armes et l'envoyer avec une carriole remplie d'or douteux et de whisky illégal acheter des fusils à un contrebandier inconnu, en compagnie de ta fille et de trois de tes petits-enfants ? »

— Ah oui, c'est bien ça. Je pensais que ce serait plus drôle…

À contrecœur, il ôta son pantalon et le lança près de ses chaussures et de ses bas.

— Je n'aurais pas dû vous emmener, toi et les enfants. Germain et moi aurions vécu une formidable aventure entre hommes.

— C'est bien ce que je redoutais.

Elle lança un regard par-dessus son épaule, vers le sommet de la berge escarpée où leur carriole avait failli verser en perdant sa roue. Le véhicule était beaucoup trop près du bord. Elle avait envoyé les enfants chercher du bois pour faire un feu dans l'espoir de les éloigner du véhicule.

Elle gardait un œil sur Roger et tendait une oreille vers le haut de la berge en cas de cris d'alarme. Une partie de son cerveau calculait le temps qu'il lui faudrait pour réparer la roue, si elle sortait intacte du ruisseau. Dans le cas contraire, ils devraient passer la nuit sur place. Quelques neurones dressaient une liste de la nourriture dont ils disposaient, au cas où. Toutefois, le gros de son attention était concentré sur sa poitrine.

Tacatacatacatacatac.

Boum… boum… boum… boum.

Tacatacatacatacatac.

Pas maintenant ! Je n'ai pas le temps pour ça !

— Pas le temps pour quoi ? demanda Roger.

Il avait un pied dans le ruisseau et le vent faisait voleter sa chemise, offrant une charmante vue sur ses fesses.

— Pour tout *ça*, répondit-elle en levant les yeux au ciel avec un geste vague vers la carriole qui penchait d'un côté, les voix des enfants et la petite boîte à outils à ses pieds. Vas-y. Tu vas geler si tu ne bouges pas.

— Parce que je ne gèlerai pas, submergé dans cette délicieuse eau chaude ?

Il avança dans l'eau, testant des orteils le sol caillouteux, jusqu'à ce que l'eau lui parvienne au-dessus des genoux.

Tacatacatacatacatacata…

Boum…

Elle s'assit brusquement, posa son front sur ses genoux et prit de longues inspirations. Manœuvres vagales, facile à dire ! Comment l'appelait-on déjà ? Ah, la manœuvre de Valsalva. Elle retint son souffle, contracta au maximum ses abdominaux et compta jusqu'à dix. Elle sentit son cœur ralentir et battre plus fort.

Bien…

Boum… boum… boum… boum…

Roger avait atteint la roue et saisit la jante, s'accroupissant à moitié pour avoir une meilleure prise. La roue se délogea subitement de son lit de cailloux. Roger glissa et tomba sur un genou, l'eau lui arrivant jusqu'à la poitrine.

— Doux Jérusalem !

Brianna s'efforçait de ne pas rire, sans y parvenir. Elle ôta rapidement ses souliers, ses bas, et entra dans l'eau froide pour l'aider. Heureusement, la roue était entière. Roger parvint à la tourner et à la pousser suffisamment loin pour qu'elle en attrape un bout et la retienne contre le courant pendant qu'il se relevait et venait saisir l'autre bout.

La roue faisait près de trois pieds de diamètre. Elle était lourde et encombrante. Par chance, sa jante en fer l'avait protégée et avait empêché qu'elle se brise. Roger la saisit des deux mains et, rejoignant la berge, la traîna sur le sol. Il se laissa tomber assis, pantelant. Brianna aussi.

Tacatacatacatacatac…

Elle haletait et des points blancs flottaient au coin de ses yeux.

— Bon sang, Brianna ! Que se passe-t-il ?

Il serra son poignet. Elle se tourna vers lui et s'agrippa à sa cuisse.

Tacatacatacatacatac…

— Je… ah… Non, ce n'est rien.

Elle s'efforça d'inspirer profondément et retint son souffle. Une fois de plus, les palpitations cessèrent même si les battements demeuraient irréguliers.

Boum. Boum-boum-boum. Boum. Pause. *Boum-boum.*

— Comment ça, ce n'est rien ? Tu es pâle comme un linge. Place ta tête entre tes jambes.

Elle repoussa la main qu'il avait posée dans son dos pour l'inciter à se pencher en avant.

— Puisque je te dis que ce n'est rien. C'est sans doute juste un peu d'hypoglycémie. Nous n'avons rien avalé depuis le petit-déjeuner.

En voyant son air profondément inquiet, elle se rendit compte qu'elle lui devait la vérité. Son mal n'allait pas disparaître et elle ne voulait pas qu'il panique chaque fois.

Le vent frais sur son visage la revigorait. Elle se tourna vers lui et écarta des cheveux qui se prenaient dans sa bouche.

— Roger… J'ai quelque chose à te dire.

Il la dévisagea en fronçant les sourcils, et soudain son visage s'illumina.

— Tu es enceinte ? Mon Dieu, Bree, c'est merveilleux !

Elle resta sans voix un instant, puis un élan de fureur chassa toute préoccupation au sujet de son cœur.

— Tu… tu… Comment oses-tu !

Un vague souvenir de la présence des enfants non loin la retenant de crier, ses paroles sortirent dans un grognement étranglé. Leur sens n'en était pas moins clair. Roger écarquilla les yeux et lui prit le bras.

— Je suis désolé, dit-il calmement, à voix basse. Dis-moi ce qui ne va pas.

Elle résista un instant, cherchant à se soulager par la violence. Il tint bon et elle cessa de se débattre. Les larmes qui lui montaient aux yeux étaient son seul moyen de libérer la tension en elle.

Il la lâcha et glissa son bras autour de ses épaules. Elle s'accrocha à lui comme à une solide racine dans un torrent. Elle sanglotait tout en s'efforçant de se retenir, craignant que le flot d'émotions fasse à nouveau s'emballer son cœur.

— Je suis désolée, répétait-elle entre deux hoquets.

Il la serra plus fort contre lui, la berçant légèrement, lui massant le dos de sa main libre.

— Non, c'est moi, dit-il dans ses cheveux. Bree, pardonne-moi. Je ne voulais pas… Vraiment, je ne voulais pas…

— Tu parles ! l'interrompit-elle en s'essuyant le nez. Je sais que tu veux un autre enfant, mais…

— Pas si tu n'en veux pas, l'assura-t-il. Je ne veux te faire courir aucun risque, Bree. Si tu crains que…

Elle l'arrêta d'un geste. Elle ne sanglotait plus et, blottie dans ses bras, se contentait de respirer. Son cœur battait. Normalement.

— Boum-boum, boum-boum, dit-elle. Dans les manuels, c'est ainsi qu'ils décrivent les battements de cœur. En fait, ce n'est pas tout à fait exact.

Il y eut un silence.

— Ah non ? répondit-il enfin.

— Non.

Elle prit une profonde inspiration et la sentit jusqu'au bout de ses doigts.

— Et non, je ne suis pas folle.

— Si tu le dis…

Il la libéra et sonda son visage.

— Tu vas bien, Bree ?

Il paraissait si anxieux que, prise de remords, elle se remit à pleurer.

— Plus ou moins.

Elle renifla et fit un effort surhumain pour se redresser. Elle remarqua alors que Roger était assis près d'elle vêtu de sa seule chemise, dont le bas était mouillé. Elle fut prise d'un fou rire et se ressaisit aussitôt en craignant que cela dégénère en une crise d'hystérie.

— Enfile ton pantalon et je te dirai tout, promit-elle.

— Mamaaaaan ! cria Mandy depuis le bord de la piste en agitant les bras. Mamaaaaan, on a faiiiiiiiim !

— Je vais leur donner quelque chose, dit Roger en se rhabillant rapidement. Passe-toi de l'eau sur le visage et bois un peu. Repose-toi, je reviens tout de suite.

Il escalada la berge en appelant Jem et Germain. Au bout d'une minute, elle fut suffisamment rétablie pour faire ce qu'il lui avait dit. Elle se débarbouilla et but dans sa main en coupe. L'eau du ruisseau était fraîche, avec un arrière-goût piquant de cresson. Avoir quelque chose dans le ventre, même juste de l'eau, la calma.

Boum. Boum. Boum. Certes un boum sur deux était moins fort que l'autre, mais les battements rythmiques et réguliers lui… comment dire ?… lui mirent du baume au cœur. L'image la fit sourire. Elle essuya ses mains mouillées sur sa chevelure et la noua.

Elle était agenouillée dans l'herbe devant la roue quand Roger redescendit, chargé d'offrandes : deux œufs durs, un morceau de pain sec frotté à l'ail et à l'huile d'olive, et une bouteille de bière. Elle commença par la bière.

— Ce n'est pas si grave, déclara-t-elle en indiquant la roue. Un morceau de jante s'est détaché, mais il n'est pas cassé. Je pourrais le remettre avec une vis et…

— Oublie la roue, dit-il doucement. Mange un œuf et explique-moi ce qu'il t'arrive.

À son expression, elle comprit qu'il ne la lâcherait pas avant de tout savoir. Elle but une autre gorgée de bière pour se donner du courage, réprima un rot et lui exposa la situation.

— Je pense toujours que cela va disparaître. Après une crise, je me dis que c'était la dernière. Je reste néanmoins à l'affût, la guettant, sur les nerfs. Il ne se passe plus rien pendant une semaine, deux, trois… Je commence à me détendre et vlan ! ça repart. Excuse-moi de m'être laissé emporter. Au fond, tu sais, c'est un peu comme une grossesse. Il y a cette chose en toi, une partie de toi, que tu ne peux pas contrôler et qui s'empare de ton corps.

Elle baissa les yeux et se mit à ramasser les fragments de coquille d'œuf dans l'herbe.

— Et ce peut être fatal, ajouta-t-elle doucement. Maman dit que ce n'est pas mortel… sauf quand ça déclenche une attaque.

— Laisse donc ces bouts de coquille… Ils font partie du paysage.

Il prit sa main et la baisa.

— Tu as de l'écorce de saule avec toi ? demanda-t-il.

— Oui, dans mon sac, maman m'en a préparé tout un tas. Vingt-quatre sachets, chacun permettant de préparer trois tasses. Elle a pensé que cela me suffirait jusqu'à ce que nous arrivions à Charles Town.

Elle réfléchit un instant puis reprit :

— Il y a autre chose.

— Quoi ?

— La grossesse... Maman dit que, comme pour beaucoup d'autres pathologies, une grossesse pourrait la faire disparaître, temporairement ou définitivement. Mais elle pourrait également l'aggraver.

Elle se moucha dans un mouchoir mouillé.

— Elle ne l'a pas dit, mais j'y ai pensé plus tard. Le problème cardiaque de Mandy... Et si c'était moi qui le lui avais transmis ?

— Non, dit-il fermement. Nous savons que c'était une malformation congénitale fréquente. Ta mère l'a dit, « persistance du canal artériel ». Tu n'y es pour rien.

Elle voulait le croire. Toutefois, les doutes et les pensées qu'elle avait refoulés au cours des derniers mois remontaient tous à la surface.

— Et ton ancêtre ? Buck. N'avait-il pas quelque chose qui clochait avec son cœur ?

— En effet, répondit lentement Roger. Mais... cela semblait être lié à son passage à travers les pierres.

Il posa inconsciemment une main sur son propre cœur et le massa d'un air absent.

— Il a eu une sorte de... d'attaque. Son état s'est ensuite amélioré, pour s'aggraver brutalement un peu plus tard. C'est alors que nous avons rencontré Hector McEwan.

Brianna respirait beaucoup mieux. La pensée logique avait ce don de court-circuiter les émotions. Sans doute était-ce la raison pour laquelle on disait qu'il fallait compter jusqu'à dix lorsqu'on se mettait en colère...

— Je regrette de ne pas l'avoir interrogé à ce sujet, dit-elle. Sauf qu'il ne m'était rien arrivé de la sorte quand il était avec nous.

Elle devina la pensée qu'il ne voulait pas exprimer, parce qu'elle avait la même et que c'était une conclusion logique.

— Peut-être que, plus tu traverses les pierres, plus ton corps est atteint ?

— Bigre, je n'en sais rien.

Il lança un regard vers le haut de la berge. Les voix des enfants s'étaient éloignées. Ils jouaient dans la forêt de l'autre côté de la piste.

— Ça n'a rien fait à Jem... ni à moi. Ni à ta mère. Il me vient une idée : ta mère a traversé les pierres alors qu'elle était enceinte de toi. Tu crois que...

— L'échantillon est trop petit pour en faire une théorie, répondit-elle en riant. Je n'étais pas enceinte de Mandy lors de ma traversée. Ne t'inquiète pas. Selon maman, les risques qu'une personne de mon âge et de mon état de santé fasse une attaque sont infinitésimaux. Quant à la grossesse...

— Bree.

Il se leva et l'aida à se mettre debout.

— J'étais sincère, *m'aoibhneas*. Je ne risquerais jamais ta vie, ta santé ou ton bonheur.

Il inclina la tête de sorte qu'ils soient front contre front, se regardant dans les yeux. Il la sentit sourire.

— Ne sais-tu pas tout ce que tu es pour moi ? dit-il. Sans parler des enfants. D'ailleurs, tu crois vraiment que j'accepterais que tu risques ta vie, que tu meures et que je me retrouve seul avec ces petits monstres ?

Elle se mit à rire, bien qu'il vît des larmes briller aux coins de ses yeux. Elle serra ses mains, puis le lâcha et sortit un autre mouchoir de sa poche.

— *M'aoibhneas* ? demanda-t-elle en s'essuyant le nez. Je ne le connaissais pas, ce mot. Que veut-il dire ?

— « Ma joie. »

Il indiqua la roue du menton et ajouta :

— Comment dit-on, déjà ? « Le bonheur, c'est quelqu'un qui peut te réparer quand tu es cassé. »

Il leur fallut moins d'une heure pour réparer la roue… avec les moyens du bord.

— Il nous faudrait un forgeron pour installer de nouveaux rivets, déclara Brianna en se redressant après qu'ils eurent remis la roue dans l'essieu. Je n'avais que des punaises, quelques vis grossières et un peu de fil de fer, mais…

— Nous conduirons lentement, l'assura Roger.

Il mit sa main en visière pour scruter le ciel.

— Il nous reste environ trois heures de lumière. Il me semble qu'il y a un lieu appelé Bartholomew ou Yaville un peu plus loin sur la route. Avec un peu de chance, il sera assez grand pour qu'on y trouve un forgeron.

Les enfants s'étaient épuisés à courir dans tous les sens, jouant à cache-cache pendant qu'elle réparait la roue. Après un déjeuner consistant avec des pommes de terre bouillies (délicieuses avec un peu de sel et de vinaigre), des œufs, une bonne cuillerée de choucroute pour la vitamine C et des pommes (ils avaient un sac de petites pommes jaune verdâtre aigres-douces), Mandy dormait à poings fermés, recroquevillée dans la carriole, la tête sur un sac d'avoine. À ses côtés, Jem et Germain bâillaient, résolus à ne pas s'endormir pour ne rien rater de l'aventure.

Roger était dans le même état. La piste s'était élargie en une véritable route… déserte. Il n'avait croisé personne depuis deux heures. Les chevaux avaient ralenti et la forêt autour d'eux défilait lentement, arbre après arbre. C'était reposant, hypno… hypno…

— Hé ! cria Brianna en lui attrapant le bras.

Il sursauta. Par réflexe, il tira sur les rênes et arrêta l'attelage. Les chevaux renâclèrent, leurs flancs luisant de sueur.

— Tu tombes de sommeil, lui dit-elle avec un sourire. Va donc dormir un moment avec les enfants, je vais conduire.

— Non, ça va aller, protesta-t-il.

Il résista à sa tentative de lui prendre les rênes et bâilla à s'en décrocher la mâchoire. Ses yeux larmoyèrent.

— Va t'allonger, répéta-t-elle. Tu en as besoin.

Elle saisit les rênes et fit claquer sa langue pour faire repartir les chevaux.

— Bon, d'accord, convint-il. Mais juste pour un moment.

Il ne pouvait toutefois se résoudre à la laisser seule. Il glissa une main sous le banc et saisit la grande gourde. Il versa un peu d'eau sur son visage, but, puis la reboucha en se sentant légèrement plus alerte.

— Qu'as-tu d'autre dans ton sac magique ? demanda-t-il en remarquant le sac à dos en toile sous le banc. À part tes sachets d'infusion.

— Quelques-uns de mes petits outils, répondit-elle. Des livres, des cadeaux, des jouets pour Mandy et le livre du Grinch que je lui ai dessiné. Elle voulait emporter *Les Œufs verts au jambon*, mais je lui ai expliqué que ce n'était pas possible.

Roger sourit en imaginant la réaction des Brumby et de leurs amis distingués devant le grand livre orange vif. Bree créait peu à peu d'autres versions des livres de Dr. Seuss, avec ses propres dessins et autant du texte original dont Claire et elle pouvaient se souvenir. Moins criardes que les publications du XXe siècle, elles n'auraient attiré qu'un sourire ou un regard perplexe si quelqu'un était tombé dessus.

— Et si tu rencontres un imprimeur à Savannah qui le voit et veut le publier ? demanda-t-il.

Il s'efforçait de ne paraître que modérément curieux. Il avait presque cessé de s'inquiéter du risque d'introduire des fragments du futur dans le XVIIIe siècle. Il demeurait néanmoins sur ses gardes, comme s'il craignait que la Police temporelle fût tapie quelque part en attendant de tomber sur *Horton entend un chou* pour le dénoncer. À qui ?

— Tout dépend de combien il m'offrira, répliqua Brianna sur un ton léger.

Percevant son malaise, elle reprit sur un ton plus sérieux :

— On appelle ça de la fiction historique. Il y a toutes sortes de choses, des idées, des machines, des outils et autres, qui sont découvertes plus d'une fois. D'après maman, la seringue hypodermique a été inventée par au moins trois personnes à la même époque dans différents pays. D'autres choses sont inventées ou découvertes sans avoir aucun effet. Personne ne s'en sert. Ou elles sont perdues et redécouvertes. Elles peuvent attendre des années, voire des siècles, avant qu'on s'y intéresse. Soudain, c'est le bon moment. Elles prennent leur essor et se répandent en entrant dans la culture collective.

Elle poussa son sac du bout des pieds en ajoutant :

— En outre, quel mal y aurait-il à perdre une version bâtarde du *Chat chapeauté* au XVIIIe siècle ?

Il rit malgré lui.

— Personne ne voudrait le publier, dit-il. Une histoire où les enfants désobéissent délibérément à leur mère ? Sans subir d'affreuses conséquences ?

— Comme tu vois. Ce n'est pas la bonne époque pour ce genre de livre. La sauce ne prendrait pas.

Elle semblait s'être remise de sa crise. Sa longue chevelure rousse flottait librement dans son dos. Ses traits étaient animés, mais sereins. Son regard était fixé sur la route.

— Et j'ai Jane, reprit-elle en montrant le sac à leurs pieds. En parlant d'affreuses conséquences.

— La… la sœur de Fanny ?

— J'ai réparé son dessin, et j'ai promis à Fanny que j'en peindrais également une copie pour la rendre plus permanente. Lord John m'a dit que M. Brumby me fournirait les meilleures peintures que l'argent et la solide réputation d'un tory pouvaient acheter à Savannah. Je n'ai pas pu convaincre Fanny de me prêter son dessin, mais elle m'a laissée en faire une copie afin d'avoir une base à partir de laquelle travailler.

— Pauvre fille. Ou je devrais plutôt dire « pauvres filles ».

Bree lui avait raconté ce qu'il était arrivé à Jane.

— Oui, et pauvre Willie. J'ignore s'il était amoureux de Jane ou se sentait juste responsable d'elle. Maman m'a dit qu'il était venu à son enterrement à Savannah, l'air dévasté et avec cet immense cheval. Il l'a donné à pa pour Fanny, après lui avoir confié la petite. Ensuite, il a tout simplement disparu. Ils n'ont pas eu de ses nouvelles depuis.

Roger hocha la tête, ne trouvant rien à répondre. Il avait brièvement rencontré William, neuvième comte d'Ellesmere, des années plus tôt, sur un quai à Wilmington. C'était alors un adolescent, grand et maigre. Sa ressemblance avec Bree était saisissante, si ce n'est qu'il était brun. Il avait une assurance et un port peu communs pour un garçon de son âge. Sans doute était-ce l'un des avantages de naître (du moins en théorie) dans l'aristocratie héréditaire. Ils pensaient réellement que le monde, ou une bonne partie de ce monde, leur appartenait.

— Sais-tu où est enterrée Jane ? demanda-t-il.

— Je sais juste que c'est dans le cimetière privé d'une propriété en dehors de la ville. Pourquoi ?

— Je pourrais y aller. Pour dire à Fanny que j'ai vu sa tombe et récité une prière pour sa sœur.

Elle lui lança un regard attendri.

— Ce serait vraiment bon de ta part. J'interrogerai lord John. Maman m'a dit que c'était lui qui avait organisé les funérailles ; il saura donc où se trouve sa tombe. Nous irons ensemble. Tu crois que ça plairait à Fanny que je fasse un croquis de sa stèle ou ce serait… trop macabre ?

— Je crois qu'elle serait contente.

Il caressa son épaule, lissa ses cheveux en arrière et les lui attacha.

— Tu n'aurais rien de comestible dans ton sac, par hasard ?

52

Le Temps des moissons

De la part du colonel Benjamin Cleveland.
Aux colonels Fraser, de Fraser's Ridge, Caroline du Nord, John Sevier, Isaac Shelby, etc.

Messieurs,

Cette missive pour vous informer que, le 14 du mois prochain, je chevaucherai avec ma Milice parmi les Fermes et les Campements situés entre la Courbe inférieure du Nolichucky et les sources chaudes dans l'intention de harceler et de déloger ceux d'Inclination Loyaliste qui y vivent, et je vous invite à vous joindre à mon Expédition.

Si, comme moi, vous mesurez la Menace que nous nourrissons en notre Sein et considérez qu'il faut l'expurger, amenez vos hommes Armés et retrouvez-moi à Sycamore Shoals le 14.

Votre serviteur,
B. Cleveland.

— Quelles sont tes options ? demandai-je en m'efforçant d'être objective.

— Je peux difficilement ignorer à nouveau la lettre de Cleveland, pas plus que sa syntaxe. Personne ne sait que je l'ai reçue à part toi, Roger Mac et le camelot qui me l'a apportée. Le gros Benjie n'attendra pas longtemps ma réponse. Il aura bientôt rentré ses moissons et il a hâte de se mettre en chasse avant que les grands froids s'installent.

— Cela devrait nous laisser un peu de temps.

— J'aime bien comme tu dis « nous », *Sassenach*, répondit-il avec un petit sourire.

Je rougis.

— Je suis désolée. Je sais que c'est toi qui feras le sale boulot.

— J'étais sérieux, *Sassenach*. Si je suis mis en pièces, qui me recoudra morceau par morceau ?

— Ne plaisante pas avec ça.

Il me dévisagea avec un air légèrement perplexe, puis hocha la tête.

— Ou… je pourrais répondre à Cleveland que j'ai déjà les mains pleines avec les loyalistes locaux et ne peux les laisser seuls au risque qu'ils créent des embrouilles sur le Ridge. Cela dit, je ne tiens pas à l'écrire noir sur blanc dans une lettre. Imagine que l'un des amis de Cleveland mette la main dessus et décide de l'envoyer à l'un des journaux de Cross Creek.

Il avait raison. En ces temps troubles, apposer son nom sur un document politique, quel qu'il fût, revenait à peindre une cible sur son dos. Sur nos dos à tous.

— En revanche, personne vivant à l'ouest de la Caroline du Nord ne peut douter de tes loyautés. Après tout, tu as été l'un des généraux de Washington.

— « … as été », répéta-t-il cyniquement. La moitié des gens qui savent que j'ai été général, l'espace d'un mois environ, pensent aussi que je suis un lâche et un pleutre qui a abandonné ses hommes sur le champ de bataille. Ce qui est vrai. Ils ne seraient pas surpris d'apprendre que j'ai changé de camp et enfilé une tunique rouge.

Rejoindre les *Overmountain Men* pour harceler et massacrer des loyalistes restaurerait sans doute sa réputation de patriote pur et dur.

Je vins me placer derrière lui, posai mes mains sur ses épaules et les pressai.

— Foutaises. Quiconque te connaît ne penserait jamais ça. D'ailleurs, je suis prête à parier que la plupart des gens en Caroline du Nord ignorent totalement que tu t'es battu à Monmouth et ne savent même pas ce qu'il s'y est passé vraiment.

« Ce qu'il s'y était passé ». Effectivement, techniquement parlant, il avait abandonné ses hommes sur le champ de bataille afin de me sauver la vie, même si la bataille était terminée et que ses hommes étaient tous des miliciens dont l'engagement avait pris fin ou prendrait fin le lendemain. Seul le fait qu'il ait formellement démissionné (par écrit) lui avait évité la cour martiale. Sans compter que George Washington était tellement furieux contre Charles Lee pour son comportement sur le champ de bataille qu'il n'allait pas s'en prendre à Jamie, qui s'était vaillamment battu aux côtés de ses hommes.

— Prends trois grandes inspirations et expire. Tes épaules sont dures comme de la pierre.

Il suivit docilement mes instructions, pencha la tête en avant pour que je puisse lui masser la nuque et les épaules. Sa peau chaude et le contact de mes mains sur son corps solide me rassuraient.

— Ce que je ferai, en revanche, dit-il la tête toujours penchée, c'est envoyer à Cleveland et à tous les autres une bouteille de mon whisky de deux ans d'âge avec une lettre leur expliquant que mon orge vient juste d'être fauchée et que je ne peux la laisser pourrir sur place. Autrement, il n'y aura pas de whisky l'année prochaine.

Les *Overmountain Men* étaient des rebelles. Si certains, comme Cleveland, étaient des fanatiques sanguinaires, la plupart ne plaisantaient pas avec le whisky.

— Excellente idée, dis-je avant de déposer un baiser sur son cou. Avec un peu de chance, nous aurons un hiver précoce très enneigé.

Cela le fit rire. La tension dans le bas de mon dos se relâcha un peu. Lorsque j'écartai mes mains, elles me parurent bien vides.

— Prends garde à ce que tu souhaites, *Sassenach*.

La lumière du soleil couchant était derrière nous, dessinant son profil en ombre noire. Je vis un éclat brillant sur l'arête de son long nez droit lorsqu'il tourna la tête et admirai la courbe gracieuse de son cou. Toutefois, ce qui m'émut le plus fut la vue de sa nuque.

Il glissa une main sous sa queue de cheval et se gratta le cuir chevelu. Entre les petits poils qui bordaient la crête formée par son muscle, sa peau brillait dans la lumière pure et blanche.

Cela ne dura qu'un instant. Il dénoua son lacet et secoua sa chevelure en faisant étinceler au soleil une masse couleur bronze et argent.

La réponse diplomate de Jamie à l'invitation de Benjamin Cleveland à chasser le loyaliste dut être jugée acceptable, car nous ne reçûmes pas d'autres lettres et personne ne vint incendier nos champs. Cependant, en prétextant que son orge avait été moissonnée, Jamie n'avait fait qu'anticiper la réalité de quelques semaines.

Désormais, l'orge gisait en gerbes dans les champs. Elle devait être fourrée dans des sacs et transportée pour être battue et vannée aussi rapidement que le pouvaient les petites mains disponibles, à savoir Jamie, moi, Petit Ian, Jenny, Rachel, Bobby Higgins et son beau-fils Aidan. Après une journée de travail éreintante, nous rentrions en titubant à la maison et avalions ce que j'avais pu préparer en hâte avant de partir, généralement un ragoût de haricots, de riz et de tout ce que j'avais trouvé dans la lueur pâle de l'aube, avant de nous effondrer sur notre lit. Sauf Jamie.

Il dînait, s'allongeait devant le feu pendant une heure, se relevait, s'aspergeait le visage d'eau froide, enfilait la moins crasseuse de ses deux chemises de travail et sortait retrouver la milice dans la grande clairière en contrebas de la maison. Pendant que Bobby Higgins entraînait ceux qui s'étaient déjà inscrits, Jamie parlait aux nouveaux venus, les convainquant de s'enrôler, scellant leur accord avec un shilling en argent (il lui en restait seize, cachés dans le talon d'une de ses bonnes bottes), la promesse d'une monture et d'un bon fusil. Après quoi, il prenait l'entraînement en main jusqu'aux derniers feux du soleil. Une fois celui-ci disparu, il se traînait jusqu'à notre lit et s'y laissait tomber à plat ventre, parfois sans prendre le temps de se déchausser.

Les volontaires devaient, eux aussi, s'occuper de leurs moissons et de leur abattage, si bien qu'ils étaient souvent absents. Il en serait ainsi jusqu'à la mi-octobre, m'avait dit Jamie.

— D'ici là, j'aurais peut-être quelques chevaux et des fusils à leur donner.

— J'espère que les amis de Cleveland ont tous des moissons à faire, eux aussi, répondis-je en croisant les doigts des deux mains.

Jamie versa l'eau de l'aiguière sur sa tête, la reposa et resta un moment immobile, les mains sur le meuble de toilette, tête baissée, dégoulinant dans la bassine et sur le plancher.

— Oui, dit-il depuis la caverne de ses longs cheveux trempés. Je l'espère aussi.

Je voyais son dos se gonfler à chacune de ses respirations profondes. Il se redressa enfin, s'ébroua comme un chien mouillé et prit la serviette que je lui tendais.

— Cleveland est riche, dit-il. Il a des employés qui s'occupent de ses champs et de ses bêtes pendant qu'il joue au bourreau. Dieu merci, je n'ai pas ce luxe.

53

Le premier visiteur

Le 16 septembre, notre porte d'entrée se ferma pour la première fois. Elle était magnifique, en chêne massif, poncée et aussi lisse que du verre. Jamie et Bobby Higgins avaient fixé les gonds et hissé la porte dedans avant le déjeuner; ils avaient fini d'installer la poignée et la serrure encastrée (achetée à prix d'or chez un serrurier de Cross Creek) juste avant le coucher du soleil. Jamie la poussa et elle se referma avec un bruit sourd, puis il la verrouilla avec un geste cérémonieux sous les applaudissements de la famille réunie, qui ce soir-là comprenait Bobby et ses trois fils invités à partager notre dîner et à offrir un peu de compagnie à Fanny, à qui Germain, Jem et Mandy manquaient cruellement.

Pendant le dîner, nous avions lancé des paris sur qui serait la première personne à toquer à notre nouvelle porte, les propositions allant d'Aodh MacLennan (qui passait plus de temps chez nous qu'avec sa propre famille) au pasteur Gottfried (un outsider à vingt contre un dans la mesure où il vivait à Salem). À l'aube, Jamie avait déverrouillé la porte et était sorti s'occuper des bêtes. À présent, nous venions de finir de déjeuner et personne n'était encore venu fouler notre seuil vierge.

Je scrutais le fond de mon chaudron pour voir s'il restait assez de soupe, réprimant l'envie de déclamer le fameux discours des sorcières de *Macbeth* en grande partie parce que je ne me souvenais que de « Redoublons, redoublons de travail et de soins : Feu brûle et chaudière bouillonne », avec un vague souvenir de duvet de chauve-souris et de langue de chien, quand un *bang-bang-bang* mesuré résonna dans la maison.

— Ouais ! cria Orrie en bondissant et en renversant sa soupe.

Aidan, Rob et Fanny furent plus rapides. En un instant, ils étaient dans le couloir, courant vers la porte en se disputant pour savoir lequel l'ouvrirait.

— Vous n'avez donc aucune manière, bande de sauvageons, déclara Jamie en arrivant derrière eux.

Il saisit les deux garçons par les épaules et les poussa de côté.

— Toi aussi, Frances ?

Fanny rougit et s'écarta pour lui laisser l'honneur d'ouvrir sa propre porte.

Intriguée, j'étais sortie dans le couloir pour savoir qui avait frappé. Jamie était si grand que je ne voyais pas devant lui. Je l'entendis saluer notre visiteur avec une phrase formelle en gaélique. Il paraissait surpris.

Je le fus aussi lorsqu'il recula et fit signe à Hiram Crombie d'entrer.

Hiram vivait tout à l'ouest du Ridge, en bas du versant. D'ordinaire, il ne s'aventurait hors de son coin de montagne que pour se rendre à l'église le dimanche. Il n'était encore jamais venu chez nous.

Homme sec et austère, il était *de facto* le chef du village de pêcheurs qui avaient émigré, en masse, depuis l'extrême nord de l'Écosse, près de Thurso, pour s'installer sur le Ridge. Je lançai machinalement un regard derrière moi à la recherche de Roger. Les pêcheurs étaient de farouches presbytériens et restaient généralement entre eux. Roger était probablement le seul membre de la maisonnée à être en bons termes avec Hiram, quoique ce dernier eût daigné m'adresser la parole depuis les événements qui avaient entouré la mort de sa belle-mère.

Or Roger était absent. En outre, Hiram n'était pas venu pour une question de religion.

Il avait ôté son chapeau en entrant (son bon chapeau, remarquai-je). Il me salua d'un léger signe de tête, lança un regard vers les enfants, cligna des yeux sans changer d'expression et se tourna vers Jamie.

— Puis-je vous toucher un mot, *a mhaighister*?

— Euh... Oui, bien sûr, monsieur Crombie.

Jamie lui indiqua la porte de son bureau, connu de tous comme « la pièce où on touchait un mot ».

En emboîtant le pas à Hiram, il croisa mon regard interrogateur et haussa les épaules en écarquillant les yeux. Ce qui voulait dire : « Qu'est-ce que j'en sais? »

Je me débarrassai des enfants en les envoyant au ruisseau chercher des écrevisses, des sangsues, du cresson et n'importe quoi susceptible d'être utile, et m'enfermai dans mon infirmerie, profitant de ce rare moment de paix pour feuilleter les pages de mon *Manuel Merck* tout en tendant l'oreille au cas où Jamie voudrait quelque chose.

L'un des équipements originaux de ma nouvelle infirmerie était un fauteuil à bascule cannelé. Jamie l'avait fabriqué en frêne pour moi, au fil de longues soirées, avec des pieds en demi-cercle en érable franc. Il avait demandé à Graham Harris, notre expert local, de réaliser le cannage, celui-ci m'assurant que le fauteuil me survivrait ainsi qu'à de nombreuses générations après moi. Il m'était très utile pour calmer les bébés et les petits enfants agités que je devais ausculter, ainsi que pour apaiser mon esprit lorsque j'avais besoin de me retirer du monde afin d'éviter d'étrangler quelqu'un.

Pour le moment, l'esprit et le corps tranquilles, je me plongeai dans le chapitre sur la cystite interstitielle.

ADAPTATION DU MODE DE VIE

Dans 90 % des cas, l'état du patient s'améliore avec le traitement, mais les guérisons sont rares. Le traitement doit s'accompagner d'une prise de conscience des éléments déclencheurs afin de les éviter : notamment le tabac, l'alcool, les aliments à forte teneur en potassium et la nourriture épicée.

THÉRAPIES MÉDICAMENTEUSES...

Certes, ces informations ne m'étaient guère utiles. Personne sur le Ridge ne mangeait épicé et mes chances de convaincre quiconque de ne pas fumer, de ne pas boire d'alcool ni de manger de raisin étaient quasiment nulles. Quant aux médicaments, je n'avais que ma bonne vieille écorce de saule blanc. Toutefois, au-delà de ma curiosité, je puisais un grand réconfort dans l'expertise du manuel, dans la sensation que quelqu'un, beaucoup de personnes en fait, avait frayé une voie pour moi. Je n'étais pas totalement seule dans le combat quotidien entre la vie et la mort.

J'avais ressenti ce même genre de réconfort lorsque, alors jeune infirmière, un médecin yankee que j'avais rencontré lors de ma première affectation durant la guerre (« ma » guerre, comme je l'appelais en moi-même) m'avait refilé un exemplaire du *Manuel pour les troupes sanitaires* publié par l'armée américaine.

C'était ainsi que les Yankees nous appelaient, le personnel soignant enrôlé dans l'armée : les troupes sanitaires. Lors de ma première semaine dans un hôpital de campagne, ce nom me faisait rire (lorsque je n'étais pas en train de pleurer, le visage enfoui dans un oreiller). Néanmoins, il était juste. Nous nous battions avec tout ce que nous avions et la propreté n'était pas le moindre de nos outils.

C'était toujours le cas pour moi.

La quantité d'eau qu'un homme moyen doit consommer quotidiennement varie selon la quantité d'activité physique qu'il fait et la température atmosphérique ; la moyenne se situe entre trois et quatre pintes en plus de ce qu'il absorbe avec sa nourriture. Pendant les déplacements à pied, cette quantité est limitée par la capacité de la gourde de deux pintes et doit être très soigneusement gérée.

Une eau est dite « potable » quand elle est buvable sans danger. Une eau potable est une eau non contaminée ; aussi claire et cristalline soit-elle, elle n'est pas potable si elle est située dans un lieu où elle peut être souillée par des matières fécales, de l'urine ou le drainage de terres fumées. On croit souvent à tort que toutes les eaux de source sont pures ; de nombreuses sources, notamment celles qui n'ont pas un débit constant, sont alimentées par des eaux de surface.

Je devrais copier ce passage dans mon propre journal, pensai-je en regardant le gros cahier noir posé sur une étagère sous un bocal de sangsues. Peut-être que ce journal, un jour, aiderait un autre médecin, l'armant avec ma propre expérience et mes propres connaissances.

Je feuilletai lentement le Merck puis m'arrêtai sur un titre : *Paludisme*. Avait-on avancé dans son traitement ? J'avais vu Lizzie Beardsley deux semaines plus tôt. Elle m'avait assuré qu'elle prenait bien l'herbe des jésuites que m'avait donnée Mme Cunningham… mais je l'avais trouvée pâle et ses mains tremblaient lorsqu'elle avait changé le lange du petit Hubertus. Sous mon insistance, elle avait avoué ressentir « quelques vertiges, de temps en temps ».

Pas étonnant. L'aîné de ses quatre enfants n'avait pas encore cinq ans et, si l'un des Beardsley (appelons un chat un chat et disons l'un de ses deux maris) restait à la maison pour effectuer les travaux extérieurs pendant que l'autre chassait, pêchait ou posait des pièges, Lizzie s'occupait de toutes les tâches ménagères lourdes en plus d'allaiter un nourrisson, de nourrir et de surveiller les autres.

— De quoi donner des vertiges à n'importe qui, dis-je à voix haute.

Lorsque je passais plus de quelques minutes dans la cabane des Beardsley, j'étais étourdie.

J'entendis des voix dans le couloir. M. Crombie prenait congé de Jamie. Ils paraissaient cordiaux.

Qui lirait mes écrits? me demandai-je. Outre mon journal de bord, il y avait le petit recueil de vulgarisation médicale que j'avais publié à Édimbourg deux ans plus tôt. Il contenait des conseils utiles sur l'hygiène des mains et l'importance de bien cuire les aliments. Mon journal contenait des informations plus précieuses: mes notes sur la production de pénicilline (aussi rudimentaire soit-elle), mes dessins de bactéries et de microorganismes pathogènes accompagnés d'une brève interprétation de la Théorie microbienne, une explication de l'administration d'éther en tant qu'anesthésique (plutôt qu'un remède par inhalation pour le mal de mer, comme c'était le cas pour le moment), et...

— Ah, tu es là, *Sassenach*.

Jamie venait de passer la tête à l'intérieur de l'infirmerie avec une expression qui me fit refermer brusquement le Merck et me redresser.

— Alors, que s'est-il passé? Un des Crombie est souffrant?

Je me levai en dressant déjà un inventaire de ma sacoche de premiers secours. Jamie fit non de la tête, entra et referma la porte derrière lui.

— Les Crombie sont en pleine forme, m'assura-t-il. Ainsi que les Wilson, les Baikie et les Greig.

— Ah tant mieux, dis-je en me rasseyant dans le fauteuil à bascule. Que voulait donc Hiram?

Il retrouva son expression étrange.

— Frances, répondit-il.

— Elle n'a que douze ans, pour l'amour de Dieu! m'exclamai-je. Comment ça, il veut ta permission pour que son frère lui fasse la cour? Et quel frère, d'ailleurs? J'ignorais qu'il en avait un.

— C'est son demi-frère. Cyrus. Le grand qui a l'air d'une tige d'orge montée en graine. Ils l'appellent *a'Chraobh Ard*. Tu n'aurais rien à boire ici, *Sassenach*?

— Celle-ci, dis-je en lui montrant une bouteille avec une tête de mort dessinée à la craie. C'est du gin à la rhubarbe. «*A'Chraobh Ard*»?

Je souris malgré moi. Le jeune homme en question (il était très jeune, quinze ans à peine) était effectivement très grand. Il dépassait Jamie d'un ou deux pouces. Il était également aussi filiforme qu'une pousse de saule.

— Qu'a donc Hiram dans la tête? demandai-je. Son frère est trop jeune pour se marier. Et Fanny encore plus.

— Je sais.

Il saisit une tasse sur le comptoir, examina son fond d'un œil suspicieux, le huma et se versa une généreuse dose de gin.

— Hiram le reconnaît lui-même. Il dit que Cyrus a vu la petite à l'église et aimerait lui rendre visite... d'une manière officielle. Hiram ne veut pas qu'on se méprenne sur ses intentions, ni qu'on les prenne pour un manque de respect.

— Ben voyons.

Je me levai et me servis à mon tour un peu de gin. Il avait un délicieux arôme assorti à son goût, sucré avec une touche acide.

— Qu'a Hiram réellement en tête ? répétai-je.

Jamie sourit et heurta sa tasse contre la mienne.

— La milice, répondit-il. Entre autres choses, mais surtout elle.

J'étais surprise. Bien qu'Hiram fût coriace (comme tous les pêcheurs que j'avais rencontrés), je ne l'avais jamais vu avec une arme, hormis lors d'un jeu de tir occasionnel. Il en allait de même des autres hommes de Thurso. Quant à monter à cheval…

— Le capitaine Cunningham a recommencé à prêcher la guerre, ce qui met Hiram mal à l'aise, reprit Jamie.

Je n'avais pas assisté aux messes du capitaine récemment. Je savais qu'il était loyaliste. En outre, il y avait ce Partland qui avait tenté de lui livrer des armes.

— Tu crois qu'il veut essayer de monter sa propre milice ? Ici ?

Voilà qui serait gênant.

— Je ne pense pas, répondit Jamie, songeur. Le capitaine a ses limites et je le crois assez sage pour en être conscient. En revanche, il y a ses amis… Granger et Partland. S'ils envisagent de créer une unité de miliciens loyalistes, ce dont je ne doute pas, le capitaine les soutiendra probablement. Il en parlera à sa congrégation et incitera les hommes à s'y joindre.

C'était étrange. Le whisky réchauffait le corps alors que le gin semblait le rafraîchir. À moins que ce ne fût de parler de milices qui déclenchait des frissons dans le bas de mon dos.

— Hiram ne se laissera pas convaincre par le capitaine Cunningham, n'est-ce pas ? Certes, le capitaine n'est pas un papiste, mais, du point de vue d'Hiram, les méthodistes ne valent guère mieux.

— C'est vrai. Je doute qu'il soit allé écouter beaucoup de sermons de Cunningham. Mais d'autres membres de la communauté de Thurso y vont.

— Pour se divertir ?

— En grande partie, oui. Le capitaine n'est pas très doué pour le spectacle de guignol, ni même aussi bon que Roger Mac. Cependant, on peut l'écouter et discuter de ses sermons. Or, les cousins d'Hiram en discutent, et cela ne lui plaît pas.

— Et par conséquent… il veut que son demi-frère courtise Fanny ?

Même avec une bonne dose de gin dans le gosier, je ne voyais pas le rapport.

— En fait, il ne s'agit pas vraiment de Frances.

Il saisit la bouteille de gin et huma son goulot.

— À la rhubarbe, dis-tu ? Si j'en bois encore, vais-je avoir la diarrhée ?

— Je ne sais pas. Tu verras.

Je lui tendis ma tasse pour qu'il me resserve et demandai :

— S'il ne s'agit pas de Fanny, alors de quoi s'agit-il ?

— D'une alliance, pas formelle naturellement, mais d'un lien entre Hiram et moi. Il sent bien vers où le vent tourne et, le moment venu, il lui sera plus facile de me rejoindre et d'amener certains de ses hommes s'il existe… une entente amicale entre nous.

— Bordel de merde !

Je pris un moment pour réfléchir puis poursuivis :

— Tu n'envisages pas sérieusement de marier Fanny avec l'un des Crombie ! Nous sommes peut-être en guerre, mais ce n'est pas la guerre des Deux-Roses, avec des mariages dynastiques tous azimuts. Je ne voudrais pas te voir finir comme le duc de Clarence, noyé dans une barrique de malvoisie avec un tison chauffé au rouge enfoncé dans le derrière.

— Pas encore, *Sassenach*, répondit-il en riant. Et non, je ne laisserai pas Cyrus importuner Frances, ni même lui parler formellement, si cela lui déplaît. Toutefois, le garçon m'a l'air doux et gentil. Si ses visites ne la dérangent pas... cela pourrait aider Hiram lorsque j'aurai besoin de lui et de ses hommes.

J'essayai d'imaginer Hiram Crombie chevauchant au combat aux côtés de Jamie et, étonnamment, cela ne me parut pas si saugrenu. Mis à part l'aspect chevauchant... Les gens de Thurso, s'ils se servaient parfois de mules ou d'une vieille carne pour le transport, se méfiaient des chevaux et préféraient marcher. Il y avait toujours l'infanterie...

— Je ne veux pas que Frances se sente mal à l'aise, dit-il. Je lui parlerai et j'aimerais que tu lui parles aussi. De femme à femme, tu sais ?

— Entre femmes, tu parles ! marmonnai-je.

Pourtant, il avait raison. Fanny en savait beaucoup plus sur les dangers d'être une femme que n'importe quelle adolescente de douze ans. Même si je doutais que Cyrus représentât une menace pour elle, je devais la rassurer et l'assurer qu'elle était parfaitement libre de refuser sa cour.

— D'accord, acceptai-je à contrecœur. Sais-tu quelque chose sur Cyrus, hormis le fait qu'il est grand ?

— Hiram m'a dit beaucoup de bien de lui. Il lui a fait ce que je crois être un très grand compliment.

— Lequel ?

Il finit son verre d'une traite et le reposa avant de répondre :

— Il a dit que Cyrus pensait comme un poisson.

Lorsque j'abordai prudemment le sujet avec Fanny, elle ne parut pas opposée à des visites plus formelles de Cyrus.

— Le problème, c'est qu'il ne parle pas vraiment l'anglais, fit-elle, méditative. Beaucoup de gens dans cette partie du Ridge ne le parlent pas. C'est Germain qui me l'a dit.

Germain avait raison. Si la plupart des pêcheurs ne parlaient que le gaélique, c'était l'une des raisons pour laquelle leur communauté était restée si soudée et se tenait à l'écart des autres habitants du Ridge.

— J'apprends le *gàidhlig*, ajouta-t-elle en le prononçant correctement. Cyrus pourra m'aider.

— Pourquoi ? demandai-je, surprise. Je veux dire, pourquoi apprends-tu le gaélique ?

Elle rougit légèrement sans pour autant baisser les yeux. Cette maîtrise de soi était l'un des aspects de sa personnalité qui m'impressionnait parfois.

— Je les ai entendus chanter à l'église. Plusieurs Wilson ainsi que M. Greig et son frère étaient venus écouter Roger Mac prêcher. Je crois que vous n'étiez pas là ce jour-là, autrement vous vous en souviendriez. Après son sermon, Roger Mac a demandé à M. Greig s'il connaissait… Je ne me souviens plus du nom, mais c'était une chanson en gaélique. Alors ils se sont tous mis à chanter et à battre le rythme en tapant sur les bancs et c'était… c'était… (ses traits s'illuminèrent). Toute l'église est devenue vivante.

— Oh, je regrette d'avoir raté ça.

— Si Cyrus vient me rendre visite, peut-être que sa famille reviendra chanter à l'église.

Une ombre traversa son visage et elle ajouta :

— Et puis, maintenant que Germain et Jemmy sont partis, j'aurais quelqu'un à qui parler, même s'il ne me comprend pas.

Son allusion à Germain m'avait mise mal à l'aise. J'allai trouver Jamie, qui réparait une cloison de la grange que Clarence, dans un accès de colère, avait brisée d'un coup de sabots.

— Tu ne crois pas que tu devrais parler à Hiram avant que Cyrus vienne ? lui demandai-je. Naturellement, on ne tient pas à ce que ça se sache, mais ne pourrais-tu pas faire une allusion au… passé de Fanny ? Si Cyrus a un geste inapproprié, elle pourrait… comment dire… se sentir obligée d'y répondre, non ?

Il s'était rassis sur ses talons pour m'écouter. Il éclata de rire.

— Ne t'inquiète pas, dit-il en se relevant. Cyrus ne la touchera pas, sinon Hiram lui brisera le cou. Il le sait très bien.

— C'est rassurant ! Et tu ne pourrais pas en glisser un mot au garçon directement ? En tant que tuteur de la petite ?

— Non, je lui souhaiterai simplement la bienvenue et le terrifierai par ma seule présence. Il n'osera même pas respirer dans sa direction, *Sassenach*.

— D'accord, dis-je, légèrement dubitative. Je pense qu'elle nous a crus… qu'elle t'a cru, quand nous lui avons promis que nous ne voulions pas faire d'elle une putain, mais… elle a passé la moitié de sa vie dans un bordel, Jamie. Même si elle ne… travaillait pas, sa sœur si, et Fanny était au courant de tout. Ce genre d'expérience laisse des séquelles.

Il resta un instant penché en avant, fixant le sol où une petite pile de crottin indiquait l'humeur de Clarence.

— Tu m'as guéri de bien pire, *Sassenach*.

Il toucha ma main doucement. C'était sa main droite, celle à laquelle il manquait un doigt.

— Ce n'est pas vrai, tu t'es guéri tout seul, protestai-je. Je n'ai fait que… euh…

— Me droguer avec de l'opium et forniquer jusqu'à me ramener à la vie ?

— Ce n'était pas de la fornication, répondis-je sèchement tout en entrelaçant mes doigts avec les siens. Nous étions mariés.

Ses lèvres se pincèrent et ses doigts se resserrèrent autour des miens.

— Ce n'était pas qu'avec toi que je copulais, tu le sais très bien.

Je ne relevai pas. Même si je le savais, je ne l'aurais jamais avoué et refusais d'en discuter.

— Toutefois, tu as raison, reprit-il. Ni toi ni moi ne pourrions en faire autant pour Fanny. Cyrus le peut, peut-être… en ne la touchant pas.

Il baisa ma main, la lâcha et reprit son marteau.

J'avais déjà aperçu Cyrus à l'église. Cependant, à part avoir été surprise par sa taille, je ne lui avais pas vraiment prêté attention. Jamie lui avait demandé de venir à la maison plus tard dans la semaine avec deux de ses cousins pour l'aider à monter les cloisons du deuxième étage. Ce serait l'occasion de le présenter formellement à Fanny.

Deux jours plus tard, j'escaladai l'échelle qui montait au dernier étage de notre maison, qui prenait lentement forme dans un vacarme de cordage, de martèlements et de claquements de toile.

Je trouvai Jamie occupé à mesurer un bord de l'espace ouvert qui deviendrait un jour notre grenier, traçant à la craie des marques qui étaient probablement moins aléatoires qu'elles le paraissaient.

— Je m'étonne que tu n'aies pas le mal de mer, ici perché, lui dis-je.

— Je l'aurais sans doute si je me mettais à y penser. Qu'est-ce qui t'amène, *Sassenach* ? Il est trop tôt pour le repas.

— En effet, mais je t'ai quand même apporté quelque chose à grignoter.

Je sortis de ma poche un petit pain rempli de fromage et de cornichons.

— Tu dois manger davantage. Je peux voir tes os.

Il avait ôté sa chemise et l'ombre de ses côtes était clairement visible sur son dos, sous le réseau décoloré de ses cicatrices.

Il se contenta de me sourire, se releva, saisit le pain et le mordit dans le même mouvement.

— *Taing*.

Il indiqua du menton un point derrière moi.

— Le voilà.

Je me retournai. Cyrus Crombie approchait sur le sentier derrière la maison. Effectivement, il avait l'air d'une grande tige. Une explosion de cheveux bouclés châtain clair lui retombait sur les épaules. Il paraissait nerveux.

— Ne devait-il pas venir avec d'autres Crombie ? demandai-je.

— Si, ils arriveront plus tard. Je suppose qu'il a pris un peu d'avance afin de parler à Fanny sans qu'Hiram lui souffle sur la nuque. Courageux de sa part.

— Ne devrais-je pas descendre pour les chaperonner ?

Cyrus s'était arrêté près du puits et sortait un rouleau de tissu de la sacoche accrochée à sa ceinture.

— Ne t'inquiète pas, *Sassenach*. J'ai expliqué à ma sœur ce qu'elle devrait faire. Elle gardera un œil sur eux sans terroriser le pauvre garçon.

— Parce que tu crois que je le terroriserais ?

Il se mit à rire et engouffra le dernier morceau de pain. En sentant l'odeur de cornichon et de fromage, mon propre ventre gronda.

— Oui, répondit-il après avoir avalé. Ne sais-tu pas que les pêcheurs te considèrent pratiquement comme une sorcière, voire une *banshee* ? Même Hiram fait le signe des cornes dans ton dos quand il s'approche de toi.

Je ne savais pas trop comment le prendre. Certes, j'avais, sans le vouloir, réveillé sa belle-mère d'entre les morts lors de ses funérailles. Bien qu'elle fût à nouveau morte définitivement quelques minutes plus tard, elle avait eu le temps de reprocher à Hiram d'avoir mégoté sur les frais pour son enterrement. J'avais pensé que les effets de cette scène s'étaient depuis estompés.

— Qui était-ce déjà qui voulait construire une tour montant jusqu'au ciel et qui a mal fini ? demandai-je en regardant le vide par-dessus le bord de la plateforme.

— Les hommes de Babel, répondit-il en sortant un papier et un crayon de sa poche. Mais je ne crois pas qu'ils attendaient du monde. Ils ne l'ont construite que pour crâner et ce genre de comportement attire toujours des ennuis.

— Si nous accueillons assez de monde pour justifier autant d'espace, c'est déjà que nous aurons de sérieux ennuis.

Il se tourna vers moi. Il était maigre et fatigué, la peau de ses bras et de ses épaules était brûlée.

— Oui, répondit-il simplement. Nous en aurons.

Le deuxième étage devait accueillir un grenier où entreposer des affaires, loger une gouvernante (si je parvenais à en trouver une), en plus de servir de refuge à nos métayers en cas de besoin.

L'attention de Jamie avait été attirée ailleurs. Il tordait le cou pour regarder en bas. Il me fit signe d'approcher discrètement et je le rejoignis. Cyrus Crombie avait déroulé son morceau de tissu et étalé ses outils – un maillet, un burin et un couteau – sur la margelle du puits. Il avait hissé un seau. Il trempa ses doigts dans l'eau et les agita sur ses biens. Comme il parlait à voix basse, je ne pouvais l'entendre, avec le gémissement du vent.

— Il bénit ses outils ? chuchotai-je à Jamie.

— Oui, bien sûr, répondit-il, l'air ravi. Les presbytériens ont beau être des hérétiques, ils n'en croient pas moins en Dieu. Je ferais mieux de descendre l'accueillir.

54

Lever de lune

Je fus extirpée d'un profond sommeil par Jamie qui jaillit hors du lit. Ce n'était pas inhabituel et, comme chaque fois, je me redressai brusquement, hébétée, la bouche sèche et le cœur battant comme une perceuse à colonne.

Il était déjà dans l'escalier. J'entendis le bruit de ses pieds nus sur les dernières marches et, par-dessus, un tambourinement frénétique contre la porte d'entrée.

Je me secouai et rejetai les couvertures. *Pour lui ou pour moi ?* fut la première pensée cohérente qui se forma dans mon esprit brumeux. Lorsque nous étions ainsi réveillés en pleine nuit, ce pouvait être parce qu'un événement violent exigeait l'aide de tous, comme un incendie dans une cabane ou quelqu'un ayant rencontré un puma chassant au bord d'une source. Toutefois, le plus souvent…

Dès que j'entendis la voix de Jamie, ma panique disparut. Il parlait lentement, posant des questions à une cadence indiquant qu'il essayait de tranquilliser quelqu'un. Ce quelqu'un lui répondait d'une voix aiguë et agitée, mais ce n'étaient pas des sons de désastre.

Pour moi, donc. Accouchement ou accident ? Mon esprit s'était totalement réveillé, contrairement à mon corps, qui cherchait d'un côté et de l'autre, incapable de se souvenir où j'avais laissé mes bas. *À cette heure de la nuit, c'est probablement un accouchement.* Malgré tout, l'idée du feu continuait de hanter la périphérie de mes pensées.

Il existait quelque part une notice nécrologique portant mon nom et celui de Jamie, déclarant que nous avions péri dans l'incendie de notre maison. La maison avait bien brûlé, pas nous. Cependant, toute allusion à un incendie me faisait hérisser les poils de la nuque.

J'avais en tête une image claire de ma sacoche de premiers soins que, heureusement, j'avais réapprovisionnée avant le dîner. Elle m'attendait sur le coin de ma table d'opération. Mon esprit était moins clair sur d'autres aspects. J'avais mis mon corset à l'envers. Je l'ôtai et le jetai sur le lit. Je m'aspergeai le visage d'eau devant la bassine en pensant un tas de choses que je ne pouvais dire à voix haute, d'autant plus que j'entendais les pas de Fanny courir sur le palier.

Lorsque je descendis enfin, je la trouvai avec Jamie, parlant à une fille à peine plus âgée qu'elle. Elle était pieds nus, désemparée et ne portait qu'une chemise élimée.

— Ah, la voici justement, dit Jamie en me lançant un regard par-dessus son épaule.

Il avait une main sur l'épaule de l'enfant, comme pour la retenir de s'envoler. Mince comme un fil, elle avait des cheveux blonds et fins emmêlés par le vent. Elle lançait des regards affolés autour d'elle, cherchant de l'aide.

— Claire, voici Agnes Cloudtree, me dit Jamie. Frances, tu veux bien aller chercher un châle pour le lui prêter avant qu'elle meure de froid ?

— Je n'ai-n'ai p-pas…, bégaya la petite.

Elle serrait ses bras contre son torse et grelottait tant qu'elle ne parvenait plus à parler.

— Sa mère est sur le point d'accoucher, m'expliqua Jamie. Elle semble rencontrer des difficultés.

— Nous ne p-p-pouvons p-pas pay…

— Ne t'inquiète pas pour ça, l'interrompis-je en la prenant dans mes bras.

Elle était petite et menue, tout en os et glacée comme un oisillon tombé du nid.

— Tout ira bien, lui dis-je en lui caressant les cheveux. Nous allons auprès de ta mère tout de suite. Où habites-tu ?

S'accrochant à moi pour se réchauffer, elle ne releva pas les yeux.

— Je ne sais pas. Je veux dire… Je ne sais pas comment l'expliquer, mais je peux vous montrer si vous venez avec moi.

Elle n'était pas écossaise. J'interrogeai Jamie du regard. Je n'avais jamais entendu parler des Cloudtree. Sans doute étaient-ils de nouveaux colons. Jamie fit non de la tête. Il ne les connaissait pas non plus.

— Tu es venue à pied, petite ? lui demanda-t-il.

Elle acquiesça.

— Faisait-il encore jour quand tu es partie ?

— Non, monsieur. Il faisait nuit et nous étions tous couchés. Puis ma mère a soudain eu ses douleurs et…

Elle eut un hoquet et ses yeux se remplirent de larmes.

— Et la lune ? demanda Jamie. Était-elle levée quand tu es partie ?

Son ton calme et détaché sembla la rassurer légèrement. Elle acquiesça.

— Elle était bien levée, monsieur. Deux paumes au-dessus de la ligne de la terre.

— Voilà une image bien poétique, lui dis-je en souriant.

Fanny avait apporté mon vieux châle de jardinage. Il était miteux et troué, mais tissé dans une bonne laine épaisse. Je le drapai autour des épaules d'Agnes.

Jamie était sorti sur le porche, sans doute pour évaluer la trajectoire de la lune. Il revint à l'intérieur.

— Cette courageuse petite fille a marché seule dans la nuit pendant trois heures. Mademoiselle Agnes, y a-t-il un sentier convenable qui mène jusqu'à la maison de votre père ?

Elle plissa le front en se demandant ce que « convenable » signifiait dans ce contexte et hocha la tête d'un air incertain.

— Il y a une piste.

Elle lançait des regards de Jamie à moi en espérant que ce serait suffisant.

— Prends Clarence, me lança Jamie par-dessus sa tête. La lune est suffisamment claire. Je t'accompagne.

Nous avons intérêt à nous dépêcher, me disait son expression. Je partageais son avis.

Clarence n'était pas ravi d'être extirpé de son sommeil, ni de devoir transporter deux personnes, même si l'une d'entre elles était une enfant maigrelette. Il ne cessait de souffler et de renâcler sur un ton irascible et grognait chaque fois que je lui donnais un coup de talon pour le faire accélérer. Jamie avait pris Miranda, l'immense jument de Fanny. Elle avait un tempérament flegmatique et aimable, et était suffisamment robuste pour supporter son poids. Bien qu'elle non plus ne fût ravie de cette expédition nocturne, elle avançait docilement entre les trembles, les mélèzes, les peupliers et les pins, grimpant l'étroit chemin escarpé menant au sommet du Ridge.

Clarence la suivait pour ne pas être en reste, même s'il n'était pas pressé. Je perdais régulièrement de vue la masse noire de la jument et de son cavalier et, avec elle, toute notion du tracé du chemin. Je me demandais comment l'enfant avait pu parvenir jusqu'à nous dans le noir à travers les ronces. Ses jambes et ses bras étaient couverts d'écorchures. Elle avait des feuilles et des aiguilles de pin dans les cheveux et sentait la forêt.

La lune était haute dans le ciel à présent, un croissant oblique et traître qui laissait à peine entrevoir des ouvertures dans la forêt sans permettre de voir à plus de trois pieds devant soi.

Agnes était perchée devant moi, sa chemise remontée sur ses jambes pâles qui pendaient de chaque côté comme des tiges de champignon. Je me demandais si elle était partie de chez elle dans un élan de panique ou si cette chemise crasseuse était son unique vêtement. Elle sentait vaguement la graisse de cuisson et le chou brûlé.

Je donnai un bon coup de talons dans les côtes de Clarence. Il agita nerveusement ses oreilles et je n'insistai pas. C'était un bon mulet, mais il n'aurait pas hésité à envoyer valser le cavalier qui l'agaçait.

— Parle-moi de ta mère, demandai-je à Agnes. Quand ses douleurs ont-elles commencé ?

Maintenant qu'elle avait obtenu l'aide qu'elle était venue chercher, elle était moins apeurée et devint plus calme à mesure qu'elle répondait à mes questions.

Mme Cloudtree (y avait-il un M. Cloudtree dans les parages ? Oui, bien que la fillette se fût raidie en le mentionnant) était arrivée presque à terme (bon signe, ce n'était pas une naissance prématurée). Cependant, elle avait cru que la naissance ne surviendrait pas avant deux ou trois autres semaines (un peu tôt, peut-être, mais, même ainsi, le bébé avait toutes ses chances).

Ses douleurs avaient commencé au milieu de la journée. Sa mère avait pensé qu'il n'y en aurait pas pour longtemps. Agnes était arrivée quatre heures après la rupture des eaux, et chacun de ses petits frères encore plus vite. (Autre bon signe, la mère était multipare. Toutefois, dans ce cas, elle aurait dû accoucher rapidement sans complications… ce qui n'était pas le cas.)

Agnes ne pouvait me dire précisément quel était le problème, hormis le fait que le travail durait plus longtemps que la normale. Néanmoins, elle savait qu'il y avait un problème, ce que je trouvai intéressant.

Elle resserra le châle autour de ses épaules et tourna la tête pour tenter de voir mon visage et de me faire comprendre.

— C'est différent des autres fois.

— Tu sens que quelque chose ne se passe pas bien ?

— Je ne sais pas. La dernière fois, quand Georgie est né, j'ai aidé. Et j'étais là quand Billy est arrivé… Même si j'étais trop petite pour aider, j'ai tout vu. Cette fois… c'est différent.

Je lui tapotai l'épaule.

— Nous y serons bientôt, l'assurai-je.

J'aurais aimé lui dire que tout irait bien, mais elle n'était pas sotte. Autrement, elle n'aurait pas couru jusque chez nous dans le noir à la recherche d'aide. Je ne pouvais qu'espérer que rien d'irrémédiable ne se fût produit dans la cabane des Cloudtree depuis son départ.

Je levai la tête vers la lune. Je n'étais jamais parvenue à adapter ma notion du temps aux mouvements des étoiles et des planètes. J'étais donc obligée de calculer le temps à défaut de le connaître d'instinct, comme Jamie. Les vers du poète Alfred Noyes me vinrent en tête : *La lune était un galion fantomatique jeté sur des mers nuageuses… En effet*, pensai-je en l'apercevant momentanément entre deux hauts pins sombres et odorants. *Et le bandit de grand chemin est venu chevauchant… chevauchant… chevauchant…*

J'avais appris tout ce que je pouvais savoir pour le moment; il était temps d'arrêter de réfléchir. Chaque naissance était différente. *Chaque mort aussi.* Cette pensée me traversa l'esprit avant que j'aie pu l'arrêter et me fit frissonner.

J'essayai d'interroger Agnes sur sa famille. Elle s'était retranchée dans sa propre angoisse et n'était plus disposée à parler. Outre le fait qu'ils avaient construit leur cabane au début de l'été, j'appris uniquement les noms des Cloudtree: Aaron, Susannah, Agnes, William et George.

Parvenu au sommet du Ridge, Jamie s'arrêta à la lisière du Chauve, le nom que donnaient les gens du coin aux hauts prés nus qui couronnaient la montagne. Comme toujours, le paysage était balayé par un vent puissant qui faisait voler le châle que j'avais rabattu sur ma tête et mes cheveux. Dès que Jamie lâcha les rênes de Miranda, celle-ci baissa la tête et se mit à brouter.

Jamie mit pied à terre et nous rejoignit. Maintenant que nous n'étions plus sous les arbres, je le voyais distinctement au clair de lune. Il me sourit en voyant ma chevelure dressée sur mon crâne.

— Ne t'envole pas, *Sassenach*. À partir d'ici, Mlle Agnes va devoir nous guider.

Il tendit la main vers elle.

— Voulez-vous venir avec moi?

Je la sentis se raidir, mais, après un instant d'hésitation, elle acquiesça et se laissa glisser au sol. Clarence s'ébroua et décrivit un demi-tour. Maintenant qu'il était débarrassé d'elle, il considérait apparemment qu'il était temps de rentrer à la maison.

Je tirai de toutes mes forces sur les rênes, l'obligeant à tourner la tête. Il s'ensuivit un bref bras de fer, qui fut résolu lorsque Miranda et ses deux cavaliers se remirent en route, avançant avec la lenteur implacable d'un rouleau compresseur. Un quart d'heure plus tard, nous entrâmes à nouveau dans une région boisée et le territoire cherokee. Une encoche blanche, visible dans la lueur de la lune, marquait l'un des arbres témoins de la Ligne du traité.

Le terrain était assez dégagé pour me permettre de voir Jamie me lancer un regard par-dessus son épaule. Je lui fis un signe de la main indiquant que j'avais remarqué. Une naissance prématurée n'était pas le seul risque encouru par la famille d'Agnes si elle s'était installée sur les terres indiennes. J'étais contente que Jamie fût venu. En cas de besoin, il parlait suffisamment le cherokee pour se faire comprendre.

Agnes devait sortir de temps en temps de sous les arbres pour se repérer. Elle pouvait lire les étoiles, m'avait-elle dit. Enfin, une heure plus tard, nous aperçûmes une faible lueur filtrant sous les peaux huilées qui protégeaient les fenêtres d'une cabane.

Je mis pied à terre et décrochai ma sacoche.

— Je m'occupe des chevaux, me dit Jamie en prenant les rênes de Clarence.

Agnes était déjà devant la porte, s'agitant tel un papillon de nuit. De là où je me tenais, je pouvais entendre les cris gutturaux d'une femme en plein travail.

La porte s'ouvrit brusquement de l'intérieur et Agnes tomba sur le seuil. Une grande silhouette sombre la hissa sur ses pieds et la gifla.

— Où étais-tu, bon sang ?

Le claquement sec fit dresser les oreilles de Clarence. Lorsqu'il fut suivi de cris aigus de petits enfants, il fit demi-tour et trotta vers la forêt.

— Reviens ici, bougre de crétin ! lui criai-je.

— *Iffrin !* jura Jamie en se mettant à courir derrière lui.

— Qui diable êtes-vous ?

En me retournant, je vis un jeune Cherokee se tenant dans la lumière vacillante de la porte ouverte. Il s'appuyait contre le chambranle, ses longs cheveux emmêlés et sa chemise tachée de sang.

J'inspirai profondément, redressai le dos et marchai droit sur lui.

— Je suis la sage-femme. Écartez-vous et allez vous asseoir.

Je n'attendis pas de vérifier s'il m'obéissait, je passai devant lui et entrai.

Ma patiente était affalée sur une chaise d'accouchement rudimentaire, penchée en avant, les bras ballants, ses cheveux blond sombre rendus presque noirs à la racine par la sueur, leurs extrémités retombant sur son ventre énorme. Ses jambes et ses pieds étaient très enflés. Deux petits garçons, d'environ cinq et trois ans, s'accrochaient à sa jambe en braillant.

Agnes, les traits livides hormis pour la marque rouge vif sur sa joue, prit l'aîné par le col et le tira en arrière.

— Viens ici, Billy. Et toi aussi, Georgie. Tout de suite !

En percevant l'angoisse dans sa voix, ils se tournèrent et s'accrochèrent à elle en gémissant. Agnes me lança un regard implorant.

— Tout ira bien, lui dis-je doucement. Éloigne les petits, je m'occupe de ta mère.

Je m'agenouillai pour examiner le visage de celle-ci. Un œil bleu injecté de sang me regarda en retour à travers un rideau de mèches emmêlées. Un œil voilé par la fatigue, mais conscient.

— Je m'appelle Claire, dis-je en posant une main sur son ventre.

Elle portait une chemise sale, si transparente que je voyais son nombril protubérant.

— Je suis sage-femme. Je suis venue vous aider.

— Seigneur, chuchota-t-elle.

Je n'aurais su dire si c'était une prière ou l'expression de sa stupeur. Puis ses traits se crispèrent et elle se recroquevilla en émettant un son bestial.

Gardant une main sur elle, je me penchai pour regarder à travers l'ouverture de la chaise d'accouchement. Une étroite tranche de crâne pâle apparut tandis qu'elle poussait, puis elle disparut.

Je ressentis la décharge d'adrénaline qui accompagnait toujours une naissance imminente, suivie d'une autre décharge, d'angoisse cette fois.

Quelque chose n'allait pas, mais pas du tout. Je me relevai et, les contractions s'interrompant, saisis la femme par les épaules et l'aidai à se redresser. N'ayant aucune serviette sous la main, je relevai mes jupes et essuyai son visage avec mon jupon.

— Depuis combien de temps poussez-vous ? lui demandai-je.

— Depuis trop longtemps, répondit-elle sans desserrer les dents.

Je me penchai à nouveau. Maintenant que son ombre ne gênait plus ma vue, je constatai que son périnée était violacé et très enflé. L'enfant était coincé. À chaque contraction, le crâne était sur le point de sortir et n'allait pas plus loin.

— Bordel de merde, marmonnai-je.

En la voyant écarquiller les yeux, je me repris aussitôt :

— Ne faites pas attention. Aux prochaines contractions, adossez-vous au mur.

Son mari (je supposai que c'était l'homme qui avait giflé Agnes) était sorti de la cabane et apostrophait la nuit dans un mélange incohérent de cherokee et d'anglais.

J'ôtai ma cape et mon châle en m'efforçant d'analyser calmement la situation.

Il y avait des stries sanglantes sur ses cuisses et des taches de sang sur le sol en terre battue. Il était sombre, avec de gros caillots visibles. Rien d'anormal : ce n'était que l'expulsion du bouchon muqueux. Elle avait perdu les eaux depuis un certain temps déjà. Il faisait chaud et il régnait dans la petite pièce une odeur fétide et féconde de marais jurassique.

Les contractions se produisaient toutes les minutes et étaient puissantes. J'avais juste le temps entre deux spasmes de palper son ventre lorsqu'il se détendait. À la seconde tentative, il me sembla percevoir… (les muscles abdominaux se contractèrent à nouveau telle une ceinture d'acier et je comptai les secondes dans un murmure, les mains toujours sur le ventre) oui ! Je savais où se trouvait la tête. L'enfant était-il tourné vers l'arrière ? Je pressai à nouveau sur le ventre relâché à la recherche d'une épine dorsale…

— Aaaargh !

— Tout ira bien, Susannah. Comptez avec moi… Un, deux…

— Rrrrraâh !

Je comptai en silence. La contraction dura vingt-deux secondes. Là, l'épine dorsale… Je sentis l'angle d'un coude et, un peu plus bas, une courbe qui devait correspondre au dos… Mais ce n'en était pas un.

— Putain de merde.

Susannah émit un son qui pouvait être un gémissement ou un rire épuisé. Toute mon attention était concentrée sous mes doigts. Ce n'était pas la courbe d'un dos, ni des fesses. C'était celle d'un autre crâne.

Elle disparut avec la contraction suivante. Je gardai mes mains sur le ventre et, dès que le spasme diminua, je le palpai frénétiquement. Ma première pensée, le souvenir d'un enfant à deux têtes vu dans un bocal à liqueur, s'effaça, suivie par un mélange de soulagement et d'inquiétude.

— Ce sont des jumeaux, informai-je Susannah. Vous le saviez ?

Elle fit lentement non de la tête.

— J'ai pensé… peut-être. Vous… en êtes sûre ?

— Oh oui !

Mon ton la fit rire à nouveau, juste avant qu'une autre contraction la saisisse.

Si nous n'étions pas devant un cas de déformation monstrueuse, un autre problème se présentait : si le premier bébé ne pouvait pas sortir, c'était peut-être qu'il était coincé par un cordon ombilical, mort ou emmêlé avec son jumeau.

Je continuai à palper le ventre, essayant de me faire une image mentale de la situation à l'intérieur… La seule chose dont j'étais relativement sûre était que le placenta ne s'était pas encore décollé… *Un placenta ou deux ? S'il n'y en a qu'un, il peut être arraché lors de la première naissance, provoquant un décollement qui tuera la mère.* Compte tenu de la position de la tête du bébé, il pouvait y avoir des gallons de sang accumulés derrière lui. Je relevai les yeux vers le visage de Susannah. Non. Si elle faisait une hémorragie, elle serait blême et perdrait connaissance. Or, elle était rouge vif et toujours combative.

Nous n'avions pas beaucoup de temps. Deux cordons ombilicaux, chacun pouvant être enroulé autour d'un cou, coincé entre l'enfant et l'os pelvien, écrasé par une contraction et privant l'un des enfants d'oxygène…

Je parcourus rapidement la liste des problèmes possibles. Je pouvais en éliminer certains en m'appuyant sur ce que je voyais et sentais (comme la perspective angoissante d'un couple de siamois), et d'autres parce que je ne pouvais rien y faire quoi qu'il arrive. Cela en laissait tout de même quelques-uns.

L'enfant ne bougeait toujours pas. Il était vivant, je sentais un pouls lorsque je parvenais à toucher brièvement sa tête. Il était orienté convenablement, le visage vers le bas. Je sentais les sutures pariétales de son crâne. Mais… il ne bougeait pas !

Mes épaules étaient endolories, ainsi que mes genoux et mes hanches à force d'être agenouillée. J'avais une main dans le vagin de Susannah et l'autre sur son ventre, sondant à travers les parois de chair et de muscles, cherchant à identifier les membres minuscules. La transpiration abondante de Susannah me facilitait la tâche, me permettant de sentir des mouvements. Une contraction puissante écrasa mes doigts entre un crâne et l'os pelvien. Susannah hurla et je me mordis la lèvre pour ne pas en faire autant.

Avec une telle force, une femme qui avait déjà accouché trois fois aurait dû expulser le bébé comme un savon dans une main mouillée. Je compris enfin ce qui n'allait pas.

— Les jumeaux sont enchevêtrés, dis-je aussi calmement que possible.

L'un d'eux, au moins, était vivant. J'étais trempée de sueur et avais la bouche sèche. Quelqu'un avait posé un verre d'eau près de moi. Je bus une longue gorgée afin de pouvoir parler à nouveau.

— Susannah, repris-je en me penchant sur elle pour la regarder dans les yeux. Les bébés ne peuvent pas sortir. *Je* ne peux pas les sortir. Si nous continuons ainsi, ils mourront et vous pourriez mourir aussi.

Je repris ma respiration. Elle posa sa main sur la mienne, par-dessus son ventre dur.

— Attendez, chuchota-t-elle.

Elle serra ma main et nous chevauchâmes ensemble la contraction suivante. Quand elle fut passée, elle haleta :

— Quoi d'autre ?

— Je peux vous ouvrir le ventre et sortir les bébés. Ce sera horrible et douloureux, mais…

— Ce ne peut pas être pire que ça, répondit-elle avec un petit rire rauque qui ressemblait à un croassement.

Je baissai la tête et posai un instant mon front sur son ventre, essayant de contrôler mes émotions et de me préparer à la suite.

— Vais-je mourir ? demanda-t-elle.

— C'est très probable. Mais je pourrai peut-être sauver les bébés. Je ferai de mon mieux.

Elle acquiesça et agrippa mon épaule, tandis qu'une autre contraction la saisissait. Lorsqu'elle fut passée, elle pantela :

— Sauvez-les.

L'urgence me procura un regain d'énergie. Je me relevai et, pour la première fois, regardai autour de moi. La cabane était petite et chichement meublée, avec un lit et une paillasse roulée à son pied. Il y avait une table, des bancs et un chaudron sur le feu. À ma surprise, je vis Jamie, déroulant calmement sur la table le baluchon qui contenait mes instruments chirurgicaux.

— D'où sors-tu ? demandai-je. Où est M. Cloudtree ?

Il indiqua la porte d'un mouvement de la tête.

— Il ronfle comme un bienheureux. Ivre mort.

J'aperçus un petit visage blême dans l'entrebâillement de la porte. C'était Agnes, l'air affolé.

— Occupe-toi de tes frères, petite, lui dit Jamie. Tout ira bien.

J'adressai à l'enfant un sourire que j'espérais rassurant et, me rapprochant de la table, commençai à sortir de ma sacoche ce dont j'aurais besoin.

— Tu as entendu ce que j'ai dit à la mère ? chuchotai-je à Jamie.

— Oui, et la petite l'a entendu aussi, répondit-il à voix basse.

Il se tourna vers la porte. Agnes s'y tenait toujours. Lorsqu'elle me vit me retourner, elle se glissa à l'intérieur.

— Les garçons dorment dans la remise avec papa, dit-elle précipitamment. Laissez-moi vous aider. Je vous en prie, laissez-moi aider.

— Agnes ? dit Susannah en relevant péniblement la tête.

Avant que j'aie pu réagir, Agnes se précipita vers sa mère et jeta ses bras autour de ses épaules. Son visage ruisselait de larmes.

— Tout ira bien, maman. C'est M. Fraser qui l'a dit.

Susannah leva un bras qui semblait peser une tonne et écarta ses cheveux avec son poignet pour regarder Jamie.

— C'est ce que vous dites, monsieur… monsieur Fraser ?

— Oui, répondit-il.

Elle devint violette, se mordit la lèvre et souffla bruyamment par le nez en baissant la tête. Lorsque la douleur diminua, elle la releva péniblement.

— Votre femme, elle, dit que je vais mourir.

— C'est que j'ai plus foi en elle qu'elle-même. À vous de choisir qui vous voulez croire.

Il me lança un regard.

— Que dois-je faire, *Sassenach* ?

— Elle doit s'allonger, répondis-je. Peux-tu la porter jusqu'au lit ? Vite.

J'avais pris ma décision et déjà étalé mes instruments sur le banc.

Susannah cessa de haleter et rouvrit les yeux.

— Pas sur le lit ! Vous allez souiller mon bon matelas en plumes ! Aaaargh.

Elle se recroquevilla à nouveau comme une crevette. Agnes respirait si fort que je craignis qu'elle s'évanouisse. Je n'avais pas le temps de m'occuper d'elle pour le moment.

— Par terre, dans ce cas, tranchai-je. Agnes, recule.

À nous deux, Jamie et moi parvînmes à soulever Susannah, à la tourner et à l'étendre sur le sol. Elle était terriblement lourde et glissante. Elle atterrit sur la terre battue avec un bruit sourd et poussa un cri, tandis que Jamie lâchait un juron particulièrement blasphématoire en gaélique.

— Merde, marmonnai-je.

Je saisis la bouteille d'alcool dilué, retroussai sa chemise trempée et en aspergeai son ventre énorme, blanc et strié de vergetures d'un rouge violacé.

Je pris mon scalpel le plus lourd.

— Jamie, tiens-la... Oh! Tu la tiens déjà, parfait.

Je marmonnai en moi-même : « Jésus, Marie et sainte Brigitte, aidez-moi... »

Je posai la pointe du scalpel juste sous son nombril. Au moment où je m'apprêtai à pratiquer l'incision, Susannah hurla comme si je l'avais piquée avec un aiguillon. Elle releva les genoux, enfonça les talons dans le sol, se cambra, se laissa retomber et...

— Qu'est-ce que c'est que ça ? demanda Jamie en baissant la tête.

— C'est une tête, répondis-je. Poussez, Susannah ! Poussez !

Elle ne m'avait pas attendue. Avec un cri féroce, elle poussa de toutes ses forces et le bébé jaillit effectivement comme un savon dans une main mouillée. Je l'attrapai au vol. Un garçon. Je lui nettoyai le nez et la bouche, le retournai et donnai une petite tape sur ses fesses. Ses dernières se contractèrent et se détendirent en libérant un jet de matières fécales sombres. Il émettait de petits bruits semblables à ceux de sa mère, en moins fort.

— Agnes ! criai-je.

Elle était déjà à mes côtés. Je détachai précipitamment mon tablier, enveloppai le bébé dedans et le lui collai dans les bras.

Accroupi à mes côtés, son *sgian dubh* à la main, Jamie me demanda :

— Je coupe le cordon ?

— Oui.

Sans attendre, j'enfonçai ma main dans le canal utérin, cherchant une autre tête.

Dans l'espace étroit et glissant, je ne la trouvai pas. Je fermai les yeux pour mieux voir. *Rien qu'un pied*, priai-je. *Rien qu'un pied*... Une nouvelle puissante contraction arriva, très différente, comme une vague déferlant à travers le corps de Susannah, suffisamment lente toutefois pour que je puisse écarter ma main à temps. Et je le trouvai... Un pied minuscule, ses orteils inertes teintés d'un bleu surnaturel.

— Merde, merde, merde...

Me rendant compte que je marmonnais des paroles incohérentes, je serrai les mâchoires. Je savais qu'il était trop tard, mais que pouvais-je faire d'autre ? Je fouillai à nouveau à l'aveuglette et, cette fois, trouvai facilement l'autre pied. Facilement parce que le bébé ne bougeait pas.

Je me sentis soudain loin, tandis que le petit corps immobile glissait entre mes mains. Une minuscule fille. Je savais qu'elle était partie. Dans mon entêtement, je tentai de souffler la vie dans ses poumons inertes, mes doigts sur son petit torse, espérant malgré tout… Mais elle n'était plus là.

La joie de la première naissance m'habitait toujours. J'entendais le nouveau-né crier son indignation, les halètements de Susannah, des chuchotements, le crépitement des flammes, le bouillonnement du chaudron sur le feu… Le tout était enveloppé dans un silence. Je ne sentais que les battements de mon cœur. C'était paisible. Le chagrin ne m'avait pas encore atteinte. J'essuyai avec l'ourlet de ma jupe le petit visage et les yeux fermés qui ne s'ouvriraient jamais. Puis je déposai l'enfant sur le linge qu'Agnes m'avait apporté et me tournai vers la mère.

— Vous avez un fils, Susannah, dis-je doucement. Agnes, amène-le, s'il te plaît.

Elle s'exécuta, se mordant la lèvre d'un air concentré. Pour un prématuré et un jumeau, il avait un poids raisonnable, même s'il ne devait pas dépasser cinq livres et demie. Je le déposai sur la poitrine de Susannah et elle l'enlaça doucement en tenant sa tête.

— Tout ira bien, mon chéri, lui dit-elle d'une voix éraillée à force d'avoir tant crié. Ne t'énerve pas.

Elle ferma les yeux et demanda :

— Et l'autre ?

— Je suis désolée, répondis-je doucement en serrant sa main. Vous avez un fils.

Le nouveau-né vrombissait comme un frelon en colère. Elle le plaça sur son sein et guida son mamelon dans sa bouche. Le bruit cessa aussitôt.

La sueur me piquait les yeux et me coulait dans le cou. Je me rassis sur mes talons et m'essuyai le visage sur ma jupe. Susannah ravala son souffle, et sa jambe sur mon épaule se raidit. L'arrière-faix arrivait. J'écartai le cordon ombilical encore accroché au corps inerte posé devant la cheminée et le placenta se déversa tel un foie de chevreuil, sombre et sanglant. Susannah grogna à nouveau, et le second placenta suivit.

— Agnes, étends une couverture sur ta mère. Susannah, je vais vous masser le ventre pour aider votre utérus à se contracter et arrêter le saignement.

En me tournant pour saisir un linge hygiénique dans ma sacoche, j'aperçus Jamie. Il était agenouillé devant l'âtre, contemplant la fillette morte avec une expression qui me cloua sur place.

En sentant mon regard, il releva les yeux et nous lûmes le même nom sur nos visages respectifs.

Faith. Je hochai la tête, ma gorge se resserrant avec la même douleur que lorsque je l'avais perdue. Jamie baissa la tête et posa sa paume sur le petit corps froissé, le couvrant presque entièrement. Une larme tomba et scintilla sur le dos de sa main, une autre sur le front de l'enfant, parée de reflets rouges dans la lueur du feu.

Mue par le plus profond des souvenirs, je me penchai de côté, la soulevai et la tins contre ma poitrine, sa petite tête dans ma main en coupe. En un instant, je tenais ma fille perdue. Je fermai les yeux, écrasée de chagrin. Je savais que je devais la reposer et poursuivre mon travail. J'en étais incapable. Je sentais les battements lents de mon cœur contre ce minuscule corps fragile dont la chaleur déclinait.

Je ne pouvais la lâcher. Je ne pouvais laisser Faith partir. Ils avaient dû me l'arracher des bras. Me laissant vide, seule, entre les murs de pierre froide de l'hôpital des Anges.

Mon nez coulait, la morve chatouillant ma lèvre. Je m'essuyai sur ma manche, tenant toujours l'enfant contre mon sein, écoutant mon cœur se briser à nouveau.

Jamie tendit les mains vers moi.

— Donne-la-moi, chuchota-t-il.

— Je ne peux pas. Je ne peux pas.

Je baissai la tête et me balançai doucement sur mes genoux, sentant mon cœur battre dans ma poitrine, dans mes oreilles, dans mes doigts, essayant de compenser le cœur qui ne battrait jamais.

Je n'aurais su dire depuis combien de temps j'étais prostrée ainsi, recroquevillée autour de l'enfant, essayant futilement de lui transmettre ma chaleur, ma vie. Il ne se passa rien de soudain, aucun son, aucun mouvement. Toutefois, au milieu de ce chagrin, je me rendis lentement compte qu'il se passait quelque chose… En réalité, ce quelque chose avait toujours été là, je ne le sentais qu'à présent.

— Claire ?

La main de Jamie se posa sur mon épaule. Je la saisis de ma main libre et la tins. Me raccrochant à sa chaleur, à sa force.

— Reste, dis-je autant à lui qu'à l'enfant. *Reste.*

Mon cœur. Je le sentais toujours, distinctement, lent et régulier. Je lâchai Jamie. Il ne retira pas sa main. Tenant l'enfant sur un bras, je glissai la mienne dans son dos, cherchant. Aucune sensation, rien de perceptible… Pourtant, il y avait quelque chose.

Je pressai légèrement sur son dos, attendis l'espace d'une respiration, pressai à nouveau. Puis encore. J'entendais les battements de mon propre cœur, je le pressais dans son dos et dans sa poitrine.

Pousse.

Mes doigts étaient chauds, l'enfant aussi. *Ce doit être le feu*, pensai-je vaguement. Le crépitement des flammes et mon cœur qui battait la chamade. *Boum-boum, boum-boum, boum-boum.* Soudain, j'entendis Roger me racontant la manœuvre du Dr McEwan, une main sur la poitrine de Buck, la tapotant lentement et patiemment, encore et encore, au rythme d'un battement de cœur.

Boum-boum… boum-boum… boum-boum…

Il y avait d'autres bruits dans la pièce, des voix douces, le crachotement d'une bûche incandescente, le vent sous le toit, le bruissement des pins et un son d'eau remuée. Le mouvement, la chaleur, la vie. La main de Jamie sur mon épaule. J'entendais tout, sentais tout, comme si cela se passait ailleurs, dans un autre monde. Je n'étais plus qu'un battement de cœur.

Au bout d'un temps hors du temps, je sus que nous étions deux dans ce son, partageant un battement de cœur, la conscience de la vie. Mes doigts tapotaient, lents et assurés.

Boum-boum... boum-boum...

Malva... Je vis son visage dans le potager, je sentis l'odeur du sang et de la naissance. Le petit corps que j'avais sorti de son ventre, à peine vivant. Une étincelle bleue dans mes mains, qui avait diminué et s'était éteinte.

Une étincelle bleue. Je la regardai et la fixai intensément, lui commandant de rester, la tenant dans le creux de mes mains.

Boum... Mes doigts s'immobilisèrent et un petit bruit répondit.

Boum.

Je pris progressivement conscience de mon propre souffle et de la solidité de Jamie. Je me rendis compte qu'il me tenait debout, un bras autour de ma taille, l'autre main sur mon sein, au-dessus de la tête de l'enfant. Je relevai les yeux, aveuglée par le néant brillant dans lequel j'avais été plongée, et distinguai la silhouette d'une enfant se détachant devant le feu, son corps sombre et maigre apparaissant sous sa chemise blanche.

— J'ai coupé le cordon pour vous, madame Fraser, dit Agnes. Et j'ai massé le ventre de maman comme vous l'aviez dit. Voulez-vous une tasse de cidre ? Papa a bu toute la bière.

— Oui, elle veut bien, répondit Jamie en me lâchant doucement. Mais d'abord, apporte donc une petite couverture pour ta sœur.

Il faisait sombre dehors. La lune s'était couchée et l'aube ne tarderait plus. Il faisait froid, mais je ne le sentais pas.

J'avais fini par laisser Jamie me prendre la petite fille. J'avais senti ses mains sur moi lorsqu'il l'avait portée, chaudes et assurées, son visage rempli de lumière. Il s'était agenouillé, avait donné l'enfant à Susannah et posé une main sur elle en bénédiction.

Ensuite, il m'avait drapée dans ma cape et m'avait entraînée à l'extérieur. Je ne sentais plus le sol sous mes pieds et ne voyais pas la forêt. L'air frais fleurant bon le pin se déposa tel un baume sur ma peau.

— Tu vas bien, *Sassenach* ? me chuchota-t-il.

Je m'étais adossée à lui sans m'en rendre compte. J'ignorais où mon corps commençait et où le sien se terminait. Des parties de moi semblaient flotter dans une sorte de nuage d'exaltation.

Les mains de Jamie tremblaient lorsqu'il toucha mon visage. *Sans doute la fatigue*, pensai-je. La même petite vibration continuait de me parcourir du sommet du crâne jusqu'à la plante des pieds, comme un courant électrique de basse tension.

De fait, j'étais passée de l'autre côté de l'épuisement, comme cela arrivait parfois au cours d'un grand effort. On sait avoir épuisé toute son énergie corporelle et, pourtant, on a l'esprit incroyablement clair et une étrange capacité à poursuivre, à continuer à bouger. Parallèlement, les couches qui séparent la chair et la pensée deviennent transparentes, et l'on voit tout à la fois de l'extérieur et du plus profond de soi.

— Je vais bien, répondis-je avant de me mettre à rire.

Je laissai mon front retomber sur son torse et respirai lentement. Mes morceaux épars retrouvèrent peu à peu leur place jusqu'à ce que je me sente à nouveau entière, l'enchantement de l'heure précédente se dissipant en laissant derrière lui un sentiment de paix.

Au bout d'un moment, je redressai la tête.

— Jamie, de quelle couleur sont mes cheveux ?

C'était une question absurde. Il faisait nuit noire et nous étions dans une forêt. Néanmoins, il releva mon menton pour m'observer.

— De toutes les couleurs de la terre, répondit-il en lissant ma chevelure en arrière. Mais là, tout autour de ton visage, ils sont de la couleur du clair de lune, *mo ghràidh*.

55

Le venin du vent du Nord

Rachel se réveilla brusquement, totalement alerte, sans savoir ce qui l'avait tirée du sommeil. Elle tourna la tête pour voir si Ian était réveillé lui aussi. C'était le cas. Il plaqua une main sur sa bouche et elle se figea. Il faisait sombre dans la pièce. Cependant, dans la lueur des braises, elle distinguait suffisamment ses traits pour comprendre la mise en garde dans son regard.

Elle battit des paupières, une fois, et il ôta sa main. Il resta parfaitement immobile et elle fit de même. Son cœur battait si fort qu'elle craignait de réveiller Oggy blotti entre eux.

De fait, il battait si fort qu'elle n'entendait rien. Ian tendait l'oreille. Son long corps n'avait pas bougé et, pourtant, il semblait s'être enroulé sur lui-même comme un serpent prêt à bondir. Elle ferma les yeux, se concentrant.

Le vent avait soufflé toute la nuit. Les cônes du grand cèdre rouge au bord de la cabane n'avaient cessé de battre contre le toit. Toutefois, c'était un son que Ian aurait reconnu…

Soudain, il se redressa sur un coude. Elle le vit humer l'air et l'imita par réflexe. *Du tabac.* L'instant suivant, il était sorti du lit et, nu comme un ver, se dirigeait vers la porte.

Elle se détendit. C'était donc un ami. Elle entendit des voix sur le porche. Ian réapparut, lui sourit, saisit une couverture pliée sur le coffre et ressortit en refermant la porte derrière lui.

Dérangé par le mouvement, Oggy remua en reniflant. Elle se leva en hâte afin d'utiliser le pot de chambre avant qu'il se réveille complètement. Ce n'était pas un enfant patient.

Son châle autour des épaules et l'enfant accroché à son sein, elle s'approcha de la fenêtre près de la porte. Elle était couverte d'une peau huilée et clouée au chambranle pour empêcher les courants d'air. Bien qu'elle ne pût rien voir, elle entendait assez bien ce qu'il se passait sur le porche.

Cela ne lui servait pas à grand-chose. Les visiteurs (elle détecta au moins deux voix en plus de celle de Ian) étaient des Indiens et parlaient dans leur langue. Peut-être était-ce Bradford Héron Debout et un ami des villages cherokees venus chasser le puma qui rôdait près du ruisseau. C'était rassurant : plus ils étaient nombreux, plus ils seraient en sécurité. Sans doute.

Elle s'apprêtait à aller vérifier la quantité de porridge qu'il restait dans la marmite au cas où les visiteurs resteraient pour le petit-déjeuner quand un mot l'arrêta net. Elle serra Oggy si fort contre elle qu'il émit un petit « oumph ! » et cessa un instant de téter.

Lorsqu'il se remit à l'œuvre avec une férocité redoublée, elle le remarqua à peine. Ce n'étaient pas des Cherokees, mais des Mohawks. Et le mot qui l'avait arrêtée était *Wakyo'teyehsnonhsa*.

Elle ne prit pas le temps de reposer l'enfant ni de s'habiller. Elle sortit sur le porche, sentant les planches glacées sous ses pieds nus. Le jour commençait à se lever et elle vit les visages non de deux mais de trois Mohawks, qui inclinèrent poliment la tête devant elle.

L'un d'eux dit à Ian quelque chose qui le fit tousser. Il lui lança un bref regard de biais. Il avait enroulé la couverture autour de sa taille et la vue de ses mamelons durcis par le froid faisait se dresser les siens. Oggy s'étrangla et toussa, répandant du lait sur le devant de sa chemise. Les Indiens restèrent impassibles.

— Tes amis sont les bienvenus, Ian, dit-elle en s'efforçant de desserrer les dents. Veulent-ils partager notre petit-déjeuner ?

Ils comprenaient l'anglais, car ils entrèrent aussitôt dans la cabane. Alors que Ian allait les suivre, elle le retint par le bras.

— Que se passe-t-il ? chuchota-t-elle.

— Il y a eu un massacre.

Elle constatait à présent qu'il était perturbé, ses traits tendus par l'inquiétude.

— Une colonie a été attaquée. Ce n'étaient que quelques maisons, mais ils étaient tous des whigs. C'était Joseph Brant et quelques-uns de ses hommes. Or des combattants de Burk Hollow ont effectué un raid sur un village mohawk en représailles.

Il se retourna vers la porte, mais elle ne le lâcha pas, le forçant à se tourner à nouveau vers elle.

— Et ta femme ? J'ai compris qu'ils sont venus te donner de ses nouvelles. Vivait-elle dans ce village ? A-t-elle été tuée ?

Il lui répondit bien qu'il n'en eût visiblement aucune envie.

— Je ne sais pas. La dernière fois que Regarde la Lune l'a vue, elle était vivante, mais c'était il y a cinq mois.

Il fixa un point derrière elle et elle devina qu'il regardait le sommet de la montagne sur lequel une fine couche de neige était apparue une semaine plus tôt. Travaille avec ses Mains et ses enfants vivaient loin dans le Nord. *À quelle distance ?* se demanda-t-elle en rabattant son châle sur la tête d'Oggy.

Regarde la Lune avala la dernière bouchée de dinde et de pommes de terre écrasées, rota bruyamment pour manifester son appréciation à Rachel, puis lui tendit son assiette avant de reprendre son récit. Il s'exprimait principalement en mohawk, les quelques parties en anglais traitant des mésaventures d'un cousin qui avait croisé le chemin d'un élan enragé.

Rachel prit l'assiette et la remplit à nouveau en imaginant ses hôtes baignant dans la lumière du Christ. Ayant grandi orpheline et dans l'indigence, elle avait une bonne pratique de ce genre de chose et fut donc en mesure de sourire à Regarde la Lune tandis qu'elle déposait l'assiette à nouveau pleine à ses pieds.

À toute chose malheur est bon, pensa-t-elle en lançant un regard vers le berceau. La conversation des hommes avait bercé Oggy dans un état de torpeur. Elle attira le regard de Ian, lui fit un signe vers l'enfant et partit savourer le plaisir rare d'une mère : dix minutes seule dans les latrines.

Elle en ressortit l'esprit et le corps apaisés. Elle n'avait pas envie de retourner dans la cabane. Elle envisagea un instant de marcher jusqu'à la Grande Maison, mais Jenny y était déjà allée lorsqu'il était devenu évident que les Mohawks passeraient la nuit chez les Murray. Bien qu'elle appréciât beaucoup sa belle-mère, et aimât Oggy et Ian à la folie, elle ne voulait pas de leur compagnie pour le moment.

L'air du soir était froid sans être mordant, et elle avait un bon châle en laine épaisse. Une lune gibbeuse se levait dans un champ d'étoiles. La forêt automnale, riche des effluves piquants des conifères et de l'odeur plus douce des feuilles mortes, exhalait un souffle de paix divine. Elle grimpa le sentier qui menait au puits, s'arrêta pour boire de l'eau fraîche, poursuivit son chemin et émergea un quart d'heure plus tard sur un promontoire rocheux qui, le jour, offrait une vue sur les montagnes et les vallées qui s'étiraient à l'infini. De nuit, c'était comme se trouver au bord de l'éternité.

La paix se diffusa en elle avec la fraîcheur de la nuit. Elle la cherchait, l'accueillait. Toutefois, il demeurait une ombre dans son esprit, une brûlure dans son cœur qui contrastait avec l'immense quiétude qui l'entourait.

Ian ne lui mentirait jamais. Il le lui avait promis et elle le croyait. Néanmoins, elle n'était pas sotte au point de penser qu'il lui disait tout ce qu'elle voulait savoir. Or, elle avait très envie d'en savoir plus sur Wakyo'teyehsnonhsa, la femme mohawk que Ian appelait Emily… et aimait.

Peut-être était-elle toujours en vie, peut-être pas. Si elle était encore de ce monde, quelle était sa vie ?

Pour la première fois, elle se demanda quel âge avait Emily et à quoi elle ressemblait. Ian ne le lui avait jamais dit et elle ne le lui avait jamais demandé. Cela ne lui avait pas semblé important, jusqu'à présent…

Bah. Elle n'aurait qu'à lui poser la question lorsqu'elle serait seule avec lui. Animée d'une nouvelle détermination, elle orienta son visage vers la lune, ouvrit son cœur à la lumière intérieure et se prépara à attendre.

Près d'une heure plus tard, elle sentit un mouvement dans l'obscurité et Ian apparut soudain à ses côtés, un point chaud dans la nuit.

— Oggy est réveillé ? demanda-t-elle en resserrant son châle autour d'elle.

— Non, il dort comme une souche.

— Et tes amis ?

— Eux aussi. Je leur ai donné un peu du whisky d'oncle Jamie.

— Très généreux de ta part, Ian.

— Je n'avais pas vraiment l'intention de les endormir, mais si cela peut renforcer ta haute opinion de moi, je veux bien dire que je l'ai fait exprès.

Il caressa sa joue, repoussa une mèche de cheveux derrière son oreille et déposa un baiser sur son cou, indiquant clairement ses intentions. Elle hésita un instant et, lorsqu'il glissa une main sous ses jupes, elle s'allongea sur son châle et s'abandonna à lui sous le ciel étoilé.

Qu'il n'y ait plus que nous deux, une fois de plus, pensa-t-elle. *Et s'il pense toujours à elle, qu'il l'oublie pour le moment.*

Ce fut ainsi qu'elle ne lui demanda pas à quoi ressemblait Emily jusqu'à ce que les Mohawks fussent enfin partis, trois jours plus tard.

Ian ne feignit pas de ne pas comprendre pourquoi elle lui posait la question.

— Petite, répondit-il en tenant sa main à environ trois pouces au-dessus de son coude.

Donc, quatre pouces de moins que moi…

— … soignée, avec un joli visage.

— Si elle est belle, tu peux me le dire, déclara Rachel. Je suis quaker, nous ne sommes pas enclins à la vanité.

Elle vit ses lèvres frémir. Il ravala ce qu'il s'était apprêté à ajouter et répondit sincèrement :

— Elle était ravissante. Je l'ai rencontrée au bord de l'eau, dans un bassin de la rivière, là où l'eau s'étend sans le moindre remous, mais où tu sens quand même l'esprit de la rivière qui l'habite.

Elle se tenait dans l'eau jusqu'à mi-cuisse, sa tunique relevée autour des hanches et retenue par une écharpe rouge. Elle brandissait une mince lance en bois et guettait les poissons.

— Je n'arrive pas à penser à elle… en ses parties, dit-il.

Il fit un geste gracieux, comme s'il suivait la courbe de la joue de Wakyo'teyehsnonhsa, puis longeait son cou et son épaule.

Il s'éclaircit la gorge et reprit :

— Je pense à elle de temps en temps, pas souvent. Mais quand c'est le cas, je pense à elle tout d'une pièce et je ne sais pas te dire avec des mots à quoi elle ressemble.

— Pourquoi ne penserais-tu pas à elle ? dit Rachel le plus doucement possible. Elle était ta femme, la mère de… de tes enfants.

— Oui, murmura-t-il en baissant la tête.

Emily lui avait donné un enfant mort-né et avait fait deux fausses couches. Rachel se dit qu'elle n'avait pas choisi le meilleur endroit pour cette conversation. Ils se trouvaient dans la remise qui servait également de petite étable. Dans l'enclos juste devant eux, une truie était couchée sur le flanc, une douzaine de porcelets bruyants se bousculant et s'accrochant à ses mamelles comme un symbole de fertilité.

— Je dois te dire quelque chose, Rachel, déclara-t-il en relevant brusquement la tête.

— Tu sais que tu peux tout me dire, répondit-elle.

Elle était sincère, même si elle redoutait ce qu'elle allait entendre.

— Les enfants d'Emily... Je les ai rencontrés lorsque je l'ai vue la dernière fois. Les deux derniers sont de Wapiti du Soleil, et le premier, le garçon... Elle m'a demandé de donner un nom à son petit dernier, ce qui est un grand honneur, mais j'ai préféré nommer l'aîné. Je l'ai appelé Le Plus Rapide des Lézards, parce qu'il attrapait des lézards à mains nues lorsque j'ai fait sa connaissance. Nous... nous sommes bien entendus. Je suis désolé, Rachel, je sais que je n'aurais pas dû, mais je ne le regrette pas.

— Je vois...

En réalité, elle ne voyait pas, même si elle commençait à sentir un nœud se former dans le creux de son ventre.

— Donc, tu es en train de me dire que...

— Je crois qu'il est de moi. Il est né quelques mois après mon départ. C'est que... Je ne sais pas si je t'ai dit que, pour les Mohawks, quand un homme couche avec une femme, leurs esprits s'affrontent...

— Je ne peux pas leur donner tort, mais... (Elle agita une main devant elle, s'interrompant elle-même.) Continue.

— Si l'esprit de l'homme vainc celui de la femme, elle tombe enceinte.

Il glissa un bras autour de ses épaules, sa grande main chaude se posant sur son coude.

— Tante Claire s'est peut-être trompée à propos de ces bestioles dans le sang... Après tout, notre petit homme est en bonne santé. Peut-être était-ce le sang d'Emily qui...

Il posa son front contre le sien et ils se tinrent les yeux dans les yeux.

— Je ne sais pas, Rachel, mais...

Le cœur de Rachel s'était fait si petit qu'elle l'entendait à peine.

— Nous devons y aller, dit-elle. Naturellement, nous devons y aller.

56

Une bonne quakeresse

— Tu ferais une bonne quakeresse, tu sais ?

Rachel retint une branche de laurier pour laisser passer sa belle-mère chargée d'un grand panier de couture. Rachel elle-même portait Oggy endormi dans l'écharpe nouée autour de ses épaules.

Janet Murray lui lança un regard torve et émit ce son que Claire appelait en secret « un bruit écossais », mélange de grognement et de gargouillis. Il pouvait signifier tout et n'importe quoi : de l'amusement, de l'approbation, du mépris, de la dérision ou un geste violent imminent. Pour le moment, Rachel pensait plutôt que sa belle-mère était amusée. Elle lui sourit.

— Tu es franche et directe. Honnête, du moins je le crois. Je ne t'ai jamais surprise à mentir.

— Attends de me connaître mieux avant de me juger. Je sais très bien mentir quand le besoin s'en fait sentir. Que suis-je d'autre ?

Oui, elle était clairement amusée. Rachel le voyait dans ses yeux bleu sombre. Elle réfléchit un moment en souriant et traversa précautionneusement un passage escarpé où un éboulis avait effacé le sentier.

— Tu es charitable, bonne. Tu n'as peur de rien.

Elle se retourna pour prendre son panier à Jenny, tandis que celle-ci se retenait à des branches pour garder l'équilibre.

— Peur de rien, moi ? Pfff…, fit-elle. Je suis transie de peur depuis que j'ai dix ans, *a leannan*. C'est simplement qu'on s'habitue à ne pas le montrer.

Elle reprit son panier et Rachel remonta contre elle Oggy, dont le poids avait doublé depuis qu'il s'était endormi.

— Que s'est-il passé quand tu avais dix ans ? demanda-t-elle, intriguée.

— Ma mère est morte.

Bien que Jenny eût répondu sur un ton détaché, Rachel sentit le chagrin dans sa voix, aussi clair que le cri de la grive solitaire.

— La mienne est morte à ma naissance, fit-elle. Je ne peux pas dire qu'elle me manque, car je ne l'ai jamais connue, mais naturellement…

— Ceux qui prétendent qu'on ne peut pas regretter ce qu'on n'a pas connu se trompent.

Jenny effleura la joue de Rachel avec sa petite paume chaude puis ajouta :

— Fais attention où tu mets les pieds. Le terrain est glissant.

Gardant les yeux sur le sol, Rachel enjamba un passage boueux où une minuscule source gargouillait.

— Je rêve parfois d'une femme, j'ignore qui elle est. C'est peut-être ma mère. Elle paraît bonne, mais elle ne dit pas grand-chose. Elle se contente de me regarder.

— Elle te ressemble ?

Rachel haussa les épaules en soutenant Oggy d'une main sous ses fesses.

— Elle a les cheveux noirs et je ne me souviens jamais de son visage à mon réveil.

— De toute manière, tu ne sais pas à quoi elle ressemblait vivante, opina Jenny, l'air méditatif. J'ai connu la mienne et, si tu veux savoir à quoi elle ressemblait, tu n'as qu'à regarder Brianna. C'est le portrait craché d'Ellen MacKenzie Fraser, en un peu plus grande.

Rachel trouvait sa cousine par alliance un peu intimidante, même s'il était clair que Ian l'aimait.

— Tu disais que tu as toujours eu peur depuis la mort de ta mère ?

Elle n'avait jamais rencontré quelqu'un qui paraissait moins peureux que Jenny. La veille, elle l'avait vue affronter un énorme raton laveur sur le porche, le chassant à coups de balai et d'imprécations écossaises en dépit de ses griffes impressionnantes et de son aspect menaçant.

Jenny changea son panier de main avec un grognement d'effort. Le sentier rétrécissait. Il avait beaucoup plu la veille et le sol était bourbeux même dans les endroits dégagés.

— Oh, je n'avais pas peur pour moi, *a nighean*. Je ne me suis jamais inquiétée d'être tuée ou de mourir. Non, j'avais peur pour *eux*. Peur de ne pas être capable de prendre soin d'eux.

— Eux ?

— Jamie et père. J'ignorais comment m'occuper d'eux. Je savais bien que je ne pouvais pas remplacer ma mère, ni pour l'un ni pour l'autre. Je croyais qu'ils mourraient sans elle.

Et tu serais restée complètement seule, pensa Rachel. *Voulant mourir toi aussi sans savoir comment. Pourquoi cela semble-t-il plus facile pour les hommes ? Ne pensent-ils pas qu'on a besoin d'eux ?*

— Tu t'es pourtant bien débrouillée, observa-t-elle.

— J'ai enfilé le tablier de ma mère et j'ai préparé leur dîner, répondit Jenny avec un haussement d'épaules. C'est tout ce que je savais faire. Les nourrir.

— Je suppose que c'est le plus important.

Rachel baissa la tête et effleura le crâne d'Oggy des lèvres. Sa seule présence rendait ses seins sensibles et douloureux. Jenny le remarqua et esquissa un sourire triste.

— Oui, quand ils sont petits, ils ne sont que besoin. Puis ils quittent le nid et tu as de nouveau peur tout le temps. Parce que tu connais les dangers qui les guettent et tu ne peux plus les protéger.

Rachel hocha la tête. Elles poursuivirent leur chemin en silence, traversant le petit bois de chênes et longeant la prairie avant le taillis de trembles au sein duquel se trouvait leur cabane.

Elle avait pensé laisser Ian l'annoncer à sa mère. Toutefois, l'humeur entre elles était pleine d'amour et l'esprit l'incita à parler.

— Ian compte se rendre au nord, dans la colonie de New York.

Oggy se réveillait. Elle le hissa contre son épaule et lui tapota le dos.

— Il s'inquiète pour sa... euh...

— L'Indienne avec qui il était marié ? déclara Jenny. Oui, quand j'ai appris le massacre, je me suis dit qu'il voudrait y aller.

Rachel ne perdit pas de temps à se demander comment Jenny pouvait être déjà au courant. Les nouvelles se répandaient à travers le Ridge comme la teinture indigo sur un tissu mouillé.

— Je l'accompagnerai, dit-elle.

Jenny hocha la tête.

— C'est ce que j'ai pensé.

— Vraiment ?

Rachel était surprise et légèrement vexée. Elle s'était attendue à un choc et à une dispute, à ce que sa belle-mère tente de la dissuader.

— Il t'a parlé de ses enfants morts, n'est-ce pas ? demanda Jenny.

— Oui, avant notre mariage.

Le poids d'Oggy dans ses bras était une double bénédiction. Elle savait combien Ian avait craint de ne jamais pouvoir engendrer un enfant.

— C'est un homme honnête, déclara Jenny. Et bon par-dessus le marché. Mais je doute qu'il fasse un jour un bon quaker.

— Moi aussi, admit Rachel. Cela dit, on peut toujours croire aux miracles.

Jenny se mit à rire. Elle s'arrêta devant le porche et posa son panier afin de racler la boue sous ses semelles. Elle tint ensuite le bras de Rachel afin qu'elle fasse de même sans perdre l'équilibre.

— Sans peur, as-tu dit ? lui demanda-t-elle, l'air songeur. Les Amis n'ont peur de rien ?

— Nous ne craignons pas la mort, car nous vivons en préparation d'une vie éternelle auprès de Dieu, expliqua Rachel.

— Si le pire qui puisse t'arriver est la mort et que tu n'en as pas peur, alors… tu as sans doute raison.

Son visage se froissa soudain et elle se mit à rire.

— Peur de rien…, reprit-elle. Il faudra que j'y réfléchisse à tête reposée… que je m'y fasse. Toutefois…

Elle indiqua Oggy du menton. En sentant l'odeur de la maison, il se réveillait et cherchait le sein de Rachel.

— Tu n'as pas peur pour lui ? De l'emmener sur les routes alors qu'il y a une guerre ?

Elle n'ajouta pas : *Le perdre ne serait-il pas pire que la mort ?* Elle n'en avait pas besoin.

Rachel déboutonna sa blouse et offrit son sein à Oggy. Elle ravala son souffle lorsqu'il mordit son mamelon puis se détendit en sentant son lait monter. Jenny attendait sa réponse, le regard fixé sur la tête d'Oggy. Rachel lui répondit sur un ton calme :

— Laisserais-tu ton mari parcourir seul sept cents milles pour sauver sa première femme et ses trois enfants, dont un pourrait être le sien ?

Jenny ouvrit la bouche, la referma. Apparemment, il n'existait pas de bruit écossais convenant à l'occasion.

— Non, admit-elle enfin. Tu n'as pas tort.

57

Prêt à tout

Il devait le lui dire, et le plus tôt serait le mieux. Au moins, il avait un plan, que cela lui plaise ou non.

Il pleuvait. De grosses gouttes crépitaient sur le toit en zinc de l'abri des chèvres. En y entrant, Ian trouva sa mère occupée à traire en chantant à tue-tête une chanson de foulage appelée *Mile Marbhaisg Air A'Ghaol*. Elle releva la tête et lui fit signe qu'elle n'en avait plus pour longtemps, après quoi elle entonna *A Thousand Curses on Love*.

Les chèvres levèrent également la tête vers lui. Le reconnaissant, elles se remirent à mâchonner leur foin sans même un frémissement d'oreille. Elles semblaient apprécier les chants, elles n'étaient pas énervées par la pluie, ni par le tonnerre qui grondait au loin et se rapprochait rapidement. Sa mère pressa une dernière fois la mamelle avec un joli petit geste et conclut avec un « *A'Ghaol !* ». Ian applaudit, surprenant les chèvres, qui se lancèrent dans un concert de bêlements.

— Regarde ce que tu as fait, petit imbécile ! le sermonna sa mère, amusée.

Elle libéra la chèvre de la stalle à traite et saisit le seau rempli.

— Tiens, apporte ça dans la maison. Dis à Rachel de ne pas le baratter avant que l'orage soit passé. Je ne sais pas si elle sait que la foudre empêche le beurre de se former.

— Je crois qu'elle sait surtout que tu n'as pas envie de baratter sur la véranda pendant qu'il tombe des cordes, répliqua-t-il. Même quand tu ne risques pas d'être frappée par la foudre.

— Pfff…, fit-elle en rabattant son châle sur sa tête.

Au même moment, la pluie se changea brusquement en grêle.

— *A Mhoire Mhàthair !* s'exclama-t-elle en faisant le signe des cornes. Ne sors pas, tu seras assommé.

Il n'entendit pas la suite. Des grêlons de la taille d'un jarret de porc pétaradaient sur le toit dans un vacarme assourdissant, rebondissant dans l'herbe verte devant l'abri ouvert. Ian posa le seau en lieu sûr où il ne serait pas renversé et s'adossa à la cloison en croisant les bras. Il était prêt à attendre. Il s'était mentalement préparé à faire son discours et ne reporterait pas l'échéance. Il devait en finir une fois pour toutes.

Les chèvres se rapprochèrent de lui, le reniflant familièrement. À part les pans de sa chemise, qu'il avait relevés, elles ne trouvèrent rien à mâchonner. En dépit du souffle froid de l'orage, il faisait agréablement chaud au milieu des bêtes velues et sa nervosité diminua.

Sa mère s'approcha de la chèvre qui lui reniflait le derrière et contempla le paysage orageux d'un air satisfait en grattant la bête derrière les oreilles. La vue était belle. Elle avait choisi elle-même le site pour ses chèvres et il avait construit l'abri ouvert d'un côté de sorte qu'elle puisse voir le mont Roan au loin. Il était particulièrement spectaculaire en ce moment, son sommet disparaissant sous des nuages noirs striés d'éclairs. L'un d'eux, énorme, fendit le ciel. La détonation et l'éclat éblouissant firent sursauter Ian et les chèvres.

Comme si cela avait été un signal, la grêle cessa brusquement et la pluie reprit, plus douce.

— On dirait le blason des MacKenzie, tu ne trouves pas ? demanda Jenny en montrant la montagne au loin. Avec des feux partout.

On voyait effectivement de petites colonnes de fumée au pied des versants, là où la foudre avait frappé des arbres. Rien de grave. Avec la pluie, les feux ne dureraient pas.

— Je n'ai jamais vu le blason des MacKenzie, répondit-il. Il représentait une montagne avec des feux ?

Elle le regarda, surprise, puis acquiesça.

— C'est vrai, j'oubliais. Tout ça avait disparu avant que tu apprennes à marcher.

Elle fronça les lèvres un instant.

— Ton père ne t'a jamais parlé de la devise des Murray ?

— Si, mais je ne m'en souviens pas vraiment… Il y était question de chaînes, non ?

— « Force, fortune et fers. » Autrement dit, rapporte des butins et des captifs.

Ian se mit à rire.

— Ils n'étaient pas un peu belliqueux, les anciens Murray ?

— Pas que j'aie remarqué, répondit-elle avec un haussement d'épaules. Quoique, après tout, ton père se soit bien engagé en France comme mercenaire quand il était jeune. Ton oncle Jamie aussi. Je suppose que ton oncle t'a souvent parlé de la devise des Fraser ? *Je suis prest*.

— Oui, répondit Ian avec un sourire.

Le châle de Jenny était retombé en arrière et sa chevelure nouée luisait comme de l'acier dans la lumière pluvieuse.

— Les Murray ont une autre devise, déclara-t-elle. La première fut créée par le duc d'Atholl, un vieux bougre sanguinaire. La seconde est bien mieux. *Tout prest*.

— Dans le sens de « près de toi » ou « prêt à tout » ?

— Les deux, je suppose. Lorsque Ian et Jamie étaient en France, j'y pensais parfois. *Je suis prest… Tout prest*. Chaque soir, je priais la Vierge que ce soit le cas.

Elle se tut, songeuse, la main posée sur la tête blanche et marron de la chèvre.

Il ne pourrait trouver un meilleur moment. Il toussota dans son poing et se lança :

— En parlant d'être prêt, maman…

En percevant l'hésitation dans sa voix, elle se tourna vers lui.

— Oui ?

— J'ai parlé à Barney Chisholm. Christine et lui t'accueilleront chez eux avec plaisir pendant que nous serons absents, Rachel et moi. Nous partons pour le Nord, pour… pour…

— Pour voir ta femme indienne ? Ne t'en fais pas, j'ai déjà demandé aux filles MacDonald de s'occuper de mes chèvres.

— Tu… as fait quoi ? demanda-t-il, estomaqué.

Elle lui adressa un regard légèrement agacé.

— Tu ne crois tout de même pas que je vais laisser Rachel te suivre seule à travers une guerre avec votre petit asticot brailleur ?

— Mais…

Il n'acheva pas sa phrase. Il connaissait suffisamment sa mère pour savoir qu'elle ne plaisantait pas. Pour toute devise, les Fraser auraient mieux fait de se choisir *Têtu comme une mule*. Il avait suffisamment vu cette expression sur le visage de son oncle Jamie.

Elle repoussa la chèvre qui paraissait tentée par les franges de son châle et reprit :

— En outre, je doute que tu trouves beaucoup d'or chez les Mohawks et je n'aimerais pas te voir les fers aux pieds dans une prison de tuniques rouges.

Il ne pouvait qu'en rire. Il fit néanmoins une dernière tentative pour la forme.

— Tu crois que papa te laisserait faire une bêtise pareille ?

— Ce n'est pas comme s'il était là pour s'y opposer, rétorqua-t-elle. Tiens, prends celui-là.

Elle lui tendit le seau plein et en saisit un autre, tout en poursuivant :

— De toute manière, il n'essaierait pas de me retenir. Le petit Oggy est de son sang, tout comme il est du mien. Ian Mòr serait totalement d'accord avec moi.

Ian ravala le nœud dans sa gorge.

— Tu sens papa à tes côtés ? demanda-t-il, curieux. Moi, oui. Parfois.

Elle lui donna le second seau et ouvrit la barrière qui fermait l'abri. La pluie avait cessé et l'air scintillait autour d'eux, faisant danser des éclats d'argent sous le ciel gris.

— Tu ne cesses pas d'aimer les gens parce qu'ils sont morts, répondit-elle sur un ton de reproche. Je suppose qu'ils ne cessent pas de t'aimer non plus.

— Quel âge a ta mère ? demanda Rachel. Je suis ravie qu'elle vienne, et avoir de l'aide avec le petit sera un grand soulagement. Mais tu sais mieux que moi ce qu'un tel voyage représente.

— Je n'en suis pas sûr, répondit Ian. Je sais seulement qu'elle a deux ans de plus que l'oncle Jamie.

— Ah.

Cela sembla la rassurer légèrement.

— Cela fait à peine un an qu'elle a quitté l'Écosse avec lui, reprit Ian. Elle a traversé l'océan, parcouru des centaines de milles à travers la campagne jusqu'à Philadelphie. Ce voyage sera un peu plus long (il se garda d'ajouter « et un peu plus dangereux »), mais nous aurons de bons chevaux et assez d'argent pour dormir dans des auberges quand nous en trouverons.

Il haussa les épaules et conclut :

— De toute manière, elle a dit qu'elle venait avec nous, alors elle viendra.

58

Les mystères du rosaire

Jamie ne se donnait pas la peine d'être discret. Les ours n'avaient peur de rien. En outre, seul le hasard déterminerait qui verrait l'autre le premier.

Les ombres recouvrant le chemin qui grimpait jusqu'au pré qu'ils appelaient *Feur-milis* étaient encore imprégnées de la froideur de la nuit. Les arbres jaunissants qui le bordaient étaient brillants et alourdis par la pluie de la veille. Jamie avait rabattu son plaid sur sa tête pour se protéger des gouttes. Bien que vieux et élimé, il était encore chaud et étanche. *J'aurais dû dire à Claire que je voulais être enterré dedans si un ours me tue. Il me protégera de l'humidité de la tombe.*

Puis il pensa à Amy Higgins et se signa. Lorsqu'il émergea devant le pré, celui-ci était tapissé par la brume matinale. Trois biches broutant au loin redressèrent la tête et disparurent aussitôt dans le sous-bois dans un fracas de branchage.

Cela répondait à l'une de ses questions : il n'y avait pas d'ours dans les parages. À cette époque de l'année, les ours ne s'intéressaient pas aux biches et aux chevreuils. Les ruisseaux étaient gorgés de poissons, la forêt abondait de tout ce dont raffolait un ours, depuis les larves et les champignons jusqu'aux arbres remplis de miel (il espérait que sa proie en avait trouvé un récemment, cela donnait un délicieux arrière-goût à sa graisse). Toutefois, les biches avaient des opinions très arrêtées sur les carnivores en général et ne s'attardaient pas sur les détails quand il s'en présentait un.

Il traversa le pré et marcha lentement à sa périphérie en cherchant des traces. Il ne trouva qu'un tas de vieilles déjections sous un pin et des griffures sur le tronc d'un vieil aulne. Bien que celles-ci fussent relativement récentes, la sève avait déjà durci. Jo lui avait dit avoir vu un ours dans le pré cinq jours plus tôt. De toute évidence, il n'y était pas revenu depuis.

Jamie s'immobilisa un moment, le visage tourné vers la brise qui agitait les hautes herbes. Un vague fumet piquant flottait dans l'air ; ce n'était pas un ours. Un cerf se trouvait dans les parages, attiré par les biches bien que ce ne fût pas encore tout à fait la période du rut.

Un autre bruit attira son attention. Le chœur de bêlements lui annonça qui approchait bien avant que sa sœur apparaisse sur le chemin en tenant quatre chèvres au bout d'une longue corde. Elle portait un fusil de chasse et lançait des regards curieux autour d'elle.

— Que comptes-tu faire au juste avec ça, *a phiuthair* ? lui lança-t-il.

Elle ne l'avait pas vu dans l'ombre et, surprise, braqua son arme droit sur lui.

— Hé, ne tire pas ! C'est moi !

— Crétin, grommela-t-elle en abaissant le fusil. Que veux-tu dire ? À ton avis, que peut-on faire avec un fusil ?

— Si c'est un ours que tu chasses, ton arme le fera peut-être saigner du museau, guère plus.

Il portait son propre fusil en bandoulière, chargé et amorcé. Il n'arrêterait probablement pas un ours attaquant, mais si la bête était seulement curieuse il pourrait la faire fuir.

— Un ours ? répéta Jenny. C'est donc ça que tu mijotes. Claire se posait la question.

Elle libéra ses chèvres, qui se précipitèrent aussitôt dans les hautes herbes comme des canards dans un bief.

— Elle me cherchait ? demanda-t-il.

— Elle ne l'a pas dit ouvertement, répondit sa sœur. Pendant que nous préparions le petit-déjeuner, elle a constaté que ton fusil n'était plus là et s'est figée. Ça n'a duré qu'un instant.

Jamie fut pris de remords. Il n'avait pas voulu réveiller Claire en partant avant l'aube. Il aurait dû la prévenir la veille qu'il comptait suivre les traces de l'ours que Jo Beardsley lui avait signalé. La construction du dernier étage et du toit avant l'hiver lui avait laissé peu de temps pour la chasse et ils avaient grand besoin de stocker de la viande et de la graisse. En outre, ils ne possédaient que quelques courtepointes et une seule bonne couverture en laine qu'il avait achetée à un marchand morave. Une peau d'ours tiendrait chaud à Claire pendant les nuits glacées. Il avait remarqué qu'elle était plus sensible au froid que lors du dernier hiver qu'ils avaient passé sur le Ridge.

— Elle va bien, dit sa sœur en scrutant son visage. Elle se posait simplement la question.

Il hocha la tête sans répondre. Ce n'était pas demain la veille que Claire se réveillerait et ne s'inquiéterait pas de le trouver parti avec son fusil.

Il soupira et, en dépit du soleil levant qui lui chauffait déjà les épaules, vit son souffle se condenser en un petit nuage blanc qui disparut aussitôt.

— Et que fais-tu ici ? demanda-t-il à sa sœur. C'est un peu loin pour faire paître tes bêtes.

L'une des chèvres flairait d'un air intéressé le bout de sa ceinture en cuir qui pendait. Il l'écarta doucement du genou.

— Je les engraisse pour qu'elles supportent mieux l'hiver, expliqua Jenny. Et peut-être les faire saillir, si elles sont prêtes. Elles préfèrent l'herbe du pré plutôt que le fourrage de la forêt et, ici, il est plus facile de les surveiller.

— Tu sais que Fanny s'occuperait volontiers d'elles pour toi. C'est le petit Oggy qui te rend folle ?

Le nourrisson avait des poumons puissants. Par bon vent, on pouvait l'entendre jusque dans la Grande Maison.

— Ou c'est toi qui rends folle Rachel ? ajouta-t-il.

Elle ne répondit pas à sa question, déclarant plutôt :

— J'aime les chèvres. *Teich a'ghobhair.* Les moutons sont des créatures bienveillantes, quand ils n'essaient pas de te faire tomber, mais ils ne sont pas malins. Les chèvres ont leurs propres idées.

— Comme toi. Ian disait toujours que tu aimais les chèvres parce qu'elles étaient aussi obstinées que toi.

Elle lui adressa un regard torve et répliqua succinctement :

— C'est l'hôpital…

— Qui se moque de la charité, acheva-t-il.

Il lui agita sous le nez une tige d'herbe qu'il venait de cueillir. Elle la lui arracha de la main et la donna à une chèvre.

— Mmm, fit-elle. Si tu dois vraiment le savoir, j'aime bien venir ici de temps en temps pour prier.

— Ah oui ?

Elle pinça les lèvres et se tourna pour contempler le pré en mettant sa main en visière.

Patience, pensa-t-il. *Elle finira par dire ce qu'elle est venue dire lorsqu'elle sera prête.*

— Il y a un ours dans le coin ? demanda-t-elle. Devrais-je faire redescendre les chèvres ?

— Jo Beardsley l'a vu il y a quelques jours, mais il n'y a aucune trace fraîche.

Jenny réfléchit un instant, s'assit sur une pierre couverte de lichen et étala ses jupes autour d'elle. Elle leva le visage vers le soleil et ferma les yeux.

— Uniquement un idiot irait chasser seul un ours, déclara-t-elle. Claire me l'a dit la semaine dernière.

— Vraiment ? T'a-t-elle dit que la première fois que j'ai tué un ours, je l'ai fait seul, avec mon poignard ? Et qu'elle me tapait sur la tête avec un poisson pendant ce temps ?

Elle rouvrit les yeux.

— Ce qu'elle n'a pas dit, c'est que même un idiot pouvait avoir de la chance. D'ailleurs, si tu n'avais pas une chance de cocu, tu serais déjà mort six fois.

— Six fois seulement ?

Il avait froncé les sourcils.

— Je ne les ai pas comptées, dit-elle. Ce n'était qu'une supposition. Qu'y a-t-il, *a ghràidh* ?

Ce terme d'affection le prit de court et l'émut. Il toussa dans son poing pour cacher son trouble.

— Rien, répondit-il. Un jour, quand j'étais jeune, une diseuse de bonne aventure à Paris m'a dit que je mourrais neuf fois avant de mourir. Tu crois que je devrais compter la fois où la fièvre a failli m'emporter après que Laoghaire m'a tiré dessus ?

— Non, répondit-elle résolument. Tu aurais survécu même si Claire n'était pas revenue avec sa petite aiguille. Au bout de deux jours, tu te serais relevé et serais parti la chercher.

— C'est possible, convint-il avec un sourire.

Ils restèrent silencieux un moment, écoutant les bruits de la forêt. Le feuillage avait cessé de s'égoutter et on entendait un corbeau non loin, son chant rappelant un gond grinçant. Soudain, un puissant « couah-couah » résonna juste derrière Jamie. Jenny se retourna en ouvrant grands les yeux.

— C'est une pie ? demanda-t-elle. Dans les Highlands, on écoute toujours les pies parce que ce sont des oiseaux d'augure. Quand on en entend une, on espère toujours en entendre une autre. « Une pour le chagrin… Deux pour la joie… »

— Non, la rassura-t-il. Je ne pense pas qu'il y ait de vraies pies dans ces montagnes. C'est plutôt une sorte de pic-vert. Là… Tu le vois ?

Il pointa le doigt vers un oiseau gris verdâtre avec une tache rouge vif sur la tête. Il était perché sur une branche de pin oscillante, observant le sol de ses petits yeux noirs.

Jenny se détendit et reprit la conversation là où ils l'avaient laissée.

— Tu m'en veux encore de t'avoir obligé à épouser Laoghaire ?

Il la regarda, surpris.

— Qu'est-ce qui te fait croire que tu pourrais m'obliger à faire quoi que ce soit, espèce de mouche du coche ?

— Mouche du coche ? répéta Jenny en fronçant les sourcils. Qu'est-ce que ça veut dire ?

— C'est une enquiquineuse, je crois, supposa Jamie. C'est comme ça que Jemmy appelle Mandy.

Une fossette se creusa dans la joue de Jenny.

— Ah, je vois ce que tu veux dire.

— Et non, je ne t'en veux pas. Après tout, Laoghaire ne m'a pas tué.

À quelques pieds d'eux, l'une des chèvres abaissa l'arrière-train et laissa tomber une délicate pluie de boulettes noires. Elles fumèrent brièvement et il sentit leur odeur étrangement agréable avant qu'elle s'évapore dans l'air froid.

— Je m'étonne toujours qu'elles fassent ça si proprement, déclara Jenny, qui avait suivi son regard. Je veux dire, comparé aux oiseaux, par exemple.

— Tu devrais interroger Claire. C'est une question d'intestins. Elle en sait presque autant sur ce sujet que Dieu lui-même.

Cela la fit rire. Il se rendit compte avec un peu de retard que, lorsqu'il avait inspecté le terrain, il n'avait vu aucune crotte de bique. Elle ne venait donc pas souvent avec ses chèvres. Par conséquent… elle était venue exprès pour le voir. Elle avait probablement quelque chose à lui dire en tête à tête.

Il s'éclaircit la gorge et toucha son torse, là où son rosaire en bois était suspendu sous sa chemise.

— Tu as dit que tu étais venue prier. Veux-tu qu'on récite le chapelet ensemble ? Comme autrefois ?

Elle parut surprise, ensuite dubitative, enfin elle prit sa décision et acquiesça en glissant une main dans sa poche.

— D'ailleurs, puisque tu en parles, j'ai quelque chose à te demander, Jamie.

— Quoi donc ?

À sa surprise, elle sortit un chapelet de perles étincelantes au bout duquel étaient accrochés un crucifix et une médaille en or.

— Tu as apporté ton bon rosaire ? s'exclama-t-il. Je croyais que tu l'avais donné à une de tes filles.

Le rosaire avait été confectionné en France et coûtait sans doute autant qu'un cheval de selle, sinon plus. Il avait appartenu à leur mère ; Brian l'avait donné à Jenny et avait légué le collier de perles d'Ellen à Jamie.

Sa sœur fit une légère grimace.

— Si je l'avais donné à l'une d'elles, les autres auraient été jalouses. Je ne voulais pas qu'elles se querellent pour un simple objet.

— Tu as bien fait.

Il s'accroupit devant elle et toucha du bout du doigt les perles légèrement irrégulières. Elles étaient d'eau douce, comme celles du collier qu'il avait offert à Claire.

— Sais-tu d'où maman le tenait ? demanda-t-il. Je n'ai jamais pensé à le lui demander quand nous étions petits.

— Comment aurais-tu pu ? Quand nous étions petits, tout nous paraissait avoir toujours existé, et maman et papa étaient simplement maman et papa.

Jenny rassembla les perles en une petite pile dans le creux de sa paume.

— Toutefois, je sais d'où il vient, reprit-elle. Papa me l'a dit quand il me l'a donné. Tu crois que cette biquette est en train d'entrer en chaleur ?

Elle avait brusquement relevé la tête vers l'une de ses chèvres, qui s'était tournée vers la forêt en émettant un long bêlement perçant.

— C'est possible, opina Jamie. Elle agite la queue. Peut-être sent-elle le cerf qui se cache dans ce bosquet là-bas.

Il pointa le menton vers un groupe d'érables à sucre qui avaient déjà viré au rouge vif.

— Il est tôt pour le rut, mais si je peux le sentir, elle aussi.

Jenny se tourna dans la même direction et huma l'air.

— Je ne sens rien, mais je te crois sur parole, conclut-elle. Papa disait toujours que tu avais le nez d'un cochon truffier.

Jamie émit un petit rire.

— Alors, que t'a-t-il dit au sujet des perles de maman ? l'interrogea-t-il.

— Qu'il était jaloux. Elle a toujours refusé de lui dire qui lui avait envoyé le collier.

— Ah ça ! Tu le sais, toi ?

Elle fit non de la tête.

— Pourquoi, toi oui ? demanda-t-elle, intéressée.

— Oui. Un homme nommé Marcus MacRannoch, l'un de ses prétendants de Leoch, un galant homme. Il l'avait acheté pour elle en espérant l'épouser. Malheureusement, elle a rencontré papa et s'est enfuie avec lui avant que Marcus ait pu lui parler. Il a dit, ou plutôt il a dit à Claire, qu'il ne pouvait l'imaginer ailleurs qu'autour du cou de maman, si bien qu'il le lui avait envoyé en guise de cadeau de noce.

Jenny écarquilla les yeux.

— Ah, voilà donc l'histoire. Comme je te le disais, papa était jaloux, car il savait que le collier venait d'un autre homme. Ils étaient mariés depuis peu, et sans doute craignait-il qu'elle pense avoir fait une mauvaise affaire en le choisissant. Il a donc vendu un bon champ à Geordie MacCallum et a donné l'argent à Murtagh pour qu'il achète un bijou à maman. Il comptait le lui offrir à la naissance de leur premier enfant, Willie.

Elle saisit le crucifix et l'embrassa, bénissant leur frère.

— Dieu sait où Murtagh a déniché ce rosaire, dit-elle en faisant glisser les perles d'une main dans l'autre. Les mots sur la médaille sont en français.

— Murtagh ? s'étonna Jamie. Papa devait pourtant connaître ses sentiments à l'égard de maman.

Jenny acquiesça en caressant du pouce le corps torturé du Christ superbement sculpté. Le pic-vert appela à nouveau, plus loin, au-delà du bosquet d'érables.

— C'est ce que j'ai pensé. Pourquoi avoir confié une telle mission à Murtagh ? Papa m'a dit que cela n'avait pas été son intention. Il a simplement parlé de son idée à Murtagh et celui-ci a proposé de s'en charger. Papa ne voulait pas, mais il pouvait difficilement abandonner maman sur le point d'accoucher alors qu'ils n'avaient même pas un toit au-dessus de leurs têtes. Il avait simplement posé les pierres angulaires et commencé les cheminées. En outre, il aimait Murtagh… plus que son propre frère.

— Bon sang, comme ce vieux bougre me manque, soupira Jamie.

— À moi aussi. Parfois, je me demande s'il est avec eux désormais… Avec papa et maman.

Cette idée le surprit. Il n'y avait jamais pensé et se mit à rire.

— Si c'est le cas, il doit être heureux.

— Je l'espère, dit Jenny en retrouvant son sérieux. J'ai toujours regretté qu'il ne soit pas enterré avec eux et toute la famille, à Lallybroch.

Jamie hocha la tête, la gorge nouée. Murtagh gisait avec les morts de Culloden, brûlé à la chaux et enterré dans une fosse anonyme sur cette lande silencieuse, ses os se mêlant à ceux des autres. Il n'avait pas un cairn où ceux qui l'aimaient pouvaient venir le lui dire et déposer une pierre.

Jenny posa une main sur son bras.

— N'y pense pas, *a bràthair*, murmura-t-elle. Il a eu une bonne mort et tu étais avec lui à la fin.

— Comment sais-tu qu'il a eu une bonne mort ?

L'émotion l'avait fait parler plus sèchement qu'il ne l'avait voulu. Elle sourcilla, puis ses traits se radoucirent.

— C'est toi qui me l'as dit, idiot. Tu ne t'en souviens pas ?

— Comment aurais-je pu te le dire ? J'ignore ce qu'il s'est passé.

Ce fut au tour de Jenny d'être surprise.

— Tu as oublié ? Ah, c'est vrai… Tu n'avais plus ta tête et la fièvre t'a fait délirer pendant une dizaine de jours quand ils t'ont ramené à la maison. Ian et moi nous sommes relayés à ton chevet, surtout pour empêcher le médecin de t'amputer la jambe. Tu peux remercier Ian si tu l'as encore. Il a chassé le docteur en disant que tu préférerais mourir.

Ses yeux s'étaient soudain remplis de larmes et elle détourna la tête.

Jamie glissa un bras autour de ses épaules, sentant ses os fins et légers sous son châle.

— Jenny, Ian ne voulait pas mourir. Crois-moi. Moi oui, mais pas lui.

— Si, au début. C'est toi qui l'en as empêché, il me l'a dit. Et il ne voulait pas te laisser mourir non plus.

Elle s'essuya les yeux sur le revers de sa main. Il la saisit et l'embrassa, sentant ses doigts froids sous les siens.

— Parce que tu n'y es pour rien, peut-être ? Après tout ce que tu as fait pour nous deux ?

— Hmm…, fit-elle.

Modeste, elle lui était quand même reconnaissante de le dire.

Les chèvres s'étaient éloignées. L'une d'elles portait une clochette que Jamie entendait tintinnabuler au loin. Les pics-verts s'étaient également envolés. Il aperçut un éclat rouge vif voler bas au-dessus du pré pour disparaître dans la bouche noire du chemin.

Il laissa un moment passer, puis deux.

Et il commença à se balancer d'un pied sur l'autre en émettant un son menaçant du fond de sa gorge.

— Oui, oui, dit Jenny en levant les yeux au ciel. Bien sûr que je vais te le dire. Laisse-moi le temps de me remettre.

Elle réajusta ses jupes autour d'elle et s'installa plus confortablement.

— Je te le rapporte tel que tu me l'as raconté, le prévint-elle. Tu as dit que tu avais traversé le champ de bataille en combattant comme en proie à une folie furieuse. Quand tu t'es enfin arrêté pour reprendre ton souffle, tu étais… consterné d'être toujours en vie.

— Oui.

Avec une profonde angoisse, il sentait les souvenirs de ce jour remonter en lui. Il pleuvait et il régnait un froid mordant. Dans le feu du combat, il ne s'en était rendu compte qu'après s'être arrêté.

— Et ensuite ? C'est ce dont je ne me souviens plus.

— Tu t'es retrouvé derrière les lignes ennemies. Il y avait des canons derrière toi, pointant dans la direction opposée. Vers nos hommes.

— Oui, je pouvais les voir… Gisant morts ou agonisants, par andains.

— Des andains ?

— Ils tombaient par rangées, dit-il d'une voix lointaine et détachée. Les canons et les mousquets anglais ont une portée de… Peu importe. Tous ceux qui se trouvaient au bout de cette portée tombaient. Certains étaient déchiquetés ou écrasés par les boulets de canon, mais la plupart étaient tués par les mousquets. Les baïonnettes sont venues plus tard… C'est ce qu'on m'a dit, je n'ai rien vu. Que s'est-il passé ensuite ?

Elle souffla par le nez et il constata qu'elle serrait sa main autour du rosaire, comme pour puiser de la force dans les perles.

— Tu as dit que tu ne savais pas quoi faire. Il y avait un canon non loin et ses artilleurs te tournaient le dos. Quand tu as voulu te ruer sur eux, un groupe de tuniques rouges est apparu devant toi. Quand tu as essuyé la sueur dans tes yeux, tu as reconnu Jack Randall parmi eux.

Sa main libre fit le signe des cornes et elle serra le poing.

Il se souvint et son ventre se noua, tandis que l'image qu'il voyait dans ses rêves fusionnait avec son souvenir.

— Il m'a vu, murmura-t-il. Il est resté pétrifié et moi aussi. Sous le choc, je ne pouvais plus bouger.

— Et Murtagh…, dit doucement Jenny.

— Je l'avais renvoyé. Je lui avais demandé d'emmener Fergus et les autres à l'abri à Lallybroch, parce que… parce que…

Il revoyait le visage fermé de son parrain, refusant obstinément de le quitter.

— Parce que tu ne pouvais pas le faire, acheva-t-elle pour lui. Pourtant, Murtagh était là, sur le champ de bataille, tu l'as dit toi-même.

— Oui, oui, c'est vrai.

Un mouvement soudain avait perturbé la scène figée devant lui. Il avait arraché son regard posé sur Jack Randall et vu Murtagh courir…

Une fois de plus, le rêve se referma sur lui, l'englobant. Il avait froid, si froid que sa voix gelait dans sa gorge, la pluie et la sueur plaquaient ses vêtements trempés contre son corps et le vent glacé pénétrait jusque dans ses os. Il avait essayé de crier, de prévenir Murtagh avant qu'il atteigne les soldats anglais. Mais il aurait fallu plus que des mousquets et des canons anglais pour arrêter Murtagh FitzGibbons Fraser, et il avait poursuivi sa course, bondissant sur les monticules en projetant derrière lui des giclées d'eau tels des éclats de verre.

— Tu as dit que le capitaine Randall t'avait parlé…

— « Tue-moi », s'entendit-il murmurer. Il m'a demandé de le tuer.

« C'est ce que désire mon cœur. » Les mots tombaient comme des gouttes de plomb dans ses oreilles. Le vent sifflait au-dessus de sa tête, arrachant des mèches de ses cheveux hors de son lacet et les rabattant sur son visage. Pourtant, il avait bien entendu, il en était sûr, il ne l'avait pas rêvé…

Mais son regard était fixé sur Murtagh. Il y avait eu un mouvement confus, quelqu'un se ruait sur lui. Il avait aperçu la lame d'une baïonnette, trempée de pluie, de sang ou de boue. Il l'avait repoussée et il y avait eu un corps à corps, deux hommes contre lui, le frappant, essayant de l'assommer.

Un son soudain lui fit rouvrir les yeux, désorienté, avant de se rendre compte que c'était lui qui avait crié en sentant sa jambe gauche être balayée par un coup de pied. Il était tombé à la renverse dans un grognement d'impact, gesticulant, essayant de se relever…

— Et le capitaine Randall t'a tendu la main, là, alors que tu étais étendu sur le sol…

— J'avais mon poignard dans la main et je…

Il s'interrompit et interrogea sa sœur du regard.

— Je l'ai tué ? C'est ce que j'ai dit ?

Elle le dévisagea attentivement, profondément préoccupée. Il fit un geste impatient et elle lui adressa un regard de reproche. Non, elle ne lui mentirait pas, il le savait bien.

— C'est ce que tu as dit. Encore et encore.

— J'ai dit que je l'avais tué encore et encore ?

— Non, que c'était chaud. Son sang. Tu répétais : « Bon sang, c'était si chaud… »

« Chaud », l'espace d'un instant, cela lui parut absurde. Il se souvint : l'obscurité autour de lui, le contact de l'étoffe mouillée sur son visage, l'effort, l'effort surhumain pour lever le bras une dernière fois, tremblant. Il revit les gouttes de pluie sur la lame, coulant sur son poignet tremblant, et l'effort de pousser, pousser, pousser ; la laine épaisse et râpeuse qui faisait obstacle, la résistance d'une surface dure, *Pousse, pousse bon sang !*, puis une chaleur inattendue et saisissante se répandant sur sa main glacée et le long de son bras engourdi par le froid. Il se souvenait d'avoir été désespérément soulagé par cette chaleur, mais pas d'avoir porté le coup de grâce.

— Murtagh…, dit-il. T'ai-je dit ce qui lui était arrivé ?

La chaleur qu'il avait ressentie l'avait quitté aussi soudainement qu'elle était apparue.

— Pourquoi n'est-il pas parti comme je le lui avais demandé, maudit vieux bougre !

— Il t'a obéi, répondit Jenny contre toute attente. Il a conduit les hommes aussi loin qu'il le pouvait, puis leur a dit de poursuivre leur route. Ce sont eux qui me l'ont raconté lorsqu'ils sont rentrés à Lallybroch. Ensuite, il est retourné à Culloden… pour toi.

— Pour moi.

Il n'avait plus besoin de fermer les yeux, il le voyait. Il le ressentait dans son propre dos, pouvait suivre la trajectoire du coutelas de Murtagh jusqu'à ce qu'elle s'enfonce dans les reins de Randall. Celui-ci s'était effondré d'un bloc… Vraiment ? Alors pourquoi était-il debout plus tard… lorsque tous les autres leur tombaient dessus ?

Il était tombé à plat ventre. Quelqu'un lui avait marché sur le dos, lui avait donné un coup de pied dans la tête, un coup de crosse dans les côtes, lui coupant le souffle… Des cris retentissaient dans tous les coins et une froideur glaçante se diffusait en lui. Il était grièvement blessé et ne se rendait pas compte qu'il se vidait lentement de son sang. Il ne pensait qu'à Murtagh… Rejoindre Murtagh… Il avait rampé. Il revoyait l'eau suinter entre ses doigts, tandis qu'il agrippait des branches noires de bruyère pour se traîner. Son kilt trempé l'alourdissait, se prenant entre ses jambes, l'entravant…

— Je l'ai trouvé, dit-il. Il était arrivé quelque chose, les soldats n'étaient plus là. Je ne sais pas combien de temps ça m'a pris, entre une respiration et l'autre, une éternité semblait s'être écoulée.

Son parrain gisait à quelques verges de lui, recroquevillé comme un bébé endormi. Mais il ne dormait pas… et n'était pas mort. Pas encore. Jamie l'avait pris dans ses bras et avait vu l'horrible plaie près de sa tempe où son crâne avait été enfoncé, le sang qui coulait par giclées de l'entaille sur son cou. Il avait vu également la beauté de la lumière sur le visage de Murtagh lorsqu'il avait ouvert les yeux et avait reconnu Jamie qui le tenait.

— Il m'a dit que mourir ne faisait pas mal, se souvint Jamie d'une voix rauque. Il a touché mon visage et m'a dit de ne pas avoir peur.

Il se souvenait aussi du sentiment de paix qui l'avait soudain submergé. De la légèreté. De l'exultation qu'il avait si souvent revécue en rêve. Plus rien n'avait d'importance. C'était fini. Il avait penché la tête, embrassé Murtagh sur les lèvres, posé son front contre ses cheveux ensanglantés et avait remis son âme à Dieu.

Il rouvrit les yeux sans se souvenir de les avoir fermés et se tourna vers Jenny, pris d'une urgence.

— Mais… il est revenu ! Randall. Il n'était pas mort, il est revenu !

Une silhouette noire se dressant sur un ciel d'une blancheur aveuglante. Jamie serra les poings en enfonçant ses ongles dans ses paumes.

— Il est revenu !

Jenny se taisait et ne bougeait pas. Elle le fixait, l'encourageant en silence à fouiller dans sa mémoire.

Ses membres s'étaient ramollis. Sans s'en rendre compte, il avait lâché Murtagh et s'était retrouvé allongé sur le dos. Il avait perdu toute sensation dans sa jambe, ne sentant plus que la pluie sur son visage. Il ne se souciait plus de la silhouette noire ni de rien d'autre. La paix de la mort l'envahissait. La douleur et la peur l'avaient quitté, même la haine avait disparu.

En fermant les yeux, il avait imaginé la main de Murtagh, dure et calleuse, tenant la sienne.

— L'ai-je tué ? murmura-t-il. Oui, je sais que je l'ai tué… Mais comment… ?

Le sang. Le sang chaud.

— Le sang coulait le long de mon bras, puis je… puis je n'étais plus là. Quand j'ai repris connaissance, mes paupières étaient collées par le sang séché. C'est pourquoi je me suis cru mort. Je ne voyais qu'une lueur rouge sombre. Ensuite, ne trouvant aucune blessure sur ma tête, j'ai compris que c'était *son* sang qui m'aveuglait. Il était couché sur moi, sur ma jambe…

En rouvrant les yeux, il découvrit qu'il était assis par terre, se parlant à lui-même, sa main serrant fort celle de sa sœur. Elle l'observait alors que des larmes coulaient en silence sur son visage.

Il se dressa sur ses genoux et la serra dans ses bras.

— Oh, ne pleure pas, *a leannan*. C'est du passé.

— C'est ce que tu crois, répondit-elle d'une voix étouffée dans sa chemise.

Elle avait raison, il le savait. Elle le tint fermement contre elle et, lentement, lentement, il revint au jour présent.

Ils restèrent un moment assis en silence. Le soleil avait dépassé la cime des arbres et, bien que l'air fût encore frais, il avait perdu son côté mordant.

— Bon, dit-il enfin en se levant. Tu veux toujours prier ?

Il n'attendit pas sa réponse et sortit de sa chemise le vieux rosaire en bois qu'il portait autour du cou.

— Ah, tu l'as toujours ? s'étonna-t-elle. Tu ne l'avais pas quand tu es venu en Écosse et j'ai pensé que tu l'avais perdu. Je voulais t'en faire un autre, mais avec Ian…

Elle haussa une épaule qui résumait les longs mois d'agonie de son mari.

Il caressa les perles en bois, légèrement gêné.

— C'est que… je ne l'ai jamais perdu, d'une certaine manière. Je l'avais donné à William quand il était petit. Je devais quitter Helwater et je voulais qu'il ait quelque chose pour… pour se souvenir de moi.

— Mmm, fit-elle. Et je suppose qu'il te l'a rendu à Philadelphie ?

— Oui, répondit Jamie, un peu piteux.

Jenny esquissa un sourire amusé.

— Je peux te dire une chose, *a bràthair* : il n'est pas près de t'oublier.

— Peut-être pas, répondit-il, légèrement réconforté par cette pensée.

Il saisit le crucifix et, faisant rouler les perles entre ses doigts, commença :

— « Je crois en Dieu, le Père tout-puissant, créateur du ciel et de la terre… »

Ils récitèrent ensemble le Credo, le Notre-Père, trois Je vous salue Marie et un Gloire au Père.

Les doigts sur la première perle des dizaines, il demanda :

— Les Joyeux ou les Glorieux ?

Il ne voulait pas faire les mystères douloureux, ceux sur la souffrance et la crucifixion et, sans doute, elle non plus. Un pic-vert cria dans les érables et il se demanda si c'était l'un de ceux qu'ils avaient vus ou un troisième. *Trois, un mariage… Quatre, une mort…*

— Un Joyeux, répondit-elle aussitôt. L'Annonciation.

Elle lui fit signe de prendre le premier tour. Il n'eut même pas besoin de réfléchir.

— Pour Murtagh, dit-il doucement. Et pour maman et papa. Je vous salue Marie, pleine de grâce ; le Seigneur est avec vous. Vous êtes bénie entre toutes les femmes et Jésus, le fruit de vos entrailles, est béni.

Jenny enchaîna :

— Sainte Marie, Mère de Dieu, priez pour nous pauvres pécheurs, maintenant et à l'heure de notre mort. Amen.

Ils poursuivirent le reste de la dizaine à leur manière habituelle, à tour de rôle, le rythme de leurs voix aussi doux que le bruissement des herbes folles.

Ils parvinrent à la deuxième dizaine, La Visitation, et il fit signe à Jenny. C'était son tour.

— Pour Ian Òg, murmura-t-elle, les yeux baissés vers ses perles. Et Ian Mòr. Je vous salue Marie, pleine de grâce…

La troisième dizaine fut pour William. Lorsque Jamie l'annonça, elle parut surprise, puis acquiesça et baissa la tête.

Il n'essayait pas d'éviter de penser à William, sans l'invoquer délibérément non plus. À moins que son fils lui demande son aide, il ne pouvait rien faire pour lui. Il ne servait à rien de s'inquiéter de ce qu'il faisait ou de ce qu'il pouvait lui arriver.

Néanmoins, l'espace d'un Notre-Père, de dix Je vous salue Marie et d'un Gloire au Père, William était forcément dans ses pensées.

Guidez-le, pensa-t-il entre les mots de sa prière. *Aidez-le à faire de bons choix, à être bon. Montrez-lui la voie… et Sainte Marie, protégez-le, au nom de votre propre Fils…*

— … maintenant et toujours dans les siècles des siècles, acheva-t-il. Amen.

— Pour tous ceux que nous avons laissés derrière nous en Écosse, déclara Jenny en prenant la relève.

Elle hésita, puis demanda :

— Laoghaire aussi, tu crois ?

— Oui, elle aussi, répondit-il en souriant malgré lui. Mais n'oublie pas d'inclure le malheureux qui l'a épousée.

Avant d'entamer la dernière dizaine, ils marquèrent une pause et se dévisagèrent.

— Le précédent était pour les nôtres en Écosse, dit-il. Récitons celui-ci pour les autres, ailleurs. Michael, la petite Joan, Jared, qui sont en France.

Les traits de Jenny s'adoucirent. Elle n'avait pas revu Michael depuis les funérailles de Ian. Le pauvre avait été dévasté après avoir perdu sa jeune épouse, un enfant et son père. Ses lèvres tremblèrent un instant. Elle baissa la tête, le soleil faisant ressortir la blancheur de son bonnet, et récita d'une voix claire :

— Notre Père qui êtes aux cieux…

Il y eut un long silence lorsqu'ils eurent terminé, le genre de silence que pouvait offrir une forêt, fait de vent, d'herbes sèches, de feuilles tombant dans une pluie jaune. La clochette de la chèvre retentit à l'autre bout du pré et Jamie entendit un oiseau qu'il ne connaissait pas tenir un monologue dans les érables à sucre. Le cerf était parti. Il l'avait entendu s'éloigner pendant qu'il priait pour William.

Quand Jenny ouvrit la bouche pour parler, il l'arrêta d'un geste. Il avait quelque chose sur le cœur et devait le sortir.

— Ce que tu as dit plus tôt au sujet de Lallybroch, commença-t-il maladroitement. Ne t'inquiète pas. Si tu meurs avant moi, je veillerai à ce que tu rentres à la maison pour reposer auprès de Ian.

Elle acquiesça, l'air songeuse.

— Oui, je le sais, Jamie. Cela dit, tu n'auras peut-être pas à te donner autant de mal.

— Que veux-tu dire ?

— C'est que, vois-tu, quand mon moment viendra, je ne sais pas où je serai. Si c'est ici, bien entendu…

— Où d'autre voudrais-tu que ce soit ?

Il venait de comprendre qu'elle n'était pas venue jusqu'au pré pour lui parler de Murtagh. Elle n'avait pas pu deviner qu'il avait besoin de l'évoquer. Par conséquent…

— Je pars avec Ian et Rachel à la recherche de sa femme mohawk, annonça-t-elle le plus naturellement du monde.

Avant qu'il ait pu retrouver sa voix, elle agita le rosaire sous son nez.

— Je le laisse avec toi… C'est pour Mandy, au cas où je ne reviendrais pas. Tu sais bien que tout peut arriver quand on voyage.

— Voyager ? *Voyager* ? Tu comptes…

L'idée de sa sœur, menue, âgée, têtue comme un alligator tapi dans la boue, marchant vers le nord entre deux armées, au cœur de l'hiver, à la merci des brigands, des bêtes sauvages et d'une demi-douzaine d'autres dangers auquel il aurait pensé s'il en avait eu le temps…

— Oui, répondit-elle sur un ton indiquant qu'elle n'allait pas en discuter davantage. Là où Petit Ian va, Rachel va et donc le petit aussi. Tu ne crois pas que je vais laisser mon plus jeune petit-fils seul face aux ours et aux sauvages, non ? C'est une question rhétorique. Cela signifie que je ne veux pas entendre ta réponse.

— Tu ne saurais pas distinguer une question rhétorique d'un trou dans le sol si je ne t'avais pas expliqué ce mot ! s'indigna-t-il.

— Dans ce cas, tu devrais en reconnaître une quand elle te mord le nez, rétorqua-t-elle.

— J'irai parler à Rachel, déclara-t-il. Elle n'est pas folle au point de…

— Parce que tu crois que je n'ai pas tenté de la dissuader ? Ni Petit Ian ? Il serait plus facile de déplacer cette montagne (elle montra le mont Roan) que de faire changer d'avis cette quakeresse une fois sa décision prise.

Elle paraissait presque admirative.

— Mais l'enfant… !

— Oui, oui, l'interrompit-elle, légèrement agacée. Tu crois que je ne lui en ai pas parlé non plus ? Elle a tiqué et, aussi raisonnable qu'une messe du dimanche, elle m'a demandé si je laisserais mon mari parcourir seul sept cents milles pour aller sauver sa première femme et ses trois malheureux bambins, dont un pourrait être le sien.

En voyant son expression, elle ajouta :

— Moi aussi, j'ignorais ce dernier détail. Mais je peux la comprendre.

— Seigneur !

— Comme tu dis.

Elle s'étira avec un léger gémissement et secoua ses jupes qui, entre-temps, s'étaient remplies de queues-de-renard. Jamie les sentait le piquer à travers ses bas comme des dizaines de petites aiguilles. L'annonce du départ de Jenny lui transperçait le cœur. Il avait du mal à respirer.

Elle le savait. Elle évitait de le regarder. Elle enroula le rosaire en perles et le déposa dans sa paume.

— Garde-le pour moi, dit-elle sur un ton détaché. Si je ne reviens pas, donne-le à Mandy quand elle sera assez grande.

— Jenny…, murmura-t-il.

— Vois-tu, poursuivit-elle en ramassant la corde, quand tu fais le bilan de ta vie, tu comprends que les enfants sont ce qu'il y a de plus important. Ils portent ton sang et tout ce que tu leur as donné d'autre vers l'avenir.

Bien que sa voix fût parfaitement calme, elle dut faire un petit « hum ! » avant de continuer :

— Mandy est la dernière, n'est-ce pas ? C'est la plus jeune des filles à avoir le sang de maman. À elle de le transmettre.

Il referma les doigts sur les perles encore chaudes de la main de Jenny, chaudes de ses prières.

— Je le ferai, promit-il. Je te le jure, sœur.

— Je le sais bien, bougre d'âne, dit-elle avec un sourire. Maintenant, aide-moi à rattraper ces chèvres.

Restez à l'affût…
La suite au printemps 2023.

Restez à l'affût des titres à paraître chez
Libre Expression en suivant Groupe Librex :
facebook.com/groupelibrex

editions-libreexpression.com

Suivez l'auteure :
dianagabaldon.com
AuthorDianaGabaldon
Writer_DG

Cet ouvrage a été composé en Fournier MT Std 11,4/12,5
et achevé d'imprimer en août 2022 sur les presses
de Marquis Imprimeur, Québec, Canada.

100% PCF BIOGAZ ÉNERGIE PERMANENT

Imprimé sur du papier contenant 100% de fibres recyclées durables,
fabriqué avec un procédé sans chlore et à partir d'énergie biogaz.